MICHAEL PEINKOFER
DIE RÜCKKEHR DER ORKS

Zu diesem Buch

Die Orks kehren zurück! Bestsellerautor Michael Peinkofer erweckt Mittelerdes wildeste Geschöpfe zum Leben und schildert die faszinierenden Abenteuer von Balbok und Rammar, zwei »echten Orks aus Tod und Horn«. Obwohl sie eigentlich nur nach Art guter Orks dem Chaos dienen wollen, geraten die ungleichen Brüder in die Welt der Sterblichen und ziehen von den düsteren Wäldern der Modermark bis in das ewige Eis der Weißen Wüste. Sie kämpfen gegen Ghule und Riesenspinnen und decken ein tödliches Geheimnis auf, bis es vor den Toren der versunkenen Stadt Tirgas Lan zwischen dem Elfenheer und der geballten Macht der Orks zu einem gnadenlosen Showdown kommt. Dieser Roman beweist, dass Orks zwar vierschrötige Ungeheuer, aber auch erfindungsreiche und außerordentlich gewitzte Burschen sind.
Ein Muss für alle Ork-Fans – atemberaubend spannend und gleichzeitig voller Witz und Tempo.

Michael Peinkofer, geboren 1969, studierte Germanistik, Geschichte und Kommunikationswissenschaft. Er schrieb zahlreiche Krimis und den Bestseller »Die Bruderschaft der Runen«. Nach zahlreichen Reisen ist er in den USA inzwischen fast so zu Hause wie in Deutschland. Mit seiner Frau und seiner kleinen Tochter lebt er als Autor, Übersetzer und Filmjournalist im Allgäu. Michael Peinkofer liebt kalifornische Rotweine ebenso wie thailändische Küche.

MICHAEL PEINKOFER

DIE RÜCKKEHR DER ORKS

Roman

Piper
München Zürich

ISBN-13: 978-3-492-70117-4
ISBN-10: 3-492-70117-5
3. Auflage 2006
© Piper Verlag GmbH, München 2006
Umschlaggestaltung: Nele Schütz Design, München
Umschlagabbildung: Geoff Taylor
Karte: Daniel Ernle
Satz: C. Schaber Datentechnik, Wels
Druck und Bindung: Pustet, Regensburg
Printed in Germany

www.piper.de

Dieses Buch wäre nicht möglich gewesen ohne die Mithilfe einiger Menschen, denen ich an dieser Stelle herzlich danken möchte.

Mein Dank geht an Carsten Polzin und insbesondere an Friedel Wahren vom Piper Verlag für das entgegengebrachte Vertrauen; an Peter Thannisch für die großartige Zusammenarbeit beim Lektorat; an Daniel Ernle für das wunderbare Artwork der Landkarte.

Und schließlich natürlich an meine Familie, die mich auf diesem abenteuerlichen Ausflug nach Erdwelt begleitet und mich nach Kräften unterstützt hat.

# INHALT

BUCH 1
KASLAR UR'SHAKARA
(DIE KARTE VON SHAKARA)

Prolog	13
1. IOMASH NAMHAL …	17
2. EUGASH KOUM	33
3. OSHDA UR'BRUNIRK'HAI	59
4. KORZOUL UR'DHRUURZ	79
5. UR'TORGA SGUDAR'HAI	97
6. BOGASH-CHGUL'HAI	111
7. FEUSACHG'HAI ANN IODASHU	129
8. DARR AOCHG'HAI	151
9. TOUMPOL UR'SHAKARA	167
10. KIOD UR'SUL'HAI-COUL	183
11. BUUNN'S RUCHG	213

BUCH 2
BOURTAS UR'TIRGAS LAN
(DER SCHATZ VON TIRGAS LAN)

1. KOMANASH UR'BOURTAS-KOUM	253
2. FEUSACHG'HAI ANN ABHAIM	291
3. KOLL UR'TROWNA	315

4. BOL UR'SUL'HAI-COUL	347
5. KORZOUL UR'BAS	369
6. R'DRHUURZ TULL	391
7. ANN KUNNART UR'KRO	403
8. OINSOCHG!	425
9. OUNCHON-AIRUN	439
10. UR'KURUL LASHAR'HAI	453
11. UR'MOROR TULL	479
Epilog	487
APPENDIX A	491
APPENDIX B	505

BUCH 1

KASLAR UR'SHAKARA
(DIE KARTE VON SHAKARA)

PROLOG

Die Welt hatte viele Namen.

Die Elfen hatten sie *amber* getauft, vor vielen Zeitaltern, als das Land noch jung und unberührt gewesen war und nicht getränkt vom Blut der Schlachten.

Die Zwerge nannten sie *durumin*, nach dem Riesen, der einst die Schätze der Welt bewacht hatte, ehe die Drachen in ihrem Neid sie in die Tiefen der Erde schleuderten und dort begruben.

Die Menschen, noch jung und arm sowohl an Mythen als auch an Vergangenheit, hatten ihr den Namen *Erdwelt* gegeben, wie es ihrer schlichten Art entsprach.

Die Orks schließlich nannten sie *sochgal*.

Von den Wildlanden im Westen bis zu den Reichen der Menschen, die sich im Osten jenseits des Scharfgebirges erhoben, erstreckte sich diese Welt, vom Eisland im Norden bis zur See, die fern im Süden gegen die Küste brandete und jenseits derer die Elfen die Fernen Gestade wussten.

Dies war die Welt, die sie sich teilten – und dies längst nicht immer friedlich. Nur in jenen goldenen Tagen, in denen die Elfen allein über Erdwelt geboten, herrschte Friede; dann jedoch verfinsterte sich das Licht der Zeit, und die Wolken eines düsteren Schicksals zogen sich über Erdwelt zusammen. Von den Elfen unbemerkt, war schändlicher Verrat verübt worden; die Orks traten auf, und mit ihnen kehrten Zwietracht und Krieg in Erdwelt ein.

Durch den Größenwahn und die Geltungssucht eines abtrünnigen Elfen kam es zum Ersten Krieg der Völker, den die Elfen nach langen Jahren verlustreicher Kämpfe für sich entschieden. Dies war die Zeit, in der die stolzen Festen Tirgas

Dun und Tirgas Lan errichtet wurden, die sich als Wächter des neuen Friedens über die Wälder und Ebenen erhoben. Aber auch dieser Friede währte nicht ewig.

Neue Völker traten auf: Zwerge und Gnomen kamen aus den Tiefen, und mit den Menschen gesellte sich eine weitere Art hinzu, wie Erdwelt sie zuvor nicht gekannt hatte. Denn obwohl sie das Gute wollten, waren die Menschen in ihrem jugendlichen Ungestüm und ihrer Unbekümmertheit leicht zu verführen. Und so kam es, dass sich der Geist des Dunklen Elfen ihrer bemächtigte. Zusammen mit den Orks, mit denen sie sich verbrüdert hatten, fielen sie in die Zwergenlande und das Elfenreich ein, und erneut kam es zum Krieg.

Nur der Weisheit und Tapferkeit der Elfen war es zu verdanken, dass der Kampf nicht entschieden wurde zugunsten der Mächte des Chaos. Indem sie alles aufboten und alles wagten, gelang es Elfen und Zwergen, in einem entscheidenden Vorstoß das Heer der Orks und der Menschen auseinander zu treiben; die Orks wurden in das namenlose Land jenseits des Schwarzgebirges vertrieben, die Menschen in das östliche Hügelland, das sie seither bevölkerten.

Während die Orks uneinsichtig waren und keine Reue zeigten, änderten die Menschen ihren Sinn, und unter der Obhut der Elfenkönige wuchsen sie heran. Die Menschenreiche im Osten entstanden, und mit jeder Generation nahmen sie an Macht und Einfluss zu, während die Zeit der Elfen, die in zwei blutigen Kriegen um das Schicksal der Welt gefochten hatten, zu Ende ging. Sie begannen, sich nach den Fernen Gestaden zu sehnen, von denen sie einst nach Erdwelt kamen und wo immerwährendes Glück und Freude herrschten.

Aber je mehr sich die Elfen von der Welt entfernten, desto deutlicher wurde, dass die Menschen ihre Lektion nicht gelernt hatten. Noch immer herrschten unter ihnen Neid und Habgier, und statt das Erbe der Elfen anzutreten, gefielen sie sich darin, gegeneinander Kriege um die Macht zu führen. Die Völker des Chaos aber – Orks, Gnomen und Trolle – wussten dies für sich zu nutzen und verließen ihr Exil jenseits der Berge, um in blutigen Feldzügen die Lande zu durchstreifen.

Orks kämpften gegen Gnomen, Gnomen gegen Menschen, Menschen gegen Orks: Es war ein sinnloses Gemetzel jeder gegen jeden, und die Elfen, die dem blutigen Treiben als Einzige hätten Einhalt gebieten können, scherten sich nicht darum. Erdwelt drohte im Chaos zu versinken, und es war nur eine Frage der Zeit, bis der Schatten des Dunklen Elfen erneut erwachen würde, um die Macht an sich zu reißen.

Aber diesmal war sein Plan ein anderer ...

1.  IOMASH NAMHAL ...

»Sie kommen.«

»Wie viele sind es?«

Der Späher, den Girgas ausgesandt hatte, machte ein einfältiges Gesicht. Er legte die dunkle Stirn in Falten, rollte mit den gelben Augen und schien angestrengt zu überlegen. Dass er zu keinem Ergebnis kam, lag an dem Fausthieb, den Girgas ihm versetzte und der seine krumme Nase in einen formlosen blutigen Klumpen verwandelte.

»Dummkopf!«, wetterte Girgas. »Kannst du nicht zählen?«

»Nein«, näselte es zurück.

»Bei Torgas Eingeweiden! Warum nur hat man mich zum Anführer einer so dämlichen Meute gemacht? Kannst du mir verraten, du Made, wie ich die Taktik unseres Feindes herausfinden soll, wenn ich noch nicht einmal seine Stärke kenne?«

Der Späher zog es vor, darauf nicht zu antworten; Girgas war berüchtigt für seine Wutausbrüche und hatte Untergebene schon aus weit geringeren Gründen einen Kopf kürzer gemacht. Den letzten Rest an Würde bewahrend, zog sich der Ork zurück, und die wutblitzenden Augen seines Anführers blickten sich nach einem neuen Späher um.

»Verdammt noch mal, ist hier keiner, der zählen kann? Hat Graishak mich mit einer Meute hirnloser *umbal'hai* in den Kampf geschickt?«

»Ich kann zählen!«, tönte es – nicht ohne einen gewissen Stolz – aus der letzten Reihe.

Die Krieger, die sich um ihren Anführer geschart hatten, machten daraufhin staunend Platz, bildeten eine Gasse und gaben den Blick frei auf einen Ork, den Girgas noch nie zuvor gesehen hatte. Das heißt, gesehen vielleicht schon, aber nur beiläufig, und wirklich wahrgenommen hatte er ihn nicht, denn der Meuteführer kümmerte sich wie alle Orks in erster Linie um seine eigenen Belange.

Der Kerl war auffallend blass um die schiefe Nase und für einen Ork ungewöhnlich groß und hager. Spärliches Haar hing in fettigen Strähnen unter seinem Helm hervor, und der Blick seiner großen Augen, mit denen er Girgas erwartungsvoll anstarrte, hatte etwas Einfältiges. Bekleidet war er mit einem rostigen Kettenhemd, das viel zu weit für ihn war und um seine dünnen Beine schlotterte, und sein *saparak* sah aus, als hätte er eine Weile auf dem Grund der Modersee gelegen.

»Du?«, fragte Girgas nicht wenig erstaunt. »Wie heißt du?«

»Balbok ist mein Name«, lautete die Antwort, und sie löste Gelächter unter den Kriegern aus; Orks pflegen nach ihren Eigenschaften benannt zu werden, und dieser Name besagte, dass sein Träger nicht der Allerschlauste war.

»Und du kannst zählen, Balbok?«

Der Hagere wollte antworten, als ihm sein Nebenmann einen so harten Rippenstoß versetzte, dass Balbok fast zu Boden ging.

»Hör nicht auf ihn, Girgas«, sagte der Ork, der Balbok in die Rippen gestoßen hatte und das genaue Gegenteil des Hageren war: klein und kräftig und beinahe so breit wie hoch, mit einem runden Kopf, der direkt auf seinem fetten Körper saß. Die Ringe seines Kettenhemds schienen sich über seinem enormen Wanst zu dehnen, während seine Beine so kurz und krumm waren wie die eines Schweins. »Glaub mir, er redet nichts als Unsinn.«

»So?«, fragte Girgas herausfordernd. »Und woher weißt du das, wenn ich fragen darf?«

»Weil er mein Bruder ist«, erklärte der Kurze schlicht und verbeugte sich beflissen, was bei seiner Statur ziemlich drollig wirkte. »Mein Name ist Rammar.«

»Warum nur will sich mir heute jeder vorstellen?«, murrte Girgas. »Es ist mir gleich, wie ihr heißt, wenn ihr ordentlich kämpft und das Maul haltet! Habt ihr verstanden?«

»Gewiss, großer Girgas.«

»Was ist nun? Kann der Lange zählen oder nicht?«

»Nein«, behauptete Rammar, während sein Bruder gleichzeitig ein deutliches »Ja« vernehmen ließ.

»Was soll der Blödsinn?«, brüllte Girgas aufgebracht. »Wollt ihr mich verscheißern?«

»Ich kann zählen!«, behauptete Balbok.

»Nein, kannst du nicht!«, hielt sein Bruder dagegen.

»Kann ich wohl!«

»Kannst du nicht!«

»Und ob!«

»Nein, verdammt noch mal!« Um seinen Worten Nachdruck zu verleihen, griff Rammar zum Speer, aber Balbok ließ sich davon nicht einschüchtern.

»Unsere Meute besteht aus achtundzwanzig Orks«, rechnete er vor, »einschließlich Anführer Girgas. Das macht zweiundfünfzig Füße und achtundvierzig Augen, berücksichtigt man die Amputierten und die Einäugigen.«

Darauf wusste selbst sein Bruder nichts mehr zu erwidern, und auch die übrigen Orks waren mehr als beeindruckt. Zählen war an sich schon eine Kunst – aber auch noch rechnen zu können war eine Fähigkeit, die den Alten und Weisen vorbehalten war (und die wenigsten Orks erreichten ein solch gesegnetes Alter).

Girgas zeigte sich versöhnlich. »Schön, du hast mich überzeugt. Du wirst gehen und die Stärke der Gnomen auskundschaften. Und du, Rammar, wirst ihn begleiten!«

»Ich – ich soll ihn begleiten?« Rammar schnappte nach Luft. »A-aber großer Girgas ...«

»*Kriok!*« Mit diesem einen Wort erklärte der Anführer die Diskussion für beendet – jedem, der noch widersprach, musste klar sein, dass er damit seine Gliedmaßen riskierte.

Leise vor sich hinmaulend wandte sich Rammar ab, und unter den schadenfrohen Blicken ihrer Kameraden traten die beiden Brüder ihre Mission an.

Im Laufschritt brachten sie die Lichtung hinter sich, auf der sich die Orks versammelt hatten, und schlugen sich in die Büsche. Bewaffnet waren sie jeder mit einem *saparak*, einem mit Widerhaken versehenen Speer, den die Orks am liebsten benutzen und der sich auch im Nahkampf einsetzen lässt. Balbok hatte außerdem Pfeil und Bogen dabei und eine handliche Kriegsaxt in seinem Gürtel stecken. Sie nahmen den Weg, den auch der andere Kundschafter genommen hatte und der zu beiden Seiten von dichtem Farn und schroffem Fels gesäumt war.

»Du dämlicher Sohn einer noch dämlicheren Mutter!«, wetterte Rammar, ungeachtet der Tatsache, dass er damit auch die eigene Mutter beleidigte. »Begreifst du nicht, was du mir eingebrockt hast? Jetzt haben wir beide diesen gefährlichen Auftrag am Hals!«

»Und?«, fragte Balbok lakonisch.

»Und? Ich habe keine Lust, deinetwegen von wütenden Gnomen in Stücke gehackt zu werden. Ich habe versucht, dich vor deiner eigenen Dummheit zu schützen, aber du musstest ja so tun, als wärst du der weise Anartum persönlich. Und nun sieh, was du damit erreicht hast – du reitest nicht nur dich selbst, sondern auch mich ins Verderben!«

»Wir reiten nicht, wir laufen! Und ich habe dich nicht gebeten, mich zu begleiten.«

»Als ob das nötig gewesen wäre, so wie du mich angeschaut hast! Du hast mich um Hilfe angefleht mit diesem Blick. Wenn ich nur wüsste, womit ich das verdient habe. Mein ganzes Leben lang geht das schon so. Und das nur, weil ich der Ältere von uns beiden bin und der Wille Kuruls mich vor dir nach *sochgal* gespien hat! Ich sollte dich aufschlitzen und deine Gedärme an die Sumpfkobolde verfüttern, damit du endlich lernst, wie…«

Er verstummte mitten im Satz, als plötzlich der dumpfe Schlag von Trommeln zu hören war, und er blieb so abrupt stehen, dass Balbok gegen seinen Rücken prallte und er noch zwei, drei Schritte vorwärts stolperte.

»Hörst du das?«, flüsterte Rammar und spitzte die ohnehin schon spitzen Ohren.

»Ja«, kam es einfältig zurück. »Das sind die Gnomen.«

»Blödmann!« Wieder ein harter Rippenstoß. »Ich weiß auch, dass das die Gnomen sind. Aber aus welcher Richtung kommt das Getrommel? Man kann es unmöglich feststellen …«

»Von da drüben«, behauptete Balbok kurzerhand und deutete in die entsprechende Richtung.

»Woher willst du das wissen?«

»Ich kann sie riechen«, erklärte der Hagere und wies auf seine lange Nase.

»Was soll das heißen, du kannst sie riechen? Niemand kann Gnomen auf solch eine Entfernung riechen!«

»Ich schon.«

»Und du sagst, sie sind dort drüben?«

Balbok nickte.

»Also schön«, knurrte Rammar widerwillig, »gehen wir also nachsehen. Aber wehe, wenn du mir einen Troll aufgebunden hast, dann wird meine Faust dafür sorgen, dass du nie wieder etwas riechst.«

Balbok wollte vorausgehen, aber sein Bruder hielt ihn zurück und übernahm selbst die Führung. Mit angespannten Sinnen schlichen sie durch das Dickicht, und mit jedem Schritt, den sie in die von Balbok gewiesene Richtung taten, wurde klarer, dass Balboks Nase ihn nicht getrogen hatte. Das Getrommel wurden lauter, und schließlich konnte auch Rammar die stinkende Gegenwart der Gnomen erschnuppern.

In Anbetracht der Nähe des Feindes unterließ er es, seinen Bruder mit weiteren Beschimpfungen zu malträtieren. Je näher sie dem Lager der Gnomen kamen, desto vorsichtiger bewegten sie sich. Balbok, dessen schlanke Gestalt zwischen den Farnen und Felsen hindurchglitt, gelang dies ungleich besser als seinem Bruder, der hier und dort hängen blieb und bisweilen eine halblaute Verwünschung vernehmen ließ. Dann aber lichtete sich vor ihnen das Dickicht.

Die Orkbrüder ließen sich auf alle viere nieder und pirschten weiter vorwärts bis an den äußersten Rand des Waldes, wo sich der Farn in hohem Gras verlor, das über eine steile Böschung abfiel. Vor ihnen öffnete sich ein Tal, das rings von dunklen Hängen und grauem Fels umgeben war. Im Osten, wo die Sonne ihre ersten Strahlen über den rauen Kamm des Westgebirges schickte, toste ein Wasserfall in einen See, um den sich die Gnomen versammelt hatten – kleinwüchsige Gestalten in schwarzen Rüstungen und mit grüner Haut. Und zumindest das ließ sich feststellen, auch wenn man nicht zählen konnte: Es waren viele!

Sehr viele ...

Während Rammar leise Verwünschungen murmelte und sich fragte, ob achtundzwanzig Orks genügten, um mit einer Übermacht wie dieser fertig zu werden, hatte Balbok bereits zu zählen begonnen, was kein leichtes Unterfangen war, denn die Gnomen, die sich dort unten in der Talsohle versammelt hatten, rannten und wimmelten wild durcheinander, sodass der Ork nie sicher war, ob er diesen und jenen schon mitgezählt hatte oder nicht. Immer wieder musste er von vorn beginnen, während sein Bruder besorgt beobachtete, wie sich die Gnomen zum Abmarsch rüsteten.

»Bist du bald fertig?«, zischte Rammar. »Die sind bis an die Zähne bewaffnet, und sie sehen nicht aus, als wären sie gekommen, um einen Waldspaziergang zu unternehmen.«

»... zweiundvierzig, dreiundvierzig ... fünfundvierzig ...«, kam es flüsternd zurück.

»Sie haben Bogenschützen dabei und mehrere Warge. Wenn diese Viecher uns wittern, sind wir verloren. Also beeil dich gefälligst!«

»... siebenundsechzig, achtundsechzig, neunundsechzig ...«

»Ich frage mich, was die grünen Kerle so weit im Süden wollen. Jeder weiß, dass die Modermark den Orks gehört. Aber wahrscheinlich sind ihre verlausten kleinen Gehirne einfach nicht groß genug, um das zu begreifen.«

»... fünfundachtzig, sechsundachtzig, siebenund...« Balbok brach plötzlich ab.

»Was ist?«, wollte sein Bruder wissen.

»Nichts. Bin fast fertig.«

»Worauf warten wir dann noch, Sohn eines elenden Madenfressers? Machen wir, dass wir von hier verschwinden!«

»Das geht nicht.«

»So?« Rammar konnte sich nur mühsam beherrschen. »Und warum nicht?«

»Weil ich die dort im Gras nicht sehen kann«, erklärte Balbok schlicht. »Und wenn ich sie nicht sehen kann, kann ich sie auch nicht zählen.«

»Was redest du für dummes Zeug? Von welchen Gnomen sprichst du?«

»Von denen da«, antwortete Balbok und deutete zur linken Seite des Hangs.

Auf den ersten Blick konnte Rammar dort nichts entdecken, und er wollte seinen Bruder schon zurechtweisen. Dann aber fiel ihm auf, dass sich das hohe Gras an einigen Stellen verdächtig bewegte, so als ob jemand auf allen vieren hindurchkroch.

»Bei Kuruls Flamme!«, entfuhr es ihm. »Gnomenkrieger! Sie pirschen sich an uns heran! Sie haben uns entdeckt!«

Wie um seine Worte zu bestätigen, war plötzlich ein hässliches Sirren zu hören – und unmittelbar vor Rammar, nur wenige Handbreit von seinem klobigen Schädel entfernt, bohrte sich ein Pfeil in den weichen Boden.

»Bei Torgas Eingeweiden ...!«

Noch ehe einer der beiden Orks reagieren konnte, tauchten aus dem hohen Gras plötzlich vier hassverzerrte grüne Fratzen auf. Ihre Säbel und Bogen in den Fäusten, stürmten die Gnomen den Rest des Hangs herauf. Ihr wirres schwarzes Haar umwehte dabei ihre Häupter, ihre Augen blitzten vor Zorn und Kampfeswut, und ihre Münder waren weit aufgerissen, um wilde Kriegsrufe auszustoßen.

»Da siehst du, was du angerichtet hast!«, beschuldige Rammar seinen Bruder. Dann war schon der erste Gnom heran, und der Ork hieß ihn mit dem *saparak* willkommen.

Der Angreifer lief geradewegs in sein Verderben. Der Speer drang in seine Brust, durchbohrte seinen Leib, und die blutige Spitze mit den scheußlichen Widerhaken trat im Rücken wieder aus.

Der fluchende Rammar hatte seine liebe Mühe, den zappelnden Gnom von der Waffe zu schütteln, während sein Bruder kurzerhand nach dem Bogen griff und zwei der Angreifer mit

Pfeilen niederstreckte. Dass Balbok so geschickt war im Umgang mit Pfeil und Bogen hatte Rammar immer mit Neid erfüllt und klammheimlich geärgert – nun jedoch war er froh darüber.

Der Letzte der Gnomen, die sich angeschlichen hatten, stürmte mit heiserem Geschrei heran, aber kaum hatte er die Orks erreicht, als ihm Balboks Axt auch schon das Haupt spaltete. In einem Schwall grünen Gnomenbluts ging der Angreifer nieder.

»Drei hab ich bereits erledigt!«, rief Balbok triumphierend aus.

»Bilde dir darauf nur nichts ein!«, fauchte Rammar seinen Bruder an. »Der bessere Krieger von uns beiden bin immer noch ich!«

Vom Grund des Tals drang aufgeregtes Geschrei herauf. Die Gnomenwächter hatten den Kampf natürlich bemerkt und schlugen Alarm – worauf sich sofort zwei Dutzend Krieger in Bewegung setzten und unter wütendem Gebrüll den Hang heraufstürmten.

»Und jetzt?«, fragte Balbok einfältig.

»Blöde Frage«, knurrte sein Bruder. »Lauf!«

Rammar fuhr herum und rannte davon, so schnell die kurzen Beine seine beträchtliche Leibesfülle tragen konnten. Balbok schob den Axtstiel hinter seinen breiten Gürtel, nahm seinen Bogen und jagte mehrere Pfeile den Hang hinab. Da die Gnomen ohne Deckung und in breiter Front den Hang heraufkamen, traf jedes der Geschosse, aber die Verfolger ließen sich davon nicht aufhalten. Im Gegenteil, mit jedem Artgenossen, der von einem Orkpfeil niedergestreckt wurde, vergrößerte sich ihre Raserei nur noch. Mit beängstigender Geschwindigkeit erklommen sie den Hang; im oberen Teil, wo es steil wurde, krabbelten sie auf allen vieren und sahen in ihren dunklen Rüstungen und mit den langen, dürren Gliedmaßen aus wie große Käfer.

Auf demselben Weg, den sie gekommen waren, traten Rammar und Balbok die Flucht an. Sie hetzten durch den Wald, wobei sich Rammar auf seinen kurzen Beinen ungleich schwerer tat, über Felsbrocken und Wurzeln zu springen, als sein schlanker, hagerer Bruder. Mehrmals blieb er mit den Füßen hängen, schlug der Länge nach hin und wand sich zappelnd wie ein Insekt am Boden, bis Balbok ihm wieder auf die Beine half. Dann setzten sie ihre wilde Flucht fort, das Kreischen und Heulen der Gnome im Rücken.

»Rammar?«, stieß Balbok im Laufen hervor.

»Ja?«

»Ich muss dir was sagen.«

»*Umbal!*«, keuchte der andere. »Jetzt ist keine Zeit für Gefühlsduselei. Aber wenn du es unbedingt wissen willst – ich bin auch froh, dich zum Bruder gehabt zu haben.«

»Das meine ich nicht.«

»Nein?«

»Nein. Mir ist nur gerade eingefallen, dass wir unseren Auftrag nicht erfüllt haben. Wir wissen noch immer nicht, wie viele Gnome es sind, und ...«

»Glaubst du denn, das spielt jetzt noch eine Rolle?«

»Zuletzt habe ich siebenundachtzig gezählt. Die vier, die wir erschlagen haben, brauche ich nicht mitzuzählen, und abzüglich derer, die ich mit meinen Pfeilen erledigt habe, macht das ...«

»Balbok?«

»Ja, Rammar?«

»Tu mir einen Gefallen«, stieß sein Bruder zwischen keuchenden Atemzügen hervor. »Halt verdammt noch mal die Klappe, verstanden?«

»Ja, Rammar. Aber die Anzahl der Gnome ...«

»Noch ein Wort über Zahlen, und du brauchst dir über die Gnome keine Gedanken mehr zu machen – dann werde *ich* dich erschlagen, elender *umbal!* Das alles ist nur deine Schuld!«

So schnell Rammars Stummelbeine es zuließen, rannten sie durch den Wald und erreichten endlich die Lichtung, wo Girgas und der Rest der Meute auf sie warteten. Als der Anführer sie erblickte, erkannte er sofort, dass etwas nicht stimmte.

»Was ist los?«, rief er ihnen entgegen. »Ihr seht aus, als wärt ihr Kurul persönlich begegnet.«

»Die Gnome ...!« Das war alles, was Rammar hervorbrachte, während er heiser nach Luft schnappte.

»Was ist mit ihnen?«

»Sie … sie … haben uns entdeckt und …«

»Ihr wurdet entdeckt?« Girgas' Augen weiteten sich.

»Ja, großer Girgas«, krächzte Rammar. »Wir haben ein paar von ihnen erschlagen, aber jetzt sind sie auf dem Weg hierher. Wir müssen rasch fliehen und …!«

In diesem Moment war das Geschrei ihrer Verfolger zu hören, und der Wald schien zu erzittern unter dem Getrampel zahlreicher Füße.

Die Orks tauschten entsetzte Blicke. Einige von ihnen wollten die Flucht ergreifen, wie Rammar es geraten hatte, aber Girgas stellte sich ihnen entgegen. Dabei hielt er sein Orkschwert in der Faust, an dessen schartiger Klinge Flecken von eingetrocknetem grünen Gnomen-, von rotem Menschen- und sogar von schwarzem Orkblut von siegreich überstandenen Kämpfen kündeten.

»Bleibt hier, ihr Maden!«, rief er. »Ihr Feiglinge, wo wollt ihr hin?«

»Weg, nur weg!«, rief einer der Krieger – woraufhin ihm Girgas kurzerhand den Kopf abschlug. Der Schädel plumpste auf den feuchten Waldboden, den entsetzten Ausdruck noch im Gesicht.

»Keiner verlässt diese Lichtung!«, brüllte Girgas gegen das Geschrei der Gnomen an, das lauter und lauter wurde. »Ihr elenden Hunde werdet bleiben und kämpfen. Wir werden diesen verdammten Gnomen zeigen, was es heißt, ein Ork zu sein, und wir werden unsere Klingen in ihrem stinkenden grünen Blut baden. Habt ihr mich verstanden?«

Die Antwort war heiseres Gebell – zu mehr waren die meisten Krieger nicht mehr fähig, nachdem sie das Blut ihres Artgenossen gerochen hatten. Ihre gelben Augen rollten wild in den Höhlen, nicht wenigen stand Schaum vor dem Maul. Ihre Schwerter und Speere umklammernd, wandten sie sich in die Richtung, aus der die Gnomen kommen würden, und Girgas drängte sich in die vorderste Reihe.

»Wie viele sind es nun?«, fragte er Balbok, der neben ihm stand.

»Genau weiß ich es nicht«, gab der Hagere verlegen zurück. »Etwas über achtzig, schätze ich.«

Girgas überlegte kurz. »Ist das mehr als ein Dutzend?«, fragte er dann.

»Ich denke schon.«

Ein verwegenes Grinsen huschte über Girgas' narbenzerfurchte Züge. »Dann sind es wirklich viele …«

Plötzlich war aus dem Wald ein lang gezogenes, feindseliges Knurren zu vernehmen. Gebannt starrten die Orks auf das dunkle Grün. Wieder war das Knurren zu hören, dann das Knacken und Bersten von Zweigen und Ästen. Und einen Herzschlag später brach etwas Großes, Graues aus dem Buschwerk.

Girgas stieß einen lauten Kampfschrei aus, als er den massigen Warg heranstürzen sah. Warge waren keine gewöhnlichen Wölfe, sondern übergroße und mit mörderischen Fängen bewehrte Bestien. Dunkler Zauber hatte sie zur Zeit des Zweiten Krieges hervorgebracht, und einst hatten sie den Orks als Reittiere gedient. Im Lauf der Jahrhunderte hatten jedoch auch andere Rassen gelernt, sie sich zu unterwerfen; besonders die Gnomen hatten einiges Geschick darin, sie zu reiten. Der Krieger, der auf dem schmalen Rücken des Wargs saß, lachte und kreischte wie von Sinnen, während er die Bestie in Girgas' Richtung trieb.

Der Orkführer handelte ohne Zögern.

Mit einer Schnelligkeit, die man einem Wesen seiner Statur kaum zutraute, schnellte er vor und rammte sein Schwert nach oben, genau in dem Augenblick, als der Warg ihn erreichte und sich vor ihm auf die Hinterläufe erhob. Girgas stieß der Bestie die Waffe bis zum Heft in die Brust, noch ehe deren mörderische Pranken ihn berühren konnten. Dass sie damit erledigt war, begriff die niedere Kreatur nicht gleich; sie stand weiterhin aufgerichtet und brüllend vor dem Ork. Das Gebrüll ging jedoch in ein Gurgeln über, als Girgas den Warg mit einem raschen Schwertstreich der Länge nach aufschlitzte.

Die Innereien des Tieres ergossen sich über Girgas, was diesen nur noch wilder machte. Als der Warg vor ihm zusammenbrach, enthauptete er den unglücklichen Reiter, noch ehe dieser ganz begriff, was geschehen war.

Die bluttriefende Klinge in der Hand, stieß Girgas einen triumphierenden Schrei aus, in den auch die anderen Krieger der Meute einfielen. Er scholl über die Lichtung, und wie eine Welle brandete er den Gnomen entgegen, die im nächsten Augenblick aus dem Dickicht brachen.

Girgas hatte Recht – es waren tatsächlich viele. Eine gepanzerte grüne Invasion ergoss sich aus dem Wald, und obwohl die Gnomen den Orks an Körpergröße unterlegen waren, boten sie einen Furcht einflößenden Anblick. Die Münder zu wildem Kriegsgeschrei weit aufgerissen, starrten sie den Orks aus hasslodernden Augen entgegen, während sich eine Phalanx mörderischer Waffen gegen sie richtete.

»Bogenschützen!«, konnte Girgas gerade noch rufen, aber längst nicht alle Orks kamen noch dazu, den gefiederten Tod von der Sehne schnellen zu lassen. Nur wenigen – unter ihnen der beherzte Balbok – gelang es, und die Gnomen in der vordersten Angriffsreihe schienen gegen eine unsichtbare Wand zu laufen. Doch schon war die nächste Welle der Angreifer heran, und die Orks wurden in einen heftigen Nahkampf verwickelt.

»Vorwärts, ihr Maden!«, hörte man Girgas mit lauter Stimme brüllen. »Wollt ihr denn ewig leben?«

Mit furchtbarer Wucht prallten die feindlichen Rotten aufeinander. Von einer geordneten Schlachtreihe konnte keine Rede sein – bei den Orks nicht, weil keine Zeit geblieben war, sich aufzustellen, bei den Gnomen nicht, weil sie in ihrer Raserei ohnehin keine Ordnung kannten. Unter wildem Kampfgeschrei drangen sie auf die Orks ein, aber für jene Angreifer, die sich unmittelbar gegen Girgas und Balbok wandten, nahm der Kampf ein jähes Ende.

Heisere Schreie ausstoßend, ließ Girgas seine Axt tanzen; sein Schwert hatte er im gespaltenen Schädel eines Feindes stecken lassen. Nun schwenkte er die Waffe im weiten Kreis, um die Angreifer von sich fern zu halten. Die Wunden, die das messerscharfe Axtblatt riss, waren verheerend. Fontänen von grünem Gnomenblut schienen den Anführer der Orkmeute zu umgeben, gischteten wie Geysire überall dort in die Höhe, wo Girgas' Axt Nahrung fand. Balbok an seiner Seite hatte den Bogen weggeworfen und zu seinem *saparak* gegriffen, mit dem er reihenweise Angreifer erstach.

Auch die übrigen Orks schlugen sich wacker, aber die Masse der Gnomenkrieger, die auf die Lichtung drängte, setzte ihnen arg zu. Immer mehr Orkkämpfer sanken erschlagen zu Boden, in den blutbesudelten Morast, in den sich die Lichtung unter trampelnden Füßen verwandelt hatte. Anfangs war stets noch ein anderer Ork zur Stelle, um den Platz des gefallenen Kameraden einzunehmen, aber bald schon dünnten sich ihre Reihen, und obwohl auf jeden erschlagenen Ork zwei getötete Gnomen kamen, wurde die Übermacht der Angreifer immer erdrückender.

Es war ein gnadenloses Gemetzel. Der grüne Lebenssaft der Gnomen vermischte sich mit dem schwarzen Blut der Orks, tränkte den schlammigen Boden und würde dafür sorgen, dass in Jahrzehnten keine Pflanze auf dieser Lichtung mehr gediehe. Der Geruch von Schweiß und noch warmem Blut schwängerte die Morgenluft, während überall auf der Lichtung gekämpft, getötet und gemetzelt wurde.

Im Mittelpunkt der Schlacht stand Girgas. Er schlug einem Gnomenkrieger mit der Axt den rechten Arm ab und widmete sich sogleich zwei weiteren Angreifern, die er mit einem einzigen Hieb seiner mächtigen Waffe niedermachte. Auf den von ihm verstümmelten Gnom mit dem abgehackten Arm achtete er nicht mehr, doch dieser, obwohl schwer verletzt, kroch über die Leiber seiner erschlagenen Kameraden auf Girgas' Beine zu, einen Dolch in der verbliebenen Hand. Und während Girgas einem weiteren Gnom den Schädel spaltete, stieß der Einarmige zu.

Der Anführer der Orkmeute grunzte ebenso überrascht wie unwillig auf, blickte nach unten und sah den Gnomendolch in seinem Stiefel stecken. Seine Axt sauste hinab und tötete den Verstümmelten, der diese hinterhältige Tat begangen hatte; eine fast beiläufige Bewegung, so als wolle er ein lästiges Insekt verscheuchen. Dennoch war Girgas für einen Augenblick abgelenkt – und diese kurze Ablenkung nutzten die anderen Gegner, die ihn umstanden.

Als Girgas das Zucken an seiner linken Schulter bemerkte, begriff er zunächst nicht mal, was geschehen war. Erst als er den Arm heben wollte und es ihm nicht gelang, bemerkte er den Gnomenpfeil, der zwischen Harnisch und Schulterschutz eingedrungen war. Es genügte den Gnomen nicht, die Spitzen ihrer Pfeile mit Widerhaken zu versehen – sie pflegten sie auch in Gift zu tränken. Schon spürte Girgas dessen Wirkung, und seine Bewegungen wurden schwer und fahrig. Aber er kämpfte weiter, wild entschlossen, so viele Angreifer wie möglich mit sich in Kuruls finstere Grube zu reißen.

»Kommt nur her!«, rief er ihnen grollend zu. »Ein Warg und ein paar Pfeile? Ist das alles, was ihr zu bieten habt?«

Die Gnomen wurden darüber nur noch zorniger und drangen umso entschlossener auf ihn ein. Von irgendwo zuckte ein Speer heran und bohrte sich in Girgas' rechtes Bein, und noch während er in die Knie brach, sprang ihn ein weiterer Gnom an wie ein wildes Raubtier. Sich am Kopf des Orks festkrallend, sorgte der kleinwüchsige Krieger dafür, dass Girgas die Sicht genommen wurde und er nur noch blindlings um sich schlagen konnte.

»Helft mir!«, rief er seinen Kriegern zu. »Verdammt, ihr Maden, helft mir gefälligst!« Aber die anderen Orks, einschließlich Balbok, waren viel zu sehr damit beschäftigt, sich ihrer eigenen Haut zu erwehren.

Girgas gelang es schließlich, sich den Gnom, der ihm die Sicht nahm, vom Kopf zu reißen; dass dessen Krallen tiefe, blutige Kratzer in seinem Gesicht hinterließen, nahm er gar nicht wahr. Er schleuderte den kleinen grünen Kerl den Angreifern entgegen, doch als er erneut die Axt hob, um damit den Schädel eines Feindes zu spalten, durchtrennte ein Säbel seinen Arm unterhalb des Ellbogens, und samt der Klaue, die den Schaft noch immer krampfhaft umklammerte, landete die Axt im Morast.

Girgas besah sich den blutigen Stumpf und brüllte auf vor Verärgerung und Wut – da fielen die Gnomen auch schon wie ein Schwarm Heuschrecken über ihn her, und der Anführer der Orkmeute ging fluchend und zeternd inmitten eines Knäuels grüner Leiber nieder.

Rammar sah es aus einiger Entfernung und beschloss, dass die Schlacht für ihn damit geschlagen war. Solange Girgas stand, hatte es eine (wenn auch geringe) Hoffnung gegeben, dass die Orks die Schlacht noch gewannen. Diese Hoffnung war ihm nun genommen, aber Rammar fühlte sich noch zu jung zum Sterben.

Die ganze Zeit über hatte sich der untersetzte Ork am Rand der Schlacht aufgehalten; während die meisten Gnomen dorthin drängten, wo das wildeste Getümmel herrschte, waren die Flanken weniger heftigen Angriffen ausgesetzt. Dies kam Rammar nun zugute. Noch einmal stieß er mit dem *saparak* zu und durchbohrte damit einen Gnom, der schreiend auf ihn zugesprungen war. Er befreite den Speer, indem er einen Fuß gegen die Brust des Sterbenden stemmte und den *saparak* hin und her riss, dann wandte er sich zur Flucht.

Wie es seine vorausschauende Art war, hatte Rammar sich bereits ein Versteck ausgesucht. Am Rand der Lichtung, im von Moos überwucherten Fels, gab es eine Spalte, die breit genug war, ihn aufzunehmen – vorausgesetzt, er zog seinen Wanst ein und hielt die Luft an. Aber angesichts der mörderischen Gefahr, in der er schwebte, schien ihm das keine Herausforderung, der er nicht gewachsen war.

Natürlich wusste Rammar, was er seiner Sippe schuldig war. Suchend schaute er sich um und erblickte seinen Bruder Balbok inmitten eines geifernden Haufens von Gnomen, die von allen Seiten auf ihn eindrangen.

»Leb wohl, Bruder!«, raunte Rammar und deutete eine Verbeugung an – dann lief er auf die Felsspalte zu.

Bei dem Durcheinander, das auf dem Schlachtfeld herrschte, schenkte ihm niemand Beachtung, und indem er sich so dünn machte, wie er nur irgend konnte – wobei »dünn« allerdings der falsche Ausdruck war –, gelang es Rammar tatsächlich, sich in die dunkle Öffnung zu zwängen.

Dort wartete er.

Wartete.

Und wartete …

An einem weit entfernten Ort, in der kalten Düsternis eines uralten Gemäuers, blickten blutunterlaufene Augen in die verschwommene Tiefe des *ocoulón*.

Was darin zu sehen war, sorgte dafür, dass sich der schmale Schlitz, der sich unterhalb der starrenden Augen befand, zu einem zufriedenen Lächeln verzog.

Die Gnomen erledigten ihre Aufgabe gut. Alles entwickelte sich so, wie er es geplant hatte – nun brauchte er nur noch abzuwarten.

Schon bald würde ihm gehören, wonach er schon so lange trachtete ...

»Tötet sie, meine tapferen Gnomenkrieger«, sprach er leise in das *ocoulón*. »Tötet sie bis auf den einen. Der Tapferste unter ihnen soll mein Werkzeug werden ...«

2.

EUGASH KOUM

Irgendwann war der Kampfeslärm verstummt.

Nur hier und da war vereinzelt noch ein Stöhnen zu vernehmen, und aus dem blauen Mittagshimmel drang bereits das Kreischen der Aasfresser, die sich bald auf ihre Beute stürzen würden.

Obwohl sein Versteck alles andere als bequem war, harrte Rammar darin noch einige Zeit länger aus, als es nötig gewesen wäre. Er wollte ganz sicher sein, dass sich keine Gnomen mehr auf der Lichtung befanden.

Irgendwann entschied er, dass er lange genug gewartet hatte, und indem er alle Luft aus seinen Lungen blies und sich erneut so dünn wie nur irgend möglich machte, gelang es ihm, sich aus dem schmalen Spalt zu zwängen. Vorsichtig steckte er den Kopf hinaus und vergewisserte sich, dass die Luft rein war. Dann schob er sich weiter vor, bis er sich nach draußen fallen lassen konnte. Unbeholfen landete er im niedergetrampelten Gras.

Der Anblick, der sich ihm bot, als er sich wieder auf die Beine rappelte, war wenig erbaulich. Überall auf der Lichtung lagen erschlagene Orks. Einigen waren Gliedmaße abgehackt worden, anderen der Wanst aufgeschlitzt, sodass die Eingeweide hervorgequollen waren, wieder andere waren mit Gnomenpfeilen gespickt. Allen gemein war der Ausdruck ungläubigen Schreckens in den Gesichtern, der sie, wie Rammar fand, ziemlich dämlich aussehen ließ.

Von den Gnomen jedoch fehlte jede Spur; sie waren abgezogen und hatten sogar ihre Gefallenen mitgenommen. Nur die toten Orks waren auf dem Schlachtfeld zurückgeblieben, und irgendwo unter den wild durcheinander liegenden blutigen

Leibern, über denen bereits Schwärme dicker Fliegen brummten, vermutete Rammar seinen Bruder Balbok.

»Du elender *umbal*!«, maulte er vor sich hin, während er die Lichtung nach ihm absuchte. »Wie oft habe ich dir gesagt, dass es sich nicht lohnt, den Helden zu spielen! Dass nur ein verblödeter Mensch den Kopf für andere hinhält! Aber nein, du wusstest es ja wieder besser als ich. Hättest du auf deinen älteren Bruder gehört, dann wärst du noch am Le…«

Er verstummte, als aus dem nahen Gebüsch ein Rascheln drang. Rammar hob seinen *saparak* und fuhr herum. Im Unterholz knackte es, und Rammar erwartete schon, dass sich ein paar Gnomen daraus stürzten. Wie groß war sein Erstaunen, als keine grüne Gnomenfratze aus dem Dickicht auftauchte – sondern das hagere Gesicht seines Bruders.

»Balbok!«

Für einen kurzen Augenblick war helle Freude auf Rammars dunklen Zügen zu sehen, und fast wäre er dem Bruder freudig um den Hals gefallen – doch er ermahnte sich, dass sich ein solches Verhalten für einen Ork nicht schickte. Abrupt blieb er stehen, und die alte Verbissenheit kehrte in seine Miene zurück.

»Rammar!« Balbok legte sich weniger Zurückhaltung auf. Ein freudiges Zähnefletschen erschien auf seinen kindlichen Zügen, und er stürzte auf seinen fetten Bruder zu, um ihn überschwänglich zu umarmen. Rammar hielt ihn zurück, indem er kurzerhand den *saparak* gegen ihn hob.

»Was ist los mit dir?«, fuhr er ihn an. »Bist du verrückt geworden? Was soll das?«

»Ich dachte, du wärst tot.«

»Bin ich nicht!«, schnappte Rammar. »Und du auch nicht, wie ich sehe. Nachdem wir das geklärt hätten, können wir ja wieder vernünftig sein. Und vielleicht kannst du mir auch sagen, wieso du noch am Leben bist, während alle anderen massakriert wurden.«

»Das weiß ich nicht.« Balbok zuckte mit den Schultern. »Der Kampf war eigentlich vorbei, die Gnomen hatten alle erschlagen, nur ich war noch übrig. Sie hatten mich eingekreist, und von allen Seiten griffen sie mich an. Ich sah die Mordlust in ihren Augen und war mir sicher, dass es vorbei war. Ich blickte dem sicheren Tod ins ...«

»Verdammt, du bist ein Ork und kein Zwerg!«, schnaubte Rammar. »Du sollst mir keine Saga erzählen, sondern sagen, was passiert ist. Ich habe schließlich nicht den ganzen Tag Zeit.«

»Ich ... ich weiß es nicht«, wiederholte Balbok ratlos. »Ich dachte, es wäre aus, aber plötzlich überlegten es sich die Gnomen anders und zogen ab.«

»Das war alles?«

»Das war alles«, versicherte Balbok, was bei seinem Bruder spontanen Neid hervorrief. Wozu, in aller Welt, hatte er sich in eine enge Felsspalte verkrochen und dort den halben Vormittag verbracht, wenn er ebenso gut auf dem Schlachtfeld hätte abwarten können?

»Das ergibt keinen Sinn«, sagte er. »Wen die Gnomen einmal in ihren Klauen haben, den lassen sie nicht einfach wieder laufen. Warum also haben sie dich am Leben gelassen, hä?«

»Ich weiß es wirklich nicht«, beteuerte Balbok, doch dann fügte er hinzu, nicht ohne Stolz in der Stimme: »Ich habe gekämpft bis zum Schluss. Vielleicht haben sie es ja mit der Angst zu tun gekriegt und sind deshalb geflohen.«

»Angst? Vor *dir*?« Rammar lachte laut auf. »Das hättest du wohl gern.«

»Immerhin war ich der Letzte, der noch auf den Beinen stand.«

»Und was ist mit mir? Auch ich bin noch am Leben, wie du siehst.«

»Du hast auch bis zum Schluss gekämpft?«, fragte Balbok erstaunt. Er konnte sich nicht entsinnen, seinen Bruder auf dem Schlachtfeld gesehen zu haben.

»Was soll die bescheuerte Frage?«, fauchte Rammar und bedachte ihn mit einem wütenden Blick. »*Natürlich* habe auch ich bis zum Schluss gekämpft. Oder willst du behaupten, ich hätte mich feige in eine Felsspalte verkrochen und gewartet, bis der Kampf vorbei war?«

Balbok zögerte mit der Antwort, was seinen Bruder vollends in Zorn versetzte. »Du elender Zwergenfurz!«, schalt er ihn. »Und um dich habe ich mich all die Jahre gekümmert, nachdem unser Vater von einem Troll gefressen wurde! Dir habe ich beigebracht, wie man mit dem Schwert und dem *saparak* umgeht! Wie man mit Pfeil und Bogen schießt!«

»Wie man mit Pfeil und Bogen schießt, habe ich *dir* beigebracht«, wandte Balbok ein.

»Unterbrich mich nicht, wenn ich mit dir rede! Das ist respektlos, schließlich bin ich der Ältere von uns beiden. Und wenn ich noch einmal das Gefühl habe, dass du mich verdächtigst, mich verkrochen zu haben, während unsere Kameraden tapfer um ihr Leben kämpften, dann sollst du den Stahl meines Dolchs zu spüren bekommen, das schwöre ich bei Torgas stinkenden Eingeweiden!«

Ob dieser Schelte wagte Balbok keinen Einwand mehr. Eingeschüchtert ließ der Hagere, der seinen älteren Bruder um zwei Köpfe überragte, das Haupt hängen. Den Tod der Kameraden hatte Balbok mit orkischem Gleichmut hingenommen – die Standpauke seines Bruders hingegen traf ihn schwer. Seine Mundwinkel fielen nach unten, sein bleiches Gesicht nahm einen betrübten Ausdruck an, und seine Lippen stülpten sich schmollend nach vorn.

»Was ist denn jetzt?«, schnauzte Rammar.

»Du bist böse mit mir.«

»Ja, verdammt, ich bin böse mit dir. Sehr sogar. Ich kann es nun mal nicht ausstehen, wenn du …« Als Rammar sah, wie das Gesicht seines Bruders noch länger wurde und der Ausdruck darin noch betrübter, unterbrach er sich. »Nein, ich bin nicht böse mit dir«, erklärte er seufzend.

»Wirklich nicht?« Balbok blickte auf.

»Nein. Aber wenn du noch einmal behauptest, ich wäre vor einem Kampf geflohen, dann reiße ich dir mit den Zähnen die Gedärme aus dem Leib. Ist das klar?«

»Klar«, erklärte Balbok grinsend.

»Dann lass uns jetzt zusehen, dass wir von hier fortkommen. Was immer die Gnomen dazu bewogen hat, abzuziehen – weit können sie noch nicht sein. Und ich bin nicht erpicht darauf, ihnen noch einmal zu begegnen.«

»Was ist mit Girgas?«, fragte Balbok.

»Was soll mit ihm sein?«

»Er ist unser Anführer.«

»Er *war* unser Anführer«, verbesserte Rammar.

»Es ist unsere Pflicht, seinen Kopf zurückzubringen, damit er im Ritual des *shrouk-koum* Unsterblichkeit erlangt.«

»Das Ritual des *shrouk-koum*?«, fragte Rammar ungläubig. »Du schlägst allen Ernstes vor, Girgas' klobigen Schädel die ganze Strecke zurück nach Hause zu schleppen, nur damit sie einen Schrumpfkopf daraus machen?«

»So will es das Gesetz«, erwiderte Balbok schulterzuckend. »Tun wir es nicht, wird man uns aus dem Stamm verstoßen und uns unseren Besitz nehmen.«

»Echt?« Rammar glotzte seinen Bruder ungläubig an.

»So will es das Gesetz«, wiederholte Balbok.

»Dann sollten wir den alten Dickschädel finden und nach Hause bringen!« Rammar seufzte und blickte sich auf dem Schlachtfeld um. »Fragt sich nur, wo wir mit der Suche anfangen sollen.«

»Dort drüben!«, sagte Balbok und deutete auf eine Stelle unweit des Waldrands, wo die Standarte der Orkmeute im Boden steckte. Girgas' Banner, das eine geballte Faust zeigte, flatterte zerfetzt im Wind, zusammen mit den Zwergen- und Gnomenskalpen, mit denen die Fahnenstange geschmückt war.

Tatsächlich fanden sie dort auch Girgas' Leichnam, zur Hälfte eingesunken im Morast. Dies ließ darauf schließen, dass sich eine große Anzahl Gnomen auf ihn gestürzt hatte. Entsprechend verunstaltet war der Tote: Die Grüngesichter hatten Girgas regelrecht in Stücke gehackt und gerissen – der Tote sah aus, als hätte ihn ein Warg gefressen, dann halb verdaut wieder ausgespuckt und seine Überreste mit den Krallenpfoten in die Erde gescharrt.

Der Grund, weshalb Rammar eine Verwünschung ausstieß, als er die Leiche sah, war jedoch ein anderer: Girgas' Kopf saß nicht mehr auf dessen Schultern!

Nun gut, im Eifer eines Orkgefechts kommt es schon mal vor, dass sich Kopf und Rumpf voneinander trennen. Also gingen die beiden Brüder daran, die Umgebung nach dem Schädel ihres Meuteführers abzusuchen. Als sie jedoch auch nach einer ganzen Weile noch nicht fündig geworden waren, kamen sie zu dem Schluss, dass die Gnomen, als sie abgezogen waren, Girgas' Kopf mitgenommen hatten: Das Haupt des Meuteführers war gestohlen worden!

»Das gibt Ärger«, prophezeite Balbok.

»*Shnorsh*«, erwiderte Rammar.

In die Sprache der Menschen übersetzt bezeichnete das Wort *bolboug* eine Siedlung oder ein Dorf. Tatsächlich gab die Sprache der Menschen die Bedeutung des Wortes aber nur sehr unzureichend wieder. Denn *bolboug* nannte ein Ork nur jenes Dorf, aus dem er selbst stammte, wohingegen jedes andere Dorf als *kuun*, als Fremde, bezeichnet wurde.

Da die Orks auf Grund dessen nie auf den Gedanken kamen, ihren Dörfern und Siedlungen Eigennamen zu geben – untereinander wussten sie ja, von welchem Ort sie sprachen –, führte dies im Laufe ihrer Geschichte zu erheblichen Verwirrungen. Wann immer von einem *bolboug* die Rede war, herrschte unter den Stämmen Uneinigkeit, wessen Heimat denn nun gemeint war, und es gab Chronisten unter den Menschen und den Zwergen, die behaupteten, dass die Niederlage der Orks im Zweiten Krieg unter anderem darauf zurückzuführen war, dass man eigentlich nie genau wusste, wo sich das Heer versammeln sollte.

Von solchen Überlegungen waren Rammar und Balbok weit entfernt, als sie am vierten Tag nach der Schlacht im Grenzland ins Gebiet ihres Stammes zurückkehrten. Schon von weitem rochen sie den fauligen Gestank, der über den Höhlen lag und für einen Ork den Inbegriff von Behaglichkeit darstellt. Als sie dann auch noch den Geruch von frisch geschmortem Menschenfleisch schnupperten, fühlte sich Balbok wieder ganz daheim.

»Endlich!«, sagte Rammar, als sie den Hohlweg in die Schlucht nahmen, an deren steilen Felswänden die Höhlen und Hütten des *bolboug* lagen. »Als Erstes werde ich mir einen großen Schluck Blutbier gönnen, danach werde ich mich in das faulige Laub unserer Höhle wühlen und die nächsten Tage schlafen.«

»Ja«, erwiderte Balbok halblaut. »Wenn sie uns lassen.«

»Was hast du? Fängst du schon wieder damit an?« Rammar schüttelte verärgert den Kopf. »Wie oft soll ich dir noch sagen, dass du dir keine Sorgen zu machen brauchst. Ich werde Graishak die Sache mit Girgas' Haupt schon begreiflich machen.«

»Aber das Gesetz sagt …«

»Es ist mir gleich, was das Gesetz sagt. Die Gnomen waren in der Übermacht, und Girgas' Kopf war nicht mehr da. Was hätten wir denn tun sollen? Auf die Schnelle einen neuen schnitzen?«

»Aber das Gesetz …«

»Hör endlich auf damit!«, fuhr Rammar seinen Bruder an. »Wenn du noch einmal vom Gesetz anfängst, werde ich dich mit bloßen Fäusten erschlagen, hast du verstanden?«

»Ja.«

»Also schön. Du hältst einfach das Maul und überlässt das Reden mir, hast du kapiert? Dann kommt alles in Ordnung, du wirst schon sehen.«

Balbok widersprach nicht mehr, und Rammar hielt die Angelegenheit damit vorerst für erledigt. Stolz hielt er die Standarte der Meute hoch (oder vielmehr das, was die Gnomen davon übrig gelassen hatten) und trug sie über den Felsweg in die Schlucht. Zu beiden Seiten des schmalen Pfades tauchten finstere Gestalten auf – Krieger, die den Zugang zum *bolboug* bewachten und ihnen feindselig ihre *saparaks* entgegenhielten.

»Ihr da! Wie lautet die Losung?«

»Schlagetot«, gab Rammar beiläufig zurück. »Aber warum fragst du mich das, Faulhirn? Erkennst du uns denn nicht? Ich bin Rammar, und dies ist mein Bruder Balbok.«

»Was weiß ich, wer du bist!«, entgegnete der Hauptmann der Wache mürrisch. »Ich kann schließlich nicht jede Trollfresse kennen, die im *bolboug* lebt. Was ist denn mit eurer Standarte passiert? Und wo ist euer Anführer?«

»Tot«, entgegnete Rammar schlicht. »Gnomen.«

»Und wo habt ihr seinen Kopf gelassen? Das Gesetz sagt ...«

»Ich weiß, was das Gesetz sagt«, seufzte Rammar und warf seinem Bruder einen strafenden Seitenblick zu, als hätte dieser es persönlich erlassen. »Lasst uns einfach durch, dann gehen wir zu Graishak und erklären ihm die Sache.«

»Wollt ihr das wirklich?« Der Hauptmann hob die Braue über dem einen Auge, das ihm noch geblieben war – das andere hatte er im Kampf verloren. »Ich an eurer Stelle würde mir das gut überlegen. Graishak versteht keinen Spaß in diesen Dingen.«

»Ich ebenfalls nicht!«, entgegnete Rammar mürrisch, und die Wachen traten zurück und ließen sie passieren. Die Brüder folgten der in den Fels gehauenen Treppe und gelangten so in das eigentliche Dorf.

Orks waren keine Baumeister – ihre Stärke lag weniger darin, etwas aufzubauen, als darin, es einzureißen. Entsprechend waren ihre Behausungen entweder Höhlen, die eine Laune der Natur in den Fels gegraben hatte, oder die Ruinen dessen, was andere hinterlassen hatten. Bei dem *bolboug*, in dem Rammar und Balbok lebten, war beides der Fall. Die Höhlen, die zu beiden Seiten der Schlucht in den fast senkrecht aufragenden Felswänden klafften, waren natürlichen Ursprungs, aber sie hatten schon früher als Behausungen gedient, lange bevor sich Graishaks Stamm hier niedergelassen hatte.

Wie es hieß, hatten damals Wildmenschen die Höhlen bevölkert – haarige, bucklige Wesen, die noch hässlicher waren als die Menschen heutiger Tage mit ihren hellen Augen und ihren milchigen Gesichtern. Was diesen Menschen widerfahren war, wusste man nicht. Vielleicht waren sie geflohen, vielleicht waren sie von einer Seuche dahingerafft worden. Vielleicht hatte auch ein Troll ihren Stamm ausgerottet. Tatsache war, dass sie die Höhlen ausgebaut und die hölzernen Stege errichtet hatten, die in luftiger Höhe beide Seiten der Schlucht miteinander verbanden. Da das Holz uralt und morsch war und die Orks es nie erneuert hatten, kam es immer wieder vor, dass einer der Stege nachgab und jemand hinunterfiel und sich das Genick brach, was unter den anderen Orks für allgemeine Heiterkeit sorgte.

Obwohl Rammar und Balbok froh waren, wieder zu Hause zu sein – während ihres langen Marsches zurück hatten sie sich wiederholt vor Gnomenpatrouillen verstecken müssen –, entgingen ihnen nicht die Blicke, mit denen ihre Artgenossen sie bedachten. Ihre zerfetzte Standarte zeugte davon, dass sie in einen Kampf geraten waren, und die Tatsache, dass sie allein zurückkehrten, ließ nur allzu deutlich darauf schließen, wie dieser Kampf ausgegangen war. Da Orks kaum verwandtschaftliche Beziehungen pflegen – die beiden Brüder Rammar und Balbok bildeten in dieser Hinsicht eher eine Ausnahme –, gab es niemanden, der um Girgas und die anderen getrauert hätte. Es war der blanke Zorn, der im *bolboug* um sich griff – Zorn auf die Feinde, die über die Orkmeute und damit über den ganzen Stamm gesiegt hatten.

Müde, wie sie waren, hätten sich Rammar und Balbok am liebsten erst einmal ausgeruht. Aber beiden war klar, dass sie das nicht durften, ehe sie ihrem Häuptling Bericht erstattet hatten, zumal die Wachen bereits Bescheid wussten. Graishak schätzte schlechte Nachrichten nicht, aber noch viel weniger mochte er es, wenn er sie als Letzter erfuhr.

Graishaks Behausung lag am Ende der Schlucht. Dort war der Geruch von Fäulnis und Moder am heftigsten, und auf mehreren Pfählen, die links und rechts des Eingangs in den Boden gerammt waren, steckten die Köpfe erschlagener Feinde. Meist waren es die Häupter von Gnomen, aber auch das eines Menschen war darunter, der wohl so unvorsichtig gewesen war, die Klüfte und Wälder des Schwarzgebirges zu durchstreifen. Obwohl Graishaks Höhle die größte im ganzen *bolboug* war, bildete sie nur den Vorraum zu einem noch größeren Felsengewölbe. Dieses war Kurul vorbehalten, dem finsteren Dämon, den die Orks sowohl als ihren Schöpfer verehrten als auch als ihren Vernichter fürchteten. Dort hinein trugen sie ihre Opfergaben, und darin wurden auch die geschrumpften Häupter gefallener Orkführer aufbewahrt, damit sie eins wurden mit Kurul und in den Pfuhl von Lurak gelangten, wo sie ein Zeitalter lang verdaut und dann wieder ausgespuckt wurden.

Graishaks Höhle wurde von Orks bewacht, die größer und viel stärker waren als jene am Eingang der Schlucht. Sie waren die *faihok'hai*, die besten und wildesten Krieger des Stammes. Zur Leibwache des Häuptlings berufen zu werden, war für jeden Ork eine Ehre (davon abgesehen, dass es dort auch das beste Essen und bei Raubzügen den größten Anteil an der Beute gab).

Unter den gepanzerten Helmen der *faihok'hai* lugten stechende Augenpaare hervor, die die beiden Brüder misstrauisch musterten. Erst nachdem sie noch einmal das Losungswort genannt hatte, durften sie passieren.

»Geht nur hinein«, forderte eine der Wachen sie auf, und der Blick, mit dem er die Brüder bedachte, gefiel Rammar ganz und gar nicht. »Ihr kommt genau richtig, unser Häuptling hält gerade Audienz.«

Wie um Rammars Befürchtungen zu bestätigen, kamen ihnen aus dem von Fackelschein beleuchteten Halbdunkel zwei Orks entgegen, die die Leiche eines dritten trugen. Jemand hatte dem Kerl kurzerhand den Schädel eingeschlagen.

»Bei Torgas Eingeweiden«, raunte Rammar, »was ist passiert?«

»Er hat in Graishaks Gegenwart gefurzt«, erwiderte einer der beiden Leichenträger.

»Daran stört sich der Häuptling doch sonst nicht«, meinte Rammar verständnislos; sich seiner Körpergase lautstark zu entledigen, gilt unter Orks als völlig normal.

»Sonst nicht, aber heute plagen ihn Blähungen«, gab der Ork zurück, als würde dies alles erklären. Dann waren die Leichenträger auch schon an ihnen vorbei.

»Oje«, flüsterte Balbok. »Graishak scheint schlecht gelaunt zu sein.«

»Halt bloß die Klappe und überlass das Reden mir«, schärfte Rammar ihm noch einmal ein. »Egal, was passiert, du hältst das Maul, hast du verstanden?«

»Ich denke schon.«

»Dann komm.«

Erhobenen Hauptes, die Standarte ihres Meuteführers hochhaltend, schritt Rammar den kurzen Stollen entlang, der in Graishaks Höhle führte. Balbok folgte ihm, hielt sich zur Sicherheit aber ein wenig hinter seinem Bruder, damit sich dieser im Zweifelsfall zwischen ihm und Graishaks Zorn befand.

Der Gestank, der aus der Höhle des Häuptlings drang, war zugleich beißend und verlockend. Der faulige Geruch, der Orks auf Schritt und Tritt begleitet, vermischte sich mit dem verführerischen Duft von frischem Eintopf, und mit feiner Nase roch Balbok das Menschenfleisch heraus. Er erinnerte sich an das Haupt draußen vor dem Eingang, und da er schon seit Tagen nichts Anständiges mehr zu essen bekommen hatte, begann sein Magen laut zu knurren.

»Still«, zischte Rammar ihm zu. »Was habe ich dir gesagt?«

»Aber das war nicht ich«, verteidigte sich Balbok leise. »Das war mein Magen.«

»Dann sag ihm, dass er still sein soll, oder ich schlitze ihn auf, kapiert?«

Balboks Magen verschlug es daraufhin die Sprache, und die beiden betraten die Höhle ihres Häuptlings. Das weite Gewölbe schien von großen Tropfsteinen getragen zu werden, die wie riesige Säulen wirkten. Fackeln waren daran befestigt, und in ihrem flackernden Schein stand ein mit Trollfell bespannter Thron, an dessen Seiten Krieger der Leibgarde Wache hielten. Auf dem Thron saß ein ebenso fetter wie hünenhafter Ork, dessen linke Kopfhälfte von einer Platte aus gehämmertem Stahl bedeckt war.

Graishak.

Wie jeder Ork im *bolboug* wusste, war die metallene Platte das Andenken an einen Kampf: Eine Zwergenaxt hatte ihm den Schädel gespalten, und dunkle Zauberkraft hatte ihm auf geheimnisvolle Weise das Leben gerettet, doch von jenem Tag an war er nicht mehr derselbe gewesen. Einige behaupteten, dass er unter magischem Einfluss stand, andere sagten, er hätte durch den Hieb mit der Axt zu viel von seinem Hirn eingebüßt. Tatsache war, dass er vom Schlachtfeld zurückkehrte und

Graishak, den damaligen Häuptling des Stammes, zum Kampf herausforderte. Indem er ihm mit bloßen Händen den Kopf von den Schultern riss, wurde er zu dessen Nachfolger und rief sich selbst zum Häuptling aus. Dass er auch seinen Namen annahm, lag in der Tradition begründet. Orks zählen ihre Herrscher nicht, wie Menschen es tun, und ebenso wenig pflegen sie die Erinnerung an sie, indem sie Standbilder errichten oder von ihren Taten singen – dazu ist jede Generation zu sehr auf sich selbst bedacht, ganz abgesehen davon, dass Orks erbärmliche Sänger sind und nicht viel übrig haben für die schönen Künste. Wer es wagte, in Graishaks Gegenwart von seinem Vorgänger zu sprechen, der musste damit rechnen, seine Zunge zu verlieren.

Mindestens …

»*Achgosh douk*«, entbot Rammar seinem Häuptling den traditionellen Gruß und verbeugte sich unterwürfig. Balbok tat es ihm gleich, bückte sich allerdings nicht ganz so tief hinab.

»Eure Visagen gefallen mir ebenso wenig«, erwiderte Graishak, der sich gelangweilt auf seinem Thron fläzte, einen Blutbierkrug in der Klaue. »Sagt, was habt ihr mir zu berichten? Schnell heraus damit, ehe ich mich langweile und euch vierteilen lasse!«

»Wir gehörten zu Girgas' Meute«, begann Rammar mit seinem Bericht. »Wir hatten den Auftrag, im Grenzland nach Gnomen Ausschau zu halten.«

»Und?«, fragte Graishak zwischen zwei Schlucken Blutbier. »Seid ihr auf Gnomen gestoßen?«

»Könnte man behaupten«, erwiderte Rammar ein wenig verlegen und blickte an der ramponierten Standarte hinauf. »Wir … nun, wir sind in einen Hinterhalt geraten. Alle Krieger unserer Meute wurden erschlagen – bis auf uns beide.«

»*Waaas?*« Graishak beugte sich vor, die Augen zu schmalen Schlitzen verengt.

»Wir können nichts dafür«, beeilte sich Rammar zu versichern. »Mein Bruder und ich waren zum Spähtrupp eingeteilt, da wurden wir entdeckt, und wir liefen zurück, um die anderen zu warnen, aber da war es bereits zu spät, weil …«

Graishak unterbrach ihn mit zornig knurrender Stimme. »Was willst du damit sagen, es war zu spät?«

»Ich will damit sagen, großer Graishak, dass wir gegen die Übermacht des Feindes machtlos waren. Wir haben tapfer gekämpft, das könnt Ihr uns glauben. Unser Anführer Girgas hat ganz allein einen Warg getötet, und mein Bruder und ich haben die Gnomen massenhaft in Kuruls dunkle Grube geschaufelt. Bis zuletzt sind wir nicht von der Seite unseres Anführers gewichen und haben Schulter an Schulter mit ihm gekämpft.«

»Tatsächlich?« Graishak entblößte die gelben Zähne zu einem hinterhältigen Grinsen. »Wie kommt es dann, dass ihr beide die Schlacht überlebt habt?«

»Nur unserer Tapferkeit haben wir das zu verdanken, großer Graishak. Während andere Orks feige die Flucht ergriffen und sich in Fels- und Erdspalten verkrochen, haben wir weitergekämpft. Auch als unser Anführer mit Pfeilen gespickt zu Boden sank, haben wir nicht nachgegeben. Schließlich sahen die Gnomen wohl ein, dass es keinen Sinn hatte, weiter gegen Krieger unseres Schlages anzurennen. Also zogen sie es vor, ihr Heil in der Flucht zu suchen.«

»Sie sind geflohen? Sagtet ihr nicht, ihre Übermacht war erdrückend?«

»Das war sie«, beteuerte Rammar, »aber wenn einen Krieger wie mich der blanke Zorn packt, großer Graishak, und er in den *saobh* verfällt, dann kämpft und wütet er wie ein Berserker und versetzt seine Gegner in Angst und Schrecken. Mein Bruder hat mir geholfen, aber im Wesentlichen war ich es, der die Gnomen in die Flucht geschlagen hat.«

»Ich verstehe«, sagte Graishak, und wieder verzerrte ein hinterhältiges Grinsen seine Gesichtszüge. »Dann habt ihr euch Ruhm und Anerkennung erworben, meine Krieger, und einen Platz an meiner Tafel. Ganz *sochgal* wird schon bald eure Namen kennen und euch als die beiden Orks verehren, die zu zweit ein ganzes Gnomenheer in die Flucht schlugen. Stellt sich nur noch eine Frage …«

»Ja?«, fragte Rammar und spitzte die Ohren.

»Wo ist das Haupt eures Anführers?«, erkundigte sich

Graishak verdrießlich. »Girgas' verdammter Schädel. Wo, in aller Welt, habt ihr ihn gelassen?«

»Das, großer Graishak, ist eine gute Frage«, räumte Rammar ein – und wandte sich kurzerhand an seinen Bruder: »Balbok, wo ist der Kopf unseres Anführers geblieben? Wo ist Girgas' edles Haupt? Du hast es zuletzt gehabt.«

Zu gern hätte Balbok widersprochen, aber er erinnerte sich an das Verbot, das ihm sein Bruder auferlegt hatte. Also begnügte er sich damit, verlegen zu grinsen, den Helm in den Nacken zu schieben und sich am Kopf zu kratzen.

»Es tut mir Leid, großer Graishak«, erklärte Rammar daraufhin. »Ich bin untröstlich, aber wie es aussieht, hat mein dämlicher Bruder das Haupt unseres Anführers verloren.«

»Er hat es – *verloren*?«

»Versucht, das zu verstehen. Es war mitten in der Schlacht. Überall wimmelte es von Gnomenkriegern, die Luft war erfüllt von giftigen Pfeilen und vom Gebrüll der Warge.«

»Das ist keine Entschuldigung!«, bellte Graishak. »Das Haupt eines gefallenen Meuteführers muss zurück in den *bolboug* gebracht und nach altem Brauch geschrumpft werden, andernfalls kann er nicht eins werden mit Kurul, und das bedeutet Unglück für den ganzen Stamm. So lautet Kuruls Gesetz – eines der wenigen, an die wir uns halten.«

»Schön und gut«, beschwichtigte Rammar. »Aber vielleicht kann der mächtige Kurul in diesem Fall ja eine Ausnahme machen. Denn Girgas' Haupt ist unwiederbringlich verloren – die Gnomen haben es an sich genommen.«

»Die Gnomen haben es?«

»Ja, Häuptling. Als wir uns danach umschauten, mussten wir feststellen, dass der Feind Girgas' Kopf an sich gebracht und mitgenommen hatte.«

»So?« In Graishaks Augen blitzte es. »Wie konnten sie das denn, nachdem sie in Panik vor euch die Flucht ergriffen hatten?«

Die Frage war berechtigt, nur wusste Rammar darauf keine Antwort. Auf dem Weg zur Häuptlingshöhle hatte er sich alles genau zurechtgelegt, aber nun musste er feststellen, dass seine

Geschichte beileibe nicht so glaubhaft klang, wie er es gedacht hatte.

»Was ist mit dir?«, wandte er sich in seiner Not an seinen Bruder. »Steh nicht nur da, Balbok. Mach den Mund auf und sag gefälligst was!«

»Das darf ich nicht«, entgegnete Balbok schulterzuckend. »Du hast selbst gesagt, dass ich das Reden dir überlassen und die Klappe halten soll.«

»Schön, aber jetzt sage ich, dass du reden sollst. Erklär unserem Häuptling, wie es geschehen konnte, dass du Girgas' Haupt verloren hast.«

»Ja«, forderte Graishak grinsend, »erkläre es mir. Ich bin ganz Ohr.«

»Also schön«, antwortete Balbok, der das Redeverbot damit als aufgehoben ansah. »In Wirklichkeit ist nämlich alles ganz anders gewesen. Rammar hat da ein paar Dinge durcheinander gebracht.«

»Was?«

»Hört nicht auf ihn, Häuptling!«, rief Rammar. »Er ist nicht ganz bei Verstand und …«

»Bin ich wohl, aber du hast alles ganz falsch erzählt«, sagte Balbok entschieden. »Ich hatte Girgas' Kopf nämlich gar nicht. Als wir seine Leiche fanden, hatten die Gnomen den Kopf ja schon mitgenommen.«

»Was du nicht sagst«, brummte Rammar verdrießlich.

»So war es, mein Wort drauf. Dann haben wir das Schlachtfeld verlassen, weil es in den Wäldern ja noch vor Gnomen wimmelte. Wir haben zugesehen, dass wir verschwanden, und haben Girgas' Leiche gelassen, wo sie war. Dafür« – Balbok deutete stolz auf den kläglichen Rest der Standarte – »haben wir ja sein Banner mitgebracht.«

»Das Banner habt ihr also mitgebracht …« Graishak nickte. »Nur, damit ich alles richtig verstehe: Die Gnomen haben das Haupt eures Anführers gestohlen, und statt sie zu verfolgen und es euch zurückzuholen, wie es sich für kampfeslustige Orks gehört, habt *ihr* die Flucht ergriffen und seid zurück ins *bolboug* gelaufen, richtig?«

»Richtig«, bestätigte Balbok, während sein Bruder den Kopf zwischen die breiten Schultern zog und sich, mit zögernden Schritten rückwärtsgehend, dem Ausgang näherte.

Balbok bemerkt es und bedachte ihn mit einem verwunderten Blick. »Was hast du?«, fragte er.

»Nichts«, kam es flüsternd zurück.

»Doch, du hast was, ich merk's genau. Was hab ich denn nun wieder falsch gemacht?«

»Nichts. Gar nichts.« Rammar sprach so leise, dass er kaum zu hören war.

»Du kannst es mir ruhig sagen.«

»Sei endlich still, verdammt! Du redest uns um Kopf und Kragen.«

»Keine Spur«, war Balbok überzeugt. »Ich habe ja alles aufgeklärt, was du durcheinander gebracht hast. Da kannst du mir dankbar sein.«

»Ich soll dir dankbar sein?« Das war für Rammar zu viel. Für einen Augenblick vergaß er, dass er in der Höhle des Häuptlings stand und sich gefährlich nahe am Rand von Kuruls Grube bewegte. Sein Gesicht wurde noch dunkler vor Zorn, mit zu Fäusten geballten Klauen ging er auf seinen Bruder los. »Jetzt reicht es! Du elender Trollfurz! Du faule Ausrede für einen Ork! Das war das letzte Mal, dass du uns in die *shnorsh* geritten hast! Ich schlitze dir den Bauch auf und stecke dir den Kopf in die eigenen Eingeweide, so lange, bis du …«

»*Kriok!*«

Graishaks heiserer Schrei ließ beide zusammenfahren und unterbrach ihren Streit. Der Häuptling war von seinem Thron aufgesprungen, und die Blicke, mit denen er Rammar und Balbok bedachte, schienen sie erdolchen zu wollen. »Haltet augenblicklich den Rand, alle beide, oder ich reiße euch die Zungen heraus und lasse sie euch essen, verstanden?«

Rammar und Balbok blickten betroffen drein und nickten.

»Gut«, sagte Graishak und kam drohend auf die beiden zu. »Nachdem wir das geklärt hätten, werde ich euch seltsamen Vögeln eine Geschichte erzählen. Und danach werde ich mir überlegen, was mit euch zu geschehen hat. Habt ihr das kapiert?«

Wieder krampfhaftes Nicken. Der Streit der beiden Brüder war schon vergessen.

»Dann hört mir gut zu. Vor Jahren, in einem besonders strengen und kalten Winter, war eine Orkmeute auf Raubzug im nördlichen Grenzland unterwegs. Unter ihnen war ein mutiger, kräftiger Ork, und der war ganz wild darauf, Menschen zu jagen und Gnomenschädel zu spalten. Aber so weit kam es nicht. Denn als die Meute in einer Senke vor einem Schneesturm Zuflucht suchte, wurde sie dort überfallen. Es waren Söldner, Zwerge aus dem Ostland, und sie überraschten die Orks, als diese gerade dabei waren, den wenigen *baish* zu verzehren, den sie bei sich hatten. Nun, der Ork, von dem ich erzähle, hatte verdammtes Pech: Er bekam die Schneide einer Axt in den Schädel, noch ehe der Kampf richtig begann. Seine Kumpane aber nahmen vor den Zwergen Reißaus und ergriffen die Flucht, und sie ließen ihn einfach zurück.« Graishak machte eine Pause und musterte die beiden Brüder, die Augen zu Schlitzen verengt. »Könnt ihr euch vorstellen, warum ich euch diese Geschichte erzähle?«

»Nein«, antwortete Balbok einfältig, und auch auf Rammars Zügen zeigte sich keine Erkenntnis.

»Dann will ich noch deutlicher werden«, sagte Graishak mit verdächtiger Ruhe. »Dieser Ork sah ziemlich tot aus, aber er war es nicht. Wäre es nach seiner Meute gegangen, wäre er elend verreckt. Aber das Schicksal meinte es gut mit ihm, und deshalb bewahrte es ihn davor, lange vor seiner Zeit in Kuruls dunkle Grube zu springen. Dämmert's langsam?«

»O ja«, versicherte Rammar, der wieder ein wenig Hoffnung schöpfte. »Aber ich kann Euch versichern, großer Häuptling, dass Girgas mausetot war, als wir ihn zurückließen – schließlich hatte er keinen Kopf mehr. Und ich kann mir nicht vorstellen, dass ein Ork ohne Kopf, noch dazu, wenn es ein so klobiger Schädel wie seiner ist ...«

»Schweig!«, fuhr Graishak ihn an. »Es ist mir einerlei, ob Girgas schon ausgeröchelt hatte oder nicht – ihr habt euren Anführer im Stich gelassen und seid feige getürmt, genau wie diese Maden damals an jenem kalten Wintertag.«

»Was hat denn das eine mit dem anderen zu tun?«, fragte Balbok stirnrunzelnd, der, anders als sein Bruder, die Wahrheit noch immer nicht erahnte.

»Sehr einfach. Dieser Ork, der damals zurückgelassen wurde, das war *ich!*«, verkündete Graishak mit einer Stimme, die sich vor Zorn und Wahnsinn überschlug. »Seither kann ich es nicht ertragen, wenn Krieger einen Kameraden im Stich lassen, sei er nun tot oder nicht. Dieses Ding« – er tippte mit einer Kralle auf seine stählerne Schädelplatte – »ist ein ewiges Andenken an jenen Tag, um mich daran zu erinnern, wie widerwärtig und verabscheuungswürdig Feiglinge sind. Damals habe ich alle erschlagen, die mich zurückgelassen hatten, einschließlich des Häuptlings. Das nämlich ist die Strafe, die allen Feiglingen gebührt – und nun verratet mir, was ich mit euch beiden anstellen soll!«

»Gnade, Gnade!«, flehte Rammar und warf sich vor seinem Häuptling auf die Knie. »Lasst Gnade vor Recht ergehen und denkt daran, dass wir tapfer gekämpft haben bis zuletzt, das versichere ich Euch!«

»Soll ich deinen Bruder fragen?«, knurrte Graishak. »Ich bin sicher, er würde mir etwas anderes erzählen. Nur einer von euch konnte diesen Kampf überleben, der andere lügt wie ein Zwerg auf Stelzen.* Also sagt mir, was soll ich nun mit euch anfangen?«

Rammar und Balbok tauschten hastige Blicke. Der eine kauerte auf dem Boden, der andere stand da mit gesenktem Haupt. Beiden war klar, dass sie bis zu den Ohren in der *shnorsh* steckten, und während sie sich bereits ausmalten, welche Todesart sich der in dieser Hinsicht für seinen Einfallsreichtum bekannte Graishak für sie ausdenken mochte, fragten sie sich zugleich auch, weshalb ihr Häuptling so sicher war, dass nur einer von ihnen den Kampf überlebt haben konnte und dass der andere ihn folgerichtig belogen hatte.

»Steh auf!«, fuhr Graishak Rammar an. »Nimm dir ein Beispiel an deinem Bruder. Er hat ebenso viel *achgal* wie du, aber er zeigt sie nicht, sondern erträgt es wie ein Ork.«

---

* geflügeltes Wort unter Orks

»Nein«, widersprach Rammar, während er sich schwerfällig erhob, »der ist nur zu dämlich, um zu begreifen, dass er sich um Kopf und Kragen geredet hat und man ihn hinrichten wird.«

»Er wird nicht hingerichtet«, widersprach Graishak.

»Nicht?«

»Nein. Und du auch nicht, Fettwanst – jedenfalls vorerst nicht. Aber bilde dir nur nicht ein, dass dein Gejammer mich umgestimmt hätte, das stößt bei mir auf taube Ohren.«

»Ich weiß«, versicherte Rammar – da Graishak bei der Zwergenattacke auch sein linkes Ohr eingebüßt hatte, war dies zumindest zur Hälfte wörtlich zu nehmen.

»Ich lasse euch Versager nur aus einem einzigen Grund am Leben – damit ihr euren Fehler wieder gutmachen könnt.«

»Wir sollen unseren Fehler wieder gutmachen?«

»Das sagte ich gerade, oder nicht?«

Rammar bemühte sich, sich seine Verwunderung nicht zu sehr anmerken zu lassen. Graishak war nicht dafür bekannt, dass er sonderlich nachsichtig war. Was also war los mit ihm? Wieso befahl er nicht einfach, sie an Ort und Stelle zu massakrieren, ihnen den Wanst mit Zwiebeln und Knoblauch zu stopfen und sie bei einem Gelage zu Girgas' Ehren als Hauptgang zu servieren?

Rammar stellte sich diese Frage, aber die Aussicht auf Rettung war zu verlockend, als dass er sich allzu lange damit beschäftigt hätte. Und auch dem guten Balbok stand der Sinn nicht nach Grübeleien, nun, da er endlich neue Hoffnung schöpfte.

»Ihr wisst, wo die Schlacht gegen die Gnomen stattfand«, sagte Graishak. »Also kehrt dorthin zurück und besorgt mir Girgas' Haupt. Bringt ihr es mir, bis der Blutmond* voll ist, schenke ich euch das Leben. Wenn nicht, lasse ich euch von meinen *faihok'hai* durchs ganze Land hetzen und belohne sie großzügig für jedes Körperteil von euch, das sie mir bringen. Habt ihr mich verstanden?«

---

* vierter Monat des Orkkalenders

»N-natürlich«, antwortete Rammar stammelnd. »Darf ich Euch nur noch einmal daran erinnern, dass die Gnomen Girgas' Haupt gestohlen haben? Zum Kampfplatz zurückzukehren wird also nicht viel nützen, denn es befindet sich nicht mehr dort.«

»Aber dort gibt es Spuren, denen ihr folgen könnt. Und ihr habt eure Nasen und euren Instinkt. Wohin die Gnomen auch immer gegangen sind, ihr folgt ihnen und holt euch Girgas' Haupt zurück, und zwar bis der Blutmond voll ist. Betrachtet es als Urteil Kuruls.«

»Und wenn wir die Gnomen nicht finden? Oder wenn sie Girgas' Kopf nicht mehr haben?«

»Du solltest zu Kurul flehen, dass es nicht so ist – denn wenn ihr mit leeren Händen zurückkehrt, werde ich eure Bäuche mit Zwiebeln und Knoblauch stopfen und euch bei einem Gelage zu Girgas' Ehren als Hauptgang servieren lassen. Habt ihr das kapiert?«

»Ja«, bestätigten die Brüder wie aus einem Mund, und Rammar war entsetzt darüber, wie gut er seinen Häuptling doch kannte.

»Dann verliert keine Zeit. Macht euch sofort auf den Weg.«

»Sofort?«, fragte Balbok erschreckt. »Aber ... wir sind gerade erst zurückgekehrt.«

»Das stimmt«, pflichtete ihm sein Bruder in seltener Einmütigkeit bei. »Können wir uns nicht erst ein wenig ausruhen?«

»Nein!«, schnaubte Graishak voller Wut. »Ihr brecht auf – sofort!«

»Aber ...«, begann Balbok noch einmal – um sogleich zu verstummen, als er es in den Augen des Häuptlings mordlüstern funkeln sah.

Rammar hatte sich bereits abgewandt und schlich zum Höhlenausgang. Sein Bruder folgte ihm und holte ihn ein. Bevor Balbok jedoch etwas sagen konnte, drehte sich Rammar zu ihm um, drückte ihm die Standarte in die Klauen und flüsterte: »Tu mir einfach den Gefallen und halt die Klappe, in Ordnung? Nur dieses eine Mal ...«

Balbok schwieg, und sie verließen die Höhle des Häuptlings.

Draußen hatten sich Dutzende von Orks versammelt, von Graishaks wildem Geschrei herbeigelockt. Unstillbarer Blutdurst stand in ihren Augen – und so waren sie zunächst enttäuscht, als die beiden Brüder lebend im Höhlenausgang erschienen.

Dann aber schallte Rammar und Balbok höhnisches Gelächter entgegen; die Wachen schienen herumerzählt zu haben, was geschehen war, und Balbok trug auch noch die zerfetzte Standarte ihrer Meute, die Rammar ihm in die Klauen gedrückt hatte.

Obwohl Orks allgemein als grimmige Kreaturen galten und weitaus weniger lachten als etwa Menschen oder die für ihre Geselligkeit bekannten Zwerge, wurde auch unter ihresgleichen häufig gelacht; der Humor, den sie dabei pflegten, war allerdings ziemlich grober Natur.

So sorgte beispielsweise ein Ork, der von einem Gnomenpfeil in den *asar* getroffen wurde, dadurch stürzte und sich das Genick brach, unter seinen Artgenossen für brüllende Heiterkeit. Der erzählte Witz hingegen war bei den Orks weitgehend unbekannt, was angeblich daran lag, dass Orks in ihrer angeborenen Ungeduld nicht auf die Pointe warten konnten; sie pflegten den Erzähler schon vorher zu erschlagen, weil sie das viel lustiger fanden.

Ohne es zu wollen, hatten auch Balbok und Rammar den Humor ihrer Artgenossen bestens getroffen: Zwei Krieger, die als Einzige eine Schlacht überlebten, ohne das Haupt ihres Anführers zurückkehrten, die zerfetzte Standarte ihrer Meute unter dem Arm, waren ein vortreffliches Ziel für Spott und Hohn jeglicher Art.

Mit Fingern wurde auf sie gezeigt. Einige Orkkrieger wandten den Brüdern die Kehrseite zu und entblößten ihren Allerwertesten.

»Da kommen Balbok und Rammar!«, tönte es. »Macht Platz, Leute. Die großen, mutigen Krieger sind da!«

»Und die Standarte ihrer Meute tragen sie stolz vor sich her!«, rief ein Ork mit breiter Narbe im Gesicht und lachte schallend.

»Nur leider haben sie was anderes vergessen!«, fügte ein anderer Ork hinzu, und das Gelächter wurde noch lauter.

Ein Hauptmann trat mit grimmiger Miene auf Balbok zu und entriss ihm die Standarte. »Ihr seid nicht würdig, das Banner einer Orkmeute zu tragen! Ihr befleckt das Andenken eurer gefallenen Kampfgefährten!«

»Wir sollen ohne Standarte losziehen?«, rief Balbok entsetzt und mit hoher Stimme. »Aber – wir sind Orks! Wir brauchen eine Standarte!«

Als Antwort spuckte ihm der Hauptmann vor die Füße und schritt mit der Standarte davon, während die umherstehenden Orks noch immer laut lachten und grölten.

Mit hängenden Köpfen schlichen die Brüder durch die Gasse, die der johlende Pöbel ihnen bahnte. Von den Brücken pinkelten Orkkinder auf sie herab, um dann kichernd das Weite zu suchen. An einem anderen Tag hätte Rammar sie sich geschnappt (wenn er sie eingeholt hätte) und ihnen die Arme ausgerenkt. Aber wie sein Bruder wollte er das Dorf so schnell wie möglich verlassen und sehnte nur noch das Ende der Schlucht herbei.

»Seht zu, dass ihr Girgas' Haupt findet!«, scholl es schadenfroh. »Und wagt es nicht, ohne seinen Kopf zurückzukommen!«

»Ihr seid eine Schande für den *bolboug*!«

»Ihr seid keine Orks!«

»Ihr seid Maden!«

»Maden!«

»Ma-den, Ma-den ...«

Vom Spottgesang begleitet, der von den hohen Felswänden widerhallte, erreichten Rammar und Balbok endlich das Ende der Schlucht. Zu ihrer Höhle zurückzukehren, Proviant einzupacken oder gar ein wenig auszuruhen, gestattete man ihnen nicht. So konnten sie nur das mitnehmen, was sie am Leib trugen, und das war außer ihren Rüstungen und den Waffen nicht viel.

Unter wüsten Beschimpfungen trieb man die beiden aus dem Dorf, und um sicherzugehen, dass sie so schnell nicht wiederkamen, warf man ihnen noch Steine hinterher.

»Au!«, rief Rammar, als er einen davon ins Genick bekam, und er ballte die Hände zu Fäusten. »Hört sofort auf damit, wir gehen ja schon! Aber wir kommen wieder, und dann werfen wir euch Girgas' Haupt vor die Füße! Ihr werdet schon sehen!«

Gelächter war die Antwort, und ein letzter Stein kam geflogen, der Rammar eine Delle in seinen rostigen Helm schlug. Dann waren die Brüder außer Wurfweite und verschwanden im Wald.

Der schmale Pfad, den sie nahmen, war von knorrigen, von Schlinggewächsen überwucherten Bäumen gesäumt und so schmal, dass sie nicht nebeneinander gehen konnten. So marschierten die beiden im Gänsemarsch. Sie sprachen kein einziges Wort miteinander.

Rammar, der vorausging, zog ein Gesicht, das jedem Troll zur Ehre gereicht hätte; Zornesfalten hatten sich in seine Stirn gegraben, den Mund hatte er zu einem schmalen Strich zusammengepresst, Blitze schienen aus seinen Augen zu schlagen.

Balbok, der hängenden Hauptes hinter ihm hertrottete, blickte weniger wütend als unglücklich drein. Er war ein Ork, wie er im Buche stand, und weder Graishaks Todesdrohungen noch der Spott der anderen hatte ihn einschüchtern können. Dass Rammar auf ihn böse war, machte ihm allerdings zu schaffen, und das Schweigen lastete schwerer auf ihm als das Wissen, dass sie sich tief ins Feindesland begeben mussten und wahrscheinlich nicht von dort zurückkehren würden.

»R-Rammar?«, fragte er deshalb, als er es nach einer Weile nicht mehr aushielt.

Er erhielt keine Antwort.

»Rammar?«

»Halts Maul!«, kam es derb zurück, was Balbok als gutes Zeichen deutete.

»Bist du mir böse?«, fragte er zaghaft.

Unvermittelt blieb Rammar stehen und wandte sich nach ihm um. »Ob ich dir böse bin, fragst du? Nein, natürlich nicht. Warum sollte ich dir böse sein? Du kannst schließlich nichts dafür, dass dich Kurul mit dem Verstand eines Holzkeils geschlagen hat. Und du kannst auch nichts dafür, dass du mich vor Graishak als einen Lügner und Feigling hingestellt hast. Natürlich ist es auch nicht deine Schuld, dass wir jetzt losziehen müssen, um Girgas' dämlichen Schädel zu suchen, der wahrscheinlich längst vor irgendeiner Gnomenhöhle auf einem Spieß steckt. Und du trägst auch keine Schuld daran, dass uns das wahrscheinlich das Leben kosten wird. Warum also sollte ich dir böse sein, hä? Nenn mir einen Grund!«

Schnaubend wandte sich Rammar ab und marschierten wütend weiter.

So zornig stampfte er dabei auf, als wollte er die Erde unter seinen Füßen für das Unrecht bestrafen, das ihm widerfahren war. Dabei legte er eine solche Geschwindigkeit vor, dass selbst der schlaksige Balbok Mühe hatte, mit ihm mitzuhalten.

»Aber ich wollte das nicht, Rammar!«, versicherte er, während er hinter ihm hersetzte. »Ich wollte nicht, dass es so kommt.«

»Was du nicht sagst.«

»Ehrlich, Rammar. Ich konnte ja nicht wissen, dass Graishak so wütend werden würde.«

»Darüber hättest du vorher nachdenken sollen, jetzt ist es zu spät. Du hast uns mal wieder mitten in die *shnorsh* geritten, und ich habe die Schnauze endgültig voll davon, deinetwegen fortwährend in Schwierigkeiten zu geraten. Weißt du was?« Noch einmal wandte sich Rammar um, und der wilde Ausdruck in seinen Augen ließ nichts Gutes erahnen.

»W-was?«, fragte Balbok eingeschüchtert.

»Ab heute sind wir keine Kampfgefährten mehr. Ich will dich nicht mehr zum Bruder, hast du verstanden?«

»Aber ...«

»Aus und vorbei, das war's«, schnaubte Rammar. »Mach deinen Mist in Zukunft ohne mich. Und komm nicht auf den Gedanken, mir zu folgen. Hast du kapiert?«

Seine Stimme war so schneidend und sein Blick so eindringlich, dass Balbok nicht widersprach. Alles, was er zustande brachte, war ein trauriges Nicken, und dabei fielen seine Mundwinkel nach unten.

Noch einmal stieß Rammar ein wütendes Schnauben aus, dann drehte er sich wieder um und marschierte über den Pfad davon. Schon nach wenigen Schritten war er hinter einer Wegbiegung verschwunden.

Balbok stand wie vom Donner gerührt.

»R-Rammar?«, fragte er leise.

Aber er erhielt keine Antwort mehr.

3.
OSHDA UR'BRUNIRK'HAI

»Dieser Blödmann! Dieser Idiot! Dieser folgenschwere Irrtum der Natur! Warum muss ich mit einem solchen Bruder geschlagen sein? Reicht es nicht, dass Kurul mich mit diesen kurzen Beinen und ohne Hals in die Welt gespuckt hat? Warum muss ich auch noch einen Bruder haben mit dem Verstand einer Made?«

Unentwegt vor sich hinmaulend, marschierte der fettleibige Ork durch den Wald. Der Pfad hatte sich längst im dichten Unterholz verloren, sodass sich Rammar nach seinen Instinkten orientieren musste. Orks können die Himmelsrichtung nicht nach den Gestirnen bestimmen, wie Elfen und Menschen es tun, schon deshalb nicht, weil Sonne, Mond und Sterne dort, wo sich ein Ork für gewöhnlich herumtreibt, nur selten zu sehen sind.

Dicht und grün wölbte sich das Blätterdach der Bäume über ihm und ließ keinen Sonnenstrahl durch. Dem Dämmerlicht, das hier den ganzen Tag über herrschte, verdankte der Wald, der sich zwischen der Modersee im Westen und bis in das Schwarzgebirge im Osten erstreckte, seinen Namen – Dämmerwald. Das Schwarzgebirge wiederum war nach dem Wald benannt, der sich über die Berghänge bis hinauf zu den schroffen Gipfeln erstreckte und sie aus der Ferne schwarz und düster aussehen ließ.

Rammar hatte keine Ahnung, wohin die Gnomen Girgas' Haupt gebracht hatten, und ebenso wenig konnte er sich vorstellen, was die Grünhäutigen mit dem Diebstahl bezweckten; wie Graishak ihm aufgetragen hatte, würde er an den Schauplatz des Kampfes zurückkehren und versuchen, dort Spuren zu finden. Dass er sich nicht mehr genau an den Weg erinnerte – auf der Flucht vor den Gnomen hatte er kaum darauf gedacht –, bereitete ihm ein wenig Sorge, aber seine Wut auf seinen Bruder überwog bei weitem. Wäre Rammar ehrlich zu sich selbst gewesen, hätte er sich eingestanden, dass Balbok der bessere Fährtenleser von ihnen war und er seine Hilfe eigentlich gebraucht hätte. Aber Rammar hätte sich eher die Zunge herausgerissen, als das zuzugeben; lieber irrte er auf der Suche nach dem richtigen Weg tagelang durch den Wald, als dass er sich noch einmal mit diesem Dummkopf zusammentat.

»Diese Missgeburt! Dieser Hohlkopf!«, begann er immer dann, wenn seine Wut abzuklingen drohte. »Das war das letzte Mal, dass er mich in Schwierigkeiten gebracht hat. Ich habe keinen Bruder mehr. Es ist aus, ein für alle Mal!«

Die erste Nacht im Wald verbrachte er unter einem toten Baum, in den vor einiger Zeit der Blitz eingeschlagen hatte; die Rinde war schwarz, die abgestorbenen Äste wirkten wie ein riesiges Totengerippe. Rings um den Baum schien es kein Leben zu geben, also auch keine Giftschlangen und Skorpione, und so beschloss Rammar, dass dies der rechte Fleck wäre, um sich aufs Ohr zu hauen. Da er den ganzen Tag über nichts gegessen hatte, knurrte ihm allerdings bald der Magen, und schon nach einiger Zeit wünschte er sich fast, eine Schlange oder ein Skorpion würden ihm einen Besuch abstatten, damit er wenigstens etwas zwischen die Zähne bekam. Unwillkürlich musste er an Balbok denken, und ein untrügliches Gefühl sagte ihm, dass sein dämlicher Bruder mal wieder mehr Glück hatte und gerade einen Vogel oder ein Kaninchen verspeiste. Beim Gedanken an den süßen Geschmack des noch warmen Blutes lief Rammar der Geifer im Mund zusammen, ehe er in einen unruhigen, traumlosen Schlaf fiel.

Als er erwachte, graute bereits der Morgen, und spärliches Licht sickerte durch das Blätterdach des Waldes, das sich oberhalb des abgestorbenen Baums wie ein dunkler Himmel wölbte. Das Magenknurren war noch lauter geworden und hatte Rammar geweckt, und so beschloss er, sich zunächst auf die Suche nach Nahrung zu begeben. Da er weder Pfeil noch

Bogen bei sich hatte, ging er mit dem *saparak* auf die Pirsch, doch nachdem er erfolglos versucht hatte, einen Hasen zu erlegen, gab er die Jagd auf und suchte stattdessen den Waldboden nach Essbarem ab. Seine Ausbeute bestand aus zwei Pilzen, einigen Regenwürmern, Fliegenlarven und Wurzeln, die schon alt und entsprechend zäh waren. Selbst für den Geschmack eines Orks war das kein Festmahl. Aber es reichte, um den Hunger fürs Erste zu stillen. Danach setzte Rammar seinen Marsch fort.

Je weiter er nach Nordwesten gelangte, desto steiler stieg das Gelände an und desto mehr wurde der dichte Wald vom schroffen Gestein des Schwarzgebirges durchsetzt. Auf ihrer Flucht vor den Gnomen waren sie fast die ganze Zeit über bergab gerannt. Nun musste Rammar die gesamte Strecke wieder hinaufsteigen, was in der dampfigen Schwüle des Waldes ziemlich anstrengend war. Rammar keuchte und schnaufte, bald schmerzten ihm die Muskeln seiner kurzen Beine, und es dauerte nicht lange, da ließ sich auch sein Magen wieder mit lautem Knurren vernehmen.

»Dieser elende Blödsack, diese hirnlose Kreatur«, begann er erneut auf seinen Bruder zu schimpfen, um sich abzulenken. Zum einen musste er aber feststellen, dass ihm für eine ausgiebige Schimpforgie die Puste fehlte, zum anderen fand er heraus, dass es deutlich mehr Freude bereitete, wenn die Person, um die es ging, ihm beim Maulen zuhörte. Von allen Orks verlassen den Wald zu durchstreifen und dabei beständig vor sich hinzuschimpfen kam ihm plötzlich sinnlos vor, und so sparte er sich den Atem.

Bei Einbruch der Dämmerung suchte er sich erneut einen Schlafplatz. Da er sich inzwischen im Gebirge befand, gab es hinreichend Höhlen und Überhänge, in oder unter denen er Zuflucht suchen konnte. Unter einem großen Felsen, der wie der Schnabel eines riesigen Raubvogels aussah, fand Rammar ein Quartier für die Nacht. Als er diesmal einschlief, sah er im Traum seltsame, zusammenhanglose Bilder: Er sah Balbok und Graishak und auch Girgas' Haupt, das wie ein Ball durch die Gegend sprang und ihn verfolgte, während ihm das schallende Gelächter des Meuteführers in den Ohren klang.

Schweißgebadet schreckte Rammar aus dem Schlaf.

Es war noch dunkel, aber die Laute des erwachenden Waldes verrieten, dass es kurz vor Tagesanbruch war. Das wohltuende Geschrei der Fledermäuse war verstummt, die Vögel begannen mit ihrem scheußlichen Gezwitscher.

Mit einer wüsten Verwünschung wälzte sich Rammar von seinem Lager aus feuchtem Moos. Sein Frühstück bestand aus einigen fetten Engerlingen, die er in einem faulen Pilz fand, seinen Durst stillte er an einem nahen Bach. Wie alles Wasser, das aus dem Schwarzgebirge hinab in den Dämmerwald floss, schmeckte auch dieses abgestanden, schal und nach Tod. Mit anderen Worten: Es mundete dem Ork ausgezeichnet.

Um vollends wach zu werden, hielt Rammar den Kopf ins Wasser. Danach setzte er seinen Marsch fort. Er musste sich eingestehen, dass er nicht mehr genau wusste, wo er sich befand, und immer wieder blieb er stehen und suchte mit seinen Blicken den Boden ab, konnte aber keine Spuren entdecken. Zudem kam ihm – anders als am Vortag – die Umgebung völlig unbekannt vor. Schlimmer noch: Nachdem er schweißtreibende Stunden lang über abgestorbenes Wurzelholz gestiegen und über schroffe Felsen geklettert war, stand er gegen Mittag wieder vor dem Schnabelfelsen. Er war im Kreis gelaufen! Aber wie war das möglich? Er hatte sich doch immer nur bergauf bewegt! Dabei konnte man nicht im Kreis laufen!

Oder etwa doch?

Niemals hätte er es laut ausgesprochen, nicht einmal im Flüsterton hätte er es geäußert – aber er wäre ganz froh gewesen, hätte er seinen Bruder nun an seiner Seite gehabt.

»Blödsinn!«, sagte er zu sich selbst. »Ich brauche Balbok nicht. Wahrscheinlich ist dieser *umbal* längst in eine Schlucht gefallen und hat sich sämtliche Knochen gebrochen. Oder er ist zurück ins Dorf gelaufen, und sie haben ihn erschlagen. Ohne mich hält dieser dämliche Kerl keine zwei Tage durch. Keine zwei Tage, das schwöre ich, so wahr ...«

Plötzlich verstummte Rammar. Etwas kitzelte ihn in der

krummen Orknase, ein Geruch, der seinen Widerwillen erregte – Gnomen!

Rammar legte den Kopf in den Nacken und schnüffelte. Kein Zweifel. Er roch den fauligen Gestank der Grünhäutigen, und da sein Geruchssinn nicht sehr ausgeprägt war, bedeutete das, dass sich die Gnomen ganz in der Nähe befanden, sonst hätte er sie nicht gerochen.

Ein Knurren stieg aus seiner Kehle, und er griff nach dem *saparak*. Um den langen Speer mit der widerhakenbewehrten Spitze im Nahkampf einsetzen zu können, fasste er ihn in der Mitte des Schafts, dann taxierte er das umliegende Gebüsch.

Von den Gnomen war nichts zu sehen oder zu hören, dennoch waren sie da, Rammar war sich ganz sicher. Der Ork merkte, wie sich sein Pulsschlag beschleunigte, und seine Nase begann zu zucken, wie sie es bei seiner Rasse häufig tut, wenn Gefahr droht. Noch mehr als zuvor wünschte er sich, Balbok an seiner Seite zu haben, dessen Geschicklichkeit im Umgang mit Pfeil und Bogen schon manchem Gnom zum Verhängnis geworden war.

»Du elender Hohlkopf«, flüsterte Rammar vor sich hin. »Wo bist du, wenn ich dich brauche? Wo hast du dich nur wieder verkrochen? Wenn die Gnomen mich kriegen, ist es allein deine Schuld ...«

Er verstummte, schlich bergauf und zwängte sich ins Unterholz. Das ihn umgebende Grün war so dicht, dass er keine zwei Schritte weit sehen konnte, aber die Gnomen konnten es umgekehrt auch nicht, und das beruhigte ihn ein wenig. Immer wieder schnupperte er und hatte das Gefühl, dass der Geruch der Gnomen schwächer wurde. Offenbar entfernte er sich von ihnen.

Hoffnung schöpfend, schlich Rammar weiter. So leise, wie es ihm möglich war, pirschte er sich durch das Dickicht, das sich schließlich ein wenig lichtete, sodass er rascher vorwärts kam. Trotz seiner kurzen, krummen Beine schritt er weit aus, um eine möglichst große Distanz zwischen sich und die Gnomen zu bringen – als ihm ein hässlicher Gedanke kam.

Er ging in die falsche Richtung!

Sein Überlebensinstinkt und der gesunde Orkverstand drängten ihn dazu, dem Feind den Rücken zu kehren und sich möglichst weit von ihm zu entfernen. Doch wollte er seine Mission erfüllen und das Haupt Girgas' nach Hause bringen, musste er genau in die entgegengesetzte Richtung, nicht weg von den Gnomen, sondern hin zu ihnen.

Zögernd verlangsamte Rammar seine Schritte – als etwas Unerwartetes geschah.

Der weiche Waldboden, auf dem er stand, gab plötzlich nach. Zweige knackten, und Äste splitterten unter dem Gewicht des Orks, als dieser jäh nach unten sackte. Einen dumpfen Schrei ausstoßend, versuchte sich Rammar irgendwo festzuhalten, aber seine Klauen griffen ins Leere.

Im nächsten Moment war um ihn herum nichts als zugige, nach Moder riechende Schwärze, während er senkrecht in die Tiefe stürzte.

In einem Pfuhl aus Schlamm endete sein Fall. Rammar landete mit seinem Allerwertesten mitten drin, sodass es nach allen Seiten spritzte und der Schlamm an den steilen Wänden des Schachts nach unten lief. Unter wüsten orkischen Verwünschungen versuchte sich der fette Ork zu erheben, was ihm seiner krummen Beine wegen nicht sofort gelang. Endlich schaffte er es doch. An die vier *knum'hai** betrug der Durchmesser des Schachts, und Rammar blickte ebenso wütend wie ratlos zu dessen Rand empor, der unerreichbar für ihn war.

»Was, bei Torgas Eingeweiden …?«

Erschrocken sah er die Überreste dessen, was den Schacht bedeckt hatte und durch das er gebrochen war: ein Geflecht aus Ästen und Zweigen, über das man Moos gebreitet hatte. Eine Fallgrube, dämmerte es Rammar.

Darüber, wer die Falle errichtet hatte, brauchte er nicht lange nachzugrübeln, denn erneut nahm er den beißenden Gestank der Gnomen wahr. Von oben drang das Geräusch raschelnder Schritte zu ihm herab, und er hörte auch schrille,

---

* unter Orks gültiges Längenmaß: 1 *knum* = ca. 30 cm

schnatternde Stimmen, die sich in einer fremden Sprache unterhielten. Dann erschienen am Rand der Grube zwei grüngesichtige Köpfe, die grinsend zu ihm herabblickten und dabei schadenfroh kicherten.

»Ihr miesen, widerwärtigen Kreaturen!«, schrie Rammar, der nicht wusste, auf wen er wütender sein sollte – auf die Gnomen, die diese Falle errichtet hatten, oder auf sich selbst, dass er blindlings hineingetappt war. »Hört sofort mit dem dämlichen Gegacker auf! Holt mich hier raus, und ich werde euch beibringen, was es heißt, einem Ork eine Falle zu stellen. Ich werde euch eure kleinen grünen Schädel einschlagen, das schwöre ich euch!«

Doch das Gekicher brach nicht ab, wurde sogar lauter, und zu den beiden Gnomen gesellten sich fünf weitere.

»Ach so?«, brüllte Rammar wütend hinauf. »Es reicht euch wohl nicht, dass ich in eurer Falle sitze? In der Überzahl müsst ihr auch noch sein, sonst traut ihr euch nicht, euch mit mir anzulegen. Wie viele seid ihr denn dort oben?«

Die Anzahl der grünen Gesichter verdoppelte sich, und es entstand ein ziemliches Gedränge am Rand der Grube. Gnomensäbel schimmerten im matten Licht, und Rammar sah auch Speere und Bogen, auf deren gespannten Sehnen giftgetränkte Pfeile lagen. Sein Gezeter ließ nach und verstummte dann ganz, denn Furcht schnürte ihm die Kehle zu.

Ein schmaler, von Ästen und Zweigen befreiter Baumstamm wurde herabgelassen. Man hatte Kerben in sein Holz gehackt, die als Trittstufen dienten. Dem Ork wurde befohlen, daran emporzuklettern, und widerwillig kam Rammar der Aufforderung nach, wobei der dünne Stamm unter seinem Gewicht bedenklich ächzte und knarrte. Keuchend vor Anstrengung schob Rammar seinen fetten Leib schließlich über den Rand der Grube, und er wurde sofort von mehreren Gnomenkriegern in Empfang genommen. Ihre hässlichen Gesichter glänzten dabei vor Schweiß und vor Eifer. Rammar hätte sich am liebsten übergeben.

Es war ein ganzer Kriegstrupp, in dessen Gewalt er geraten war – ein rundes Dutzend grünhäutiger Gestalten in Rüstungen aus schwarzem Reptilienleder: In den Sümpfen, die sich nördlich des Schwarzgebirges erstreckten, hauste allerhand Viehzeug, das die Gnomen zu jagen pflegten und aus dessen Häuten und Knochen sie ihre Kleidung und Rüstungen herstellten. Rammar nahm an, dass das Leder auch einer der Gründe für den erbärmlichen Gestank war, den Gnomen auf Schritt und Tritt verbreiten.

Einen kurzen, wirklich sehr kurzen Augenblick lang erwog er, nach dem *saparak* zu greifen, den er wieder am Riemen auf dem Rücken trug, um sich einen wilden letzten Kampf mit den Gnomen zu liefern, wie es sich für einen Ork gehört. Schon im nächsten Moment aber besann er sich. Rammar hatte noch nie viel davon gehalten, sich sinnlos zu opfern, und noch sinnloser, als im tiefen Wald von einer Horde Gnomen abgeschlachtet zu werden, ging es nicht.

Als die Grünhäutigen seine Waffen verlangten, händigte er sie ihnen widerstandslos aus, und er unternahm auch nichts dagegen, als sie ihm die Hände auf den Rücken banden. Die Füße ließen sie ungefesselt, damit er marschieren konnte – vielleicht, dachte er, ergab sich dadurch eine Gelegenheit zur Flucht.

Er wurde von einigen Bogenschützen bedroht, deren Pfeilspitzen in Gift getränkt waren, während der Rest des Trupps zu beraten schien. Da Rammar die Sprache der Gnomen nicht beherrschte, verstand er nicht, was sie schnatterten. Aber ihrer Gestik und dem Ausdruck ihrer grünen Gesichter nach stritten sich zwei der Gnomen – offenbar der Anführer des Trupps und sein Stellvertreter – und verfielen schließlich in lautes Gezeter. Worum es dabei ging, konnte Rammar nur vermuten – wahrscheinlich darum, ob sie ihn auf der Stelle töten oder ihn vorher noch ein wenig foltern sollten.

Eine Weile lang ging es hin und her, dann schienen sich die beiden Anführer geeinigt zu haben. Befehle wurden erteilt, und der Kriegstrupp setzte sich in Bewegung. Eine kleine Vorhut ging voraus, dann folgte der Hordenführer mit den besten Kriegern, danach der von Bogenschützen bewachte Rammar, und der zweite Anführer bildete schließlich mit einigen Kriegern die Nachhut.

So ging es durch den Wald, stets nach Norden und immer weiter die steilen Hänge hinauf. Der Wald lichtete sich, der Baumbewuchs wurden spärlicher, und immer weniger Moos und Gras bedeckte den dunklen Boden. Nur einmal gönnten die Gnomen ihrem Gefangenen eine kurze Rast, dann wurde der Marsch fortgesetzt.

Die Disziplin, die die Gnomen an den Tag legten, verblüffte Rammar; bislang hatte er sie stets für primitive Wilde gehalten, die einer hochentwickelten Rasse wie den Orks weit unterlegen waren. Was er hier jedoch erlebte, schien das Gegenteil zu beweisen: Diese Gnomen waren alles andere als dumm (sonst wären sie wohl kaum in der Lage gewesen, *ihm* eine Falle zu stellen), und wie sie nahezu lautlos hintereinander hermarschierten, um ihre Stärke zu verbergen, hätte jeden orkischen Meuteführer beeindruckt.

Kurzum: Diese Gnomen waren anders als alle, denen Rammar je begegnet war. Ein strenger Wille schien sie zu lenken – oder Furcht.

Die Furcht vor irgendetwas.

Oder vor irgendjemandem ...

Über einen steilen Pfad, der sich zwischen Felsnadeln und vereinzelten Bäumen schlängelte, führte der Marsch der Gnomen weiter bergauf. Die Sonne stand hoch am Himmel und verwandelte das karge Land in einen wahren Glutofen, und Rammar hatte Mühe, mit den Gnomen Schritt zu halten. Schweiß rann in Strömen über seinen Rücken. Orks mögen weder Sonnenlicht noch Wärme; viel lieber halten sie sich in Höhlen und Verliesen auf, wo es feucht ist und dunkel.

Aber die Gnomen nahmen weder darauf Rücksicht noch auf Rammars beträchtliche Leibesfülle. Unerbittlich trieben sie ihn an, und als sich der Tag dem Ende neigte, konnte sich Rammar kaum noch auf den Beinen halten. Wankend stolperte er vorwärts, schlug mehrmals der Länge nach hin.

Von dem Geröllfeld, das sie überqueren, bot sich ein weiter Ausblick auf das Umland; jenseits des Vorgebirges und des Dämmerwaldes konnte man im Westen die mattgraue Fläche der Modersee ausmachen. Doch das war Rammar reichlich egal. Alles, was er wollte, war eine Rast, um sich zu erholen und seine schmerzenden Beine auszuruhen.

Aber noch war es nicht so weit.

Im letzten Licht des Tages führten die Gnomen ihn über eine natürliche Felsbrücke, die sich über eine Schlucht spannte. In der Tiefe zwischen den senkrecht abfallenden Felswänden konnte Rammar die Wipfel von Bäumen sehen, aus denen modriger Dampf in den Abendhimmel stieg. Und während die untergehende Sonne den westlichen Horizont in blutiges Rot tauchte, das nach Überzeugung der Orks ein Vorbote für einen bevorstehenden Kampf ist, erklommen die Gnomen einen kahlen Bergrücken.

Von hier aus öffnete sich der Blick in die karge Landschaft des Schwarzgebirges: Scharfe Zacken, die wie das Gebiss eines Raubtiers wirkten, bildeten eine weite Arena, deren Hänge von Geröll und Felsnadeln übersät waren. Risse und Spalten durchzogen den Fels – aus der Ferne sahen sie aus wie erstarrte Blitze – und gaben dem Land ein lebloses, totes Aussehen. Bis auf Flechten und dürres Gestrüpp gab es hier keine Pflanzen mehr, und auch Tiere hielten sich von diesem Landstrich fern. Mit anderen Worten: Es war eine lauschige Gegend nach dem Geschmack eines Orks.

Dieses Land hatte einst Rammars Volk gehört. Die Klüfte des Schwarzgebirges, vom Dämmerwald im Westen bis zum Grenzfluss im Südosten, waren das Territorium der Orks gewesen, vor langer Zeit, noch vor dem Zweiten Krieg. Ihre Niederlage im Kampf gegen die Elfen und Zwerge hatte die Orks ihr angestammtes Gebiet gekostet, denn während sich die Menschen mit den Siegern einigten und Besserung gelobten, wurden die Orks verfolgt und über den Kamm des Schwarzgebirges getrieben bis tief hinein in den Dämmerwald. Da die meisten ihrer Anführer und Generäle im Kampf gefallen oder von den Siegern hingerichtet worden waren, war das einst riesige Heer der Orks in einzelne Stämme zerfallen. In den Jahren, die folgten, hatten die Orks immer wieder versucht, ihr einstiges Territorium zurückzuerobern, aber ihre

Anstrengungen waren nicht von Erfolg gekrönt gewesen – jeder Versuch war in einem blutigen Desaster geendet.

Anfangs hatten die Elfen die eroberten Festungen und Bollwerke, die einst den Orks gehörten, noch selbst verteidigt. Später zogen sie sich zurück und überließen das Land den Gnomen. In dieser Zeit war die Modermark die neue Heimat der Orks geworden, und es entstand die tiefe Feindschaft zwischen Gnomen und Orks.

Rammar überlegte fieberhaft, was die Gnomen wohl mit ihm vorhatten, und er zermarterte sich das Hirn darüber, wie er dieser unangenehmen Lage entkommen konnte. Dabei fiel ihm etwas auf.

Auf der anderen Seite des weiten Talkessels, an einer steilen Felswand, machte Rammar einzelne Lichter aus, Fackeln, die im einsetzenden Nachtwind flackerten. Der Ork verengte die Augen zu schmalen Schlitzen und glaubte, im schwachen Feuerschein schlanke Türme zu erkennen, die sich hoch über den Klüften an die Felsen schmiegten. Rammar war überzeugt davon, dass es die Türme eines *rark* waren, einer Zwingburg, die einst den Orks gehört hatte. Und wenn Rammar das aufgeregte Getuschel der Gnomen richtig deutete, so war dies das Ziel ihrer Reise; die alte Orkzitadelle war die Zuflucht der Gnomen.

Die Nacht senkte sich auf das Gebirge herab. Der blutrote Schein am Himmel verblasste, und die ferne Burg schien hinter einem schwarzen Vorhang zu verschwinden.

Da Gnomen im Dunkeln ungleich besser sehen konnten als Orks, marschierten sie noch eine Weile weiter, bis sie schließlich ein Plateau erreichten. Von dem führte eine weitere Brücke über einen gähnenden Abgrund, und diese Brücke war nicht natürlichen Ursprungs, sondern von Wesen errichtet, die lange vor den Orks das Schwarzgebirge besiedelten. Sie waren auch die Erbauer der Burgen, in denen die Orks in alter Zeit hausten, und auch auf dem Plateau hatten sie ihre Spuren hinterlassen.

Große steinerne Quader, auf denen hier und da noch die Zeichen einer längst vergessenen Schrift zu erkennen waren, umgaben das Plateau und schirmten es nach allen Seiten hin ab. Im Schutz der Felsblöcke ließen sich die Gnomen nieder und schlugen ihr Nachtlager auf. Rammar fesselten sie an einen der Quader, und zwar so, dass er stehen musste.

»Verdammt!«, stöhnte er. »Was macht ihr da? Ich bin den ganzen Tag marschiert – ich muss mich ausruhen! Legt mich gefälligst auf den Boden, wenn ihr mich unbedingt fesseln müsst! Ihr dämlichen grünen Kerle …«

Die Gnomen ignorierten seine Beschwerden. Mit Riemen aus Trollsehnen banden sie ihn an den kalten Fels und zurrten die Fesseln so eng, wie sie nur konnten. Dann zogen sie sich kichernd zurück. Die beiden Anführer teilten die Nachtwache ein, worüber sie kurz wieder in Streit gerieten. Die übrigen Gnomen legten sich schlafen, und es wurde ruhig im Lager. Nur drei Fackeln, die zu einem Dreibein zusammengebunden waren und in der Mitte des Runds standen, spendeten Licht; der verhangene Himmel war mondlos, und nur vereinzelt blinzelten Sterne durch die grauen Schleier.

Rammars Laune fiel ins Bodenlose. Nicht nur, dass ihm die Beine wehtaten, dass Hunger und Durst ihn quälten und er seinem sicheren Ende entgegenblickte, nun bereitete ihm auch noch seine Verdauung Probleme. Nach dem beschwerlichen Marsch des Tages kündigte sich nun auch in seinen Gedärmen ein gewaltiger Durchmarsch an.

Vor den Gnomen jedoch wollte sich Rammar keine Blöße geben. Also biss er die Zähne zusammen, dass es knirschte, und wartete.

Wartete.

Wartete …

Bis ihm Schweißperlen auf die Stirn traten und ihm ein hässlicher Druck in der unteren Leibeshälfte klar machte, dass er nicht länger warten konnte.

»He!«, rief er, um eine der beiden Wachen auf sich aufmerksam zu machen. Die übrigen Gnomen schliefen bereits, wie man an ihrem lauten Schnarchen hörte.

Der Wächter blickte auf und kam heran.

»Ich muss mal«, erklärte Rammar mit Flüsterstimme. Warum, in aller Welt, geriet er immer wieder in solche Situationen?

Der Gnom erwiderte etwas Unverständliches und rollte mit den Augen. Offenbar verstand er nicht.

»Ich muss mal«, wiederholte Rammar – und da seine Arme an den Felsblock gebunden waren und er damit nicht gestikulieren konnte, ahmte er entsprechende Geräusche nach, um dem Wächter verständlich zu machen, was er meinte.

Daraufhin hellten sich die grünen Gesichtszüge auf, und der Gnom kicherte schadenfroh. Anstatt Rammar loszubinden und ihn seine Notdurft verrichten zu lassen, wandte er sich an seinen Kumpanen.

»Nein«, beschwor ihn Rammar, »nicht ...«

Als handelte es sich um einen guten Witz, den man unbedingt loswerden musste, erzählte der Gnom dem anderen Wächter von Rammars hochpeinlicher Not, und der zweite Gnom brach in wieherndes Gelächter aus.

»Toll«, kommentierte Rammar säuerlich. »Lacht noch lauter, damit es auch wirklich jeder erfährt.«

Die beiden prusteten, zeigten mit ihren grünen Fingern auf ihn und wollten sich ausschütten vor Lachen.

»Könnt ihr mir erklären, was daran so komisch sein soll? Ich muss mal, da ist nichts dabei. Müssen Gnomen etwa nicht?«

Die beiden Wächter lachten nur noch lauter, und einer von ihnen verfiel auf den Gedanken, das stumpfe Ende seines Speers in Rammars aufgeblähten Bauch zu stoßen.

»Nicht!«, rief der Ork entsetzt. »Was soll das? Lass das sofort bleiben!«

Als würde er verstehen, was Rammar sagte, ließ der Gnom seinen Speer augenblicklich sinken. Mehr noch, sein Gekicher verstummte, sein Gesicht wurde ausdruckslos – und dann kippte der Krieger plötzlich um.

In seinem Rücken steckte ein Pfeil.

Sein Kumpan kam noch dazu, einen verblüfften Laut auszustoßen, dann ereilte auch ihn der gefiederte Tod, der aus der Nacht geflogen kam.

»Wer, zum …?«

Rammar hatte noch nicht ganz erfasst, was geschehen war, da tauchte aus der Dunkelheit eine Gestalt mit einem vertrauten Gesicht auf: Für einen Ork war es ungewöhnlich blass und schmal, mit langem Kinn und großen, fast kindlich wirkenden Augen – und es grinste von einem Ohr zum anderen.

»Balbok, mein Bruder!«, flüsterte Rammar, völlig außer Acht lassend, dass er ja gar keinen Bruder mehr hatte. »Bist du es wirklich?«

»Klar bin ich es«, entgegnete der andere, während er seine Pfeile aus den toten Gnomen zog und sie zurück in den Köcher steckte. »Ich bin gekommen, um dich zu befreien.«

»Was du nicht sagst.« Sofort brodelte wieder die Wut in Rammar hoch. »Und warum, verdammt noch mal, hast du so lange damit gewartet? Diese Gnomen hätten mich töten können, war dir das nicht klar?«

»Entschuldige.« Das Grinsen verschwand aus Balboks Gesicht. »Ich musste doch warten, bis sie schlafen.«

»So, musstest du das?« Rammar schnaubte. »Na, meinetwegen. Dann binde mich jetzt los – obwohl ich eigentlich nicht mehr mit dir reden sollte.«

»Bist du mir denn immer noch böse?« Mit dem Dolch durchschnitt Balbok die Trollsehnen.

»Allerdings, das bin ich«, knurrte Rammar, während er seine schmerzenden Gelenke rieb. »Warte hier. Ich habe etwas Dringendes zu erledigen.«

»Ich soll hier warten?« Balbok schaute besorgt zu den schlafenden Gnomen. »Aber …«

»Du wartest!«, schärfte ihm Rammar ein und verschwand hinter einem der Steinblöcke. Einen Augenblick lang fragte sich Balbok, was sein Bruder dort treiben mochte – bis ein heiseres Stöhnen und Geräusche, die an ein mittelschweres Unwetter erinnerten, es ihm deutlich verrieten.

Erschreckt blickte sich Balbok nach den Gnomen um – schon war der Erste von dem Lärm erwacht. Benommen erhob er sich und sah die beiden leblos daliegenden Wachen.

Sein Mund öffnete sich zu einem lauten Schrei, aber noch

ehe er ihn ausstoßen konnte, bohrte sich Balboks Pfeil in seine Kehle.

Da Rammars Darmkonzert auf der anderen Seite des Felsens noch an Lautstärke zunahm, blieb der Gnom nicht der Einzige, der aus dem Schlaf erwachte. Ein weiterer schreckte hoch und sprang auf, einen wilden Kampfschrei ausstoßend.

Balbok blieb nicht mehr die Zeit, einen weiteren Pfeil auf die Sehne zu legen. Er ließ den Bogen fallen und griff nach dem Speer. Unter wütendem Geheul sprang der Gnom auf ihn zu – und pfählte sich selbst, indem er geradewegs in den *saparak* lief.

Während Balbok noch damit beschäftigt war, den tödlich verwundeten Gegner von der widerhakenbewehrten Spitze zu schütteln, erwachten die übrigen Gnomen. Das Kampfgeschrei ihres Gefährten hatte sie aus dem Schlaf gerissen. Sofort sprangen sie auf, griffen nach den Waffen und drangen auf Balbok ein.

»Rammar!«, rief der derart Bedrängte.

»Jetzt nicht«, kam es gepresst zurück. »Ich bin beschäftigt ...«

Die Gnomen stürmten heran, und Balbok blieb nichts, als die gelben Zähne zusammenzubeißen und zu kämpfen. Mit dem *saparak* spießte er gleich zwei Angreifer auf einmal auf. Er ließ den Speer in den beiden zuckenden Leibern stecken und griff zur Axt, die für den Nahkampf weit besser geeignet war.

Ein weiterer Gnom – es war der zweite Anführer des Trupps – wollte sich von hinten an ihn heranschleichen, um ihm seinen Säbel in den Rücken zu stoßen, aber Balbok sah seinen Schatten in den Augenwinkeln und wirbelte herum. Das messerscharfe Blatt der Axt pfiff dabei durch die Luft und enthauptete den Unterführer, dessen Kopf in weitem Bogen davonflog.

Mit großen Sprüngen setzten die anderen Gnomen heran, grünhäutige Gestalten, die in ihren schwarzen Panzern wie Insekten wirkten. Entsprechend schwang Balbok wild die Axt, als wollte er damit Fliegen verscheuchen, und er stieß gellende Schreie aus. Die Gnomen, die eine solche Kampftechnik noch nie gesehen hatten, waren einen Augenblick lang verwirrt – einen Augenblick, der einige von ihnen das Leben kostete. Wo immer die mörderische Waffe niederging, schlug sie eine Bresche in den Haufen der Gegner und ließ grünes Blut spritzen.

Ein Spieß zuckte vor und verfehlte Balbok nur knapp. Der Ork revanchierte sich, indem er dem Angreifer das flache Schneideblatt der Axt auf den Schädel hieb. Auf dem zerschmetterten Kopf ein Helm, der so geplättet war wie die Modersee an einem klaren Wintermorgen, sank der Gnom nieder, direkt vor die Füße seines Anführers. Der verfiel in wütendes Geschrei, und erneut stürzten sich die Gnomen auf den hageren Ork, der inzwischen inmitten des Steinkreises stand und wild um sich schlug.

»Rammar?«, rief Balbok noch einmal nach seinem Bruder – aber die Geräusche, die hinter dem Quader hervordrangen, machten klar, dass mit diesem so bald nicht zu rechnen war.

Für Balbok wurde es brenzlig. Er hatte Mühe, sich seiner Haut zu erwehren. Die Gnomen schwangen ihre Klingen und hatten es nun auf seine Beine abgesehen. Die konnten sie am leichtesten treffen, denn die meisten der Grüngesichter reichten dem Ork kaum bis zur Hüfte. Lag der Gegner erst am Boden, war er so gut wie erledigt.

Indem er die Axt senkrecht niedergehen ließ, spaltete Balbok einem der heimtückischen Angreifer den Schädel, dann musste er zurückweichen. Funken schlagend traf Stahl auf Stahl, während die Augen der Gnomen vor Mordlust leuchteten.

Plötzlich stieß Balbok mit dem Rücken gegen ein Hindernis – es war der mit uralten Zeichen versehene Steinblock, auf dessen anderer Seite Rammar der Natur zu ihrem Recht verhalf.

»Rammar!«, rief Balbok. »Jetzt könnte ich etwas Hilfe gebrauchen!«

»Verdammt noch mal!«, tönte es hinter dem Quader hervor. »Kannst du nicht leiser sein? Ich muss mich konzentrieren!«

»'tschuldigung«, murmelte Balbok – und sprang zur Seite. Mit einem Spieß in den Händen war ein Gnom herangesprungen und hätte ihn durchbohrt, wäre Balbok nicht im letzten Moment ausgewichen. So traf die Waffe auf den nackten Stein und zerbarst, und ihr verblüffter Besitzer machte blutige Bekanntschaft mit Balboks Axt.

Nur noch vier Gegner waren übrig. Eine kurze Kampfpause trat ein, in der sie den Ork schnaufend belauerten – dann stieß der Anführer einen heiseren Schrei aus, und sie gingen zum letzten, verzweifelten Angriff über.

Das Aufeinandertreffen war so heftig wie kurz.

Zwei Gnomen, die ihn aus entgegengesetzter Richtung gleichzeitig angriffen und es dabei auf seine Oberschenkel abgesehen hatten, spießten sich gegenseitig auf, als Balbok nach vorne sprang. Einen weiteren traf das schartige Blatt der Axt mitten ins Gesicht, dass man die Knochen brechen hörte und das Blut spritzte; der Schädel wurde in zwei Hälften geteilt.

Nun war nur noch der Anführer übrig. Mit einem wilden Schrei, den Griff des Säbels beidhändig umklammernd, setzte der Gnom heran. Mit dem Schaft der Axt wehrte Balbok den wütenden Angriff ab, um den Feind im nächsten Moment mit einer Hand zu packen, hochzuheben und in weitem Bogen über sich hinwegzuschleudern, hinaus in die Nacht jenseits des Plateaus und in den gähnenden Abgrund.

Der gellende Schrei des Gnomenführers verhallte, und es kehrte Ruhe ein. Selbst der Orkan jenseits des Quaders hatte sich gelegt, dafür näherten sich knirschende Schritte über den felsigen Boden, und Rammar erschien, einen sichtlich erleichterten Ausdruck im Gesicht.

»Da bin ich wieder«, sagte er überflüssigerweise. »Habe ich etwas verpasst?«

»Überhaupt nicht«, erwiderte Balbok keuchend. Sein Gesicht und sein Brustpanzer waren über und über von grünem Blut besudelt, und im flackernden Schein der Fackeln sah Rammar die getöteten Gegner am Boden liegen.

»Verdammt!«, maulte er. »Warum konntest du nicht warten, *umbal*? Musstest wohl wieder den ganzen Spaß allein haben! Vielleicht hätte ich dir ja gern geholfen, diese hässlichen grünen Kerle zu erschlagen. Hast du daran mal gedacht?«

»Nein«, gestand Balbok schuldbewusst.

»Na ja ...« Rammar machte eine wegwerfende Handbewegung. »Ich will mal nicht so sein. Immerhin hast du es ja gut gemeint, auch wenn ich deine Hilfe nicht benötigt hätte.«

»Dann – bist du mir nicht mehr böse?«

»Nein.« Rammar schüttelte mürrisch den Kopf. »Sogar dein dämliches Gesicht ist mir lieber als diese grässlichen grünen Fratzen. Wie bist du überhaupt hierher gekommen?«

»Ich bin deiner Spur gefolgt. Sie führte in die falsche Richtung, also ...«

»Was soll das heißen, sie führte in die falsche Richtung?«

»Na, die Schlacht zwischen unserer Meute und den Gnomen hat viel weiter nördlich stattgefunden. Ich dachte also, ich folge dir lieber, ehe du dich verirrst. Und dann ...«

»Ehe ich mich verirre?« Rammar verzog zornig das Gesicht. »Davon kann keine Rede sein, Dummkopf. Ich wusste natürlich, dass ich zu weit südlich bin. Aber unterwegs entdeckte ich die Fährte dieser Gnomen, und ich dachte mir, es wäre eine gute Idee, ihnen zu folgen.«

»Ach, so war das ...« Balbok kratzte sich nachdenklich am Hinterkopf, wobei ihm der Helm vorne auf die krumme Nase rutschte. Er rückte ihn wieder zurecht, um Rammar erstaunt anzuglotzen. »Dann bist du also absichtlich in die Fallgrube gesprungen?«

»Natürlich, was hast du denn gedacht?«, schnappte Rammar. »Und jetzt hör auf, so dämliche Fragen zu stellen. Wir haben schließlich einen Auftrag auszuführen: Girgas' Haupt muss gefunden werden, und zwar so schnell wie möglich.«

»Das habe ich nicht vergessen«, versicherte Balbok breit grinsend und deutete mit einer Kralle auf sein Oberstübchen. »Und ich weiß auch, wo wir danach suchen müssen.«

»Ach? Wo denn?«

»Dort drüben!« Balbok wies zur anderen Seite des Talkessels, wo in der Dunkelheit die Zwingfeste lag.

»Wie kommst du denn darauf?«, fragte Rammar überrascht.

Balbok genoss es, dass er einmal mehr wusste als sein gescheiter Bruder. »Diese Gnomen«, erklärte er, »wollten offenbar zu dem *rark* dort. Und sie gehören zu jenem Stamm, gegen den wir im Grenzland gekämpft haben.«

»Was du nicht sagst. Und woher weißt du das nun wieder?«

»Die Standarte.« Balbok deutete auf das aus Knochen und einigen Stofffetzen zusammengeschusterte Gebilde. »Erkennst du sie nicht wieder?«

»Natürlich erkenne ich sie wieder!«, antwortete Rammar schroff. »Ich wollte dich nur prüfen. Ich habe sofort erkannt, dass das die Kerle waren, die uns überfallen haben, und auch, dass die Festung dort ihr Ziel war.«

»Und du hast dich von ihnen gefangen nehmen lassen, um in die Festung zu gelangen«, folgerte Balbok staunend. »Das war wirklich schlau von dir.«

»Nicht wahr?« Rammar schnaubte. »Alles lief bestens, aber dann musstest du ja auftauchen und mich befreien. Aber – ich weiß ja, du hast es nur gut gemeint, deshalb bin ich dir nicht böse.«

Rammar nickte seinem Bruder großmütig zu, und ehe es diesem in den Sinn kam, weitere unangenehme Fragen zu stellen, sagte er rasch: »Lass uns jetzt überlegen, wie wir in die Festung gelangen. Eins steht fest – wir werden verdammt vorsichtig sein müssen. Diese Gnomen sind anders als alle, denen ich je begegnet bin. Ich habe schon viele Grüne gesehen, aber noch nie welche, die sich so diszipliniert verhielten. Etwas stimmte nicht mit ihnen. Es war, als würde ein fremder Wille sie leiten. Verstehst du, was ich meine?«

»Nein.«

»Wie auch immer – des Rätsels Lösung werden wir nur dort drüben finden, auf der anderen Seite der Schlucht.«

»Des Rätsels Lösung?« Balbok runzelte die hohe Stirn. »Ich dachte, wir suchen nach Girgas' Haupt?«

»Dummbeutel!« Rammar schüttelte den Kopf. Bisweilen konnte Balbok ja ganz pfiffig sein, doch wie sagte ein altes

Sprichwort der Orks: *Kudashd darr chgul lorg alhark* – Auch ein blinder Ghul findet mal ein Horn.

»Wann werden wir aufbrechen?«, fragte Balbok.

»Der Pfad ist schmal und sehr gefährlich. Ihn bei Nacht zu beschreiten, wäre reiner Selbstmord. Wir werden also bis kurz vor Tagesanbruch warten und uns im Schutz des Morgennebels anschleichen. Wir werden Girgas' verdammten Schädel finden und ihn ins *bolboug* zurückbringen, und am Ende werden alle, die uns beschimpft haben, das mächtig bedauern.«

Rammar und sein Bruder nickten sich entschlossen zu – keiner von ihnen ahnte, dass sie beide längst zu Höherem auserkoren waren.

4. KORZOUL UR'DHRUURZ

Wie Rammars Plan es vorsah, brachen sie noch vor Morgengrauen auf.

Den Rest der Nacht hatten sie auf dem Plateau zugebracht und abwechselnd Wache gehalten. Nun überquerten Rammar und Balbok die steinerne Brücke und folgten dann dem Pfad, der an den steilen Felshängen entlang auf die andere Seite des Talkessels führte. Da der Weg an einigen Stellen abgerutscht war, mussten die beiden Orks mehrmals waghalsige Kletterpartien auf sich nehmen; sie stiegen über schroffe Felsen und überquerten unsichere Geröllfelder, auf denen jeder Fehltritt den Tod bedeuten konnte.

Rammar zwang sich, nicht in die gähnende Tiefe zu blicken, während er stur einen Fuß vor den anderen setzte, und als der Morgen dämmerte, hatten die beiden Orks die Strecke bereits zur Hälfte hinter sich gebracht. Bisher hatte sich der Nebel gehalten; in milchigen Fetzen hing er an den Felshängen und schützte sie vor Entdeckung. Je stärker die Sonne jedoch schien, desto mehr lichteten sich die wabernden Dunstschwaden und desto deutlicher zeichneten sich vor ihnen die Umrisse der Festung ab.

Die Türme der Feste ragten in den grauen Himmel wie riesige *saparak'hai*, und wie die Widerhaken eines Orkspeers wirkten auch die kantigen Vorsprünge an ihren Spitzen. Dazwischen erstreckten sich jahrhundertealte hohe Mauern, unterhalb der Pechnasen geschwärzt und teils von Rissen durchzogen, aber immer noch gewaltig und trutzig.

Die Orks versuchten sich vorzustellen, wie es wohl damals gewesen war, vor tausend Jahren, als ihre Art noch über das Schwarzgebirge geherrscht hatte. Von den Zwingburgen aus hatten die Orks ihr Land gegen die Angreifer aus dem Osten verteidigt, blutige Schlachten hatten um diese Festungen getobt, die Berge waren unter dem Kriegsgeschrei der Orks und ihrer Feinde erzittert, und die Täler waren schwarz gewesen vor Armeen. Nur ein Schatten der so ruhmreichen Tage war noch geblieben; da die Orks ihre Geschichte nicht aufzeichneten, verblasste allmählich die glorreiche Vergangenheit, und in ihren einstmaligen Zitadellen hausten nun Gnomen und andere hässliche Kreaturen. Auch Gnomen waren keine Baumeister und nahmen, was sie kriegen konnten; in dieser Hinsicht unterschieden sie sich nicht von den Orks. Dennoch – dass sie eine derart gewaltige Festung ihr Eigen nannten, während seinesgleichen in Erdspalten und Höhlen hausen musste, ärgerte Rammar gewaltig.

Je näher sie der Festung kamen, desto deutlicher wurde, in welch schlechtem Zustand sie sich befand. Nicht nur, dass das Mauerwerk rissig und brüchig war, die Dächer der Türme und Wehrgänge waren zum Teil eingestürzt, und nur der große Turm, der sich in der Mitte der Anlage erhob und wie eine Felsnadel vom Berghang abstand, war – so schien es – vom Zahn der Zeit verschont geblieben

Eindrucksvoll war auch das große Tor der Festung. Wie der Schädel eines riesigen *uchl-bhuurz* mutete es an, eines Ungeheuers aus grauer Vorzeit. Das Tor selbst bildete dabei den Rachen des Untiers, die beiden Fackeln, die unterhalb der wie spitze Ohren wirkenden Ecktürme loderten, die Augen. Im blassen Licht der Dämmerung sah es aus, als würde das Monstrum den beiden Orks entgegenstarren, was Balbok ganz und gar nicht behagte.

»Du, Rammar«, sagte er, »das gefällt mir nicht.«

»Was meinst du?«

»Die Festung – sie kann uns sehen.«

»Was soll der Blödsinn?« Rammar blieb stehen. »Das ist bloß ein Haufen alter Steine.«

»Ich fühle es, Rammar. Wir werden beobachtet.«

»Unsinn. Halt einfach das Maul und überlass das Fühlen und Denken mir, in Ordnung?«

»In Ordnung«, erwiderte der hagere Ork – ganz überzeugt war er jedoch nicht. Zu Recht, wie sich herausstellen sollte ...

Sie näherten sich der Festung über den schmalen Pfad, der an der Felswand entlangführte und zur Talseite hin fast senkrecht abfiel. Der Nebel lichtete sich immer mehr, aber im fahlen Licht des Morgens waren die beiden schmutzig braunen Gestalten gegen den dunklen Fels kaum auszumachen.

Schließlich erreichten sie einen massigen Felsblock, um den herum sich der Pfad wand und auf dessen anderer Seite die Zitadelle lag.

Vorsichtig lugten die Orks um den Fels. Wie sie sehen konnten, endete der Pfad vor einem mörderisch tiefen Abgrund, auf dessen anderer Seite sich die alte Festung in Schwindel erregende Höhen erhob. Der Abgrund war zu breit, als dass man ihn mit einem Sprung hätte überwinden können. Doch zu ihrer maßlosen Verblüffung stellten Rammar und Balbok fest, dass die Zugbrücke, die wie eine große Zunge aus dem Maul des steinernen Ungeheuers ragte, heruntergelassen war. Mehr noch – auch das Tor stand weit offen und lud sie geradezu ein, die Zitadelle zu betreten. Wachen waren weit und breit nicht zu sehen, weder am Tor noch oben auf den Mauern.

»Das gefällt mir nicht«, wiederholte Balbok, nachdem sie wieder hinter den Felsen gekrochen waren.

»Wieso gefällt dir das nicht?«, maulte Rammar. »Wir haben eben Glück, das ist alles.«

»Großes Glück«, meinte Balbok, »oder großes Pech. Es könnte auch eine Falle sein.«

»Eine Falle? Blödsinn. Um uns eine Falle zu stellen, müssten die erst mal wissen, dass wir hier sind. Ich sag dir was, Dummkopf – die haben die Brücke runtergelassen und das Tor aufgemacht, weil sie die Rückkehr ihres Kriegstrupps erwarten. Aber der wird nicht kommen, so viel steht fest.« Er kicherte grollend.

»Trotzdem.« Balbok machte ein langes Gesicht. »Wir sollten einen anderen Weg suchen, um in die Festung zu gelangen.«

»Einen anderen Weg? Wie stellst du dir das vor?«

»Wir könnten es von Norden her versuchen.«

»Von Norden her? Du meinst, über die Steilwand? Hast du jetzt völlig den Verstand verloren?« Rammar bedachte seinen Bruder mit einem vernichtenden Blick. »Wir werden abstürzen und uns sämtliche Knochen brechen. Außerdem habe ich die Schnauze voll von der erbärmlichen Kletterei. Ich sage, wir nehmen das Haupttor.«

»Und ich sage, dass mir das nicht gefällt.«

»Na schön.« Rammar überlegte kurz, dann fragte er listig: »Wäre es dir lieber, wenn einer von uns draußen bleibt, als mögliche Verstärkung? Nur für den Fall, dass dem anderen etwas zustößt oder er in Gefangenschaft gerät? Dann kann der andere ihn befreien.«

»Das wäre eine tolle Idee.«

»Gut.« Rammar fletschte breit grinsend die gelben Zähne. »Dann wirst *du* gehen. Ich bleibe hier und halte die Stellung, um einzugreifen, sollte es Schwierigkeiten geben.«

»Ich – ich soll allein gehen?«

»Das habe ich gerade gesagt, oder nicht?«

»Warum gerade ich?«

»Nun geh endlich, wir haben nicht den ganzen Tag Zeit!«

Balbok legte die Stirn in Falten und kratzte sich einmal mehr am Hinterkopf, doch der Logik seines Bruders vermochte er nicht zu widersprechen. Also rückte er den Helm wieder zurecht und machte sich bereit: Seine Axt, die ihm beim schnellen Laufen behindert hätte, ließ er zurück, nur den Speer und seinen Dolch nahm er mit. Derart bewaffnet nickte er Rammar zum Abschied zu. Dann wagte er sich aus der Deckung und rannte in gebückter Haltung auf die Festung zu. Die mächtigen Bohlen der Zugbrücke donnerten unter seinen Tritten, und im nächsten Moment verschlang ihn der steinerne Rachen des Tors.

Als Rammar seinen Bruder in der Dunkelheit verschwinden sah, befiel ihn eine seltsame Unruhe, und eine (freilich recht leise) Stimme in seinem Inneren sagte ihm, dass es falsch gewesen war, Balbok allein loszuschicken.

»Unsinn!«, sagte er sich. »Dieser *umbal* hat mehr Glück als

Verstand, mir hingegen haftet das Pech an wie *shnorsh* am Hintern eines Trolls. Er ist alt genug, um auf sich selbst aufzupassen, und stark genug, um Girgas' Haupt allein zu tragen.«

Nachdem er sein Gewissen derart beruhigt hatte, hielt es Rammar in seinem Versteck schon sehr viel besser aus – allerdings nicht sehr lange. Denn plötzlich, als er wieder neugierig um den Felsen linste, spürte der Ork einen schmerzhaften Stich in seinem Rücken.

Er fuhr herum – und blickte in die grünen Gesichter von fünf Gnomen. Sie waren lautlos an Seilen die Felswand hinabgeklettert und bedrohten ihn nun mit ihren Waffen.

Rammar begriff noch, dass sein Bruder in tödlicher Gefahr schwebte, da zuckte eine Keule herab und traf ihn mit lautem Scheppern so heftig auf den Helm, dass er bewusstlos zusammenbrach.

Den Orkspeer beidhändig umklammert, arbeitete sich Balbok in das ungewisse Dunkel vor.

Jenseits des Tors lag ein großer kreisrunder Wachraum, in dessen Mitte sich eine gemauerte Zisterne befand. Vorsichtig schlich Balbok an den Brunnen heran und warf einen Blick hinein. Seine Nackenborsten sträubten sich, als er in die Schwärze schaute, denn er hatte das hässliche Gefühl, dass etwas aus der bodenlosen Finsternis zurückstarrte.

Er trat von dem Brunnen weg, und wachsam ließ er seine Blicke schweifen. Er konnte jedoch nichts Verdächtiges entdecken. Also rückte er weiter vor und passierte das Tor auf der gegenüberliegenden Seite. Es mündete in einen langen Stollen, in dem es so dunkel war, dass Balbok kaum die Klaue vor Augen sehen konnte. Dennoch schlich er vorsichtig weiter. Der Gestank, der ihn umwehte, drehte ihm fast den Magen um und verriet ihm, dass Gnomen in der Nähe waren.

Warum aber ließ sich keiner von den Grüngesichtern blicken?

Seine Befürchtung, direkt in eine Falle zu laufen, verstärkte sich und mahnte ihn noch mehr zur Vorsicht. Den *saparak* in beiden Klauen, tastete sich Balbok durch die Dunkelheit. Dabei stieß er mit dem Fuß gegen etwas, das auf dem Boden lag – etwas Dürres, Glattes, wie der Ork mit einem prüfenden Griff feststellte, nachdem er vorsichtig in die Knie gegangen war. Balbok hatte keine Ahnung, was es war, doch diese merkwürdigen Gegenstände bedeckten von nun an den gesamten Stollenboden.

Der Gang beschrieb eine enge Windung, und dahinter tauchte unvermittelt das Ende des Stollens auf. Dort lag der Innenhof der Festung. Fahles Morgenlicht flutete Balbok entgegen und blendete ihn für einen Moment. Als sich seine Augen an die Helligkeit gewöhnt hatten, sah er auch, was das für Gegenstände waren, die so zahlreich auf dem Boden des Stollengangs verstreut lagen.

Es waren Knochen.

Bleiche, abgenagte Knochen.

Knochen von Menschen und Zwergen waren darunter, was Balbok nicht weiter störte – aber als ihm auch der Totenschädel eines Orks aus leeren Augenhöhlen anstarrte, da empörte sich sein Innerstes. Wie, bei Kuruls Flamme, konnten Gnomen nur zu einer solchen Barbarei fähig sein? Jedermann weiß, dass Orks einfach scheußlich schmecken ...

Vorsichtig, um kein unnötiges Geräusch zu verursachen, stieg Balbok über die Knochen hinweg und hielt sich eng an der Mauer, während er sich dem Ende des Stollens näherte.

Dort angekommen, verharrte er, um sich einen Überblick zu verschaffen. Der Innenhof vor ihm war rings von Mauern und Wehrgängen umgeben, und auch hier war weit und breit niemand zu sehen. In der Mitte des Hofs erhob sich ein steinernes Standbild. Es stellte ein Wesen dar, wie Balbok es noch nie zuvor gesehen hatte: Es hatte große Schwingen, Furcht erregende Klauen und ein zähnestarrendes Maul. Obwohl die Kreatur nur aus Stein gehauen und dieser alt und verwittert war, hatte Balbok das Gefühl, als könnte die Statue jeden Augenblick zum Leben erwachen.

»Ruhig«, mahnte er sich mit Flüsterstimme. »Wenn Rammar hier wäre, würde er sagen, dass ich elender Feigling mich zusammenreißen soll. Ich bin ein tapferer Ork und habe einen Auftrag durchzuführen ...«

Balbok zwang sich, den Stollen zu verlassen. Er rannte über den Innenhof auf das Standbild zu und flüchtete sich in seinen Schatten, wo er erneut verharrte und sich umschaute.

Welchen der Gänge, die auf den Hof mündeten, sollte er nehmen? Wo sollte er nach Girgas' Haupt suchen? Und warum, bei Torgas Eingeweiden, hatte er noch nicht einen einzigen Gnom zu Gesicht bekommen? Wo steckten die hässlichen grünen Kerle?

Balbok blickte an dem Standbild hinauf, das nun, da der Ork zu seinen Füßen stand, noch eindrucksvoller und Furcht einflößender wirkte. Unwillkürlich fragte er sich, ob dieses Ding etwas mit dem Verschwinden der Gnomen zu tun hatte …

Im nächsten Moment beantwortete sich die Frage von selbst. Die Wehrgänge rings um den Innenhof waren noch vor einem Augenblick völlig verwaist gewesen, plötzlich aber tauchten auf allen vier Seiten grimmige grüne Mienen hinter der Brustwehr auf, und dutzendweise zielten gespannte Bogen mit ihren Pfeilen auf Balbok.

»Und es war doch eine Falle«, knurrte der hagere Ork und nickte trotz der bedrohlichen Situation voller Genugtuung, dass er Recht behalten hatte.

Mit gefletschten Zähnen blickte er zu den Gnomen hinauf und hob den *saparak*, um seinen letzten Kampf zu kämpfen – lebend sollten die Grünen ihn keinesfalls kriegen. Für einen Augenblick schien die Zeit auf dem Innenhof stillzustehen, und Balbok bereitete sich darauf vor, im Jenseits dem kopflosen Girgas zu begegnen, der ihn mit wüsten Vorwürfen überschütten würde.

Aber es kam anders – denn plötzlich traf Balbok ein schmetternder Schlag wie mit einem unsichtbaren Hammer. Sein Helm dröhnte, und der Ork wankte. Noch einen Moment lang hielt er sich auf den Beinen, dann kippte er um wie ein gefällter Baum und blieb auf dem Rücken liegen.

Entsetzt versuchte er zu begreifen, woher der Schlag gekommen war – und einen Augenblick, bevor er das Bewusstsein verlor, glaubte er, die steinerne Statue würde sich bewegen, ihm ihr grässliches Gesicht zuwenden und ihn aus glühenden Augen anstarren, während sich die schwarzen Schwingen auf ihn niedersenkten, bis ihn schließlich Dunkelheit umhüllte.

Es war ein böses Erwachen für Rammar. Erst glaubte er, in der riesigen Kloake zu schwimmen, der alle Orks irgendwann entsprungen waren. Dann machte ihm der hämmernde Schmerz in seinem Schädel klar, dass er längst geboren war, und er erinnerte ihn daran, dass der Feind ihn übertölpelt hatte.

Blinzelnd schlug der feiste Ork die Augen auf und versuchte festzustellen, wo er sich befand: Die Decke bestand aus grauen Steinplatten, in die fremdartige Symbole eingearbeitet waren, und an den ebenfalls steinernen Wänden hingen grässlich aussehende Götzenbilder kopfüber herab. Noch merkwürdiger aber war, dass die Flammen der Fackeln, die in den Wandhalterungen steckten, nach unten züngelten.

Es dauerte einen Moment, bis Rammar klar wurde, dass nicht die Welt Kopf stand, sondern er selbst. Verblüfft blickte er an sich herab (beziehungsweise hinauf) und stellte fest, dass er an einer rostigen Kette kopfüber von der Decke baumelte. Die Rüstung und den Helm und natürlich auch seine Waffen hatte man ihm abgenommen.

Da Rammars Arme nicht gefesselt waren, konnte er mit ihnen rudern, und es gelang ihm, seinen Körper zu drehen. Er sah Balbok, der neben ihm hing. Auch ihm hatte man Rüstung und Helm abgenommen, und eine blutverkrustete Wunde klaffte an seinem Schädel. Für einen Augenblick fürchtete Rammar schon, sein Bruder wäre in Kuruls finstere Grube gestürzt, dann aber sah er, dass Balboks Klauenhände zuckten, und er hörte ihn auch leise stöhnen. Rammar atmete erleichtert auf.

Allerdings nicht für lange, denn er sah noch mehr Ketten von der hohen Gewölbedecke baumeln, und es ließ sich kaum erkennen, welcher von den halb verwesten Körpern, die daran hingen, einmal Mensch, Gnom oder Ork gewesen war. Und das nicht nur auf Grund der fortgeschrittenen Verwesung; man hatte diese Wesen gefoltert und grauenvoll verstümmelt, bevor sie einen schrecklichen Tod gestorben waren.

Am ätzenden Fäulnisgeruch der Leichen störte sich Rammar nicht, wohl aber am höhnischen Gelächter, das plötzlich aufklang und von überallher zu kommen schien.

»Wer lacht da?«, fragte Rammar und ruderte wieder mit den Armen, um sich an der Kette zu drehen. »Wer wagt es …?«

Er stieß einen zischenden Laut aus, als er den Urheber des Gelächters erblickte – einen alten Mann, der eine Robe von solcher Schwärze trug, dass sie den Fackelschein zu schlucken schien. Selbst für einen Menschen war der Kerl hässlich; der graue Bart reichte ihm bis zum Bauch, seine Nase war scharf geschnitten, und die tief liegenden Augen hatten einen stechenden Blick. An dem langen Stab, den der Alte in der Rechten hielt, erkannte der Ork, dass er keinen gewöhnlichen Menschen vor sich hatte, sondern einen Zauberer. Der Stab war aus dunklem Holz geschnitzt, und eine Schlange schien sich darum zu winden, bis hinauf zum Knauf, der einen Totenschädel darstellte. In den Augenhöhlen des Schädels funkelten Smaragde.

Eine Schar bewaffneter Gnomen hatte zusammen mit dem Zauberer das Verlies betreten. Einige von ihnen trugen Teile von Rammars und Balboks Rüstungen. Sie traten an die Gefangenen heran, stachen mit langen Spießen nach ihnen und kicherten hämisch.

Balbok erwachte und stieß ein lautes Quieken aus. Nicht aus Schmerz – der schrille Laut war eher Ausdruck des Erstaunens auf Grund seiner ungewöhnlichen Lage.

»Verdammt, was soll das?«, zeterte Rammar. »Wollt ihr das wohl lassen, ihr miesen, elenden, zu kurz geratenen …«

»Genug damit!«, rief der Zauberer herrisch, und sofort hörten die Gnomen auf, die beiden Orks zu quälen.

Der Zauberer trat einen Schritt vor und betrachtete die beiden Gefangenen eine Weile lang. »Ihr müsst ihr Verhalten entschuldigen«, sagte er dann. »Meine Gnomen sind es gewohnt, anderen Kreaturen Schmerzen zuzufügen, und zumeist tun sie es in meinem Auftrag.«

»Wer seid Ihr?«, fragte Rammar verblüfft. Der Mensch in der schwarzen Robe machte nicht nur einen überaus mächtigen Eindruck auf ihn, sondern war auch eine ziemlich unheimliche Erscheinung. Rammar, der die Sprache der Menschen leidlich beherrschte, entschied sich deshalb, sich einer höflichen Anrede zu bedienen.

»Alles zu seiner Zeit«, erwiderte der Zauberer mit einer dunklen, tiefen Stimme, die den Ork erschaudern ließ. »Ich habe mit euch zu reden.«

»Mit uns?«, rief Rammar verblüfft. Er blickte zu seinem Bruder. »Hast du gehört, Schnarchsack? Man will mit uns reden!«

Wie zuvor Rammar war auch Balbok verwirrt darüber, dass er sich kopfüber von der Decke baumelnd wiedergefunden hatte. Außerdem machte ihm noch der Schlag auf den Kopf zu schaffen. Er hatte gar nicht mitbekommen, dass sein Bruder mit jemandem sprach. »W-was ist passiert?«, stammelte er.

»Dämliche Frage«, knurrte Rammar. »Du wurdest entdeckt und hast dich von den Gnomen überwältigen lassen, und nun befinden wir uns in der Gewalt eines Zauberers.«

»Eines Zauberers?« Balbok schaute sich um, und als er die düstere Gestalt des alten Mannes erblickte, zuckte er zusammen. »Rurak«, keuchte er entsetzt.

»Was faselst du da?«, knurrte Rammar.

»Rurak«, sagte Balbok noch einmal.

»Unsinn.« Rammar schüttelte den Kopf, obwohl das die Schmerzen in seinem Schädel noch verstärkte. »Rurak existiert nicht wirklich. Er ist nur eine Sagengestalt, mit der man kleine Orks erschreckt.«

»Bist du dir da so sicher, mein Freund?«, fragte der Zauberer mit seiner tiefen Stimme, und die Art, wie er Rammar dabei anstierte, gefiel diesem ganz und gar nicht.

Die Gnomen kicherten, die Spitzen ihrer Spieße weiterhin gegen die Orks gerichtet, um die Gefangenen damit erneut zu malträtieren, sobald ihnen ihr Herr und Meister dies erlaubte. Noch hielten sie sich zurück, aber aus ihrem hämischen Gekicher war die Lust herauszuhören, ihre Erzfeinde, die Orks, zu demütigen und ihnen grauenvolle Schmerzen zuzufügen.

»Ru-Rurak?«, fragte Rammar nun tonlos, während er den Zauberer ängstlich betrachtete.

»Das ist einer meiner Namen«, bestätigter dieser mit einem

würdevollen Nicken. »Einer der vielen, die ich angenommen und wieder abgelegt habe, seit ich auf dieser Welt wandle. Es freut mich, dass er bei den Orks nicht in Vergessenheit geriet.«
»Allerdings nicht«, versicherte Rammar.

Obwohl die Orks keine Geschichtsaufzeichnungen pflegen und sich kaum um die Vergangenheit scheren, war ihnen der Name des Zauberers noch immer bekannt. Im Zweiten Krieg war Rurak einer der Aufrührer gewesen, die gegen die Herrschaft der Elfen aufbegehrt hatten, und obwohl er im Krieg auf der Seite der Orks gestanden hatte, war er von diesen mehr gefürchtet worden als so mancher Feind. Rurak den Schlächter hatten sie ihn genannt, und das nicht von ungefähr. Der Zauberer war dafür bekannt gewesen, Ungehorsam oder Feigheit vor dem Feind grausam zu bestrafen, und man erzählte sich, dass er die Überlebenden einer verlorenen Schlacht aus Zorn allesamt hatte pfählen lassen.

»D-der Zweite Krieg ist lange vorbei«, stammelte Rammar und klammerte sich an die verzweifelte Hoffnung, dass sich der Finstere nur einen Scherz mit ihnen erlaubte. »Nicht einmal ein Zauberer lebt so lange. O-oder?«

»Es kommt darauf an, welchen Zaubers er sich bedient«, antwortete Rurak rätselhaft, und ein kaltes Lächeln spielte dabei um seine dünnen Lippen. »Aber seid unbesorgt, meine hässlichen Freunde. Es wird euch nichts zustoßen – solange ihr tut, was ich von euch verlange.«

»W-wirklich?« Rammar blinzelte ungläubig; die Gnomen hingegen wirkten enttäuscht, hatten sie doch gehofft, mit den beiden Gefangenen ihren Spaß haben zu können. »Und was verlangt Ihr von uns zu tun, erhabener Zauberer?«, fragte der Ork.

»Das will ich euch verraten«, sagte Rurak. »Aber vorher will ich euch zeigen, was euch erwartet, wenn ihr mein Angebot ausschlagt.« Unter dem schwarzen Gewand des Zauberers kam eine klauenartige Hand zum Vorschein; sie schien nur aus Knochen, faltiger Haut und spitzen langen Fingernägeln zu bestehen. Rurak machte mit ihr eine beiläufige Geste. »Schaut, was sich unter euch befindet!«

Rammar und Balbok warfen einen Blick zu Boden – doch da war kein Boden mehr, sondern eine tiefe Grube!

In ihr brodelte kochender Eiter, und widerlich stinkende, beißende Dämpfe quollen daraus hervor. Glitschige Tentakel reckten sich aus dem kochenden Schleim den beiden Brüdern entgegen, und durch die Dämpfe hindurch wurden sie von gierigen Augen monströser Kreaturen angeglotzt.

Die beiden Orks kreischten auf und begriffen nicht, warum sie die Grube nicht schon vorher gesehen hatten.

Ihr Kreischen wurde noch lauter, als Ruraks knochige Hand eine weitere Geste beschrieb. »Ich glaube«, sagte der Zauberer, »ich sollte euch jetzt von euren Fesseln befreien.«

Daraufhin rasselten die Ketten, an denen die beiden Orks hingen, von der Decke – und Rammar und Balbok stürzten dem brodelnden Schleim und den starrenden Augen entgegen. Ihre Stimmen überschlugen sich, so laut kreischten sie auf – und einen Herzschlag später schlugen sie auf den harten Steinboden.

Wären Orks nicht wesentlich robuster gebaut als beispielsweise Menschen, hätten sich Rammar und Balbok sämtliche Knochen gebrochen.

Die Grube mit dem kochenden Schleim und den widerlichen Monstern war verschwunden, und als die Brüder Ruraks schallendes Gelächter hörten, begriffen sie, dass sie einer Illusion erlegen waren, die der Zauberer kraft seiner Magie hervorgerufen hatte.

Zum Aufatmen bestand jedoch kein Anlass, denn schon waren sie wieder von den Spießen der Gnomen umgeben, deren Spitzen drohend auf sie zeigten.

»Sagt, meine ungeschickten Freunde«, sagte Rurak zu den beiden Gefangenen, während sie noch benommen auf dem Boden kauerten und sich die schmerzenden Schädel rieben, »habt ihr schon einmal von Shakara gehört?«

»Shakara?« Rammar überlegte kurz. »Nein«, sagte er dann. Die Antwort seines Bruders wartete er erst gar nicht ab; dieser *umbal* schien ohnehin noch damit beschäftigt, seine Knochen zu sortieren.

»Dann will ich euch verraten, was es damit auf sich hat«, erbot sich Rurak großmütig. »Shakara ist ein Ort, der weit im Norden liegt, jenseits des Schwarzgebirges und der Sümpfe, auf der anderen Seite des Nordwalls und ...«

»In der Weißen Wüste?«, fragte Rammar entgeistert – und schrie auf. Ein Gnom hatte ihn mit seinem Spieß gepiekt, weil er Rurak mit seiner Frage ins Wort gefallen war. »Kleiner Mistkerl!«, zischte Rammar.

»Ja, in der Weißen Wüste«, bestätigte Rurak und bedeutete den Gnomen mit einer herrischen Geste, sich zurückzuhalten; Rammar schoss einen vernichtenden Blick in Richtung des Gnomen ab, der ihn gepiekt hatte, und rieb sich den Oberarm. »Dort, wo der Winter nie zu Ende geht«, fuhr Rurak fort, »wo ein Leichentuch aus ewigem Schnee das Land überzieht. Shakara liegt inmitten dieses weiten Landes aus klirrendem Eis. Es ist die Letzte der heiligen Stätten, die die Elfen in dieser Welt noch haben.«

»E-ein Tempel?«, fragte Balbok.

»Genau das.«

»Wie interessant«, heuchelte Rammar; in Wahrheit war es ihm ziemlich schnurz, was die Elfen trieben. Nach der Niederlage im Zweiten Krieg hatten die Orks gelernt, die Schmalaugen zu meiden, und legten sich lieber mit Menschen an ...

»Ja, interessant – das ist es«, murmelte der Zauberer mit einem seltsamen Funkeln in den Augen. »Wie ihr vielleicht wisst, hält es die Elfen nicht länger in Erdwelt. Sie sehnen sich nach den Fernen Gestaden, jener entrückten Heimat, aus der sie einst kamen. Nicht wenige von ihnen sind bereits dorthin entschwunden, und wer von ihnen noch geblieben ist, der kann es kaum erwarten, Erdwelt zu verlassen. Lange haben die Elfen die Geschicke von Erdwelt bestimmt, aber nun geht ihre Zeit zu Ende. Immer mehr von ihnen verlassen Tirgas Dun, und mit ihnen entschwindet auch die Erinnerung an die Geheimnisse unserer Welt – bis auf eine Ausnahme.«

»Shakara«, riet Rammar. Das Gerede des Zauberers beeindruckte ihn wenig, zumal er nur die Hälfte davon verstand. Aber er wollte endlich wissen, was Rurak von ihnen wollte, was sie tun sollten, um diesen ungastlichen Ort wieder verlassen zu können.

»Ja, Shakara.« Rurak nickte bedächtig. »Der Tempel im ewigen Eis birgt ein Geheimnis aus alter Zeit: die sagenumwobene Karte von Shakara, die den Weg zur wahren Erkenntnis weist. Sie trachte ich in meinen Besitz zu bringen.«

»Die Karte von Shakara?« Rammar und Balbok blickten einander mit großen Augen an.

Erneut betrachtete einer der Gnomen Rammars Zwischenfrage als Störung und piekte ihn mit dem Spieß, und wieder schrie Rammar auf. Der Zauberer war es leid. Er machte eine strenge Handbewegung – und der Gnom, der zugestoßen hatte, verwandelte sich in eine Flammensäule!

Ein, zwei Herzschläge lang umloderten ihn grelle Feuerzungen, dann fielen seine verkohlten Knochen klappernd in sich zusammen, und der rauchende Totenschädel rollte Rammar vor die Füße.

Während Rammar und Balbok erschauderten und die restlichen Gnomen einen Schritt von den Gefangenen zurückwichen, sprach der Zauberer ungerührt weiter. »Es ist eine Landkarte, die zu einem verborgenen Ort und einem großen Geheimnis führt«, erklärte Rurak. »Der Handel, den ich euch vorschlage, ist folgender: Geht nach Norden in die Weiße Wüste, dringt in den Tempel der Elfen ein und bringt mir diese Karte. Sie und nichts anderes begehre ich – dafür bin ich bereit, euch das Leben zu schenken.«

Bei seinen letzten Worten warfen ihm die Gnomen enttäuschte Blicke zu.

»Schön und gut«, meinte Rammar und gab sich unbeeindruckt. »Nur ist uns damit nicht geholfen. Selbst wenn Ihr uns freilasst, ist unser Leben keine stinkende Morchel mehr wert.«

»Ich nehme an, du spielst damit auf das verschwundene Haupt eures Anführers an«, sagte Rurak mit einem kalten Lächeln. »Ihr sollt es bis zum vollen Blutmond in euer Dorf zurückbringen. Schafft ihr es nicht, wird man euch jagen und grausam bestrafen.«

»J-ja«, bestätigte Rammar verblüfft. »Woher wisst Ihr …?«

»Ich bin Zauberer«, sagte Rurak, als würde dies alles erklären. »Natürlich würde ich euch das Haupt eures Anführers aushändigen, wenn ihr eure Mission erfolgreich ausführt.«

»*Ihr* habt Girgas' Kopf?«

Rurak beantwortete die Frage mit einer erneuten Geste seiner knochigen Hand. Eine der steinernen Platten, die die Wände der Kammer bedeckten, glitt daraufhin geräuschvoll zur Seite und gab den Blick auf eine Nische frei. Darin stand ein Behälter, durchsichtig und gefüllt mit einer gelblichen Flüssigkeit – und in dieser Flüssigkeit befand sich zur Verblüffung der beiden Orks Girgas' Haupt.

Rammar und Balbok zuckten zusammen, denn der Ausdruck im Gesicht ihres Meuteführers wirkte so wütend und lebendig, dass sie schon befürchteten, der Kopf würde sie anbrüllen und verfluchen für ihre Nachlässigkeit, ihn einfach auf dem Schlachtfeld zurückgelassen zu haben. Aber Girgas war tot – so tot, wie man nur sein konnte –, doch sein Kopf befand sich nun in greifbarer Nähe.

»Wie ihr seht«, sagte Rurak, »spreche ich die Wahrheit. Das Haupt eures Anführers befindet sich in meinem Besitz. Es wird euch übergeben, sobald ihr die Mission erfüllt und mir die Karte gebracht habt. Habt ihr verstanden?«

»Klar!« Balbok war begeistert. »Wir holen die Karte und kriegen dafür Girgas' Kopf. Ist das nicht großartig, Rammar?«

»Ja, wirklich großartig«, brummte Rammar und schnaubte. »Noch großartiger wäre es, wenn du nur einmal nachdenken würdest, bevor du das Maul aufmachst. Streng dein bisschen Hirn an, *umbal*! Graishak hat uns eine Frist bis zum vollendeten Blutmond gesetzt. Hast du eine Ahnung, wie lange es dauert, die Sümpfe und den Nordwall zu überwinden? Ganz abgesehen von den Gefahren, die unterwegs auf uns lauern, und den Elfen, die den Tempel bewachen. Unter diesen Voraussetzungen könnten wir uns ebenso gut selbst den Wanst aufschlitzen.«

»Ihr könnt mein Angebot natürlich ausschlagen«, gestand Rurak ihnen zu. »Dann werde ich jetzt gehen, und meine Gnomen werden mit euch ähnlich verfahren wie mit diesen dort.« Er deutete auf die übel zugerichteten, halb verfaulten Gestalten, die an den Ketten baumelten, und die Gnomen verfielen in gemeines Kichern. »Oder ich werde wieder jenen dunklen Pfuhl öffnen, dem ihr um Haaresbreite entkommen seid.«

»D-der Pfuhl mit den Tentakelmonstern?«, fragte Rammar ängstlich. »I-ich dachte, das wäre nur eine Illusion gewesen.«

»Vielleicht.« Der Zauberer grinste undurchschaubar. »Vielleicht auch nicht. Es ist eure Entscheidung, nicht meine.«

Rammar und Balbok tauschten einen Blick. Lange zu beraten brauchten sie nicht. Wie sich die Lage darstellte, hatten sie keine Wahl. Kurul schien es in diesen Tagen nicht gerade gut mit ihnen zu meinen. Zuerst die Gnomen, die ihre Meute niedergemetzelt hatten, dann der Ärger mit Graishak und nun ein Zauberer, der sie schamlos erpresste. Was sie auch unternahmen, sie schienen in immer noch größere Schwierigkeiten zu geraten, und Rammar war sich nicht sicher, ob sein Bruder wirklich die alleinige Schuld daran trug. (Auch wenn Balbok bestimmt ein erheblicher Teil davon traf.)

»Großer Rurak, warum ist diese Karte für Euch so wichtig?«, wollte er wissen.

»Das hat euch nicht zu interessieren. Ich benötige die Karte, um meine Pläne in die Tat umsetzen zu können. Für euch Unwissende hingegen ist sie völlig wertlos. Ihr sollt sie mir nur bringen, das ist alles.«

»Und die Elfen? Wie viele von ihnen bewachen den Tempel? Es ist gefährlich, sich mit ihnen anzulegen.«

»Die Elfen sind schwach geworden, nur noch Schatten der Wesen, die sie einst waren. Mit ihnen solltet ihr keine Schwierigkeit haben. Die Zukunft in Erdwelt gehört anderen.«

»Vielleicht den Orks?«, fragte Balbok hoffnungsvoll.

»Ja.« Rurak lachte leise. »Vielleicht den Orks. In jedem Fall gehört die Zukunft denen, die sich beizeiten für die richtige Seite entscheiden – für die richtigen Verbündeten. Hätten die Orks dies schon früher getan, bräuchten sie heute nicht in finsteren Höhlen zu hausen, sondern würden die Paläste der Elfen ihr Eigen nennen.«

Weder Rammar noch Balbok konnten da widersprechen – das Bündnis mit den Menschen im letzten Krieg hatte sich tatsächlich als folgenschwerer Fehler erwiesen …

»Warum gerade wir?«, stellte Rammar die letzte Frage, die ihm schon seit einiger Zeit auf der Zunge lag.

»Weil ihr dazu auserwählt wurdet«, lautete Ruraks so schlichte wie erschöpfende Antwort. »Nun, wie lautet euer Entschluss?«

Noch einmal tauschten die Brüder einen Blick, um sich dann entschlossen und mit grimmig verkniffenen Mienen zuzunicken. »Wir werden es tun«, erklärte Rammar feierlich, und ein wenig kleinlaut fügte er hinzu: »Eine andere Wahl haben wir ja nicht.«

»Gut so«, sagte Rurak. »Und denkt daran, ohne die Karte werdet ihr das Haupt eures Anführers nicht zurückerhalten. Man wird euch jagen und zur Strecke bringen, und was euer Häuptling Graishak dann mit euch anstellen wird …« Er ließ den Satz unvollendet; vielleicht reichte nicht einmal die Fantasie von Rurak dem Schlächter aus, um sich das auszumalen.

Während Balbok noch überlegte, wie lange sie für den weiten Weg nach Norden wohl benötigten, beschäftigte sich Rammar mit weitaus praktischeren Belangen. »Wir brauchen Ausrüstung«, verlangte er. »Rüstungen, Waffen, Proviant.«

»Ihr werdet alles bekommen«, versicherte Rurak.

»Und wir brauchen eine Standarte«, fügte Balbok hinzu. »Kein Ork, der etwas auf sich hält, begibt sich ohne Standarte auf eine gefährliche Mission.«

»Was sollen wir denn noch alles mitschleppen?«, stöhnte Rammar und verdrehte die Augen.

»Keine Sorge, mein einfältiger Freund«, sagte Rurak an Balbok gewandt. »Du wirst deine Standarte bekommen. Ihr werdet das Feldzeichen von Rurak dem Schlächter mit euch führen, wenn ihr zum Eistempel aufbrecht, und jede feindselige Kreatur, die es erblickt, wird furchtsam zurückweichen. Seine magische Aura wird euch schützen.«

»Ist das wahr?«, fragte Rammar. »In diesem Fall muss ich meinem Bruder ausnahmsweise einmal zustimmen, großer

Zauberer. Kein Ork, der etwas auf sich hält, begibt sich ohne Feldzeichen auf eine gefahrvolle Mission. Wir werden Euer Zeichen mit großem Stolz tragen, das versichere ich Euch.«

»Ich habe nichts anderes erwartet. Und nun begebt euch zur Waffenkammer, wir haben schon genug Zeit vergeudet. Ein Zeitalter geht zu Ende, ein neues soll beginnen – und die Geschichte wartet nicht!«

5.

UR'TORGA SGUDAR'HAI

»Eine Standarte, wir brauchen eine Standarte!«, tönte Rammar, den singenden Tonfall seines Bruders imitierend. »Kein Ork, der etwas auf sich hält, würde sich ohne Standarte auf eine gefährliche Mission begeben!«

»Und?«, fragte Balbok, der hinter ihm auf dem schmalen Felspfad schritt. »Du warst doch auch dafür, dass wir Ruraks Zeichen mitnehmen.«

»Schon«, bekannte Rammar säuerlich, »aber da wusste ich noch nicht, dass das verdammte Ding *so schwer* ist!« Wutschnaubend blieb er stehen und blickte an dem langen hölzernen Schaft hoch, den er in den Händen trug. Am oberen Ende befand sich eine kopfgroße Kugel aus einem rätselhaften schwarzen Material, dessen Oberfläche glänzend und schimmernd war, die Umgebung jedoch nicht reflektierte. Dass Ruraks Standarte weder mit Trollhaaren noch mit Gnomenknochen verziert war und einfach lächerlich aussah, war eine Sache. Was Rammar aber wirklich störte, war das Gewicht der Kugel; sie zu tragen war eine Strapaze.

»Du wolltest das Ding unbedingt mitnehmen, also trag du es auch«, brummte er und drückte seinem verblüfften Bruder kurz entschlossen den Schaft in die Hand. Balbok, ohnehin schon beladen mit dem schweren Tornister, der Proviant für die Reise und warme Kleidung für den Norden enthielt, ließ ein leises Stöhnen vernehmen, hütete sich aber, seinem Bruder zu widersprechen. Wenn Rammar schlechte Laune hatte, war es besser, ihn nicht auch noch zu reizen.

Sie setzten ihren Marsch schweigend fort – Rammar nur noch den *saparak* an einem Lederriemen auf dem Rücken, der hagere Balbok beladen mit den übrigen Waffen und dem

Gepäck und mit beiden Händen die schwere Standarte tragend.

Ihr Weg führte steil bergab. Der Pfad, den Wind und Regen in das Gestein gegraben hatten, mündete in ein zwischen hohen Felswänden eingezwängtes Kar, dessen Geröllfeld in die Tiefe führte und sich irgendwo weit unter ihnen in einer engen Schlucht verlor. Jenseits der schroffen Felszacken, die das Kar nach Norden begrenzten, konnte man im Dunst die zerklüfteten Ausläufer des Schwarzgebirges ausmachen.

»Endlich«, murmelte Rammar. »Ich dachte schon, dieses verdammte Gebirge hört nie auf. Seit zwei Tagen sind wir nun schon unterwegs, und alles, was wir zu sehen kriegen, ist Nebel und Fels. Ich habe die Schnauze voll davon.«

»Dies ist das Land unserer Ahnen«, entgegnete Balbok vorwurfsvoll.

»Na und? Ich habe trotzdem die Schnauze voll davon. Ich will diese verdammten Berge endlich hinter mir lassen, damit wir unseren Auftrag ausführen können. Umso eher sind wir nämlich wieder zu Hause. Aber das geht wohl nicht in deinen dämlichen Schä…«

Weiter kam Rammar nicht, denn sein Wunsch nach einem raschen Abstieg wurde schneller erfüllt, als ihm lieb sein konnte. Während seines Lamentos war er unachtsam weitergegangen bis dorthin, wo der Fels zu Geröll wurde, und plötzlich verselbständigte sich der Boden unter seinen Füßen. Das Gestein rutschte und polterte talwärts – und Rammar, der mit rudernden Armen darauf stand, mit ihm!

»Verdammt!«, konnte der Ork noch rufen, während es mit ihm bergab ging. »Tu doch was, du elender *umbal* …!«

Einen Augenblick lang stand Balbok fassungslos und sah verblüfft zu, wie sein Bruder den Hang hinabrutschte, zunächst noch auf beiden Beinen stehend, dann auf dem Allerwertesten – und schließlich überschlug er sich und purzelte zu Tal wie einer der Gesteinsbrocken, die sich in seinem Gefolge lösten. Dabei schrie und zeterte er laut, dass es von den Felswänden widerhallte.

»Ich komme, Rammar!«, rief Balbok und eilte todesmutig

den Hang hinab. Anders als sein Bruder verlegte er jedoch sein Gewicht nach hinten, und indem er in rascher Folge die Hacken seiner Stiefel auf das Geröll schlug, gelang es ihm, sich einigermaßen auf den Beinen zu halten.

Es war dennoch ein wahrer Höllenritt, denn das lose Gestein gab nach und rutschte, sodass Balbok seine liebe Not hatte, nicht das Gleichgewicht zu verlieren und ebenfalls sich überschlagend nach unten zu purzeln wie sein Bruder, zumal er das schwere Gepäck auf dem Rücken trug. Die Standarte, die sein Bruder ihm aufgenötigt hatte, erwies sich nun jedoch als äußerst nützlich. Sie als Stock einsetzend, gelang es Balbok, sich einigermaßen aufrecht zu halten, und während Rammar mit einer kleinen Steinlawine den Hang hinunterpolterte, folgte sein Bruder ihm ungleich eleganter und auf beiden Beinen.

Am Fuß des Kars, am Eingang der Schlucht, trafen sie einander wieder. Rammar lag stöhnend am Boden. Nicht nur, dass er sich zahllose Blessuren zugezogen hatte, der nagelneue Brustpanzer aus Ruraks Waffenkammer war völlig zerbeult, und auch sein neuer Helm wies einige Dellen auf. Seine Kleidung, die aus einem ledernen Rock und einem wollenen Überwurf bestand, war schmutzig und zerschlissen, und ganz abgesehen davon fühlte sich Rammar erniedrigt und gedemütigt.

»Alles in Ordnung?«, erkundigte sich Balbok, der die Talsohle unbeschadet erreicht hatte und von einem Ohr zum anderen grinste, froh darüber, dass sein Bruder noch lebte.

»Nein, nichts ist in Ordnung«, kam es wutschnaubend zurück. »Ich bin gestürzt und habe mir wer weiß was gebrochen. Hilf mir gefälligst auf die Beine, du ungeschickter Trampel! Und hör verdammt noch mal auf zu grinsen!«

Balbok lud sein Gepäck ab und hielt seinem Bruder die Rechte hin, die dieser missmutig ergriff. Stöhnend ließ er sich auf die Beine ziehen und rieb sich den schmerzenden *asar*.

»Und?«, fragte Balbok. »Was gebrochen?«

»Nein, und das ist dein Glück. Andernfalls hätte ich dir die Ohren lang gezogen. Das ist allein deine Schuld. Hättest du mir nicht widersprochen, hätte ich auf den Weg achten können.«

»Immerhin«, meinte Balbok und blickte an dem Geröllhang empor, dessen oberes Ende im Dunst kaum noch zu erkennen war, »wir sind jetzt unten. Das wolltest du, oder nicht?«

Rammar blickte in die dunkle Schlucht. »Wenn es stimmt, was der Zauberer sagte, brauchen wir nur der Hauptschlucht zu folgen, um in die Sümpfe zu gelangen. Aber wir müssen uns vorsehen. Das Schwarzgebirge ist auf dieser Seite von unzähligen Schluchten und Klüften durchzogen. Schon mancher Wanderer hat sich in diesem Labyrinth verirrt. Kannst du dich an Ruchga erinnern?«

»Du meinst den Anführer der *nuarranash*-Meute?«

»Genau den. Eines Tages zogen er und seine Meute los, um auf der Nordseite des Schwarzgebirges zu jagen. Keiner von ihnen ist je zurückgekehrt. Torgas Eingeweide haben sie verschlungen.«

»Torgas Eingeweide?«

»Sag mal, weißt du eigentlich gar nichts?«, maulte Rammar vorwurfsvoll. »Der Sage nach war Torga ein Dämon, der mit dem grässlichen Kurul um die Herrschaft über die Schwarzen Berge stritt. Eines Tages bot er Kurul einen Handel an mit dem Ziel, ihn zu betrügen. Aber Kurul durchschaute den Plan, schlitzte Torga den Wanst auf und verstreute dessen Gedärme über die Nordseite des Gebirges. Giftig und ätzend, wie sie waren, fraßen sie sich in den Fels, und es entstanden diese Schluchten. Was sagst du nun?«

»Mein böser Ork«, gab Balbok bewundernd zurück. »Was du alles weißt.«

»Nicht wahr? Du kannst wirklich froh sein, mich bei dir zu haben, sonst wärst du wirklich verloren. Also nimm dein Gepäck und lass uns ...«

»Still«, sagte Balbok plötzlich und griff zum Speer.

»Was ist?«

»Ich habe etwas gerochen«, erklärte der Hagere und rümpfte die schiefe Nase. »*Namhal.*«

Rammars Pulsschlag beschleunigte sich, als sein Bruder das Wort für »Feind« ausstieß. Aber schon im nächsten Moment beruhigte er sich wieder und sagte: »Gib dir keine Mühe. Ich falle nicht darauf herein.«

»Was meinst du?«, fragte Balbok, der sich wachsam umblickte.

»Das tust du nur, weil es dich ärgert, dass ich mehr weiß als du.«

»Nein, Rammar, bestimmt nicht. Ich habe etwas gewittert ...«

»Es muss dich nicht ärgern, Bruder. Es war schon immer so – ich bin der Schlaue von uns beiden und du der Blöde. Finde dich damit ab, nimm dein Gepäck und lass uns gehen. Ich will diese Schlucht hinter mir haben, ehe es dunkel wird.«

Balbok richtete seinen Blick nach oben, zu den Rändern der Schlucht, und hielt die Nase in den leise pfeifenden Wind. Als er jedoch nichts Verdächtiges mehr witterte, ließ er den Speer sinken und nahm seine Last wieder auf, einschließlich der Standarte Ruraks des Zauberers.

Wie zuvor ging Rammar wieder voraus. Je dunkler es in der Schlucht allerdings wurde, desto geringer wurde der Abstand, den er zu seinem Bruder hielt.

Der Weg durch Torgas Eingeweide erwies sich als wesentlich länger und beschwerlicher, als die Orks angenommen hatten, und sie mussten auf der Hut sein, sich nicht in eine der zahlreichen Nebenschluchten zu verirren, die immer wieder abzweigten, während sich die Hauptschlucht im wilden Zickzack durch den Fels schlängelte. Mehrmals war sich Rammar nicht sicher, ob sie sich noch immer in der richtigen Schlucht befanden. Um sich jedoch vor Balbok keine Blöße zu geben, ging er weiter, als wüsste er genau, was er tat. Und Balbok wiederum vertraute auf seinen Bruder und trottete gehorsam hinter ihm her, Proviant und Standarte schleppend.

Gegen Nachmittag verschlechterte sich das Wetter zusehends; das Pfeifen des Windes, der durch die engen Klüfte wehte, wurde zu einem unheimlichen Heulen, und der Himmel, von dem die beiden Orks jeweils nur einen gezackten

Streifen sehen konnten, verfinsterte sich. Schon war in der Ferne dumpfes Donnergrollen zu hören, als Balbok plötzlich stehen blieb.

»Was ist nun wieder?«, fragte Rammar gereizt. »Komm schon, du *umbal*, wir müssen uns einen Unterschlupf suchen, ehe das Unwetter losbricht.« Wie um seine Worte zu bestätigen, zuckte über den schwarzen Himmel ein Blitz, der die Schlucht für einen Lidschlag taghell erleuchtete.

Balbok blieb weiterhin stehen. »Er ist wieder da«, stieß er hervor.

»Wer? Was?«

»Dieser Geruch. Der Feind, den ich bereits am Eingang der Schlucht gewittert habe.«

»Fängst du schon wieder damit an?«

»Er ist hier«, war Balbok überzeugt. »Ich bin ganz sicher.«

»So«, brüllte Rammar gegen den immer stärker werdenden Wind, »und warum sehe ich dann nichts von ihm? Ausgerechnet jetzt fängst du damit an. Lass uns lieber eine Höhle suchen, ehe es zu regnen beginnt.«

Balbok, der die Standarte abgelegt und zu seinem Speer gegriffen hatte, blickte sich misstrauisch um. Da er aber erneut nichts entdecken konnte und auch nichts mehr witterte, hängte er sich den Speer wieder am Lederriemen auf den Rücken, nahm die Standarte auf und folgte Rammar auf der Suche nach einem Unterschlupf.

Innerhalb kürzester Zeit verfinsterte sich der Himmel noch mehr. Der Tag wurde zur Nacht, doch wenn Blitze über das düstere Firmament zuckten, wurde es schlagartig hell. Infernalischer Donner erklang, der das ganze Gebirge zu erschüttern schien. Zwischen den Wänden der Schlucht geisterte das Echo hin und her, als wolle es gar nicht mehr aufhören. Auch wurde der Wind immer kälter und schärfer. Jeden Augenblick würde der Regen einsetzen, um den Grund der Schlucht in ein reißendes Flussbett zu verwandeln. Die Orks mussten zusehen, dass sie hier wegkamen.

»Dort oben!«, rief Rammar plötzlich. »Eine Höhle! Das ist unsere Rettung!«

Auch Balbok sah die dunkle Öffnung im Fels, und im Laufschritt setzten sie darauf zu – Rammar in seltener Behändigkeit, Balbok wegen des Gepäcks sehr viel schwerfälliger. Rasch erklomm Rammar den Felsvorsprung. Die Höhle lag hoch genug, dass sie nicht überflutet werden konnte. Dass Balbok mit dem Gepäck Mühe hatte, ihm zu folgen, kümmerte Rammar nicht. Er rettete sich ins Trockene – gerade, als es zu regnen begann.

Sintflutartig pladderte es auf den Grund der Schlucht, wo sich das Wasser augenblicklich zu sammeln begann. Balbok gelang es, sich in den Höhleneingang zu schleppen, wo er erschöpft liegen blieb.

Aber nicht für lange.

Der beißende Geruch, den er schon zuvor wahrgenommen hatte, drang erneut in seine Nase, diesmal jedoch um vieles stärker als zuvor.

Balbok sprang auf.

»Was denn?«, fragte Rammar. »Gibst du noch immer keine Ruhe? Ich sage dir, da ist nichts, wovor du dich fürchten musst. Außer vielleicht vor dem Unwetter. Nicht auszudenken, wenn wir jetzt noch da draußen wären …«

Balbok antwortete nicht. Er starrte nur entsetzt, und seine Augen wurden dabei immer größer.

»Allmählich habe ich genug von deinem eigenartigen Benehmen«, maulte Rammar. »Kannst du nicht einfach zugeben, dass es klug von mir war, uns einen Unterschlupf zu suchen? Musst du immer den wilden Ork spielen?«

Balbok erwiderte noch immer nichts, dafür legte er die Standarte ab, streifte sich das Gepäck langsam und bedächtig vom Rücken und hob seinen *saparak*.

Auf einmal begriff Rammar, dass sein Bruder nicht ihn anstarrte, sondern über ihn hinweg. Und auf einmal roch auch er den beißenden Gestank, und er spürte, wie etwas von oben herabtroff und auf seiner Schulter landete. Etwas Zähes, Klebriges, das langsam an seiner Rüstung herabbrann.

Es kostete Rammar einige Überwindung, emporzuschauen – und als er es tat, blickte er in eine Ansammlung kalter schwarzer Augen und auf ein zahnloses, aber mit gefährlichen Beißwerkzeugen bewehrtes Maul. Die Kieferzangen zuckten auf einmal vor und zurück und schlugen dabei klappernd aufeinander. Die viergliedrigen Taster, die sich links und rechts des schrecklichen Mauls befanden und mit denen das Ungetüm seine Umgebung erkunden konnte, streckten sich zitternd in Rammars Richtung, als wollten sie nach ihm greifen. Der Vorderkörper des Monsters ruhte auf acht langen fünfgliedrigen Beinen an der Höhlendecke, und dahinter befand sich der mächtige, mit dicken schwarzen Borsten behaarte Hinterleib.

»*Cudach!*«, entfuhr es Rammar entsetzt. »Eine verdammte Spinne …!«

Es war bekannt, dass Spinnen in den kargen Klüften des Schwarzgebirges hausten, aber die beiden Orks hatten noch nie ein Tier gesehen, das *so* riesig war wie dieses – Vorder- und Hinterleib waren zusammen so groß wie ein Fuhrwerk. Auf seinen langen Beinen fuhr das Monstrum auf einmal an der Höhlendecke blitzschnell herum, und Rammar konnte den Giftstachel der Riesenspinne sehen, der sich aus dem Hinterleib schob – um dann erbarmungslos zuzustechen.

Instinktiv warf sich Rammar zur Seite, schneller, als man es dem Ork auf Grund seiner Fettleibigkeit zugetraut hätte. Der armlange Stachel verfehlte ihn, wenn auch nur knapp. Rammar stürzte zu Boden und sah, wie sich die Spinne an der Höhlendecke ungeheuer flink auf ihren acht Beinen bewegte; sie drehte sich einmal um sich selbst, um eine neue Angriffsposition einzunehmen.

»Achtung, Rammar!«, brüllte Balbok und warf seinen Speer, genau in dem Moment, als der Hinterleib der Spinne nach unten zuckte, auf seinen am Boden liegenden Bruder zu. Die mit Widerhaken versehene Spitze drang in eines der acht Augen, und eine gallertartige Masse spritzte auf Rammar herab. Der Giftstachel des Ungeheuers verfehlte ihn erneut, da die Spinne zurückzuckte. Im nächsten Moment war der dürre Balbok bei seinem Bruder, die Axt in den Klauenfäusten, und baute sich breitbeinig über Rammar auf.

»Zurück! Zurück, elendes Biest!«, rief er und hieb mit der Axt auf die Spinne ein, die ihrerseits mit dem Stachel nach ihm stach. Als dies nicht fruchtete, versuchte sie ihn mit den grässlichen Beißwerkzeugen zu erwischen; damit konnte sie ihm mit Leichtigkeit einen Arm oder sogar den Kopf abtrennen.

Über den Höhlenboden robbend, brachte sich Rammar in Sicherheit und kroch aus der Höhle; der Regen störte ihn plötzlich nicht mehr.

Balbok wagte eine erbitterte Attacke, und es gelang ihm, ein weiteres Auge der Monsterspinne zu zerstören, als das Schneideblatt seiner Axt über deren Vorderleib mit dem Augenhügel fuhr. Mit wütendem Zischen warf sich die Riesenspinne auf den Ork, um ihn unter ihrer Masse zu begraben und seinen Körper mit ihren Beißzangen in zwei Hälften zu zerteilen.

Doch mit einem schnellen Sprung nach hinten entging Balok der Spinne, wobei er noch einmal mit der Axt zuschlug. Das Schneideblatt traf auf einen der Taster, ohne etwas auszurichten. Es gab nur ein klirrendes Geräusch, als hätte er auf Stein geschlagen. Sofort sprang er weiter zurück, stolperte, überschlug sich und kugelte mit einem Aufschrei aus dem Höhleneingang.

Er landete im strömenden Regen, wo Rammar stand. Sein Bruder hatte seinen *saparak* in den Händen, sich jedoch noch nicht dazu durchringen können, in den Kampf einzugreifen.

Die Spinne schob sich auf ihren acht Beinen und laut fauchend aus der Höhle. Dabei musste sich das riesige Tier regelrecht durch den schmalen Höhleneingang zwängen. Zuerst erschienen die beiden Taster, dann zwei Beine, dann zwei weitere, anschließend der Vorder- und der Hinterleib, und zuletzt zog die Spinne die beiden verbliebenen Beine nach.

Die flackernden Blitze am Himmel tauchten das Monster in zuckendes Licht, und während Rammar vor Entsetzen erstarrte, stürmte Balbok mit einem gellenden Kampfschrei auf das Untier zu. Die Axt mit beiden Händen schwingend, hieb der Ork nach der Spinne, die fauchend zurückzuckte. Schon im nächsten Moment aber ging sie zum Gegenangriff über und stieß mit dem Giftstachel zu.

Nur seinen angeborenen Orkreflexen verdankte es Balbok auch diesmal, dass er dem Stachel entging. Wieder hieb er mit der Axt zu – und diesmal drang das scharfe Blatt tief in den Hinterleib des Monsters, worauf sich ein Schwall übel riechender Flüssigkeit über den Ork ergoss.

Das Zeug rann Balbok in die Augen, sodass er für einen Moment nichts sehen konnte. Dafür hörte er den Kriegsschrei seines Bruders, der ihm endlich zur Hilfe eilte. Den *saparak* am hinteren Ende haltend, die Spitze nach vorn gerichtet, hatte Rammar ihn zum *kro-buchg*, zum Todesstoß, gehoben und stürmte heran. Doch mit einem der vorschnellenden Taster schlug die Spinne den *saparak* zur Seite und fälschte dadurch die Stoßrichtung ab. So rammte der Ork den Speer in eines der Spinnenbeine, mit aller Wucht.

Aufkreischend schnellte das Tier in die Höhe, und während es mit zitterndem Hinterleib erneut versuchte, Balbok mit dem Giftstachel zu erwischen, schlug es mit einem seiner dürren Beine nach Rammar. Der schwergewichtige Ork wurde von den Füßen gefegt und durch die Luft geschleudert, geradewegs gegen die Wand der Schlucht. Es krachte und schepperte, als der Ork gegen den Fels schlug; hätte er nicht seinen Helm getragen, die Wucht des Aufpralls hätte ihm den Schädel zerschmettert. Er rutschte benommen an der Felswand hinab und blieb kampfunfähig liegen, sodass die Spinne ein leichtes Opfer in ihm sah.

Balbok war überrascht, als der Giftstachel plötzlich von ihm abließ. Seine Erleichterung schlug jedoch in blankes Entsetzen um, als er sah, auf wen die Spinne es nun abgesehen hatte. Auf ihren langen Beinen stakste sie über ihn hinweg und stelzte auf Rammar zu, der seinen Speer verloren hatte und sich nicht mehr wehren konnte. Halb betäubt saß er da, den Oberkörper gegen die Schluchtwand gelehnt.

Mit einem wütenden Schrei lief Balbok der Spinne hinterher und schwang die Axt. Er traf eines der Hinterbeine knapp unterhalb des Vorderleibs, und das scharfe Axtblatt schnitt der Spinne das Bein glatt ab. Stinkender Lebenssaft spritzte aus dem Stumpf und vermischte sich mit dem strömenden Regen.

Immer mehr von dem Wasser, das an den schroffen Wänden herablief, sammelte sich auf dem Grund der Schlucht, sodass bereits ein kleiner Flusslauf entstanden war, in den das Blut der Kreatur spritzte.

Wenn Balbok jedoch annahm, dass die Spinne nun von seinem Bruder abließ, täuschte er sich. Unbeirrt hielt das grässliche Riesenvieh weiter auf Rammar zu, der soeben wieder zu sich kam und dem achtbeinigen Tod entsetzt entgegenstarrte.

Voller Verzweiflung sah Balbok, wie sich der Spinnenkörper über Rammar wälzte, und trotz des prasselnden Regens und des grollenden Donners hörte Balbok die verzweifelten, kreischenden Hilferufe seines Bruders.

Was sollte er tun?

So plötzlich wie das Wetterleuchten, das den Himmel erhellte, traf Balbok ein Geistesblitz. Hatte der Zauberer nicht gesagt, dass sein Feldzeichen sie vor Gefahren schützte? Dass sie es ihren Feinden nur zu zeigen bräuchten, um unbehelligt passieren zu können?

Balbok wusste sich keinen anderen Rat. Durch das bereits knöcheltiefe Wasser eilte er zur anderen Seite der Schlucht, wo sich der Höhleneingang befand und er die Standarte zurückgelassen hatte.

»Balbok!«, hörte er seinen Bruder schreien. »Elender Feigling! Lass mich nicht im Stich …!«

Balbok ließ sich nicht beirren. Mit ausgreifenden Schritten stürzte er in die Höhle und griff nach dem Stab mit der Kugel. Dann rannte er damit durch das immer tiefer werdende Wasser zum Kampfplatz zurück, wo die Spinne Rammar den Todesstoß versetzen wollte.

Balbok sah das spitze Ende des Stachels über dem runden Wanst seines Bruders zitternd verharren. Rammar schrie wie von Sinnen, aber weder konnte er den Spinnenbeinen entkommen, die wie Gitterstäbe rings um ihn aufragten, noch hatte Balbok die Möglichkeit, zu ihm zu gelangen. Hinzu kam, dass das Wasser immer weiter stieg. Wenn der Giftstachel des Untiers Rammar nicht tötete, würde er in seinem Käfig aus haarigen Spinnenbeinen ersaufen.

»He, du!«, schrie Balbok gegen den Donner und das Rauschen des Wassers an. »He, du!«, rief er erneut, als das Spinnenungetüm nicht reagierte. »He, schau her!« Er schwenkte die Standarte, während er versuchte, die Aufmerksamkeit der Spinne auf sich zu lenken. »Sieh mich gefälligst an, wenn ich mit dir rede!«

Die Spinne tat ihm endlich den Gefallen. Balbok schluckte das miese Gefühl hinunter, das ihn dabei überkam.

»Sieh her!«, rief er in einem Anflug schierer Verzweiflung und hielt ihr die Standarte entgegen. Aber wenn er geglaubt hatte, dass die Spinne die Kugel erblicken und panisch die Flucht ergreifen würde, wurde er bitter enttäuscht.

Das Untier schnaubte nur – jedenfalls hörte es sich für Balbok wie ein Schnauben an – und spie klebrigen Geifer in seine Richtung, der ihn traf. Über und über war er auf einmal mit dem stinkenden Sekret besudelt, und schon im nächsten Moment wurde das Zeug hart. Dies war die Geheimwaffe der Riesenspinne – mit ihrem Speichel hinderte sie ihre Opfer an der Flucht, mit dem Giftstachel tötete sie sie.

Balbok schaute an der Standarte hoch, entsetzt und verwirrt darüber, dass die Wirkung, die Rurak versprochen hatte, nicht eintrat. Hilflos hielt er das schwere Gebilde empor, während die Spinne nun auf ihn zukroch und immer näher kam, nicht blitzschnell wie zuvor, sondern langsam und bedächtig – es war die Arroganz eines Jägers, der seine Beute sicher wähnte.

Balbok stand im strömenden Regen, flackernde Blitze tauchten die Schlucht in zuckendes Licht, während das Wasser stieg und stieg. Der Ork war überzeugt, dass sein Ende gekommen war – als etwas Unerwartetes geschah.

Plötzlich war die schwarze Kugel der Standarte von einem rätselhaften Leuchten erfüllt – und im nächsten Moment brach aus ihr ein Strahl hervor, wie weder Balbok noch Rammar ihn je gesehen hatten. Er bestand nicht aus Licht, sondern aus dem genauen Gegenteil: Gebündelte Dunkelheit schoss aus der Kugel, die alle Helligkeit ringsum zu schlucken schien und die einen Lidschlag später das Spinnentier erfasste. Was dann geschah, war so unglaublich, dass Balbok und Rammar schon wenig später nicht mehr genau sagen konnten, wie es eigentlich vonstatten ging.

Der dunkle Strahl hüllte die Spinne ein, und wie gebannt sahen Balbok und Rammar, wie sich das Untier auf seinen dürren Beinen aufbäumte und sich wie toll gebärdete, umgeben von tiefschwarzen Blitzen, die es wie die Finger einer Titanenfaust umklammert hielten. Dabei zischte und spuckte und geiferte die Spinne, und es schien, als würde sie gegen einen unsichtbaren Gegner kämpfen. Aber dieser Gegner bestand allein aus dem Dunkelstrahl, der das Tier nun verzehrte.

Obwohl keine Hitze davon ausging und jedes Feuer im prasselnden Regen sofort verloschen wäre, wurden die Borsten am Hinterleib und an den acht Beinen versengt. Dann brachen die Beine wie morsches Holz, und der massige Körper zerfiel innerhalb weniger Augenblicke zu einer schwarzen, blubbernden Masse.

So plötzlich, wie er entstanden war, verlosch der Strahl aus Dunkelheit, und zurück blieben die schwelenden Überreste des Ungeheuers.

Es zischte, als der Regen auf die schwarz verbrannte Kreatur prasselte. Schon wollte sich Balbok dem Tier vorsichtig nähern, als es sich noch einmal aufbäumte, um dann mit hässlichem Knacken erneut zusammenzubrechen. Der Fluss, der sich auf dem Grund der Schlucht gebildet hatte, gurgelte um den Kadaver, bis er auseinander brach und die kleinen schwarzen Brocken, zu denen er zerfiel, vom Wasser hinfortgeschwemmt wurden.

»Jetzt weißt du, was passiert, wenn man sich mit mutigen Kriegern wie uns anlegt!«, maulte Rammar, der sich aufgerafft hatte und den Resten der Spinne mit erhobener Faust hinterher drohte. »Lass dich bloß nicht mehr blicken, hörst du?«

»Weißt du, Rammar«, sagte Balbok gedehnt, während er mit einer Mischung aus Erstaunen und Entsetzen am Schaft der Standarte emporblickte, »ich habe das Gefühl, dass wir diese Spinne tatsächlich nicht mehr wiedersehen.«

Völlig durchnässt, verdreckt, mit Blessuren am ganzen Körper und bis zu den Knien im Wasser stehend, schauten die beiden Orks einander an – um im nächsten Moment in brüllendes Gelächter auszubrechen. Grunzend verliehen sie ihrer Erleichterung darüber Ausdruck, noch am Leben zu sein. Und selten waren sich die beiden Brüder so einig wie in diesem Augenblick.

6.  BOGASH-CHGUL'HAI

Am Tag nach dem Kampf mit der Riesenspinne erreichten Rammar und Balbok das nördliche Ende des Schwarzgebirges. Sie verharrten kurz am Ausgang aus dem Labyrinth der Schluchten, das im Orkmaul als »Torgas Eingeweide« bezeichnet wurde. Da keiner der beiden Brüder je so weit nördlich gewesen war, waren sie sehr beeindruckt von dem Anblick, der sich ihnen bot: Karges Sumpfland erstreckte sich, so weit das Auge reichte.

»Und ich hatte gedacht, es gäbe hier irgendwo ein Wirtshaus, in dem wir einen guten Orkischen Magenverstimmer bekämen«, sagte Balbok voller Enttäuschung.

»Deinen Magenverstimmer kannst du dir sonstwo hinstecken«, antwortete Rammar verdrießlich. »Zwischen hier und den Bergen des Nordwalls befindet sich nichts als unwegsames Sumpfgebiet. Kaum eine Pflanze gedeiht hier, es gibt nur kahle Bäume und Moos, und es lauern eine Menge Gefahren, vor denen wir auf der Hut sein müssen …«

Wie sich zeigte, war Rammars Beschreibung überaus zutreffend, denn das Land, das sich jenseits der Ausläufer des Schwarzgebirges erstreckte, war tatsächlich der trostloseste Flecken Erde, den Balbok je betreten hatte. Die Bäume, die sich aus dem morastigen braunen Boden erhoben, sahen aus wie Totengerippe, die ihre Glieder in den grauen Himmel reckten, und nur hier und dort bildeten Grasbüschel oder dunkles Moos Inseln im gluckernden Moor. Wesentlich zahlreicher waren die gefährlichen Sumpflöcher, mit denen die Ebene übersät war wie der *asar* eines Orks mit Furunkeln. Allzu leicht konnte man in dieser Umgebung die Orientierung verlieren, zumal sich die Sonne hinter der dichten Wolkendecke verbarg.

Und da war der Nebel.

Allgegenwärtiger zäher Nebel, der dafür sorgte, dass man nur einen Steinwurf weit sehen konnte. Kalt und klamm legte er sich auf die Lunge und sorgte dafür, dass der Atem der Orks rasselte wie ein rostiges Kettenhemd, während sie immer weiter gingen, hoffend, sich nicht bereits verirrt zu haben.

Ab und zu hörten sie unheimliche Laute, hier ein Plätschern, dort ein Blubbern. Auch wenn es auf den ersten Blick nicht so schien, der Sumpf war voll von Lebewesen, und die wenigsten davon waren Besuchern wohlgesonnen. Einst hatten die Gnomen in diesem elenden Landstrich gelebt, und wäre es nach Rammar gegangen, täten sie das noch immer, denn zu den Grünhäutigen passte diese trostlose sumpfige Gegend, nicht aber zu den Orks!

»Als ob es nicht schlimm genug wäre, dass die Gnomen in unseren Bergen hausen«, maulte Rammar missmutig vor sich hin, während er stumpfsinnig einen Fuß vor den anderen setzte. »Jetzt müssen auch noch zwei mutige Orks durch diese widerliche Kloake waten, die sie einst bewohnt haben.«

Gegen Abend suchten sich die Brüder einen Lagerplatz, wobei es ziemlich egal war, wo sie sich niederließen; eine Höhle oder einen Unterstand gab es nicht, und selbst wenn, hätte er nicht vor dem feuchten Nebel und der klammen Kälte geschützt. So blieb ihnen nichts, als ihre Umhänge eng um die Schultern zu ziehen und im Sitzen zu schlafen – eine Kunst, die jeder Ork beherrscht. Beim Wachehalten wechselten sie sich ab, schließlich wollten sie am Morgen auch wieder erwachen, ohne den eigenen Kopf vor den Füßen vorzufinden oder sich selbst im Magen eines gefräßigen Ungeheuers ...

Von den Kreaturen, die in den Sümpfen hausten, erzählte man im *bolboug* allerlei: von Sumpfkobolden und fliegenden Fischen, von riesigen Skorpionen und Schlangen, von orkgroßen Blutegeln und Schlammwürmern. Was davon der Wahrheit entsprach und was der wirren Fantasie eines Menschen entsprungen war, vermochte Rammar nicht zu sagen, denn soweit er sich erinnerte, hatte niemand, der in die Sümpfe aufgebrochen war, es je wieder zurückgeschafft. Er tröstete sich damit, dass sie in den vergangenen Tagen nicht ein einziges Tier oder sonst ein Wesen zu sehen bekommen hatten, und er hegte die Hoffnung, dass es auch so bleiben würde. Hätte er freilich die Wahl gehabt, er wäre sicher nicht auf den Gedanken verfallen, die Sümpfe zu durchwandern.

Einmal mehr nahm Balbok alles gelassener hin; das Gepäck auf dem Rücken und die Standarte über der Schulter marschierte er hinter Rammar her. Unruhe überkam ihn nur dann, wenn er glaubte, einen Feind aus dem Nebel auftauchen zu sehen; dann blieb er stehen, rammte das untere Ende der Standarte in den Morast, zückte die Axt und taxierte mit zu schmalen Schlitzen verengten Augen die Umgebung. Bisher hatte sich Balbok stets geirrt, und es waren nur karge Bäume gewesen, deren Umrisse sich aus dem Nebel schälten und deren abgespreizte Äste wie Arme wirkten. Aber Rammar bekam jedes Mal, wenn Balbok plötzlich stehen blieb und zur Waffe griff, einen Riesenschrecken.

»Bei Kuruls dunkler Grube!«, fluchte er deshalb, nachdem Balbok einmal mehr seine Axt zückte und fiebrig umherstarrte. »Wirst du das wohl endlich lassen? Allmählich müsstest du begriffen haben, dass wir hier ganz allein sind.«

»Ich habe etwas gehört«, rechtfertigte sich Balbok.

Rammar nickte. »Ich auch.«

»Ehrlich?«

»Natürlich. Ich höre ständig irgendwas. Mal ein Plätschern hier und ein Rascheln dort. Aber meist ist es nur das schmatzende Geräusch meiner eigenen Schritte im Morast und das erbärmliche Knurren meines Magens, der mir bis zu den Knien hängt.«

»Meiner knurrt und hängt auch«, gab Balbok zu. »Vielleicht hätten wir nicht den ganzen Proviant auf einmal essen sollen.«

»Unsinn. Schuld an unserer Misere hast nur du, weil du nicht mehr tragen wolltest. Hättest du mehr *baish* aus Ruraks Vorratskammer mitgenommen, hätten wir jetzt auch genügend zu essen und müssten nicht Hunger leiden.«

Einmal mehr wusste Balbok nichts zu seiner Verteidigung vorzubringen und blickte zerknirscht zu Boden. Sein ohnehin schon langes Gesicht wurde noch länger, seine Mundwinkel fielen nach unten.

»Nicht auch das noch!«, stöhnte Rammar. »Machst du mal wieder auf armer Ork? Ich mag mir das nicht mehr ansehen. Bleib hier und lass den Kopf hängen, wenn du willst. Ich gehe weiter und such mir was Essbares. Irgendwas wird es in diesem verdammten Sumpf doch zu beißen geben ...«

Balbok hörte die Worte seines Bruders verhallen und blickte auf – um entsetzt festzustellen, dass Rammar verschwunden war!

Wie immer, wenn sich der Tag dem Ende neigte, war der Nebel noch dichter geworden; er lag um diese Tageszeit schwer und trübe über dem Land. Die Bäume ringsum waren nur noch schemenhaft zu erkennen, und auch die Geräusche drangen nur noch gedämpft an Balboks Ohr.

»R-Rammar?«, fragte er halblaut. Seine eigene Stimme hörte sich seltsam fremd und unheimlich an im dichten Nebel, und er erhielt auch keine Antwort.

»Rammar, bist du noch da?«

Balbok lauschte, und für einen kurzen Moment glaubte er, seinen Bruder maulen zu hören. Erleichtert rannte er in die entsprechende Richtung. Den Tornister und die Standarte nahm er mit, auch wenn sie ihn beim Laufen behinderten; hätte er sie abgelegt, hätte er sie im dichten Nebel nicht wiedergefunden.

»Rammar, warte auf mich!«, rief Balbok. »Es tut mir Leid, dass ich zu wenig Proviant mitgenommen habe. Ich werde dir helfen, etwas zu jagen, damit wir ...«

Plötzlich sank er ein!

Im dichten Nebel, der den Boden bedeckte, war er vom festen Untergrund abgekommen und stand im nächsten Moment bis zu den Knien im Sumpf. Sofort sickerte die Nässe in seine Stiefel, und da Balbok wie alle Orks Hosen als eine Erfindung verweichlichter Menschen ansah, konnte er schon im nächsten Moment fühlen, wie sich Blutegel an seinen nackten Beinen festsaugten.

»Das trifft sich gut«, sagte er zu sich selbst, aus der Not eine

Tugend machend. »Saugt euch nur voll, ihr elenden Viecher, ihr werdet schon sehen, was ihr davon habt. Ich brauche nur zu warten, bis sich genug von euch festgebissen haben, dann werde ich euch alle abklauben und Rammar und mir eine deftige Mahlzeit aus euch zubereiten ...«

Grinsend blieb der Ork stehen, den Schmerz, den die vielen saugenden Mäuler ihm zufügten, schlicht ignorierend. Die Standarte war ihm entfallen, als er so plötzlich im Sumpf eingesunken war; sie lag am Rande des Sumpflochs, wo sie sicher war. So begeistert war Balbok von seiner Idee mit dem Blutegeleintopf, dass er gar nicht merkte, dass der Sumpf ihn immer tiefer zog. Erst als das dunkle Wasser, dessen Oberfläche glatt war wie ein Spiegel, seine Leibesmitte erreichte, wurde er darauf aufmerksam.

»Was, zum ...?«

Balbok warf sich herum, wollte sich aus dem Sumpfloch ziehen, aber am Ufer gab es nichts, woran er sich festhalten konnte. Im feuchten Morast fanden seine Krallen keinen Halt, nur ein einsames Grasbüschel versprach Rettung. Balbok klammerte sich daran fest und versuchte, sich herauszuziehen. Aber der Sog, der an ihm zerrte, war zu stark, und schon hatte Balbok das ausgerissene Grasbüschel in der Hand und sank noch ein Stück tiefer ein. Instinktiv ruderte er mit den Armen und strampelte mit den Beinen, aber dadurch beschleunigte er seinen Untergang nur.

»Rammar!«, rief er den Namen seines Bruders hinaus in den Nebel. »Rammar, hilf mir!« Aber diesmal war nicht einmal mehr ein fernes Lamento zu hören.

Balbok dämmerte, dass er einen Fehler begangen hatte. Den Egeln, die sich inzwischen zu Dutzenden an seinem Blut gütlich taten, schenkte er keine Beachtung. Der Sumpf war sein vorrangiges Problem. Wenn er es nicht schaffte, ihm zu entkommen, würde er in wenigen Augenblicken darin versunken sein. Schon reichte ihm das Wasser bis zur Brust, und je mehr von ihm unter der Oberfläche verschwand, desto schneller schien er zu sinken. Noch einmal unternahm er einen verzweifelten Versuch, sich am Ufer festzuklammern, aber wieder rutschte er ab und sank noch ein Stück tiefer ein. Das brackige Wasser erreichte schließlich sein Kinn und stieg ihm bis zu den Ohren.

Panik überkam ihn, und er begann noch wilder zu rudern und suchte verzweifelt mit den Füßen nach Halt. Aber da war nichts. Der Sumpf würde ihn unbarmherzig verschlingen und ihn nie wieder freigeben.

»Rammar, hilf mir! Rammar …!«

Balbok rief den Namen eher aus Gewohnheit als aus der Hoffnung heraus, dass sein Bruder ihm tatsächlich zur Hilfe eilen würde. Selbst wenn Rammar seine Schreie hörte, würde er ihn im dichten Nebel kaum finden. Balbok sah einem scheußlichen, entsetzlichen Ende entgegen.

Sein Geschrei ging in ein Gurgeln über, als sein Mund untertauchte. Er warf noch einen letzten verzweifelten Blick zum Rand des Sumpflochs, wo die Standarte des Zauberers lag, dann hatte der Sumpf ihn verschluckt. Seine Halt suchend erhobenen Arme waren das Letzte, was von ihm noch aus dem Sumpf ragte …

Plötzlich – Balbok konnte es nicht fassen – packte jemand seine rechte Klaue und zog mit aller Kraft daran.

Balbok tauchte wieder auf, und seine Erleichterung kannte keine Grenzen, als er Rammar erblickte, der am Rand des Sumpflochs stand und seine Fersen in den weichen Boden stemmte, während er bemüht war, Balbok herauszuziehen.

»Rammar …«

»Ich bin hier. Ich rette dich.«

Mit zusammengebissenen Zähnen und unter Aufbietung aller Kraft gelang es Rammar tatsächlich, Balbok aus der kalten Umklammerung des Sumpfs zu befreien. Keuchend lag der hagere Ork schließlich am Ufer, völlig verdreckt und durchnässt, und er konnte sein Glück kaum fassen.

»Rammar«, keuchte er, »das werde ich dir nie vergessen …«

»Schon gut.« Rammar fletschte die gelben Zähne, was ein Lächeln darstellen sollte. »Wofür sind Freunde schließlich da?«

»Freunde?« Balbok erwiderte das Zähnefletschen. »Wir sind Brüder, Rammar – und ich bin wirklich stolz darauf, einen Bruder wie dich zu haben, das kannst du mir glauben.«

»Natürlich.« Rammar nickte, und ein seltsamer Ausdruck huschte über sein Gesicht. »Brüder.«

»Weißt du«, sagte Balbok, »als du vorhin einfach gegangen bist, da dachte ich, ich würde dich nie wiedersehen. Wäre verdammt schade gewesen, denn ich ... ich ...« Balbok zierte sich. Er hätte seinen Bruder am liebsten umarmt und geherzt, wie die Menschen es tun, doch für einen Ork schickt sich so etwas nicht. Und jemandem zu sagen, dass man ihn mag, gilt unter ihnen als unsägliche Peinlichkeit.

Entsprechend kannte Balboks Verblüffung keine Grenzen, als ihm sein Bruder erneut ein entwaffnendes Zähnefletschen schenkte und sagte: »Ich weiß, Bruder. Ich kann dich auch gut leiden ...«

Rammar war unterdessen unbeirrt weitermarschiert.

»Dieser Blödork! Dieser Versager!«, lamentierte er halblaut vor sich hin. »Ich hab die Schnauze voll von ihm! Warum muss ich der Bruder eines solchen *umbal* sein? Warum bin ich damit geschlagen, aus demselben Schoß gekrochen zu sein wie er? Ich habe genug von seiner dämlichen Visage, und ich habe auch genug davon, dass er mir auf Schritt und Tritt folgt. Ich mache mich lächerlich mit einem Bruder wie diesem. Kein Wunder, dass man uns aus dem *bolboug* verstoßen hat ...«

Wutschnaubend unterbrach Rammar seine Tirade und wandte sich um, um seinem Bruder, den er einige Schritte hinter sich wähnte, einen zornigen Blick zuzuwerfen – aber Balbok war nicht mehr da! Ringsum war nichts als milchig weißer Nebel, in dem sich die Spuren verloren, die Rammars Schritte im Morast hinterlassen hatten.

»B-Balbok?«

Rammar fand, dass sich seine eigene Stimme ziemlich unheimlich anhörte, und auf einmal meinte er auch, dass die kargen Bäume, die im Nebel nur schemenhaft zu erkennen waren, recht bedrohlich wirkten. Instinktiv nahm er seinen *saparak* vom Rücken und umklammerte die Waffe mit beiden Klauen.

»Balbok, wo steckst du?«

Eben noch hatte Rammar seinen Bruder ans andere Ende

der Welt gewünscht – nun, da Balbok tatsächlich verschwunden war, sah es ganz anders aus. Die Aussicht, inmitten der Sümpfe völlig allein zu sein, behagte Rammar ganz und gar nicht. Eingeschüchtert blickte er sich um – bis ihm des Rätsels Lösung einfiel und sich ein Grinsen auf seine Züge legte.

»Balbok«, sagte er laut, »hör auf, dich vor mir zu verstecken. Ich weiß genau, dass du hier irgendwo bist, also komm schon raus. Mir kannst du damit keine Angst einjagen.« Erwartungsvoll blickte sich Rammar um, aber nichts regte sich in seiner Umgebung.

»Komm schon!«, rief der untersetzte Ork. »Ich verspreche dir auch, nicht mehr mit dir zu schimpfen, obwohl du es verdient hast!«

Wieder keine Antwort. Die Sache wurde Rammar nun doch unheimlich, und erneut versuchte er, seine Furcht durch Wut zu vertreiben. »Wahrscheinlich«, sagte er zu sich selbst, »ist dieser *umbal* irgendwo unterwegs in ein Sumpfloch gefallen und jämmerlich ersoffen. Geschieht ihm ganz recht, das hat er nun von seiner Dummheit.«

Geräuschvoll aus den Nüstern blasend, wie es sich für einen zornigen Ork gehört, wollte Rammar seinen Weg fortsetzen, als er hinter sich ein leises Knacken vernahm. Den *saparak* zum Stoß erhoben, wirbelte er herum.

»Wer ist da?«

Im dichten Nebel konnte er nichts erkennen, aber er hörte schmatzende Schritte im Morast. Und im nächsten Moment tauchte in den grauweißen Schlieren eine hagere Gestalt auf.

»Balbok …?«

Auch wenn Rammar sich lieber die Zunge abgebissen hätte, als es zuzugeben – er war froh, als sich der schlaksige Körper seines Bruders aus dem Nebel schälte und Balbok vor ihm auftauchte, im Gesicht eine Mischung aus Reue und Furcht.

»Da bist du ja. Wo hast du gesteckt?«, rief Rammar scharf.

»I-ich habe mich versteckt«, kam es kleinlaut zurück. »Ich hatte Angst vor dir.«

»Das solltest du auch, nach allem, was du dir geleistet hast!« Rammar ballte die Klaue zur Faust. »Vergiss nicht, ich bin immer noch der Ältere von uns beiden. Warum ich dich nicht längst erschlagen habe, weiß ich nicht, aber wenn du noch einmal versuchst, mich zum Narren zu halten, dann nehme ich keine Rücksicht mehr, verstanden?«

»Ja, Rammar.«

»Dann lass uns jetzt weitergehen. Ich weiß nicht, warum, aber diese Gegend hier gefällt mir nicht. Wir werden uns anderswo einen Platz zum Schlafen suchen – und als Strafe für dein dämliches Verhalten wirst du die erste Wache übernehmen. Was hast du dir nur dabei gedacht, hm?«

Rammar war wieder vorausgegangen, in der Überzeugung, dass Balbok ihm folgte. Als er jedoch erneut keine Antwort erhielt, dafür aber ein seltsames Schmatzen und Schlürfen hörte, blickte er zurück – und erschrak, als stünde er Kurul persönlich gegenüber.

Balbok war erneut verschwunden.

Wo er eben noch gegangen war, stand nun ein Wesen, das den wildesten Albträumen entsprungen sein musste – groß und gefährlich, mit einem gähnenden zahnlosen Maul und einer schleimigen Haut wie Schlamm.

»*Chgul*«, flüsterte er.

»Kann ich dir helfen?«, fragte Rammar fürsorglich seinen Bruder Balbok, der auf dem Boden hockte und die Blutegel von seinen Beinen pflückte. Sein Vorhaben, aus ihnen einen deftigen Eintopf zu machen, hatte Balbok verworfen; der Appetit war ihm vergangen. Dennoch schob er sich ab und zu eins der prall gefüllten Tiere zwischen die Zähne, um den Blutverlust auszugleichen.

»Bin gleich so weit«, erwiderte er und zog sofort den Kopf zwischen die Schultern in Erwartung des Donnerwetters, das nun gleich wieder über ihn hereinbrechen würde. In Gedanken hörte er Rammar schon wieder schimpfen, dass er – Balbok – an ihrer ganzen Misere schuld sei und dass er – Rammar – nicht noch länger warten wolle, bis sie ihren Marsch fortsetzen könnten. Wie immer, wenn sich Rammar aufregte, würden die Adern an seiner Stirn anschwellen, seine Nüstern würden sich blähen und …

Zu Balboks grenzenloser Überraschung sagte Rammar verständnisvoll: »Lass dir nur Zeit. Ich warte solange.«

Balbok war verwirrt, nickte jedoch und raffte sich auf. Dann allerdings musterte er Rammar aus zu Schlitzen verengten Augen, weil ihm dämmerte, dass hier etwas ganz und gar nicht stimmte.

Rammar war sein Bruder. Sie waren zusammen aufgewachsen und hatten so ziemlich alles gemeinsam getan – den ersten Gnom skalpiert, den ersten Blutbierrausch gehabt und den ersten Troll erschlagen. Aber in all diesen Jahren war Rammar nicht ein einziges Mal freundlich und verständnisvoll gewesen.

Balbok starrte den anderen forschend an. »Du bist nicht Rammar, oder?«, fragte er.

»Was?«

»Du bist nicht Rammar!«, sagte Balbok, jetzt absolut überzeugt, denn der echte Rammar hätte ihm schon für diese »unsinnige« Frage alles Mögliche an den Kopf geworfen.

Sein Gegenüber antwortete ihm mit hämischem Gelächter, und auf einmal begann sich sein Aussehen zu verändern. Rammars vertrautes Gesicht verschwand, und darunter kam eine schlammbraune Fratze zum Vorschein, die nichts Orkisches mehr – und auch sonst nichts – an sich hatte: Schwarze Augen starrten aus konturlosen Gesichtszügen, die aus nassem Lehm zu bestehen schienen und sich ständig veränderten. Das große Maul war weit aufgerissen; Zähne hatte die Kreatur keine, aber Balbok zweifelte nicht daran, dass sie ihn mit diesem gewaltigen Maul mit Haut und Haar verschlingen konnte. Die Gestalt des Wesens war fließend; Schlamm tropfte von den langen Armen zu Boden, um sich mit dem Morast zu vermischen, während an den Beinen beständig neuer Matsch emporkroch, um sich mit dem Körper der Kreatur zu vereinen.

Obwohl Balbok ein solches Wesen nie zuvor gesehen hatte, wusste er, womit er es zu tun hatte – mit einem Ghul!

Ghule, auch Sumpfgeister genannt, waren höchst gefährlich, und obwohl sie keine Geister im eigentlichen Sinne waren, waren sie doch Furcht erregende Kreaturen, denn sie hatten die Fähigkeit, sich zu verwandeln und ihr Aussehen beliebig zu verändern. In keinem der Kriege der Vergangenheit hatten sich die Ghule je für eine Seite entschieden; sie hausten in den Tiefen der Sümpfe und kümmerten sich nur um sich selbst. Ein Wanderer, der in ihre Fänge geriet, war verloren …

»Bei Narkods Hammer!«, stieß Balbok hervor und zückte seine Axt, als sich die Arme seines Gegners in zuckende Tentakel verwandelten. Der Ghul wartete nicht länger und griff Balbok an, der seine Waffe emporriss, um die Attacke abzuwehren – vergeblich. Der eine Tentakel schlang sich um die Axt und versuchte sie Balbok zu entreißen, der andere brachte ihm einen schmerzhaften Hieb bei, der die dicke Orkhaut aufplatzen ließ.

Balbok zerrte an seiner Axt, und es gelang ihm, sie freizubekommen. Mit einem wütenden Knurren schwang das unheimliche Wesen wieder die langen Fangarme, zielte diesmal auf Balboks Hals, und der Ork musste sich ducken, damit ihm nicht der Kopf von den Schultern geschlagen wurde. Dann sprang er vor, und es gelang ihm, seinerseits einen Hieb auszuführen, der gegen die ungeschützte Brust des Ghuls gerichtet war.

Balbok war sicher, den Kampf damit zu beenden, doch dort, wo sich eben noch die Brust des Ghuls befunden hatte, war auf einmal kein Schlamm mehr – stattdessen klaffte ein Loch in der Leibesmitte der Kreatur, und Balboks Axt fuhr ins Leere!

Der Ork stieß einen überraschten Schrei aus, während der Ghul schadenfroh lachte. Von beiden Seiten flogen die Fangarme wie Peitschen heran, doch indem sich Balbok blitzschnell zu Boden fallen ließ, entging er der Attacke. Er warf sich herum und schlug mit der Axt zu, und es gelang ihm, einen der Tentakel abzutrennen.

Der Ghul ließ einen wehmütigen Laut vernehmen, als ein Teil seines Körpers davonflog – und zu Balboks heller Freude wuchs der Tentakelarm nicht nach. Das verlorene Stück schien zu groß zu sein, als dass das Sumpfwesen es einfach ersetzen konnte, und der Ork begriff, dass er gewinnen konnte, wenn es ihm nur gelang, den Ghul schwer genug zu verwunden. Die Sumpfkreatur blutete nicht und schien auch keinen Schmerz zu empfinden, aber sie war nicht unbesiegbar.

»Na warte!«, knurrte Balbok, die mörderische Axt schwingend. »Ich werde dir schon beibringen, was es heißt, sich mit einem Ork anzulegen. Ich werde dich Stück für Stück zerhacken, wenn es sein muss. Komm nur her!«

Bedauerlicherweise nahm der Ghul seine Aufforderung beim Wort und griff erneut an. Mit atemberaubender Schnelligkeit schoss die Kreatur auf ihn zu, vollführte eine Finte mit dem Armstumpf, von dem der Schlamm in weitem Bogen spritzte und Balbok in die Augen traf. Während sich der Ork mit einer schnellen Bewegung den Schlamm aus dem Gesicht wischte, schoss der noch vorhandene Tentakelarm heran und schlang sich um Balboks Hals. Wie eine Henkersschlinge zog er sich zu, und Balbok bekam von einem Augenblick zum anderen keine Luft mehr.

Der Kriegsschrei auf seinen Lippen erstarb in einem jämmerlichen Röcheln, während er verzweifelt versuchte, den Würgegriff des Ghuls zu sprengen. Die eine Klaue in den schlammigen Tentakel vergraben, führte er mit der anderen die Axt. Aber seine Hiebe waren zu ungezielt und zu hastig, als dass sie dem Ghul gefährlich werden konnten, und mit jedem Augenblick, der verstrich, wurden sie matter und kraftloser.

Vergeblich rang Balbok nach Atem. Schon sah er schwarze Flecken vor seinen Augen tanzen, und ihm dämmerte, dass er seinem Ende erneut gefährlich nahe war.

Er bedauerte, in seinem Leben nichts vollbracht zu haben, auf das er wirklich stolz sein konnte. Als junger Ork hatte er davon geträumt, eines Tages ein großer und mächtiger Krieger zu sein – stattdessen würde er als einer der beiden *umbal'hai* in Erinnerung bleiben, die zu dämlich gewesen waren, das gestohlene Haupt ihres Meuteführers zurück ins *bolboug* zu bringen.

Balbok merkte, wie seine Kräfte nachließen. Noch einmal schlug er mit der Axt halbherzig zu, dann war er zu schwach, die schwere Waffe zu halten. Sie entrang sich seinem Griff und fiel in den Morast, gleich darauf folgte ihr Besitzer, der sich nicht länger auf den Beinen halten konnte. Schlaff und kraftlos sank Balbok zu Boden, wissend, dass sein Kampf zu Ende war.

Der Ghul veränderte erneut seine Form. Seine Beine und sein Unterleib zerflossen zu einer breiigen Masse, die sich über den besiegten Feind ergoss. Nur der Oberkörper mit Kopf und dem Tentakelarm blieb bestehen.

Balbok spürte den lebenden Schlamm auf seiner Haut und musste an die Blutegel denken, denen er erlaubt hatte, sein Blut zu schlürfen. Da hatte er noch geglaubt, selbst am Ende der Nahrungskette zu stehen. Ein Irrtum, wie sich nun herausstellte; der Ghul würde sein Fleisch und seine Eingeweide aufsaugen, sodass am Ende nur noch Knochen von ihm übrig blieben.

Balbok wehrte sich ein letztes Mal mit aller verbliebener Kraft, aber der Ghul hatte ihn bereits zur Hälfte eingehüllt, und der Kampf war vorbei.

Jedenfalls dachte Balbok das.

Da brach plötzlich die Spitze eines *saparak* aus dem Brustkorb des Ghuls. Jäh löste das Sumpfwesen seine schlammige Umklammerung, und während es sich unter wütendem Kreischen wand, gelang es Balbok, sich zu befreien.

Er tastete um sich, bekam den Stiel der Axt zu fassen, und sofort holte er aus und schlug zu. Der senkrecht geführte Hieb, mit dem er den Ghul traf, spaltete diesen in der Mitte, und das Kreischen drang plötzlich aus zwei Kehlen. In zwei Hälften klappte der Ghul auseinander, und noch im Fallen zerfielen diese zu Schlamm und klatschten in den Morast, mit dem sie sich sogleich vermischten.

Balbok sah seinen Bruder Rammar, der hinter dem Ghul gestanden hatte, den Speer beidhändig umklammernd und ein grimmiges Grinsen im Gesicht.

»Rammar!«, rief Balbok erleichtert. »Ist das schön, dich zu sehen.«

»Kann ich mir vorstellen«, erwiderte der andere zähnefletschend. »Wäre ich ein paar Augenblicke später gekommen, hätte ich nur noch ein paar abgelutschte Knochen von dir gefunden. Du dämlicher Hohlkopf! Weißt du nicht, dass Ghule gefährlich sind?«

»Klar weiß ich das«, versicherte Balbok, während er mühsam auf die Beine kam. »Aber dieser sah aus wie du. Er hatte dein Gesicht und trug deine Kleidung. Verstehst du, was ich meine?«

Rammar nickte verdrossen. »Ich hatte es mit einem zu tun, der *dein* Aussehen angenommen hatte. Kannst du dir das vorstellen? Gleich zwei von deiner Sorte!« Er schüttelte den Kopf. »Bislang habe ich nicht glauben wollen, dass Ghule jedwede Gestalt annehmen können, aber offensichtlich entspricht es der Wahrheit. Ist alles in Ordnung mit dir?«

»Denke schon.«

»Was stehst du dann noch dumm rum? Pack deine Sachen zusammen, damit wir von hier verschwinden können. Ich habe keine Lust, noch mehr von diesen Kreaturen zu begegnen.«

Balbok nickte und wollte sein Gepäck wieder aufnehmen – als ihm ein beunruhigender Gedanke kam.

»Rammar?«, fragte er.

»Ja?«

»Wenn es stimmt, dass Ghule in der Lage sind, jedwede Gestalt anzunehmen ...«

»Ja?«

»... dann könntest auch du einer von ihnen sein, oder nicht?« Balbok hob drohend die Axt. »Immerhin hat es schon einer geschafft, mich zu täuschen. Und dich auch.«

»Was soll denn dieser Blödsinn jetzt?«, platzte es aus Rammar heraus. »Du elender, dämlicher Narr! Erkennst du deinen eigenen Bruder nicht mehr, du *umbal*?« Die Adern an seiner Stirn schwollen an, seine Nüstern blähten sich. »Muss ich dir erst den Schädel einschlagen, um dir zu beweisen, wer ich bin?«

»Nein«, entgegnete Balbok grinsend und ließ die Axt sinken, »das musst du nicht. Jetzt weiß ich, dass du der echte Rammar bist.«

»So? Und woher willst du das so plötzlich wissen?«

»Weil du mit mir schimpfst. Der andere Rammar hat sich ziemlich seltsam benommen. Er war viel zu freundlich und zu nett, als dass du es hättest sein können, denn du bist immer nur widerwärtig und schlecht gelaunt.«

»So, so ...« Rammar fletschte geschmeichelt die gelben Zähne. Für einen Ork gab es kaum ein größeres Kompliment, als von jemandem als übellaunig und böse bezeichnet zu werden.

Balbok lud sich den Tornister auf den Rücken, und nachdem er Ruraks Feldzeichen aufgehoben und notdürftig vom Morast gereinigt hatte, war er zum Abmarsch bereit.

»Nur eins noch«, meinte er, als Rammar schon gehen wollte.

»Was denn?«

»Du sagtest, der Ghul, mit dem du es zu tun hattest, hätte ausgesehen wie ich ...«

»Ja, und?«

»Wie hast du erkannt, dass du es mit einem falschen Balbok zu tun hattest?«

Rammars Grinsen war wölfisch. »Wer sagt, dass ich das gewusst habe?«, erwiderte er genüsslich. »Dieser Kerl sah aus wie du und ging mir schon allein deswegen auf die Nerven – also hab ich ihn erschlagen ...«

Langeweile.

Dies war das Wort, das Alannahs Zustand am treffendsten beschrieb.

Eingesperrt zwischen steinernen Mauern, gefangen im ewigen Eis, schienen ihre Tage endlos zu sein, erfüllt von Ritualen, die ihren Sinn vor langer Zeit verloren hatten.

Zeit ...

An diesem Ort am Ende der Welt bedeutete sie nichts; sie rann so zäh dahin wie das Blut in Alannahs Körper.

Bisweilen, wenn sie erwachte, hatte sie das Gefühl, ihr Herz hätte bereits aufgehört zu schlagen. Sie stellte sich dann vor, dass ihr Leben zu Ende wäre, dass sie die Fahrt nach den Ewigen Gestaden angetreten hätte und jenseits der Nebel der sterblichen Welt immerwährende Freude und Zerstreuung auf sie warteten.

Die Sache war nur – Alannah würde so bald nicht sterben. Sie war eine Elfe. Und sie war dazu verdammt, die immergleiche Routine zu vollziehen.

Tag für Tag.
Jahr für Jahr.
Jahrzehntelang.
Jahrhundertelang …

Es hatte eine Zeit gegen, da hatte Alannah sich glücklich geschätzt, zur Kaste Shakaras zu gehören und die eine zu sein, die auserwählt war, das Geheimnis in die Zukunft zu tragen. Nach der Zeitrechnung der Sterblichen war dies vor mehr als dreihundert Jahren gewesen – dreihundert Jahre, in denen Alannah kaum etwas anderes getan hatte, als die alten Zeremonien und Rituale durchzuführen und die Erinnerung zu wahren.

Aber wofür?

Und für wen?

Je mehr Alannah darüber nachdachte, desto schwieriger wurde es, Antworten auf diese Fragen zu finden. Zu Beginn ihrer Zeit im Tempel war sie überzeugt gewesen, eine wichtige Aufgabe zu erfüllen zum Wohle der Völker von *amber*, wie die Elfen Erdwelt nennen.

Aber schon nach den ersten hundert Jahren waren ihr Zweifel gekommen. Hatte das, was sie hier tat, tatsächlich einen Sinn? Die Prophezeiung, die vor vielen Zeitaltern gegeben worden war, hatte sich nicht erfüllt. Dabei sehnte sich Alannah so sehr danach, jenem zu begegnen, in dessen Person sich die Weissagung erfüllen sollte.

Sie hatte die Tage damit verbracht, am Fenster zu stehen und hinauszublicken auf das ewige Eis, so wie sie es gerade tat, in diesem Augenblick. Aber der Unterschied zu damals bestand darin, dass sie inzwischen nicht mehr daran glaubte, dass sich die Prophezeiung je erfüllte und die Weiße Wüste jenen hervorbrachte, der die Völker *ambers* vereinen und ein neues Zeitalter einleiten würde.

Niemand sprach es aus, aber Alannah war nicht die Einzige, die den Glauben verloren hatte. Früher hatte der Hohe Rat der Elfen jeden Monat eine Abordnung nach Norden geschickt, um den Stand der Dinge zu erfragen. In den letzten Jahrzehnten jedoch waren die Abstände, in denen die Gesandten zum Tempel kamen, immer größer geworden, und es war klar, was das bedeutete: Selbst die Ältesten rechneten nicht mehr damit, dass sich die Prophezeiung noch erfüllte. Sie hatten ihren Blick nach Süden gerichtet, auf die See, wo sie jenseits von Wellenbergen und Wogentälern die Fernen Gestade wussten. Dort lagen Sinn und Zuversicht, während die Welt der Sterblichen immer mehr im Chaos versank. Das Volk der Elfen spürte, dass seine Zeit zu Ende ging, und jeder von ihnen bereitete sich auf die letzte Reise vor. Zahlreiche Schiffe hatten den Hafen von Tirgas Dun bereits verlassen und die Überfahrt angetreten, um die Elfen dorthin zurückzubringen, wo einst alles begonnen hatte.

Auch Alannah fühlte tief in ihrem Inneren den Drang, *amber* zu verlassen. Aber anders als die übrigen ihres Volkes war sie dazu verdammt, auszuharren und auf die Erfüllung einer falschen Weissagung zu warten.

Sie wandte sich vom Fenster ab, als ihre Dienerin das Gemach betrat, das Haupt ehrerbietig gesenkt wie an jedem dieser unendlich vielen Tage.

»Herrin«, sagte sie leise, »es ist so weit. Die Priester erwarten Euch.«

»Natürlich.« Alannah seufzte resigniert. »Die Hohepriesterin des Tempels von Shakara muss bei der Zeremonie dabei sein. Wie jeden Tag.«

Die Dienerin hob den Kopf und schaute ihre Herrin voller Sorge an. »Ist etwas nicht in Ordnung, Herrin?«, erkundigte sie sich. »Ist Euch nicht wohl?«

»Es ist nichts«, erwiderte Alannah mit mattem Lächeln. »Es geht mir ausgezeichnet.«

In ihren Gedanken aber war es wieder, das hässliche Wort, das ihren Zustand so treffend beschrieb.

Langeweile ...

7.
FEUSACHG'HAI ANN IODASHU

Am sechsten Tag ihres Marsches durch die Sümpfe erreichten Rammar und Balbok den Nordwall.

Schon am Morgen waren die majestätischen Berge als schemenhafte Umrisse jenseits der Nebelwand zu erkennen, und es sah so aus, als müssten die beiden Orks nur noch wenige Meilen zurücklegen, um sie zu erreichen. Aber es dauerte noch den ganzen Tag, bis der weiche Morast kargem Fels wich und sich der Nebel endlich lichtete. Im Sumpf hatte es noch dürre karge Bäume und vereinzelte Grasbüschel gegeben, doch hier wuchs gar nichts mehr. Der Nordwall stellte die Grenze zwischen der südlichen und der nördlichen Region von Erdwelt dar. Jenseits davon erstreckte sich die Weiße Wüste, dort gab es nur noch Schnee und Eis, und auch auf dieser Seite der Berge war die Kälte bereits deutlich zu spüren.

Aber es war nicht nur die Nähe des Eises, die die beiden Orks erschaudern ließ. Schweigend blickten sie an der grauen Felswand empor, die fast senkrecht vor ihnen aufragte und sich hoch über ihren Köpfen im Dunst verlor. Der Nordwall trug seinen Namen nicht von ungefähr.

»Bei Kuruls Flamme!«, stöhnte Balbok. »Wie sollen wir da jemals rüberkommen? Gibt es einen Pfad auf die andere Seite?«

»Sicher gibt es den«, knurrte Rammar verdrießlich, »aber ich habe keine Ahnung, wo wir den finden, und es erscheint mir völlig aussichtslos, danach zu suchen. Es wäre besser gewesen, der Zauberer hätte uns eine Landkarte mitgegeben statt der verdammten Standarte. Es bleibt uns wohl nichts anderes übrig, als umzukehren.«

»Umkehren?« Balbok schaute seinen Bruder voller Unglauben an. »Aber das würde bedeuten, Girgas' Haupt nicht zu bekommen. Und Girgas' Haupt nicht zu bekommen, heißt, dass wir uns im *bolboug* nicht mehr sehen lassen können.«

»Gratuliere, du hast es kapiert!« Rammar nickte grimmig.

»Aber das – das will ich nicht. Ich will den Auftrag des Zauberers erfüllen, damit er uns Girgas' Kopf zurückgibt und wir wieder nach Hause können. Und wenn es dafür nötig ist, über diesen schroffen Berg zu klettern, dann ...« – Balbok blickte an der steilen Felswand empor, bevor er weitersprach – »... dann werde ich es auch tun.«

»Du blödgesichtiger Schwachkopf!«, schnaubte Rammar. »Ich habe keine Lust, meinen Hals für nichts und wieder nichts zu riskieren.«

»Wie meinst du das?«

»Hast du dich nie gefragt, weshalb der Zauberer nicht einfach seine Gnomen nach Norden schickt, um ihm die Karte zu besorgen?«

»Ganz einfach«, entgegnete Balbok im Brustton der Überzeugung. »Weil wir Orks besser und tapferer sind, deshalb.«

»Unsinn! Der Kerl verarscht uns! Wir sollen für ihn die Kastanien aus dem Feuer holen, während er in seiner sicheren Festung sitzt und auf unsere Rückkehr wartet. Zu verlieren hat er nichts dabei. Wenn wir erfolgreich sind, bekommt er, was er haben will; wenn es uns erwischt, ist er auch nicht schlechter dran als jetzt. Die Einzigen, die hier etwas zu verlieren haben, sind wir – denn wer sagt dir, dass der Zauberer Wort hält, wenn wir ihm die Karte von Shakara übergeben?«

»Er hat es versprochen«, antwortete Balbok einfältig.

»Du weißt genau, dass man einem Versprechen nicht trauen darf. Dem eines Orks nicht, und erst recht nicht dem eines Menschen oder Zauberers. Seit wir Ruraks Festung verlassen haben, wären wir um ein Haar zu Tode gestürzt, von einer Riesenspinne gefressen, von den Sümpfen verschluckt worden und beinahe den Ghulen zum Opfer gefallen.«

»Und?«

»Ich will damit sagen, dass wir unser eigenes Todesurteil fällen, wenn wir weitergehen«, erklärte Rammar. »Bislang hatten wir Glück, aber dieses Glück kann ja nicht ewig anhalten.

Wenn wir uns jedoch vom Acker machen, können wir die Ostlande erreichen, ehe Graishak seine *faihok'hai* auf uns hetzt.«

»Du willst fliehen?« Balbok war fassungslos. »Einfach abhauen wie ein Feigling?«

»Ich will überleben«, drückte Rammar es freundlicher aus, »und der Osten bietet dafür die beste Möglichkeit. Die Menschen führen dort Krieg gegeneinander. Es heißt, in ihren Söldnerheeren findet jeder Aufnahme, der eine Waffe halten und kämpfen kann. Warum nicht auch zwei verstoßene Orks?«

»Ich weiß nicht ...«

»Da gibt es nichts zu überlegen«, gab sich Rammar überzeugt. »Wenn wir versuchen, den Nordwall zu überklettern, werden wir uns mit ziemlicher Sicherheit das Genick brechen. Und selbst, wenn wir weiterhin Glück haben und wohlbehalten auf die andere Seite gelangen, verlieren wir zu viel Zeit. Bis zum vollen Blutmond müssen wir im *bolboug* zurück sein. Schon die Kletterei über den Nordwall wird uns zehn Tage kosten, vom Marsch durch die Weiße Wüste ganz zu schweigen. Das reicht nicht. Der Weg durch die Sümpfe hat länger gedauert, als ich angenommen habe. Es ist völlig unmöglich, dass wir das *bolboug* noch rechtzeitig erreichen.«

»Aber – wir sollten es wenigstens versuchen ...«

»Wozu? Selbst wenn wir es über die Berge schaffen, auf der anderen Seite erwarten uns immer noch die Barbaren und die Weiße Wüste. Von den Elfen im Tempel von Shakara mal ganz abgesehen.«

»Das wird Graishak nicht gefallen«, meinte Balbok.

»Weißt du was? Es schert mich einen *shnorsh*, ob es Graishak gefällt oder nicht. Er ist es ja nicht, der hier draußen sein Leben riskiert. Wir sind es – aber ich habe dazu keine Lust mehr. Soll er sich Girgas' verdammten Schädel selber holen, wenn er ihm so wichtig ist. Ich mach da nicht mehr mit!«

Entschlossen wandte sich Rammar ab und wollte wutschnaubend davonstapfen. Da entdeckte Balbok etwas, das direkt vor seinen Füßen zwischen den Felsen lag. Es war ein kleiner Gegenstand aus Metall, der das Licht der untergehenden Sonne reflektierte. Verblüfft griff Balbok danach und nahm das kleine Ding in Augenschein – um daraufhin wieder Hoffnung zu schöpfen.

»Rammar?«, rief er seinem Bruder nach.

»Was ist?«

»Und wenn es eine Möglichkeit gäbe, den Pass zu finden und rasch über die Berge zu gelangen?«

»Dann ... na ja, dann sähe die Sache schon anders aus. Aber diese Möglichkeit gibt es nun mal nicht.«

»Bist du sicher?« Balbok hielt den Gegenstand hoch, sodass er erneut im Dämmerlicht blitzte.

»Was hast du da?« Rammar kam zurück und riss ihm das Ding aus der Hand. Es war eine kleine silberne Schnalle, die mit Ziselierungen verziert war. »Bei Kuruls Flamme!«, stieß Rammar hervor. »Das eitle Zwergenvolk pflegt so etwas an den Stiefeln zu tragen.«

»Sieht aus, als wäre das Ding frisch poliert«, meinte Balbok. »Lange kann es hier noch nicht liegen.«

»*Shnorsh!*« Rammar spie aus. »Das bedeutet, dass Zwerge in der Nähe sind. Diese elenden Orkhasser haben uns gerade noch gefehlt. Ein Grund mehr, rasch von hier zu verschwinden!«

»Aber die Zwerge kennen vielleicht den Weg über die Berge«, gab Balbok zu bedenken.

»Und? Willst du zu ihnen gehen und sie nach dem Weg fragen?«

»Das nicht. Aber wir könnten ihnen folgen. Vielleicht führen sie uns zum Pass.«

»Vielleicht, vielleicht auch nicht!«, schnappte Rammar. Es stimmte schon, die Zwerge kannten sich in den Bergen aus wie in ihren Rocktaschen. Andererseits versetzte Rammar der Gedanke, möglicherweise nähere Bekanntschaft mit einer Zwergenaxt zu machen, nicht gerade in Begeisterung. »Ich werde meinen *asar* nicht riskieren«, schnauzte er, »nur weil du mal wieder den Helden spielen wi...«

Er wurde mitten im Wort von seinem Bruder unterbrochen. »Dort!«, rief Balbok und deutete nach Nordosten, wo unterhalb der drohend aufragenden Berghänge auf einmal orangegelbe Lichter aufgeflammt waren.

Lagerfeuer …

»Das müssen die Bartträger sein«, vermutete Rammar. »Nur Zwerge sind so dumm, in einer solchen Gegend ein Feuer zu entfachen, das weit und breit zu sehen ist.«

»Haben sie denn keine Angst, Feinde anzulocken?«

»Sicher, aber ihre Furcht vor der Dunkelheit ist noch größer.« Rammar grinste schief. »Schon seltsam – obwohl sich die Zwerge seit Jahrtausenden durch Gestein und Erdreich wühlen und in den Bergen nach Schätzen graben, können sie die Dunkelheit nicht ertragen. Deshalb führen sie in ihren Tunneln auch stets *Laternen* mit sich.« Rammar benutzte das Wort »Laternen« aus der Sprache der Menschen, denn in der Sprache der Orks gibt es keine Entsprechung dafür.

»*Laternen?*« Balbok schaute ihn erstaunt und reichlich verwirrt an. »Du meinst, die Zwerge gehen nicht einfach in den Wald, um zu …«

Rammar unterbrach ihn unwirsch. »*Umbal!* Ich spreche nicht von einer *Latrine*, sondern von einer *Laterne* – so einem Glasding mit einer Kerze drin.«

»So was gibt es?« Balbok war beeindruckt.

Rammar nickte. »Eine Erfindung für verlauste *bog-uchg'hai*, die zu dämlich sind, eine Fackel zu halten. Du solltest deine Kenntnisse der Menschensprache ein wenig auffrischen, Bruder. Es kann nie schaden, wenn man versteht, was die Hutzelbärte und die Milchnasen* miteinander bequatschen. Wie gut, dass du mich dabei hast, denn mein Menschisch ist ausgezeichnet.«

»Und?«, fragte Balbok. »Was werden wir nun tun?«

Rammar überlegte. Natürlich konnten sie alles stehen und liegen lassen und nach Osten fliehen. Aber zum einen wäre dann alles, was sie bislang hinter sich gebracht hatten, umsonst gewesen, und zum anderen war die Aussicht, als Söldner in die Dienste der Menschen zu treten, auch nicht gerade sehr verlockend. Auch wenn Rammar es nicht gern zugab, es sprach einiges für Balboks Plan, die Zwerge auszuspionieren. Immerhin

---

* wenig schmeichelhafte Ork-Bezeichnungen für Zwerge und Menschen

wussten sie nun auf Grund des Feuerscheins, wo sich das Lager des Feindes befand, und wenn sie warteten, bis die Nacht hereingebrochen war, konnten sie sich ihm ohne größere Gefahr nähern …

»Also gut«, erklärte sich Rammar nach einigem Zögern einverstanden. »Wir schleichen uns an und versuchen herauszufinden, was die Hutzelbärte vorhaben. Wenn sie über die Berge wollen, folgen wir ihnen heimlich.«

»Wir machen es also so, wie ich es vorgeschlagen habe?« Balboks Freude kannte keine Grenzen.

»Von wegen!«, blaffte Rammar. »Bilde dir nur nichts ein. Wenn diese Zwerge in eine andere Richtung gehen oder wir Gefahr laufen, von ihnen entdeckt zu werden, dann ist dein dämlicher Plan gescheitert und wir tun, was ich sage. Geht das in deinen Schädel?«

»Ja, Rammar.«

»Dann werden wir uns jetzt hinsetzen und warten. Sobald es dunkel ist, pirschen wir uns an die Bärtigen heran.«

Dem war nichts hinzuzufügen. Wo er gerade stand, ließ Balbok sich nieder, froh darüber, den Tornister und die schwere Standarte ablegen zu können. Sein Magen knurrte, aber er wagte es nicht, darüber ein Wort verlauten zu lassen, weil ihm Rammar sonst wieder vorgehalten hätte, dass er zu wenig *baish* eingepackt hätte. Insgeheim wunderte sich Balbok ohnehin darüber, dass Rammar nicht mit ihm schimpfte, weil er doch selbst Hunger haben musste. Aber er hütete sich, ihn darauf anzusprechen. Eine alte Ork-Weisheit besagt, dass man einen schlafenden Troll besser nicht weckt.

Wegen der hohen Gipfel der Berge, die im Westen den Nordwall mit den Ausläufern des Schwarzgebirges verbanden, dauerte es nicht lange, bis die Sonne untergegangen war. Glutrote Dämmerung setzte die Wolken in Brand, dann verschmolzen die länger werdenden Schatten mit der einbrechenden Nacht.

Als es finster war, brachen sie auf. Da auch die Kälte zugenommen hatte, warfen sie sich die wollenen Umhänge über, deren schmutzig graue Farbe sie mit dem dunklen Fels verschmelzen ließ. Von den nahen Sümpfen zog außerdem Nebel heran, der die Orks vollends unsichtbar machte.

Probleme, sich zu orientieren, hatten sie nicht; die Lagerfeuer, die inmitten des Nebels als verschwommene Lichtinseln auszumachen waren, wiesen ihnen den Weg, und schließlich konnten sie auch Stimmen hören: An einem der Lagerfeuer wurde eine Unterhaltung geführt – nicht in der Sprache der Zwerge, die weder Rammar noch Balbok verstand, sondern in der der Ostmenschen, die fast jeder Ork noch leidlich beherrscht, da sie und die Menschen im letzten Krieg Seite an Seite gekämpft haben.

Je mehr sich die Orks dem feindlichen Lager näherten, desto vorsichtiger wurden sie. Hinter einem Felsbrocken ließ Balbok das Gepäck und die Standarte zurück, und sie pirschten sich weiter an; zunächst auf allen vieren, dann, als sie den Lichtkreis der Feuer erreichten, auf dem Bauch. Lautlos wie Schlangen krochen sie über den kalten Boden, dann konnten sie Fetzen der Unterhaltung aufschnappen, die drüben am Feuer geführt wurde.

»... müsst euch vorsehen. Wenn die Spitzohren euch erwischen, werden sie euch alle hinrichten. Nicht, dass es mir etwas ausmachen würde, aber dann ist die gesamte Ladung verloren, und das kann ich mir nicht leisten.«

»Sei unbesorgt«, sagte eine andere, tiefere Stimme, die mit Zwergenakzent sprach. »Wir wissen, wie man die Wachen auf dem Nordwall umgehen kann. Die Ware wird pünktlich geliefert, darauf kannst du dich verlassen.«

»Das hoffe ich sehr – in deinem Interesse. Die Barbaren erwarten ihre Lieferung in drei Tagen. Wie du und deine Mannen es in dieser Zeit schaffen wollt, über die Berge zu gelangen, ist mir allerdings ein Rätsel.«

»Überlass das uns. Mein Volk kennt Wege, von denen dein Volk noch nicht einmal etwas ahnt. Wir können es locker in zwei Tagen schaffen ...«

Es waren ein Zwerg und ein Mensch, die an einem der Feuer saßen und sich so laut unterhielten, als hockten sie in einer Taverne vor dem wärmenden Kamin. Wie hätten sie auch ahnen können, dass zwei Orks nur einen Steinwurf entfernt lauerten und jedes Wort mitanhörten?

Die übrigen Kerle, die an den Feuern kauerten, waren allesamt Zwerge, abgerissen aussehende Gestalten mit verwilderten Bärten und in rostigen Kettenhemden. Sie hatten Fässer neben den Feuern aufgestellt und sie aufgebrochen. Mit Bechern aus verbeultem Blech schöpften sie daraus Bier, um sich schweigend zu besaufen, während sie trübsinnig in die Flammen starrten, wohl in der Erinnerung an bessere Zeiten.

Der Zwerg, der die Unterhaltung mit der Milchnase führte, schien ihr Anführer zu sein; er war ein wenig größer und kräftiger gebaut als die anderen, und sein verbeulter Helm und die Schrammen an der Brünne verrieten, dass er schon einige wilde Kämpfe bestanden hatte. Die mächtige Axt, die der Zwerg bei sich hatte, gefiel Rammar nicht. Der abgewetzte Griff und das schartige Axtblatt mit den vielen Kerben ließen darauf schließen, dass sie schon manchen Ork um einen Kopf kürzer gemacht hatte.

Der Mensch, mit dem der Zwerg sprach, war groß und weißhäutig und hatte langes blondes Haar. Ein typischer Abkömmling der Ostlande. Seiner Kleidung nach war er ziemlich wohlhabend – ein Kaufmann aus einer der Grenzstädte vielleicht. Und es war offensichtlich, dass er und die Zwerge ein krummes Geschäft laufen hatten ...

Mit einem Nicken bedeutete Rammar seinem Bruder, sich wieder zurückzuziehen. Fürs Erste hatten sie genug gehört. Bäuchlings über den Boden kriechend, zogen sie sich hinter den Felsen zurück, wo Balbok das Gepäck abgelegt hatte.

»Hast du gehört, über was sich die beiden unterhalten haben?«, flüsterte Rammar atemlos.

»Ja.« Balbok nickte. »Aber ich habe nichts verstanden.«

»Wieder mal typisch für dich. Ist doch klar, dass diese Zwerge Schmuggler sind.«

»Schmuggler? So was gibt es?«

»Allerdings. Unter diesen bärtigen Kerlen gibt es viele Schmugglerbanden.«

»Aber ich dachte, Hutzelbärte wären Schmiede, Schatzsucher, Bergleute und ...«

»Das war einmal.« Balbok grinste hämisch. »Was an Schätzen zu holen war, das haben diese raffgierigen kleinen Kerlchen aus der Erde gebuddelt, sodass sich auch der Bergbau nicht mehr für sie lohnt. Und seit die Elfen immer weniger werden, gibt es auch niemanden mehr, der ihnen die übertuerten Waffen aus ihren Schmieden abkauft. Wer sich da über Wasser halten will, muss nach neuen Einnahmequellen Ausschau halten, und da die Zwerge schon immer ein geschäftstüchtiges Völkchen waren, haben sie den Schmuggel für sich entdeckt.«

»Verstehe. Und was schmuggeln die hier?«

»Was weiß ich? Waffen wahrscheinlich, vielleicht auch verbotenes Pfeifenkraut. Jedenfalls dürfen die Elfen davon nichts wissen. Offenbar soll es zu den Barbarenstämmen jenseits des Nordwalls gebracht werden.«

Balbok war begeistert. »Das ist unsere Richtung.«

»So ist es. Und wenn der Hutzelbart den Mund nicht zu voll genommen hat, wird die Reise nur ein, zwei Tage dauern.« Rammar zeigte seine gelben Zähne in einem listigen Grinsen. »Die kleinen Kerle wühlen sich seit Anbeginn der Zeit durch Fels und Stein. Wahrscheinlich führt einer ihrer geheimen Stollen auf die andere Seite des Gebirges.«

»Meinst du?«

»Es ist die einzige Erklärung.«

»Warum benutzen wir diesen Stollen dann nicht einfach auch?«, schlug Balbok mit einfältigem Zähnefletschen vor. »Wenn wir den Nordwall in zwei Tagen überwinden, können wir es noch bis zum vollen Blutmond schaffen.«

»Dazu müssten wir wissen, wo sich der Eingang zu diesem Tunnel befindet.«

»Das ist nicht schwer. Wir folgen einfach den Zwergen, dann werden sie uns geradewegs hinführen.«

»Blödhirn.« Rammar verdrehte die Augen. »Glaubst du wirklich, es wäre so einfach? Zwerge pflegen ihre Geheimgänge sorgfältig zu verschließen. Ohne den entsprechenden Schlüssel gelangt man nicht hinein.«

»Dann müssen wir eben mit den Zwergen zusammen durch den Tunnel gehen.«

»Das ist die dämlichste Idee, die ich seit langem von dir gehört habe«, schnaubte Rammar. »Wie stellst du dir das vor? Soll ich dir deine Hammelbeine kürzen, dir die Visage polieren und dir ein Trollfell vors Gesicht binden, damit du wie ein Zwerg aussiehst?«

»Ich denke, ich habe eine bessere Idee«, meinte Balbok und bedeutete seinem Bruder, ihm zu folgen.

Rammar verdrehte erneut die Augen und fragte sich, was für eine Schnapsidee seinem Bruder schon wieder durch den Hohlkopf ging. Ein wenig neugierig war er dennoch, deshalb folgte er Balbok, als sich dieser in Bewegung setzte.

Einer der Zwerge erhob plötzlich die Stimme und begann eines der alten Zwergenlieder zu singen, die von den glorreichen Tagen seines Volkes erzählten. Die anderen Zwerge stimmten mit ein, und dann sangen Dutzende rauer Kehlen, dass es von den Felswänden widerhallte. Rammar und Balbok schmerzte es in den Ohren.

Sie schlichen vorsichtig weiter, und schließlich deutete Balbok zum Rand des Lagers. Dort standen mehrere Ochsenkarren, außerhalb des Feuerscheins, sodass Rammar sie vorhin im Nebel nicht bemerkt hatte. Die Karren waren mit Fässern und Kisten beladen, die die Schmuggelware enthielten – und einige dieser Fässer und Kisten waren auch groß genug, um einen ausgewachsenen Ork aufzunehmen.

»Bist du so verrückt, wie ich denke?«, fragte Rammar seinen Bruder zweifelnd.

Balbok grinste nur.

Im Morgengrauen des neuen Tages waren sie aufgebrochen.

Orthmar von Bruchstein, des Orthwins Sohn, war froh darüber. Er mochte die Nähe der Sümpfe nicht, und er hasste es geradezu, sich unter freiem Himmel aufzuhalten. Die feuchte, modrige Luft, die von Süden heranzog und sich als zäher Nebel an den Hängen des Nordwalls festkrallte, machte ihn nervös, und die grauen Wolken, von denen man nie wusste, wann sie sich das nächste Mal mit Blitz und Donner entluden, behagten Orthmar noch weit weniger. Wie froh war er, nun tief unter der Erde zu sein, in dem alten Stollen, der unter dem Gebirge hindurchführte, auf die andere Seite des Nordwalls.

Der Name des Zwergenkönigs, unter dessen Herrschaft der Tunnel vor vielen Jahrhunderten angelegt worden war, noch vor den Tagen des Ersten Krieges, war längst vergessen, aber die technische Finesse, mit der man den Stollen in den Fels getrieben hatte, ließ darauf schließen, dass Meister ihres Fachs am Werk gewesen waren. Zunächst führte der Tunnel steil bergab, immer tiefer in die Erde, wo es weder Licht noch Schatten gab und wo einst Furcht erregende Kreaturen gehaust haben sollten.

Orthmar erinnerte sich an die Schauergeschichten, die man Zwergenkindern erzählte, um sie zu ängstigen – von Riesen, Drachen und anderen Ungeheuern, die einst in den Tiefen von Erdwelt gelebt und den Zwergen ihre Schätze streitig gemacht hatten. Schätze – das Wort klang bitter in Orthmars Ohren.

In seiner Jugend hatte er davon geträumt, eines Tages ein großer und wohlhabender Waffenschmied zu werden, genau wie sein Vater und dessen Vater vor ihm. Ein Zwergenschmied der alten Schule, der selbst in die Tiefen der Berge stieg, um ihnen Silber und Erz zu entreißen und prächtige Schwerter und mächtige Äxte daraus zu fertigen.

Aber dieser Traum war geplatzt wie so viele andere, die Orthmar in seinem Leben geträumt hatte. In der altehrwürdigen Schule von Anuil, wo schon sein Vater und dessen Vater in die Lehre gegangen waren, hatte er das Handwerk des Schmieds erlernt. Doch wofür?

Orthmar schnaubte verbittert, während er durch den Stollen schritt, die Laterne in der einen, die Axt in der anderen Hand. Hinter sich hörte er das Stampfen der Ochsen und das Ächzen der Karren, die mit Muril Ganzwars Waren beladen waren – noch etwas, das Orthmar ganz und gar nicht gefiel.

Ganzwar war ein Mensch durch und durch, ein typischer Vertreter seiner Rasse, eingebildet und ruchlos. Aber er zahlte gut, und so hatte es sich Orthmar nicht leisten können, ihn abzuweisen, als Ganzwar ihm seinen ersten Auftrag erteilt hatte.

Orthmar erinnerte sich noch genau daran. Es war kurz nach seiner Entlassung aus der Schule von Anuil gewesen, nachdem man bekannt gegeben hatte, dass längst nicht alle Schüler, denen man die Schmiedekunst beigebracht hatte, in der Schmiede gebraucht wurden. Weit im Osten hatten die Menschen große Erzvorkommen entdeckt, die sie ausbeuteten, um ihre eigenen Waffen zu schmieden – wertlose Nachahmungen, die es an Qualität und Schärfe nicht mit den Klingen der Zwerge aufnehmen konnten. Aber wen interessierte das schon? Ein Schwert war ein Schwert. Woher es kam, danach fragte niemand in diesen unruhigen Zeiten, und wenn es nicht so scharf und prächtig war wie eine Zwergenklinge, so glich ein niedriger Preis diesen Mangel mehr als aus. Ganze Armeen mussten mit Waffen ausgerüstet werden, da war der Preis wichtiger als die Qualität einer Waffe und die Anmut, mit der sie durch Fleisch und Knochen schnitt.

Also war Orthmar nichts anderes übrig geblieben, als mit der Familientradition zu brechen und einen anderen Beruf zu ergreifen als den des Schmieds. Einige Monate lang verdingte er sich als Söldner in einem der Ostheere, ehe er die Bekanntschaft von Muril Ganzwar machte. Der Kaufmann aus der Grenzstadt Sundaril bot ihm an, für ihn zu arbeiten: Einige Fässer mit Elfennektar, die auf dubiose Weise in Ganzwars Besitz gelangt waren, sollten über das Scharfgebirge nach Osten gebracht werden – natürlich ohne die Aufmerksamkeit der Elfen zu erregen. In seiner Not willigte Orthmar von Bruchstein ein, und indem er seine Kenntnisse um die geheimen Gänge und Stollen seines Volkes nutzte, erledigte er den Auftrag und wurde gut dafür bezahlt – besser als ein Söldner und beinahe so gut wie ein Waffenschmied.

Seither betätigte sich Orthmar als Schmuggler, nicht nur für Ganzwar, sondern für jeden, der bereit war, für seine Dienste den entsprechenden Preis zu zahlen. Und die Geschäfte liefen gut. In Zeiten wie diesen, in denen jeder nur an sich selbst dachte, in denen blutige Kämpfe an der Tagesordnung waren und die Welt im Begriff war, sich aufzulösen, schienen die Menschen besonderen Bedarf an geschmuggelten Waren zu haben, seien es nun Elfentränke aus dem Süden, Schwarzer Lotus aus dem Osten oder Waffen, mit denen sie sich gegenseitig oder andere Völker massakrieren konnten. Einst hatten die Elfen mit Argusaugen darüber gewacht, dass niemand Geschäfte mit verbotenen Waren betrieb, hatten Zölle erhoben und die Grenzen kontrolliert. Aber seit sie das Interesse an der Welt verloren hatten, machten die restlichen Völker, was sie wollten – und das war gut für Orthmars Geschäft.

Skrupel hatte der Zwerg längst nicht mehr. Er war bei weitem nicht der einzige Abkömmling seines Volkes, der sich durch Schmuggel seinen Lebensunterhalt verdiente. Tat er es nicht, machte es ein anderer. Wenn Menschen, Orks, Zwerge und Gnomen einander an die Gurgel gingen und sich gegenseitig die Schädel einschlugen, so war das nicht Orthmars Schuld. Er war nur schlau genug, daraus Profit zu schlagen. Allein im letzten Monat hatte er mehr verdient als im gesamten Vorjahr. Wenn es so weiterging, würde er dem Schmugglerdasein schon bald Lebewohl sagen und sich zurückziehen können. Vorausgesetzt, er blieb weiterhin wachsam und vorsichtig …

Plötzlich wurde der Anführer der Schmugglerkarawane aus seinen Gedanken gerissen. Abrupt blieb er stehen, blickte sich um, die Axt in seiner rechten Hand halb erhoben. Der Zug der Ochsenkarren kam augenblicklich zum Stehen.

»Was ist, Orthmar?«, erkundigte sich Thalin, sein Stellvertreter und Vertrauter (soweit ein Schmuggler Letzteres haben konnte).

»Ich weiß nicht.« Orthmar spuckte den Kautabak aus; dass die Hälfte davon an seinem rotblonden Bart hängen blieb, kümmerte ihn nicht. »Für einen Augenblick war mir, als würde ich etwas riechen.«

»Was denn?«

»Moder. Fäulnis.« Orthmars Augen blitzten. »Ich hatte den Gestank von Orks in der Nase.«

»Orks?« Allein die Erwähnung der Erzfeinde aller Zwerge genügte, um Thalin zu seinem Kurzschwert greifen zu lassen. »Wo sind sie?«

»Wenn ich das wüsste.« Orthmar hob die Laterne und

leuchtete damit den Stollen hinab. »Hier drin können sie nicht sein, sonst hätten wir sie längst bemerkt.«

»Wahrscheinlich hast du dich geirrt«, meinte Thalin bedächtig. »Du bist müde und erschöpft, Orthmar, so wie wir alle. Der lange Marsch den Eisfluss herauf hat dich geschwächt.«

»Vielleicht.« Orthmar nickte. »Obwohl ich mir für einen Augenblick ganz sicher war ...«

Noch einmal ließ er seinen Blick argwöhnisch über die Ochsenkarren schweifen, die mit Waffen für das Nordvolk voll beladen waren. Dann gab er Zeichen, den Marsch fortzusetzen. Die Peitschen der Treiber knallten, die Ochsen stemmten sich in die Geschirre, und die schweren Gefährte rollten wieder an. Orthmar von Bruchstein rümpfte die Knollennase, während die Karren an ihm vorbeirumpelten, aber diesmal konnte er nichts Verdächtiges mehr riechen. Alles, was seine empfindliche Nase wahrnahm, war der Gestank von Ochsendung und der herbe, saure Geruch der Tiefe.

Kopfschüttelnd setzte sich der Anführer der Schmuggler wieder an die Spitze des Zuges und schritt kräftig aus. Den Nordwall in nur zwei Tagen zu durchqueren, war schwierig, aber durchaus zu schaffen, wenn sie Tag und Nacht durchmarschierten. Hier unten spielte es keine Rolle, ob es draußen hell war oder dunkel, ob die Sonne schien oder der Mond am Himmel stand. Wenn sie immer einen Fuß vor den anderen setzten, würden die Zwerge das Gebirge in nur zwei Tagen durchqueren und am Morgen des dritten Tages die Weiße Wüste erreichen.

Bis dahin gab es keine Rast; Orthmars Leute waren es gewohnt zu marschieren, ihre kurzen Beine trugen sie auch im Schlaf, wenn es sein musste. Alles in allem waren es dreiundzwanzig Mann, die zu seiner Bande gehörten – Zwerge wie Orthmar, die nichts mehr zu verlieren hatten. Krieger waren darunter, aber auch ehemalige Steinmetze, Schmiede und Baumeister. Das Zwergenreich war im Niedergang begriffen, ihre Dienste wurden nicht mehr benötigt, und Gold und Silber gab es in den Bergen kaum noch zu finden. Also taten sie das, wozu ihr gesunder Zwergenverstand ihnen riet: Sie schlugen Kapital aus dem Chaos, das allenthalben um sich griff. Daran, was ihre Ahnen aus der glorreichen Zeit von ihren Treiben halten mochten, daran wollte keiner der Schmuggler denken.

Schweigend setzten sie ihren Marsch durch den Tunnel fort, der vor undenklich langer Zeit in den Berg geschlagen worden war; damals war die Welt noch jung gewesen und die Taten groß. Unbeirrt schritten sie weiter und weiter und trieben die Ochsen zur Eile an. Als die Tiere erste Ermüdungserscheinungen zeigten, gönnte Orthmar ihnen nicht mehr als eine kurze Rast und etwas Heu. Danach ging es weiter, ungeachtet der Tageszeit, immer weiter hinein in die Tiefen der Welt.

Wie immer, wenn Zwerge einsame Stollen durchwandern, sangen sie dabei Lieder – dunkle Stimmen, die monoton in ihre Bärte murmelten und von alten Königen und Helden berichteten. Orthmar kam es vor wie bitterer Hohn, aber er ließ seine Männer gewähren. Mit dem Gesang pflegten die Zwerge von jeher ihre Furcht vor der Dunkelheit und der Tiefe zu vertreiben, und hin und wieder ertappte sich Orthmar dabei, dass er in die eine oder andere Strophe einfiel – wie beim Lied von Gruthin dem Verdammten, der in seiner Gier zu tief gegraben hatte und einem Ork begegnet war.

In tiefsten Berges Tiefen steigt
Gruthin, Sohn des Gruthian,
voller Mut und voller Gier,
Gold hat es ihm angetan.

Und wie er gräbt und immer schürft
Geschmeide, Silber und auch Gold,
da merkt er nicht, wie leise schlurft
heran der finstere Unhold.

Schon hat der Ork die Axt erhoben,
Gruthin sich nicht umwendet.
Er ahnt nicht, dass sein Ende naht,
das Gold hat ihn geblendet.

Erst als des Unholds Waffe zuckt,
hat Gruthin ihn erkannt.
Geseh'n hat er sein Spiegelbild
in einem Diamant.

Gruthin noch zur Waffe greift,
indes er kann nichts tun.
Die Orkaxt ihm den Schädel spaltet.
Das hat er nun davon.

Gespalt'nen Hauptes sinkt er nieder,
und statt gefallener Helden Chor
ist das Letzte, was er hört,
des Orks Gelächter in seinem Ohr.

Darum lernt, ihr Zwergensöhne,
aus Gruthins traur'ger Kunde:
Seid wachsam, wenn ihr geht allein
im Berg zu dunkler Stunde.

Der Text des Liedes brachte Orthmar dazu, sich einmal mehr wachsam im Stollen umzublicken, und er schickte auch Thalin als Späher voraus. Als dieser zurückkam und nichts Verdächtiges entdeckt hatte, ließ der Anführer der Schmuggler die Karawane weitermarschieren, während der Stollen von den dumpfen Gesängen widerhallte.

So ging es die Nacht hindurch, den darauf folgenden Tag und die nächste Nacht. Hin und wieder ließ Orthmar die Ochsen ausschirren, um ihnen ein wenig Ruhe zu gönnen, während die Karren unterdessen von seinen Leuten gezogen wurden; mit einer Zähigkeit, wie sie nur Zwergen zu eigen ist, arbeitete sich der Trupp der Schmuggler durch den Berg, gönnte sich weder eine längere Rast noch Schlaf – und als am Morgen des dritten Tages endlich der Ausgang am Ende des Stollens auftauchte, war die Erleichterung entsprechend groß.

Den Jubel, der unter den Zwergen ausbrechen wollte, erstickt Orthmar jedoch im Keim; die oberste Überlebensregel für Schmuggler besagt, sich unauffällig zu verhalten. Solange sie nicht wussten, ob draußen, auf der anderen Seite des Berges, die Luft rein war, mussten sie Ruhe bewahren.

Es war nicht das erste Mal, das Orthmar und seine Leute die Nordtour bestritten; da man es hier mit Barbaren zu tun hatte, mit Menschen also, die noch weit unzivilisierter waren als jene, die die Ostreiche bevölkerten, war äußerste Vorsicht geboten. Leicht konnte es sein, dass die Abmachung, die die Wilden mit Ganzwar getroffen hatten, schlichtweg ignoriert wurde. Wäre dies der Fall, empfahl es sich für Orthmar und seine Leute, rasch Fersengeld zu geben. Mit Barbaren über Dinge wie Zahlungsmodalitäten zu feilschen, endete zumeist damit, dass jemandem der Schädel zerschmettert oder das Genick gebrochen wurde. Die Zwerge würden nur die Ware abliefern und sich dann rasch zurückziehen, das war alles.

Orthmar ließ die Karawane bis auf zwanzig Schritte an den Stollenausgang ziehen. Der war von einem großen Tor verschlossen, dessen Außenseite vom Fels des Berges nicht zu unterscheiden war. Zusammen mit Thalin zog Orthmar los, um die Lage zu erkunden, während sich der Rest der Bande die erste längere Rast seit zwei Tagen gönnte. Die beiden Zwerge öffneten die Pforte einen Spalt und schlüpften hinaus. Eisig kalte Luft schlug ihnen entgegen und machte ihnen vollends klar, dass sie es geschafft hatten; der Nordwall lag hinter ihnen, das Eisland breitete sich vor ihnen aus.

Im Schatten der schneebedeckten Hänge eilten die beiden Zwerge zur Mündung des Taleinschnitts, an dessen rückwärtigem Ende der Stollenausgang lag. Jenseits der schroffen Felsen breitete sich das blendende Weiß der Eiswüste aus, die sich von hier bis ans Ende der Welt erstreckte. Manche behaupten, dass die Weiße Wüste einst ein Meer war, das die Kälte erstarren ließ, andere sagen, der beißende Nordwind hätte die Landschaft an dieser Stelle so glatt gefegt. Auf jeden Fall war der Anblick der weiten, nur von vereinzelten Eisnadeln durchbrochenen Fläche, die am Horizont mit dem blassgrauen Himmel verschmolz, geradezu atemberaubend. Zeit, ihn zu genießen, hatten die Zwerge allerdings nicht, denn ein Stück unterhalb des Taleinschnitts, wo die Weiße Wüste auf den grauen Fels der Berge traf, wurden sie bereits erwartet.

Ein großer Eissegler hatte dort festgemacht, ein Gefährt mit langem schiffsähnlichen Rumpf und zwei seitlichen Auslegern, an denen breite Kufen befestigt waren. Das große Rahsegel war gerefft, und über dem Bug und dem Heck ragten Furcht einflößende Galionsfiguren auf – der Kopf und der Schwanz einer Eisschlange, die in dunkles Holz geschnitzt waren.

Mit diesen abenteuerlichen Vehikeln – Eisschiffe genannt – pflegten sich die Barbaren fortzubewegen. Mir atemberaubender Geschwindigkeit fegten sie dabei über die endlos scheinende Eisfläche und lieferten einander blutige Schlachten von Deck zu Deck. Noch niemals hatte Orthmar den Kämpfen an Bord eines Eisschiffes beigewohnt, aber ihm war zu Ohren gekommen, dass es die Hölle auf Erden war.

Mit einem Blick schätzte der Zwerg die Lage ein; die meisten der Eisbarbaren hatten das Schiff bereits verlassen und waren an Land gekommen – grobschlächtige Krieger, deren Kleidung aus wollenen Röcken und Umhängen aus Eisbärenfell bestand. Bewaffnet waren sie mit riesigen Schwertern, die sie mit beiden Händen zu führen pflegten, und auf ihren Köpfen, von denen langes blondes Haar wallte, saßen gehörnte Helme.

Orthmar zählte zwanzig von ihnen, was ihn ein wenig beruhigte. Wenn die Übergabe der Ware nicht verlief wie geplant und es zu einer bewaffneten Auseinandersetzung kam, waren die Fronten ausgeglichen. Obwohl es hieß, dass es unter den Barbaren auch Berserker gab, deren Kampfkraft die eines gewöhnlichen Kriegers um das Fünffache übertraf ...

Der Schmuggler wischte seine Bedenken beiseite. Mit einem Nicken bedeutete er Thalin, die anderen Zwerge herbeizuholen. Er selbst stieg den Pfad hinab, der aussah, als hätten Wind und Wetter ihn in den Fels gegraben – dabei waren es die geschickten Hände zwergischer Steinmetze gewesen.

Es war beißend kalt. Schon nach wenigen Schritten merkte Orthmar, wie sich kleine Eiszapfen an seiner Nase und seinem Bart bildeten, und er fragte sich, wie jemand diese unwirtliche Gegend seine Heimat nennen konnte. Die ausgemergelten, wettergegerbten Gesichter der Barbaren ließen darauf schließen, dass es hier wenig gab, woran sich das Herz erfreuen konnte. Keine hohen Hallen und keine Kamine, in denen lustige Flammen flackerten, kein über dem Feuer gewärmtes Bier und auch kein Pfeifenkraut.

Die Barbaren zogen die Schwerter, als sie ihn erblickten. Einer von ihnen, der mit Abstand Größte und Kräftigste, hob jedoch die Hand zum Gruß.

»Gut du hier«, sagte er in der Sprache des Ostvolks, wobei sein harter Barbarenakzent unüberhörbar war. »Wir gewartet.«

»Es tut mir Leid, wenn ihr warten musstet«, entgegnete Orthmar beflissen; Zuvorkommenheit gegenüber dem Kunden gehörte zum Geschäft, auch wenn es sich um eine Horde wilder Barbaren handelte. »Die Ware war für heute bestellt, und hier sind wir.«

»Wo Waffen?«, fragte der Barbar; alles andere schien ihn nicht zu interessieren.

»Da kommen sie schon«, erwiderte der Zwerg und deutete über die Schulter, und tatsächlich war im nächsten Moment das Rumpeln der Ochsenkarren zu hören, die den schmalen Pfad herunterrollten.

Als der Barbarenhäuptling die Fässer und Kisten auf den Karren erblickte, beruhigte er sich ein wenig. Gespannt warteten er und seine Krieger, bis die Karren bei ihnen angelangt waren. Die Zwerge begannen, die Ware abzuladen. Dabei hatte Orthmar erneut das Gefühl, den widerwärtigen Geruch von Orks in der Nase zu haben, aber er schalt sich einen Narren und nahm sich vor, nach Abwicklung dieses Geschäfts ein wenig auszuspannen. Schon wollten die Barbarenkrieger daran gehen, die Kisten an Bord des Eisseglers zu tragen. Ihr Anführer jedoch hielt sie zurück.

»Noch nicht!«, rief er. »Erst sehen.«

»Du willst die Ware sehen?«, fragte Orthmar verwundert. »Traust du mir nicht?«

Der Barbar lachte grollend. »Du Zwerg«, sagte er, als würde das alles erklären.

Orthmar beschloss, der Konfrontation aus dem Weg zu gehen, auch wenn es gemeinhin nicht üblich war, den Kunden die Ware inspizieren zu lassen. An weniger entlegenen Orten wie diesem konnte dies zu unangenehmen Verwicklungen führen, in der Einsamkeit der Nordlande jedoch war eine Patrouille der Elfen nicht zu befürchten. Also nickte er dem Barbaren zu, der sich daraufhin an einer der großen Kisten zu schaffen machte und sie aufbrach.

Der Barbarenhäuptling bekam große Augen, als er den Inhalt erblickte, und sein bleiches Gesicht wurde lang und länger.

»Ist etwas nicht in Ordnung?«, erkundigte sich Orthmar, dem plötzlich nicht mehr wohl in seiner Zwergenhaut war.

Der Eisbarbar antwortete nicht – dafür griff er in die Kiste, und er grinste von einem Ohr zum anderen, als er ein großes Zweihänder-Schwert herausholte, dessen Klinge im fahlen Licht der Morgensonne glänzte. Orthmar musste zugeben, dass die Waffenschmiede im Osten dazugelernt hatten – auch wenn sich ihre Schwerter freilich nicht mit denen messen konnten, die auf einem Zwergenamboss gehämmert wurden.

Die Barbaren ließen erfreute »Ahs« und »Ohs« hören, während ihr Anführer das Schwert durch die Luft pfeifen ließ. Seine mordlüstern glänzenden Augen mahnten Orthmar zur Vorsicht; offenbar wollte der Barbar die Waffe sogleich ausprobieren. Orthmar trat einen Schritt zurück – und einem jähen Drang gehorchend, erstach der Häuptling einfach denjenigen seiner Mannen, der ihm am nächsten stand. Die blitzende Klinge drang mit derartiger Wucht in die Brust des Kriegers, dass sie am Rücken wieder austrat, rot glänzend von Blut. Der Barbarenkrieger starrte seinen Häuptling mit einer Mischung aus Verblüffung und Ergebenheit an, dann brach er leblos zusammen.

»Und?«, fragte Orthmar ungerührt. »Bist du zufrieden?«

»Gut«, sagte der Häuptling mit Blick auf die blutbesudelte Klinge. Dann bedeutete er seinen Leuten, die Kisten an Bord zu bringen.

Obwohl sie müde waren vom langen Marsch, gingen die Zwerge ihnen dabei zur Hand. Keiner von ihnen hielt sich gern nördlich der Berge auf, jeder war erpicht, möglichst rasch in den schützenden Stollen zurückzukehren. So dauerte es nicht lange, bis die Karren entleert und die Kisten auf dem Oberdeck des Eisseglers verzurrt waren. Die Bezahlung erfolgte anderswo, und Orthmar würde seinen Anteil später von Maril Ganzwar erhalten.

»Das war's«, sagte der Zwerg zum Abschied. »Es war mir ein Vergnügen, mit euch Geschäfte zu machen.«

»Vergnügen«, echote der Häuptling und lachte grollend, und seine Mannen fielen in das raue Gelächter ein. Dann lösten sie die Leinen, gingen an Bord und holten den Landesteg ein. Sie setzten das Segel und stießen sich mit hölzernen Stangen vom Fels ab. Sofort blähten sich die zusammengenähten Tierhäute im Wind, und der Eissegler nahm Fahrt auf. Knirschend schnitt er durch Wellen von Eis und Schnee und rauschte davon.

Während sich seine Leute bereits wieder zum Abmarsch bereitmachten, blickte Orthmar den Barbaren nach. Der Ausdruck auf seinem Gesicht war dabei so grüblerisch, dass es Thalin auffiel.

»Was ist mit dir?«, fragte er. »Etwas nicht in Ordnung?«

»Ich weiß nicht«, murmelte Orthmar. »Es ist nur eine Ahnung – aber ich habe das Gefühl, dass wir mit diesen Barbaren das letzte Mal Geschäfte gemacht haben …«

8.

DARR AOCHG'HAI

Gegen Mittag hielt es Balbok nicht mehr aus.

Als Ork war er von Natur aus genügsam und hatte nur wenig Ansprüche – aber zwei Tage und Nächte lang in eine Holzkiste gesperrt zu sein, durch deren Ritzen gerade genug Luft drang, dass man nicht erstickte, war auch für ihn zu viel.

Bei Nacht und Nebel hatten sich Rammar und er an das Lager der Zwerge herangeschlichen. Die Bärtigen hatten sich in Sicherheit gewähnt und keine Wachen aufgestellt, und so hatten die Orks zwei der Behältnisse auf den Ochsenkarren öffnen und leeren können. Wie Rammar vermutet hatte, waren es Waffen, die auf die andere Seite der Berge geschmuggelt werden sollten – Schwerter, Lanzen und Äxte für die Barbaren, die sich dort oben gegenseitig die Schädel einschlugen. Während sich die Zwerge an ihren Lagerfeuern literweise Bier in die Kehlen geschüttet und lauthals ihre grässlichen Lieder gegrölt hatten, hatten Balbok und Rammar den Inhalt einer Kiste und eines Fasses weggeschafft und versteckt, wobei es ihnen trotz Balboks Ungeschicklichkeit gelungen war, kaum ein Geräusch zu verursachen. Dann hatte sich Rammar in das Fass gezwängt, während sich Balbok mitsamt der Standarte und dem Gepäck in die Kiste verkrochen hatte. Und dort hockte er nun seit vielen, vielen Stunden, ohne sich zu rühren.

Die Kälte in der Tiefe des Berges und den schrägen Gesang der Zwerge hatte er noch über sich ergehen lassen. Aber schließlich schmerzte sein Rücken so sehr, dass er das Gefühl hatte, auseinander zu brechen, von seinem Hunger ganz zu schweigen; er befürchtete, sein Magen würde so laut knurren, dass die Zwerge es hören mussten.

Die Blutegel in den Sümpfen waren das Letzte gewesen,

was Balbok zwischen die Zähne bekommen hatte. Sobald er die Augen schloss, konnte er sie vor sich sehen: Fleischbrocken, groß wie Inseln, die in einem Meer aus Blutbier schwammen. Zusätzlich hatte er immerzu den würzigen Duft eines deftigen Magenverstimmers in der Nase. Das quälte ihn noch mehr und brachte ihn fast um den Verstand.

Zwei Tage lang hielt Balbok es aus – so lange brauchte die Schmugglerkarawane, um den Stollen, der auf die andere Seite des Berges führte, zu durchqueren. Auch am Morgen des dritten Tages, als die Zwerge ihre Ware übergaben, harrte er noch aus. Gegen Mittag jedoch musste er einfach raus aus der Kiste. Er wollte sich endlich wieder bewegen, und er musste seinen Magen mit irgendetwas füllen, und wenn es nur ein paar halb gefrorene Eisbarbaren waren.

In einem Ausbruch roher, verzweifelter Kraft stemmte er sich gegen den Deckel der Kiste. Laut splitternd barst das Holz, Bruchstücke flogen nach allen Seiten, und Balbok setzte wie ein Derwisch aus seinem engen Versteck, die Axt in den Klauen und die Zähne gefletscht – aber nicht ganz so gelenkig, wie er erwartet hatte.

Seine Beine, die steif und blutleer waren vom langen Ausharren in der gekrümmten Haltung, trugen ihn nicht. Fluchend brach Balbok zusammen, während rings um ihn entsetztes Geschrei aufgellte. Verzweifelt versuchte der Ork, sich wieder aufzuraffen, und als es ihm endlich gelang, sah er sich einer Meute Menschen gegenüber.

Eisig kalter Wind strich Balbok um die Nase. Er befand sich auf dem Oberdeck des Eisseglers, wo die Kisten lagerten. Das große Segel über ihm blähte sich und trieb das Gefährt mit atemberaubender Geschwindigkeit über die verschneite Ebene.

»Was ist los?«, rief Balbok den Kriegern entgegen, ungeachtet der Tatsache, dass sie seine Sprache nicht verstanden. »Habt ihr noch nie einen Ork gesehen?«

Die Barbaren glotzten ihn völlig verblüfft an. In ihren derben Umhängen aus Eisbärenfell und mit den gehörnten Helmen sahen sie aus wie zu klein geratene Trolle – lächerlich, wie

Balbok fand. Gegen Gnomen und Ostmenschen hatte er gekämpft, gegen Eisbarbaren allerdings noch nie. Aber das machte wohl kaum einen Unterschied. Sie waren Menschen, und abgesehen davon, dass Menschen rotes Blut haben, glichen sie Balboks Meinung nach den Gnomen: Sie waren ebenso schlechte Kämpfer ...

»Worauf wartet ihr?«, rief er und bleckte die Zähne wie ein Raubtier, während er ungelenk aus der Kiste sprang. »Nur zu! Meine Axt kann es kaum erwarten, euch in mundgerechte Stückchen zu hacken!«

Er musste nicht lange bitten, schon griff der Erste an. Ein sehniger Hüne setzte auf Balbok zu, einen großen Bihänder schwingend.

Für Orks sind alle Menschen hässlich mit ihrer glatten milchweißen Haut, ihren schmalen Nasen und ihren grausigen Augen. Dieses Exemplar jedoch war besonders scheußlich anzusehen, und der Kerl hatte seinen schmallippigen Mund auch noch zu einem lauten Schrei geöffnet, sodass Balbok die kleinen stumpfen Zähnchen sehen konnte.

»Sei still!«, fuhr Balbok ihn an und schlug mit der Axt zu. Der Hieb erwischte den Angreifer, noch bevor er richtig heran war, und durchtrennte seine Unterarme. Daraufhin fing der Kerl zwar erst recht an zu schreien, doch der Sturzbach von rotem Blut, der sich aus seinen Armstümpfen auf die Planken ergoss, lehrte seine Kumpane ein wenig Respekt.

Allerdings nicht für lange.

Schon hatten sie ihren Schreck überwunden. Diesmal sprangen drei Krieger gleichzeitig auf Balbok zu, während ein vierter auf den Stapel aus Kisten und Fässern kletterte, um ihn von dort oben her anzugreifen.

Mit metallischem Klang traf die Axt des Orks auf die Klingen der Barbaren. Mit dem Fuß stieß Balbok den mittleren Angreifer zurück. Eine Schwertspitze zuckte vor, der Balbok nur um Haaresbreite entging, und für einen Augenblick schien sich die Sonne zu verfinstern, als ein mächtiger Kriegshammer auf ihn herabfiel. Der Schlag galt Balboks Schädel, und hätte der Ork nicht im letzten Augenblick die Axt emporgerissen und den größten Teil des Hiebs mit dem Schaft geblockt, wäre sein Hirn zu Brei zerstampft worden. So bekam er nur einen Bruchteil der Wucht ab, der allerdings immer noch genügte, um seinen Helm gehörig zu verbeulen und ihn Sterne sehen zu lassen.

Benommen taumelte Balbok zurück und wusste sich nicht anders zu helfen, als mit der Axt blindlings um sich zu schlagen, wodurch er seine Angreifer auf Distanz hielt. Mehr noch, er landete sogar einen Treffer, denn einer der Krieger lief geradewegs in das Blatt der Axt und sank mit aufklaffendem Leib nieder. Der andere Krieger jedoch nutzte Balboks Benommenheit und sprang ihn an wie ein wildes Tier.

Rücklings schlug der Ork auf die Planken, die hässliche Visage des Menschen über sich. Mordlust blitzte in den stahlblauen Augen des Barbaren, sein Blondhaar umwehte seinen Kopf wie loderndes Feuer. Mit einem Triumphschrei wollte er Balbok das Schwert in den Leib rammen – als dieser die Silhouette gewahrte, die sich gegen den grauen Himmel abzeichnete. Es war der vierte Barbar, der auf die Kisten geklettert war und in diesem Moment herabsprang, die Klinge zum Todesstoß gesenkt.

Balbok reagierte mit den Instinkten eines Orks. Sich wie eine Schlange windend, konnte er dem Schwert des Barbaren, der über ihm stand, zwar nicht entgehen, aber er zwang den Krieger, sich zu drehen – geradewegs in die Klinge seines herabspringenden Kumpanen.

Der Barbar über Balbok wurde förmlich aufgespießt, als das Schwert zwischen seinen Schulterblättern ein- und unterhalb des Brustkorbs wieder austrat. Balbok schrie wütend auf, als sich ein ganzer Schwall ekelhaft roten Blutes über ihn ergoss. Entsetzt starrte der andere Mensch auf das Mordwerk, das er versehentlich begangen hatte – und dieser entsetzte Gesichtsausdruck verblieb in seinen Zügen, als sich sein Kopf von den Schultern trennte und über Bord flog. Balbok hatte es irgendwie geschafft, unter dem Sterbenden wegzukriechen und auf die Beine zu springen, und sofort hatte er mit der Axt zugeschlagen.

Dampfender Atem entwich seinen Nüstern, während er sich rückwärts gehend zum Vordeck zurückzog. Noch mehr Barbaren drängten von achtern heran, ungeachtet des hässlichen Schicksals, das ihre Kameraden ereilt hatte. Mit Schrecken hatte Balbok feststellen müssen, dass die Menschen bessere Kämpfer waren, als er angenommen hatte, und als sie erneut angriffen, sah er keine andere Möglichkeit, als seinen Bruder zu rufen.

»Rammar! Hilf mir!«

Von links stürmte ein Barbarenkrieger heran. Balbok parierte dessen Klinge und stieß ihn mit dem Fuß zurück, um dann sofort herumzufahren und den wütenden Hieb eines Angreifers zu blocken, der ihn von der anderen Seite attackierte. Funken schlagend trafen Orkaxt und Barbarenschwert aufeinander, und noch während Balbok und der Krieger miteinander kämpften, gesellte sich ein weiterer Eismensch hinzu und hieb erbittert drein.

»Rammar! Ich brauche dich ...!«

Die Axt mit beiden Händen führend, wehrte Balbok die Angriffe ab. Für eine Weile konnte er seine Stellung behaupten, dann aber drängten noch mehr Krieger nach, und obwohl es Balbok gelang, einen weiteren Barbaren in Kuruls dunklen Pfuhl zu stürzen, wurden es allmählich zu viele. Von ihren Zweihändern getrieben, musste sich der Ork noch weiter zurückziehen. Schon stieß er gegen die Back des Eisseglers und konnte nicht mehr weiter. Er stand mit dem Rücken zur Wand. Ein erbittertes Hauen und Stechen begann, dem Balbok nur deshalb nicht gleich zum Opfer fiel, weil er seine Axt im weiten Halbkreis schwang und seine Gegner damit auf Distanz hielt.

Noch mehr Blut spritzte und besudelte die Planken, ein Schwert flog davon, dessen Griff die Hände des Besitzers noch umklammerten. Aber es war nur eine Frage der Zeit, bis es einem der Menschen gelingen würde, Balboks Verteidigung zu durchbrechen und seine Schwertklinge ins Ziel zu lenken ...

»Rammar!«

In Balboks Schrei schwang erstmals Verzweiflung mit; Menschen, die derart zäh und wild kämpften, war er noch nie begegnet. Waffengeklirr hallte über das Deck – und wurde zu Balboks unsagbarer Erleichterung von einem wilden orkischen Fluch übertönt.

»Bei Morkars wilden Flammenzungen!«, wetterte es. »Bei allen geschrumpften Köpfen in Kuruls dunkler Höhle! Musst du denn immer Ärger machen? Kannst du nicht einfach mal das Maul und die Krallen still halten?«

Mit wutverzerrtem Gesicht tauchte Rammar aus seinem Fass auf, im Rücken der blutrünstigen Meute. Als die Barbaren begriffen, dass sich noch ein weiterer Ork an Bord ihres Schiffes befand, verfielen sie in zorniges Gebrüll. Einige der Krieger wandten ihre Aufmerksamkeit Rammar zu, wieder andere gingen daran, die übrigen Kisten aufzubrechen, um zu sehen, ob sich darin noch mehr blinde Passagiere versteckt hielten. Rammar nutzte die Verwirrung, um unter wüsten Verwünschungen aus dem Fass zu klettern. Dabei stieß er mit dem *saparak* zu und streckte seinen ersten Gegner nieder.

Gurgelnd brach der Barbar zusammen, die mit Widerhaken versehene Spitze in der Brust. Schon war Rammar über ihm und riss seinen Speer aus dem blutigen Leib – gerade rechtzeitig, um damit dem Angriff des nächsten Kriegers zu begegnen. Über ihre gekreuzten Waffen starrten die beiden Kontrahenten sich an, bis Rammar den Mund aufriss und kurzerhand zubiss.

Der Barbar heulte entsetzt auf. Wo eben noch seine Nase gewesen war, klaffte auf einmal ein blutiges Loch in seinem Gesicht. Mit einer krachenden Kopfnuss schickte Rammar den Menschen zu Boden. Der nachfolgende Krieger lief geradewegs in seinen *saparak*. Schreiend zappelte er an den Widerhaken, bis Rammar ihn hochhob und über Bord beförderte.

»Das ist wieder typisch für dich«, schalt er seinen Bruder, der vorn am Bug kämpfte. »Nun sieh dir das Durcheinander an, das du angerichtet hast!«

»E-es tut mir Leid«, versicherte Balbok einmal mehr, der sich unter den Hieben zweier Barbarenkrieger ducken musste.

»Warum haben sie dich entdeckt? Wie hast du dich verraten, du Unglücksork?«

»Man hat mich nicht entdeckt«, verteidigte sich Balbok. Er fällte den einen Barbaren mit der Axt, der andere bekam seinen Ellbogen ins Gesicht – der Krieger spuckte Zähne, während er rücklings über die Back fiel und jenseits des Schanzkleids verschwand.

»Was du nicht sagst! Und wie erklärst du dir dann dieses ganze Chaos?«

»Ich habe die Kiste freiwillig verlassen«, erklärte Balbok.

»Freiwillig?« Rammars Verblüffung kostete ihn beinahe das Leben, weil er vergaß, einen Schwerthieb zu blocken. Sein Glück war es, dass der Hieb ein wenig zu kraftlos geführt war und an seiner Rüstung abprallte – dafür machte der Barbarenkrieger verhängnisvolle Bekanntschaft mit dem *saparak*. »Du bist *freiwillig* aus deiner Kiste geklettert? Bist du noch zu retten?«

»Mein Rücken tat mir weh«, rechtfertigte sich Balbok, während seine Axt einem weiteren Gegner ein unglückliches Ende bescherte. »Außerdem hatte ich Hunger.«

»Hunger?«, echote Rammar. Ein Barbarenschwert sauste unmittelbar neben ihm nieder und zerschmetterte das Holz einer der auf Deck verzurrten Kisten. »Und deswegen fängst du gleich einen Krieg an? Du dämlicher Muskelberg! Wann wirst du endlich lernen, deinem Verstand zu gebrauchen?«

»Sobald mein Magen aufhört zu knurren«, erwiderte Balbok. Um seine Achse wirbelnd, erledigte er einen weiteren Gegner und beförderte ihn über Bord.

»Du denkst immer nur an deinen Magen«, schimpfte Rammar, und der Zorn, den er eigentlich gegen seinen Bruder verspürte, verlieh ihm die Kraft, zwei weitere Barbaren mit einem einzigen Streich niederzustrecken. Blutüberströmt brachen sie zusammen, und der Ork blickte sich keuchend nach dem nächsten Gegner um – aber zu seiner Überraschung war da niemand mehr. Tot oder schwer verwundet und verstümmelt lagen die Barbarenkrieger auf dem Deck des Eisseglers verstreut, nicht einer von ihnen stand mehr auf den Beinen.

»Nimm dir ein Beispiel an mir«, fuhr Rammar in seiner Strafpredigt fort, ohne auch nur ein Wort über ihren Sieg oder das angerichtete Blutbad zu verlieren. »Habe ich mich auch nur ein einziges Mal beschwert, dass ich hungrig bin?«

»Nun, ich ...«

»Ja oder nein?«, fragte Rammar und starrte seinen Bruder streng an.

»Nein«, sagte Balbok – denn wenn Rammar in dieser Laune war, war es vernünftiger, ihm nicht zu widersprechen, zumal wenn er Blut geleckt hatte und ...

Ein grässliches Brüllen riss Balbok aus seinen Gedanken und ließ ihn zusammenzucken.

Zuerst dachte er, Rammar hätte das Gebrüll ausgestoßen, aber dann sah er, dass auch sein Bruder verdutzt dreinschaute. Wieder brüllte jemand – oder etwas? – auf. Es kam von achtern, wo sich das Steuer des Eisseglers befand. Dort, hinter der mächtigen Ruderpinne, hatte sich ein letzter Barbarenkrieger verborgen gehalten, der an Größe und Körperkraft alle anderen weit übertraf. Fraglos war er der Anführer der Meute und der Kapitän des Seglers, und an den aufgedunsenen Zügen des Menschen und an seinen Augen, in denen nur noch das Weiße zu sehen war, konnten Rammar und Balbok erkennen, dass er kein gewöhnlicher Barbarenkrieger war, sondern ein Berserker.

In seiner Raserei übertrifft ein Berserker sogar einen Bergtroll, und er vermag derart zu wüten, dass es selbst den Orks vor ihnen graut. Rein äußerlich sind Berserker nicht von gewöhnlichen Menschen zu unterscheiden – bis die Bestie hervorbricht, die in ihnen schlummert.

Mit anzusehen, wie seine Männer niedergemetzelt wurden, hatte in dem Barbaren jene Bestie geweckt, und die wollte blutige Rache.

Mit gleich zwei Schwertern bewaffnet stürmte der Berserker über das Oberdeck, einen durchdringenden Kriegsschrei auf den Lippen, und ließ mit beiden Klingen seine Zerstörungswut an einem Fass aus, das ihm im Weg stand; es war dasjenige, in dem sich Rammar versteckt hatte. Holztrümmer und Späne regneten den beiden Orks entgegen. Und einige Stücke Dörrfleisch, die auf im Fass gelegen hatten.

»W-was ist *das*?«, fragte Balbok verwundert, auf die Brocken starrend.

»Nichts«, behauptete Rammar verdrießlich.

»Das ist Fleisch!«, rief Balbok. »Fleisch aus Ruraks Speisekammer, ich erkenne es am Geruch. Du hattest also noch etwas zu essen? Die ganze Zeit über!«

Ehe Rammar etwas erwidern konnte, fuhr der Berserker wie ein Blitz zwischen sie und unterbrach ihren Disput. Gleichzeitig gingen die beiden mörderischen Klingen nieder, und die Orks mussten ihr ganzes Geschick und Können aufbieten, um am Leben zu bleiben. Parieren konnten sie die Hiebe des Berserkers nicht, dafür waren sie mit zu großer Wucht geführt. Ihre einzige Chance bestand darin, nicht dort zu sein, wo die Klingen niedergingen.

Reaktionsschnell tauchte Balbok weg, als eines der Schwerter herabfiel und eine tiefe Kerbe in die Back schlug. Wütend brüllte der Berserker auf, fuhr herum und setzte sofort zu einem neuen Angriff an, während Balbok noch immer nicht glauben konnte, dass sein Bruder ihn derart verladen hatte.

»Du hattest die ganze Zeit über zu essen!«, rief er vorwurfsvoll. »Und mich hast du im Glauben gelassen, ich hätte zu wenig *baish* mitgenommen!«

»Das hast du auch!«, erwiderte Rammar, während der Berserker sie mit blutunterlaufenen Augen belauerte, die beiden Schwerter in den Fäusten. »Aber der kluge Ork sorgt eben vor. Außerdem hätte ich dir was abgegeben, wenn du nicht in deiner Kiste gesessen hättest.«

»Ehrlich?«

»Natürlich.« Rammar sandte seinem Bruder ein unschuldiges Grinsen. »Glaubst du denn, ich könnte dich belügen?«

Balboks Glück war es, dass er auf diese Frage nicht antworten musste, denn in diesem Moment griff der Berserker erneut an. Seine Schwerter wirbelten durch die eisige Luft, um alles kurz und klein zu hacken, was ihnen in die Quere kam.

Nur mit Mühe entgingen die Orks der Attacke – Balbok, indem er auf die Back sprang, Rammar, indem er sich zu Boden fallen ließ, sodass ihn die Klingen knapp verfehlten.

»Rammar?«, stieß Balbok atemlos hervor.
»Was?«, rief dieser.
»Lass uns nicht mehr darüber streiten, einverstanden?«
»Einverstanden«, erwiderte Rammar – dann musste er sich zur Seite rollen, weil die Schwertspitzen auf ihn niederstießen.

Beide Klingen drangen durch die Planken, und eine davon rammte der Berserker so tief ins Holz, dass er sie nicht wieder herausbekam. Seine diesbezüglichen Bemühungen kosteten ihn die linke Hand – denn Balbok sprang herbei und schlug beherzt mit der Axt zu.

Der Berserker heulte auf, allerdings mehr vor Zorn als vor Schmerz. Sowohl der abgetrennten Hand als auch dem Schwert maß er keine Bedeutung mehr bei, sondern begnügte sich mit dem, was er noch hatte. Das verbliebene Schwert schwingend, trieb er Rammar vor sich her, der rücklings über den Boden kriechend in Richtung Bug zu entkommen suchte. Damit jedoch stellte er sich selbst eine Falle, denn zwischen den spitz zulaufenden Wänden der Back gab es schon bald kein Entkommen mehr. Im Bug des Schiffes eingezwängt, blickte Rammar dem sicheren Ende entgegen, das in Form eines weißhäutiges Ungeheuers, das vor Kraft und Zorn zu bersten schien, auf ihn zustapfte.

»Komm schon, Bastard!«, bellte Rammar ihm entgegen. »Tu, was du nicht lassen kannst. Aber wenn du denkst, ein Ork würde um Gnade winseln, hast du dich geschnitten!«

Der Berserker lachte nur grollend und holte mit dem Schwert aus. Sein Hieb würde Rammar geradewegs in zwei Hälften teilen.

»A-also gut«, rief Rammar plötzlich und warf sich auf die Knie. »Du hast gewonnen! Verschone mein nichtswürdiges Leben, mächtiger Krieger. Ich möchte nicht enden wie ...«

Der Rest von Rammars Worten ging im zornigen Gebrüll des Berserkers unter, denn Balbok hatte ihn von hinten angesprungen und versuchte ihm mit dem Schaft der Axt die Luft abzudrücken. Aus dem Gleichgewicht gebracht, taumelte der Hüne zurück, dabei wild um sich schlagend – den Ork in seinem Rücken konnte er jedoch nicht treffen.

Rammar sprang auf und feuerte seinen Bruder an. »Gut so, Balbok! Mach den Mistkerl fertig!«

Unter wüstem Gebrüll wankte der Berserker über das Deck des Eisseglers, stieß gegen die Reling und gegen mit Waffen gefüllte Kisten, die unter seinem Gewicht zerbarsten. Sich noch immer an ihn klammernd, drückte ihm Balbok die Kehle zu, was sich jedoch bei der kräftigen Nacken- und Halsmuskulatur des Berserkers als schwierig erwies.

Schließlich kam dem Berserker die Idee, sich mit dem Rücken einfach auf die Planken fallen zu lassen und den lästigen Gegner unter sich zu zermalmen.

»Balbok, Vorsicht!«, schrie Rammar noch.

Zu spät.

Der Berserker ließ sich rücklings auf das Achterdeck fallen und begrub Balbok unter sich. Der gab noch einen quiekenden Laut von sich, dann war von ihm nichts mehr zu hören oder zu sehen.

Es war weniger der Gedanke, dass Balbok etwas zugestoßen sein könnte, als vielmehr die Aussicht, diese gefahrvolle Reise allein fortsetzen zu müssen, die Rammar in Rage versetzte. Mit einem Ausdruck im Gesicht, der sich von dem des Berserkers nur noch unwesentlich unterschied, und einen wilden Schrei ausstoßend, der ihn beinahe selbst erschaudern ließ, stürmte er über das Oberdeck, den *saparak* in der erhobenen Hand. Einige Schritte nahm er Anlauf, dann schleuderte er die Waffe. Wie ein Pfeil schwirrte der Speer nach achtern – und traf den Berserker, gerade als dieser sich wieder aufrichten wollte.

Die Waffe drang in seinen Hals und ertränkte sein Geschrei in einem Blutschwall. Von bloßer Wut am Leben gehalten, gelang es dem Rasenden noch, sich aufzuraffen und einige wankende Schritte in Rammars Richtung zu tun, ehe er zusammenbrach. Vornüber kippte er in eine Kiste, die unter seinem Gewicht zerbrach – und die Speere, die darin gestapelt waren, durchbohrten seine Brust und gaben ihm den Rest.

Rammar hatte keinen Blick für den getöteten Gegner – seine Sorge galt seinem Bruder, der reglos auf den Planken lag.

»Balbok!« Wie ein Ball sprang der beleibte Ork über das Deck und beugte sich über ihn. »Was ist mit dir, Balbok? Bist du in Ordnung?«

Balbok rührte sich nicht. Mit geschlossenen Augen und heraushängender Zunge lag er da und sah alles andere als lebendig aus.

»Balbok! Komm schon, Bruder, tu mir das nicht an! Du darfst mich nicht verlassen, hörst du? Was soll ich denn dann anfangen? Ohne dich bin ich aufgeschmissen. Ich verspreche auch, nicht mehr mit dir zu schimpfen, wenn du dich nur bemühst, noch ein bisschen am Leben zu bleiben.«

»Ist das wahr?«, fragte Balbok auf einmal, allerdings ohne sich dabei zu bewegen und ohne die Augen zu öffnen.

»Du – du lebst!« Rammar atmete erleichtert auf.

»Ob das wahr ist, will ich wissen!«

»Was meinst du?«

»Dass du aufgeschmissen bist ohne mich. Dass du damit aufhören willst, mich ständig zu beschimpfen.«

»Wer hat das gesagt?«

»Du.« Nun schlug Balbok die Augen auf und schaute seinen Bruder herausfordernd an. »Gerade eben.«

»Blödsinn. Da hast du was Falsches gehört – so einen *shnorsh* würde ich nie von mir geben.«

»Aber ich dachte ...«

»Du dämliches Blödhirn! Du sollst nicht denken, sondern gefälligst tun, was ich dir sage! Und ich sage dir, dass du deinen faulen *asar* endlich heben und aufstehen sollst. Während du dich in aller Ruhe schlafen gelegt hast, habe ich den Berserker ganz allein erledigt!«

Balbok setzte sich auf. Als er den Barbaren gewahrte, der von Speeren durchbohrt in den Trümmern der Kiste lag, staunte er nicht schlecht. »So was«, meinte er. »Und ich dachte, ich hätte dich um Gnade flehen gehört ...«

»Ich und um Gnade flehen? Ha! Vielleicht sollte ich dir bei Gelegenheit mal die *kluas'hai* lang ziehen – du scheinst mir nicht mehr besonders gut damit zu hören. Wenn du es auch nur noch einmal wagst, zu behaupten, ich hätte beim Feind um Gnade gewinselt, dann werde ich dir ...«

»Rammar!«
»Was denn?«
»Dort!«

Balbok deutete nach vorn zum Bug, das Gesicht bleich vor Entsetzen – und Rammar stieß einen gellenden Schrei aus, als er die schroffe Eisnadel heranfliegen sah.

Da wurde den Orks bewusst, dass der Segler noch immer über die Eisfläche dahinraste, führerlos, seit der Kapitän das Steuer verlassen hatte, aber mit unverminderter Geschwindigkeit. In der Hitze des Gefechts hatten Balbok und Rammar weder das Pfeifen des Fahrtwinds noch das Ächzen der Schiffskonstruktion wahrgenommen, dabei knarrten die Taue, und das Segel drohte fast zu platzen. Schnurgerade hielt der Segler auf eine der riesigen Eisnadeln zu, die vereinzelt aus der weiten Ebene der Weißen Wüste ragten und sich steil wie Klippen erhoben. Gleich würde das Gefährt in seiner rasanten Geschwindigkeit dagegenrammen und daran zerschellen.

Entsetzt starrten sich die beiden Orks an.

»Das Ruder!«, rief Balbok heiser.

Beide fuhren herum und sprangen zur Pinne. Für einen Moment gab es Zwist, weil Balbok nach Steuerbord, Rammar aber nach Backbord lenken wollte – ein Moment, der die Orks fast das Leben kostete, denn der Eissegler hielt auf gefährlichem Schlingerkurs auf das Hindernis zu, während die Orks um den Besitz des Ruders rangen. Dann gelang es ihnen, sich auf eine Richtung zu einigen – gemeinsam stemmten sie sich gegen die Pinne, und die Steuerkufe, die unterhalb des Hecks durch den Schnee glitt, drehte sich.

Das Eisschiff reagierte träge und von seiner eigenen Masse getrieben. Die Bohlen und Planken ächzten noch lauter, und der Mastbaum knarrte so laut, als wollte er bersten. Der Segler bekam Schlagseite, die Steuerbordkufe hob vom Boden ab, und das Gefährt stellte sich auf, worauf einige Kistentrümmer und erschlagene Barbaren über Bord gingen. Balbok und Rammar achteten nicht darauf – ihre Blicke waren wie hypnotisiert auf das Hindernis geheftet, das aus der Nähe noch Furcht erregender wirkte.

Jeden Moment würde der Bug des Schiffes auf die scharfen Kanten des hart gefrorenen Eises treffen. Rammar schrie und schloss die Augen, während er sich an die Ruderpinne klammerte. Schon erwartete er, ein entsetzliches Brechen und Bersten zu hören und von unwiderstehlicher Wucht durch die Luft geschleudert zu werden, um auf das Eis zu schlagen und sich sämtliche Knochen zu brechen ...

... aber nichts dergleichen geschah.

Nur ein überlautes hässliches Scharren war zu hören, als der Rumpf um Haaresbreite an der Eisnadel vorbeischrammte. Ein harter Stoß erschütterte den Segler, als dieser wieder auf beide Kufen kippte, dann hatte er das gefährliche Hindernis passiert.

Rammar blinzelte, konnte nicht glauben, dass sie so viel Glück gehabt hatten. In einer spontanen Gefühlsaufwallung fiel er Balbok um den Hals, der ihn daraufhin nur befremdet anschaute.

»Du elender *umbal*!«, schnauzte Rammar deshalb. »Sei froh, wenn ich dich nicht erwürge dafür, dass du uns fast in Kuruls Pfuhl gestürzt hast!«

»Aber ich ...«

»Halts Maul, oder muss ich es dir erst stopfen? Nicht viel hätte gefehlt, und wir wären draufgegangen. Deinetwegen. Los, lass mich ans Ruder, ich kann das besser als du – du machst derweil das Deck sauber. Für meinen Geschmack liegen mir zu viele Menschen hier rum. Wirf sie über Bord. Von den Waffen behalte, was du gebrauchen kannst, den Rest schmeiß hinterher. Je weniger Ballast wir haben, desto schneller sind wir.«

»Ich soll die Menschen über Bord werfen?«, fragte Balbok erstaunt. »Alle?«

»Ja, alle.«

»Auch die, die noch röcheln?«

»Was denn sonst?«

»Und die Toten?«

»Willst du sie etwa essen?«

Balboks hungriger Blick war eine deutliche Antwort.

»Du Made in Torgas Eingeweiden!«, wetterte Rammar.

»Graut dir eigentlich vor gar nichts? Sieh dir diese Barbaren nur mal an – sehnig und kalt, wie sie sind, schmecken sie noch schlechter als ein Ork.«

»Aber mein Hunger ...«

»Wir werden uns über ihre Vorräte hermachen. Ich bin sicher, unter Deck finden wir jede Menge davon.«

»Einverstanden«, meinte Balbok. »Und dann?«

»Du kannst Fragen stellen.« Rammar grinste verwegen, die Ruderpinne in der Klaue. »Wir haben jetzt unser eigenes Schiff, das uns sicher nach Norden bringen wird – geradewegs zum Tempel von Shakara ...«

9. TOUMPOL UR'SHAKARA

Nur einen Tag lang dauerte die Fahrt durch Schnee und Eis – allerdings war es ein sehr langer Tag.

Am ersten Abend warteten Balbok und Rammar noch darauf, dass die Sonne endlich unterging. Aber sie blieb über dem Horizont stehen, als wäre sie dort festgenagelt, und als würden sie sich nicht darum scheren, gesellten sich der Mond und die Sterne hinzu. Es dauerte eine Weile, bis den Orks klar wurde, dass die Sonne nördlich des Gebirgswalls nicht unterging; anderswo in Erdwelt war es längst finstere Nacht, aber hier oben im Norden herrschte graues Dämmerlicht, sodass der Eissegler seine Fahrt fortsetzen konnte.

Anfangs glaubten die Orks noch an ein finsteres Omen, dachten, dass Kurul ihnen zürnte, weil sie sich Girgas' Kopf hatten stehlen lassen. Aber als weder Blitze am Himmel zuckten noch ein großes Maul erschien, um die Welt zu verschlingen, ging ihnen auf, dass die Nachtsonne kein Vorzeichen des Untergangs war, sondern ein natürliches Phänomen. Sicher hatten die Elfen, die immer alles und auch immer alles besser wussten, eine Erklärung dafür, dass die Sonne hier im Norden nicht unterging – den Orks war es egal. Hauptsache, sie wurden nicht vom Weltenfresser verschlungen.

Sich am Ruder abwechselnd, setzten sie die Fahrt durch die Weiße Wüste fort und stießen immer weiter nach Norden vor – bis Balbok in einer der dämmrigen Nächte ein blaues Leuchten am Horizont gewahrte. Beunruhigt weckte er seinen Bruder, der über die Unterbrechung seines Schlafs alles andere als erfreut war. Als er jedoch das blaue Leuchten sah, verstummte er in seinen Schimpftiraden, und ein grimmiges Lächeln legte sich auf seine dunklen Züge.

»Elfenfeuer«, knurrte er. »Genau wie der Zauberer gesagt hat. Wir sind bald da.«

Mit dem rätselhaften Licht als Wegweiser ging die Fahrt weiter. Allerdings mussten die Orks feststellen, dass sich Entfernungen in der Weißen Wüste bei weitem nicht so gut abschätzen ließen wie zu Hause in der Modermark. Was aussah, als wäre es nur einen Tagesmarsch entfernt, lag hier bisweilen noch in weiter Ferne – so auch die Quelle des mysteriösen Feuers.

Man hätte meinen können, es wäre nur noch ein Wargssprung bis zum Ziel der Reise, doch die beiden Orks mussten sich noch geraume Zeit gedulden. Fast hatte es den Anschein, als entferne sich das Licht, je länger sie darauf zufuhren, und bisweilen flackerte es auch beunruhigend. Rammar fürchtete dann jedes Mal, es könnte verlöschen; dann wären sie wieder ohne Wegweiser inmitten der Weißen Wüste. Aber die blaue Flamme am Horizont blieb bestehen – und schließlich schälten sich die Umrisse schroffer Klippen aus dem nebligen Dunst.

Ob sie natürlichen Ursprungs oder künstlich waren, konnte Rammar nicht erkennen, aber auf ihn wirkten sie wie eine Festung. Ringsherum erhoben sich große Eisnadeln, ähnlich jener, die dem Eissegler um ein Haar zum Verhängnis geworden wäre. Und hoch über den weißen, von schimmerndem Eis überzogenen Klippen ragten mehrere Türme auf, und auf dem höchsten von ihnen loderte die Elfenflamme.

Es war kein Feuer, wie Sterbliche es entzünden konnten; weder war es gelb, noch stieg davon Rauch in den Himmel. Die Türme erstrahlten unter seinem Schein und erhoben sich unwirklich im nebligen Dunst.

Die Orks hatten ihr Ziel erreicht – den Tempel von Shakara!

»Eins muss man diesen verdammten Elfen lassen«, murmelte Rammar fast bewundernd. »Einen Sinn für Dramatik haben sie.«

»Blaues Feuer.« Balbok schürzte seine wulstigen Lippen. »Wie machen die das?«

»Woher, bei Torgas Eingeweiden, soll ich das wissen?«,

schnauzte Rammar ihn an. »Deine dämliche Fragerei geht mir allmählich auf die Nerven!«

»Aber ich dachte nur ...«

»Ich habe es dir schon mal gesagt, und ich sage es dir noch mal: Du hältst das Maul und überlässt das Denken mir, verstanden? Wir werden uns einen Plan zurechtlegen müssen, wie wir ins Innere des Tempels gelangen. So einfach wie die Zwerge werden sich die Elfen nicht überlisten lassen, das steht fest. Möglicherweise haben ihre Wachen uns bereits entdeckt.«

»Und wenn schon.« Balbok zuckte mit den Schultern. »Auf die Entfernung werden sie uns für Eisbarbaren halten.« Er dachte einen Augenblick lang nach, dann schlug er vor: »Am besten warten wir die Dämmerung ab. Wir verstecken den Eissegler und legen den Rest der Strecke zu Fuß und im Schutz des Nebels zurück.«

»Und wie gelangen wir in den Tempel, du Schlauberger?«

»Das werden wir sehen, wenn wir dort sind«, entgegnete Balbok nicht ohne Stolz, denn für einen Ork war das schon sehr sorgsam geplant. »Was meinst du?«

»Ich sage, du redest wie immer Blödsinn«, entgegnete Rammar. »Ich mache hier die Pläne, schon vergessen? Das Beste wird es sein, wenn wir die Dämmerung abwarten. Wir verstecken den Eissegler und legen den Rest der Strecke zu Fuß im Schutz des Nebels zurück. Wie wir in den Tempel gelangen, werden wir sehen, wenn wir dort sind.«

»Aber das habe ich doch gerade ges...«

»Steh hier nicht rum und halte Maulaffen feil!«, wies Rammar seinen Bruder zurecht. »Raff gefälligst das Segel und sorg dafür, dass wir langsamer werden – oder willst du doch noch gegen einen dieser Eiszapfen krachen?«

Balbok schüttelte den Kopf und trollte sich, einmal mehr der Meinung, dass sein Bruder ihn grob unterschätzte. Irgendwann, sagte er sich, würde sich schon noch Gelegenheit bieten, Rammar zu beweisen, was für ein schlauer Ork er war. Bis dahin aber galt es, den Weisungen des Bruders zu gehorchen – und das bedeutete, am Mastbaum emporzuklettern und an der Rah hängend das Segel einzuholen.

Es war eine halsbrecherische Arbeit, zumal der scharfe Fahrtwind an Balbok zerrte. Aber je mehr von dem großen Segel er einholte, desto weniger Angriffsfläche fand der Wind, und die Fahrt des Seglers verlangsamte sich merklich.

Immer höher ragte der Eistempel vor ihnen auf, und die Orks konnten erste Einzelheiten ausmachen. Auf den ersten Blick sah das Elfenheiligtum aus wie ein riesiger zerklüfteter Eisblock, aber bei näherem Hinsehen konnte man hohe Fenster und Balkone erkennen. Kaltes Licht drang aus dem Inneren, aber nirgends regte sich Leben.

»Wo sind die Spitzohren?«, fragte Balbok.

»Was weiß ich?«, erwiderte Rammar mürrisch. »Vielleicht meditieren sie gerade, oder sie halten eins ihrer Rituale ab. Elfen treiben öfter solchen Unfug. Uns soll es recht sein, denn je beschäftigter das Elfenpack ist, desto weniger wird es auf uns achten.«

Sie steuerten die nächste Eisnadel an, in deren Schutz sie den Eissegler vertäuten. Bevor sie jedoch das Schiff verließen, hielten sie noch eine ausgiebige Mahlzeit ab. *Faramh bru douk sabal'dok*, besagt ein altes Sprichwort der Orks – ein leerer Bauch kämpft nicht gern. Also taten sich Rammar und Balbok an dem Pökelfleisch gütlich, das sie im Bugraum des Eisseglers gefunden hatten. Dass es zum Teil schimmlig und angefault war, störte sie nicht. Im Gegenteil: Fäulnis beschert nach dem Geschmack eines Orks erst die rechte Gaumenfreude.

Anschließend stellten sie ihre Ausrüstung zusammen. Auch ein langes Seil befand sich darunter. Sie warteten bis zur Dämmerung, die einmal mehr die ganze Nacht andauern würde. Wie jeden Abend hier oben im Norden zog Nebel auf und legte sich wie ein grauer Schleier über die Eisfläche. Die beiden Orks verließen das Schiff und brachen in Richtung Tempel auf. Ihr Gepäck und die Standarte ließen sie auf dem Segler zurück.

Die grauweißen Umhänge aus Eisbärenfell, die vorher den Barbaren gehört hatten, schützten Rammar und Balbok nicht nur vor der klirrenden Kälte, sondern sorgten auch dafür, dass sie im Dämmerlicht mit ihrer Umgebung nahezu verschmolzer. Sich im Schutz der Eisnadeln haltend, die den Tempel wie riesige Palisaden umgaben, arbeiteten sich die beiden an ihr Ziel heran. Ihre Schritte knirschten im Firn, der Atem verließ ihre Nüstern als weißer Dampf.

»Weißt du, was ich mich frage?«, raunte Rammar seinem Bruder zu.

»Was?«, fragte Balbok.

»Ich frage mich, ob Girgas das ganze Theater zu schätzen wüsste, das wir seinetwegen veranstalten. Ich meine, hast du schon mal von Orks gehört, die sich bis ans Ende der Welt begaben, um das verlorene Haupt ihres Anführers zurückzuholen?«

Balbok überlegte kurz. »Nein«, gestand er dann.

»Wenn diese *umbal'hai* zu Hause im *bolboug* wüssten, was wir alles auf uns nehmen, um Girgas' dämlichen Schädel zu beschaffen ... Wir haben gegen Ghule und eine Spinne gekämpft, haben uns bei den Zwergen eingeschlichen und dutzendweise Menschen erschlagen. Nicht schlecht für zwei Orks, die man unter Schimpf und Schande aus dem Dorf getrieben hat, oder?«

»Finde ich auch«, pflichtete Balbok seinem Bruder bei.

»Weißt du was? Erzählen sollte man es ihnen, Wort für Wort. Die ganze Geschichte, von Anfang an.«

»Du meinst eine Saga? So wie die Zwerge sie erzählen?«

»Schmarren. Ich rede nicht von einer Geschichte über bärtige kleine Kerle, die im Dreck nach Goldklumpen wühlen. Wen interessiert so was denn? Ich spreche von einer Saga über zwei Orks, die große Taten vollbringen und ihre Feinde das Fürchten lehren. Die Geschichte vom tapferen Rammar und seinem Helfer Balbok, die die Elfen bezwangen, um das Haupt des großen Girgas zurück ins *bolboug* zu bringen.«

»Klingt gut.« Balbok nickte eifrig. »Aber warum muss es heißen ›Der tapfere Rammar und sein Helfer Balbok‹? Warum nicht ›Der tapfere Balbok und sein Helfer Rammar‹?«

Rammar erwiderte nichts darauf, aber der Blick, den er seinem Bruder unter der Fellkapuze her zuwarf, war vernichtend.

»Und da ist noch etwas«, fuhr Balbok in seiner Kritik fort.

»Die Spinne, die Ghule und die Menschen haben wir besiegt, das stimmt. Aber an den Elfen sind wir noch nicht vorbei, und ich glaube nicht, dass sie die Karte freiwillig rausrücken werden.«

»Was du nicht sagst.«

»Ich habe gehört, dass Elfen ihre Festungen und Tempel mit Fallen sichern. Außerdem soll es dort endlos verzweigte Gänge geben, in denen man leicht die Orientierung verlieren und sich verirren kann. Und obwohl die Elfen allmählich aus unserer Welt verschwinden, sind sie doch noch immer die besten Schwertkämpfer überhaupt, und ihre Bogenschützen vermögen jedes Ziel zu treffen, ganz egal, ob ...«

»Schon gut«, fiel Rammar ihm verdrießlich ins Wort. »So genau will ich es gar nicht wissen.« Sein Bruder hatte eine unnachahmliche Art, einem die Laune zu verderben.

Sie erreichten eine letzte Eisnadel, hinter der sie Deckung suchten. Von hier aus hatten sie freien Blick auf den Tempel, der sich riesengroß und mächtig vor ihnen erhob. Die Orks erkannten, dass die Wände und Mauern nicht wirklich aus Eis bestanden, sondern aus weißem Gestein, das lediglich mit Eis überzogen war. Und dass es nicht die Kräfte der Natur gewesen waren, die das Bauwerk geformt hatten, sondern dass seine Linien einer strengen Geometrie folgten. Wer immer den Tempel errichtet hatte, hatte gewollt, dass er aus der Ferne wie ein riesiger Eisklotz wirkte. Erst, wer sich näherte, sah, dass es sich um eine Tempelfestung handelte.

Auch ein großes Tor gab es, dessen schneeweiße Flügel sich kaum von der Mauer abhoben. Es war verschlossen, und in den schmalen Fenstern oberhalb des Tors konnten Rammar und Balbok erstmals auch schemenhafte Gestalten erkennen. Wächter, die Alarm geben würden, sobald sie die beiden Orks entdeckten.

»Schöner Mist«, meinte Rammar. »Und was nun?«

»Das Tor ist verschlossen«, erklärte Balbok überflüssigerweise. »Wir werden einen anderen Weg hinein finden müssen.«

»Wie klug du bist.« Rammar schnitt eine Grimasse. »Und wie willst du das anstellen? Dich durch den Fels beißen?«

Balbok ließ sich so rasch nicht entmutigen – nicht nach allem, was sie durchgemacht hatten. Suchend blickte er an den eisigen Mauern des Tempels empor und entdeckte eine schmale Öffnung, die nach Südwesten blickte.

»Dort!«, rief er und wies hinauf.

»Was soll da sein?«

»Ein Fenster. Dort hinauf müssen wir.«

»Dort hinauf müssen wir«, äffte Rammar seinen Bruder nach. »Ist dir klar, wie hoch das ist? Das schaffen wir nie im Leben.«

»Du nicht«, stimmte Balbok ihm grinsend zu. »Aber ich.«

Rammar erwog für einen Augenblick, seinen Bruder für diese Frechheit zu erschlagen. Die Sache war nur – Balbok hatte Recht. Sehnig und kräftig, wie der jüngere Ork war, konnte es ihm durchaus gelingen, sich am Seil bis zum Fenster emporzuhangeln. Rammar hingegen würde mit seinem Körpergewicht keine zehn Mannshöhen weit kommen. Außerdem – war es nicht auch viel klüger, hier zu bleiben und abzuwarten, bis Balbok die Karte besorgt hatte? Schließlich hatte dieser ihm ja gerade einen Vortrag darüber gehalten, welch vortreffliche Schwertkämpfer und Bogenschützen die Elfen wären und dass sie ihre Festungen und Tempel mit Fallen sicherten. Dieser Angeber! Wenn er sich so gut mit den Elfen auskannte und angeblich sogar wusste, was ihn innerhalb ihrer Tempelmauern erwartete, sollte er die Sache ruhig allein erledigen ...

»Ich verstehe«, sagte Rammar deshalb listig. »Du willst mich nicht dabeihaben. Bisher war ich dir mit meinem Verstand nützlich, aber jetzt bin ich nur noch ein Hindernis für dich, und du willst alles tun, damit die Saga, die dereinst in unserem *bolboug* erzählt wird, nicht heißt ›Der tapfere Rammar und sein Helfer Balbok‹, sondern ›Der tapfere Balbok und sein Helfer Rammar‹. Aber – nun gut ...« Er zuckte mit den Schultern. »Ich bin dir nicht böse. Geh nur und hol die Karte. Ich werde so lange hier auf dich warten.«

»Du willst nicht mitkommen?«

»Bist du so dämlich, wie du aussiehst?«, schnaubte Rammar. »Ich würde gern mitkommen, aber ich *kann nicht*, das hast du selbst gesagt. Ich bin zu fett, um am Seil hochzuklettern.«

»Und wenn es eine andere Möglichkeit gäbe?«

Rammar bemerkte nicht das Blitzen in den Augen seines Bruders, sonst wäre er vorsichtig gewesen. So jedoch sagte er leichtsinnigerweise: »Wenn es eine Möglichkeit gäbe, würde ich nichts lieber tun, als dich zu begleiten. Schließlich haben wir dieses Abenteuer gemeinsam begonnen, und ich will es auch gemeinsam mit dir beenden.«

»*Korr*«, bestätigte Balbok grinsend. »Ich sage dir, wie wir es machen: Ich werde raufklettern und dich dann am Seil hochziehen.«

»D-du willst mich hochziehen?«

»Genau.«

»Und – wenn du mich fallen lässt?«

»Dann brauchst du dir keine Sorgen mehr wegen der Elfen zu machen«, erwiderte Balbok in seltener Schlagfertigkeit. »Was ist?«, fügte er hinzu, als sein Bruder zögerte. »Stimmt was nicht? Gerade noch wolltest du unbedingt dabei sein, und jetzt ...«

»Ist ja schon gut, ich bin einverstanden«, wiegelte Rammar ab. »Und wie willst du das Seil oben befestigen, damit du selbst daran hochklettern kannst?«

»Indem ich das Seil an meinen *saparak* verknote und ihn durchs Fenster werfe«, antwortete Balbok.

»Und du triffst? Und kannst so hoch werfen?«

Balbok grinste nur.

»Hm.« Rammar schürzte die Lippen. »Der Einfall hätte von mir sein können. Aber ich warne dich: Wenn du *shnorsh* baust und wir entdeckt werden, werde ich viel schlimmere Dinge mit dir anstellen, als diesen Spitzohren einfallen könnte.«

»Schon gut.« Balbok zuckte gleichmütig mit den Schultern – hätte er jedes Mal, wenn sein Bruder ihm ein gewaltsames Ende androhte, eine Kerbe in den Griff seiner Axt geschnitten, die Waffe wäre mittlerweile nicht mehr zu gebrauchen gewesen.

Gelassen bereitete er sich auf die gefährliche Mission vor. Köcher und Bogen nahm er von seinen Schultern, griff nach dem Seil und entrollte es. Dann ging er daran, in regelmäßigen Abständen Knoten hineinzumachen.

»Wozu soll das denn gut sein?«, fragte Rammar mürrisch.

»Damit ich nicht abrutsche«, erklärte Balbok, und Rammar musste zugeben, dass auch diese Idee gar nicht mal so dämlich war. Nachdem er sein Werk beendet hatte, rollte Balbok das Seil wieder auf und schlang es sich über die Schulter. An das Ende knotete er den *saparak* fest.

»Bist du allmählich fertig?«, fragte Rammar ungeduldig.

»Fertig.«

»Dann los, du langes Elend. Und lass dich ja nicht erwischen, hörst du?«

Balbok murmelte etwas Unverständliches und setzte sich in Bewegung. In gebückter Haltung, die Kapuze des Umhangs über dem Kopf, rannte er auf die Mauer zu, die als steile Wand vor ihm aufragte und in der sich die Fensteröffnung befand.

Allein der Anblick der eisverkrusteten Wand ließ Rammar das Blut in den Adern stocken. Die Vorstellung, an einem Seil daran emporzuklettern, gefiel ihm ganz und gar nicht. Immer wieder blickte er zum Haupttor und zu den Fenstern mit den Wachen. Zwar war Balbok durch den Nebel und seinen Umhang gut getarnt, aber vorsichtig musste er trotzdem sein.

Glücklicherweise bemerkte keiner der Wächter, die in den Öffnungen nur schemenhaft auszumachen waren, den Ork, der endlich den Fuß der Mauer erreichte. Eilig warf Balbok den Umhang ab, nahm das Seil von der Schulter und legte es auf den Boden. Dann zielte er mit dem *saparak* nach oben, wo sich das Fenster befand.

»*Darr malash*«, knurrte Rammar. »Dieser blinde Hund trifft im Leben nicht ...«

Balbok nahm drei Schritte Anlauf und schleuderte den *saparak* mit aller Kraft seines Wurfarms.

Fast senkrecht stieg der *saparak* nach oben, an der eisigen Wand entlang, das Seil hinter sich herziehend. Rammar hielt den Atem an, während er sich die Faust aufs Auge drückte.*

* orkisches Pendant zum Daumendrücken

Der Speer verlangsamte seinen Flug und drehte sich in der Luft – und zu Rammars maßlosem Erstaunen verschwand er im nächsten Moment tatsächlich in der Fensteröffnung.

»Dieser elende Bastard«, flüsterte Rammar in einem Anflug von Bewunderung. »Manchmal ist er wirklich ein ausgebuffter Schweinehund!«

Den Umhang ließ Balbok zurück, da der ihn beim Klettern nur behindert hätte. Mit beiden Händen umfasste der Ork das Seil und zog daran, bis es sich straffte. Mit einem Ruck prüfte er die Festigkeit und stellte zufrieden fest, dass sich der *saparak* an der steinernen Fensterbrüstung verkantet hatte. Balbok begann mit dem Aufstieg.

Anfangs versuchte er noch, sich mit den Füßen gegen die Mauer zu stemmen, aber da sie von Eis überzogen war, fand er keinen Halt. Also blieb Balbok nur, sich an den Armen emporzuziehen, die Beine um das Seil geschlungen – eine Kraftanstrengung, die Rammar schon beim Zuschauen den Schweiß aus allen Poren trieb. Die Faust weiterhin aufs Auge gedrückt und mit vor Staunen offenem Maul beobachtete der untersetzte Ork, wie sich sein Bruder emporzog. Dabei ertappte er sich dabei, dass er den Atem anhielt und um Balboks Leben bangte.

»Was soll das?«, fragte er sich selbst. »Was kümmert es mich, ob dieser *umbal* abstürzt und sich das Genick bricht? Solange es nicht mein Hals ... *Balbok!*«

Ein halblauter Schrei entfuhr Rammar, als er sah, wie sein Bruder den Halt verlor. Balbok griff ins Leere, bekam das Seil nicht mehr zu fassen – und stürzte ab!

Drei, vier Mannslängen tief fiel er, dann gelang es ihm, das Seil zu packen – über einem der Knoten, die er vorhin hineingeknüpft hatte.

»Du dämlicher, ungeschickter Dummkopf!«, wetterte Rammar erleichtert. »Musst du mich so erschrecken?«

Atemlos verfolgte er, wie Balbok wieder hinaufkletterte. Rammar erkannte, dass die Kräfte seines Bruders allmählich nachließen, trotzdem zog er sich weiter empor, Stück für Stück – und erreichte endlich das Fenster.

Die Öffnung war größer, als es von unten den Anschein

hatte, und Balbok konnte bequem hindurchsteigen. Für einen Augenblick verschwand er, und Rammar wusste nicht recht, was er sich wünschen sollte: Wenn Balbok nun von Elfenwachen entdeckt und erschlagen wurde, würde ihm selbst die waghalsige Kletterpartie erspart bleiben, aber dann würde er die Karte nicht bekommen und damit auch nicht Girgas' Haupt, und das wiederum würde doch recht unangenehme Folgen nach sich ziehen.

Zu seinem Verdruss wie zu seiner Erleichterung erschien Balbok kurz darauf wieder am Fenster. Er hatte die Zeit offenbar genutzt, das Seil irgendwo festzubinden. Nun war der Moment gekommen, vor dem sich Rammar bereits die ganze Zeit über gefürchtet hatte; Balbok winkte und bedeutete ihm, nachzukommen.

»*Shnorsh.*«

Einen Augenblick lang zögerte Rammar.

Was sollte er tun?

Er musste das nicht auf sich nehmen, niemand konnte ihn dazu zwingen. Dass er ein Ork von echtem Tod und Horn* war, hatte er bereits im Kampf gegen Ghule und Barbaren unter Beweis gestellt. Und seinem Bruder, diesem dämlichen Idioten, musste er sich ganz sicher nicht verpflichtet fühlen. Er brauchte sich nur umzudrehen und zu gehen. Dort drüben stand der Eissegler. Alles, was er tun musste, war, das Segel zu setzen und loszufahren, und schon in Kürze würde er den Tempel, die Elfen und alles andere weit hinter sich gelassen haben.

Und Balbok natürlich auch.

Schon wollte sich Rammar abwenden, um zu tun, wozu sein Verstand ihm riet. So hatte er es immer gehalten, und er würde auch diesmal gut damit fahren.

Die Sache war nur – er konnte es nicht.

»Verdammt, Rammar, was ist nur los mit dir?«, schalt er sich selbst. »Früher hättest du einfach kehrtgemacht und wärst abgehauen, hättest die Gelegenheit genutzt, deinen *asar* zu ret-

---

* Redensart

ten. Du wirst allmählich alt und sentimental. Das wird dich noch das Leben kosten!«

Obwohl ihm sein klarer, untrüglicher Orkverstand dringend davon abriet, verließ er sein Versteck und rannte auf die Mauer zu, gebückt und die Kapuze über den Kopf gezogen wie zuvor Balbok. Die Wächter konnte er nicht mehr sehen, und er hoffte, dass auch sie ihn nicht entdeckten. Auf das Dämmerlicht, den Nebel und seinen Tarnumhang vertrauend, lief er keuchend weiter und langte schließlich bei der Mauer an.

Nun, da er daran emporblickte, kam sie ihm noch um vieles höher vor als aus der Ferne, und beinahe hätte er es sich noch einmal anders überlegt. Wie um sich selbst an der Flucht zu hindern, griff er nach dem Seil, das schon fast steif gefroren war vor Kälte, schlang es sich um seinen feisten Wanst und verknotete es mehrmals. Dann winkte er Balbock – der zweifelhafte Spaß begann ...

Erneut waren Tage vergangen – Tage, in denen nichts geschehen war und gähnende Langeweile Alannahs ständiger Begleiter gewesen war. Sich nach Ablenkung sehnend, verbrachte die Hohepriesterin von Shakara den weitaus größten Teil des Tages damit, am Fenster ihres Gemachs zu stehen und hinauszublicken in die Weite der Weißen Wüste, über der um diese Jahreszeit die Sonne nicht versank.

Nur zweimal am Tag – wenn Farawyns Horn geblasen wurde, um zum Gebet zu rufen, und wenn das Tempelritual vollzogen wurde – verließ Alannah ihr Gemach. Was der Tempel an Zerstreuung zu bieten hatte – von den Gärten des Miron über die heißen Quellen bis hin zur großen Säulenhalle, in der sie in jungen Jahren zu lustwandeln pflegte – hatte sie zur Neige ausgeschöpft. Es vermochte ihr keine Kurzweil mehr zu verschaffen, und sie begann zu verstehen, weshalb so viele ihres Volkes des Lebens in dieser Welt überdrüssig waren und sich nach den Fernen Gestaden sehnten.

Auch Alannah spürte tief in sich den Drang, die Welt der Sterblichen zu verlassen, und mit jedem Tag, der zu Ende ging, ohne dass sie etwas aus dieser ewig andauernden Lethargie riss, nahm dieser Drang noch zu. Es war grauenvoll, jahrhundertelang darauf zu warten, dass sich eine Prophezeiung erfüllte – vor allem dann, wenn sich diese am Ende als Lüge erwies. Großes hatte Farawyn der Seher vorausgesagt, doch war es nicht eingetroffen. Und jedes Jahr, das Alannah vergebens gewartet hatte, hatte ihre Geduld zermürbt und ihren Unmut wachsen lassen. Und offenbar nicht nur ihren.

Vor zwei Tagen war die Gesandtschaft aus Tirgas Dun eingetroffen, auf die die Priesterin und ihre Diener so sehnsüchtig gewartet hatten. Aber Alannahs anfängliche Freude darüber, dass dem bleiernen Alltag in Shakara endlich eine Abwechslung widerfuhr, war bald grausamer Ernüchterung gewichen: Fürst Loreto war nicht unter den Gesandten gewesen. Dafür hatte man ihr einen Brief übergeben, von eben jenem Elfenfürsten, dem Alannah in inniger Liebe zugetan war.

Den Brief brauchte Alannah inzwischen nicht mehr zu lesen, um sich seinen Wortlaut ins Bewusstsein zu rufen. Wieder und wieder waren ihre Augen über die Zeilen gewandert, ohne dass sie den Inhalt hatte begreifen können, sodass sie den Brief inzwischen auswendig kannte.

Geliebte Alannah,
viel Zeit ist verstrichen seit meinem letzten Besuch in
Shakara – Zeit, die ich dazu genutzt habe, um in mich zu
gehen und nachzudenken über Euch und mich und das
Schicksal der Welt. Dabei bin ich zu einem Entschluss
gelangt, den ich Euch mitteilen möchte, in gebotener Kürze,
um Eure wertvolle Zeit nicht über Gebühr zu beanspruchen.
Nachdem der Hohe Rat mir wiederholt angetragen hat,
Tirgas Dun zu verlassen und mit dem nächsten auslaufenden Schiff zu den Fernen Gestaden aufzubrechen, habe ich
schließlich eingewilligt. Schon in Kürze werde ich diese Welt
verlassen und in der Heimat unseres Volkes ein neues Leben
beginnen, das mir weder Zwänge noch Verpflichtungen
auferlegt. Ich weiß, dass diese Entscheidung Euch zweifellos
treffen wird, aber ich bitte Euch, mich zu verstehen. Die
Heimat unseres Volkes bietet mir alles, was ich je zu erhoffen

wagte. Unsere Liebe hingegen muss unerfüllt bleiben, bis sich eines fernen Tages jene Prophezeiung erfüllt, der Euer Dasein gewidmet ist.
Doch viele von uns ahnen, dass dies wohl nie geschehen wird. Für uns hat es nie eine Zukunft gegeben – für mich liegt sie an den Fernen Gestaden.
Verzeiht, dass ich nicht erscheinen konnte, um Euch meine Entscheidung persönlich mitzuteilen, aber meine Anwesenheit in Tirgas Dun ist dringend erforderlich. Noch viel ist zu tun, zu planen und vorzubereiten, bis ich dorthin zurückkehren kann, wo alles begonnen hat.

In treuer Verbundenheit,
Loreto
Fürst von Tirgas Dun

»Fürst von Tirgas Dun ...«, flüsterte Alannah voller Bitterkeit. Er hatte noch nicht einmal mit seinem *Essamuin* unterschrieben. Jedem männlichen Elfen wird bei seiner Geburt ein geheimer zweiter Name mitgegeben, den er nur jenen verrät, die ihm nahe stehen. Alannah hatte zum Kreis jener Eingeweihten gehört – verbotenerweise.

Als Hohepriesterin von Shakara war es ihr untersagt, eine Verbindung einzugehen, sei es mit einem Sterblichen oder einem Abkömmling elfischen Geblüts. Auch war es ihr verboten, das Bett mit einem Mann zu teilen, solange sich nicht erfüllte, was Farawyn einst vorausgesagt hatte, denn ihr ganzes Trachten hatte einzig der Wahrung des Geheimnisses zu gelten. Loretos und ihre Liebe hatte daher unerfüllt bleiben müssen und nur auf geistiger Ebene bestanden. Der Fürst hatte stets behauptet, dass ihm dies genüge und es mehr wäre, als er sich je zu träumen erhoffte. Das hatte wohl nicht ganz der Wahrheit entsprochen.

Alannah war tief verletzt.

Der Fürst schien nur auf sein eigenes Wohl bedacht, auf die eigene Zukunft. Dabei hatte sie stets geglaubt, dass er anders wäre als jene bornierten Elfenfürsten, die die Sitze des Hohen

Rats besetzten und sich benahmen wie die Herren der Welt, die allmählich zu einem Scherbenhaufen zerfiel. Längst hatte das Elfenreich nicht mehr die alte Ausdehnung, beschränkte sich auf die Lande tief im Süden, die an die Ufer des Meeres grenzten. Das Geschlecht der Söhne Mirons war schwach geworden, und so sehr sehnte es sich nach der Entrücktheit der Fernen Gestade, dass es die alten Tugenden und Werte verloren hatte. Loreto war das beste Beispiel dafür.

Alannah hielt die Augen geschlossen, um die Tränen zurückzuhalten. Sie trug bereits ihr blütenweißes Festgewand und würde jeden Augenblick gerufen werden, um das tägliche Ritual zu vollziehen. Von der Hohepriesterin von Shakara wurde erwartet, dass sie dabei Selbstsicherheit und Zuversicht ausstrahlte, in der unerschütterlichen Erwartung, dass sich die Prophezeiung erfüllte. Tränen passten da nicht ins Bild.

Aber Alannah war nicht zuversichtlich, und ihr Herz war voller Trauer und Zorn. Zorn über den schmählichen Verrat, den Loreto an ihr verübt hatte, Trauer darüber, dass ihr Leben das einer Gefangenen war.

Obwohl ihr Amt und ihre Herkunft ihr alle denkbaren Privilegien zubilligten, war sie im Tempel gefangen, gekettet an eiserne Regeln und Rituale, die es ihr nicht erlaubten, das zu tun, was ihr Herz ihr befahl. Wäre es nach ihr gegangen, so hätte sie Shakara längst verlassen, wäre nach Süden gegangen und hätte das nächste Schiff zu den Fernen Gestaden bestiegen auf der verzweifelten Suche nach etwas, das ihrem eintönigen Leben eine andere Richtung gab. So betrachtet, konnte sie Loreto für seine Entscheidung nicht einmal zürnen, was sie nur noch verzweifelter machte.

Ein Angehöriger ihres Volkes nach dem anderen verließ diese Welt; schon bald würde keiner von ihnen mehr in *amber* weilen, und die stolzen Mauern von Tirgas Dun würden zerfallen. Der Elfen Stolz würde untergehen, und Alannah würde dazu verdammt sein, dem Untergang bis zum Ende beizuwohnen, während sie in den folgenden Jahrhunderten auf etwas wartete, das niemals eintreffen würde.

Wie sehnte sich Alannah danach auszubrechen.

Wie war sie es leid, ihre Pflicht zu tun.
Warum konnte nichts geschehen, das dies alles änderte?
Ihre Dienerin klopfte und betrat gleich darauf den Raum. Sie kam, um Alannah abzuholen.
Das Ritual begann erneut, zum ungezählten Mal …

10.
KIOD UR'SUL'HAI-COUL

Rammar starb tausend Tode.

Der Ork hing in Schwindel erregender Höhe an dem Seil, das er sich um den Bauch geschlungen hatte, und schloss allmählich mit seinem Leben ab. Wie Schlaglichter blitzten seine Ruhmestaten vor seinem inneren Auge auf (und er musste feststellen, dass es beschämend wenige waren). Hilflos in der Luft baumelnd, zwischen Leben und Tod, schwor sich Rammar, dies zu ändern, wenn er diesen Wahnsinn nur überlebte und nicht am Fuß der Mauer zu einem hässlichen Fettfleck zerklatschte.

Hätte die Situation es erlaubt, er hätte seine Todesangst lauthals hinausgeschrien. Aber selbst in seiner Panik war Rammar klar, dass er damit die Elfenwachen auf sich aufmerksam gemacht hätte, und das war noch ungesünder, als an einem Seil, das bei jedem Zug bedrohlich knirschte, über einem Abgrund zu hängen.

Rammar versuchte, seinen Bruder, der oben am Seil zerrte und zog, bestmöglich zu unterstützen, aber seine Stiefel fanden keinen Halt an der vereisten Wand, und so unterließ er lieber das hilflose Gestrampel. Es blieb ihm nichts anderes übrig, als seinem Bruder zu vertrauen – ein Albtraum nach Rammars Verständnis. Obwohl Balbok derjenige war, der sein Leben in Händen hielt, wuchs Rammars Wut auf ihn mit jedem Augenblick. Balbok allein war schließlich schuld daran, dass er in dieser misslichen Lage steckte – oder vielmehr hing. Was für eine verrückte Idee es doch war, ihn am Seil hinaufzuziehen!

Als Rammar endlich das Fenster erreichte, war er mit den Nerven am Ende und seine Gefühle zweigespalten. Einerseits war er unsagbar erleichtert, dieses halsbrecherische Abenteuer heil überstanden zu haben, andererseits kochte er fast über, als er Balboks grinsende Visage erblickte.

»Na?«, fragte der Hagere auch noch. »Hat Spaß gemacht, oder?«

»Ob es Spaß gemacht hat?« Mit einem Schwall der ärgsten orkischen Flüche zwängte sich Rammar durch die Fensteröffnung, die ihm auf einmal wieder sehr schmal erschien, und sprang mit den Füßen auf den Boden. Seine Knie waren weich wie Schneckenschleim. »Ob es Spaß gemacht hat, willst du wissen?«

Balbok nickte.

»Nein, du Holzkopf, es hat mir keinen Spaß gemacht! Wie würde es dir gefallen, an einen Strick gebunden in luftiger Höhe zu baumeln, während man dich Stück für Stück nach oben zieht? Das war entwürdigend, verstehst du?«

Balbok schaute ihn mit stierem Blick an. Würde war nicht gerade etwas, das unter Orks besonders hochgehalten wurde. Im Gegenteil, für gewöhnlich verwandten sie ihren ganzen Eifer darauf, die Würde anderer mit Füßen zu treten. Sich über seine eigene Würde Gedanken zu machen, galt sogar als menschlich und verweichlicht.

Das wurde auch Rammar in diesem Moment bewusst, denn er winkte schnaubend ab. »Schon gut«, knurrte er, »vergiss es. Hauptsache ist, dass du mich nicht fallen gelassen hast und wir beide jetzt hier sind. Das heißt – wo genau sind wir überhaupt?«

»Sieht wie ein langer Korridor aus«, antwortete Balbok und deutete den Gang aus weißem Stein hinab, auf den in regelmäßigen Abständen Quergänge mündeten. Säulen säumten die Wände, und der gleiche blaue Schein, der auf dem Turm des Tempels strahlte, sorgte auch hier für kaltes, unwirkliches Licht.

»Blödhirn – natürlich ist das ein langer Korridor«, entgegnete Rammar. »Die Frage ist, wo er hinführt. Und wie, bei Kuruls Flamme, sollen wir in diesem Labyrinth die Karte finden, die der Zauberer haben will?«

Statt zu antworten, rümpfte Balbok die Nase, schnupperte und stieß dann leise hervor: »Da kommt jemand!«

Sein Bruder und er tauschten einen Blick, dann versteckten sie sich zu beiden Seiten des Ganges hinter den Säulen.

Als Balbok ein paar Herzschläge später einen vorsichtigen Blick riskierte, entdeckte er einen Elfen. Er trug ein weites Gewand aus glänzender Seide, das im blauen Licht geheimnisvoll schimmerte. Sein helles Haar war kurz geschnitten, sodass die Markenzeichen seiner Rasse zu sehen waren: die spitz zulaufenden Ohren, die nicht vom Kopf abstanden wie die eines Orks, sondern eng anliegend waren.

Auch ansonsten wies er alle Merkmale seiner Art auf – jene Merkmale, die Elfen in den Augen eines Orks zu den hässlichsten Geschöpfen von ganz *sochgal* machten: die weiße Haut, die sie aussehen ließ wie wandelnde Tote, die schmalen wasserblauen Augen mit den hochgezogenen Brauen, die nach Meinung der Orks von der Hinterlistigkeit dieser Kreaturen zeugten, und schließlich ihre filigrane Gestalt und ihre Art, sich zu bewegen; Elfen schienen stets über dem Boden zu schweben statt zu gehen. Orks machte das halb rasend. Was war von einem Wesen zu halten, dessen Nahen sich nicht durch lautes Poltern und Stampfen ankündigte?

Das ewige Herumgeschleiche der Elfen und ihr weises Gequatsche, ihre bedeutungsschwangeren Andeutungen und ihr weibisches Gehabe – all das konnte einen anständigen Ork in die Verzweiflung treiben, und so war es auch nur allzu verständlich, dass sich beide Völker schon seit Anbeginn der Zeiten spinnefeind waren. Zwischen Menschen und Orks ließen sich immerhin noch ein paar Gemeinsamkeiten finden, nicht von ungefähr waren sie einst Verbündete gewesen, auch wenn dies in einem Debakel geendet hatte. Aber Elfen und Orks trennte eine Kluft, die weiter war als alle Meere und tiefer als der tiefste von Kuruls Pfuhlen. Sie waren wie Tag und Nacht, und nichts konnte darüber hinwegtäuschen.

Zu allem Überfluss kam der Elf geradewegs den Gang herab auf sie zu. Verstohlen lugten Rammar und Balbok aus ihren Verstecken hervor, und beide fassten sie einen spontanen Entschluss, über den sie sich mit einem schnellen Blick und einem Nicken einigten: Sie mussten sich nach dem Weg zu der Karte von Shakara erkundigen. Mit der ihrer Rasse eigenen Ungeduld warteten die beiden Orks ab. Als der Elf die Säulen passierte, hinter die sie sich geflüchtet hatten, sprangen sie beide wie ausgehungerte Raubtiere hervor.

Der Angriff traf den Elfen völlig überraschend. Mit seinem massigen Körper stürzte sich Rammar auf ihn und riss ihn von den Beinen. Sofort war auch Balbok herbei, um ihn zu entwaffnen. Aber alles, was der Elf bei sich trug, war ein mit geschnitzten Symbolen verzierter Stab, den der Ork achtlos beiseite warf. Dafür zückte Balbok einen Dolch und drückte die Klinge dem Elfen an die Kehle. Dessen schmale Augen wurden bemerkenswert groß und starrten die Orks panisch an.

»Sprichst du die Sprache der Menschen?«, schnauzte Rammar, der auf dem Elfen saß und ihn so zu Boden drückte.

Ein krampfhaftes Nicken war die Antwort.

»Dann sag uns, wo die Karte ist!«

»Die ... Karte?« Der Elf sprach mit eigenartig singender Stimme – noch so etwas, das seiner Sorte zueigen und Orks zuwider ist.

»Ja doch, die Karte!«, blaffte Rammar. »Stell dich nicht dümmer an, als du bist, Spitzohr! Du weißt genau, wovon ich rede! Oder?«

»I-ich weiß es«, stammelte der Elf, während ein Kloß in seinem Hals auf- und abwanderte, sodass er mal ober- und mal unterhalb von Balboks Klinge zu sehen war.

»Sehr schön. Dann immer munter heraus damit – ehe wir unsere guten Manieren vergessen und dich der Länge nach aufschlitzen!«

»Was wollt ihr mit der Karte? Woher wisst ihr ...?«

»Das geht dich einen feuchten Drachenfurz an, woher wir davon wissen. Du sagst uns einfach, wo wir das verdammte Ding finden, und wir holen es uns – und damit basta!«

»Ihr wollt die Karte?«

»Ruhe!«, befahl Rammar und ritt so auf dem armen Elfen herum, dass diesem die Luft wegblieb. »Hier stellt nur einer Fragen, und das bin ich. Also – wo finden wir die Karte von

Shakara? Spuck es aus, Elflein, oder dein langes Leben endet hier und jetzt!«

Die Blicke des Elfen zuckten entsetzt von einem Ork zum anderen. »E-es gibt keine Karte«, stieß er schließlich hervor.

»Was hat er gesagt?« Balbok schaute seinen Bruder fassungslos an. »Du hattest Recht, mein Menschisch ist wirklich schlecht geworden. Ich habe verstanden, dass es gar keine Karte gibt.«

»Das hat das Spitzohr auch gesagt«, murmelte Rammar und wandte sich wieder an den Elfen. »Du hältst dich wohl für besonders schlau, was? Glaubst, deine Sorte könnte sich gegenüber uns Orks jede Frechheit herausnehmen. Warte, Bürschchen, mein Bruder wird die den Bauch aufschlitzen und deine Innereien …«

»Aber ich sage die Wahrheit«, versicherte der Elf. »Die Karte von Shakara gibt es nicht. Jedenfalls nicht so, wie ihr euch das vorstellt.«

»Ach nein? Wie denn dann?«

»Es ist keine Landkarte wie andere«, erklärte der Elf in seiner Bedrängnis; sein Leben schien ihm wichtiger zu sein als die Wahrung alter Geheimnisse. »Sie ist nicht auf Pergament oder Leder gezeichnet und nicht in Stein gemeißelt. Die Karte von Shakara existiert nur im Bewusstsein der Hohepriesterin des Tempels.«

»Hä?« Die Falten auf Rammars Stirn wurden so tief, als wären sie mit einem Messer eingekerbt. »Was ist denn das jetzt für ein Mist?«

»Das ist die Wahrheit«, erklärte der Elf. »Über Generationen hinweg wurde das Geheimnis der Karte von Shakara von einer Hohepriesterin an die nächste weitergereicht. Nur in ihrem Geist hat die Karte die Jahrhunderte überdauert, und das allein ist der Grund dafür, dass sie nicht längst gestohlen wurde. Schon viele haben es versucht, Halsabschneider wie ihr, aber keinem ist es gelungen, das Geheimnis zu lüften.«

»So?« Rammar hatte ein Auge zugekniffen, das andere funkelte den Elfen argwöhnisch an. »Und warum verrätst du uns dann diesen ganzen Unsinn? Ihr Bleichgesichter seid doch sonst so schweigsam, wenn es um eure Geheimnisse geht.«

Der Elf lachte keuchend auf, und obwohl es zu seinen entrückten blassen Gesichtszügen nicht recht passen wollte, verzogen sich seine Mundwinkel in unverhohlenem Spott. »Weil es nicht mehr von Belang ist«, eröffnete er. »Unsere Zeit auf dieser Welt geht zu Ende. Andere werden kommen und die Macht an sich reißen – Kerle wie ihr, die sich für Reichtum und Macht gegenseitig an die Gurgel gehen. Die Prophezeiung, auf die wir alle gewartet haben, hat sich nicht erfüllt. Es spielt keine Rolle mehr, ob ihr das Geheimnis der Karte erfahrt oder nicht, denn es wird euch ohnehin nichts nützen. Menschen und Orks haben keine Zukunft – auf meinesgleichen und mich hingegen warten die Fernen Gestade.«

»Die fernen Kastrate?« Balbok hob die Brauen.

»Gestade«, verbesserte Rammar. »Das ist der Ort, wohin sich die Spitzohren alle verziehen. Ist doch so, oder nicht?«

Der Spott im Gesicht des Elfen blieb. »Unwissend seid ihr. Primitive Barbaren, nichts weiter.«

»Sei vorsichtig, was du sagst, Bleichgesicht! Wenn ich dir die Zunge erst herausgeschnitten habe, wirst du keine frechen Reden mehr führen.«

»Schon gut. Ich beuge mich der Gewalt«, sagte der Elf, der seine Überraschung verwunden und sich wieder einigermaßen gefasst hatte. »Aber lasst euch gesagt sein, dass es hier nichts für euch zu holen gibt. Unsere Ahnen haben Vorsorge getroffen gegen Räuber wie euch.«

»Die Karte existiert also nicht?«, fragte Balbok misstrauisch.

»Das sagte ich, oder nicht?«

»Und nur die Hohepriesterin kennt das Geheimnis?«

»So ist es.«

Balbok schaute seinen Bruder an. »Warum nehmen wir dann nicht einfach die Hohepriesterin mit? Der Zauberer wird schon aus ihr herausquetschen, was er wissen will.«

»Das ist eine ausgezeichnete Idee.« Rammar nickte. »Etwas in der Art hatte ich mir auch schon überlegt.«

»Also machen wir es so?«

»Worauf du einen lassen kannst.«

Da die letzten Worte in der Sprache der Orks gewechselt worden waren, hatte der Elf nichts davon verstanden, doch er sah das grinsende Zähnefletschen der beiden Brüder. »Was habt ihr vor?«, fragte er, nun wieder ein wenig aufgebracht. »Ich habe euch doch gesagt, dass es für euch hier nichts zu holen gibt.«

»Nein, Elflein«, widersprach Rammar. »Du hast nur gesagt, dass es keine Karte gibt, das ist alles.«

»Und?«, fragte der Elf mit banger Ahnung.

Rammars Grinsen wurde noch breiter. »Wo finden wir die Hohepriesterin von Shakara?«

»Ihr wollt doch nicht …?« Der Elf blickte von einem zum anderen. Als er die beiden grinsenden Orks nicken sah, verfiel er fast in Panik. »Das könnt ihr nicht!«, rief er. »Das dürft ihr nicht! Dazu habt ihr kein Recht …«

»Im Gegenteil, Spitzohr«, sagte Rammar. »Wir haben dazu das beste aller Rechte, nämlich das des Stärkeren. Deine Rasse hat die längste Zeit den Ton angegeben. Jetzt werden wir Orks uns nehmen, was uns zusteht. Und mit deiner Priesterin werden wir anfangen. Wo ist sie? Sag schon, oder willst du mit aufgeschnittenem Wanst enden, noch ehe du das Land deiner Ahnen gesehen hast?«

Rammar hatte mit seinen Worten den richtigen Ton getroffen. Der Widerstand des Elfen bröckelte wie altes Mauerwerk. Wenn er den Orks nicht verriet, wo die Hohepriesterin zu finden war, würde es ein anderer tun. Die Tempelwachen würden sich der beiden Orks annehmen müssen. Vielleicht fand er einen Weg, sie zu warnen …

»Also gut«, erklärte er sich bereit und gab sich dabei Mühe, den letzten Rest an Würde zu wahren. »Um sich die Karte von Shakara wieder und wieder ins Gedächtnis zu rufen, vollführt die Hohepriesterin einmal täglich das Ritual Enyalia.«

»Aha«, brummte Rammar, ohne wirklich verstanden zu haben. »Und wann und wo findet dieses Ritual statt?«

»Im Tempelraum – gerade in diesem Augenblick.«

»Dann sollten wir keine Zeit verlieren«, sagte Rammar. Balbok nickte, holte das Seil ein, wickelte es um den Elfen und fesselte ihn damit.

»W-was tut ihr da?«

»Was wohl? Wir packen dich zum Mitnehmen ein.«

»Zum Mitnehmen? Aber ...«

»Du wirst uns zeigen, wie wir in diesem Wirrwarr von Gängen zum Tempelraum gelangen – hier sieht es ja noch schlimmer aus als in Torgas tiefsten Eingeweiden. Und wehe, du hältst uns zum Narren, Elflein. Dann kannst du was erleben.«

»I-ihr begeht einen großen F...« Der Elf verstummte, denn Balbok hatte ihm bereits einen Teil seines eigenen Gewandes als Knebel in den Mund gestopft. Dann lud er sich den Gefangenen wie einen Sack über die Schulter.

»Gut so.« Rammar war zufrieden. »Welche Richtung?«

»Mmh«, machte der Tempeldiener, der ziemlich unglücklich dreinblickte.

»Sprich gefälligst so, dass ich dich verstehen kann!«, verlangte Rammar und drohte mit der Faust.

»Mmh ... mmh ...« Der Elf deutete mit dem Kinn den Gang hinab.

Die beiden Orks nickten, und mit den Waffen in den Klauen eilten sie durch das schmale, von Säulen getragene Gewölbe.

An einem der Quergänge bedeutete ihnen der Elf, nach rechts zu gehen, nach einer Weile mussten sie sich nach links wenden. Einige Kreuzungen weiter hatten Rammar und Balbok bereits die Orientierung verloren und wussten nicht mehr, wo sie sich befanden – klar war ihnen nur, dass sie tiefer und tiefer ins Innere des Tempels vordrangen.

Plötzlich waren Stimmen zu hören.

Die Orks verharrten und lauschten. Ein Trupp Elfen kam den Gang entlang, auf sie zu, und dem Klirren nach zu urteilen, das ihre Stimmen untermalte, waren sie bewaffnet.

Tempelwachen.

»Rasch, da hinein!«, wies Rammar seinen Bruder an und deutete auf einen Nebengang. »Und keinen Mucks, Spitzohr, sonst ist's vorbei!«

Die Orks flüchteten sich mit ihrem Gefangenen in den Seitengang, die Waffen erhoben, um ihre Haut notfalls so teuer wie möglich zu verkaufen. Da das blaue Leuchten, das die Gänge erfüllte, überall gleich hell war, gab es keine Schatten, in die sie sich hätten verkriechen können. Ihnen blieb nur, sich eng an die Wand zu drücken und zu hoffen, dass die Wachen sie nicht entdeckten.

Die Stimmen und das Klirren wurden lauter. Ein gutes Dutzend mochten es wohl sein. Rammar und Balbok tauschten einen nervösen Blick, während die Klinge von Balboks Dolch an der Kehle des Gefangenen lag.

Im singenden Ton der Elfensprache wurden Befehle erteilt. Im nächsten Moment passierte der Trupp den Seitengang.

Die Orks hatten richtig vermutet.

Es waren Tempelwachen, ein ganzer Trupp. Über ihren Rüstungen aus blitzendem Silber trugen sie weiße Umhänge, unter denen die Griffe geschwungener Elfenklingen hervorschauten. Oben auf ihren Helmen, die die Gesichter freiließen, wippten weiße Federbüsche. Ihre Schilde zeigten einen stilisierten Eiskristall, das Symbol des Tempels von Shakara. Sie marschierten in Reih und Glied und bewegten sich mit grimmiger Entschlossenheit.

Rammar musste an das denken, was Balbok ihm über Elfenkrieger erzählt hatte. Der untersetzte Ork merkte, wie die Innenflächen seiner Klauen um den Schaft des *saparak* feucht wurden. Bang fragte er sich, wie viele von den Elfenwachen er in Kuruls Pfuhl würde stoßen können, ehe ihre Schwerter ihn in Stücke hackten – wohl nicht einen einzigen ...

Den Orks blieb nur, sich völlig still zu verhalten, während der Wachtrupp an ihnen vorbeizog. Balboks Nüstern zuckten, während sich der Gefangene in seiner Umklammerung wand. Aber der Ork packte nur noch fester zu und drückte die Dolchklinge gegen die Kehle des Elfen, sodass dieser allen Widerstand aufgab.

Eine Ewigkeit schien zu verstreichen, bis die Wachen sie passiert hatten. Das Glück der Orks war es, dass die Krieger in ihrer Disziplinierheit nur geradeaus, aber nicht zur Seite blickten, sodass sie weder die beiden Eindringlinge noch deren

Geisel bemerkten. Endlich war der Trupp vorbei, und Balbok wagte nicht nur, seufzend aufzuatmen, sondern verschaffte sich auch anderweitig Erleichterung.

»Verdammt!«, zischte Rammar ihn an. »Muss das sein? Wir können so schon von Glück sagen, dass uns die Langnasen nicht gerochen haben. Du wirst uns noch verraten mit deiner Furzerei!«

»'tschuldigung«, gab Balbok flüsternd zurück. »Mir war danach.«

»Wenn du das noch mal machst, wird mir danach sein, dir den Schädel einzuschlagen, du *umbal*!«, prophezeite Rammar mürrisch. Dann wandte er sich an den Gefangenen, dem Balboks Gase solche Übelkeit verursachten, dass er die Augen verdrehte. Rammar nahm ihm den Knebel aus dem Mund. »Wohin jetzt?«, wollte er wissen. »Und wage es nicht, uns irgendwohin zu führen, wo noch mehr Tempelwachen sind.«

»Do-dort entlang«, flüsterte der Elf tonlos. »Es ist nicht mehr weit bis zum Tempelraum.«

»Das will ich hoffen«, versetzte Rammar und stopfte ihm wieder den Mund. Erneut schlichen sie los, weiter den breiten Gang entlang und danach einer Reihe von Abzweigungen und Treppen folgend. Diesmal waren die Orks noch mehr auf der Hut als zuvor. Sobald sie ein verdächtiges Geräusch vernahmen, verharrten sie und warteten; erst wenn sie sicher waren, dass ihnen keine Gefahr drohte, setzten sie den Weg fort.

Endlich gelangten sie in einen Gang, der breiter und prächtiger war als alle anderen zuvor und dessen geschwungene Decke nicht von Säulen, sondern von Statuen getragen wurde. Ihr weißer Alabaster schimmerte im blauen Licht wie glänzendes Eis. Wen die Statuen verkörperten, wussten Rammar und Balbok nicht; es waren wahrscheinlich irgendwelche Wichtigtuer aus der Elfenhistorie, an denen in der Vergangenheit dieses Volkes ja nun wirklich kein Mangel herrschte. Für die Orks sahen die Kerle nicht nur alle gleich, sondern auch noch alle gleich hässlich aus – symmetrische Visagen mit hohen Wangen, langen Nasen und unverhohlener Arroganz im Blick.

Für Rammar verkörperten die Statuen alles, was er an den

Elfen noch nie hatte leiden können, und da ihn ohnehin ein dringendes Bedürfnis plagte, konnte er es sich nicht verkneifen, sich geradewegs zu Füßen eines besonders elegisch dreinblickenden Standbilds zu erleichtern. Dem Tempeldiener wollten die Augen aus den Höhlen quellen.

»Was glotzt du so, Bleichgesicht?«, fragte Rammar grinsend. »Hast du noch nie jemanden pinkeln sehen? Natürlich nicht – ich möchte wetten, bei euch Prachtburschen setzt es Eisbrocken und Rosenblüten.«

»Schhh«, machte Balbok mit einer energischen Handbewegung. »Hörst du das auch?«

Rammar packte seinen kleinen Ork wieder ein und spitzte die Ohren. Natürlich konnte er es hören – ätherische Gesänge in so hoher Tonlage, dass sich einem Ork die Nackenborsten sträubten.

»Verdammt!«, fluchte er. »Bei dem Gejammer rollen sich einem ja die Fußkrallen auf. Das kommt von da vorn, wahrscheinlich aus dem Tempelraum, oder?«

Der geknebelte Elf nickte widerstrebend.

»Die Zeremonie hat bereits angefangen«, folgerte Rammar. »Los, wir müssen uns beeilen.«

Die Orks liefen den breiten Gang entlang, ihren Gefangenen im Schlepp. Der Gesang wurde lauter, je weiter sie vordrangen, und je lauter er wurde, desto heller und durchdringender wurde das Leuchten, das den Gang erfüllte.

Blendend helles Licht strahlte ihnen vom Ende des Korridors entgegen. Ihre Augen schirmend, liefen sie weiter, eingehüllt von Licht und Gesang – beides Dinge, die ein Ork zutiefst verabscheut. Am liebsten hätte Rammar laut geschrien und kehrtgemacht, aber er riss sich zusammen.

Die Augen der Orks gewöhnten sich allmählich an das helle Licht, und sie erkannten, dass der Gang auf eine Art Galerie mündete, die von einer steinernen, kunstvoll behauenen Balustrade begrenzt war. Von hier aus konnte man hinunter in die Halle blicken, die an Prunk und Schönheit alles übertraf, was die beiden Brüder je gesehen hatten – nur haben Orks leider keinen Funken Sinn für Schönheit.

Fenster gab es nicht; das Licht strahlte von einem riesigen kreisrunden Leuchter, der von der hohen Decke hing und mit unzähligen Kristallen besetzt war. Künstlichen Gestirnen gleich verbreiteten sie gleißenden Schein und ließen den Marmor der Wände und des Bodens blendend hell erstrahlen.

Große Standbilder aus Alabaster, deren reglose Mienen noch gravitätischer wirkten als jene auf dem Gang, waren entlang der Seitenwände in schmale Nischen eingelassen. Die steinernen Schwerter, die sie zum Spalier erhoben hatten, formten ein zweites Dach über einem marmornen Weg, der von einem Ende der Halle zum anderen führte.

Die Stirnseite wurde von einem riesigen Kristall eingenommen, der gewiss an die zehn Mannslängen hoch war; anders als jene an der Decke leuchtete er nicht aus sich heraus, sondern reflektierte das Licht der kleineren Kristalle, sodass es tausendfach strahlte und glitzerte. Vor dem Kristall befand sich ein steinerner thronähnlicher Sitz, der wie die Balustrade der Galerie reich verziert war. Rings um den Thron hatten sich zahlreiche Elfen versammelt, die in wallende weiße Gewänder gekleidet waren. Zu beiden Seiten des Riesenkristalls gewahrten die Orks außerdem – sehr zu ihrem Missfallen – mehrere Wachen mit Schwertern und Schilden.

Die Seiten der Halle wurden von jungen Elfinnen gesäumt, deren anmutige Gestalten ebenfalls von Seide umflossen wurden, und langes Haar wallte auf ihre Schultern hinab. Sie waren die Urheberinnen des Gesangs, der in höchsten Tönen schwelgte und die Gehörgänge der Orks malträtierte.

Längst hatten Rammar und Balbok mit ihrem Gefangenen Deckung gesucht. Sie spähten durch das Geländer der Balustrade. Dabei waren ihre Gesichter zu leidvollen Grimassen verzogen; Elfengesang konnte einen Ork in den Wahnsinn treiben. Der Gesang schwoll noch an – und durch das Spalier der Steinfiguren schritt eine Frau, deren Gewand noch weißer und strahlender war als das aller anderen Elfen. Eine lange Schleppe hinter sich herziehend, deren hinterer Saum von zwei Tempeldienerinnen getragen wurde, schritt sie würdevoll zum Thron.

Für einen kurzen Moment konnten die Orks einen Blick auf ihr Gesicht erheischen. In Rammars und Balboks Augen war die Elfin ein abgrundtief hässliches Weib – was bedeutet, dass sie für Elfen und Menschen eine geradezu überirdische Schönheit war. Glattes, fast weißes Haar umrahmte ihre ebenmäßigen Züge, deren hohe Wangen ihr ein edles Aussehen verliehen. Ihre Augen waren schmal wie bei allen Elfen, ihr Blick wach und aufmerksam. Ein selbstsicheres Lächeln spielte um ihren schmalen Mund, das Rammar als Zeichen der Überheblichkeit ihrer Rasse deutete.

»Ist sie das?«, zischte er dem Tempeldiener zu, und als dieser nur wieder mit einem »Mmh« antwortete, nahm er ihm den Knebel aus dem Mund und wiederholte: »Ist das die Hohepriesterin?«

»J-ja. Ihr Name ist Alannah.«

»Ihr Name ist mir völlig schnurz. Mich interessiert nur, was sie im Kopf hat.«

Begleitet vom schauerlichen Gesang erreichte die Prozession das Ende der Halle. Die Tempeldiener, die dort gewartet hatten, verbeugten sich tief, und die Hohepriesterin nahm auf dem Thron Platz. Natürlich tat sie das nicht einfach so – selbst wenn sie sich nur auf den *asar* setzten, hatten Elfen dabei ein halbes Dutzend Formalien zu beachten, wie Rammar belustigt feststellte. Endlich endete der Gesang, und die Priesterin begann mit lauter Stimme zu sprechen.

»Was sagt sie?«, wollte Rammar von dem Gefangenen wissen.

»Sie spricht die Worte von Farawyn dem Seher.«

»Nie gehört. Wer ist der Armleuchter?«

Der Elf wirkte pikiert. »Farawyn der Seher war ein großer Gelehrter und Weiser, der zur Zeit des Zweiten Krieges lebte«, erklärte er. »Von ihm stammt die Weissagung, dass einst ein neuer Herrscher kommen und Erdwelt wieder vereinen wird.«

»Tatsächlich? Und an so einen *shnorsh* glaubt ihr?« Rammar ließ ein Knurren hören, das ein belustigtes Kichern sein sollte. »Vielleicht seid ihr Spitzohren ja doch nicht so schlau, wie immer behauptet wird …«

Er riskierte wieder einen Blick durch das Geländer. Die Priesterin hatte ihre Eröffnungsrede beendet und stimmte nun ihrerseits einen schrillen Gesang an.

»Aua«, knurrte Rammar. »Was macht das Weib denn jetzt?«

»Sie singt die erste Strophe der Enyalie. Das ist ein meditativer Gesang, der ihr hilft, sich das Geheimnis von Shakara zu vergegenwärtigen. Während sie singt, ruft sie sich jede Einzelheit der Karte ins Gedächtnis, deren Kenntnis von Generation zu Generation weitergegeben wurde und die zurückgeht auf die Tage Farawyns des Sehers und des Königs vom ...«

Rammar winkte ab. »Schon gut, schon gut ...« Elfen hatten seiner Meinung nach die nervende Angewohnheit, viel zu reden und dabei wenig zu sagen – bei Orks war es genau umgekehrt.

Die Priesterin sang weiter, und aller Augen waren dabei auf sie gerichtet. Selbst die Tempelwachen waren ganz auf das Ritual konzentriert.

»Jetzt oder nie«, flüsterte Rammar seinem Bruder zu. »Eine günstigere Gelegenheit als diese bekommen wir nicht.«

»Wie fangen wir es an?«, fragte der Hagere.

»Wir müssen einen Weg finden, dort hinunterzugelangen. Dann fallen wir in den Tempel ein, erschlagen ein paar Spitzohren, um Verwirrung zu stiften, schnappen uns die Priesterin, erschlagen noch ein paar Spitzohren nur so zum Spaß und hauen ab. Noch ehe die merken, dass wir da sind, sind wir schon wieder verschw...«

Der Rest von dem, was er sagen wollte, blieb Rammar förmlich im Hals stecken. Denn in diesem Moment erkannte er, dass er einen schweren Fehler begangen hatte: In seiner Aufregung hatte er vergessen, den Gefangenen wieder zu knebeln – und der Elf nutzte die Gunst des Augenblicks und stieß einen gellenden Warnruf aus.

Die Ereignisse überschlugen sich.

Während der Gesang der Priesterin jäh abbrach und sich die Tempelwachen alarmiert umblickten, tat Balbok das Einzige, was ihm auf die Schnelle einfiel, um den verräterischen Schreihals zum Schweigen zu bringen – er warf ihn kurzerhand über die Balustrade. Den gellenden Schrei noch auf den Lippen, stürzte der Elf in die Tiefe. Ein hässliches Klatschen folgte, worauf sein Geschrei die Tonart wechselte und in ein jammerndes Heulen überging. Panik brach unter den Elfen aus, und natürlich blickten die Tempelwachen empor zur Galerie, wo sie die beiden Orks gewahrten.

»*Shnorsh!*«, rief Rammar – dann stürmten die Wachen auch schon los, auf eine gewundene Treppe zu, die hoch zur Galerie führte.

Zum Nachdenken blieb keine Zeit. Balbok tat weiterhin das, wozu sein Instinkt ihm riet. Er sprang auf die Balustrade und setzte mit einem wagemutigen Hechtsprung hinaus in die Leere.

»Was, bei Kuruls Flamme …?« Rammar, der überzeugt war, dass sein einfältiger Bruder den Verstand verloren hatte, starrte über das Geländer – um verblüfft festzustellen, dass sich Balbok keineswegs vor Panik in den Tod gestürzt hatte. Mit seinen langen Beinen hatte er sich so kraftvoll abgestoßen, dass er den Rand des Kristalleuchters erreicht und zu fassen bekommen hatte. Verbissen klammerte er sich daran fest, während das riesige Gebilde hin- und herschwang. Einige Kristalle lösten sich, fielen in die Tiefe und zersprangen mit hellem Klirren in leuchtende Scherben.

Die Elfinnen schrien entsetzt, die Tempeldiener drohten empört mit den Fäusten. Bogenschützen waren plötzlich zur Stelle und legten auf Balbok an, aber noch ehe sie ihre Pfeile abschießen konnten, ließ der Ork den hin- und herpendelnden Lüster los, und in hohem Bogen flog er durch die Luft. Er überschlug sich dabei, vollführte einen mehr oder weniger eleganten Salto – um schließlich breitbeinig vor dem Thron zu landen, auf dem die entsetzte Elfenpriesterin saß.

Balbok, dem noch ein wenig schwindelig war von seinem waghalsigen Sprung, riss die Axt aus dem Gürtel und schlug damit um sich. Zwei Tempeldiener gingen blutüberströmt nieder, die anderen flüchteten unter panischem Geschrei. Dafür drängten die Tempelwachen mit ihren Schwertern und Schilden heran.

Schon erreichte die erste Tempelwache den Gegner und schlug zu. Balbok ging sofort zum Gegenangriff über. Die Schneide seiner Axt fraß sich in die Brust des Elfen, und das mit derartiger Wucht, dass sie dessen Rüstung mühelos durchdrang. Stöhnend brach der Elfenkrieger zusammen, und Balbok fuhr herum, gerade im rechten Augenblick. Eine gebogene Elfenklinge dürstete nach seinem Blut, und der Schaft der Axt konnte sie gerade noch abblocken, ehe sie ihm die Kehle durchschnitt, um ihren Durst zu stillen.

Balbok fletschte die Zähne und ließ ein wildes Knurren vernehmen, seine Augen rollten in den Höhlen. Er stieß den Angreifer zurück und setzte mit der Axt nach, aber der Hieb prallte wirkungslos am Schild des Tempelwächters ab. Das Gesicht unter der Helmhaube ließ weder Hass noch Abneigung erkennen, nicht einmal einen Hauch von Zorn. Der Elfenkrieger tat nur, was ihm befohlen war, wozu seine Disziplin ihn trieb und sein Kodex ihn verpflichtete.

»Sag mal«, rief Balbok ihm entgegen, »was für ein Volk seid ihr eigentlich? Warum brüllt ihr nicht, wenn es in den Kampf geht? Warum beschimpft ihr eure Gegner nicht?«

»Weil wir keine Barbaren sind, du primitive Kreatur, deshalb«, gab der Elf zurück und machte einen überraschenden Ausfall, dem Balbok blitzschnell begegnete. Indem sich der Ork zu Boden fallen ließ, entging er der Klinge, die knapp über ihn hinwegsengte. Sich herumwerfend, hieb er mit der Axt nach den Schienbeinen des Elfen, und da der Krieger keine Beinschienen trug, durchschnitt das scharfe Axtblatt Fleisch, Sehnen und Knochen. Kreischend fiel der Verstümmelte zu Boden, während Balbok blitzschnell wieder aufsprang.

»Primitive Kreaturen mögen wir sein!«, rief er auf den sich windenden Elfen hinab. »Dafür aber stehen wir mit beiden Beinen fest auf dem Boden!«

Die blutige Axt erhoben, wirbelte er herum, um sich nach neuen Gegnern umzuschauen – aber da war niemand mehr. Die Bogenschützen hatten Rammar unter Beschuss genommen, der sich daraufhin in Sicherheit gebracht hatte, und die Wachen von der anderen Seite der Halle waren noch nicht heran. Nur zwei Armlängen von Balbok entfernt saß die Hohepriesterin auf ihrem steinernen Thron und starrte ihn entsetzt an.

»Wer sagt's denn?«, meinte Balbok und zeigte breit grinsend die gelben Zähne.

Sie erwiderte etwas in der Sprache der Elfen, das der Ork nicht verstand, aber er nahm nicht an, dass es besonders schmeichelhaft war. Zumindest in den Adern der Priesterin schien noch wirkliches Blut zu fließen, denn ihre Züge waren zornverzerrt, und aus ihren Augen schlug ihm unverhohlener Hass entgegen.

Beides hielt den Ork nicht davon ab, die Stufen zum Thron zu erstürmen, die Elfin zu packten und sie sich kurzerhand wie einen Sack über die Schulter zu werfen. Daraufhin gab sie jede vornehme Zurückhaltung auf, kreischte wie von Sinnen und trommelte mit den Fäusten auf seinem Rücken herum, worüber der Ork nur schmunzeln konnte.

»Rammar, ich hab sie!«, rief er laut und wandte sich um. Er wollte durch den Tempelraum zum Ausgang laufen – aber eine Phalanx grimmiger Elfenkrieger versperrte ihm den Weg. Sie hatten im Halbkreis vor dem Thron Stellung bezogen.

»Keine Bewegung!«, rief einer der Elfen, wohl der Hauptmann, ihm entgegen. »Gib die Hohepriesterin sofort frei, grässlicher Wilder, oder du bist des Todes!«

Balbok biss sich auf die wulstigen Lippen.

Gegen einzelne Elfenkrieger zu kämpfen, indem man sich einen nach dem anderen vornahm, war eine Sache – sich gegen einen ganzen Trupp von ihnen gleichzeitig zu behaupten, etwas ganz anderes. Die messerscharfen Klingen ihrer Schwerter würden ihn in Stücke hacken, ehe es ihm gelang, auch nur einem Einzigen von ihnen den Schädel zu spalten – oder?

Ein wölfisches Grinsen erschien auf Balboks Gesicht. Natürlich hatte er wenig Lust, von dem Elfenpack abgeschlachtet zu werden. Andererseits reizte es ihn herauszufinden, wer nun tatsächlich der bessere Kämpfer war, Elf oder Ork.

Balbok spürte, wie sein Blut in Erwartung des bevorstehenden Kampfes in Wallung geriet. Schon wollte er die sich noch immer heftig wehrende Gefangene einfach zu Boden fallen lassen, um sich ganz seinen Gegnern widmen zu können, als er plötzlich Rammar rufen hörte, der von der Galerie getürmt und unvermittelt im Eingang zur Tempelhalle aufgetaucht war.

»Halt!«, rief er so laut, dass es von der hohen Decke widerhallte. »Du hast eine Geisel, du dämlicher Hund! Du brauchst nicht zu kämpfen! Und ihr, Spitzohren, tretet zur Seite und lasst ihn passieren, dann wird eurer Priesterin kein Haar gekrümmt!«

»Und wenn wir uns weigern?«, fragte der Hauptmann, ohne seinen Blick von Balbok und seiner Gefangenen zu wenden.

»Dann werden wir ihr eine neue Visage schnitzen!«, entgegnete Rammar. »Habt ihr das kapiert?«

Die Wachen und ihr Hauptmann tauschten betroffene Blicke. Schließlich bedeutete der Offizier seinen Leuten, die Waffen zu senken und den Weg freizugeben – und das trotz des lauten Protests der Priesterin.

»Komm schon!«, rief Rammar und winkte seinem Bruder. Mit ausgreifenden Schritten und die Priesterin auf der Schulter durchmaß dieser den Tempel, vorbei an den Bogenschützen, die nicht mehr zu schießen wagten aus Furcht, das Leben ihrer Hohepriesterin zu gefährden. Dann erreichte Balbok den Ausgang, und gemeinsam mit Rammar trat er die Flucht an, voller Bewunderung für seinen gewitzten Bruder.

»Alle Achtung, Rammar!«, rief er, während sie im Laufschritt durch den Korridor eilte. »Die Gefangene als Geisel zu verwenden, darauf muss man erst mal kommen!«

»Nicht wahr?«, erwiderte Rammar stolz. »Gibst du jetzt zu, dass ich der bessere Ork von uns beiden bin?«

»Allerdings. Ich habe ja nur ein paar Elfen erschlagen, aber du hast uns beiden den Hals gerettet.«

»Na ja – wie du von der Galerie gesprungen bist, das war auch nicht übel. Nach mir, Balbok, bist du der beste Ork, den ich kenne.«

»Ehrlich, Rammar?«

»Ganz ehrlich, ich …«

»Sagt mal, ihr Komödianten!«, ließ sich auf einmal die

Priesterin vernehmen. »Könntet ihr mal kurz aufhören, Blödsinn zu quatschen, und mir verraten, was dieser ganze Unsinn eigentlich soll?«

Rammar und Balbok schauten sich erstaunt an. Sie hatten ihre Unterhaltung auf Orkisch geführt, und zu ihrer Überraschung hatte die Priesterin sie offenbar nicht nur verstanden, sie hatte auch selbst in gut verständlichem (wenn auch akzentbeladenem) Orkisch gesprochen.

»Du ... sprichst unsere Sprache?«

»Allerdings, Fettwanst«, schimpfte sie. »Und ich frage mich, ob ihr beiden abschätzen könnt, wie viel Ärger ihr euch mit dieser Sache eingehandelt habt.«

»Das lass ruhig unsere Sorge sein, Elfenweib!«, gab Rammar barsch zurück. Er mochte es nicht, wenn sich Fremde der Sprache der Orks bedienten. Wie, bitteschön, sollte man die verschiedenen Rassen denn noch auseinander halten, wenn jeder anfing, in eines jeden Zunge zu sprechen?

Abrupt blieb er stehen.

Der Gang, den sie entlanggeeilt waren, teilte sich vor ihnen, und Rammar wusste beim besten Willen nicht, ob sie den linken oder den rechten Weg nehmen sollten. Vorhin waren sie auf einem anderen Weg hergekommen, aber selbst wenn es derselbe gewesen wäre, hätten sich die Orks in dem Gewirr säulengesäumter Gänge und Korridore nicht zurechtgefunden.

»Verdammt!«, raunte er Balbok zu, während hinter ihnen bereits die Wachen zu hören waren, die sie verfolgten. »Hast du eine Ahnung, welcher der Weg nach draußen ist?«

»Nein.« Balbok machte ein langes Gesicht.

»Ihr Idioten!«, maulte die Priesterin, die so gar nichts von der salbungsvollen Art ihres Volkes zu haben schien. »Was für eine Art Entführung soll das denn sein? Hattet ihr keinen Plan für eure Flucht?«

»Und ob, den hatten wir«, versicherte Rammar und lachte rau. »Aber der hat sich leider die Knochen gebrochen. Sieht so aus, als müsstest du uns den Weg zum Ausgang zeigen.«

»Ich?«

»So ist es.« Rammar hielt ihr die Spitze seines *saparak* an die

Kehle. »Welchen Gang sollen wir nehmen? Nur immer frei raus damit.«

Die Priesterin presste störrisch die Lippen zusammen, und aus ihren schmalen Augen sprach pure Verachtung. In diesem Moment kam ein Trupp mit Schwertern bewaffneter Wächter um die Biegung gelaufen.

»Nun rede schon!«, drängte Rammar und verstärkte den Druck seiner Waffe.

»Dort entlang!« Sie deutete mit einem Kopfnicken hin zum linken Gang, worauf Balbok und Rammar ihre Flucht unverzüglich fortsetzten.

Die Elfenwachen blieben ihnen auf den Fersen, wagten allerdings nicht, die Orks anzugreifen, um das Leben der Hohepriesterin nicht zu gefährden. Da sie die Einzige war, die das jahrhundertealte Geheimnis von Shakara kannte, würde es unwiederbringlich verloren gehen, wenn sie starb, und daran wollte keiner von ihnen schuld sein.

Ihre Gefangene als lebenden Schild missbrauchend, flüchteten Rammar und Balbok durch den Gang. Als dieser sich erneut teilte und es sowohl eine Treppe nach oben als auch eine in die Tiefe gab, wies die Priesterin sie an, die Stufen nach unten zu nehmen. Nach einer Vielzahl weiterer Gänge und Treppen fand die Flucht der Orks allerdings vor einem riesigen Tor, dessen Flügel aus kunstvoll behauenem Stein bestanden, ein jähes Ende. Zweifellos war dies das Haupttor, das sie von draußen gesehen hatten.

Die Orks blickten an der Innenseite der Pforte empor. Jeder Versuch, den schweren Riegel zu heben, erschien ihnen aussichtslos.

»Und nun?«, fragte die Priesterin in unverhohlenem Spott. »Was gedenkt ihr jetzt zu tun, meine törichten Freunde?«

»Du wirst das Tor für uns öffnen«, verlangte Rammar, wild mit dem *saparak* fuchtelnd. Noch immer waren die Stimmen der Verfolger hinter ihnen, und mit jedem Augenblick wurden sie lauter. Gleich würden die Wachen sie erreichen …

»Ich?« Die Elfin lachte silberhell. »Niemals! Nicht einen Finger werde ich krümmen.«

»Dann wirst du sterben!«, drohte Rammar.

»Das müssen alle, wenn ihre Zeit gekommen ist«, entgegnete sie kaltschnäuzig, und an ihrem Blick konnte Rammar erkennen, dass sie sich tatsächlich nicht vor dem Tod fürchtete. Im Gegenteil, das Elfenweib schien mit ihrem Ende zu liebäugeln wie eine Menschenhure mit einem Freier.

Was tun?

Rammars Blicke glitten erneut an dem gewaltigen Tor empor. Einen Mechanismus, mit dem sich der mächtige Riegel heben ließ, schien es nicht zu geben, und aus eigener Kraft vermochten das selbst die beiden Orks nicht. Sie saßen in der Falle – und das Elfenweib trug Schuld daran.

»Du …!«, schnaubte Rammar und richtete die Spitze des Speers erneut gegen sie. »Das hast du mit Absicht getan.«

»Ihr wolltet den Weg zum Ausgang wissen, oder nicht? Das ist der Ausgang, also beschwert euch nicht!«

»Aber das Tor lässt sich nicht öffnen.«

»Vom Öffnen war auch nicht die Rede. Du wolltest nur den Weg wissen.«

»Du elende, verdammte …« Rammar wollte die Elfin mit den ärgsten Beleidigungen bedenken, die die Orksprache hergab – da erschienen die Verfolger in der Torhalle. Die Schilde mit dem Kristallsymbol erhoben, stürmten sie heran und bildeten einen Halbkreis um die Orks, die mit dem Rücken zum Tor standen.

»Gebt auf!«, verlangte der Hauptmann. »Ihr könnt nicht entkommen!«

»Das sehe ich anders«, entgegnete Rammar trotzig. Er verkrallte seine Linke im Haar der Geisel, die noch immer über Balboks Schulter lag, zerrte ihren Kopf hoch und hielt ihr die Speerspitze an die Kehle. »Wir haben die Priesterin, und nur sie kennt das Geheimnis. Wenn ihr euch nicht vorseht, ist sie tot und die Karte von Shakara für immer verloren.«

»Vielleicht. Aber du kannst auch nicht ewig hier stehen und ihr Leben bedrohen.«

Das war leider wahr, wie Rammar sich eingestehen musste. Früher oder später würde es zu einem Kampf kommen, und es bestand kein Zweifel daran, wie dieser Kampf ausgehen würde ...

»Da!«, flüsterte Balbok plötzlich.

»Stör mich jetzt nicht!«, knurrte Rammar. »Ich muss nachdenken!«

»Dort drüben!«, drängte sein Bruder.

»Was ist denn?«, fragte Rammar unwirsch.

»Die Vertiefung in der Wand ...«

Rammar folgte mit seinem Blick der ausgestreckten Klaue seines Bruders, und auch er entdeckte nun die Nische, die sich auf der linken Seite des Tors im Mauerwerk befand.

Der Öffnungsmechanismus?

»Übernimm du hier«, knurrte Rammar, und während nun Balbok die Gefangene bedrohte, lief er zu der Nische. Tatsächlich – in der Nische war eine viereckige Steinplatte versenkt, und in der wiederum sah er den eingemeißelten Abdruck einer schmalen Hand, offenbar einer Elfenhand.

Da sie nichts zu verlieren hatten, konnte es nicht schaden, das einmal auszuprobieren. Rammar hob die Klaue, um sie in den steinernen Handabdruck zu legen.

»Denk nicht mal dran!«, rief die Priesterin. »Dies ist ein Abdruck der rechten Hand Farawyns. Nur Könige des Elfengeschlechts vermochten die Pforte einst auf diese Weise zu öffnen, das letzte Mal vor mehr als achthundert Jahren!«

»Nur Könige des Elfengeschlechts – so, so ...«, sagte Rammar grinsend. Nun konnte er erst recht nicht widerstehen, und kaum hatte er seine Klaue in den Abdruck gelegt, glaubte er zu spüren, wie sich der kalte Stein auf einmal erwärmte.

Ein blaues Glühen wie das, das von den Kristallen ausgegangen war, umgab plötzlich das Tor und den schweren Riegel – und im nächsten Augenblick hob sich dieser wie von Geisterhand.

»Nein!«, rief Alannah entsetzt, und die Wachen, einschließlich ihres beherzten Hauptmanns, fuhren zurück.

Unter ohrenbetäubendem Knirschen und Kreischen, das den Tempel bis in seine Grundfeste erbeben ließ, öffnete sich das Tor! Langsam schoben sich die steinernen Flügel auseinander, Eis splitterte von ihnen ab und fiel nach unten, und klirrend kalte Luft fegte von draußen heulend und pfeifend herein. Das Dämmerlicht der langen Nordnacht drang durch den sich stetig verbreiternden Spalt, während die Torflügel unter lautem Getöse aufschwangen und den Orks den Weg in die Freiheit öffneten.

»Bei Kuruls dunkler Flamme!«, rief Rammar, und auch Balbok schüttelte sich vor Grauen. Obwohl die Orks Kreaturen der Finsternis sind, ist die Furcht vor allem Magischen und Übernatürlichen tief in ihnen verwurzelt, und dass es ausgerechnet fauler Elfenzauber war, der ihnen die Flucht ermöglichte, erschien den beiden Brüdern höchst verdächtig.

Auch die Elfen hatten sich noch nicht von ihrem Schrecken erholt; die Priesterin war derart überrascht, dass sie aufgehört hatte, sich zu wehren und ihre Entführer zu beschimpfen, und die Wachen standen wie angewurzelt, konnten nicht glauben, was sie sahen.

Balbok war der Erste, der die Fassung wiedererlangte. »Worauf warten wir?«, fragte er – und die Orks fuhren herum und wandten sich zur Flucht. Mit ihrer Gefangenen hetzten sie hinaus in die kalte Nacht.

»Das ist nicht möglich!«, rief die Priesterin und vergaß dabei ganz, sich Balboks Griff zu widersetzen. »Das ist einfach nicht möglich ...«

»Mach den Mund wieder zu, Elfenweib – es zieht!«, versetzte Rammar brüsk, während sie über den gefrorenen Schnee rannten, der unter ihren Tritten knirschte. »Inzwischen solltest du begriffen haben, dass echten Orks nichts unmöglich ist!«

»Aber es ist die Pforte Farawyns, und es ist seine Hand, die in den Stein gemeißelt wurde. Niemand vermag das Tor zu öffnen ...«

»Niemand außer uns!«, entgegnete Balbok grinsend.

»Es ist einfach nicht möglich«, beharrte die Priesterin trotzig und verfiel in grübelndes Schweigen.

Rammar war es nur recht. Das Gezeter der Elfin war ihm auf die Nerven gegangen, zudem hatten Balbok und er ganz andere Sorgen, als sich darüber den Kopf zu zerbrechen, weshalb sich das Tor plötzlich geöffnet hatte. Eine halbe Meile trennte sie von ihrem Eissegler, und natürlich würden die Tempelwachen nicht einfach so zuschauen, wie ihre Priesterin entführt wurde.

Durch die offen stehende Pforte drang aufgebrachtes Geschrei, das schließlich von einem gellenden Befehl zum Verstummen gebracht wurde. Augenblicke der Stille folgten, in denen Rammar und Balbok nichts hörten als das Knirschen ihrer eigenen Schritte und ihren keuchenden Atem.

Dann war es mit der Ruhe vorbei.

Markerschütterndes Gebrüll wie aus den Kehlen wütender Trolle zerriss die Stille der Dämmernacht. Erschrocken sahen sich Rammar und Balbok im Laufen um – und zu ihrem Erschrecken erblickten sie mehrere gewaltige Kreaturen, die aus dem offenen Tor der Tempelfestung stürmten.

»*Mathum-duuchg'hai*«, rief Balbok aus. »Es sind Eisbären …!«

Tatsächlich – was dort herankam, waren riesige Eisbären, und bei jedem Satz dieser schweren Kolosse schien die Weiße Wüste zu erzittern. Die beiden Orks kannten sie bisher nur vom Hörensagen, doch Rammar musste zugeben, dass die Schauergeschichten, die man über die *mathum-duuchg'hai* erzählte, keineswegs übertrieben waren: Zottiges weißes Fell, unter dem sich das Spiel enormer Muskeln abzeichnete, bedeckte ihre vor Kraft strotzenden Körper, und dampfender Atem wölkte aus ihren mit mächtigen Zähnen besetzten Mäulern, von denen jedes groß genug war, einen ausgewachsenen Ork mit ein, zwei Bissen zu verschlingen.

Und da waren auch noch die Elfenkrieger: Jeweils drei bis vier von ihnen saßen in den breiten Sätteln auf den Rücken der Bären und schwenkten ihre Waffen, während die eigentlichen Reiter vorne im Nacken der Tiere hockten und die Bestien mit Zügeln lenkten, in einer Faust ihre langen Lanzen.

»Keine Frage, die wollen ihre Priesterin zurück!«, bemerkte Rammar keuchend. »Was sie nur an ihr finden? Hätte ich so ein hässliches Weib in meinem Tempel, ich wäre froh, wenn es einer stehlen würde.«

»Das habe ich gehört!«, ließ sich die Gefangene vernehmen. »Dafür wirst du büßen, grässlicher Unhold. Ich werde dich enthaupten und deinen Schädel öffentlich zur Schau stellen lassen!«

»Versprich nichts, was du nicht halten kannst, Priesterin«, konterte Rammar, aber es klang nicht ganz so überzeugt, wie es hatte klingen sollen, denn die Eisbären machten auf ihn mächtigen Eindruck. Von ihren Reitern angetrieben, kamen die Tiere immer näher heran und fächerten dann auf, um in breiter Front anzugreifen.

»Lauf schneller!«, rief Rammar seinem Bruder zu. »Sonst haben sie uns gleich!«

»Das schaffen wir nicht«, entgegnete dieser. »Wenn wir nichts unternehmen, sind wir verloren.«

»Was du nicht sagst. Und was willst du tun?«

»Halt mal!«, rief Balbok und warf Rammar im Laufen die Gefangene zu, die entsetzt aufschrie.

Zu verblüfft, um zu widersprechen, fing Rammar die Elfin auf und lief mit ihr auf den Armen weiter. Balbok riss indessen den Bogen von der Schulter und legte einen Pfeil auf die Sehne. Zu zielen und das Geschoss auf den Weg zu bringen, war eine einzige fließende Bewegung.

Der Pfeil stieß durch die Dämmerung und traf den Reiter eines der mittleren Tiere in die Brust. Der Elf stieß einen spitzen Schrei aus, kippte seitlich vom Nacken des Bären, und der deutete dies als Signal seines Reiters: Er brach zur Seite hin aus und rammte das Tier neben sich, und das mit derartiger Wucht, dass beide Bären zu Fall kamen und die Elfen, die in ihren Sätteln gesessen hatten, durch die Luft geschleudert wurden.

Rammar stieß einen Triumphschrei aus – aber wenn er gedacht hatte, dass die Verfolger sich dadurch aufhalten ließen, hatte er sich getäuscht. Mit knallenden Peitschen trieben die verbliebenen Bärenreiter ihre Tiere weiter an und holten immer mehr auf.

»Lauf, Rammar!«, rief Balbok überflüssigerweise, während er hinter seinem Bruder herrannte und erneut einen Pfeil auf die Sehne legte.

»Dämlicher Hund!«, kam es keuchend zurück. »Was glaubst du wohl, was ich hier tue?«

Im Laufen wandte sich Balbok wieder um und ließ das Geschoss von der Sehne schnellen. Diesmal verfehlte es sein Ziel, aber der Ork schickte sofort einen weiteren Pfeil hinterher, und dieser traf: Er schlug in das Auge eines Eisbären, und mit hässlichem Knacken drang er tief in den Schädel des Tiers. Der Bär bäumte sich brüllend auf und schüttelte die vier Elfen, die auf seinem Rücken gesessen hatten, ab.

Die beiden verbliebenen Eisbären stoben weiter auseinander, um ein weniger leichtes Ziel abzugeben. Balbok konnte nur auf einen der Verfolger schießen, während der andere unaufhaltsam näher kam. Der Ork verzichtete darauf, noch einen weiteren Pfeil auf den Weg zu schicken, er nahm die Beine in die Hand und rannte, so schnell er konnte. Von seinem Bruder hatte er gelernt, dass es zwar ziemlich orkisch ist, bis zum bitteren Ende gegen den Feind zu kämpfen, aber auch ziemlich dämlich. Unter bestimmten Voraussetzungen war Flucht die bessere Wahl – es brauchte ja keiner zu erfahren.

Inzwischen hatten die Orks die erste Eisnadel passiert. Ihre Lungen brannten von der kalten Luft, und ihre Beine schmerzten, aber sie zwangen sich dazu, immer weiterzulaufen, was ihnen in Anbetracht der wütenden Verfolger nicht allzu schwer fiel.

Schon konnten sie den schnaubenden Atem der Eisbestien hören, die durch die dämmrige Nacht jagten. Mit Pfeilen zu schießen wagten die Elfen noch immer nicht, aus Sorge um ihre Hohepriesterin, aber Rammar war klar, dass diese Zurückhaltung nicht mehr lange andauern würde. Spätestens, wenn die Tempelwächter erkannten, was das Ziel der Orks war, würde ihnen klar werden, dass sie angreifen mussten, wollten sie nicht das Nachsehen haben.

Die Flüchtenden mit ihrer Geisel erreichten die große Felsnadel, hinter der sie den Eissegler versteckt hatten – und so gern Rammar sonst Recht behielt, dieses eine Mal hätte er nichts dagegen gehabt, sich zu irren. Aber es kam so, wie er vermutet hatte: Als die Elfen sahen, dass den Orks ein Fluchtvehikel zur Verfügung stand, mit dem sie den Eisbären mit Leichtigkeit entkommen konnten, legten sie die Pfeile an die Sehnen ihrer Langbogen, und die Reiter im Nacken der Tiere senkten ihre Lanzen.

»Sie greifen an!«, erkannte Rammar, während er und sein Bruder atemlos an Bord des Eisseglers sprangen. »Sie wissen, dass das ihre letzte Möglichkeit ist, uns noch zu kriegen.«

»*Shnorsh!*«, schimpfte Balbok und schoss zwei weitere Pfeile ab, aber beide verfehlten ihr Ziel.

»Die Leinen los!«, verlangte Rammar, worauf der Hagere mit der Axt kurzerhand die Seile kappte, mit denen der Eissegler festgemacht war. Anschließend durchtrennte er mit einigen gezielten Axthieben auch die Haltetaue, und das lederne Segel fiel geräuschvoll herab – um daraufhin nur schlaff an der Rah zu hängen.

»He, was ist los?«, wetterte Rammar. »Wo ist der verdammte Wind geblieben?«

»Ihr Dummköpfe müsst das Schiff mit den Lenkstangen in den Wind drehen!«, rief ihm die Priesterin zu.

»Hä? So ein Unsinn! Auf dem Weg hierher mussten wir das nicht.«

»Dann hattet ihr mehr Glück als Verstand, dass der Wind immer aus derselben Richtung blies. Jetzt hat er jedenfalls gedreht, und wenn ihr nicht allmählich etwas unternehmt, werdet ihr in ein paar Augenblicken tot sein!«

Wie um ihre Worte zu bestätigen, war plötzlich ein hässliches Sirren zu vernehmen – und noch ehe sich Rammar und Balbok zu Boden werfen konnten, schlug ein Dutzend Pfeile in das Deck und in die Back.

»*Shnorsh*, das Weibsbild hat Recht«, gab Rammar widerwillig zu. »Hilf mit, Dummkopf, sonst sind wir geliefert!«

Balbok tat wie ihm geheißen und griff nach einer der Stangen, die am Mastbaum in eisernen Klammern steckten.

»Rechts herum!«, rief er und stocherte drauflos.

»Nein, links herum!«, widersprach Rammar, während erneut ein Pfeilhagel den Eissegler überzog. »Und behalte verdammt noch mal deine Rübe unten!«

Einen Augenblick lang schlingerte der Eissegler hin und her, bis er plötzlich einen zusätzlichen Stoß erhielt. Gegen Rammars Widerstand drehte sich der Rumpf nach rechts, von der Eisnadel weg, bekam dadurch Wind in die Segel und rauschte nach vorn.

»Jaaa!«, schrie Rammar seine Freude und seinen Triumph laut hinaus – dann erkannte er, dass es keine andere als die Priesterin gewesen war, die selbst Hand angelegt und Balbok geholfen hatte, den Segler anzustoßen und in den Wind zu drehen.

Zeit, sich darüber Gedanken zu machen, hatten die Orks nicht; noch hatten die Tempelwächter ihre Herrin nicht aufgegeben. Der eine Eisbär lief am Steuerbord parallel zum Schiff, damit die Elfen ihre Pfeile auf die Gegner abschießen konnten, der andere versuchte, dem Segler den Weg abzuschneiden.

Ein weiterer Pfeilhagel zuckte durch die Luft und zwang sowohl die Orks als auch ihre Geisel dazu, sich bäuchlings auf die Planken zu werfen, damit sie hinter dem Schanzkleid in Deckung waren. Mit dumpfem Pochen schlugen die Pfeilspitzen in das Holz. Dann waren die Angreifer heran. Ihr mächtiges Reittier rammte den Segler von der Seite, sodass es gehörig rumpelte, und die Krieger setzten vom Rücken des Bären an Bord, die Schwerter mit den gebogenen Klingen schwingend.

Balbok sprang auf, stieß einen wütenden Schrei aus und warf sich ihnen entgegen. Zwei Elfenkrieger stieß er mit der quer in seinen Fäusten liegenden Axt von der Back, kaum dass sie einen Fuß aufs Deck gesetzt hatten, mit einem dritten kreuzte er die Waffen. Immer wieder schlugen die Elfenklinge und das Blatt der Orkaxt gegeneinander, während Balbok den Krieger mit wuchtigen Hieben Richtung Achterdeck trieb und ihn am Ruder stellte.

»Nein!«, schrie Alannah entsetzt – aber da sank der Tempelwächter auch schon mit klaffender Brust nieder, und Balbok beförderte auch ihn über die Reling.

Inzwischen hatte der Eissegler Fahrt aufgenommen. Knirschend glitten die Kufen über das Eis, während der Wind das Schiff mit geblähtem Segel davontrug. Der verbliebene Riesenbär stellte sich dem Eissegler schnaubend in den Weg – und wurde von dessen Bug beiseite gerammt. Jaulend überschlug sich die massige Kreatur und begrub die Elfen, die im Sattel auf ihrem Rücken gesessen hatten, unter sich.

Unaufhaltsam und selbst für die Langbogen der Elfen nicht mehr zu erreichen, schoss der Eissegler hinaus in die weiße, neblige Ödnis, die am Horizont mit dem grauen Himmel verschmolz.

Rammar und Balbok waren siegreich gewesen.

Die Karte von Shakara befand sich in ihrem Besitz.

11.

BUUNN'S RUCHG

Rammar war in Hochstimmung.

Breitbeinig an der Ruderpinne des Eisseglers stehend, dirigierte er das Gefährt über die spiegelglatte Fläche der Eiswüste. Den Tempel von Shakara hatten sie weit hinter sich gelassen, vor ihnen zeichnete sich bereits die drohende Silhouette des Nordwalls ab. Statt einfach auf südlichen Kurs zu gehen und dieselbe Route zu benutzen, auf der sie gekommen waren, hatte Rammar südöstliche Richtung eingeschlagen, und dafür hatte er einen Grund ...

»Ich weiß nicht«, sagte Balbok auf einmal, der neben ihm auf dem Achterdeck stand und sich den eisigen Fahrtwind um die Nase wehen ließ.

»Was weißt du nicht?«, fragte Rammar gelassen. Nicht einmal das geistlose Gerede seines Bruders konnte ihm heute die Laune verderben.

»Die Sache gefällt mir nicht«, erklärte Balbok und sah seinem Bruder sorgenvoll an.

Rammar seufzte und schüttelte den Kopf. »Was gefällt dir daran nicht?«

Balbok zuckte mit den Schultern. »Es gefällt mir einfach nicht.«

Rammar stieß ein unwilliges Grunzen aus. »Und ich sage dir, es ist alles in bester Ordnung, du brauchst dir keine Sorgen zu machen. Wir haben Torgas Eingeweide hinter uns gelassen, haben die Sümpfe überwunden und die Ghule besiegt, wir haben die Zwerge überlistet und den Menschen dieses Schiff abgeknöpft, und schließlich sind wir in den Tempel von Shakara eingedrungen, haben die Hohepriesterin entführt und sind erfolgreich entkommen. Was also gefällt dir daran nicht?«

»Wir sind entkommen«, stimmte Balbok zu. »Aber nur, weil die Priesterin uns geholfen hat.«

»Du meinst, weil sie nach einer Stange gegriffen und den Segler losgestoßen hat?« Rammar stieß erneut ein Grunzen aus, und diesmal sollte es belustigt klingen. »Ich kann es dir erklären: Diese Elfen haben eine große Klappe und quatschen viel salbungsvolles Zeug, aber wenn es darauf ankommt, sind sie elende Feiglinge. Die Priesterin hat es in der Gefangenschaft zweier Orks einfach mit der Angst zu tun gekriegt. Also hat sie uns geholfen, in der Hoffnung, dass wir dann ihr Leben schonen, was wir ja auch getan haben. Fragt sich nur, für wie lange.« Rammar lachte grollend und fühlte sich in diesem Moment wie der Herr der Modermark.

Balbok konnte seine Euphorie nicht teilen. »Ich weiß nicht«, begann er wieder. »Auf mich macht die Elfin nicht den Eindruck, als hätte sie Angst. Ich denke, dass sie etwas im Schilde führt. Sie hat uns nicht nur geholfen, das Schiff loszustoßen, sondern uns auch verraten, wo wir den Pass über den Nordwall finden. Warum?«

»Ist doch klar. Um ihre Haut zu retten natürlich.«

»Hm.« Balbok schüttelte den Kopf. »Das ergibt keinen Sinn. Was bezweckt sie damit?«

»Was soll sie schon groß bezwecken? Sie ist bloß ein Weib, vergiss das nicht. Und ein Spitzohr noch dazu.«

»Und wenn sie uns in eine Falle locken will?«

»Blödsinn«, war Rammar überzeugt. »Glaub mir, ich kenne diese Elfen zur Genüge. Wenn es drauf ankommt, haben sie keinen Mumm.«

»Ich dachte, du hättest noch nie mit ihnen zu tun gehabt?«

»Das brauche ich auch nicht, um zu wissen, wohin der Gnom läuft«*, behauptete Rammar. Er deutete nach vorn zum Bug, wo die Gefangene an der Back stand; sie hatte ihnen den Rücken zugewandt. »Glaub mir, ich durchschaue diese Elfin. Alles, was sie will, ist überleben, und dafür würde sie so ziemlich alles tun.«

* orkische Redensart

»Was der Zauberer wohl mit ihr anstellen wird?«

»Wenn sie klug ist, verrät sie ihm freiwillig, was er von ihr wissen will. Wenn nicht, wird Rurak sicherlich geeignete Mittel kennen, eine verstockte Elfin zum Reden zu bringen.« Rammar kicherte boshaft. »Uns kann es egal sein. Hauptsache, wir bekommen Girgas' Haupt und können nach Hause zurückkehren.«

»Das ist wahr«, pflichtete ihm Balbok bei, schon wieder ein wenig beruhigter. »Der Eissegler hat uns viele Tage Fußmarsch erspart. Mit etwas Glück können wir es noch bis zum vollen Blutmond zurück ins *bolboug* schaffen.«

»So ist es. Und alle, die uns in den *asar* getreten und verhöhnt haben, werden vor uns im Staub kriechen«, knurrte Rammar. »Vielleicht erstiche ich einen oder zwei von diesen Armleuchtern, nur um zu zeigen, dass man Rammar den Rasenden nicht verspotten darf.«

»Rammar der Rasende?« Balbok schaute seinen Bruder überrascht an.

»Das ist der Kriegsname, den ich mir zugelegt habe. Klingt gut, nicht?«

»Sehr gut.« Balbok nickte. »Dann will ich künftig Balbok der Brutale sein.«

»Auch nicht schlecht.« Rammar fletschte grinsend die Zähne. »Auf den Knien werden sie uns um Verzeihung bitten, wenn wir mit Girgas' Haupt zurückkehren, und noch lange wird man im Dorf über uns sprechen.«

»Und du meinst wirklich, dass die Elfin nichts gegen uns im Schilde führt?«

»Verdammt noch mal!« Rammar stampfte mit dem Fuß auf, dass die Planken bebten. »Mit deiner ewigen Nölerei kannst du einem die beste Laune verderben. Aber bitte, wenn du unbedingt meinst, dann spreche ich jetzt mit ihr. Sollte sie tatsächlich etwas vor uns verheimlichen, dann werde ich das merken, verlass dich drauf …«

So hatte sich Alannah ihre Befreiung aus Shakara gewiss nicht vorgestellt.

In den langen Jahren, in denen die Hohepriesterin des Tempels treu ihre Pflicht getan und den Willen Farawyns erfüllt hatte, hatte sie sich stets auszumalen versucht, wie es sein würde, wenn die Prophezeiung sich erfüllte und jener kam, von dem Farawyn geweissagt hatte, dass er die Völker *ambers* einen und eine neue Ära des Friedens und der Gerechtigkeit begründen würde. Später dann, als sich der hässliche Verdacht immer mehr in ihr verfestigte, dass sich Farawyns Worte nicht bewahrheiteten, hatte sie nur noch davon geträumt, dass wenigstens sie dereinst befreit werden würde aus jenen Fesseln, die ihr Amt ihr auferlegte.

In Loreto, dem vornehmen Elfenfürsten, dem sie ihr Herz geschenkt hatte, hatte sie all ihre Hoffnung gesetzt. Sie hatte sich eingeredet, dass auch er sie liebte und sie einst fortholen würde aus Shakara. Aber Loreto hatte sich von ihr abgewandt, hatte ihr in seinem Brief mitgeteilt, dass er nach den Fernen Gestaden aufzubrechen gedachte. Dennoch war Alannah aus Shakara befreit worden. Nicht von einem Elfen edlen Geblüts – sondern von Orks, den niedersten und verschlagensten Kreaturen von ganz *amber*.

Verschleppt hatten sie Alannah, und sie wusste nicht einmal, wohin die Reise ging. Aber so sehr sie sich vor dem fürchtete, was noch ihrer harrte, so aufgebracht sie zunächst über ihre Entführung gewesen war und so sehr sie ihre grobschlächtige Reisegesellschaft auch verabscheute – nach der stumpfsinnigen Langeweile, die die letzten dreihundert Jahre ihres Lebens bestimmt hatte, mit all den starren Regeln, die ihr sogar vorschrieben, wann sie zu essen und zu schlafen hatte, nach all dem war ihr sogar die Entführung durch die Orks eine willkommene Abwechslung. Alannah konnte es noch immer kaum glauben, dass sie selbst es gewesen war, die geholfen hatte, den Eissegler loszustoßen und vor den Wind zu bringen, aber in jenen Augenblicken war ihr der Gedanke, zurückkehren zu müssen in den Tempel, um dort ihr langweiliges Dasein fortzuführen, erschreckender erschienen als der, sich der Gewalt zweier Unholde zu beugen.

Neugier hatten Alannah getrieben. Die Neugier zu erfahren, was sich außerhalb der hohen Mauern des Tempels befand. Wer waren diese Orks? In wessen Auftrag handelten sie? Und wie war es ihnen gelungen, die Pforte Farawyns zu öffnen?

Hätte Alannah es nicht darauf angelegt, verschleppt zu werden, auch dieser Versuch, sie zu entführen, wäre gescheitert wie so viele zuvor. Schon mehrmals waren Barbarenkrieger in den Tempel eingedrungen, aber stets waren sie zurückgeschlagen worden. Die Orks jedoch hatten Erfolg gehabt. Weil die Priesterin ihnen geholfen hatte. Und das nicht nur bei der Flucht vor den Bärenreitern, nein, sie hatte ihnen anschließend auch noch verraten, wo die Südpasssage zu finden war, die über den Nordwall führte. Überall entlang der Berge würde es schon bald von Elfenpatrouillen wimmeln, aber sicher nicht am Pass, dessen Lage geheim und nur wenigen Eingeweihten bekannt war.

Wie es hieß, kannten die Zwerge einen eigenen Weg, um den Nordwall zu überwinden; angeblich benutzten sie einen geheimen Tunnel. Die Südpassage hingegen kannten die Elfen seit jenen Tagen, da sie nach *amber* gekommen waren und das Land erkundet und es sich unterworfen hatten.

Am Bug des Eisseglers stehend, blickte Alannah nach Süden, wo die scharfen Zacken des Gebirges Eis und Himmel trennten. Trotz ihres dünnen Seidenkleids fror sie nicht. Der Fahrtwind spielte mit ihrem langen blondweißen Haar, doch ihre Miene war starr und ausdruckslos. Immerzu fragte sie sich, was sie dort im Süden erwartete, wohin man sie bringen würde. Zwei Orks waren sicher nicht die Gesellschaft, die sie sich ausgesucht hätte, wenn sie die Wahl gehabt hätte. Aber es war immer noch besser, als in Shakara die Gefangene einer Prophezeiung zu sein, an die Alannah längst nicht mehr glaubte. Die Unholde, denen sie ihre Freiheit verdankte, waren verschlagen und böse und noch dazu hässlich wie die Nacht, und Alannah war auch nicht wirklich frei. Aber im Verlauf ihres für Menschenbegriffe langen Lebens hatte sie gelernt, dass die Dinge selten vollkommen waren ...

Als die Planken hinter ihr knarrten, wandte sie sich um.

Einer der beiden Orks – der kleine Dicke, der sich Rammar nannte – war zu ihr getreten, ein listiges Zähnefletschen in der dunklen Visage.

»Nun, Priesterin?«, sagte er, dabei die Sprache der Menschen gebrauchend; dass sie seine Sprache beherrschte, überging er geflissentlich. »Wie schmeckt dir die Gefangenschaft?«

»Sie würde mir besser schmecken, wenn ich nicht deine Gesellschaft ertragen müsste, Ork«, antwortete Alannah kühl. »Du stinkst wie ein ganzer Schweinekoben.«

Der Ork hob die borstigen Brauen, schnupperte an seiner Rüstung und unter seinen Achseln und schüttelte dann verständnislos den Kopf. »Freundlich bist du nicht gerade«, stellte er fest. »Dabei solltest du mir dankbar sein. Ich könnte dich auch unter Deck sperren, in völlige Dunkelheit und ohne Essen und Trinken.«

»Das wäre wohl nicht zu empfehlen, schließlich muss ich am Leben bleiben. Wenn ich sterbe, nehme ich das Geheimnis der Karte von Shakara mit in den Tod, vergiss das nicht.«

»Keine Sorge.« Der Ork grinste über das ganze hässliche Gesicht. »Ich frage mich nur, was unser Auftraggeber mit dir anstellen wird, sobald du ihm erst verraten hast, was er wissen will.«

»Euer Auftraggeber – wer ist das?«

Rammar stieß ein heiteres Grunzen aus. »Das würdest du gern wissen, was? Aber ich werde es dir nicht verraten, Elfenweib. Ich will, dass du dir den Kopf darüber zermarterst, bis wir am Ziel unserer Reise angelangt sind.«

»Verstehe. Und wo liegt dieses Ziel?«

»Auch das werde ich dir nicht verraten.«

»Warum nicht?

Wieder stieß der Ork grunzende Laute aus, die wohl ein Lachen sein sollten. »Glaubst du, ich merke nicht, was du im Schilde führst?«

»Was meinst du?«

»Ich meine, dass du uns in eine Falle locken willst. Zuerst hilfst du uns, vor deinen eigenen Leuten zu fliehen, und dann verrätst du uns auch noch großzügigerweise, wo sich der Zugang zur Südpassage befindet. Das ist ziemlich befremdlich, oder?«

»Zugegeben«, gab Alannah zu, »aber ich habe meine Gründe dafür.«

»Dann«, meinte der Ork, und plötzlich hatte Alannah die Spitze seines Speers an der Kehle, »wäre es nett, wenn du mir diese Gründe verraten würdest, Spitzohr!«

»Du wirst mich nicht töten«, war sie überzeugt.

»Warum nicht?«

»Ich bin die Einzige, die das Geheimnis der Karte kennt. Schon vergessen?«

»Nein, das habe ich nicht vergessen«, konterte der Ork zähnefletschend. »Aber bisweilen kommt es vor, dass ich *mich* vergesse, und darauf solltest du es nicht ankommen lassen. Also?«

Alannah überlegte.

Dem Unhold ihr Seelenleben zu offenbaren, kam für sie nicht infrage. Ganz abgesehen davon, dass der Ork nichts begriffen hätte, denn Gefühle kannten diese primitiven, von Instinkten geleiteten Kreaturen nicht. Es war schon demütigend genug für Alannah, dass sie sich von zwei Orks hatte befreien lassen müssen. Noch mehr Erniedrigung ließ ihr Stolz nicht zu.

Andererseits war dieser Rammar dumm genug, seine Drohung wahr zu machen, wenn sie nicht einlenkte. Deshalb behauptete sie: »Ich bin neugierig darauf, wer euer Auftraggeber ist. Deshalb habe ich euch geholfen, von Shakara zu entkommen, und aus diesem Grund habe ich euch auch die Lage der Südpassage verraten.«

»Das ist alles?«, fragte Rammar skeptisch.

»Das ist alles. Es ist offensichtlich, dass ihr nicht auf eigene Rechnung arbeitet, und da ihr mir nicht verraten wollt, in wessen Diensten ihr steht, werde ich diese Reise wohl oder übel bis zum Ende mitmachen müssen, wenn ich eine Antwort auf diese Frage erhalten möchte.«

»Hmm …«, knurrte Rammar und musterte sie misstrauisch.

»Außerdem«, fügte sie hinzu, »bin ich beeindruckt.«

»Beeindruckt?« Er schaute sie verwundert an. »Wovon?«

»Bislang habe ich Orks für feige, verschlagene Kreaturen gehalten. Ihr beide jedoch – und besonders du, Rammar – seid tapfere Krieger, die den Kampf nicht scheuen. Ihr habt viel Wagemut bewiesen. Wenn ihr versprecht, mich anständig zu behandeln, versichere ich euch, dass ich nicht versuchen werde zu fliehen.«

Obwohl Alannah keine Übung darin hatte, das Mienenspiel eines Orks zu deuten, konnte sie erkennen, dass sich Rammar überaus geschmeichelt fühlte. Für derartige Komplimente und Schöngerede waren die Unholde schon immer empfänglich gewesen, das wusste sie. Und bei Rammar schien dies sogar in besonderem Maße zuzutreffen ...

»Gibst du mir dein Wort darauf, dass du nicht fliehen wirst?«, fragte er. »Es heißt, Elfen pflegen ihre Versprechen zu halten, da sie stets die Wahrheit sagen.«

»So heißt es«, bestätigte Alannah, auch wenn sie gerade dabei war, mit dieser Tradition zu brechen. Als Hohepriesterin von Shakara wissentlich die Unwahrheit zu sagen, selbst wenn ihr Leben davon abhing, war eine Ungeheuerlichkeit und ein Verstoß gegen alle Sitten und Regeln. Nun tat sie es zum zweiten Mal kurz hintereinander: Das erste Mal hatte sie gelogen, als sie dem Ork geschmeichelt hatte, und nun versprach sie ihm auch noch, nicht zu fliehen.

Natürlich hatte Alannah genau dies vor.

Ganz am Anfang hatte sie sich gegen ihre Entführung gewehrt und gehofft, dass die Orks gefasst und für ihre Frechheit bestraft wurden. Aber als es den Unholden – aus welchem Grund auch immer – gelungen war, das Tor Farawyns zu öffnen, war ihr ein tollkühner Gedanke durch den Kopf geschossen.

Hatte sie sich nicht die ganze Zeit über nach Abwechslung gesehnt, nach einem Ausbruch aus ihrer erdrückenden Langeweile? Hatte sie nicht verzweifelt darauf gewartet, dass jemand kam und sie aus der Eintönigkeit ihres Daseins befreite? Gewiss, diese Befreiung war anders verlaufen, als sie sich das vorgestellt hatte, und ihre Retter waren keine edlen Recken, sondern zwei stinkende Orks. Aber Alannah hatte erkannt, dass ihre Verschleppung durch diese beiden Kreaturen eine hervorragende Möglichkeit war, den Mauern von Shakara zu entkommen, ohne dass ihr eigener Name dabei Schaden nahm. Wäre sie mit einem edlen Helden geflohen, zudem noch mit einem Elfen wie Fürst Loreto, dem ihr Herz gehörte, wäre sie bei den anderen Elfen für immer in Ungnade gefallen, wäre auf ewig eine Verbannte und Ausgestoßene gewesen. Nun aber mussten alle annehmen, dass sie gezwungen worden war, Shakara zu verlassen, dass sie es gegen ihren Willen getan hatte. So stand sie nicht als Täterin da, sondern war in den Augen der anderen ein bemitleidenswertes Opfer.

Sie hatte nicht vor, sich an das Versprechen zu halten, das sie dem Ork gegeben hatte. Sobald sie den Nordwall hinter sich gelassen hatten und außer Reichweite der Tempelwachen waren, würde sie fliehen und sich auf eigene Faust nach Süden durchschlagen. Ihr Ziel war Tirgas Dun, die Elfenstadt an der Meeresküste. Dort würde sie Loreto zur Rede stellen, ihren lieblosen Geliebten, der sie so schmählich im Stich gelassen hatte.

Die Zeit drängte. Loreto hatte ihr geschrieben, dass er schon bald nach den Fernen Gestaden aufbrechen wollte. Alannah musste sich also beeilen. Nur wenige Tage würde sie in der Gesellschaft der beiden Orks verbringen und ihre hässlichen Visagen, ihren beißenden Gestank und ihr geistloses Gerede ertragen müssen.

Dann würde sie fliehen.

Die Weiße Wüste lag hinter ihnen. Am Fuß des Nordwalls, unweit der Schlucht, die, wie Alannah behauptete, den Zugang zum Pass darstellte, ließen die Orks den Eissegler zurück. Und das schweren Herzens, denn das bequeme Fortbewegungsmittel hatte sie auf sehr komfortable Weise über Eis und Schnee getragen. Vor allem Rammar verspürte einen starken Widerwillen, sich wieder auf Stiefelmachers Rappen zu begeben, zumal in Anbetracht des steilen Aufstiegs, der vor ihnen lag. Zwar würden sie nun eine Passage benutzen können, aber der Marsch über die Berge war nichtsdestotrotz beschwerlich.

Aus den Beständen der Eisbarbaren nahmen sie alles Dörrfleisch mit, das noch übrig war, und ihre Wasserschläuche füllten sie mit Eisbrocken; da sie diese nah am Körper trugen, würde das Eis schon bald geschmolzen sein. Alannah bestand darauf, ebenfalls einen der Proviantsäcke zu tragen, was Rammar ihr nur zu gern zugestand – seine Last war dafür umso geringer. Balbok hatte einmal mehr den Großteil des Gepäcks zu schleppen. Neben dem Tornister, der bis unter den Rand mit *baish* gefüllt war, musste er auch noch die Standarte des Zauberers tragen, dazu Pfeil und Bogen und seine Axt.

Derart ausgerüstet, traten sie den Weg durch die Berge an. Rammar ging vor, nicht weil er der Mutigere war, sondern weil er auf diese Weise das Marschtempo bestimmen konnte. Ihm folgte Alannah, und hinter ihr kam Balbok, der mit der Elfin durch ein Seil verbunden war, das er ihr und sich um die Hüfte geschlungen hatte. Zwar hatte die Priesterin versprochen, dass sie nicht versuchen würde zu fliehen, aber Balboks angeborenes Misstrauen riet ihm, den Worten der Elfin nicht zu trauen. Sie hatte gezetert und protestiert, als er ihr das Seil umgebunden hatte, aber Balbok hatte sich nicht davon abbringen lassen.

Durch die Schlucht gelangten sie zu einem schmalen Pfad, der an vereisten Klippen immer weiter emporführte. Die Wanderer mussten sich vorsehen; je höher sie kamen, desto schmaler wurde der Pfad und desto tiefer die Kluft, die zur Linken des Weges abfiel.

Unvermittelt endete der Pfad vor einer Felswand, und Rammar beschwerte sich lauthals, bis Alannah ihn anwies, einfach weiterzugehen, geradewegs durch den Fels hindurch. Zweifelnd und maulend tastete Rammar sich voran – und stellte verblüfft fest, dass der Fels nichts als Blendwerk war, eine Luftspiegelung, die Unberechtigte davon abhielt, den Pfad zu benutzen.

»Nun?«, fragte Alannah voller Genugtuung. »Was sagst du dazu, Ork? Sind eure Schamanen auch zu so etwas in der Lage?«

»Elfenzauber«, murrte Rammar abfällig und würgte das Wort hervor, als hätte er etwas Unrechtes gegessen.

Auf der anderen Seite der Barriere setzte sich der Weg fort wie zuvor, nur dass er noch steiler wurde und entsprechend schwieriger zu begehen war. Trotz der eisigen Kälte und des scharfen Windes, der hier wehte und ihnen Schnee und Eiskristalle in die Gesichter blies, trieb es Rammar den Schweiß auf die Stirn, und er begann so laut zu keuchen, dass man es selbst bei dem pfeifenden Wind hörte.

»Was ist denn?«, stichelte die Elfenpriesterin. »Geht dir schon die Puste aus, Ork? Dann kannst du dich auf was gefasst machen, denn es wird ein sehr langer und beschwerlicher Aufstieg werden.«

Die Elfin sollte Recht behalten.

Den ganzen ersten Tag ging es nur bergauf, meist auf schmalen Pfaden, auf denen sich die Wanderer sehr vorsichtig bewegen mussten, wenn sie nicht ausgleiten und in die Tiefe stürzen wollten. Nur wenige Verschnaufpausen gönnten sie sich, dann ging es wieder steil den Pfad hinauf.

Wenn die Wanderer sich umdrehten, konnten sie hinter sich die weite Ebene des Eislandes sehen, die sich Richtung Norden schier endlos zu erstrecken schien. Je weiter sie allerdings hinaufgelangten, desto dichter wurden die Schleier über dem Flachland, und dies umso mehr, als sich der Tag dem Ende neigte und die Nacht mit ihrem Dämmerlicht hereinbrach.

Rammar, der nicht mehr konnte, beschloss schließlich, dass es Zeit war, das Nachtlager aufzuschlagen. In einer Felsenge, die vor Wind und Wetter Schutz bot, suchten sie Zuflucht. Als Balbok jedoch ein Feuer entzünden wollte, fuhr Rammar ihn scharf an.

»Halt, lass das!«

»Wieso?«

»Willst du uns unbedingt verraten, *umbal*? Der Feuerschein wird meilenweit zu sehen sein.«

»Aber wir sind hier sicher«, widersprach Balbok, und er deutete in die Runde und auf die sie umgebenden Felswände. »Außerdem werden wir elend erfrieren, wenn wir uns nicht an einem Feuer wärmen.«

»Dein dürrer Freund hat Recht, Ork«, stimmte Alannah zu.

»Ohne Feuer werden wir in dieser Eiseskälte zu Grunde gehen.«

»Dich hat niemand gefragt, Elfenweib!«, stellte Rammar klar. »Glaubst du, ich wüsste nicht, was du vorhast? Du willst uns an deine elende Sippschaft verraten. Aber nicht mit mir! Rammar der Rasende hat deinen Plan durchschaut und wird ihn vereiteln.«

»Rammar der Rasende?« Sie hob die schmalen Brauen und schaute ihn verwundert an.

»Das ist mein Kriegsname. Du wirst noch lernen, ihn zu fürchten.«

»Wie du meinst. Aber passender wäre, wenn du deinen Namen in Rammar der Eiszapfen ändern würdest – denn bis zum Morgengrauen wird genau das aus dir geworden sein. Wirklich schade, dass die ganze Schinderei umsonst war.«

»Was meinst du?«

»Nun – eure beschwerliche Reise nach Norden, der Kampf gegen die Tempelwachen, meine Entführung und die erfolgreiche Flucht. All das war völlig vergebens, wenn wir heute Nacht hier erfrieren. Wegen der Elfenkrieger brauchst du dir keine Sorgen zu machen. Wollte ich sie euch auf den Hals hetzen, hätte ich das längst tun können.«

Rammar starrte zuerst sie, dann seinen Bruder wütend an. Er konnte es nicht leiden, wenn ihm Balbok, dieser *umbal*, widersprach, aber noch viel mehr ärgerte es ihn, dass sich nun auch noch die Elfin auf seine Seite stellte. Das Weib hatte etwas an sich, das Rammar in den Wahnsinn trieb. Ihr hochmütiges Getue, ihre geschraubte Sprechweise, ihre unsägliche Arroganz – all das ärgerte ihn maßlos. Doch er tröstete sich damit, dass der Zauberer schon wissen würde, wie er mit ihr zu verfahren hatte.

»Also schön«, erklärte er sich einverstanden. »Mach ein Feuer, Balbok. Aber wenn wir entdeckt und geschnappt werden, ist es allein deine Schuld.«

Balbok murmelte eine Erwiderung, dann griff er zum Tornister, öffnete ihn und holte zwei Feuersteine heraus.

Rammar und Balbok wechselten sich darin ab, Alannah zu

bewachen, während die Priesterin die ganze Nacht hindurch reglos am Feuer saß und in die züngelnden Flammen starrte. Ihre schmalen Augen waren geöffnet, aber ihr Brustkorb hob und senkte sich so gleichmäßig, als würde sie schlafen – und wieder einmal sagten sich Rammar und Balbok, was für eigenartige Wesen diese Elfen doch waren.

Früh am nächsten Morgen – das Feuer war längst heruntergebrannt und eisige Kälte in die Felskluft gekrochen – setzten sie ihren Marsch fort. Balbok und Rammar fraßen zum Frühstück von dem angeschimmelten Dörrfleisch, das streng roch und ranzig schmeckte, Alannah verzichtete auf dieses für die Orks so schmackhafte Mahl. Egal, sagte sich Rammar, musste das Elfenweib eben hungern! So dürr, wie sie aussah, war sie es wohl gewohnt, mit wenig Nahrung auszukommen.

Danach machten sich die drei Wanderer wieder auf den Weg. Steil wie eine Mauer ragte die Felswand vor ihnen auf, die es zu überwinden galt, und wie eine Schlange, die an dem schroffen Gestein hinaufkroch, wand sich der Pfad daran empor.

Je höher sie marschierten, desto dunstiger wurde es. Das Eisland im Norden war schließlich nur noch zu erahnen, und auch der Weg vor ihnen versank zusehends in milchigem Weiß, was Rammar ganz und gar nicht gefiel.

»Verdammter Nebel!«, schimpfte er. »Wenn das so weitergeht, können wir bald nicht mehr die Klaue vor Augen sehen.«

»Das ist kein Nebel«, belehrte ihn Alannah. »Das sind Wolken.«

»So hoch sind wir inzwischen?«, fragte Balbok staunend. »Ich habe mich immer gefragt, wie Wolken aus der Nähe aussehen. Ich dachte, man könnte sich hineinlegen wie in ein weiches Bett aus fauligem Heu.«

»Typisch für dich!«, beschwerte sich Rammar. »Jeder Dorftrottel weiß, dass Wolken nichts anderes als Rauch sind, der aus Kuruls dunklen Pfuhlen aufsteigt, um das Licht der Sonne zu verfinstern. Jede Wolke steht für eine verlorene Seele, die von Kurul verschlungen wurde.«

»Und so etwas glaubt ihr tatsächlich?«, fragte Alannah spöttisch.

»Natürlich!« Rammar ließ ein missmutiges Grunzen hören. »Aber ihr Elfen habt sicherlich eine andere Erklärung dafür, nicht wahr? Ihr haltet Wolken wahrscheinlich für verzauberte weiße Pferdchen, die am Himmel dahinziehen auf der ewigen Suche nach Glück und Erfüllung.«

»Ein schöner Gedanke, der so gar nicht zu einem Ork passt«, erwiderte Alannah mit freudlosem Lächeln. »Aber eigentlich sind Wolken das, was entsteht, wenn kalte und warme Luft aufeinander treffen, nämlich Wasserdampf.«

»Wasserdampf?« Rammar blieb stehen, drehte sich um und starrte die Priesterin fassungslos an. »Das ist der größte *shnorsh*, den ich je gehört habe«, tönte er. »Wenn das die Weisheit von euch Elfen ist, dann wundert es mich nicht, wenn ihr zu euren entlegenen Gestaden flüchtet.«

»Es sind die Fernen Gestade«, verbesserte Alannah. »Und ich sage die Wahrheit.«

»Aber sicher doch. Und Blitz und Donner rühren in Wirklichkeit auch nicht von Kuruls Zorn, sondern sind eine ganz natürliche Sache, richtig?«

»Richtig.«

»Klar doch«, brummte Rammar, und an Balbok gewandt machte er eine unmissverständliche Handbewegung, die bedeutete, dass im Kopf der Elfin seiner Meinung nach einiges durcheinander war.

Sie folgten weiterhin dem Pfad. Zu sehen war jeweils nur der kurze Abschnitt, auf dem sie sich bewegten, vor und hinter ihnen lag der Weg in dichtem Dunst.

Erst gegen Mittag riss die Wolkendecke ein wenig auf. Da erreichte der kleine Trupp gerade ein Joch. Es erstreckte sich zwischen zwei bizarren felsigen Überhängen, die die Form riesiger Raubvogelköpfe hatten. Im fahlen Sonnenlicht, das zwischen den Wolken hindurchsickerte und auf die karge Senke traf, sahen die Orks jedoch noch etwas anderes, das ihnen ganz und gar nicht gefallen wollte: Entlang des Pfades, der das Joch überquerte, waren steinerne Säulen errichtet, die mit elfischen Schriftzeichen versehen waren.

»Verdammtes Elfenwerk!«, maulte Rammar und griff nach

dem *saparak*, den er am Riemen auf seinem Rücken trug. »Ich wusste, dass uns das Weib in eine Falle lockt!«

»Diese Säulen sind jahrtausendealt«, erklärte Alannah gelassen. »Vor ihnen brauchst du dich nun wirklich nicht zu fürchten.«

»Wer sagt, dass ich mich fürchte?«

»Du brauchst es nicht zu sagen, ich sehe es dir an. Diese Anhöhe wurde in alter Zeit Falkenjoch genannt. Als die Welt noch jung war, trafen Trolle und Elfen hier in einer erbitterten Schlacht aufeinander. Wäre es in jener Schlacht nicht gelungen, die Trolle zurückzuschlagen, hätten sie *amber* überrannt. Zum Andenken an die siegreichen Helden hat man die Säulen errichtet.«

»Was du nicht sagst«, brummte Rammar, während er sich weiterhin wachsam umschaute. »Weißt du, es schert mich nicht, was vor ein paar Tausend Jahren hier geschehen ist, Elfenpriesterin. Wir Orks geben nämlich nichts auf die Vergangenheit. Uns kümmert nur die Gegenwart.« Er wandte sich an seinen Bruder. »Kannst du was riechen, Balbok?«

Der hagere Ork legte den Kopf in den Nacken, hielt die krumme Nase in den Wind und schnupperte geräuschvoll.

»Nichts«, erklärte er schließlich.

»Bist du sicher?«

»Ich denke schon.«

»Gut. Gehen wir weiter.«

»Was sollte das eben?«, fragte Alannah fassungslos. »Willst du behaupten, dein einfältiger Kumpan könnte Elfen riechen?«

»Er kann so ziemlich alles riechen«, bestätigte Rammar. »Außerdem ist er nicht mein Kumpan, sondern mein Bruder.«

»Dein Bruder?«

»Das sagte ich gerade, oder nicht?« Er musterte sie aus blitzenden Augen. »Warum musst du immer alles wiederholen, was ich sage?«

»Ich bin nur überrascht, das ist alles. Ich dachte, Orks pflegen keine verwandtschaftlichen Beziehungen.«

»Du scheinst ja schlichtweg alles zu wissen, was?« Rammar baute sich wütend vor ihr auf. »Weißt du was, Priesterin?

Warum kümmerst du dich nicht einfach um deinen eigenen Kram und behältst deine Weisheiten für dich? Dein Gequatsche geht mir auf die Nerven, und meinem Bruder auch. Richtig, Balbok?«

»Ich, äh ...«

»Wir sind, was wir sind«, fuhr Rammar in seiner Erregung fort, »nämlich Orks. Keine Elfen, keine Zwerge und auch keine Menschen. Wenn dir das nicht passt, ist das deine Sache, aber hör auf, so zu tun, als wüsstest du über uns Bescheid. Du weißt nämlich nichts, das kann ich dir versichern.«

Damit drehte er sich um und stampfte verärgert voraus, ungeachtet des Nebels, der den Pfad verhüllte.

Die Dämmerung brach erneut herein, und die kleine Gruppe schlug wieder ihr Nachtlager auf. Ein Felsüberhang, der ein natürliches Dach bildete, bot ihnen Unterschlupf, und das war gut so, denn kaum war das Tageslicht verblasst, setzte ein wütender Schneesturm ein, der die Felsen in bizarre Eisskulpturen verwandelte.

Die Eisbärenfelle eng um die Schultern gezogen, drängten sich die drei Wanderer um das knisternde Feuer, das Balbok entzündet hatte. Regelmäßig griff der hagere Ork in seinen Tornister und legte nach, damit die Flammen nicht ausgingen; in einer Nacht wie dieser ohne Feuer zu sein, hätte den sicheren Tod bedeutet.

»Sag mal«, fragte Alannah, nachdem sie eine Weile lang gedankenverloren in die Flammen gestarrt hatte, »was legst du da eigentlich ins Feuer? Hier oben gibt es weit und breit kein Holz.«

»Das ist auch kein Holz«, erwiderte Balbok, »sondern getrockneter Orkdung.«

»Getrockneter ...?« Alannah machte große Augen. »Heißt das, ihr trocknet eure eigene ...? Und benutzt sie, um ...?«

»Was sonst?«, antwortete Balbok, als wäre es das Selbstverständlichste der Welt. »Alle Orks heizen ihre Höhlen damit. Das sorgt nicht nur für Wärme, sondern auch für den heimeligen Geruch, der abends über dem *bolboug* liegt.«

»Darauf möchte ich wetten.«

»Verbrennen Elfen ihren *shnorsh* etwa nicht?«

»Natürlich nicht.« Alannah schüttelte heftig den Kopf. »In zivilisierten Städten gibt es unterirdische Flüsse, Kanäle genannt, die derlei Hinterlassenschaften davontragen.«

Balbok grunzte. »Und was passiert dann damit?«

»Nun – durch die Kanäle gelangt es in den Fluss.«

»Und von dort?«

»Ins Meer.«

»Und das soll zivilisiert sein? Ihr werft euren *shnorsh* einfach ins Meer?« Nun war es Balbok, der große Augen machte. »Schade drum. Man könnte viele Höhlen damit heizen.«

»Elfen pflegen nicht in Höhlen zu hausen«, belehrte ihn Alannah. »Sie sind Erbauer großer Städte und leben in lichtdurchfluteten Hallen.«

»Eine grässliche Vorstellung«, ließ sich Rammar vernehmen. »Nichts geht über eine dunkle, feuchte Höhle, in der es nach Moder und Fäulnis riecht. Aber davon versteht eine Elfin nichts.«

»Allerdings nicht – und ich danke meinen Ahnen, dass es so ist.«

»Deinen Ahnen brauchst du nicht mehr zu danken, Elfin. Sie sind längst tot und haben den Würmern als Nahrung gedient. Warum nur redet ihr Spitzohren immerzu von eurer Vergangenheit?«

»Weil große Taten es wert sind, dass man sie in Erinnerung hält.«

Rammar schüttelte den klobigen Schädel. »Das ist nicht der Grund. Ihr redet unentwegt von der Vergangenheit, weil ihr keine Zukunft habt, richtig?«

»Das ist nicht wahr!«

»Nein?« Rammars Augen funkelten listig. »Warum verlassen dann immer mehr von euch diese Welt? Warum zieht es euch nach den Fernen Gestaden, wenn hier angeblich alles in bester Ordnung ist? Ich will es dir sagen: Dein Volk hat seinen alten Glanz verloren und ist schwach und willenlos geworden. Die Zukunft gehört uns Orks, denn wir sind jung und stark.«

»Das ist nicht wahr«, wiederholte Alannah, aber diesmal klang es eher trotzig als überzeugt.

»Und ob es wahr ist. Du willst es nur nicht einsehen. Warte nur, bis du unseren Auftraggeber kennen lernst – er wird dir bestätigen, was ich sage. Das Zeitalter der Elfen geht zu Ende, du selbst bist der beste Beweis dafür.«

»Ich selbst? Wie meinst du das?«

Das listige Funkeln in Rammars Augen blieb. »Woran glaubst du?«, fragte er und blickte sie unverwandt an.

»Ich bin die Hohepriesterin von Shakara«, lautete die Antwort, »Erbin Farawyns und Hüterin des Geheimnisses. Ich brauche einem hergelaufenen Ork keine Rechenschaft abzulegen über das, woran ich glaube.«

»Wir Orks brauchen nicht zu *glauben*«, erklärte Rammar stolz, während außerhalb des Unterstands der eisige Wind pfiff und Schneeflocken zu ihnen wirbelte, die über den Flammen sofort schmolzen. »Wir *wissen*, dass Kurul in den Tiefen von *sochgal* haust, jener Dämon, der einst aus dem Kampf unter seinesgleichen als Sieger hervorging und uns alle in die Welt gespien hat. Er war es, der uns das Licht nahm und uns die Finsternis brachte.«

»Und wenn schon«, sagte Alannah. »Als Priesterin von Shakara glaube ich an die Weissagung Farawyns, der zufolge ein Retter kommen und *amber* wieder Frieden und Einheit schenken wird.«

»Unsinn«, widersprach Rammar erneut. »Daran glaubst du nicht.«

»Woher willst du das wissen?«

»Ganz einfach – weil die meisten deiner Leute den Glauben an diese dämliche Weissagung längst verloren haben, sonst würden sie die Welt nicht verlassen. Und wenn du ehrlich wärst, würdest du zugeben, dass auch du schon lange nicht mehr daran glaubst. Das war auch der Grund dafür, dass du uns geholfen hast, den Bärenreitern zu entkommen. Habe ich Recht?«

»Was fällt dir ein!« Trotz der bitteren Kälte warf Alannah das Eisbärenfell ab und sprang auf. »Wie kannst du so etwas behaupten?« Sie blitzte Rammar zornig an.

»Mit dem Recht des Stärkeren. Du befindest dich in unserer Gewalt, Priesterin, nicht umgekehrt, verstanden? Hämmer dir das in deinen hässlichen Schädel.«

»Und ob ich das verstanden habe«, schnaubte Alannah, die sich nicht erinnern konnte, dass jemals zuvor in ihrem langen Leben so mit ihr umgesprungen worden war. »Und du hämmere dir auch etwas in deinen hässlichen Schädel, Ork: In meinen Adern fließt das Blut der Söhne Mirons, und ich kann dir versichern, dass seine Kraft noch nicht erloschen ist. Wenn dir dein Leben lieb ist, dann solltest du deinen Kurul anflehen, dass niemals eine Waffe in meine Hände gelangt, wenn du in meiner Nähe weilst, denn sonst sind deine Tage gezählt.«

»Was denn?« Rammar hob eine borstige Braue. »Willst du mir etwa drohen? Ausgerechnet du? Ein Weib?«

»Für einen Feigling wie dich ist eine Frau Gegner genug.«

»Sag das noch mal«, verlangte Rammar knurrend und erhob sich ebenfalls.

»Was genau meinst du, rasender Rammar? Dass du ein Feigling bist oder dass eine Frau als Gegner gut zu dir passt?«

»Na warte! Das büßt du mir!«, heulte Rammar, während seine Nase zuckte und seine Augen wild in ihren Höhlen zu rollen begannen. Ein *saobh* war im Anzug, einer der berüchtigten orkischen Tobsuchtsanfälle, die zumeist damit endeten, dass jemand erstochen oder erschlagen wurde oder man ihm zumindest ein paar Knochen brach. Voller Sorge sah Balbok, wie sein Bruder nach dem *saparak* griff, und als Rammar sich damit auf die Hohepriesterin stürzen wollte, warf er sich dazwischen und umklammerte Rammar mit seinen langen Armen.

»Lass mich!«, keifte dieser und wand sich in Balboks Griff. »Ich werde ihr das freche Maul stopfen. Ich muss …«

»Du musst dich wieder beruhigen«, beschwor ihn Balbok. »Wenn du sie umbringst, kann sie das Geheimnis der Karte nicht mehr preisgeben. Dann wird der Zauberer böse auf uns sein, und wir werden Girgas' Haupt nicht bekommen. Und das bedeutet, dass wir nie wieder ins *bolboug* zurück können. Das ist sie nicht wert!«

Balbok sprach eindringlich auf seinen Bruder ein, und dieser beruhigte sich tatsächlich. Schließlich legte sich auch das zornige Zucken seiner Nase, und Balbok ließ ihn frei.

»Na schön«, knurrte Rammar und setzte sich wieder ans Feuer. »Bringen wir zuerst unsere Mission zu Ende. Danach kann ich das Weibsbild ja immer noch umbringen. Weißt du, Priesterin«, fügte er an Alannah gewandt hinzu, »bisweilen erinnerst du mich mehr an einen Ork als an eine Elfin – und das nicht nur, weil du unsere Sprache sprichst.«

»Schwachsinn!«, kam es wütend zurück.

Rammar nickte und sagte: »Genau das meine ich …«

Sie brachen am frühen Morgen auf. Wegen des Schnees, der in der Nacht gefallen war, wurde es nicht nur ein höchst beschwerlicher, sondern auch ein halsbrecherischer Marsch. Die Orks glaubten schon mehrmals, den Pfad unter der Schneedecke verloren zu haben. Meist war es dann Alannah, die ihnen den Weg wies, und wo auch sie nicht mehr weiterwusste, half Balboks feiner Geruchssinn.

Über steile Serpentinenpfade und durch enge Schluchten erreichten die Wanderer schließlich steinerne Stufen, die durch einen schmalen Felskamin führten. Das Ende der in den Fels gehauenen Treppe war nicht zu erkennen, weil einmal mehr dichte Wolken die Berge einhüllten.

Immerhin standen die Felswände hier so dicht, dass kaum Schnee den Grund der Kluft erreicht hatte, und so konnten Rammar, Balbok und Alannah ungehindert hinaufsteigen. Die Treppe führte sie auf ein in Dunst gehülltes Plateau. Dort stand eine steinerne Säule, die mit Elfenrunen verziert war; wie Alannah sagte, hieß sie die Wanderer auf dem Pass willkommen und wünschte ihnen eine glückliche Reise. Wären die Wolken weniger dicht gewesen, hätte sich von der Passhöhe aus ein überwältigender Ausblick auf die schneebedeckten Gipfel und eisigen Hänge des Nordwalls geboten. So jedoch konnten die Orks die schroffen Felszacken, die das Plateau zu allen Seiten umgaben, allenfalls erahnen, aber nicht wirklich sehen.

Sie ruhten sich ein wenig aus und nahmen eine karge Mahlzeit zu sich. Auch Alannah, die sich bislang geweigert hatte, von den Orks Essen anzunehmen, kaute widerwillig auf einem Stück Dörrfleisch. Dann setzten sie ihren Marsch fort, und während sie sich der Südseite der Berge näherten, ließen sie die Kälte des Nordens mit jedem Schritt hinter sich zurück. Noch vor ein paar Tagen war Rammar und Balbok die Gegend nördlich der Sümpfe kalt und unwirtlich erschienen – nun kam es ihnen vor, als kehrten sie nach Hause zurück.

»Willkommen im Süden«, rief Rammar in seltenem Überschwang, »wo die Nächte wirklich dunkel sind und einem nicht der *asar* gefriert.«

»Ja«, erwiderte Alannah in undeutbarem Tonfall. »Willkommen im Süden ...«

Sie marschierten weiter, bis es dunkelte, dann suchten sie sich einen Lagerplatz im Schutz einiger Felsen. Da Balbok keinen Dung mehr hatte, den er verfeuern konnte – jene eisige Nacht im Schneesturm hatte alles aufgebraucht –, setzte sich Rammar diesmal durch, und es wurde kein Feuer gemacht. Erneut wechselten Balbok und er sich beim Wachehalten ab. Den Elfen waren sie entkommen, aber nun waren sie wieder im Süden, und hier hausten Trolle, Zwerge, Gnomen und anderes Gezücht.

Dennoch blieb es die Nacht über ruhig.

Am Morgen folgten sie dem Pfad weiter in die Tiefe. Die Wolken blieben über ihnen zurück, und zum ersten Mal konnten sie wieder mehr als einen Steinwurf weit sehen. Ein atemberaubendes Panorama breitete sich vor ihnen aus: Schroffe Bergriesen, die sich aus dunklen Tälern erhoben und in den Himmel ragten, bizarre Felsformationen, die Wind und Wetter aus dem Gestein gemeißelt hatten, Wasserfälle, die rauschend aus großer Höhe in die Tiefe stürzten, und schließlich, weit im Südwesten, die fernen Ausläufer des Scharfgebirges, die sich wie das Gebiss eines Drachen am fernen Horizont erhoben.

Rammar und Balbok jedoch stand der Sinn nicht nach majestätischer Landschaft. Ihnen war nur wichtig, dass sie ihre

Beute wohlbehalten – oder zumindest lebend – in Ruraks Festung ablieferten.

Zur Verwirrung der Brüder schien die Gefangene jeden Augenblick der Reise zu genießen, ungeachtet der Tatsache, dass sie eine Gefangene war. Alannahs Unbekümmertheit gab ihnen Rätsel auf, und Rammar machte dies noch misstrauischer gegen die Elfin. Sie führte etwas im Schilde, das stand für ihn fest – aber was?

Gegen Mittag vernahmen sie ein stetiges Rauschen, und schließlich gelangten sie an einen steilen Abbruch. Vorsichtig lugten Rammar und Balbok über die Kante. Tief unter ihnen toste ein reißendes, graublaues Gewässer, das sich im Laufe von Jahrtausenden einen Weg in den harten Stein gegraben hatte.

»Das ist der Eisfluss«, erklärte Alannah. »Weit oben an den Hängen des Nordwalls entspringt er und stürzt donnernd nach Süden, wo er das Scharfgebirge durchfließt und das Reich der Zwerge teilt.«

»Was du nicht sagst«, entgegnete Rammar grimmig, dem diese blumige Redeweise zuwider war. »Und wie sollen wir auf die andere Seite gelangen?«

»Es gibt eine Brücke«, behauptete die Elfin. »Zwerge, die dem Elfenkönig treu ergeben waren, haben sie einst errichtet.«

Über den schmalen Pfad, der an der Abbruchkante entlangführte, setzten sie ihren Weg fort, und nur wenig später stießen sie tatsächlich auf die Brücke – ein schmales Gebilde, errichtet aus grobem Stein, das die Schlucht in weitem Bogen überspannte. Sie war alles andere als Vertrauen erweckend und nur an die zwei *knum'hai* breit – also breit genug für einen Zwerg, für einen Ork aber gefährlich schmal. Eine Brüstung gab es nicht.

Balbok stellte denn auch gleich die entscheidende Frage: »Da sollen wir rüber?«

»Nie und nimmer!« Rammar schüttelte heftig den Kopf. »Euch wird das Ding tragen, aber unter meinem Gewicht wird es einstürzen.«

»Selbst schuld«, sagte Balbok voller Genugtuung. »Was musstest du auch fressen, während ich hungerte? Geschieht dir ganz recht.«

»Es geschieht mir recht? Du willst, dass ich in die Tiefe stürze? Nach allem, was ich für dich getan habe?«

»Ich habe auch meinen Beitrag geleistet«, stellte Balbok klar. »Und ich habe *baish* für uns alle über den Pass geschleppt, anstatt mich allein daran satt zu fressen.«

»Na und? Dafür hatte ich stets ein Auge auf die Elfin.«

»Wie denn das? Du bist die ganze Zeit vorausgegangen und konntest sie nicht sehen!«

Das war leider wahr, und Rammar fühlte sich von seinem Bruder in die Enge gedrängt. In einer solchen Situation ging er stets zum Gegenangriff über. »Du hässlicher Hundsfott von einem Bruder!«, legte er los. »Ohne mich wärst du von dem Ghul gefressen worden. Und ich war es auch, der …«

»Seid ihr beiden bald fertig?«, fragte Alannah so scharf, dass Rammar vor Staunen verstummte. »Man könnte meinen, zwei junge Zwerge vor sich zu haben, die sich darum balgen, wer seine Saga zuerst erzählen darf.«

»Du vergleichst uns mit Zwergen?«, schnaufte Rammar. »Willst du uns beleidigen, Weib?«

»Durchaus, wenn ihr euch danach wieder wie denkende Wesen benehmt. Wenn ihr euch nicht ständig streiten würdet, hätten wir den Fluss längst hinter uns gebracht.«

»Ihr vielleicht, aber ich nicht«, widersprach Rammar verdrießlich. »Die Brücke wird mich nicht tragen, das habe ich im Gefühl.«

»Dann lass Balbok und mich die Schlucht zuerst überqueren«, schlug die Elfin vor. »Wenn sie unser gemeinsames Gewicht aushält, wird sie auch dich tragen.«

»Hm«, machte Rammar nur, während er Alannah von Kopf bis Fuß musterte. Der Vorschlag hatte etwas für sich, keine Frage. Rammar dachte angestrengt nach und kam dann zu dem Schluss, dass dies die beste (weil für ihn ungefährlichste) Lösung war.

»Also gut, so machen wir's«, entschied er. »Balbok, du wirst mit der Elfin zuerst die Brücke überqueren. Wenn sie nicht einstürzt, dann wird sie auch mein Gewicht aushalten.«

»U-und wenn sie einstürzt?«, fragte Balbok.

»Dann werde ich mir wohl oder übel einen anderen Weg suchen müssen«, entgegnete Rammar achselzuckend. »Also los.«

»Darf ich wenigstens den Sack mit dem Proviant dalassen?«, fragte Balbok, den bangen Blick auf die schmale Steinbrücke gerichtet.

»Bist du verrückt? Ich bin so schon schwer genug, auch ohne dass ich unseren *baish* auf dem Rücken trage. Und jetzt will ich kein Widerwort mehr hören. Rasch, über die Brücke mit dir. Und nimm das Weibsbild mit!«

Wenn Rammar so redete, hielt Balbok lieber den Mund und tat, was sein Bruder verlangte. Zwar schien auch ihm die Brücke nicht gerade Vertrauen erweckend, aber vor der Elfin wollte er sich keine Blöße geben. Also nickte er nur und zerrte sie am Seil zur Brücke. Dann setzte er vorsichtig seinen Fuß darauf.

»Warum so zögerlich?«, fragte Alannah provozierend. »Bist du ein Ork oder eine Made?«

»Ei-ein Ork natürlich!«, stammelte Balbok.

»Dann benimm dich auch so!«, erwiderte sie mit bösem Lächeln, und noch ehe sich die beiden Orks versahen, war sie schon an dem jüngeren der beiden Brüder vorbei und trat leichtfüßig hinaus auf die Brücke. »Siehst du? Es ist ganz einfach!«

»Du hast gut reden!«, maulte Balbok. »Glaubst du, ich hätte nicht gesehen, dass deine Füße keine Abdrücke im Schnee hinterlassen haben? Ihr Elfen seid leicht wie Federn, wenn ihr euch bewegt.«

Alannah lachte nur – und zum Verdruss der Orks löste sie den Knoten des Seils, das ihr Balbok um die Hüften gebunden hatte.

»Halt!«, rief Rammar vom Rand des Abgrunds. »Das darfst du nicht!«

»Mit Verlaub, mein hässlicher Freund – wer sollte mich daran hindern? Du vielleicht?« Unbeirrt ging sie weiter.

»Worauf wartest du?«, fuhr Rammar seinen Bruder an. »Bleib ihr auf den Fersen, Blödsack! Oder willst du, dass sie uns entkommt?«

Schon hatte die Elfin die Mitte des Brückenbogens erreicht und überquerte tänzelnd den schmalen Scheitel. Angetrieben vom aufgebrachten Geschrei seines Bruders gab sich Balbok einen Ruck und trat hinaus auf die schmale Brücke, die weder Brüstung noch Geländer hatte und unter der in Schwindel erregender Tiefe der Eisfluss toste.

Einen Augenblick lang glaubte er, das Gestein verdächtig knirschen zu hören, aber die Brücke hielt – noch –, und Balbok fasste ein wenig Zuversicht. Den Tornister auf dem Rücken, benutzte er die Standarte des Zauberers als Balancierstange, um nicht das Gleichgewicht zu verlieren, während er einen Fuß vor den anderen setzte und der Elfin folgte. Diese hatte inzwischen fast die gegenüberliegende Seite erreicht und beschleunigte ihre Schritte.

»Halt!«, kreischte Rammar, dem Übles schwante. »Bleib stehen!«

»Fangt mich, wenn ihr könnt!«, rief sie zurück und stimmte einmal mehr ihr silberhelles Lachen an – worauf Rammar der Zorn packte.

»Das könnte dir so passen, Elfenweib!«, kreischte er außer sich, und seine Rage ließ ihn jede Vorsicht vergessen. Mit zu Fäusten geballten Klauen stürmte er hinaus auf die Brücke – und unter dem Gewicht der beiden Orks gab das uralte, von Wetter und Wind zermürbte Bauwerk plötzlich nach.

Es knirschte und knackte, und ein Riss zeigte sich zwischen den Steinen, der sich rasch vertiefte und verbreiterte. Es folgte ein lautes Krachen und Bersten, und einen Augenblick später verlor Rammar den Boden unter den Füßen, als die Brücke unter ihm einbrach, und während er in die Tiefe stürzte, wurde ihm bewusst, dass er eine ziemliche Dummheit begangen hatte.

Auch Balbok fiel kopfüber nach unten, dabei aus Leibeskräften brüllend. Und ebenso Alannah, die schon fast die andere Seite erreicht hatte – aber eben nur fast. Vergeblich versuchte die Elfin noch, sich an der Abbruchkante festzuklammern, doch ihre zarten Hände griffen ins Leere, und die gähnende Tiefe verschluckte auch sie.

Die schroffen Wände der Schlucht hallten von den gellenden Schreien der drei Wanderer wider, die der weißen Gischt entgegenstürzten, inmitten eines Hagels aus Gesteinsbrocken, aus denen die Brücke einst errichtet worden war – dann empfing sie das eisige Wasser des Flusses.

Rammar schwanden die Sinne. Benommen wähnte er sich wieder im rauen Nordland und glaubte zu erfrieren – ehe er wieder zu sich kam und sich daran erinnerte, was geschehen war. Seine Lungen brannten bereits wie Feuer, und die Trümmer der Brücke rauschten rings um ihn in die Tiefe. Er begann mit den Armen um sich zu schlagen, strampelte mit den Beinen, um an die Oberfläche zu gelangen. Ein unheimliches Rauschen und Blubbern und Gurgeln umgab ihn, das Rammar einen Augenblick lang für Kuruls dumpfes Gelächter hielt.

Im nächsten Augenblick durchstieß er die Oberfläche und sog gierig Luft in seine Lungen.

»Balbok!«, schrie er, während die reißende Strömung ihn mit sich riss. »Balbok, wo bist du …?«

Er warf gehetzt einen Blick hinauf zu den gezackten Rändern der Schlucht, zwischen denen ein Streifen grauer Himmel zu sehen war. Der Gedanke, von dort oben herabgestürzt zu sein, entsetzte ihn für einen Augenblick so sehr, dass er vergaß, mit den Armen zu paddeln, und ein Strudel erfasste ihn und zog ihn wieder unter Wasser.

Orks waren keine sehr guten Schwimmer. Das feuchte Element war ihnen zutiefst suspekt, und es kam ihnen weder in den Sinn, sich damit zu waschen, noch sich aus purem Vergnügen hineinzustürzen. Dass Rammar schon im nächsten Moment wieder an die Oberfläche schoss wie ein Korken, verdankte er nur den Fettschichten seines gedrungenen Körpers.

Rasch entledigte er sich des metallenen Brustpanzers. Dabei achtete er darauf, den *saparak*, den er am Riemen auf dem Rücken trug, und den Wasserschlauch nicht zu verlieren. Anschließend streckte er alle viere von sich und ließ sich von der Strömung den Fluss hinabtreiben, während sein Bauch wie eine kleine Insel aus dem Wasser ragte.

»Balbok!«, rief er dabei immerzu, dass sich seine Stimme fast überschlug. »Balbok …!«

»Ich bin hier!«, kam es kläglich zurück, und zwischen zwei schäumenden Wellen sah Rammar für einen Augenblick seinen Bruder paddeln.

Auch Balbok war nicht gerade ein begnadeter Schwimmer. Den Tornister mit dem *baish* hatte er sich vom Rücken gestreift, aber die Standarte des Zauberers umklammerte er noch immer mit einer Klaue, als hinge sein Leben davon ab. Mehrmals verschwand sein Kopf unter Wasser, um im nächsten Moment wieder prustend aufzutauchen.

»Dämlicher *umbal*!«, rief Rammar ihm über das Tosen des Flusses hinweg zu. »Lass die alberne Standarte los!«

»Nein!«, gurgelte die entschiedene Antwort. »Ein echter Ork lässt sein Feldzeichen nicht im Stich!«

»Du blöder Hund wirst noch jämmerlich ersaufen!«

»Ein Ork lässt sein Feldzeichen nicht im ...«, wollte Balbok trotzig wiederholen, als ihn ein gellender Hilfeschrei unterbrach. Rammar erkannte die Stimme sofort – es war die der Elfenpriesterin.

In der Hitze des Überlebenskampfes hatte er die Gefangene fast vergessen. Sie hatte versucht zu fliehen, war dann aber mit ihnen in den Abgrund gestürzt. Gehetzt blickte er sich nach ihr um, während die Strömung ihn und Balbok weiter davontrug. Rammar konnte nicht ausmachen, woher ihre Hilferufe kamen, denn sie hallten von den Wänden der Schlucht wider und trafen von allen Seiten seine Ohren.

»Dort drüben!«, ließ sich Balbok gurgelnd vernehmen, ehe er wieder unter Wasser verschwand – und endlich entdeckte Rammar die Elfin.

Sie war ein gutes Stück vor ihm in einen gefährlichen Strudel geraten, der sich in einer Felsnische gebildet hatte und sie mit unwiderstehlicher Kraft nach unten zog. Erbittert wehrte sie sich dagegen, aber der Gewalt des Flusses hatte sie nichts entgegenzusetzen.

»Helft mir! Ich ertrinke ...!«

Trotz der brenzligen Lage huschte ein hämisches Grinsen über Rammars Orkgesicht. *K'uule tog'dok tog, tutoum'dok ehfhuun*, lautete das alte Orksprichwort – wer anderen eine Grube gräbt, fällt selbst hinein. Selten hatte darin mehr Wahrheit gelegen.

Rammar wünschte der Elfin alles Schlechte, einen eisigen Tod in den tosenden Fluten und in der nächsten Welt einen Zwerg zum Ehemann. Aber dann kam ihm ein schrecklicher Gedanke. Nein, er durfte sie nicht ertrinken lassen! Wenn die Elfin auf den Grund des Flusses gezogen wurde, versank mit ihr auch das Wissen um die Karte von Shakara – und damit jede Hoffnung für die Orkbrüder, jemals wieder ins *bolboug* zurückkehren zu können, wo der vertraute Mief ihrer Höhle auf sie wartete.

Rammar schaffte es irgendwie, sich im reißenden Fluss zu drehen, dann versuchte er zu Alannah zu gelangen, indem er mit den Armen ruderte und mit den Beinen strampelte.

»Hilfe!«, rief sie noch einmal – dann versank ihr hellblonder Schopf unter Wasser.

»Nein!«, schrie Rammar, und wild paddelnd legte er die letzten *knum'hai* zurück. Aber die Elfin war nicht mehr zu sehen. Dafür packte der Strudel nun auch Rammar, und rasend schnell ging es im Kreis herum, dass ihm davon ganz elend wurde, und schließlich verschluckte ihn der Trichter aus eisig kaltem Wasser. Er konnte nicht einmal mehr nach seinem Bruder rufen, der sicherlich schuld war an diesem Unglück. So sehr er sich auch dagegen wehrte, der Sog zog ihn nach unten.

Unter Wasser riss er die Augen auf, und hinter einem Schleier aufsteigender Luftblasen sah er die halb bewusstlose Alannah. Rammar streckte seine kurzen Arme nach ihr aus, und es gelang ihm, sie zu packen und an sich zu ziehen, während der Strudel sie weiter in die Tiefe zog. Dadurch, dass Rammar seinen Widerstand aufgegeben hatte, ging es noch schneller hinab, und im nächsten Moment war der Grund des Flusses erreicht.

Rammar war klar, dass er dem mörderischen Sog entkommen musste. Kaum berührten seine Füße das Flussbett, stieß er sich ab, aber der Strudel ließ seine beiden Opfer nicht los, und wieder ging es hinab zum Grund. Erneut stieß sich Rammar mit aller Kraft vom Boden ab, Alannah wie eine Traglast unter den Arm geklemmt. Doch trotz seiner Fettmassen sank er abermals wie ein Stein in die Tiefe, während die Luft in seinen Lungen allmählich knapp wurde.

Ertrunken bei dem Versuch, einen Elf zu retten – das wäre ein ziemlich unrühmliches Ende für einen Ork. Und das, nachdem er es in seinem Leben stets verstanden hatte, den Kopf einzuziehen und sich herauszuhalten, sobald es brenzlig wurde. Vielleicht war dies Kuruls Strafe für seine Feigheit ...

Rammar sah bereits schwarze Flecke vor seinen Augen. Mit dem freien Arm paddelte er wie von Sinnen, aber seine Kräfte schwanden. Erneut spürte er den Fels des Flussbetts unter seinen Füßen, und wieder stieß er sich ab, seitlich diesmal, um der Kraft des Sogs vielleicht so zu entkommen.

Für einen Augenblick schöpfte er Hoffnung, denn diesmal kam er der Oberfläche näher als zuvor. Schon glaubte er, sie mit ausgestrecktem Arm durchstoßen zu können, als ihn der Sog abermals zurück auf den Grund des Flusses zog.

Seine Lungen brannten wie Feuer, Rammar paddelte und strampelte panisch und setzte alle Kraft ein, die ihm noch verblieben war.

Sie reichte nicht.

Er wollte endgültig aufgeben, als er unmittelbar vor sich etwas im kristallklaren Wasser gewahrte. Es war eine schwarz schimmernde Kugel am Ende eines langen hölzernen Stabes, und Rammars letzter klarer Gedanke riet ihm, danach zu greifen. Mit der freien Klaue bekam er den Stab zu fassen, und eine Kraft, die größer war als die des Strudels, zog ihn und die bewusstlose Elfin nach oben; Rammar und Alannah wurden dem tödlichen Sog entrissen, und im nächsten Moment durchstießen sie die schäumende Oberfläche.

Rammar schnappte nach Luft und spürte, wie das Leben zu ihm zurückkehrte. Er sah nun auch, was es war, woran er sich in seiner Verzweiflung festgeklammert hatte – das obere Ende der Standarte, die Rurak der Zauberer ihnen gegeben hatte. Das andere Ende hielt Balbok, der sich ans felsige Ufer geschleppt und seine Gefährten mithilfe der Standarte vor dem Ertrinken gerettet hatte.

»Festhalten!«, rief er Rammar zu, und man konnte sehen, wie sich die Muskeln unter seinem durchnässten Lederrock anspannten. Den Helm hatte er beim Sturz in den Fluss verloren und den Brustpanzer im Wasser abgestreift, um nicht unterzugehen – die Standarte jedoch hatte er behalten.

Rammar verzichtete dieses eine Mal darauf, Balbok deswegen einen *umbal* zu schelten, immerhin hatte der Eigensinn seines Bruders ihm (und der Elfin) das Leben gerettet. Mit enormer Kraftanstrengung zog Balbok sie ans Ufer, bis Rammar endlich Boden unter sich spürte. Auf wackeligen Beinen erhob er sich und schleppte sich aufs Trockene, die Gefangene unter dem Arm. Erschöpft ließ er sie aufs steinige Ufer fallen, sank selbst nieder, und keuchend rang er nach Atem, während sich Balbok um die Gefangene kümmerte, die scheinbar leblos und mit geschlossenen Augen dalag.

»Sie rührt sich nicht«, stellte der hagere Ork bekümmert fest. »Ich glaube, sie ist tot, Rammar.«

»*Waaas?*« Trotz seiner Erschöpfung richtete sich Rammar halb auf und kroch auf allen vieren zu ihr. »Das – das darf nicht sein! Verdammtes Elfenweib, ich habe doch nicht meinen *asar* riskiert, damit du uns ...«

»Sie lebt!«, unterbrach ihn Balbok. Er hatte sein Ohr auf ihre Brust gepresst und horchte. »Aber ihr Herzschlag ist kaum zu vernehmen.«

»Verflucht«, knurrte Rammar. Er beugte sich vor und versetzte der Elfin einen Satz schallender Ohrfeigen. »Aufwachen!«, rief er zornig. »Hörst du nicht? Du sollst aufwachen!«

»Sinnlos«, meinte Balbok. »Wahrscheinlich hat sie Wasser geschluckt und kriegt deshalb keine Luft mehr.«

»Und?«

»Vielleicht sollten wir versuchen, ihr ein wenig von unserer Luft abzugeben.«

»Hä? Was ist denn das für eine bescheuerte Idee! Wie willst du das denn anstellen?«

»Lass mich nur machen.« Balbok beugte sich über Alannah, presste seine Lippen auf die ihren und pustete seine eigene, modrige Atemluft in die Lungen der Elfin.

»Uuuh!«, machte Rammar. »Hör auf damit, das ist ja widerlich.« Bei dem Gedanken, die Lippen einer Elfin mit dem eigenen Mund zu berühren, drehte sich ihm fast der Magen um.

Balbok jedoch machte weiter. Seine Lippen auf die der Elfin pressend, blies er Luft in ihre Lungen.

»Komm schon, lass gut sein«, murrte Rammar. »Es ist schlimm genug, dass sie in Kuruls Grube gesprungen ist, ehe sie das Geheimnis ausplaudern konnte. Da musst du nicht auch noch ihre Leiche schänden ...«

Plötzlich – Rammar konnte es nicht fassen – regte sich die Elfin. Ihre Arme zuckten, im nächsten Moment hustete sie, und ein Schwall geschluckten Flusswassers brach aus ihr hervor. Keuchend sog sie die Luft ein, schlug die Augen auf und starrte die beiden Orks verwundert an. Ein paar Worte in der Elfensprache kamen ihr über die bleichen, blutleeren Lippen, dann schien sie sich zu erinnern, wo sie war und in wessen Gesellschaft sie sich befand.

»Was – was ist passiert?«, fragte sie in ihrem akzentbeladenen Orkisch.

»Was passiert ist?«, rief Rammar erbost. »Ich werde dir sagen, was passiert ist, Elfenweib. Du wolltest uns verladen, das ist passiert. Du hattest vor, dich über die Brücke abzusetzen, während mein Bruder und ich in die Tiefe stürzen und wie Ratten ersaufen sollten.«

»Ich ...« Zuerst wollte sie alles leugnen, aber schlagartig verstummte sie. Sie sah wohl ein, dass es zwecklos war, und fragte stattdessen: »Wie bin ich hierher gekommen?«

»Wie wohl? *Ich* habe dich aus dem Fluss gezogen«, antwortete Rammar.

»*Du* hast *mich* gerettet?«

»So könnte man es ausdrücken.«

»D-danke«, sagte die Elfin verblüfft; sie bediente sich dabei der Menschensprache, denn in der Sprache der Orks gibt es keine Entsprechung für ein derart überflüssiges Wort.

»Bilde dir nur keine Schwachheiten ein«, entgegnete Rammar ungerührt. »Ich hab das nur getan, weil mit dir auch das

Wissen um die Karte abgesoffen wäre. Und Rurak will diese Karte nun einmal unbedingt haben.«

»Rurak?«

Rammar seufzte. »Der Zauberer, in dessen Auftrag wir unterwegs sind.«

»Ich habe nie von ihm gehört.«

Rammar schaute sie ungläubig an. »Du hast noch nie von Rurak dem Schlächter gehört?«

»Sollte ich das?«

»Das will ich meinen. Rurak ist ein großer Zauberer und war zu Zeiten des Zweiten Krieges ein gefürchteter Feldherr«, erklärte der Ork. »Ich dachte, Ihr Elfen pflegt das Andenken an die Vergangenheit?«

»An *unsere* Vergangenheit«, erwiderte Alannah. »Die Belange der Orks kümmern uns nicht.«

»Also hatte Rurak Recht«, versetzte Rammar gehässig. »Er sagte uns, dass ihr Elfen nur noch Augen und Ohren für euch selbst habt. Und dass euer Zeitalter zu Ende geht. Die Zukunft gehört denen, die sich die richtigen Verbündeten suchen.«

»Und Rurak ist ein machtvoller Verbündeter«, fügte Balbok hinzu. »Du magst ihn nicht kennen, aber er kennt dich dafür umso besser. Er wusste von dem Tempel, und er kannte auch den Weg dorthin. Nicht wahr, Rammar?«

»So ist es. Und er hat das Haupt unseres Anführers Girgas, das dieser im heldenhaften Kampf gegen die Grüngesichter verloren hat, und das brauchen wir, um wieder zu unserem Stamm zurückkehren zu können.«

Alannah richtete sich auf. »Soll das heißen, ihr habt all die Gefahren nur auf euch genommen, um einen abgeschlagenen Kopf in euren Besitz zu bringen?«

»Nicht irgendeinen abgeschlagenen Kopf«, verbesserte Balbok, »sondern den von Girgas, unserem tapferen Anführer. Die Gnomen haben ihn um genau diesen Kopf kürzer gemacht, aber wir werden sein Haupt zurück ins Dorf bringen, wo es geschrumpft wird, wie es sich gehört.«

»Ihr habt mich also entführt wegen eines ... Schrumpfkopfs?«

»So sieht es aus, Elfin«, knurrte Rammar verdrießlich. »Aber solltest du noch einmal versuchen zu fliehen oder auch nur uns zu täuschen, dann ist es dein Kopf, der geschrumpft wird. Hast du das verstanden?«

Alannah schaute entsetzt von einem zum anderen, antwortete aber nicht. Es war ihr anzusehen, wie sehr das Scheitern ihres Fluchtplans sie bedrückte, und fast hätte man meinen können, sie wäre lieber ertrunken, als von den Orks gerettet zu werden. Zudem schien ihr die Sache mit Rurak nicht sehr zu gefallen.

»Ob du mich verstanden hast, will ich wissen?«, schrie Rammar sie an.

»Ja doch«, entgegnete sie unwirsch. »Ich bin nicht schwerhörig, und begriffsstutzig wie dieses lange Elend da« – sie wies auf Balbok – »bin ich auch nicht.«

»Dieses lange Elend da«, fauchte Rammar, »hat uns beide aus dem Fluss gezogen. Bisweilen mag er ein dämlicher Hund sein, und ich gebe gern zu, dass ich schon ein paarmal mit dem Gedanken gespielt habe, ihn zu erschlagen. Aber er ist mein Bruder, und es steht dir nicht zu, ihn zu beleidigen.«

»Rammar«, sagte Balbok verblüfft, »so was Nettes hast du noch nie über mich gesagt.«

»Schnauze!«, schnappte Rammar. »Du hältst verdammt noch mal das Maul, wenn ich rede!«

An diesem Tag setzten sie ihren Marsch nicht mehr fort. Der halsbrecherische Sturz in die Tiefe hatte ihnen ohnehin viele Wegstunden erspart, sodass sie gleich ihr Nachtlager aufschlagen konnten.

Bis zum Ende der Schlucht war es nicht mehr weit. Dort, wo Balbok seine Gefährten aus dem Wasser gefischt hatte, wurde sie auch schon breiter, und zu beiden Seiten befanden sich von Geröll übersäte Ufer. Das Wasser floss von dieser Stelle an weitaus ruhiger und schlängelte sich als türkisblaues Band durch das Flussbett.

Oberhalb eines Geröllfelds, wo eine Nische im Fels Schutz vor Wind und Wetter bot und es abgestorbene Bäume gab, deren Äste gutes Feuerholz hergaben, schlugen die drei Wanderer ihr Nachtlager auf. Rammar widersprach diesmal nicht, als Balbok ein Feuer entzünden wollte. Alle drei waren durchnässt bis auf die Haut; am Feuer konnten sie sich wärmen und ihre Kleidung trocknen. Anfangs zögerte Alannah, sich vor den beiden Unholden zu entblößen, aber dann tat sie es doch – und Rammar und Balbok verkniffen es sich sogar, sich darüber auszulassen, wie hässlich diese Elfenfrauen mit ihren schlanken, sanft geschwungenen Körpern und ihrer alabasterfarbenen Haut doch waren.

Zu dritt kauerten sie am Feuer, während die Berge ringsum in Dunkelheit versanken. Jedem der drei stand der Schrecken noch ins Gesicht geschrieben, und obwohl sie dem Tod mit knapper Not entronnen waren, gab es nicht wirklich Anlass zur Freude. Alannah war in düstere Gedanken versunken, weil ihre Flucht misslungen und ihr Plan, sich allein nach Tirgas Dun durchzuschlagen, kläglich gescheitert war; die beiden Orks machten lange Gesichter, weil es nichts zu essen gab, und Rammar beschimpfte seinen Bruder, dem er wieder mal die Schuld daran gab. Sowohl Balbok als auch Alannah hatten sich der Proviantsäcke entledigt, um von ihnen nicht auf den Grund des Flusses gezogen zu werden, und so war ihnen nicht viel geblieben: in Balboks Fall die Axt und der Dolch, die er im Gürtel stecken hatte, sein Wasserschlauch und sein abgetragener Lederrock; bei Alannah war es nur das seidene Kleid, das trotz allem noch immer strahlend weiß war und wie unberührt aussah. Rammar hatte ohnehin nicht mehr bei sich gehabt als seinen Wasserschlauch und den *saparak*; beides hatte er an Lederriemen auf dem Rücken getragen, als er in den Fluss gestürzt war.

»Es ist wieder einmal typisch für dich blöden Hund!«, beschimpfte er seinen Bruder. »Den Sack mit dem Proviant überlässt du dem Fluss, aber dieses dämliche Ding da« – er deutete auf die Standarte des Zauberers, die Balbok am Rand ihres Nachtlagers mit dem unteren Ende in den Boden gerammt hatte – »hast du aus den Fluten gerettet.«

»Du solltest froh darüber sein«, entgegnete Balbok. »Denn hätte ich die Standarte nicht festgehalten, hätte ich nichts gehabt, womit ich euch aus dem Fluss hätte ziehen können. Oder wäre es dir lieber gewesen, ich hätte dir ein Stück Dörrfleisch zugeworfen?« Dieses Argument hatte zweifellos etwas für sich, und Rammar erwiderte nichts darauf. »Weißt du, Rammar«, sagte Balbok kleinlaut, »vielleicht tröstet es dich ja, wenn du weißt, dass auch ich Hunger habe.«

Rammar verdrehte die Augen. »Warum sollte mich das trösten? Es geschieht dir ganz recht, wenn dein Magen knurrt. Warum sollte es dir besser gehen als mir?«

Balbok seufzte sehnsuchtsvoll. »Was würde ich jetzt darum geben, zu Hause in unserer Höhle zu sitzen, die nach Fäulnis und Moder riecht. Dort würde ich mir dann einen guten Orkischen Magenverstimmer kochen ...«

»Hör auf«, sagte Rammar leise.

»... so einen mit allem Drum und Dran«, fuhr Balbok fort, »mit gefüllten Gnomendärmen drin und Augäpfeln von Riesenschlangen ...«

»Hör auf!«, wiederholte Rammar energisch. »Dein dämliches Gequatsche bringt uns nicht weiter. Ich habe auch so schon Hunger genug.«

»Ich kann ihn direkt riechen«, schwärmte Balbok versonnen, »und wenn ich die Augen schließe, kann ich ihn sogar sehen, einen ganzen dampfenden Kessel voll ...«

»Wenn du nicht augenblicklich das Maul hältst, werde ich dir deine verdammte Standarte in den Schlund stopfen. Dann gibt dein Magen endlich Ru... Was ist denn?«

Rammar hatte gemerkt, dass seine Begleiter plötzlich unruhig geworden waren. Balbok hatte den Kopf in den Nacken gelegt und schnupperte in die kühle Nachtluft, die Elfin schien ihre ohnehin schon spitzen Ohren noch mehr gespitzt zu haben und lauschte.

»Ich rieche was«, verriet Balbok flüsternd. »Da ist jemand in der Nähe.«

»Bist du sicher?«

»Er hat Recht«, stimmte Alannah zu. »Wer immer es ist, er bewegt sich sehr leise, selbst ich kann ihn kaum hören. Aber er ist da. Und er beobachtet uns.«

»Wer?«, fragte Rammar.

»Schwer zu sagen.« Balbok schnupperte abermals. »Vielleicht ein Zwerg. Oder ein Mensch.«

»Und wo steckt er?«

»Dort hinter den Felsen, glaube ich«, gab Balbok Antwort.

»Balbok«, knurrte Rammar, »schnapp dir deine Axt und greif dir den dreisten Schweinehund, der es wagt, uns zu belauschen. Er soll den Zorn von Rammar dem Rasenden kennen lernen.«

»*Korr!*« Balbok griff nach der Axt, und nur mit seinem knappen Lendenschurz bekleidet, an dem sich die Motten bereits gütlich getan hatten, verließ er den Platz am Feuer.

Rammar und Alannah blieben zurück. Ihre Blicke begegneten sich, und da sich keiner die Blöße geben wollte, wegzuschauen, starrten sie einander an.

»Warum hilfst du deinem Bruder nicht?«, fragte Alannah.

»Damit du unbewacht bist und wieder fliehen kannst?« Grinsend fletschte Rammar die gelben Zähne und schüttelte den Kopf. »Ob es dir passt oder nicht, Elfin – mein Bruder und ich werden dich zu Rurak bringen, um von ihm unsere Belohnung zu erhalten!«

»Und nur deshalb hast du mir das Leben gerettet?«

»Natürlich, warum sonst?«

»Ich verstehe.« Alannah nickte, und es war ihr anzusehen, wie schwer es ihr fiel, die nächsten Worte auszusprechen. »Dennoch möchte ich dir *danken*, Ork. Du hast dein Leben riskiert, um mich zu retten. Ich stehe in deiner Schuld.«

Rammar riss die Augen auf und starrte sie begriffsstutzig an. »He?«

»Ich stehe in deiner Schuld«, wiederholte Alannah widerstrebend.

»A-aber ich bin ein Ork ...«

»Ich weiß, dass du ein Ork bist. Das ändert nichts daran, dass du mein Leben gerettet hast. Und nach dem Gesetz meines Volkes bin ich dir zu ewigem Dank verpflichtet.«

»Dieses Gesetz trifft auf Orks nicht zu«, erklärte Rammar, der sich sichtlich unwohl fühlte.

»O doch, das tut es.«

»Aber ich will nicht, dass du mir zu – wie heißt der Quatsch? – *Dank* verpflichtet bist«, sagte Rammar energisch; die Sache war ihm unangenehm. »So etwas gehört sich nicht für einen Ork. Wir sind wüste Kerle, die saufen, morden und zerstören. Elfen das Leben zu retten – so was kommt für uns nicht infrage.«

»Dennoch hast du es getan.«

»Damit ich dich an Rurak ausliefern kann, nur deshalb«, sagte er, und in seinen blutunterlaufenen Augen blitzte es zornig. »Wenn du es wagst, irgendjemandem davon zu erzählen, dann werde ich dich …«

Er unterbrach sich, nicht nur, weil ihm auf die Schnelle keine passende Drohung einfiel, sondern auch, weil aus der Richtung, in der Balbok verschwunden war, plötzlich Geräusche zu hören waren – ein Ächzen, dann das Poltern von Geröll und sich hastig entfernende Schritte.

Rammar griff nach dem *saparak*. »Balbok? Bist du das?«

Erneut waren Schritte zu hören, langsam und schwerfälliger diesmal, und aus der Dunkelheit jenseits des Feuerscheins schälte sich eine vertraute hagere Gestalt.

»Da bist du ja«, knurrte Rammar. »Was ist passiert?«

»Er ist mit entwischt«, gestand Balbok betreten.

»*Umbal!*«, schnauzte Rammar. »Konntest du wenigstens sehen, wer es war?«

»Ein Mensch«, antwortete Balbok eingeschüchtert. »Er war gekleidet wie ein Waldläufer.«

»Ein Mensch. Das auch noch.« Rammar schnitt eine Grimasse. »Vor diesem elenden Pack hat man wirklich nirgends seine Ruhe. Überall schleichen sie herum, und auf Orks sind sie nicht gerade gut zu sprechen.«

»Tatsächlich?« Alannah hob eine der geschwungenen Brauen. »Gibt es in ganz *amber* denn *irgendjemanden*, der auf Orks gut zu sprechen ist?«

»Nein, und wir sind stolz darauf«, antwortete Rammar giftig. »*Iomash namhal, iomash unur*, heißt es bei uns – viel Feind, viel Ehr.«

Noch vor ein paar Tagen hätte Alannah laut aufgelacht, das Wort »Ehre« aus dem Maul eines Orks zu hören. Sie unterließ es und erkundigte sich stattdessen: »Was wollt ihr jetzt tun?«

»Hm«, machte Balbok. »Diese Waldläufer sind gute Bogenschützen. Wenn er es darauf angelegt hätte, uns zu töten, wäre es bereits um uns geschehen.«

»Vielleicht war er nur ein Späher«, vermutete Rammar. »Vielleicht treiben sich dort draußen noch mehr von seiner Sorte herum. Als würde eine dieser hinterhältigen Kreaturen nicht schon Ärger genug bedeuten. Wir müssen die Augen offen halten und wachsam sein – und vor allem müssen wir das Feuer löschen …«

BUCH 2

BOURTAS UR'TIRGAS LAN
(DER SCHATZ VON TIRGAS LAN)

1.
KOMANASH UR'BOURTAS-KOUM

Grimmig betrachtete Corwyn seine Ausbeute. Er hatte sie vor sich auf dem Waldboden ausgebreitet.

Es waren acht.

Acht Haarschöpfe. Einige davon kurz und borstig, andere lang und zu Zöpfen geflochten. Alle hatten sie gemein, dass sie noch an der blutigen Kopfhaut hingen.

Corwyn spuckte aus. Acht Skalpe.

Das war nicht gerade viel, wenn man bedachte, dass er bereits seit zwei Monaten die Hänge und Wälder des Scharfgebirges durchstreifte. Hinzu kam, dass seine Auftraggeber früher ungleich mehr dafür bezahlt hatten, dass er das Gebiet östlich des Eisflusses von diesem Ungeziefer säuberte. Wenn er gut verhandelte, würde Corwyn für die acht Skalpe gerade mal ein Silberstück bekommen. Rechnete er davon die Kosten ab für das Schärfen seines Schwertes, für zwei Dutzend Pfeile und den Kauf eines neuen Netzes, dann blieb nicht allzu viel übrig. Dabei hatte es eine Zeit gegeben, da war für die hohen Herren in Sundaril und Andaril nur ein toter Ork ein guter Ork gewesen. Aber dies hatte sich geändert.

In den östlichen Reichen war Krieg ausgebrochen. Barone und Fürsten lieferten sich mit den Städten blutige Kämpfe um die Vorherrschaft. Diese Kämpfe forderten immer mehr Menschenleben, und daher wusste man lebende Orks mehr zu schätzen als tote: Man versklavte sie und setzte sie entweder als Soldaten ein oder in den Bergwerken, denn neues Eisen musste herangeschafft werden, damit auf den Schlachtfeldern das »Werkzeug« nicht ausging. Dafür waren die Orks gut zu gebrauchen. Fünf Silberstücke wurden für ein lebendes Exemplar gezahlt.

Corwyn lachte bitter. Acht erschlagene Orks waren kaum dazu geeignet, seinen Geldbeutel zu füllen, dafür aber befriedigten sie seine Rachegelüste – wenn auch nur für kurze Zeit.

Er hatte den Blick des letzten Orks noch vor Augen. Corwyn hatte ihn mit Pfeilen gespickt, und es war ihm eine Freude gewesen, den Unhold in ein wandelndes Nadelkissen zu verwandeln; jeder einzelne Schrei aus der Kehle der verhassten Kreatur hatte Corwyns Herz mit Genugtuung erfüllt. Oder der andere, dessen Gedärme ihm geräuschvoll entgegengequollen waren, als er ihn der Länge nach aufgeschlitzt hatte. Oder der, den er mit der eigens gebauten Trickfalle gepfählt hatte, um anschließend zuzusehen, wie dieses Biest langsam verendete.

Für einen lebenden Ork mochte in diesen verrückten Tagen gut bezahlt werden – nur konnte Corwyn der Versuchung einfach nicht widerstehen, ihnen ihre fahlen Lebenslichter auszublasen.

Dennoch, er würde sich zusammenreißen müssen, nur dieses eine Mal. Der Gedanke, gleich zwei dieser Viecher zu fangen und am Leben zu lassen, widerstrebte ihm zwar, aber ihn reizte auch die Aussicht auf die zehn Silberstücke, die ihm seine Zurückhaltung einbringen würde.

Normalerweise waren Orks außerhalb der Modermark nur vereinzelt anzutreffen; jene, die das angestammte Orkgebiet verließen, waren entweder Narren, die sich verlaufen hatten, Einzelgänger auf der Suche nach Abenteuern oder solche, die ihr Stamm verstoßen hatte. Gleich zwei von ihnen in dieser Gegend zu begegnen – und dann auch noch solchen Prachtexemplaren –, war, als hätte man in der Lotterie von Sundaril das große Los gezogen.

Am Ufer des Eisflusses hatte Corwyn ein durchnässtes Gepäckstück gefunden. Der Inhalt des Rucksacks – ein Haufen angegammeltes Dörrfleisch – sowie die Art und Weise, wie er gepackt war – alles war einfach hineingeschmissen worden –, hatten Corwyn sofort verraten, dass es sich um den Proviantsack eines Orks handelte. Möglicherweise, so hatte er gedacht, war eine der dämlichen Kreaturen am Oberlauf des Flusses ertrunken und sein Kadaver ans Ufer geschwemmt worden, sodass Corwyn ohne großes Risiko zu seinem nächsten Skalp gekommen wäre. Zwar hätte ihn das um das Vergnügen gebracht, den Ork selbst zu massakrieren, aber die langen Jahre, in denen er nun schon als Kopfgeldjäger das Scharfgebirge durchstreifte, hatten ihn gelehrt, dass man eben nicht alles haben konnte und genügsam sein musste.

Corwyn war flussaufwärts gezogen und hatte das Ufer abgesucht, allerdings ohne die Leiche des Orks zu finden. Dafür hatte er bei Einbruch der Nacht Feuerschein ausgemacht. Er hatte sich angeschlichen, um zu sehen, wer oder was ihm in der Wildnis Gesellschaft leistete – und hatte nicht schlecht gestaunt: Zwei Orks im Lendenschurz und eine splitternackte Elfin sah man nun wirklich nicht alle Tage friedlich zusammen um ein Feuer hocken.

Corwyn hatte die abenteuerlichsten Vermutungen angestellt, was diese illustre Gruppe wohl so weit im Norden zu suchen hatte. Dann war ihm aufgefallen, dass die Elfin an den Fußgelenken gefesselt war. Sie war also eine Gefangene! Corwyns Innerstes hatte sich empört – nicht weil er Mitleid mit der Elfin empfunden hätte, sondern weil er die Orks schlicht und ergreifend um ihre Gesellschaft beneidete.

Von Marena abgesehen war diese Frau das schönste Wesen, das er je erblickt hatte; ihre Haut war wie Alabaster, ihre Züge so ebenmäßig, als hätte ein begnadeter Künstler sie modelliert. Von ihren anderen Vorzügen ganz zu schweigen. Es war das erste Mal, dass Corwyn eine Elfin so, wie ihr Schöpfer sie geschaffen hatte, erblickte, und er verstand auf einmal, warum es hieß, dass es die schönsten Menschenfrauen nicht mit einer Elfin aufnehmen konnten. Corwyn, der die letzten Monate allein in der Wildnis zugebracht hatte, ertappte sich dabei, dass seine Gedanken auf gefährlichen Pfaden lustwandelten: Wenn er die Elfenfrau aus den Fängen der beiden Orks befreite, würde ihre Dankbarkeit ihm gegenüber sicherlich unermesslich sein, und er wusste auch schon, wie sie die Schuld bei ihm würde abtragen können …

Mit trockenem Mund und begehrlich blitzenden Augen war

Corwyn drauf und dran gewesen, aus seinem Versteck zu stürmen und sich auf die Orks zu stürzen. In diesem Moment war einer der Orks auf ihn aufmerksam geworden – der Hagere war aufgestanden und herübergekommen, eine riesige Axt in den Klauen.

Noch einen Augenblick hatte Corwyn ausgeharrt, dann war er zu dem Schluss gelangt, dass es besser war zu fliehen. Das Überraschungsmoment war nicht mehr auf seiner Seite, zudem wusste er nicht, mit was für Orks er es zu tun hatte: mit welchen, die so plump und dumm waren, dass man ohne weiteres mit ihnen fertig wurde, oder mit solchen, die sich gewitzt und kampfesstark zu verteidigen wussten. Immerhin waren es zwei von ihnen, da wollte er kein unnötiges Risiko eingehen.

Also hatte er sich davongemacht, aber noch auf dem Weg zurück zu seinem Lager hatte Corwyn einen Plan gefasst; einen Plan, wie er die Elfin befreien und sich ihrer Dankbarkeit versichern und gleichzeitig die Orks lebendig fangen konnte, um sie auf dem Sklavenmarkt von Andaril zu verkaufen.

Er musste nur alles gut vorbereiten.

Und abwarten ...

Als der neue Tag heraufdämmerte, fand er die Orks und ihre Gefangene schon wieder auf den Beinen vor.

Balbok hätte nichts dagegen gehabt, noch ein wenig länger zu dösen, aber Rammar, der die Wache in der zweiten Nachthälfte übernommen hatte, riss ihn und Alannah unbarmherzig aus dem Schlaf – vorausgesetzt natürlich, die Elfin hatte überhaupt geschlafen. Einmal mehr hatte sie mit offenen Augen an der erloschenen Feuerstelle gekauert und vor sich hingestarrt, dabei aber ruhig und gleichmäßig geatmet. Und einmal mehr war Rammar überzeugt davon, dass er aus diesen Elfen wohl niemals schlau werden würde.

Nach den Ereignissen des Vortags gab es nichts, das die Orks noch im Scharfgebirge hielt. Und einem Waldläufer, die dafür bekannt waren, dass sie nichts auf der Welt mehr hassten als Orks, wollten sie erst recht nicht begegnen. Auch Zwerge trieben sich in dieser Gegend herum, die Orks ebenfalls nicht gerade zu ihren Freunden zählten. Rammar und Balbok wollten also rasch weiter.

Nur zwei Wege gab es, die aus dem Scharfgebirge führten – der eine steil und beschwerlich, der andere ein sehr langer Weg und mit unwägbaren Risiken. Rammar hatte jedoch die Schnauze voll von den Bergen, also nahmen sie nicht den steilen Narbenpass, sondern würden dem Eisfluss folgen, um unter Umgehung der Sümpfe nach Süden vorzustoßen, wo sich das Scharfgebirge in der Ebene von Scaria verlor. Dort würden sie sich nach Westen wenden, wo die heimischen Gefilde der Modermark lagen.

Was die Zeit betraf, die ihnen noch blieb, hatten die beiden Orks ein wenig die Orientierung verloren. Sie wussten nicht mehr, wie lange es noch bis zum vollen Blutmond war, aber Balbok schätzte, dass ihnen noch eine gute Woche blieb.

»Noch eine ganze Woche?«, fragte Rammar skeptisch. »Bist du dir da auch ganz sicher?«

Auf einmal wirkte Balbok nicht mehr ganz so überzeugt. Er hob eine Klaue, begann die Tage an den Krallen abzuzählen und murmelte: »Also – eine Woche des Orkmonats hat fünf bis sechs Tage ... und jeder zweite oder dritte Tag wird nicht mitgezählt, weil man einen Blutbierschädel vom Abend zuvor hat ... Das ergibt ... also ... mmh ...« Seine hohe Stirn zerknitterte sich, und es dauerte eine Weile, bis sich seine Züge wieder erhellten. »Ich hab's«, verkündete er stolz. »Ich denke, es sind *bougum*.«

»*Bougum*?«, brauste Rammar auf. »Du meinst, es sind nur noch wenige Tage?«

»Genau«, bestätigte Balbok zufrieden.

»Du dämlicher *umbal*! Und um das festzustellen, musstest du so lange grübeln?«

»Nun, ich ...«

»Wenn wir Girgas' Haupt nicht rechtzeitig ins *bolboug* zurückbringen, ist die Frist, die uns Graishak gesetzt hat, abgelaufen, und dann lässt er uns unsere Bäuche mit Zwiebeln und Knoblauch stopfen und bei einem Gelage zu Girgas' Ehren als

Hauptgang servieren!« Er starrte seinen Bruder wütend an. »Was ist los mit dir, Balbok? Vor Girgas und der ganzen Meute hast du noch damit angegeben, zählen zu können! Kannst du es nun oder nicht? Wie viele Tage waren es noch bis zum vollen Blutmond, als wir das *bolboug* verließen? Du brauchst doch nur die Tage, die wir schon unterwegs sind, hinzuzuzählen, dann hast du die Frist, die uns noch bleibt!«

Unterdessen versuchte Balbok erneut, die verbliebenen Tage an seinen Krallenfingern abzuzählen, doch je lauter sein Bruder mit ihm schimpfte, desto hektischer wurde er dabei. »Also ... wenn ich vier Gnomen-Skalpe habe«, murmelte er, »und mein Bruder klaut mir drei, dann bleiben mir ... mmh ... den Skalp meines Bruders dazugerechnet ... mmh ...«

Schweiß perlte auf Balboks Stirn, hinter der sein Gehirn Höchstleistungen vollbrachte. Dennoch kam er zu keinem Ergebnis, und schließlich gab er es auf.

»Das ist rechnen, Rammar, nicht zählen«, rechtfertigte er sich kläglich. »Und rechnen ist viel schwieriger als zählen!«

Rammar schnaubte verächtlich. Aber er sagte sich, dass es auf ein paar Tage mehr oder weniger sicherlich nicht mehr ankam. Sie hatten ihren Auftrag ausgeführt und die Karte von Shakara besorgt (wenn auch in etwas anderer Form als erwartet), und sie brauchten sie nur noch dem Zauberer zu bringen, um im Austausch dafür Girgas' Kopf zu erhalten. Wenn sie danach Graishaks Mordkommando begegneten, konnten sie ihren Stammesbrüdern ja das Haupt ihres Meuteführers zeigen. Sicher würden sich die *faihok'hai* in diesem Fall einsichtig zeigen und nur einen von ihnen töten. Und Rammar hatte auch schon eine ziemlich genaue Vorstellung, wer dieser Jemand sein würde ...

Je weiter sie nach Süden gelangten, desto üppiger wurde der Pflanzenwuchs: Zu Moos und Flechten, über denen sich hier und dort kahle Baumgerippe erhoben, gesellten sich schon bald einzelne Sträucher und Farne, dann säumten die ersten Nadelbäume das Flussbett, und schon bald waren die drei Wanderer von Hochwald umgeben, dessen schlanke Fichten und Tannen es zwar nicht mit den herrlich wuchernden Wäldern der Modermark aufnehmen konnten, den Orks jedoch das beruhigende Gefühl vermittelten, auf dem richtigen Weg zu sein. Den modrigen, vom beständigen Verfall zeugenden Geruch des Waldes geräuschvoll durch die Nüstern saugend, schritt Rammar schon kräftiger aus als zuvor, und seine Laune besserte sich merklich.

»Nun, Balbok, was sagst du?«, rief er seinem Bruder zu. »Ist das nicht fast wie zu Hause?«

»Ja«, antwortete Balbok, der wie immer am Ende des kleiner. Trupps marschierte. »Fehlen nur noch ein paar Pilze mit fetten Engerlingen drin – das wäre ein Festmahl für heut Abend.«

»Ist das dein Ernst?« Alannah schüttelte sich vor Abscheu.

»Natürlich. Wenn du keinen Ärger machst, kriegst du auch was ab. Aber die ganz fetten kriegt immer Rammar, und die nicht ganz so fetten kriege ich. Und du, Elflein, kannst von mir aus die faden Pilze es...«

»Ruhe!«, zischte Rammar und hob den Arm.

Sein Bruder erstarrte, auch Alannah verhielt sich ganz still. Seit das Zwergenreich im Niedergang begriffen war, galt das Scharfgebirge als unsichere Gegend. Bei den beiden Orks wusste die Elfin wenigstens, woran sie war. Doch wer konnte sagen, was für Abschaum sich sonst noch in den Tälern herumtrieb?

»Was ist?«, flüsterte Balbok in die Stille. »Hast du was gewittert?«

»Nein.«

»Hast du was gehört?«

»Nein.«

»Hast du was gesehen?«

»Verdammt, was soll die dämliche Fragerei? Komm gefälligst her und sieh es dir selbst an!«

Balbok machte ein schuldbewusstes Gesicht. Dann pirschte er leise zu seinem Bruder. Alannah, die er wieder mit einem Seil an sich gebunden hatte, zog er dabei mit sich.

»Da!«, sagte Rammar und deutete auf eine Stelle vor ihm am Boden. Ganz deutlich war der Abdruck eines Stiefels zu sehen. Eines Stiefels mit genagelter Sohle, wie Menschen und insbesondere Soldaten sie tragen.

Oder Waldläufer ...

»*Shnorsh*«, sagte Balbok leise. »Das könnte er sein.«

»Wer?«, wollte Alannah wissen.

»Das Milchgesicht«, knurrte Rammar missmutig. »Der Armleuchter von Mensch, der uns am Oberlauf des Flusses beobachtet hat.«

»Ihr meint, er ist uns gefolgt?«

»Jedenfalls ist er nicht weit entfernt«, meinte Balbok, der sich gebückt hatte, um den Abdruck genauer in Augenschein zu nehmen. Schließlich schnupperte er daran und sagte: »Der Abdruck ist noch frisch.«

»Das hat uns gerade noch gefehlt«, murrte Rammar. »Das Letzte, was wir jetzt brauchen, ist Ärger mit einem Menschen. Diese Kerle sind noch unberechenbarer als Gnomen, noch blutrünstiger als Zwerge und noch bescheuerter als Elfen.«

»Da stimme ich dir ausnahmsweise einmal zu«, bemerkte Alannah trocken.

»Die Spuren führen nach Süden«, stellte Balbok fest, der inzwischen weitere Abdrücke entdeckt hatte. »Wenn wir ein Stück nach Westen gehen, können wir ein Zusammentreffen vielleicht vermeiden.«

»*Korr*.« Rammar nickte. »Schlagen wir einen weiten Bogen um den Menschen. Diese Milchgesichter bedeuten nur Ärger.«

Auch Alannah hatte dagegen nichts einzuwenden. In ihren Augen waren die Menschen eine noch junge und unreife Rasse, deren Machthunger und Besitzstreben allenfalls noch von ihrer Gewalttätigkeit übertroffen wurde. Nicht von ungefähr hatten sie sich im letzten Krieg mit den Orks verbündet; mit falschen Versprechungen und Schmeicheleien waren sie ebenso leicht zu ködern wie diese Unholde. Seit sich die Elfen mehr und mehr aus der Welt zurückzogen, versank auch das Ostreich der Menschen in Krieg und Gesetzlosigkeit. Die Herzoge bekämpften die Fürsten, die Fürsten die Ritter und die Ritter die Städte. Jeder war nur auf den eigenen Vorteil bedacht, es gab keinen König, der das Land regierte. Keinen König und keine Hoffnung – und es würde sie auch in Zukunft nicht geben …

Wie Balbok vorgeschlagen hatte, schlugen sie westliche Richtung ein und nahmen damit einen Umweg in Kauf. In einem weiten Bogen würden sie zum Fluss zurückkehren und hofften, auf diese Weise den Menschen zu umgehen.

Aber die Orks und ihre Gefangene kamen nicht so weit.

Das Unheil kündigte sich in Form eines Knackens an, das ein wenig so klang, als würde ein morscher Ast zerbrechen. Instinktiv blieb zuerst Rammar stehen und hinter ihm seine Begleiter – und einen Lidschlag später wurden alle drei gepackt und emporgerissen!

Schlagartig verloren sie den Boden unter den Füßen, raue Seile zogen sich um sie zusammen und verschnürten sie zu einem zappelnden Bündel. Balbok hatte Rammars Ellbogen im Rücken und Alannahs Fuß im Gesicht. Sein eigenes Bein war grotesk nach hinten verdreht, und seine rechte Klaue war im Ausschnitt der Elfin gelandet, ohne dass er sie von dort entfernen konnte.

»Nur eine dämliche Bemerkung von dir, Ork«, knurrte Alannah, »und es ist um dich geschehen …«

Erst allmählich begriffen die drei, was passiert war: Sie waren blindlings in eine Falle getappt und in einem Netz gefangen, das unter dem Laub des Waldes verborgen gewesen war. Unfähig sich zu befreien, baumelten sie in luftiger Höhe.

»Da hast du uns wieder einen schönen Magenverstimmer eingebrockt, Balbok!«, rief Rammar wütend. »Das alles ist allein deine Schuld!«

»Wie-wieso denn das?«

»Weil du die Falle hättest riechen müssen!«

»Ich hätte sie riechen müssen? Wie soll das denn gehen?«

»Was weiß ich? Sonst erschnuppert dein dämlicher Rüssel doch alles Mögliche!«

»Aber ganz bestimmt kein verstecktes Netz!«

»Das hab ich gemerkt …«

»Sagt mal, ihr beiden Streithähne«, unterbrach Alannah

das Gezänk der Brüder, »wollt ihr euer bisschen Hirn nicht lieber darauf verwenden, darüber nachzudenken, wie wir uns aus dieser misslichen Lage befreien können?«

»Ein guter Vorschlag«, erklang es plötzlich von unten. »Dann lasst mal hören. Ich bin sehr gespannt.«

Die Orks und ihre Gefangene zuckten zusammen. Durch die Maschen des Netzes sahen sie eine schlanke Gestalt, die unvermittelt zwischen den Bäumen aufgetaucht war.

Es war ein Mensch.

Seine langen, für Ork-Verhältnisse geradezu spinnendürren Beine steckten in braunen Lederstiefeln, deren gestülpte Schäfte bis zu den Knien reichten, und dunkelgrünen Hosen. Darüber trug er einen ebenso dunkelgrünen Rock mit breitem Waffengurt, in dessen Scheide ein Anderthalbhänder steckte. Der dunkle Umhang ließ den Fremden noch bedrohlicher wirken. Die Kapuze hatte er zurückgeschlagen, und stahlblaue Augen blitzten in einem von schulterlangem schwarzen Haar umrahmten Gesicht, über dessen linker Wange eine hässliche Narbe verlief.

»Das ist er!«, hauchte Balbok seinem Bruder zu.

»Wer?«

»Der Mensch«, kam es flüsternd zurück. »Der Waldläufer, den ich am Fluss gesehen habe.«

»Shnorsh!«, schimpfte Rammar – denn in diesem Moment wurde ihm klar, dass sich sein Bruder und er wie blutige Anfänger verhalten hatten. Die Fährte, auf die sie gestoßen waren, war mit Absicht gelegt worden, um sie in die entgegengesetzte Richtung zu locken.

Indem sie einen Umweg gegangen waren, um ein Zusammentreffen mit dem Menschen zu vermeiden, hatten sie genau das getan, was das Milchgesicht von ihnen gewollt hatte, und sie waren blindlings in die Falle getappt – sie waren gefangen und befanden sich in seiner Gewalt.

»Sieh an«, spottete der Mensch in der Sprache seines Volkes. »Nun sind die Jäger auf einmal zur Beute geworden.«

Den Spruch fand er lustig, und er lachte schallend, goss seinen ganzen Spott über Rammar und Balbok aus, die vor Wut kaum an sich halten konnten. Andererseits konnten sie auch nichts gegen ihre missliche Lage unternehmen, denn in der Enge des Netzes war es ihnen unmöglich, an ihre Waffen zu gelangen.

»Verdammt, Mensch!«, rief Alannah hinab, die als Erste die Sprache wiederfand. »Wie lange willst du dich noch über uns amüsieren, ehe du uns wieder hinunterlässt?«

»Ihr wollt runter?«, fragte der Mensch und zog sein Schwert, dessen Klinge gefährlich blitzte. »Nun gut, Elfin – Euer Wunsch ist mir Befehl.«

Im nächsten Moment hieb er auf das Seil ein, das das Netz in der Luft hielt. Es verlief über einen Ast hoch in den Bäumen und von dort wieder nach unten und war an den Stamm eines weiteren Baums gebunden. Da es straff gespannt war, genügte ein einziger Hieb, um es zu durchtrennen – und schon fiel das Netz samt seines zeternden und strampelnden Inhalts in die Tiefe.

Das Geschrei seiner Gefährten in den Ohren, stürzte Rammar dem Waldboden entgegen. Hart schlug er auf, stieß sich den Kopf an einer Wurzel, und jäh verstummte das Geschrei der anderen – und auch sein eigenes –, und Rammar war es, als würde Kurul die Sonne verschlingen, so schwarz wurde es auf einmal um ihn herum.

Als Rammar wieder zu sich kam, war es Nacht.

Er lag, zu einem handlichen Bündel verschnürt, auf dem Boden, und Balbok lag neben ihm. Er war wach, und der Ausdruck in seinem langen Gesicht war alles andere als zuversichtlich.

Rammar brauchte nicht erst zu fragen, wieso. Nur wenige *knum'hai* von ihnen entfernt knisterte ein Lagerfeuer und verbreitete flackernden Schein. Auf der anderen Seite der Flammen sah Rammar durch den wabernden Hitzeschleier den Menschen, dem sie diese be*shnorsh*te Lage zu verdanken hatten, und neben ihm saß Alannah, ihrer Fesseln ledig und bester Dinge.

Die beiden unterhielten sich angeregt miteinander, und die

Priesterin schien wie ausgewechselt; sie zeigte einen Liebreiz und eine Freundlichkeit, die die Orks an ihr nie entdeckt hatten.

»Wie soll ich Euch nur danken?«, hörten die Brüder Alannah säuseln. »Als diese Unholde mich gefangen nahmen, glaubte ich schon, es wäre mein Ende.«

»Ihr habt nichts mehr zu befürchten, meine Liebe. Ich werde dafür sorgen, dass sie ihre gerechte Strafe erhalten für das, was sie Euch angetan haben.«

»Ich bin ja so dankbar für Eure Hilfe. Ich war der Verzweiflung nahe ...«

»Das ist typisch«, maulte Rammar leise vor sich hin. »Sie war der Verzweiflung nahe. Dass sie uns bei ihrem dämlichen Fluchtversuch beinahe in den Tod gestürzt hätte, davon redet sie natürlich nicht.«

Der Mensch schien ein hervorragendes Gehör zu haben. Sofort wurde er auf die beiden Orks aufmerksam und blickte zu ihnen hin. Als er sah, dass nun auch Rammar erwacht war, erhob er sich und kam um das Feuer herum. Alannah folgte ihm, ein genüssliches Grinsen im Gesicht.

»So«, sagte der Mensch mit einer Stimme, die kalt und schneidend war wie die Klinge einer Zwergenaxt. »Bist du also endlich aufgewacht, Fettsack?«

»Sieht so aus«, entgegnete Rammar. Äußerlich reagierte er nicht auf die Beleidigung, innerlich hielt er es damit wie alle Orks: Er merkte sie sich genau und beschloss, es dem Menschen zigfach heimzuzahlen, sobald er die Gelegenheit dazu bekam. Orks pflegen nachtragend zu sein ...

»Du bist also Rammar«, sagte das Milchgesicht; die Elfin schien ihm so einiges verraten zu haben. »Und der Lange dort ist Balbok, dein Bruder. Komisch. Ich dachte immer, Orks pfeifen auf verwandtschaftliche Beziehungen.«

»Daran kannst du erkennen, wie wenig ihr über uns wisst, Mensch«, entgegnete Rammar bissig.

»Mein Name ist Corwyn«, stellte sich der Mensch vor. »Ich bin Kopfgeldjäger.«

Rammar zuckte zusammen, und Balboks Gesicht wurde

noch länger. Sollte das ihr Schicksal sein? Nach allem, was sie überstanden und durchgemacht hatten, einem Kopfgeldjäger in die Hände gefallen zu sein und einen völlig sinnlosen Tod zu sterben? Was für einen merkwürdigen Humor Kurul doch zuweilen hatte ...

»Was hast du, Ork?«, fragte Corwyn grinsend. »Das ist ein ehrbarer Beruf, und das da« – er deutete auf die andere Seite des Feuers – »beweist, dass ich mein Handwerk verstehe.«

Rammar folgte mit seinem Blick der ausgestreckten Hand des Menschen und sah den Speer, der dort im Boden steckte. An seinem Schaft hingen blutige Haarschöpfe. Rammar erkannte, dass es sich allesamt um Orkskalpe handelte.

»Barbar«, knurrte er angewidert.

»Ich soll ein Barbar sein? Du nennst mich einen Barbaren?« Das Grinsen verschwand aus den Zügen des Kopfgeldjägers. Seine Hand glitt zum Waffengurt und legte sich um den Griff des Schwerts, und einen Augenblick lang schien er mit dem Gedanken zu spielen, es einfach zu ziehen und den Ork damit abzuschlachten.

In Gedanken biss sich Rammar in den *asar*, dass er nicht das Maul gehalten hatte. Wollte er sich um Kopf und Kragen reden? Wenn der Kopfgeldjäger Balbok und ihn bislang nicht getötet hatte, dann hatte er sicherlich einen Grund dafür. Vielleicht, dachte Rammar, war noch nicht alles verloren, aber sie durften den Menschen nicht provozieren, sonst ...

»Los doch, Mensch!«, plärrte Balbok in Rammars Gedanken hinein. »Tu, was du nicht lassen kannst! Erschlage meinen Bruder, aber dann erschlage mich gleich mit! Denn wenn du einen von uns am Leben lässt, dann ...«

»Schnauze, Balbok!«, rief Rammar dazwischen.

»Aber Rammar! Er ist ein Mensch, und dazu noch ein Kopfgeldjäger! Abschaum der übelsten Sorte!«

»Unsinn«, widersprach Rammar entschieden. »Ein Mensch mag er sein, aber er geht einem ehrbaren Gewerbe nach und versteht sein Handwerk. Hast du denn nicht zugehört?«

»A-aber ...« Balbok wandte den Kopf und starrte seinen Bruder an, als hätte dieser den Verstand verloren.

»Kein Aber. Ich will nichts mehr hören«, blaffte dieser. »Wir befinden uns in der Gewalt des Kopfgeldjägers – und Schluss. Er hat zu bestimmen, was mit uns geschieht, nicht du!«

Balbok schwieg verblüfft, und Rammar brachte es fertig, obwohl er gefesselt am Boden lag, ehrerbietig das Haupt zu senken. Einen Augenblick lang schien Corwyn nicht zu wissen, was er davon halten sollte. Dann lachte er spöttisch auf und schüttelte den Kopf.

»Versteht Ihr jetzt, was ich meinte?«, fragte ihn Alannah.

»Allerdings.« Er nickte. »Die beiden sind völlig durchgeknallt. Der eine ein Großmaul und dumm wie Bohnenstroh, der andere ebenso fett wie feige.«

»So ist es«, bestätigte Rammar, während er in Gedanken eine weitere Scharte ins Kerbholz des Kopfgeldjägers schnitzte; nichts würde vergessen sein, wenn es irgendwann ans Abrechnen ging. »Du hast uns gefangen, und wir befinden uns in deiner Gewalt. Was also wirst du mit uns tun, Kopfgeldjäger? Uns töten?«

»Ehrlich gesagt, ich würde das sogar liebend gern tun«, gestand Corwyn grimmig. »Aber in dieser verrückten Welt, in der nichts mehr ist, wie es sein sollte, ist ein lebender Ork nun mal mehr wert als ein toter.«

In Rammars Schweinsäuglein blitzte es hoffnungsvoll. »Du lässt uns also am Leben?«

»So ist es. Ich lasse euch am Leben – um euch in Andaril auf dem Sklavenmarkt zu verkaufen. Für Orks, die in den Minen arbeiten, wird gutes Geld gezahlt. Für zwei Prachtexemplare wie euch kriege ich zehn bis zwölf Silberstücke.«

Mit einem Ausdruck im Gesicht, der seine Worte Lügen strafte, erwiderte Rammar: »Freut mich, das zu hören.« In den Minen sollte er schuften. Sich durch den Stein fressen und im Dreck buddeln wie ein verdammter, verhasster Zwerg. Das war eine demütigende, geradezu abscheuliche Vorstellung!

»Oje«, seufzte Balbok düster. »Das war's dann wohl. Gute Nacht, Rammar. Lebe wohl, Girgas' Haupt. Auf Nimmerwiedersehen, *bolboug*.«

»Das geschieht euch ganz recht!«, beschied ihnen Alannah. »Was musstet ihr mich auch entführen?«

»Tu doch nicht so!«, zischte Rammar, dem allmählich dämmerte, dass seine Kriecherei völlig vergebens war. Wenn er die Wahl hatte zwischen kaltem Stahl und Zwangsarbeit in den Minen, war ihm das Schwert weitaus willkommener; schließlich war er ein Ork und kein Zwerg, der sich wie ein blinder Maulwurf durch den Dreck wühlte und dabei der widernatürlichsten aller Tätigkeiten nachging – einer Tätigkeit, für die es in der Sprache der Orks nicht einmal eine Entsprechung gibt: der *Arbeit*. Zwerge mussten *arbeiten*, weil sie zu feige waren, Gold und Silber im Kampf zu erbeuten. Für einen Ork jedoch kam ein so jämmerliches Dasein nicht infrage. In den Minen der Menschen als Zwerg missbraucht – eine grässliche Vorstellung für Rammar!

»Was meinst du damit, ich soll nicht so tun?«, fragte Alannah und riss Rammar damit aus seinen düsteren Gedanken. Sie legte den Kopf schief, während sie ihn betrachtete.

»Du weißt, was ich meine«, erwiderte Rammar. »Wenn du ehrlich wärst, würdest du zugeben, dass dir unsere Entführung sehr gelegen kam.«

»Wie bitte? Ich höre wohl nicht recht!«

»Ist doch wahr«, maulte Rammar. Er hielt sich nicht mehr länger zurück, nun, da es nichts mehr zu verlieren gab. »Eins habe ich dir sofort angemerkt: Du bist nicht wie andere Elfen. Nicht nur, dass du Orkisch sprichst, du bist auch unbeugsam und hast mehr Feuer unterm Hintern als deine verschlafenen Artgenossen. Das meinte ich, als ich sagte, dass mehr von einem Ork in dir sei, als dir klar ist.«

»Du redest Unsinn!«, empörte sich Alannah.

»Ach ja? Und warum hast du uns dann geholfen, als wir auf der Flucht vor den Tempelwachen waren? Warum hast du uns verraten, wo der Pass über dem Nordwall liegt? Gib es zu, Priesterin – du hattest es nicht eilig damit, zu deinen Pflichten zurückzukehren. Unsere Entführung kam dir sehr gelegen. Du hattest schon seit geraumer Zeit vor zu fliehen, und wir beide waren für dich nur Mittel zum Zweck. Ist es nicht so?«

»Und wenn?« Alannah lachte silberhell auf. »Mir kommen gleich die Tränen, Ork. Wie schaffen Kreaturen wie du es nur immer wieder, Täter zu sein und sich trotzdem als Opfer zu fühlen?« Sie wandte sich wieder an den Menschen. »Glaubt ihnen kein Wort, Corwyn. Der Dicke ist ebenso verlogen, wie er feige ist, und ich kann nicht ... *Corwyn?*«

Alannah unterbrach sich, als sie sah, wie der Kopfgeldjäger sie anstarrte.

»Was ist?«, wollte sie wissen.

»Tempelwachen?«, fragte Corwyn. »Priesterin? Kann es sein, dass Ihr vergessen habt, mir etwas zu erzählen?«

»Nun, ich ...«, stammelte Alannah und verstummte, weil ihr so schnell keine glaubhafte Ausrede einfallen wollte.

»Aha!«, rief Rammar triumphierend. »Sie hat also auch dich getäuscht, Kopfgeldjäger. Betrogen hat sie dich, genau wie uns.«

»Genau wie uns«, echote Balbok zur Bekräftigung.

»Wer seid Ihr?«, wollte Corwyn von der Priesterin wissen.

»Ich bin eine Elfin, und mein Name ist Alannah«, erwiderte sie. »Ich habe Euch nicht belogen.«

»Aber Ihr habt mir auch nicht die ganze Wahrheit gesagt, oder? Ich frage Euch noch einmal: Wer seid Ihr, verdammt? Und warum haben diese Orks Euch entführt?«

»Ich sagte schon, dass ich es nicht weiß. Mit einer Abordnung meines Volkes habe ich die Berge überquert, als wir von Trollen angegriffen wurden. Mir blieb nur die Flucht, und ich irrte tagelang durch die Wildnis, ehe ich diesen beiden Unholden in die Hände fiel. Anstatt mir zu helfen, verschleppten sie mich.«

»Das Weib lügt wie in Stein gemeißelt!«*, ereiferte sich Rammar. »Jedes einzelne Wort von ihr ist Lüge!«

»Jedes einzelne Wort«, bekräftigte Balbok.

»Ihr Name ist Alannah«, fuhr Rammar fort, »aber sie ist nicht, was sie zu sein vorgibt, sondern die Hohepriesterin des Elfentempels von Shakara.«

---

* orkisches Pendant zu »lügen wie gedruckt«

»Von Shakara«, wiederholte Balbok.

»Von dort und von nirgendwo sonst haben mein Bruder und ich sie geraubt!«, rief Rammar. »Das schwöre ich bei Kuruls Flamme!«

»Bei Kuruls Flamme.«

»Schweigt, nichtswürdige Orks!« Alannah lachte spöttisch. »Wem, meint ihr, wird Corwyn wohl Glauben schenken – zwei hergelaufenen Wilden oder einer schönen Frau, die noch dazu Spross eines alten Elfengeschlechts ist?«

Siegesgewiss wandte sie sich zu Corwyn um. Als sie jedoch seinen grimmigen Blick gewahrte, bröckelte das Lächeln auf ihrem bleichen Gesicht.

»W-was?«, fragte sie verunsichert. »Glaubt Ihr diesen grässlichen Kreaturen dort etwa mehr als mir? Habt Ihr vergessen, was ich Euch als Belohnung in Aussicht gestellt habe, wenn Ihr mich wohlbehalten nach Tirgas Dun bringt?«

»Nein«, antwortete Corwyn mit rauer Stimme. »Aber ich frage mich, was Euer Versprechen wert ist, wenn es zu Euren Gepflogenheiten gehört, die Unwahrheit zu sprechen. Also – zum letzten Mal: Wer seid Ihr und woher kommt Ihr?«

Die Elfin hielt seinem prüfenden Blick eine Weile stand. Dann ließ sie resignierend den Kopf sinken, denn sie sah ein, dass es keinen Zweck hatte, ihre Herkunft weiterhin zu leugnen. »Nun gut«, gestand sie leise, »es stimmt: Ich bin – oder besser: *war* – die Hohepriesterin von Shakara, bis diese beiden mich aus dem Tempel verschleppten.«

»Dann kennt Ihr das Geheimnis der Karte«, sagte Corwyn, und er sagte es so rasch und bestimmt, dass Alannah vor Schreck zusammenzuckte.

»Ihr – Ihr wisst um die Karte von Shakara?«, fragte sie erstaunt.

»Beantwortet meine Frage. Kennt Ihr die Karte – ja oder nein?«

»Nun, äh … ja«, bestätigte Alannah. »Sie ist der Grund, weshalb diese beiden Unholde mich entführt haben. Sie stehen im Dienste irgendeines Scharlatans, der davon träumt, sich alter elfischer Geheimnisse zu bemächtigen, die zu erfassen sein Verstand kaum in der Lage sein dürfte, und ich weiß nicht, ob ... Was habt Ihr?«

Corwyn antwortete nicht. Mit undeutbarem Blick starrte er Alannah an, eine endlos scheinende Weile lang – ehe er in schallendes Gelächter ausbrach. Die Elfin und die Orks glaubten, er hätte den Verstand verloren, während er laut und ausdauernd lachte und sich schließlich wieder ans Feuer niederließ.

»Das muss gefeiert werden!«, rief er und griff nach seinem Beutel, kramte eine tönerne Flasche daraus hervor und entkorkte sie mit den Zähnen. Er nahm einige kräftige Schlucke, konnte sich daraufhin aber noch immer nicht beruhigen und setzte sich die Flasche erneut an den Hals.

Rammar und Balbok konnten nur vermuten, was sich in der Flasche befand: Menschen und Zwerge haben die eigenartige Angewohnheit, sich mit vergorenen Essenzen aus Pflanzen zu betrinken – Alkohol nennen sie das. Orks hingegen pflegen zu Blutbier zu greifen, wenn sie sich besaufen wollen, und nichts, was der Alkohol hervorruft, ist auch nur annähernd mit einem ausgewachsenen Blutrausch zu vergleichen.

Bei Corwyn hingegen zeigte der Inhalt der Flasche bereits Wirkung. Sein Blick wurde glasig, und allmählich beruhigte er sich. Sein irrsinniges Gelächter verstummte, und Schweigen kehrte ein. Schließlich setzte sich Alannah zu ihm und bedachte ihn mit einem langen prüfenden Blick.

»Alles in Ordnung?«, wollte sie wissen.

»Natürlich«, entgegnete er, die Zunge schwer vom Alkohol. »Ich weiss jetzt, wer Ihr in Wirklichkeit seid. Warum sollte das nicht in Ordnung sein?«

»Verzeiht, dass ich Euch über meine Herkunft im Unklaren gelassen habe. Meinem Befreier gegenüber hätte ich ehrlich sein sollen.«

»Euer Befreier ...!« Der Kopfgeldjäger schnaubte verächtlich und nahm noch einen Schluck. »Denkt nicht zu hoch von mir, Elfenpriesterin.«

»Keine Sorge, das ...«, begann Alannah, stockte dann aber,

legte die Stirn in Falten und fragte: »Woher kennt Ihr das Geheimnis von Shakara? Nur wenige Sterbliche wissen davon.«
Corwyn schnaubte erneut. Wieder wollte er die Pulle ansetzen, doch Alannahs zarte Hand hielt ihn mit sanfter Gewalt davon ab. »Also schön«, knurrte er, »ich werde es Euch erzählen. Ihr habt ein Anrecht darauf, es zu erfahren.«
»Und was ist mit uns?«, rief Rammar dazwischen.
»Ja, was ist mit uns?«, wiederholte Balbok.
»Was soll mit euch sein?«
»Wenn wir dich nicht darauf gebracht hätten, dass die Elfin dich belogen hat, wüsstest du noch immer nicht, wer sie ist«, antwortete Rammar. »Du könntest uns die Fesseln abnehmen und uns einen Platz am Feuer anbieten.«
»Jawohl, einen Platz am Feuer könntest du uns anbieten!«
»Ihr haltet das Maul!«, schnauzte Corwyn barsch. »Am liebsten würde ich euch einen Platz *im* Feuer anbieten, also seid verdammt noch mal still. Andernfalls werde ich eure Skalpe an diesen Speer dort hängen!«
»Dann kriegst du keine Belohnung mehr für uns«, konterte Rammar. »Lebend sind wir mehr wert als tot, vergiss das nicht.«
»Wer sagt, dass ich euch töten werde, ehe ich euch skalpiere?«, fragte Corwyn mit einem Grinsen, das Rammar ganz und gar nicht gefiel. So beschloss er, dass es besser war zu schweigen und zuzuhören. Der Ork spitzte also die Ohren, denn im Gegensatz zu seinem Geruchssinn funktionierte sein Gehör ganz ausgezeichnet ...
»Ihr müsst wissen, ich bin nicht immer Kopfgeldjäger gewesen«, erklärte Corwyn an Alannah gewandt, die ebenfalls aufmerksam zuhörte. »Schon viele Berufe habe ich ausgeübt, die meisten davon mit dem Schwert in der Hand.«
»Ihr wart ein Söldner?«
»Die meiste Zeit über. Meine Klinge gehörte dem, der mich am besten bezahlte, ob Fürst oder Stadt, das war mir gleich. In vielen Kriegen kämpfte ich, bis ich schließlich *sie* traf.«
»Wen?«

»Marena«, antwortete Corwyn mit zitternder, leiser Stimme. »Ihr Haar war rot wie die untergehende Sonne, und ein Blick ihrer Augen genügte, um einen Mann um den Verstand zu bringen. Bei einer mörderischen Schlacht begegneten wir uns. Wir kämpften für verschiedene Seiten. Im dichten Wald trafen wir aufeinander, fernab vom eigentlichen Kampfgeschehen. Nachdem wir eine Weile miteinander gefochten hatten, wurde uns klar, dass es sinnlose Verschwendung wäre, würde einer von uns fallen. Also haben wir an Ort und Stelle Frieden geschlossen – und wie!« Die Erinnerung zauberte ein lüsternes Grinsen auf Corwyns Züge, das erst verschwand, als er Alannahs tadelnden Blick bemerkte.

»Schon gut«, murmelte er, »ist nicht wichtig. Jedenfalls waren wir von diesem Tag an unzertrennlich. Wir quittierten unsere Dienste als Söldner und verdingten uns fortan als Kopfgeldjäger. Die Lords im Osten bezahlten in jenen Tagen gut für einen Orkskalp, und so hatten wir jede Menge Geld und lebten ohne Sorge – bis wir *dem Ork* begegneten.«

»Dem Ork? Welchen Ork?«, wollte Alannah wissen, und auch Rammar und Balbok lauschten voller Neugier.

»Er trieb sich allein im Wald herum, und wir fingen ihn. Um seine Haut zu retten, erzählte er uns allerlei wirres Zeug – von einer geheimnisvollen Landkarte, die nur im Kopf einer Elfenpriesterin existiere und die zu einem sagenumwobenen Schatz führe. Ich gab nicht viel auf sein Geschwätz, aber Marena wurde neugierig. Indem sie ihm die Freiheit versprach, entlockte sie ihm das Geheimnis. Demnach lebt hoch oben im Norden, im Eistempel von Shakara, eine Elfenpriesterin, die das Geheimnis einer alten Landkarte hütet – einer Karte, die nach Tirgas Lan führt, der alten Königsstadt der Elfen, die tief in den Wäldern von Trowna verborgen ist und wo sich ein Schatz von unermesslichem Wert befinden soll.«

Rammar und Balbok tauschten einen staunenden Blick.
Ein Schatz von unermesslichem Wert?
Allmählich wurde ihnen klar, weshalb der Zauberer die Karte unbedingt haben wollte ...

»Und?«, fragte Alannah mit unbewegter Miene.

»Ich habe dieser Ratte von einem Ork kein einziges Wort geglaubt, aber Marena schon. Sie ließ sich von ihm den Weg nach Shakara beschreiben und brach dorthin auf, und ich begleitete sie, obwohl ich nicht an diesen Unsinn glaubte.«

»Und der Ork?«, fragte Balbok neugierig.

»Marena hielt ihr Versprechen und ließ ihn frei«, antwortete Corwyn düster, »und ich verfluche mich bis zum heutigen Tage dafür, dass ich es zugelassen habe. Ich hätte diese hässliche Missgeburt erschlagen sollen. Denn schon am nächsten Tag rächte sich Marenas Milde. Ein Pfeil, feige aus dem Hinterhalt geschossen, traf sie in den Rücken. Sie starb in meinen Armen.«

»Das tut mir Leid«, sagte Alannah leise.

»Es war der Ork, den sie am Tag zuvor freigelassen hatte«, knurrte Corwyn. »Ich verfolgte ihn, aber er entkam mir. Das Letzte, was ich von ihm hörte, war sein grollendes Lachen; unter Tausenden würde ich es wiedererkennen. Seither töte ich Orks nicht mehr, um meinen Lebensunterhalt zu verdienen – ich tue es zu meinem Vergnügen. Schändliche Kreaturen sind sie, die es nicht verdienen, am Leben zu sein. Ich rotte sie aus, einen nach dem anderen.«

Rammar und Balbok machten bekümmerte Gesichter – das klang nicht so, als würde der Kopfgeldjäger in absehbarer Zeit Frieden mit ihnen schließen ...

»Es kommt mir vor, als wäre es eben erst gewesen«, sagte Corwyn mit glasigem Blick. »Die Narben sind noch immer tief.«

»Ja, tiefer Schmerz spricht aus Euch, die Trauer um einen geliebten Menschen«, sagte Alannah. »Aber Ihr solltet Euch hüten, Corwyn.«

»Mich hüten? Wovor?«

»Dass Eure Rachsucht aus Euch nicht das macht, was Ihr bekämpft. Es ist wahr, die Orks sind niederträchtige Kreaturen, die nur zerstören können, keinen Verstand haben, aber ...«

»Einen Augenblick«, warf Rammar ein, der das nicht so einfach auf sich sitzen lassen wollte. »Niederträchtig mögen wir sein, und auch zu zerstören macht uns Freude. Aber wir haben durchaus Verstand, das könnt ihr uns glauben!«

»… aber wer sie mit ihren eigenen Waffen zu bekämpfen versucht«, fuhr Alannah unbeirrt fort, »der droht ihnen gleich zu werden.«

»Ihr habt leicht reden«, sagte der Kopfgeldjäger. »Ihr wisst nicht, was es heißt, jemanden zu verlieren, den man mehr liebt als sein Augenlicht.«

»Täuscht Euch nicht, Corwyn. Ihr solltet nicht vorschnell über andere urteilen. Die Wahrheit liegt oft verborgen.«

»Was Ihr nicht sagt!«, sagte Corwyn verächtlich. »So wie die Wahrheit über Eure Herkunft? Was für ein eigenartiger Zufall – nachdem ich das Gerede dieses Orks damals als dummes Geschwätz abgetan und in all den Jahren nicht mehr an Shakara und die verdammte Karte gedacht habe, treffe ich ausgerechnet Euch, die Hohepriesterin des Tempels. Also sagt schon, Alannah: Hat der Ork damals die Wahrheit gesagt? Kennt Ihr das Geheimnis der Karte?«

»Ich kenne es.«

»Und? Führt sie tatsächlich zu einem Schatz von unermesslichem Wert?«

»Der Eid, den ich einst schwor, verbietet mir, Euch etwas darüber zu erzählen. Ihr dürftet nicht einmal von der Karte wissen.«

»Und dennoch habe ich davon erfahren.« Corwyn grinste freudlos. »Ist es nicht eigenartig, welche Streiche uns das Leben bisweilen spielt? Gerade als ich anfange, die ganze Sache allmählich zu vergessen, lauft ausgerechnet Ihr mir über den Weg, Elfenpriesterin, und die alte Wunde reißt wieder auf.«

»Das tut mir Leid«, sagte Alannah, und Rammar fand, dass es ausnahmsweise einmal ehrlich klang.

»Das braucht es nicht. Aber es liegt an Euch, Priesterin, ob ich Marenas Tod im Nachhinein einen Sinn geben kann.«

»Was meint Ihr damit?«, fragte sie verwundert.

»Ihr wisst, was ich meine. All die Jahre habe ich im Glauben gelebt, dass sie für eine Lüge ihr Leben ließ, und nun erfahre ich, dass der Schatz, den sie finden wollte, tatsächlich existiert. Wenn ich ihn hebe, führe ich zu Ende, wofür sie starb.«

»Nein!« Die Elfin schüttelte entschieden den Kopf. »Das ist keine gute Idee. Vergesst, dass Ihr mir begegnet seid und was die Orks Euch erzählt haben. Tut einfach so, als ob …«

Sie unterbrach sich – weil sie plötzlich die Spitze von Corwyns Schwert an ihrer Kehle spürte. Er war aufgesprungen, hatte blitzschnell die Waffe gezogen.

»Vergessen? Glaubt Ihr denn, das könnte ich so einfach?«, fragte er grimmig. »Lasst Euch von der Tatsache, dass ich Euch aus den Klauen der Orks befreit habe, nicht täuschen, Priesterin. Wie ich schon sagte: Meine Treue gehört dem, der mich am besten bezahlt. Also baut nicht auf meinen Edelmut. Ich kann ebenso skrupellos sein wie diese beiden nutzlosen Wichte dort.«

»Offensichtlich«, sagte Alannah tonlos. Jedes Mitgefühl war aus ihrem Blick verschwunden und eisiger Kälte gewichen. »Aber ich bezweifle, dass Marena gutheißen würde, was Ihr hier tut.«

»Nenne nie wieder ihren Namen, Elfin«, knurrte Corwyn. »Ich will nicht, dass du ihn in deinen verlogenen Mund nimmst.«

»Zeigt Ihr jetzt Euer wahres Gesicht, Kopfgeldjäger?«, sagte Alannah. »Versucht Ihr mir Angst einzujagen? Ihr werdet mich nicht dazu zwingen können, Euch zu verraten, was ich weiß. Ich habe einen Eid geschworen – ich schwor, eher zu sterben, als das Geheimnis von Shakara zu verraten.«

»Da siehst du es, Kopfgeldjäger!«, rief Rammar, und er fletschte genüsslich die gelben Zähne. »Die Elfin ist dein Feind, nicht wir! Binde uns los, dann werden wir dir helfen, das Geheimnis aus ihr herauszukitzeln. Mein Bruder und ich kennen viele lustige Methoden, verstockte Münder zu öffnen.«

»Jawohl, zu öffnen.«

»Darauf möchte ich wetten, Orks, aber eure Dienste sind hier nicht gefragt«, entgegnete Corwyn. »Die Priesterin wird auch so ihr Schweigen brechen.«

»Ganz sicher nicht«, versprach Alannah. »Eher sterbe ich.«

»Schmarren!«, rief Rammar dazwischen. »Das wird sie nicht. Das verlogene Biest hat ihre eigenen Leute verraten, um mit uns über die Berge zu fliehen. Sie wird ihr Leben in der gerade gewonnenen Freiheit ganz sicher nicht für eine Sache opfern, an die sie nicht mehr glaubt.«

»Schweig, Ork!«, fuhr sie ihn an. »Was weißt du schon, geistlose Kreatur?«

»Genug, um dich zu durchschauen, Elfin. Dein ganzes Dasein lang hast du auf etwas gewartet, das nicht eingetreten ist. Dein Leben war bisher stumpf und langweilig. Bis zu dem Augenblick, da wir aufgetaucht sind, nicht wahr? Deshalb hast du uns bei der Flucht geholfen, und deshalb wirst du auch nicht sterben wollen. Nicht um ein Geheimnis zu hüten, an das du längst nicht mehr glaubst.«

»Du redest Unsinn«, beharrte Alannah, aber sie klang längst nicht mehr so überzeugend.

»Sieh an«, meinte Corwyn grinsend. »Verstand mag der fette Ork nicht haben, aber er scheint dich tatsächlich zu durchschauen. Vielleicht hast du ja wirklich mehr mit den Unholden gemein, als dir klar ist. Bist du wirklich bereit zu sterben? Ich weiß, dass ihr Elfen euch über das Sterben nicht den Kopf zerbrecht. Ihr lebt nahezu ewig und macht euch über den Tod keine Gedanken.« Er drückte die Schwertspitze etwas fester gegen ihren alabasterweißen Schwanenhals. »Aber dieser Stahl, das versichere ich dir, kann auch deinem Leben ein Ende setzen, Elfin. Also überlege dir gut, was du tust.«

»Wenn du mich tötest, wirst du nie erfahren, wo sich der Schatz befindet.«

»Dann wäre ich auch nicht schlechter dran als jetzt«, konterte Corwyn. »Ich habe nichts zu verlieren. Du hingegen verlierst Jahrhunderte deines Lebens, wenn ich jetzt zustoße.« Und mit einer Stimme, die dem Knurren eines Wolfes glich, fügte er hinzu: »Also gib mir die Karte!«

»Was erwartest du? Dass ich sie dir aufzeichne?« Alannah lachte freudlos. »Du bist ebenso dumm und einfältig wie die Orks, die du so sehr hasst. Die Karte von Shakara kann nicht aufgezeichnet werden, denn sie ist ungleich mehr als die Beschreibung eines Weges. Verwunschen ist die Festung von Tirgas Lan, zu der die Karte führt, belegt mit einem alten Fluch.«

»Was redest du da?«, rief Corwyn mit zornfunkelnden Augen. »Das ist doch Elfengeschwätz!«

»Du zweifelst an meinen Worten? Dann solltest du die Reise nach Trowna gar nicht erst antreten, Kopfgeldjäger, denn noch viel unglaublichere Dinge erwarten dich dort. Gefahren, wie du sie dir in deinen kühnsten Träumen nicht vorzustellen vermagst.«

»Was für Gefahren? Wovon sprichst du?«

»Der Wald von Trowna ist ebenso verflucht wie die Festung selbst. Böse Mächte lauern dort, die jeden Eindringling verderben.«

»Oh, oh«, machte Rammar. »Das klingt nicht gut. Dann doch lieber in die Minen ...«

»Von einem fetten Feigling wie dir habe ich nichts anderes erwartet«, knurrte Corwyn. »Ich jedoch habe keine Angst.« Er wandte sich wieder der Elfin zu, unverhohlene Gier in den Augen. »Wenn du mir den Weg nach Tirgas Lan nicht beschreiben kannst, Priesterin, dann wirst du mich eben auf meiner Reise nach Süden begleiten. Dorthin wolltest du doch sowieso, oder nicht?«

»Gewiss hatte ich nicht vor, durch den Wald von Trowna zu marschieren«, entgegnete Alannah giftig.

»Sei's drum. Ich werde endlich erfahren, ob Marena wirklich einer Lüge wegen starb oder nicht. Und du wirst auf diese Weise erfahren, ob du all die Jahre einem Ammenmärchen aufgesessen bist oder ob tatsächlich etwas dran ist an euren alten Legenden. Ist doch auch etwas, oder?«

»Mistkerl.«

»Das klingt tatsächlich mehr nach einem Ork als nach einer Elfin«, meinte Corwyn und grinste schief. »Der Fette hat Recht, du bist anders als die Übrigen deines Volkes. Also, wie steht's? Wirst du mir den Weg nach Tirgas Lan zeigen – oder willst du lieber sterben?«

Alannah schwieg. Corwyn hielt das Schwert noch immer gegen die Elfin gerichtet, sie spürte die Spitze der Klinge an ihrem Hals und starrte dem Kopfgeldjäger in die eisblauen Augen, und die Luft zwischen ihnen schien zu gefrieren.

»Vertraue nicht darauf, dass ich dein Leben schone«, knurrte Corwyn. »Es gab Zeiten, da habe ich schon für eine warme Mahlzeit getötet, also zweifle nicht daran, dass ich es für einen Schatz von unermesslichem Wert tun werde. Du hast die Wahl zwischen einem sinnlosen Tod und einem echten Abenteuer. Wofür entscheidest du dich?«

Ein endlos scheinender Augenblick verstrich, in dem selbst Rammar und Balbok vor Spannung den Atem anhielten.

»Also schön«, sagte Alannah schließlich. »Ich werde dir den Weg zeigen und dich begleiten. Aber danach wirst du mich nach Tirgas Dun bringen. Und eins sage ich dir gleich, Kopfgeldjäger: Deine Belohnung kannst du vergessen.«

»Und wenn schon.« Er ließ das Schwert sinken. »Mit dem Zaster aus der alten Königsstadt der Elfen kann ich mir alle Freudenmädchen der Welt leisten.«

»Vielleicht«, erwiderte Alannah ohne mit der Wimper zu zucken, »aber keine davon wird dir bieten können, was ich dir geboten hätte.« Mit dem letzten Wort drehte sie sich um und entfernte sich vom Lagerfeuer, um in der Dunkelheit zu entschwinden.

Corwyn steckte das Schwert zurück in die Scheide und ließ sich wieder am Feuer nieder.

»Vorsicht, Kopfgeldjäger«, riet ihm Rammar. »Das Weib ist ebenso hinterlistig wie verlogen. Sie wird ihr Wort brechen und bei der erstbesten Gelegenheit fliehen.«

»Nein, wird sie nicht«, murmelte Corwyn gedankenverloren, »denn sie ist ebenso erpicht darauf, das Geheimnis zu ergründen, wie ich es bin …«

Versonnen starrte er dorthin, wo Alannahs schlanke Gestalt in der Dunkelheit verschwunden war. Ihre letzten Worte hatten mehr Eindruck auf ihn gemacht, als er sich eingestehen wollte.

»Sag mal …«, brachte sich Rammar erneut in Erinnerung.

»Was denn?«, schnappte er barsch.

»Wenn du vorhast, mit der Elfin nach Süden zu gehen, dann hast du sicher keine Zeit, uns nach Osten zum Sklavenmarkt zu schleppen. Da könntest du uns doch ebenso gut auch laufen lassen, oder?«

»Jawohl, laufen lassen könntest du uns«, echote Balbok.

»Falsch geraten, Freunde. Ich werde euch beiden die Kehle durchschneiden, dann hat es wenigstens ein Ende mit eurem bösen Treiben.«

»Du – du willst uns töten?«

»Genau das.«

»Aber – wir haben dir geholfen.«

»Aber nur zu eurem eigenen Nutzen. Wie oft habt ihr schon anderen geschadet? Wie viele Dörfer habt ihr überfallen und gebrandschatzt? Wie vielen arglosen Wanderern habt ihr aufgelauert und sie erschlagen, um sie dann zu fressen?«

»Vielen«, antwortete Balbok, nicht ohne Stolz. »Ich erinnere mich da an einen verirrten Wanderer, der …«

»Verdammt, halts Maul, du Unglücksork!«, fiel Rammar ihm ins Wort. »Du redest uns um Kopf und Kragen!«

»Keine Sorge, Fettsack. Ich weiß auch so, dass ihr beide Abschaum seid. Bei Tagesanbruch werde ich euch daher in Kuruls dunkle Grube stoßen – so sagt ihr doch, oder nicht? Bei dem anstrengenden Marsch nach Süden kann ich keinen Ballast brauchen.«

»Aber du wirst jemanden brauchen, der dir beim Tragen des Schatzes hilft!«, rief Balbok spontan.

»Schnauze, Balbok!«, wetterte Rammar. »Habe ich dir nicht eben gesagt, dass du dein dämliches Maul halten so…« Er verschluckte den Rest des Wortes, denn wie der Keulenschlag eines Trolls traf ihn die Bedeutung dessen, was Balbok gerade gesagt hatte. »Mein Bruder hat Recht!«, rief er hastig, an Corwyn gewandt. »Wenn die Reichtümer in der Elfenstadt tatsächlich so unermesslich sind, dann wirst du jemanden brauchen, der dir hilft, sie fortzutragen – zum Beispiel zwei kräftige Orks.«

»Red keinen Unsinn!« Der Kopfgeldjäger schüttelte den Kopf. »Dazu brauche ich keine Orks. Jede Zwergenkarawane würde mir diesen Dienst erweisen.«

»Vielleicht.« Rammars Gesicht verzog sich zu einem grinsenden Zähnefletschen. »Aber wie das Leben so spielt – wenn man eine Zwergenkarawane braucht, ist meist keine zur Stelle.«

Das war nun allerdings unbestreitbar, und wenn Rammar das Mienenspiel des Menschen richtig deutete, dann brachte ihn das tatsächlich zum Grübeln.

»Hmm – also gut«, sagte Corwyn schließlich und zu Rammars und Balboks grimmigem Entzücken. »Ich werde euch beide vorerst am Leben lassen. Ihr werdet die Elfin und mich nach Süden begleiten – als meine Gefangenen. Und versucht ihr zu fliehen oder unternehmt ihr irgendetwas, das der Elfin oder mir schaden könnte, dann drehe ich euch eure hässlichen Hälse um, habt ihr verstanden?«

Rammar und Balbok nickten einander zu und entblößten dabei ihre gelben Hauer.

»Natürlich haben wir verstanden«, bestätigte Rammar.

»Verstanden«, echote Balbok.

Für die Orks war es ein guter Handel. Fürs Erste würden sie am Leben bleiben und brauchten sich keine Sorgen zu machen, dass sie als Sklaven in die Minen verkauft wurden. Natürlich hatte Rammar keineswegs vor, sich an die Abmachung zu halten. Sollten der Mensch und die Elfin ihnen ruhig den Weg zur alten Elfenstadt zeigen. Wenn sie erst dort waren, würden die Orks den Spieß umdrehen.

Ein Schatz von unermesslichem Wert – das also war es, worauf der alte Rurak aus war. Um Girgas' Haupt zu bekommen, hatte sich Rammar tatsächlich an die Abmachung mit dem Zauberer halten wollen. Nun jedoch, da er wusste, worum es bei der ganzen Sache wirklich ging, betrachtete er den Handel als gegenstandslos. Rurak hatte ihnen gegenüber nicht mit offenen Karten gespielt, weshalb also sollten sie sich an den Pakt mit ihm gebunden fühlen?

Wenn sie mit Elfenschätzen beladen ins *bolboug* zurückkehrten, würde sie dort keiner mehr nach Girgas' hässlichem Schädel fragen ...

»Keine Sorge, Kopfgeldjäger«, versicherte Rammar deshalb beflissen, »du kannst dich voll und ganz auf uns verlassen.«

»Jawohl, verlassen kannst du dich auf uns.«

Rammar wandte sich grinsend an seinen Bruder. »Und – Balbok?«

»Ja, Rammar?«

»Hör verdammt noch mal damit auf, ständig meine letzten Worte zu wiederholen, du elender *umbal*!«

»*Umbal* ...«

Aylonwyrs Züge hatten sich verfinstert.

Als Vorsitzender des Hohen Rates lenkte er die Geschicke jenes Teils des Elfenvolks, das noch in Erdwelt weilte. Er saß auf seinem Alabasterthron, ringsum versammelt waren die übrigen Angehörigen des Rates, allesamt verdiente Mitglieder der Elfengemeinschaft; sie repräsentierten die gesamte Weisheit ihres Volkes. Nur hier und dort klafften Lücken, von jenen hinterlassen, die bereits nach den Fernen Gestaden aufgebrochen waren.

Auch Aylonwyrs Sinne waren auf die Unendlichkeit gerichtet, aber etwas hatte sich ereignet, das seine Abreise verhindert und seine Aufmerksamkeit noch einmal auf die Welt der Sterblichen gelenkt hatte.

Der Rat tagte nicht mehr oft; man überließ es den Menschen, die Dinge selbst zu regeln, und als logische Konsequenz waren jene Ruhe und Ordnung, die seit dem Ende des Zweiten Krieges in *amber* geherrscht hatten, Aufruhr und Gesetzlosigkeit gewichen. Die Menschen bekriegten sich gegenseitig, das Reich der Zwerge verfiel in Gesetzlosigkeit, und die Völker des Chaos, allen voran die Gnomen und Orks, bedrohten die Grenzen. Es war absehbar, dass alles, was die Elfen einst aufgebaut hatten, zerfallen würde, aber die Söhne und Töchter Mirons hatten aufgehört, sich darüber Gedanken zu machen. Über Tausende von Jahren hatten sie Erdwelt beschützt vor den Mächten der Finsternis – nun mussten die Sterblichen selbst sehen, wie sie zurechtkamen.

Umso mehr wunderte sich Fürst Loreto darüber, dass diese außerordentliche Ratsversammlung einberufen worden war. Etwas Bedeutsames musste vorgefallen sein, etwas, das Aylonwyr und die anderen Ratsmitglieder dazu zwang, sich noch einmal mit den Belangen der Sterblichen zu befassen ...

»Ihr habt mich rufen lassen«, sagte Loreto, als er in die Mitte des weiten Runds trat. Über ihm wölbte sich das kuppelförmige kristallene Dach der Ratshalle, durch das die Strahlen der untergehenden Sonne fielen, um die Versammelten in unwirkliches Licht zu tauchen.

»Das haben wir«, bestätigte Aylonwyr. Äußerlich wirkte der Vorsitzende des Hohen Rates jung und schön wie alle Elfen; langes glattes Haar umrahmte ein kantiges, asketisch wirkendes Gesicht, das ohne Makel war. Aber in seinen Augen spiegelte sich die Last jener Jahrhunderte wider, die Aylonwyr nun schon der Vorsitzende des Hohen Rates war, und ebenfalls die stille Trauer über das, was er in dieser langen Zeit gesehen hatte – blutige Schlachten, Intrigen und Verrat. Aylonwyr hatte die Welt der Sterblichen von ihrer dunkelsten Seite kennen gelernt, aber er hatte auch die Herrschaft des Lichts in *amber* miterlebt. Nichts, was die Sterblichen taten, war ihm noch fremd – und dennoch schien ihm etwas große Sorge zu bereiten.

»Wie kann ich Euch helfen, Hoher Rat?«, erkundigte sich Loreto beflissen. Er ließ es sich nicht anmerken, aber die Aufforderung, bei der Ratssitzung zu erscheinen, war ihm alles andere als gelegen gekommen. Er hatte gerade für die große Reise gepackt. Das Schiff, das ihn nach den Fernen Gestaden bringen sollte, legte in wenigen Tagen ab ...

»Loreto«, begann Aylonwyr, »wir haben nach dir schicken lassen, weil du der letzte Spross aus Farawyns Geschlecht bist. Das Blut des Sehers fließt in dir.«

»Nur ein wenig davon«, schwächte Loreto ab. Er mochte es nicht, wenn man ihn an seinen großen Vorfahren erinnerte. Für gewöhnlich trug ihm das nur Verpflichtungen ein.

»Dennoch bist du der Letzte seines Geschlechts, und du sollst wissen, was hoch im Norden vorgefallen ist, im Eistempel von Shakara.«

»Im Tempel von Shakara?« Loreto gab sich Mühe, sich sein Erschrecken nicht anmerken zu lassen. Mit einer fahrigen Bewegung strich er sein blondes Haar zurück und atmete tief durch. »Was ist geschehen?«, fragte er dann.

Aylonwyr ließ sich mit der Antwort Zeit. Gespanntes Schweigen herrschte, bis er wieder das Wort ergriff.

»Alannah, die Hohepriesterin von Shakara, wurde entführt«, eröffnete er dem Fürsten von Tirgas Dun.

»Alannah – entführt?«, rief Loreto entsetzt – um dann noch einmal zu fragen, leiser und beherrschter diesmal: »Alannah wurde entführt? Von wem?«

»Zwei Unholde wagten es, Orks aus der Modermark. Mehr wissen wir bislang nicht.«

»Aber – wie konnte das passieren?«, fragte Loreto, noch immer ziemlich verwirrt.

»Die Wachen sind nachlässig geworden«, erklärte Aylonwyr mit trauriger Stimme. »Sie sind müde, genau wie wir alle. Trotzdem – es ist schlimm, dass dies geschehen konnte. Ein Adler brachte uns die Nachricht.«

Loreto nickte, ein dicker Kloß hatte sich in seinem schlanken Hals gebildet. »Ja, es ist schlimm«, sagte er gepresst.

»Nur die Priesterin von Shakara weiß, wo die Verborgene Stadt zu finden ist, und nur dem Auserwählten, den Farawyn in seiner Prophezeiung ankündigte, darf sie das Geheimnis verraten und ihm den Weg nach Tirgas Lan weisen. Dennoch – wir fürchten, dass die Orks in den Besitz des geheimen Wissens gelangen könnten …«

»Wie das?«, fragte Loreto. »Vertraut Ihr der Hohepriesterin nicht? Hoher Rat, ich kenne Alannah gut. Sie hat ihr Leben der Wahrung des Geheimnisses von Shakara geweiht. Niemals würde sie etwas tun, was ihrem Volk schaden könnte. Lieber würde sie sterben, als das Wissen um die Verborgene Stadt preiszugeben.«

»Können wir da ganz sicher sein?«, fragte Aylonwyr, und

sowohl der Vorsitzende als auch die anderen Ratsmitglieder bedachten Loreto mit Blicken, die diesem nicht gefallen wollten.

»Ich denke doch«, antwortete der Elfenfürst, aber wirklich überzeugt klang er nicht.

»Vor langer Zeit«, sagte Aylonwyr leise, »als die ersten Elfen nach *amber* kamen, war Trowna ein fruchtbares Land. Es gab dort keinen Wald, sondern weite Felder. Dort errichteten wir Tirgas Lan, die alte Königsstadt, von der aus die Elfenkönige *amber* mit Milde und Weisheit regierten, zum Wohle aller Völker der sterblichen Welt. Aber der Friede währte nicht ewig. Denn einer aus unserer Mitte – und ich schäme mich zu sagen, dass er diesem Rat angehörte – missbrauchte sein Wissen um das Wesen der Welt, um es zu seinem eigenen Nutzen einzusetzen. Er fiel von der wahren Lehre ab und wandte sich dunklen Künsten zu, trachtete danach, seine eigene Macht und seinen Einfluss zu mehren. Nachdem er ertappt wurde bei frevlerischen Experimenten, verbannte man ihn aus Tirgas Lan. Viele Jahre hörten wir nichts von ihm – Jahre, in denen dunkle Wolken über Erdwelt heraufzogen. Die Orks tauchten auf, und aus dem Osten und Norden bedrohten Gnomen und Trolle unsere Grenzen.

Schließlich, als wir ihn schon fast vergessen hatten, kehrte der Dunkelelf zurück – an der Spitze eines riesigen Heeres von Orks und Trollen und anderen niederen Kreaturen. Seinen wahren Namen hatte er abgelegt – Margok nannte er sich nun, Herrscher der Finsternis, und er überzog ganz *amber* mit einem blutigen Krieg. Lange Jahre währte der Kampf, in dem viele Helden der alten Zeit ihr Leben ließen, aber am Ende schafften wir es, Margok zu besiegen.«

»Aber nicht endgültig«, wandte Loreto ein.

»Nein, nicht endgültig.« Aylonwyr nickte. »Nachdem es uns nicht vergönnt war, seiner habhaft zu werden, kehrte Margok Jahrhunderte später zurück. Mithilfe falscher Versprechungen schmiedete er ein Bündnis aus Orks und Menschen, und es begann, was wir den Zweiten Krieg nennen. Erneut tobte der Kampf viele lange Jahre, ehe es Margok durch Verrat gelang, das Große Tor zu öffnen. Auf den Mauern von Tirgas Lan kam es zum entscheidenden Kampf, und nur durch Anwendung von Zauber und Magie konnten wir die Bedrohung abwenden und Margok erneut bezwingen. Auf dass er nie wieder Schaden anrichte, wurde sein Körper dem Feuer übergeben und sein unsterblicher Geist in die Mauern von Tirgas Lan gebannt. Das ganze Land belegten wir mit einem Fluch, der auf Feldern und Äckern einen schier undurchdringlichen Geisterwald wachsen ließ, damit es keinem gelänge, die Verborgene Stadt, wie wir Tirgas Lan seither nennen, je wieder zu betreten. Nur für den einen, von dem Farawyns Weissagung berichtet und der einst kommen wird, Tirgas Lan zu befreien und *amber* wieder zu vereinen, wurde das Geheimnis all die Jahre bewahrt, hoch oben im Norden, im Tempel von Shakara. Der Geist Margoks jedoch weilt noch immer in Tirgas Lan, gebannt seit Jahrhunderten, aber so böse und verdorben wie damals. Verstehst du nun, weshalb wir uns sorgen, Loreto?«

»Ich kenne die Geschichte Margoks«, erklärte Loreto, »und natürlich weiß ich, warum Ihr Euch sorgt, erhabene Mitglieder des Hohen Rates. Aber ich versichere Euch, dass keine Gefahr besteht. Ihr ganzes Leben hat Alannah stets ihre Pflicht erfüllt. Sie würde lieber sterben, als hergelaufenen Unholden den Weg nach Tirgas Lan zu weisen. Niemals würde sie das Geheimnis verraten.«

»Auch nicht unter Folter?«
»Nie.«
»Nicht unter magischem Bann?«
»Auch das nicht.«
»Nicht aus Verzweiflung?
»Nein.«
»Und aus zurückgewiesener Liebe?«

Loreto wollte mit der gleichen Überzeugung antworten wie zuvor – da wurde ihm die Bedeutung von Aylonwyrs Worten klar. Die Blicke, mit denen die Ratsmitglieder ihn betrachteten, erschienen ihm mit einem Mal anklagend. Verunsichert schaute er zu Boden, und er errötete auch, was bei einem Elfen nur selten vorkommt.

»Hoher Rat«, sprach er leise, »ich weiß nicht, was man Euch zugetragen hat, aber ...«

»Loreto«, unterbrach ihn Aylonwyr streng, »wir wissen, was du für Priesterin Alannah empfindest.«

Erschrocken blickte er auf. »I-Ihr wisst es?«

»Schon längst. Leugne es nicht, es hätte keinen Sinn.«

»A-aber wenn Ihr davon wusstet ...«, stammelte Loreto.

»Du willst wissen, weshalb wir dich nicht zur Rede stellten?«

Loreto nickte.

»Die Welt verändert sich, Loreto. Die Dinge sind im Umbruch, ein neues Zeitalter beginnt. Was wir gestern noch als gesicherte Erkenntnis betrachteten, kann sich schon heute als unwahr erweisen. Niemand vermag in diesen Tagen zu sagen, was richtig ist und was falsch. Nur eines ist sicher: Tirgas Lan darf nicht entdeckt, die Macht des Dunkelelfen nicht entfesselt werden.«

»Ich weiß«, sagte Loreto leise.

»Fürst Loreto, was ich dir nun sage, wird dir nicht gefallen, aber wir haben Grund zu der Annahme, dass Priesterin Alannah selbst zu ihrer Flucht aus Shakara beigetragen hat.«

»Was?«, stieß Loreto entsetzt hervor. Hatte er sich gerade verhört?

»In der Nachricht, die uns der Adler brachte, heißt es, sie habe den Orks geholfen. Durch Farawyns Pforte seien sie entkommen, die nur ein Eingeweihter zu öffnen vermag – wer anders könnte dies bewerkstelligt haben als die Hohepriesterin?«

»Das ist nicht möglich ...«

»Es ist so«, beharrte Aylonwyr, »und ich überlasse es dir, deine Gefühle zu erforschen und dich zu fragen, wie viel du selbst zu diesem Unglück beigetragen hast. Wir wissen von deinem Brief an die Hohepriesterin und dass du dich entschieden hast, deiner Liebe zu ihr zu entsagen, um nach den Fernen Gestaden zu segeln. Zurückgewiesene Liebe, Loreto – sie vermag tiefere Wunden zu schlagen als das schärfste Schwert. Selbst unter unseresgleichen.«

»Das mag zutreffen, ehrwürdiger Aylonwyr, aber Alannah wird uns niemals verraten!«

»So sicher bist du dir?« Der Ratsvorsitzende lachte freudlos. »Ich wünschte, ich könnte deine Zuversicht teilen, Fürst Loreto, doch befürchte ich, die Hohepriesterin ist nicht mehr die, die sie einst war, und ich habe meine Bedenken, ob wir ihr noch trauen können. Das Wissen, das sie hütet, darf keinesfalls in fremde Hände gelangen, Loreto – und es wird deine Aufgabe sein, dafür Sorge zu tragen.«

»M-meine?« Der Elfenfürst glaubte, nicht recht zu hören.

»Als Fürst von Tirgas Dun und Oberster Schwertführer des Rates ist es deine Pflicht, uns in Krisen beizustehen – und dies ist eine Krise, Loreto, ganz ohne Zweifel.«

»Aber ich werde *amber* schon bald verlassen«, wandte Loreto ein, in dem die Panik hochbrodelte wie eine verdorbene Speise. »Mein Platz ist auf dem nächsten Schiff, meine Habe ist schon gepackt ...«

»Fürst Loreto, du hast hier noch Pflichten, die es zu erfüllen gilt«, sagte Aylonwyr, und seine Stimme bebte vor Autorität. »Ich fürchte, ich muss dich noch einmal daran erinnern, dass du an dem, was geschehen ist, nicht ganz unschuldig bist.«

Loreto widersprach nicht.

Resigniert blickte er zu Boden, und ein leichtes Zittern durchlief seinen Körper. In Gedanken hatte er sich schon am Heck der Barke stehen sehen, die ihn den Fernen Gestaden entgegentrug. Er hatte Erdwelt bereits Lebewohl gesagt, und es war ihm keineswegs schwer gefallen. Selbst die Trauer darüber, Alannah niemals wiederzusehen, wog nichts im Vergleich zur ewigen Jugend und Freude, die an den Fernen Gestaden auf ihn warteten.

In aller Eile überschlug der Elfenfürst seine Möglichkeiten. Was konnte er tun? Wie sich der Pflicht entziehen, die sein Amt ihm auferlegte? Es gab keinen Ausweg. Nicht, wenn er sein Gesicht wahren und nach erfüllter Mission doch noch die ersehnte Reise antreten wollte.

»Wie Ihr wünscht, ehrwürdige Ratsmitglieder«, sagte Loreto deshalb und verbeugte sich tief. »Euer Wille ist auch der meine.«

»Der Hohe Rat nimmt deine Entscheidung mit Wohlwollen zur Kenntnis, Loreto«, sprach Aylonwyr. »Nichts anderes haben wir erwartet. Niemand darf erfahren, wo sich die Verborgene Stadt befindet. Du musst verhindern, dass Hohepriesterin Alannah ihr Geheimnis verrät – um jeden Preis!«

»Wann soll ich aufbrechen?«

»Noch heute. Eine Legion unserer besten Krieger wird dich begleiten. Im Hafen stehen mehrere Trieren bereit, die euch den Ostfluss hinauftragen werden. In der Ebene von Scaria haltet Ausschau nach Alannah und ihren Häschern. Findet sie oder folgt ihrer Spur – und befreit die Hohepriesterin aus der Gewalt der Unholde.«

»Und ... wenn das nicht möglich ist?«

»Das Geheimnis muss gewahrt bleiben, dies ist das oberste Gebot. Wenn es nicht möglich ist, die Priesterin zu retten, so musst du alles unternehmen, damit sie ihr Wissen nicht verrät. Und ich meine *alles*, Loreto. Habe ich mich deutlich ausgedrückt?«

»Allerdings, erhabener Aylonwyr«, bestätigte Loreto mit unbewegter Miene. Natürlich wusste er nur zu gut, was der Ratsvorsitzende damit meinte, und der Gedanke, Alannah etwas antun zu müssen, verursachte ihm Übelkeit. Andererseits ging es bei dieser Mission um das Wohl des Elfenvolkes – und damit nicht zuletzt auch um sein eigenes: Erfüllte er den Auftrag nicht zur vollsten Zufriedenheit des Rates, konnte er seine Passage nach den Fernen Gestaden vergessen ...

»Dann geh jetzt, Loreto. Du hast keine Zeit zu verlieren. Unsere besten Wünsche und Hoffnungen begleiten dich.«

»Danke, Hoher Rat«, erwiderte der Elfenfürst beflissen und verbeugte sich noch einmal, ehe er sich umdrehte und die Ratshalle mit wehendem Umhang verlassen wollte.

»Loreto?«, rief Aylonwyr ihn auf der Schwelle noch einmal an.

Fürst Loreto wandte sich um. »Ja?«

»Da deine Mission zweifellos etwas Zeit in Anspruch nehmen wird, hast du sicher nichts dagegen, wenn ich deinen Platz auf jenem Schiff einnehme, das dich nach den Fernen Gestaden bringen sollte, oder?«

Loreto hatte das Gefühl, in einen gähnenden Abgrund zu stürzen. »N-natürlich nicht«, zwang er sich zu sagen und senkte sein Haupt.

Dann verließ er den Saal.

2.  FEUSACHG'HAI ANN ABHAIM

Es war eine eigentümliche Gesellschaft, die dem Hauptarm des Eisflusses entlang nach Süden zog: zwei Orks, die Rücken an Rücken aneinander gefesselt waren, sodass das Marschieren für sie eine einzige Tortur war; eine Elfin, die zwar ohne Fesseln ging, aber trotzdem ganz den Eindruck machte, als würde sie jeden Schritt gegen ihren Willen tun; und schließlich ein Mensch in der dunklen Kleidung eines Waldläufers, der sowohl die eigenen Waffen als auch die der Orks trug.

Indem sie dem Fluss folgten, stießen die unfreiwilligen Gefährten weiter nach Süden vor. Noch immer befanden sie sich in den Ausläufern des Scharfgebirges, die sich jedoch mehr und mehr im flachen Land verloren. Bald erstreckte sich zu ihrer Rechten die endlos weite Ebene von Scaria, links von ihnen befanden sich die Hügel, jenseits derer der Herrschaftsbereich der Menschen begann. Sie selbst befanden sich jedoch dazwischen, im Niemandsland, in dem es weder Recht noch Gesetz gab und wo sich zwielichtige Gestalten herumtrieben und wilde Bestien hausten. Und inmitten dieses Niemandslandes, weit im Süden, erstreckte sich der Wald von Trowna und bildete einen unüberwindlichen dunklen Wall, der das Elfenreich vom Rest der Welt trennte.

Einst, das wusste Rammar, hatte das Reich der Elfen fast ganz Erdwelt umfasst, vom Ozean im Süden bis ins raue Nordland, von den Hügeln des Ostens bis an die Hänge des Schwarzgebirges. Nur die Modermark hatte ihnen nie gehört, und darauf war der untersetzte Ork stolz – es war das letzte bisschen Stolz, das ihm noch geblieben war in der entwürdigenden Lage, in der Balbok und er sich befanden.

Rücken an Rücken aneinander gefesselt, hatten sie anfangs

noch versucht, seitlich zu gehen. Da sich Rammar und sein Bruder jedoch in Körpergröße und Statur grundlegend unterschieden, hatten sie dabei einen bizarren Tanz aufführen müssen, und Balboks schlaksige und Rammars kurze, krumme Beine hatten sich mehrmals ineinander verhakt, sodass die Brüder dann jedes Mal der Länge nach hingeschlagen waren – sehr zur Erheiterung des Kopfgeldjägers.

Daraufhin hatten sie sich für eine andere Technik entschieden: Jeweils nur einer von ihnen ging und trug den anderen dabei Huckepack. Allerdings wollte auch das nicht recht funktionieren; wegen Rammars beträchtlichem Gewicht konnte Balbok immer nur kurze Strecken zurücklegen, ehe sein Bruder ihn wieder ablösen musste. Und da sich Balbok zu allem Überfluss weiterhin weigerte, die schwere Standarte zurückzulassen, musste Rammar wohl oder übel beides schleppen, sowohl seinen Bruder als auch das verhasste Feldzeichen in dessen Klauen.

Es war ein mühsames Vorankommen, dennoch beschwerte sich Rammar nicht – jedenfalls nicht so laut, dass Corwyn ihn hören konnte. Der Kopfgeldjäger hatte bewiesen, dass ihm jede Menscherei zuzutrauen war. Mühsam hatten sie ihn überzeugen können, dass es besser war, sie am Leben zu lassen. Da wollte ihm weder Rammar noch sein Bruder einen Anlass geben, seine Meinung zu ändern.

Den ganzen Tag über marschierten sie und rasteten jeweils erst, wenn die Dämmerung hereinbrach und es wegen der vielen Gefahren, die im Niemandsland lauerten, zu riskant wurde, den Weg fortzusetzen. Rammar und Balbok mussten dann jedes Mal mit einem Platz abseits des Lagers vorlieb nehmen, wo Corwyn sie an einen Baum oder Felsen band. In einer Grube im Boden, damit man es aus der Ferne nicht sehen konnte, pflegte er anschließend ein Feuer zu machen, an dem die Elfin und er sich wärmten, während sie zu Abend aßen. Der Duft von geröstetem Fleisch zog dann herüber und brachte die Orks fast um den Verstand.

Am vierten Tag ihrer Reise konnte sich Rammar nicht mehr zurückhalten. »He, Kopfgeldjäger!«, rief er, als Corwyn und Alannah am Feuer saßen und aßen. »He, Kopfgeldjääägaaaaar!«

»Dämliche Kreatur!«, kam es barsch zurück. »Was fällt dir ein, so herumzubrüllen? Willst du die Trolle auf uns hetzen? In dieser Gegend sollen sie besonders zahlreich sein.«

»Warum nicht?«, erwiderte Rammar entrüstet. »Von einem Troll zerfetzt zu werden oder dein Gefangener zu sein, das kommt für uns aufs Gleiche hinaus – es ginge nur schneller.«

Corwyn grinste ihn frech an. »Was willst du? Ich habe euch am Leben gelassen, oder nicht?«

»Das hast du. Die Frage ist nur, wie lange wir noch am Leben bleiben, wenn das so weitergeht.«

»Was denn?« Das Grinsen des Menschen wurde noch breiter, noch gehässiger. »Gefällt es euch etwa nicht, wie ich euch behandle?«

»Allerdings nicht. Den ganzen Tag sind wir gefesselt und können uns kaum bewegen …«

»Marschieren könnt ihr, das genügt. Ich an deiner Stelle würde lieber still sein und keine große Lippe riskieren, nach allem, was ihr auf dem Kerbholz habt.«

»Was wir auf dem Kerbholz haben?« Rammar schnappte nach Luft. »Wir sind es gewesen, die dir gesagt haben, was es mit dem Elfenweib auf sich hat! Wir ganz allein! Du wärst sonst ihrer Lügengeschichte aufgesessen.«

»Blödsinn.«

»Das ist kein Blödsinn, und das weißt du. Aber anstatt *sie* zu fesseln, lässt du sie frei herumlaufen, und uns hältst du gefangen. Hör auf meine Worte, Kopfgeldjäger: Sie wird dich hintergehen, genau wie sie uns hintergangen hat.«

Corwyn warf Alannah, die neben ihm am Feuer saß und wieder einmal ausdruckslos in die Flammen starrte, einen beiläufigen Blick zu. »Nein«, war er überzeugt, »das wird sie nicht.«

»Was macht dich da so sicher?«

»Ganz einfach, Ork – weil sie im Gegensatz zu dir und deinem verlausten Bruder ein empfindendes, denkendes Wesen ist. Und weil sie erfahren will, ob das Geheimnis, das sie ein Leben lang gehütet hat, das wirklich wert war.«

Rammar seufzte. Es gab für ihn kaum eine Rasse, die so kompliziert und undurchschaubar war wie diese Menschen.

Übertroffen wurden sie nur noch von den Elfen, diesen verschlagenen, hinterhältigen Kreaturen, die nie klar und für jeden verständlich sagen konnten, was sie meinten, und sich stattdessen in vagen Andeutungen ergingen. Rammar hatte viel von ihnen gehört, und nun, da er es mit einer leibhaftigen Vertreterin dieser Rasse zu tun hatte, erkannte er, dass alles – aber auch wirklich alles! –, was man im *bolboug* über Elfen erzählte, zutraf.

Schon ihre geschwollene Art sich auszudrücken ... Orks waren da ganz anders: Was ihnen in den Sinn kam, das sagten sie auch, und wenn sie auf jemanden wütend waren, dann bekam der das auch zu spüren. Das war stets schmerzhaft und manchmal auch tödlich – aber es war ehrlich. Die Elfen hingegen, die ständig von Wahrhaftigkeit faselten, schienen es damit selbst nicht so genau zu nehmen. Alannah hatte sie eiskalt belogen, und das nicht nur einmal. Dabei hatte es eine Zeit gegeben – Rammar schalt sich deswegen selbst einen Narren –, da hatte er sie ganz sympathisch gefunden.

Das war gewesen, als sie sich dafür bedankt hatte, dass er ihr das Leben gerettet hatte. Ein Ork hätte so etwas nie getan, doch irgendwie hatte es Rammar gefallen. Aber die Elfin hatte ihn nur getäuscht, und nun zeigte sie schon wieder ein anderes ihrer vielen Gesichter. Statt dem Kopfgeldjäger gram zu sein, weil er sie erpresste und zwang, ihr Geheimnis preiszugeben, hatte sie sich mit ihm verbündet.

Warum?

Was sollte das?

Was war da zwischen dem Menschen und der Elfin, dass sie so gut miteinander auskamen, obwohl sie einander eigentlich hassen mussten? So sehr Rammar die wenigen grauen Zellen seines Orkhirns auch bemühte, er kam nicht darauf. Irgendetwas schien Corwyn richtig zu machen, das Balbok und er falsch gemacht hatten. Aber was?

»Kopfgeldjäger«, knurrte Rammar resigniert, »wenn du uns schon nicht losbinden willst, dann gib uns wenigstens was zu essen. Mein Bruder und ich sind halb verhungert.«

»Ihr bekommt zu essen, wenn wir am Ziel sind!«, lautete die barsche Antwort. »Vorher nicht!«

»Aber das kann noch Tage dauern.«
»Das kommt ganz darauf an, wie schnell ihr marschiert.«
»Aber ...« Rammar wollte erneut widersprechen, doch ein Argument fiel ihm nicht mehr ein.
»Das ist dumm von dir«, sprang Balbok für ihn in die Bresche.
»Was?«, fragte Corwyn gereizt.
»Es ist dumm von dir, uns hungern zu lassen«, erklärte der hagere Ork, der in den letzten Tagen noch dürrer geworden war. »Schließlich sollen wir für dich den Schatz aus der Verborgenen Stadt tragen. Wie sollen wir das schaffen, wenn wir uns vor Schwäche kaum auf den Beinen halten können?«
»Jawohl, wie sollen wir das schaffen, wenn wir uns vor Schwäche kaum auf den Beinen ha...«, stimmte Rammar lauthals zu, bis ihm klar wurde, dass nun er es war, der sich als lebendes Echo betätigte. »Ich meine: Mein Bruder hat Recht. Gib uns etwas zu essen, Kopfgeldjäger, sonst wird es dein eigener Schaden sein.«
Corwyn knurrte und murmelte dann: »Na schön, von mir aus.« Er warf den Orks einen Brocken Fleisch hin. Erst am Vortag hatte er einen Hasen erlegt, dies war eine der Keulen.
Heißhungrig wollten Rammar und Balbok darüber herfallen. Sie waren jedoch an den Baum gebunden, und als ihre Mäuler gierig nach der Hasenkeule schnappten, schlugen ihre Köpfe mit einem dumpfen Krachen gegeneinander.
»Au!«, schrie Rammar wütend. »Verdammter *umbal*! Wer hat dir erlaubt, vor deinem älteren Bruder zuzubeißen?«
»Aber ich habe Hunger!«
»Das ist kein Grund, so gierig zu sein!«
»Außerdem war ich es, der dem Kopfgeldjäger das Fleisch abgeschwatzt hat.«
»Na und? Was habe ich nicht schon alles für uns herausgeschunden! Und musstest du dabei jemals zurückstehen?«
»Allerdings. Wenn ich nur an das Dörrfleisch denke ...«
»Na schön, aber diesmal wollte ich ehrlich mit dir teilen.«
Erneut schnappte Rammar nach dem Fleisch – und musste feststellen, dass er an die Hasenkeule nicht herankam. Seine

Zähne schlugen aufeinander und bissen ins Leere, und auch Balbok, von dessen Lefzen bereits der Geifer tropfte, konnte das Fleisch nicht erreichen.

»Das haben wir nun davon«, jammerte er. »Jetzt wird keiner von uns satt.«

»Das wollen wir erst mal sehen«, schnauzte Rammar. »He, Kopfgeldjäger! Das hast du mit Absicht getan, nicht wahr? Es macht dir Spaß, uns zu quälen.«

Corwyn grinste breit. »Ihr wolltet was zu essen, und das da ist was zu essen. Also beschwert euch nicht.«

»Aber wir kommen nicht ran.«

»Das ist euer Problem, nicht meins.«

Rammar verfiel in wüste orkische Verwünschungen, während Balbok zu jaulen begann wie ein geprügelter Hund – ein knurrender Magen kann selbst den hart gesottensten Orkkrieger in tiefste Verzweiflung stürzen, und es gibt nicht wenige, die sich in ähnlichen Situationen schon den eigenen Arm oder das Bein abgefressen haben.

Es war Alannah, die das Gezeter der Orks schließlich nicht mehr mit anhören konnte. Entnervt stand sie auf und ging zu ihnen, hob die Hasenkeule auf und hielt sie den beiden so hin, dass sie davon abbeißen konnten.

»Was soll das?«, rief der Kopfgeldjäger, wütend und erstaunt zugleich.

»Wenn du sie auf diese Weise quälst, Corwyn, bist du nicht besser als sie. Ich tue das nicht für sie, sondern für dich.«

»Wie freundlich von dir«, höhnte der Kopfgeldjäger. »Aber diese Kreaturen verdienen dein Mitgefühl nicht. Schon in Kürze werden sie vergessen haben, dass du gut zu ihnen warst, und bei der erstbesten Gelegenheit werden sie dich verraten. Ihre Sprache kennt das Wort ›Dank‹ nicht einmal. Ist es nicht so?«

»Natürlich nicht«, schmatzte Rammar, der die Frage reichlich seltsam fand. »Für derlei Blödsinn haben wir in unserer Sprache keine Verwendung.«

Corwyn sah Alannah mit blitzenden Augen an. »Was habe ich gesagt?«

»Dafür kennen wir zehn verschiedene Ausdrücke für ›Jemandem den Schädel einschlagen‹«, verteidigte Balbok die ork'sche Sprache, und er klang sehr stolz dabei.

»So ist es«, stimmte Rammar zu. »Die Kultur der Orks ist höher entwickelt, als ihr glaubt. Wir kennen zig verschiedene Worte für den Tod, je nachdem, auf welche Weise jemand in Kuruls Grube stürzt. Und wir haben sogar mehrere Worte für das Furzen. Was einen quält, wenn man zu viel Blutbier getrunken hat, nennt man *pochga*. Wenn man dagegen Blähungen vom langen Marschieren hat ...«

»Hör schon auf, das ist ja widerlich!«, rief Alannah – und nach einer kurzen Pause betretenen Schweigens brachen alle in Gelächter aus: Corwyn lachte ein derbes, höhnisches Lachen, Alannah kicherte verlegen, und die Orks ließen ein nervöses, nicht ganz echt klingendes Geschnatter hören.

Es war ein kurzer Moment der Einigkeit, ehe sie wieder zu Feinden wurden und zu dem, wozu das Schicksal einen jeden von ihnen gemacht hatte:

Ein mit Rachsucht erfüllter Kopfgeldjäger, den seine Gier nach Süden trieb.

Eine Elfin auf der Suche nach Wahrheit und auf der Flucht vor ihrer Bestimmung.

Und zwei Orks, die eigentlich nur nach Hause wollten, zurück in den vertrauten Gestank ihrer Höhle.

Ihr Marsch führte sie weiter nach Süden.

Wo sich die letzten Ausläufer des Scharfgebirges in der weiten Ebene von Scaria verloren und sich der Eisfluss in mehrere Arme verzweigte, die seichter waren und weniger wild als sein ungestümer Oberlauf, ließ Corwyn die Gruppe rasten. Rammar, der Balbok einmal mehr auf dem Rücken hatte schleppen müssen – mitsamt der Standarte, die der hagere Ork noch immer krampfhaft umklammerte –, war völlig erschöpft und sank stöhnend nieder. Alannah, der auch Märsche über weite Strecken nichts auszumachen schienen, setzte sich auf einen Felsblock und ließ ihren Blick über das weite Land schweifen, das sich im Süden erstreckte.

Nur an den Ausläufern des Gebirges, die die Ebene hier und dort noch mit grauem Fels durchbrachen, gab es Bäume; nach Süden hin verlor sich die Vegetation zusehends, und schließlich wuchsen dort nur noch braune Grasbüschel und dunkles Gestrüpp. Und jenseits der Steppe, mit bloßem Auge kaum zu erkennen, trennte ein dunkler Strich am Horizont den bewölkten Himmel und die karge Landschaft.

Der Wald von Trowna ...

»Endlich«, stöhnte Rammar. »Nun ist es nicht mehr weit.«

»Täusche dich nicht, Ork«, sagte Alannah zu ihm. »Deinen Augen darfst du nicht trauen, denn in der Ebene von Scaria sind Entfernungen unmöglich zu schätzen. Bis zum Waldrand sind es drei bis vier Tagesmärsche.«

Der Ork seufzte und schüttelte den Kopf. »Das überlebe ich nicht. Kopfgeldjäger, wenn du tatsächlich willst, dass ich danach noch deinen Schatz schleppe, wirst du meinen Bruder und mich voneinander losbinden müssen.«

Corwyn hatte sich am nahen Flussufer bäuchlings auf den Boden gelegt, um einige Schlucke von dem kühlen Nass zu trinken. Nun erhob er sich und schaute in Rammars Richtung. »Gut, Fettsack – ich binde euch los.«

»Du – du bindest uns los?« Rammars Schweinsäuglein blitzten. »Dann – dann – dann lässt du uns laufen?«

»Von Laufenlassen habe ich nichts gesagt. Nein, dein Bruder und du, ihr werdet uns ein Floß bauen, auf dem wir die Reise fortsetzen werden. Hier im Süden gibt es keine Strudel und gefährliche Strömungen, sodass wir es wagen können, den Fluss zu befahren.«

»Ein Floß?«, rief Balbok mit schriller Stimme. Wusste der Mensch denn nicht, dass Orks Wasser hassten und sich lieber die Beine abhacken, als schwankende Planken zu betreten?

»Uns soll es recht sein, Kopfgeldjäger«, beeilte sich Rammar zu versichern.

»Aber Rammar!«, beschwerte sich Balbok. »Wir sind Orks und keine Matrosen!«

»Und ich bin dein Bruder und nicht dein Träger«, konterte Rammar. »Es wird gemacht, was der Mensch sagt, verstanden? Und wenn er will, dass wir ein Floß bauen, dann bauen wir ein Floß!«

»Also ... also gut«, murrte Balbok. »Da ist nur eine Sache, Rammar ...«

»Ja?«

Balbok schaute seinen Bruder verständnislos an. »Wir wissen doch gar nicht, wie man ein Floß ...«

»Hebt euch euer geistloses Geschwätz für später auf«, sagte Alannah plötzlich und sprang von ihrem Fels auf. »Wir bekommen Gesellschaft.«

»Gesellschaft?« Balbok schnüffelte. »Wer ...? Was ...?«

»Zwerge«, sagte Rammar nur.

»Was denn?« Balbok schnüffelte noch einmal. »Kannst du sie riechen? Ich dachte, du ...«

»Nein, Schmalhirn. Ich kann sie *sehen* – dort!«

Balbok blickte in die Richtung, in die sein Bruder mit einem Kopfnicken deutete, und sah die vier Boote, die aus Richtung der Berge um die von Felsen gesäumte Flussbiegung kamen. Die Boote waren aus Eichenholz und hatten Galionsfiguren an Bug und Heck, denen des Eisseglers nicht unähnlich. In den Booten saßen gedrungene bärtige Gestalten in Kettenhemden, die die Ruder gleichmäßig hoben und senkten. Und am Heck des vordersten Bootes stand – Rammar und Balbok trauten ihren Augen nicht – kein anderer als Orthmar von Bruchstein, des Orthwins Sohn!

»Wir sollten verschwinden!«, sagte Rammar.

»Zu spät«, knurrte der Kopfgeldjäger. »Sie haben uns gesehen. Wenn wir jetzt die Flucht ergreifen, machen wir uns verdächtig. Wenn sie uns dann über Land verfolgen, holen sie uns bald ein, denn du und dein Bruder seid nicht schnell genug.« Er wandte den Kopf und sah Rammar an. »Es sei denn, die Elfin und ich lassen euch hier zurück.«

»Nein, das besser nicht«, sagte Rammar hastig. Lieber blieb er ein Gefangener des Menschen, als in die Gewalt der grimmigen Bartträger zu geraten.

Schon hatte das erste Boot das Ufer erreicht, und Orthmar sprang an Land. Das Wenige, das Helm und Bart von seinem

Gesicht freiließen, war grimmig verkniffen, die Augen des Zwergenführers loderten in stillem Zorn.

Auch Corwyn schien über das Auftauchen der Zwerge nicht sonderlich glücklich zu sein. Er bedeutete Alannah mit einem knappen Handzeichen, das Reden ihm zu überlassen, und trat den Zwergen entgegen, die Hand am Griff seines Schwerts.

»Guten Tag, ehrbare Bürger des Zwergenreichs«, grüßte er. »Was führt Euch in diese entlegene Gegend?«

»Dasselbe könnten wir dich fragen, Mensch«, gab Orthmar barsch zurück. »Außerdem wüsste ich nicht, was an diesem Tag oder irgendeinem anderen gut sein sollte.«

»Ihr scheint Kummer zu haben«, stellte Corwyn fest.

»Kummer?« Der Zwerg lachte grollend. »Ihr Menschen habt die seltsame Neigung, stets zu untertreiben. Große Sorge plagt mich, Mensch. Ein Geschäft, das ich oben im Norden laufen hatte, wurde mir zunichte gemacht, sodass ich mich mit meinen Leute nach Süden wenden musste.«

Rammar und Balbok wussten sofort Bescheid, und keinem von ihnen gelang es, sich das Grinsen zu verkneifen. Mit dem »zunichte gemachten Geschäft« war mit Sicherheit die Waffenlieferung an die Eisbarbaren gemeint. Und so war es tatsächlich: Da der Berserkerhäuptling und seine Mannschaft nicht mehr unter den Lebenden weilten, hatten sie Orthmars Auftraggeber, den menschlichen Waffenhändler Muril Ganzwar, nicht mehr bezahlen können, und dafür, dass er sein Geld nicht erhalten hatte, machte dieser die Zwerge verantwortlich. Schuldeneintreiber, in Ganzwars Auftrag, waren ihnen auf den Fersen, die den ausstehenden Betrag von ihnen einkassieren sollten. Daher Orthmars schlechte Laune …

»Wenn der wüsste«, raunte Balbok, der sich etwas in dieser Art zusammenreimen konnte, seinem Bruder zu.

»Und du, Mensch?«, wandte sich der Zwergenführer an Corwyn. »Was hat dich hierher verschlagen? Wir Zwerge mögen es nicht, wenn sich Fremde in unserem Land herumtreiben.«

»Mit Verlaub, Herr Zwerg – dies ist nicht Euer Land.«

»Aber es hat uns einst gehört, und es wird uns auch wieder

gehören, so wahr ich Orthmar von Bruchstein bin, des Orthwins Sohn.«

»*Ihr* seid Orthmar?« Die Gesichtsfarbe des Kopfgeldjägers wurde um ein paar Nuancen blasser.

»So ist es. Habt Ihr von mir gehört?«

»Beiläufig«, murmelte Corwyn mit einem Seitenblick auf die Zwergenkrieger, die inzwischen an Land gegangen waren und sich zu ihrem Anführer gesellten. Alle sahen sie ziemlich heruntergekommen aus, aber der grimmige Ausdruck in ihren Gesichtern verriet, dass mit ihnen nicht zu spaßen war.

»Nur Gutes, will ich hoffen.«

»Natürlich.« Der Kopfgeldjäger deutete eine Verbeugung an. »Die Taten Orthmars von Bruchstein werden in den Tavernen des Ostens laut gerühmt.«

»Nun hör dir diesen Heuchler an«, flüsterte Rammar seinem Bruder zu. »Wenn der Kopfgeldjäger mal nicht der Stärkere ist, windet er sich wie ein Schlammwurm. Irgendwas hat er ausgefressen.«

»Meinst du?«

»Vertrau mir. Bei *solchen* Dingen funktioniert mein Riecher ganz ausgezeichnet …«

Die letzten Worte hatte er ein wenig zu laut gesprochen, denn Orthmar wurde auf die beiden Brüder aufmerksam. Die Augen des Zwergenführers weiteten sich, als er die Orks erblickte.

»Natürlich«, knurrte Orthmar. »Ich hätte mir denken können, dass ein solcher Gestank nicht natürlichen Ursprungs ist.«

Seine reich verzierte Zwergenaxt in der Hand, stapfte er auf die beiden Gefesselten zu und schnupperte. »Seltsam«, knurrte er. »Ich könnte schwören, dass ich diesen Geruch schon mal in der Nase hatte. Ich frage mich nur, wo das gewesen sein könnte.«

»Das kann unmöglich sein«, beeilte sich Rammar zu versichern. »Wir sind uns noch nie begegnet.«

»Natürlich nicht, sonst hätte meine Axt dir schon längst deinen hässlichen Schädel gespalten. Trotzdem kommt mir dein Gestank bekannt vor. Wo kommt ihr her?«

»Der Kopfgeldjäger hat uns oben am Eisfluss gefangen«, sagte Rammar schnell.

»Kopfgeldjäger?« Orthmar drehte sich nach Corwyn um.

»Das – das ist mein Beruf«, gestand dieser ein wenig widerstrebend.

»Wie ist dein Name?«

»Leander Orktöter, wenn's beliebt.« Corwyn verbeugte sich abermals.

Im Gesicht des Zwergs zeigte sich keine Regung. Rammar aber triumphierte innerlich. Der Kopfgeldjäger schien tatsächlich etwas ausgefressen zu haben. Etwas, das mit den Zwergen zu tun hatte. Welchen Grund konnte er sonst haben, einen falschen Namen zu nennen?

»Und du?«, wandte sich Orthmar an Alannah. »Wer bist du, wenn ich fragen darf?«

»Mein Name ist Alannah, und ich bin von elfischem Geblüt«, kam die Antwort voller Stolz. »Das sollte Euch genügen, Herr Zwerg.«

»Bah!« Orthmar spuckte aus, wobei die Hälfte davon in seinem Bart hängen blieb. »Je weniger es von eurer Sorte gibt, desto eingebildeter werdet ihr. Es ist kaum zu glauben, dass unsere Völker einst gemeinsam in den Krieg zogen.«

»Seid versichert«, sagte Alannah mit Blick auf den Speichel in seinem Bart, »dass es auch mir ziemlich schwer fällt, dies zu glauben.«

Der Zwergenführer lachte daraufhin. Dann grölte er: »Ein Kopfgeldjäger, eine Elfin und zwei gefangene Orks. Was soll ich davon halten?«

»Macht Euch über uns keine Gedanken, Herr Zwerg«, sagte Corwyn schnell. »Wir sind nur Wanderer auf der Durchreise, die hier ihr Nachtlager aufschlagen wollen. Schon morgen werden wir diese Gegend verlassen und weiter nach Süden ziehen.«

»Nach Süden, was?« Die Augen des Zwergenführers zuckten in ihren Höhlen umher, während er beiläufig mal hierhin und mal dorthin blickte. Mit Unbehagen begriff Rammar, dass er damit seine Leute dirigierte, die sie langsam einkreisten. Corwyn jedoch schien es nicht zu bemerken.

»Weißt du, Kopfgeldjäger«, sagte der Zwerg an Corwyn gewandt, »ich habe den Eindruck, dass du mir nicht die Wahrheit sagst. Wie ihr sicher wisst, hat mein Volk ein gewisses Talent dafür, das Verborgene hinter dem Offensichtlichen zu entdecken. Wäre es anders, wäre es uns nie gelungen, der tiefen Erde ihre Schätze zu entreißen.«

»Das glaube ich gern«, erwiderte Corwyn, und er wurde sichtlich nervös. »Dennoch wüsste ich nicht, was ...«

»Aber ich kann es dir sagen, Zwerg!«, hörte sich Rammar plötzlich rufen, noch ehe er darüber nachdenken konnte, was er da eigentlich tat. Sein Instinkt witterte eine Möglichkeit, die Freiheit zurückzuerlangen, und diese einmalige Gelegenheit wollte er nicht ungenutzt verstreichen lassen.

»Was?« Orthmar fuhr herum. In seinen Augen schien ein Feuerwerk abzubrennen. »Was kannst du mir sagen, Missgeburt?«

»Der Kopfgeldjäger belügt dich, Zwerg!«, verkündete Rammar laut und vernehmlich. »Er hat dir einen falschen Namen genannt, weil er etwas vor dir zu verbergen hat.«

»So?«

»Hört nicht auf ihn«, sagte Corwyn hastig. »Er ist nur ein rachsüchtiger fetter Unhold. Und du, Ork, halt gefälligst den Rand, oder ich stopfe dir dein hässliches Maul mit deinen eigenen Gedärmen! Hast du verstanden?«

»Verstanden hab ich dich, Mensch, aber schweigen werd ich deshalb nicht«, erwiderte Rammar genüsslich. »Der Zwerg soll die Wahrheit erfahren.«

»Die Wahrheit?«, fragte Orthmar. »Und was ist die Wahrheit?«

»Die werde ich dir verraten, wenn du versprichst, meinen Bruder und mich laufen zu lassen.«

»Von mir aus.« Der Zwergenführer lachte in seinen langen Bart. »Lasse ich euch eben laufen. Weit werdet ihr in diesem Landstrich ohnehin nicht kommen. Wir sind nicht die einzigen Zwerge in dieser Gegend.«

»Und wir wollen die Elfin«, fügte Rammar mit listigem Augenblitzen hinzu.

»Das kommt nicht infrage!«, riefen Corwyn und Alannah wie aus einem Mund – und allein das genügte, um Orthmar auch in diese Forderung einwilligen zu lassen.

»Warum nicht?«, antwortete er mit verschmitztem Grinsen. »Ich bin sicher, eine hohe Dame des Elfenreichs wird die Gesellschaft zweier Orks durchaus zu schätzen wissen.«

»Abgemacht, Zwerg.« Rammar nickte. »Also – schneide uns los, dann werden wir dir verraten, wer dieser da ist und was ihn in diese Gegend treibt.«

»Nein!«, rief Alannah, ihren flehenden Blick auf den dicken Ork gerichtet. »Tu es nicht, Rammar!«

»Sieh an, jetzt kennst du plötzlich meinen Namen«, beschwerte sich Rammar. »Vorhin war ich nur ein hässlicher Unhold für dich. Wie rasch sich die Dinge ändern, nicht wahr?«

Mit einem Wink bedeutete Orthmar seinen Leuten, die Orks von ihren Fesseln zu befreien. »Also, Ork«, forderte er dann. »Nun verrate mir, was es mit dem Kopfgeldjäger auf sich hat.«

»Nichts lieber als das.« Rammar grinste, als seine Fesseln fielen. »Sein wirklicher Name ist Corwyn, und in Wahrheit ist er längst nicht so harmlos, wie er tut, sondern ein brutaler, grausamer Kerl.«

»Wusste ich's doch!«, rief Orthmar, und blanker Hass loderte in seinen Augen. »Corwyn der Kopfgeldjäger!« Grimmig starrte er den Menschen an. »Was für eine Fügung des Schicksals, ausgerechnet dir hier zu begegnen!«

»Du kennst ihn?«, fragte Balbok verblüfft.

»Allerdings«, bestätigte Orthmar, und noch ehe Corwyn reagieren konnte, war er von Zwergenkriegern mit drohend erhobenen Äxten umringt. »Wage es nicht, einen Fluchtversuch zu unternehmen«, grollte Orthmar. »Meine Leute mögen zu klein sein, um dir den Kopf vom Rumpf zu schlagen, aber für deine Manneszier reicht es allemal.«

»Was hat Corwyn Euch getan?«, wollte Alannah wissen. »Ihr behandelt ihn wie einen Verbrecher.«

»Das ist er auch. Dieser da« – der kurze Zeigefinger des Zwergs wies anklagend auf Corwyn – »hat vor einem Jahr eines meiner Lager ausgeraubt und alle Waffen gestohlen, die er dort finden konnte. Zuvor hat er noch meine Tochter verführt, die ich dort als Wache zurückgelassen hatte.«

»*Was?*«, rief Alannah, und sie war sichtlich schockiert. Auch Rammar und Balbok tauschten einen verwunderten Blick – Zwergenfrauen waren nicht gerade für ihren Liebreiz bekannt.

»Das ist nicht wahr!«, erklärte Corwyn entschieden.

»Hundsfott, willst du es leugnen?«

»Die Waffen mag ich gestohlen haben, aber deine Tochter ist ein hässliches Weib, das so bärtig ist wie du. Sie hat dir eine faustdicke Lüge aufgetischt, um nicht zugeben zu müssen, dass sie bei der Wache eingeschlafen ist.«

»So, meine Tochter ist also hässlich?«, rief Orthmar erzürnt. »Nur weiter so, mein Freund. Dafür wirst du büßen, und zwar auf sehr, sehr grausame Weise, das kann ich dir versprechen. Und ihr beide« – damit wandte er sich an Rammar und Balbok – »nehmt die Elfin und verschwindet, aber sofort. Ich will eure hässlichen Visagen nicht länger sehen.«

»Aber mit dem größten Vergnügen«, versicherte Rammar, und während sein Bruder nach der Standarte griff, schnappte er sich Alannah, die sich heftig zur Wehr setzte. Nur nutzte ihr das nichts. Rammar warf sie sich kurzerhand über die Schulter, hielt sie fest und ignorierte ihre Fäuste, mit denen sie auf seinem Rücken herumtrommelte. »Es war schön, mit dir Geschäfte zu machen, Zwerg.«

»Ganz meinerseits, Ork«, erwiderte Orthmar, während sich die beiden Brüder bereits davonmachen wollten. »Nur eins verrate mir noch.«

»Ja?« Rammar blieb stehen.

»Wieso habe ich das Gefühl, euch beide zu kennen?«

Rammar machte ein langes Gesicht und tat, als würde er angestrengt nachdenken. »Weißt du was?«, sagte er dann. »Ich habe keine Ahnung.«

»Ich auch nicht«, fügte Balbok hinzu. »Am Nordwall sind wir nämlich nie gewesen.«

»So ist es«, bestätigte Rammar siegesgewiss, dann wandte er sich um und marschierte davon. Allerdings nur ein paar Schritte weit. Dann nämlich dämmerte ihm, was sein Bruder eben gesagt hatte.

»Einen Augenblick noch, Ork!«, rief Orthmar, und seine Stimme klang wie das Knurren eines Wolfes. »Woher wisst ihr, dass wir am Nordwall waren?«

»Wir … äh …«

»Jetzt können wir es euch ja sagen«, schnatterte Balbok drauflos. »Wir sind in zwei eurer Kisten gekrochen und haben uns von euch als blinde Passagiere durch den Berg bringen lassen. Ich kann euch sagen, das war ganz schön mies, weil ich nämlich nichts zu essen hatte und Rammar das ganze Dörrfleisch für sich allein … *Was denn?*«, fragte er, als er den mörderischen Blick seines Bruders bemerkte.

»Männer!«, brüllte in diesem Moment der Zwergenführer. »Ergreift sie! Fesselt sie und bringt sie zu mir!«

»A-aber …«, stammelte Balbok – da hatten die Zwerge sie bereits eingeholt und eingekreist.

»*Ihr* wart es!«, war Orthmar überzeugt. »Ihr habt mir mein Geschäft mit den Eisbarbaren zunichte gemacht! Ich weiß nicht, was ihr getan habt, aber von jenem Tage an, an dem ihr euch heimlich von uns durch den Berg habt schaffen lassen, sind die Eisbarbaren am Nordwall nie wieder aufgetaucht. Und mir gab man die Schuld für das geplatzte Geschäft! Oh, ich werde mir für euch eine Todesart ausdenken, die so grausam ist, dass sie … dass sie …« – ihm fehlten die Worte, um es zu beschreiben – »… dass sie einfach nur als grausam zu bezeichnen ist«, vollendete er schließlich. »Aus eurem Haar werde ich Taue flechten, aus eurer Haut mir einen neuen Gürtel machen, und eure Zähne werde ich an einer Kette um den Hals tragen – so wahr ich Orthmar von Bruchstein bin, des Orthwins Sohn!«

Inzwischen waren die beiden Orks von den Zwergenkriegern überwältigt und verschnürt worden – in Balboks Fall zu einem handlichen und in Rammars zu einem weniger handlichen Bündel. Es bedurfte der vereinten Kräfte von vier Zwergen, Letzteren zu Orthmar zurückzuschleppen. Dabei schimpfte und zeterte Rammar in einem fort, sich der Sprache der Orks bedienend.

»Warum hat Kurul mir ausgerechnet einen Bruder wie dich ans Bein gekettet? Was habe ich nur verbrochen? Bin ich denn nett und freundlich, dass Kurul mich derart strafen muss?«

»Was denn, Ork?«, fragte Alannah gehässig, die jedes Wort verstand. »Bist du mit deinem Schicksal unzufrieden? Das kommt davon, wenn man zu viel will.«

»Zu viel? Alles, was ich will, ist zurück nach Hause!«

»Genau wie ich«, erwiderte Alannah. »Doch habe ich das Gefühl, dass ich meinem Ziel gerade ein Stück näher gekommen bin – während die Reise für deinen Bruder und dich hier endet. Ich werde den Zwergen eine hohe Belohnung versprechen, damit sie mich nach Tirgas Dun bringen. Sie sind Schmuggler, und für Gold tun sie so ziemlich alles. Ihr beide hingegen solltet euch bereit machen, eurem Kurul gegenüberzutreten – und macht euch auf etwas gefasst, denn er soll ziemlich hässlich sein.«

Damit stimmte sie ihr silberhelles Lachen an, Rammar war es, es müsse er jeden Moment platzen; er fühlte sich von allen verraten.

Seine Gedanken jagten sich. Er musste etwas unternehmen, sonst würde er nicht mehr lange genug leben, um Balbok für diese unsägliche Dummheit den Kopf von den Schultern reißen zu können. Und zumindest dies wollte Rammar noch tun, ehe er in Kuruls dunkle Grube stürzte. Und vielleicht auch noch ein bisschen mehr.

»Hör mich an, großer Zwergenführer!«, rief er laut. »Ich muss dir noch etwas sagen. Etwas, das dich über Nacht zum reichsten Zwerg von ganz Erdwelt machen wird!«

»Nein!«, riefen Alannah und Corwyn erneut wie aus einem Mund, denn natürlich ahnten sie, was Rammar vorhatte.

»Was war das?« Orthmar starrte den Ork an, in seinen Augen das Blitzen unverhohlener Gier.

»Ich weiß von einem Schatz«, verkündete Rammar. »Von einem Schatz von unermesslichem Wert!«

»Natürlich.« Der Zwerg spuckte aus. »Die üblichen Lügen eines Unholds, der versucht, seine Haut zu retten.«

»Nein, ich sage die Wahrheit«, beteuerte Rammar. »Dieser

da« – er deutete mit einem Kopfnicken in Corwyns Richtung – »trieb sich nicht zufällig in dieser Gegend herum. Er war auf dem Weg nach Trowna, um den sagenumwobenen Schatz von Tirgas Lan zu heben.«

»Potztausend!«, polterte der Zwerg. »Dieser Schatz existiert nicht, ebenso wenig wie die Verborgene Stadt. Das ist nur ein Mythos, nichts weiter.«

»Da irrst du dich«, versicherte Rammar. »Ich kann dir sagen, wie du nach Tirgas Lan gelangen und dir den Schatz unter den Nagel reißen kannst. Aber im Gegenzug musst du versprechen, mich freizulassen.«

Des Orthwins Sohn dachte einen Augenblick lang nach. Dann kam er zu dem Schluss, dass er nichts zu verlieren hatte. »Also gut«, erklärte er sich bereit. »Spuck aus, was du weißt, Ork, dann werde ich dein lausiges Leben schonen. Kennst du etwa den Weg nach Tirgas Lan?«

Rammar schüttelte den Kopf. »Ich nicht – aber die Elfin kennt ihn! Sie ist keine andere als die Hohepriesterin von Shakara, deren Aufgabe es war, das Geheimnis der Verborgenen Stadt zu bewahren.«

»Ist das wahr?«, wandte sich Orthmar an Alannah.

»Und wenn?«, erwiderte sie kühl.

»Du solltest keine Spielchen mit mir treiben, Elfin! Das ist schon ganz anderen schlecht bekommen. Ich frage dich also: Weißt du, wo die Verborgene Stadt zu finden ist?«

»Ja«, gestand sie resignierend. »Und?«

»Nun, da unser Freund, der Kopfgeldjäger, nicht mehr allzu lange unter den Lebenden weilt, hat er keine Verwendung mehr für den Schatz. Mich hingegen würde der Zaster auf einen Schlag von allen Sorgen befreien.«

»Würdet Ihr Euch im Gegenzug auch bereit erklären, mich nach Tirgas Dun zu bringen?«

»An jeden Ort der Welt«, versicherte der Zwerg beflissen.

»Also gut«, seufzte Alannah zu Rammars Entzücken, »der Handel gilt.«

»Nein!«, rief Corwyn. »Das darfst du nicht tun!«

»Und warum nicht, Kopfgeldjäger?«, wollte sie wissen.

»Weil du versprochen hast, *mich* zu der Verborgenen Stadt zu führen. Und weil *ich* dich zu deinen Leuten nach Tirgas Dun bringen sollte.«
»Das können die Zwerge ebenso gut. Nicht wahr, Orthmar, des Orthwins Sohn?«
»Aber mit dem größten Vergnügen.« Der Zwerg verbeugte sich grinsend.
»Aber du kannst ihm nicht trauen!«, warnte Corwyn. »Er ist ein Schmuggler und Halsabschneider!«
»Und du ein Kopfgeldjäger.« Sie zuckte mit den Schultern. »Ehrlich gesagt, ich sehe keinen großen Unterschied.«
»Verräterin!«, brüllte Corwyn.
Sie schüttelte den Kopf. »Ich wüsste nicht, dass wir einen Vertrag geschlossen hätten, an den ich mich halten müsste.« Sie schaute wieder Orthmar an. »Der Handel gilt, Herr Zwerg. Wir sind im Geschäft.«
»Ausgezeichnet«, meinte Orthmar und rieb sich die kurzfingrigen Hände. »Ganz ausgezeichnet!«
»Nun hast du, was du wolltest«, meinte Rammar. »Dann kannst du mich ja jetzt freilassen.«
»Das könnte ich.« Der Zwerg nickte. »Aber ich werde es nicht.«
»*Waaas?*« Rammars Stimme überschlug sich fast. »Warum nicht?«
»Weil du das Geheimnis der Elfin kennst. Das Risiko, dich am Leben zu lassen, wäre zu groß. Du und der andere Ork werdet bei Tagesanbruch hingerichtet, zusammen mit dem Kopfgeldjäger.«
»Aber ... du hast uns dein Wort gegeben!«
»Ein Wort, das einem Ork gegeben wird, ist nichts wert«, entgegnete Orthmar grinsend, dann wandte er sich an Alannah: »Und du, Elfin, sieh dich vor. Falls du vorhast, mich übers Ohr zu hauen, lass dir das eine Warnung sein. Ich verstehe keinen Spaß, wie du siehst.«
»Offensichtlich«, erwiderte die Elfin, und in ihren schmalen Augen funkelte es gefährlich ...

Rammar schwelgte in düstersten Gedanken. Es waren wüste Blutfantasien, in denen er seinem Bruder Balbok Todesarten angedeihen ließ, die so ausgefallen waren, dass Rammar über seinen eigenen Einfallsreichtum staunte.

»Rammar?«, flüsterte Balbok kleinlaut, der neben ihm im Gras lag, verschnürt wie sein Bruder und unfähig, sich zu rühren. Die Standarte steckte neben ihnen im kargen Boden; voller Hohn hatten die Zwerge sie dort hineingerammt. »Rammar, bist du mir noch böse?«

Rammar sagte keinen Ton, und für seinen Bruder war das noch schlimmer, als wenn er ihn mit den wüsten Beschimpfungen überhäuft hätte, wie er es sonst zu tun pflegte. Diesmal, das war Balbok klar, war Rammar *richtig* böse auf ihn. *Saobh* heißt das in der Orksprache – jener blindwütige Zustand, aus dem man normalerweise nur herausfindet, indem man jemandem den Schädel einschlägt. Und Balbok hatte eine ziemlich genaue Vorstellung davon, wer dieser Jemand sein würde, falls Rammar wieder freikam …

Abgesehen von den zwei Zwergenkriegern, die eingeteilt waren, um die gefangenen Orks und den Kopfgeldjäger zu bewachen – Corwyn lag unmittelbar neben Balbok und Rammar, gefesselt und verschnürt wie die Orks –, saß der Rest von Orthmars Haufen um ein großes Feuer, das die Zwerge entzündet hatten. Ihre gedrungenen Körper warfen verblüffend lange Schatten, während sie krügeweise Bier in sich hineinschütteten, um die für sie so glückliche Wendung der Dinge gebührend zu feiern.

Rammar und Balbok hatten richtig vermutet; dadurch, dass die Eisbarbaren die Waffenlieferung nicht bezahlt hatten, war Orthmar bei seinem Auftraggeber in Ungnade gefallen und wurde von dessen Geldeintreibern gejagt. Die Aussicht auf einen Schatz von unermesslichem Wert kam ihm da gerade recht. Und der Umstand, dass sie bei Sonnenaufgang drei ihrer Feinde in Kuruls Grube stürzen würden, war für die Zwerge ein zusätzlicher Grund für ein ausgelassenes Besäufnis.

»Trinkt und feiert, meine Freunde!«, hörte man Orthmar grölen. »Eine Nacht lang sitzen wir zu Gericht, wie es Sitte ist bei uns Zwergen – aber beim ersten Licht des Tages werden wir demonstrieren, wozu Zwergenäxte taugen!«

Er bediente sich der Menschensprache, damit die Gefangenen ihn auch verstanden. Rammar war nicht besonders erpicht darauf, dass man ihm bewies, wie scharf das Schneideblatt einer Zwergenaxt war. Corwyn hingegen schien seinem Schicksal gefasst entgegenzublicken.

»Was guckst du denn so, Orkfresse?«, fragte er, als Rammar zu ihm herüberschaute. »Hattest wohl noch nie das Vergnügen mit einer Zwergenaxt, wie?«

»Nein«, knurrte Rammar. »Und meiner Meinung nach kann das auch so bleiben.«

»Das hättest du dir überlegen sollen, bevor du uns alle ins Verderben geritten hast, elender Haderlump. Bis du dein loses Maul aufgerissen hast, hatte ich nämlich alles wunderbar im Griff.«

»Was du nicht sagst. Hast du nicht gemerkt, dass der Zwerg dir von Anfang an kein Wort geglaubt hat?«

»Natürlich habe ich das«, murrte Corwyn.

»Du bist ein Dieb!«, sagte Rammar und fletschte die Zähne.

»Und mich nennst du einen Lump?«

»Dieser Orthmar ist ein Schmuggler, ein ruchloser Kerl, der selbst unter Zwergen einen zweifelhaften Ruf genießt«, verteidigte sich Corwyn. »Was ich ihm abgenommen habe, hatte er zuvor anderen gestohlen.«

»Und seine Tochter?«

»Eine böswillige Unterstellung!«, behauptete Corwyn. »Aber ich bin dir keine Rechenschaft schuldig, Ork. Du hast schließlich *mich* verraten und nicht umgekehrt, und das, obwohl ich eure Leben geschont habe.«

»Das hast du – um uns Rücken an Rücken gefesselt durch die Lande zu hetzen.«

»Was denn? Habe ich es hier mit einem empfindlichen Ork zu tun? Das ist ja lächerlich!«

»Nicht lächerlicher als ein Kopfgeldjäger, der nicht über den Tod seiner Geliebten hinwegkommt.«

»Vorsicht«, warnte Corwyn. »Pass auf, was du sagst.«

»Wieso? Was willst du mir antun?« Rammar grinste ihn frech an. »Ob es dir gefällt oder nicht, Kopfgeldjäger, im Augenblick bist du nicht besser dran als wir. Der verbitterte Orktöter teilt sein Schicksal mit zwei Unholden. *Das* nenne ich lächerlich.«

»Da hat er Recht«, pflichtete ihm Balbok bei, in der Hoffnung, dass sein Bruder dann nicht mehr böse auf ihn war.

»Halt bloß die Klappe, du langes Elend!«, knurrte Corwyn. »Du magst nicht ganz so verschlagen sein wie dein fetter Bruder, dafür bist du so dämlich, wie die Nacht finster ist.«

»Hüte deine Zunge, bevor sie dir jemand aus dem Maul reißt!«, schnauzte Rammar. »Balbok ist mein Bruder und ein tapferer Krieger. Er ist eine Zier des Orkgeschlechts. Noch ein Wort von dir, und ich schlage dir die Zähne ein.«

»Wie denn, Fettsack? Du bist gefesselt, genau wie ich. Und selbst, wenn du nicht gefesselt wärst, du wärst wohl kaum in der Lage, mich zu kriegen, mit deinem dicken Wanst und deinen krummen, kleinen Beinen.«

»Na warte!«, schnaubte Rammar, für den damit die Grenze überschritten war. Blanker *saobh* schoss ihm in die Adern, und er wand sich wie von Sinnen in seinen Fesseln. »Das reicht jetzt!«, zeterte er. »Ich werde dir zeigen, was es heißt, Rammar den Rasenden zu beleidigen, du mieser, verkommener, hinterhältiger, bleichhäutiger, stinkender ...«

Er verstummte jäh, als die Fesseln auf einmal nachgaben. Verblüfft starrte Rammar auf seine Klauen, die er plötzlich heben konnte, da sie nicht mehr von Stricken gehalten wurden. In seinem Zorn war es ihm gelungen, diese zu zerreißen – was für ein Prachtbild von einem Ork er doch war!

»Sei still!«, raunte ihm jemand ins Ohr.

In den Augenwinkeln sah er eine helle Gestalt lautlos an sich vorbeihuschen, und im nächsten Moment registrierte er, dass auch Balbok und Corwyn nicht mehr gefesselt waren. Da erst begriff Rammar, dass es nicht der *saobh* gewesen war, der seine Fesseln gesprengt hatte, sondern dass sie schlicht und einfach durchschnitten worden waren – von keiner anderen als Alannah.

»Rasch!«, raunte die Elfin den drei Gefangenen zu. »Beeilt euch. Ich weiß nicht, wann die Wachen wieder zu sich kommen.«

»Die Wachen?« Verblüfft blickte sich Rammar um. Die Zwergenwachen waren verschwunden – erst bei näherem Hinsehen erkannte er, dass sie noch immer da waren. Allerdings lagen sie bewusstlos und jeder mit einer Beule an der Stirn im hohen Gras. Und der Rest des Zwergenhaufens, der drüben am Feuer feierte, kümmerte sich nicht um die Gefangenen; dort herrschte ein fröhliches Trinkgelage.

»Danke.« Corwyn bedachte die Elfin mit einem verwegenen Grinsen. »Das ist Rettung zur rechten Zeit.«

Sie erwiderte sein Grinsen mit einem Lächeln. »Freut mich, wenn ich helfen kann.«

»Ich dachte, wir hätten keinen Vertrag?«

»Haben wir auch nicht.« Sie zuckte mit den schmalen Schultern. »Aber ich suche mir meine Reisegesellschaft nun einmal gerne selbst aus.«

»Guter Standpunkt – aber warum hast du dann die beiden Orks befreit? Du hättest sie gefesselt lassen sollen, dann wären wir sie los.«

Alannah zwinkerte Rammar und Balbok zu. »Die beiden haben mir oben am Eisfluss das Leben gerettet. Ich stand in ihrer Schuld.«

Die Orks tauschten einen verwunderten Blick. Nein, Elfen würden sie wohl nie verstehen.

Rasch und so lautlos, wie es nur irgend ging, stahlen sie sich aus dem Lichtkreis des Feuers. Plötzlich, sie hatten die schützende Dunkelheit schon fast erreicht, machte Balbok noch einmal kehrt.

»Was ist?«, flüsterte Rammar.

»Ich habe was vergessen«, erwiderte Balbok und huschte in gebückter Haltung davon, zurück zu der Stelle, wo sie gefesselt im Gras gelegen hatten – und Rammar griff sich an die Stelle am Hinterkopf, wo sich bei Orks das Hirn befindet, als er sah, dass sein Bruder die Standarte holte, die dort noch im Boden gesteckt hatte.

In diesem Moment kam einer der Posten wieder zu sich. Grummelnd erwachte der Zwerg und hob sein Haupt – worauf Balbok ihm kurzerhand den Schaft der Standarte über den Schädel zog. Es gab einen dumpfen Laut, der Zwerg verdrehte die Augen und tauchte wieder ein ins Reich der Träume, und Balbok gesellte sich auf leisen Sohlen zurück zu den anderen.

»Bist du verrückt?«, zischte Rammar. »Unsere Entdeckung zu riskieren nur wegen dieses dämlichen Dings?«

»Ein Ork marschiert nicht ohne Standarte!«, stellte Balbok klar. »Außerdem haben wir keine Waffen – und du weißt, wozu dieses Ding fähig ist.«

»Die Waffen holen wir uns zurück«, flüsterte Alannah. »Auf der anderen Seite des Lagers werden sie aufbewahrt, in der Nähe der Boote.«

»Dann nichts wie hin«, knurrte Corwyn, und sie schlichen davon.

»Rammar?«, flüsterte Balbok.

»Ja?«

»Meinst du das wirklich?«

»Was?«

»Dass ich eine Zierde des Orkgeschlechts bin?«

»Verdammt noch mal, halt die Klappe, du elender *umbal!* Ich rede nicht mehr mit dir, schon vergessen?«

3.

KOLL UR'TROWNA

Bevor sie aus dem Lager der Zwerge flüchteten, holten sie sich noch ihre Waffen. Oder besser gesagt: Corwyn übernahm dies nach einem kurzen, aber heftigen Streit, und er gab Rammar und Balbok danach ihre Waffen nicht zurück, sondern behielt die Axt und den *saparak* – als Pfand, wie er es nannte. Natürlich protestierte Rammar, fügte sich dann aber aus Sorge, doch noch die Zwerge auf ihre Flucht aufmerksam zu machen, wenn sie erneut stritten.

Leise bestiegen sie eines der Boote, machten es los und ließen sich von der Strömung treiben. Erst als sie den Schein des Zwergenfeuers und das Gegröle der Betrunkenen weit in der Dunkelheit zurückgelassen hatten, griffen sie nach den Rudern.

Mit kurzen, aber kräftigen Schlägen trieben sie das Boot flussabwärts, bis zu jener Biegung, wo sich der Eisfluss nach Osten wendet und Andaril entgegenstrebt. Ein schmaler Nebenarm jedoch führte weiter nach Süden in die Ebene von Scaria.

Sie folgten diesem Wasserlauf, froh darüber, dass er ihnen viele mühsame Wegstunden ersparte; es entging ihnen jedoch nicht, dass etwas ganz und gar nicht stimmte: Je weiter sie nach Süden gelangten, desto weniger Wasser führte der Fluss. Immer weiter verzweigte er sich, bis er schließlich in der Weite der Steppe zu versickern schien und das Boot schabend auf Grund lief.

»Verflucht!«, murrte Corwyn. »Wie ist das möglich? Ein Fluss kann nicht einfach verschwinden, das ist gegen jedes Gesetz der Natur.«

»Es ist die Nähe des Waldes, die dies bewirkt«, erklärte Alannah. »Der Fluch, der über Trowna liegt, wirkt auch hier im Norden und hält das Wasser, das Urelement des Lebens, fern. *Vanyanen* nennen wir den Eisfluss in unserer Sprache – das Verschwundene Wasser.«

»Bah«, machten Rammar und Balbok wie aus einem Munde. Der Hagere fügte ein verächtliches »Elfenzauber!« hinzu, was nichts daran änderte, dass die vier ihre Reise zu Fuß fortsetzen mussten. Das Boot ließen sie zurück und schulterten das wenige Gepäck, das sie hatten. So ging es weiter.

Es war eine seltsame Gruppe, die dem großen Wald entgegenmarschierte: zwei Orks, ein Mensch und eine Elfin, von einer eigenartigen Laune des Schicksals zusammengeführt und aneinander gekettet durch ein gemeinsames Ziel – Tirgas Lan, die Verborgene Stadt.

Rammar und Balbok wollten dorthin, weil sie wieder die Möglichkeit witterten, sich selbst des Schatzes zu bemächtigen. Corwyn, weil er in der Verborgenen Stadt nicht nur den Schatz, sondern auch den Sinn seines schäbigen Daseins zu finden hoffte. Alannah, weil sie einerseits wissen wollte, was es mit dem Geheimnis auf sich hatte, das sie ihr Leben lang gehütet hatte – und weil sie andererseits etwas verspürte, das ihren müden Geist mit neuer Lebensfreude erfüllte ...

Die Hügel und Felsen des Scharfgebirges lagen inzwischen weit hinter ihnen. Durch karges Grasland marschierten sie nach Süden. Da sie keinen Proviant bei sich führten – den Orks knurrten schon wieder die Mägen – legten sie am Morgen nur eine kurze Rast ein. Sobald Orthmar und seine bärtigen Spießgesellen merkten, dass die Gefangenen und die Elfin getürmt waren, würden sie die Verfolgung aufnehmen, und inmitten der weiten Steppe gab es nirgends einen Ort, an dem man Zuflucht finden und wo man sich verbergen konnte. Die Flüchtlinge mussten also weitermarschieren, ob es ihnen gefiel oder nicht; erst wenn die schützenden Bäume des Waldes sie umgaben, durften sie sich ausruhen. Selbst Rammar leuchtete das ein, der in der kleinen Kolonne hinter Alannah marschierte. Hinter ihm kam Balbok, während Corwyn die Nachhut bildete, denn obwohl Rammar und Balbok unbewaffnet waren, wollte er die beiden Orks immer im Blick haben.

Rammar latschte hinter der Elfin her und versuchte einmal

mehr, aus ihr schlau zu werden. Ihr Gewand war noch immer weiß und wirkte völlig unberührt, und es flatterte wie ein Banner in dem Wind, der beständig über die Steppe wehte. Warum, in aller Welt, hatte Alannah seinen Bruder und ihn befreit? Hätte ihr Hass auf ihre Entführer nicht ungleich größer sein müssen als die Schuldigkeit, die sie ihnen gegenüber empfand, weil sie ihr das Leben gerettet hatten? Ein Ork wäre niemals auf den Gedanken verfallen, jemandem zu helfen, nur weil der ihm geholfen hatte. Ein jeder muss selbst sehen, wo er bleibt – das ist etwas, das kleinen Orks schon ganz früh beigebracht wird.

Vielleicht war die Elfin für sich ja zu dem Schluss gelangt, dass die Gesellschaft einer Horde Zwerge tatsächlich noch schlimmer war als die zweier Orks und dass es ärgere Verbrechen gab als ein bisschen Entführung hier und ein wenig Plünderung dort. Schließlich hatte sie auch Corwyn befreit, obwohl Alannah allen Grund gehabt hätte, ihm zu zürnen. In Ermangelung einer entsprechenden Vokabel hatten Rammar und Balbok sich nicht für ihre Befreiung bedankt – was nicht bedeutete, dass sie nicht froh darüber waren. Doch Rammar wusste einfach nicht, welche Laune die Elfin dazu getrieben hatte; sie und ihre Beweggründe waren noch immer undurchschaubar für ihn.

Rätselhaft war das ...

Den ganzen Nachmittag über sann Rammar über das merkwürdige Verhalten von Elfen und Menschen nach, und als sich aus dem dunkelgrünen Band im Süden endlich die Formen einzelner Bäume schälten, da traf ihn die Erkenntnis wie ein Axthieb.

»Das ist es!«, zischte er Balbok zu. »Ich denke, ich weiß jetzt, was hier los ist.«

»Du sprichst wieder mit mir?«, fragte Balbok verwundert. Seit sie aus dem Lager der Zwerge geflohen waren, hatte Rammar kein Wort mit ihm gewechselt.

»Das muss ich wohl, *umbal*. Ist ja sonst keiner da, mit dem ich reden könnte!«

»Das freut mich.« Balbok lachte gurrend.

»Freu dich nicht zu früh«, erwiderte Rammar so leise, dass Corwyn und Alannah ihn nicht hören konnten. »Wenn es stimmt, was ich vermute, haben wir beide nichts zu lachen.«

»Wieso? Was ist denn los?«

»Sag bloß, du hast es nicht bemerkt.«

»Nein, was denn?«

»Das sieht dir mal wieder ähnlich. Rennst mit offenen Augen blind durch die Gegend. Ich habe selbst eine Weile gebraucht, um darauf zu kommen, aber inzwischen bin ich mir ziemlich sicher: Das Milchgesicht und das Spitzohr haben sich ineinander verschossen.«

»Verschossen?« Balboks hohe Stirn zerknitterte sich. »Aber ich sehe nirgends Pfeile ...«

»*Umbal*, so meine ich das nicht. Es ist diese seltsame Sache, von der bei den Menschen immerzu die Rede ist. In unserer Sprache gibt es kein Wort dafür, aber die Menschen nennen es ... nennen es ... Verdammt, wie war doch gleich das Wort? Es beginnt mit L, wenn ich mich recht entsinne ...«

»*Lüge?*«, nannte Balbok das erste Wort, das ihn in der Menschensprache einfiel und das mit L begann.

»Nein.«

»*Lanze?*«

»Auch nicht.«

»*Leberwurst?*«

»Schmarren. Jetzt weiß ich's wieder: *Liebe* nennen sie es. Es verwirrt ihre Sinne und sorgt dafür, dass sie sich völlig entgegen ihrer Natur benehmen. So verschlagen und widerwärtig sie sonst sind, wenn sie verliebt sind, werden Menschen und Elfen zu sanften Lämmern.«

»Du meinst, es ist eine Art Krankheit?«

»Natürlich«, zischte Rammar. »Und es erklärt, weshalb die Elfin den Kopfgeldjäger nicht hasst, obwohl sie allen Grund dazu hat. Dieser Mistkerl hat ihr den Kopf verdreht.«

»Den Kopf verdreht?«, wunderte sich Balbok.

»Bildlich gesprochen.«

»Du bist neidisch«, stellte Balbok fest.

»Was bin ich?«

»Neidisch«, wiederholte der Hagere überzeugt.
»So ein Schwachsinn! Du hast Glück, dass ich vom Marschieren müde bin, sonst würde ich dich für diese Frechhheit erwürgen. Die Elfin ist mir völlig gleichgültig, kapiert? Soll sie doch mit diesem elenden Orktöter Corwyn ... du weißt schon.«
»Nein.« Balbok schüttelte den Kopf. »Was meinst du denn?«
»Weißt du's wirklich nicht?«
»Was soll ich nicht wissen?«
»Shnorsh!«, schnaufte Rammar. Dies war weder der richtige Zeitpunkt noch der richtige Ort, um seinen Bruder über die Tatsachen des Lebens aufzuklären. Andererseits, früher oder später musste er es ja erfahren, und sollten die Zwerge sie doch noch erwischen oder sollten sie in die Gewalt von Graishaks Häschern fallen, sollte Balbok nicht ganz so dumm sterben, wie er geboren worden war.

Rammar ging etwas langsamer, um den Abstand zu der Elfin zu vergrößern, dann erklärte er seinem Bruder mit Flüsterstimme ein paar Dinge, wobei er sich anschaulicher Gesten bediente. Balboks Gesicht wurde dabei lang und länger. Schließlich verzerrte es sich vor Abscheu.

»Das ... ist ja widerlich!«, ächzte er entsetzt.
»Findest du? Was meinst du denn, wie du zur Welt gekommen bist, Schwachkopf?«
»Wie jeder Ork«, war Balbok überzeugt. »Ich sprang aus einer platzenden Eiterbeule Kuruls.«
»Und das glaubst du wirklich?«
»Natürlich – du etwa nicht?«
»Nicht ganz«, brummte Rammar und ging weiter. »Und ich fürchte, es gibt da noch ein paar Dinge, die ich dir bei Gelegenheit erklären muss.«
»Was für Dinge?«
»Sagt mal, ihr beiden!«, rief Corwyn, der hinter ihnen marschierte. »Wofür haltet ihr das hier? Für einen Spaziergang? Schwingt gefälligst die Beine!«
Um seinen Worten Nachdruck zu verleihen, zückte er sein

Schwert und piekte Rammar damit in den *asar* – und der schnitzte in Gedanken eine weitere Scharte in das Kerbholz des Kopfgeldjägers. Wehe, er bekam eine Waffe in die Finger ...
»Was für Dinge?«, wiederholte Balbok seine Frage.
»Später!«, vertröstete ihn Rammar.
Alannah war vorausgegangen und wartete bereits am Waldrand, eine helle Lichtgestalt mit wehendem Haar vor dem Dunkel der Bäume. Sie wirkte auf einmal noch um einiges anmutiger und schöner, wie sie so dastand, und ihr Anblick entlockte Corwyn ein leises Keuchen.
»Worauf wartet ihr?«, rief sie ihnen entgegen. »Seht ihr nicht die Wolken, die sich am Himmel zusammenballen? Jeden Augenblick wird es ein Unwetter geben!«
Rammar legte den Kopf in den Nacken und blickte nach oben. Die Elfin hatte Recht: Der Himmel hatte sich zugezogen und verdüstert. Hier und dort war bereits Wetterleuchten zu sehen, und Donner grollte.
»Kurul ist mächtig wütend«, folgerte Balbok.
»Ja«, stimmte Rammar zu. »Vielleicht erschlägt er ja mit ein paar seiner Blitze unsere Feinde.«
Im nächsten Moment zuckte tatsächlich ein Blitz aus den düsteren Wolken hernieder, aber er traf weder Corwyn noch Alannah, sondern eine der hohen Eichen, die den Waldrand säumten. Mit lautem Bersten brach der Baum auseinander, Rauch stieg auf von dem verkohlten Holz.
»Und ihr haltet es für eine gute Idee, jetzt in den Wald zu gehen?«, fragte Balbok.
»Sei unbesorgt«, erwiderte Alannah mit mildem Lächeln. »Trowna ist kein Wald wie andere.«
Damit wandte sie sich um und ging ihnen voraus durch das natürliche, aus Ästen und herabhängendem Moos geformte Tor, durch das sie die dunkle Welt des Waldes betrat. Die Orks wollten ihr folgen, zögerten jedoch plötzlich, denn etwas hielt sie zurück.
Es war wie eine Mauer, die sie spürten – eine Mauer, die sie weder sehen noch ertasten konnten, aber ihre Instinkte signalisierten ihnen mit aller Deutlichkeit, dass da etwas war. Eine

unsichtbare Barriere, die den Wald von der Außenwelt trennte und auf deren anderer Seite Tod und Verderben lauern mochten.

»Was ist jetzt wieder?«, fragte Corwyn genervt.

»Gefahr«, sagte Balbok nur.

»Blödsinn, das bildest du dir nur ein, Ork.«

»Er hat Recht«, stimmte Rammar seinem Bruder ausnahmsweise zu. »Ich würde vorschlagen, Kopfgeldjäger, du gibst uns unsere Waffen zurück, damit wir uns verteidigen können, wenn es darauf ankommt.«

»Für wie dämlich hältst du mich, Fettsack? Ihr würdet im nächsten Moment versuchen, mir das Fell über die Ohren zu ziehen, wenn ich euch die Waffen gebe.«

»Mein Wort drauf, dass es nicht so ist«, versicherte Rammar.

»Das Wort eines Orks!« Corwyn schüttelte den Kopf. »Und du erwartest, dass ich darauf vertraue?« Er lachte freudlos auf.

Im nächsten Moment brach das Gewitter los. Heftiger Wind kam auf, die Himmelsschleusen öffneten sich und schickten prasselnden Regen. Es donnerte, dass man meinen konnte, Kurul wollte das Ende der Welt herbeiführen, und blauweiße Blitze zuckten aus den Wolken – sie gingen jedoch alle über der Ebene von Scaria nieder und nicht über dem Wald. Dass das nicht mit rechten Dingen zuging, begriffen selbst die beiden Orks, und mit einem Wort brachte es Balbok auf den Punkt.

»Elfenzauber«, sagte er verächtlich.

»Und wenn schon«, knurrte Corwyn. »Entweder, ihr bewegt euch endlich, oder ich werde euch hier und jetzt erschlagen. Mir ist es egal, aber entscheidet euch rasch, denn ich habe keine Lust, euretwegen bis auf die Haut durchnässt zu werden.«

Rammar und Balbok tauschten einen Blick – und beschlossen, es lieber mit den drohenden Gefahren des Waldes aufzunehmen als mit einem offenbar verrückten Kopfgeldjäger. Indem sie ihren ganzen Willen aufboten, setzten sie einen Fuß vor den anderen und überwanden die Barriere, und im nächsten Moment umfing sie die modrige Dunkelheit des Waldes.

Als hätten sie eine Festung betreten, blieb das Gewitter hinter ihnen zurück. Das Blätterdach war so dicht, dass es den prasselnden Regen fern hielt, das Rauschen des Windes wurde zu einem leisen Wispern, und selbst der Donner war nur noch ein fernes Rumoren. Moos dämpfte jeden Schritt, den die Orks taten, während sie zwischen uralten knorrigen Stämmen marschierten, deren Rinde aussah wie der Panzer eines Drachen.

In ihrem weißen Gewand, das sich leuchtend vom Halbdunkel des Waldes abhob, ging Alannah voraus. Rammar und Balbok folgten ihr zögernd, Corwyn bildete erneut die Nachhut. Rammar, der kurz den Kopf drehte, sah ihm an, dass auch er nervös war. Sein Schwert hatte Corwyn nicht wieder in die Scheide gesteckt, und er blickte sich jedes Mal argwöhnisch um, wenn er ein Geräusch vernahm.

Und es gab viele Geräusche in Trowna.

Anfangs war ab und an noch der Schrei eines Vogels zu vernehmen, aber je tiefer die Wanderer in den Wald vordrangen und je dunkler es wurde, desto unheimlicher und ungewohnter wurden die Laute: dumpfes Gebrüll, das von einem grässlichen Raubtier stammen mochte, dazu der gellende Schrei seines Opfers, hier ein lang gezogenes Kreischen, das den Orks durch Mark und Bein fuhr, dort ein Kichern, das zwischen den hohen Bäumen verhallte. Dazu kamen Geräusche, die der Wald selbst verursachte: ein beständiges Rauschen und Knarren, das daran erinnerte, dass Bäume lebende Wesen sind. Die beiden Orks hassten diesen Wald geradezu. Nicht dass dunkle, modrige Orte ihnen nicht gefielen, aber dieser Wald jagte jedem anständigen Unhold kalte Schauer über den Rücken.

»Das gefällt mir nicht, Rammar«, äußerte Balbok sein Unbehagen, während er widerwillig einen Fuß vor den anderen setzte.

»Ich weiß, Bruder. Mir gefällt es auch nicht.«

»Was habt ihr denn?«, erkundigte sich Corwyn grinsend, obwohl auch in seinen Augen die Angst nistete. Der Kopfgeldjäger hatte sie, obwohl sie sich auf Orkisch unterhalten hatten, verstanden. »Hier ist es feucht und dunkel, und es stinkt nach Fäulnis – da müsstet ihr euch doch wie zu Hause fühlen.«

»*Douk*«, sagte Balbok und schüttelte den Kopf. »Das ist überhaupt nicht wie zu Hause. Das hier ist Elfenwerk!«

»Elfenwerk?« Corwyn lachte auf und sagte wider seine eigene Überzeugung: »Du spinnst doch. Das ist ein Wald wie jeder andere.«

»Der Ork hat Recht«, sagte Alannah, die stehen geblieben war, um auf ihre Gefährten zu warten. »In alter Zeit, noch vor den Tagen des Zweiten Krieges, reichte die Ebene von Scaria bis hinunter zur See. Der Wald entstand erst später – als Bollwerk, um das Reich der Elfen vom Rest der Welt zu trennen, aber auch, um die alte Königsstadt Tirgas Lan zu verbergen.«

»Soll das heißen«, fragte Corwyn verblüfft, »ihr habt einen ganzen Wald wachsen lassen?«

»Keinen gewöhnlichen Wald«, brachte Alannah in Erinnerung. »Trowna ist verwunschenes Land. Ein Fluch lastet auf ihm, der Frevler und Räuber fern halten soll – Frevler und Räuber, wie wir welche sind.«

»Ja«, räumte Corwyn ein. »Aber im Gegensatz zu irgendwelchen dahergelaufenen Frevlern und Räubern kennen wir den Weg.«

»Das ändert nichts an unseren Absichten«, erklärte Alannah. Sie wandte sich wieder um und suchte einen Pfad zwischen den eng stehenden, von Schlinggewächsen und Moos überwucherten Bäumen.

Mit Unbehagen stellten Rammar und Balbok fest, dass in Trowna alles noch einmal so groß war wie anderswo. Die Blätter der riesigen Farne wölbten sich wie ein zweites Dach über ihren Häuptern, und viele Pilze reichten ihnen bis zur Hüfte. Die Orks hofften, dass sich der Riesenwuchs der Pflanzenwelt nicht auch auf die Bewohner des Waldes übertragen hatte. Die Begegnung mit der Riesenspinne steckte ihnen noch in den Knochen.

Verschlungen wand sich der Pfad durch den Wald, und schon bald wurde es so dunkel, dass man keine zehn *knum'hai* weit sehen konnte. Zudem hatten die Orks inmitten all der fremden und verwirrenden Gerüche längst die Orientierung verloren. Wäre Alannah ihnen nicht in ihrem strahlend weißen Kleid vorausgegangen, sie hätten sich längst verirrt.

Schließlich wurde das Gewirr der Schlingpflanzen so dicht, dass kein Weiterkommen mehr möglich war. Corwyn wollte ihnen mit dem Schwert einen Weg bahnen, aber Alannah hielt ihn zurück. »Der Wald selbst muss uns den Weg öffnen«, sagte sie. »Es ist besser, den nächsten Tag abzuwarten.«

Da sie alle müde waren vom langen Marsch, hatte keiner etwas dagegen einzuwenden. Die Orks mussten es sich gefallen lassen, dass der Kopfgeldjäger ein Seil aus Lianen flocht, mit dem er sie an einen Baum band. Corwyn selbst setzte sich mit der Elfin abseits, wo Rammar sie bis spät in die Nacht miteinander tuscheln hörte. Der Ork konnte nicht verstehen, was sie sagten, aber er fühlte sich in seiner Vermutung bestätigt. Zwischen dem Kopfgeldjäger und der Elfin lief diese grässliche Sache ab, die es unter Orks nicht gab und die unter Menschen immer wieder für Ärger sorgte ...

Irgendwann fiel er in einen unruhigen Schlaf, und er wurde von Albträumen geplagt. Darin sah er sich und Balbok wieder in Ruraks Festung. Wieder hingen sie kopfüber von der Decke, und der Zauberer stand vor ihnen, mit wutverzerrtem Gesicht. Er beschuldigte sie, ihn verraten zu haben, und prophezeite ihnen ein übles Ende, und im nächsten Moment ging mit dem Magier eine grausige Verwandlung vor. Die ohnehin dünne Haut in seinem Gesicht platzte weg, verwesendes Fleisch kam darunter zum Vorschein. Seine Augäpfel wurden zu breiigem Schleim, der aus den Höhlen tropfte, und Rurak stieß ein so grässliches Gelächter aus, dass Rammar in Panik zu schreien begann.

Es war sein eigener Schrei, der ihn aus dem Schlaf riss.

Unvermittelt fand er sich auf einer kleinen Waldlichtung wieder. Zu seiner Verblüffung saß er an einen Baum gefesselt, Balbok neben sich. Von Rurak war weit und breit nichts zu sehen, dafür sah Rammar die verständnislosen Gesichter von Corwyn und Alannah.

»Was soll das Geschrei, Fettwanst?«, fuhr der Kopfgeldjäger ihn an. »Willst du jede Kreatur in diesem verdammten Wald auf uns hetzen?«

»Hattest du einen bösen Traum?«, erkundigte sich Alannah

mit wissendem Lächeln, und Rammar war sich auf einmal sicher, dass sie ihnen noch längst nicht alles über den Wald von Trowna erzählt hatte.

»Unsinn!«, log er und schüttelte unwillig den klobigen Schädel. »So pflegen wir Orks am Morgen immer zu erwachen, wenn wir gut geschlafen haben.«

»Wirklich?« Balbok machte ein langes Gesicht. »Dann habe ich noch nie im Leben gut geschlafen …«

»Tut mir einen Gefallen und erspart mir euer Gequatsche«, murrte Corwyn, während er ihre Fesseln löste. »Alannah sagt, wir haben noch einen weiten Weg vor uns, also werden wir jetzt aufbrechen.«

»Aufbrechen? Wohin?«, maulte Rammar. »Gib es zu, Elfin: Wir haben uns in diesem be*shnorsh*ten Wald verlaufen, und wir sind rings von Schlingpflanzen umgeben.«

»Ach ja?«, entgegnete Alannah. »Hast du dich schon einmal umgeschaut?«

Rammar blickte auf – und zu seinem maßlosen Erstaunen stellte er fest, dass sich ihre Umgebung über Nacht verändert hatte. Die Schlinggewächse waren verschwunden, und die Bäume schienen nicht nur weiter auseinander zu stehen, sondern wirkten auch weniger bedrohlich. Und gewissermaßen als Dreingabe fielen hier und dort einzelne Schäfte von grün schimmerndem Sonnenlicht durch das Blätterdach.

»Wie – wie ist das möglich?«, fragte Rammar verblüfft. Auch Balbok machte große Augen.

»Ich sagte es schon: Der Wald öffnet uns den Weg. Wir mussten ihm nur genügend Zeit lassen.«

»Aber wie …?«, fragte Rammar, um sich verdrießlich selbst die Antwort zu geben. »Elfenzauber.«

Alannah lächelte. »Für euch Orks ist alles tot, was sich nicht bewegt, nicht wahr?«

»Und nicht nur das«, bestätigte Balbok nickend. »Auch was nicht rauft, säuft und meuchelt lebt nicht wirklich.«

»Ansichtssache«, knurrte Corwyn.

»Schnauze«, brummte Rammar.

»Der Wald lebt«, fuhr Alannah fort, ohne auf Balboks Einwurf einzugehen, »und er wurde nur aus einem Grund zum Leben erweckt: um zu verbergen, was nicht entdeckt werden darf. Der Zweck seines Daseins ist es, Eindringlinge aufzuhalten und ihnen den Weg zu versperren, dafür zu sorgen, dass sie niemals finden, was verborgen bleiben soll. Nur die eine, die den wahren Weg kennt, lässt er passieren, wie es von Farawyn und den Sehern beabsichtigt war.«

»Dich«, mutmaßte Rammar.

»So ist es. Ich kenne den Weg, und der Wald kennt mich, deshalb lässt er uns ungehindert passieren. Verstehst du nun, weshalb die Schlinggewächse über Nacht verschwunden sind?«

Rammar und Balbok tauschten einen missmutigen Blick. »Ja«, antworteten sie einhellig. »Elfenzauber!«

Alannah seufzte und wandte sich um ...

Sie packten das wenige, das sie bei sich hatten, zusammen und setzten ihren Marsch fort. In welche Himmelsrichtung sie sich bewegten, war nicht festzustellen, trotz des Sonnenlichts, das hin und wieder durch das Blätterdach sickerte. Erneut ließ Corwyn die Orks vorausgehen, damit er sie im Auge behalten konnte, und an diesem Morgen nahmen Rammar und Balbok noch nicht einmal Anstoß daran, denn die Orks hatten andere Sorgen.

»Ich habe Hunger«, murrte Balbok. »Wenn ich nicht bald was zu essen kriege, kann ich nicht weiter.«

»Ach, du verdammter Vielfraß!«, maulte Rammar. Und etwas leiser fügte er hinzu: »Ich könnte auch einen Happen vertragen.«

»Genau wie ich«, hörten sie Corwyn sagen, der Rammars leise gesprochene Worte vernommen hatte. »Ausnahmsweise sind wir einmal einer Meinung, Fettsack. Wir haben schon seit Tagen nichts Anständiges mehr zwischen die Zähne gekriegt. Wir sollten nach einem Hasen Ausschau halte oder ...«

»Hüte dich!«, rief Alannah, die abrupt stehen geblieben war und sich nach ihnen umgedreht hatte. »Das Leben im Wald von Trowna ist heilig. Keiner unschuldigen Kreatur darf ein Leid zugefügt werden – das wäre Frevel!«

»Du hast leicht reden«, entgegnete Rammar. »Du musst ja anscheinend nicht essen, wenn du nicht willst – aber wir. Womit sollen wir deiner Ansicht nach unsere knurrenden Mägen füllen, he?«

»Die Wurzeln dieser Pflanze« – sie deutete auf ein Gewächs mit langen grünen Blättern – »sind überaus wohlschmeckend und sehr gesund. Auch viele Pilze und Beeren, die hier im Wald wachsen, sind essbar.«

»Ach ja? Und wie finden wir heraus, welche genießbar sind und welche nicht?«

»Ganz einfach«, versetzte Corwyn gehässig. »Wir lassen dich vorkosten. Wenn du dann draufgehst, wissen wir zum einen, dass wir von dieser Sorte die Finger lassen sollten, zum anderen haben wir dann endlich Ruhe vor dir.«

Rammar fletschte wütend die gelben Zähne. »Das kommt überhaupt nicht infrage. Balbok – du wirst das Zeug probieren, verstanden?«

Ehe ein neuer Streit ausbrechen konnte, sagte Alannah rasch: »Ich werde euch zeigen, welche Pilze man essen kann und welche nicht. Dieser dort zum Beispiel ...«

»Der hier?« Rammar riss das kopfgroße Gewächs aus dem Waldboden und wollte sogleich seine Hauer hineinschlagen.

»... ist so giftig, dass selbst der Magen eines Orks ihn nicht verträgt. Innerhalb von Augenblicken führt sein Gift zu einem qualvollen Tod.«

»Na los, worauf wartest du?«, forderte Corwyn grinsend. »Beiß schon hinein!«

»*Douk.*« Rammar ließ den Pilz fallen. »Hast du einen besseren Vorschlag, Elfin?«

»Jene dort«, gab Alannah zur Antwort und deutete unter einen Farn, wo gut zwei Dutzend winzig kleiner Pilze auf einer grünen Moosdecke wuchsen, »schmecken nicht sehr gut, sind aber immerhin nicht giftig.«

»Aha«, machte Balbok ein wenig enttäuscht. »Gibt es nicht auch große Pilze, die ungiftig sind?«

Sie schüttelte den Kopf. »Trowna ist ein Ort der Prüfung. Bescheidenheit wird hier belohnt, hingegen führt Gier in jeder

Form früher oder später zum Tod. Das solltet ihr alle euch merken.«

Murrend machten sich die Orks und der Kopfgeldjäger über die kleinen Pilze her, auch wenn sie freilich kaum mehr waren als ein kleiner Appetitanreger – so glaubten die drei jedenfalls. Sobald sie jedoch darauf herumkauten, schienen sich die Bissen auf wundersame Weise im Mund zu vermehren, und nachdem sie einige davon gegessen hatten, fühlten sie sich, als hätte jeder von ihnen einen halben Eber verschlungen.

»Und?«, erkundigte sich Alannah, die ihnen beim Essen zugeschaut hatte. »Geht es euch besser?«

»Und ob«, versicherte Balbok. »Mein Magen gibt nicht mehr einen einzigen Ton von ...«

In diesem Moment war ein Laut zu hören, unmenschlich und durchdringend. Ein Gebrüll, wie keiner der vier Wanderer es je zuvor vernommen hatte.

»Bei Kuruls Flamme!«, stieß Rammar hervor. »Dafür, dass er angeblich keinen Ton mehr von sich gibt, rumort dein Magen aber ganz schön.«

»Das war nicht mein Magen«, widersprach Balbok. »Ich weiß nicht, was ...«

Erneut war das markerschütternde Gebrüll zu hören, gleichzeitig erzitterte der Boden des Waldes. Und als das scheußliche Gebrüll zum dritten Mal erklang, war es noch lauter als zuvor.

»Es kommt hierher!«, rief Corwyn und riss sein Schwert heraus. »Was immer es ist, es kommt auf uns zu!«

Erneut ein Brüllen, wild und schrecklich, begleitet von Bersten und Krachen. Irgendetwas bahnte sich machtvoll einen Weg durch den Wald. Etwas sehr Großes ...

»Du hast Recht«, flüsterte Alannah atemlos. »Bleibt, wo ihr seid, und bewegt euch nicht. Verhaltet euch ganz still, hört ihr? Wagt nicht einmal zu atmen.«

»Wieso?«, fragte Balbok. »Was ist das?«

»Etwas Böses«, erwiderte die Elfin mit Flüsterstimme.

Das Bersten und Krachen und Splittern näherte sich immer mehr, der Boden erzitterte unter stampfenden Schritten, und noch einmal war das urweltliche Gebrüll zu vernehmen – dann brach das blanke Grauen aus dem Wald!

»Ein Troll!«, rief Rammar mit heiserer Stimme. Aber das war nur die halbe Wahrheit – denn die riesige Kreatur, die umstehende Baumstämme knickte wie morsche Äste, war der größte und fürchterlichste Troll, dem der Ork je begegnet war. Trolle sind an sich schon Furcht erregende Kreaturen – beinahe dreimal so groß wie ein Ork, mit wild wucherndem Haar und einer dicken grauen Haut, die sie gegen Pfeile und *saparak'bai* schützt. Vor diesem Troll jedoch hätten vermutlich sogar seine eigenen Artgenossen aus dem nördlichen Schwarzgebirge Reißaus genommen.

Es war kein Bergtroll und auch keiner von den Eistrollen, die sich weit im Norden herumtrieben, sondern ein Waldtroll von geradezu riesenhafter Größe; Rammar schätzte, dass er rund doppelt so groß war wie ein gewöhnliches Exemplar. Seine Hornhaut war so dick, dass sie an vielen Stellen seines muskulösen, vor zerstörerischer Kraft strotzenden Körpers einen Panzer bildete. Hier und da war sie von Moos überwuchert, was darauf schließen ließ, dass dieser Troll schon sehr, sehr alt war. Seine Arme waren im Gegensatz zu seinen kurzen säulenartigen Beinen sehr lang und reichten selbst bei aufrechter Haltung bis zum Boden. Die linke Pranke war zu einer mörderischen Faust geballt, mit der der Troll wütend um sich hieb und den Wald ringsum zu Kleinholz schlug, die rechte hielt eine Keule, und wo sie niederging, blieb ein erdiger Krater zurück.

Aus dem riesigen Maul seines breiten Schädels drang nicht nur markerschütterndes Gebrüll, sondern auch grässlich stinkender Atem, und zwischen den gelben Zähnen steckten noch die Überreste vorangegangener Mahlzeiten. Trolle sind dafür bekannt, dass sie alles fressen, was sie zwischen die mächtigen Kiefer bekommen: Menschen, Tiere, Gnomen – und sogar Orks.

Vor Entsetzen wie erstarrt standen die vier unfreiwilligen Gefährten auf der Lichtung, während das Auge des Trolls auf sie starrte – anders als seine Artgenossen im Gebirge hatte dieser Troll nämlich nur ein einziges, das in der Mitte seiner Stirn saß, blutunterlaufen und mit mordlüsternem Blick.

Vielleicht hatte der Troll mit einem größeren Gegner gerechnet. Denn die Keule zum vernichtenden Schlag erhoben, hielt er für einen Moment inne und grunzte verächtlich.

»*Shnorsh!*«, knurrte Rammar.

Dann fiel die Keule herab, und in die vier Wanderer, die bisher reglos dagestanden hatten, kam schlagartig Leben. Rammar und Balbok ließen sich nach der einen Seite fallen, Corwyn nach der anderen, Alannah riss er dabei mit sich.

Die Gefährten spürten den Luftzug der Keule, die sie nur um Haaresbreite verfehlte, und ebenso das Beben, als die mächtige Trollwaffe einen Krater in den Waldboden schlug; dort würde so bald nichts mehr wachsen.

Mit wüsten Verwünschungen auf den Lippen rollte sich Rammar ab und sprang wieder auf die kurzen Beinen, ebenso Balbok, die Standarte in den Klauen.

Wieder flog die Keule heran, diesmal in einem waagerecht geführten Schlag, der alles Leben vom Waldboden wischen sollte. Während Alannah in die Höhe sprang und sich zu aller Verblüffung mit einem Salto außer Reichweite der Keule brachte, wichen die Orks und der Kopfgeldjäger dem Hieb auf weniger elegante Weise aus; sie warfen sich zu Boden – wobei die Orks in einer großen Schlammpfütze landeten.

Der stinkende Pfuhl hieß die beiden willkommen, aber anstatt sich darüber zu ärgern, wirkte das unfreiwillige Bad im Schlamm wie ein Lebenselixier auf die Orks. Der Gestank erinnerte sie an zu Hause und bestärkte sie in ihrem Wunsch, in die Modermark zurückzukehren – und dieser Wunsch war so stark, dass er die Furcht vor der grässlichen Kreatur besiegte.

Triefend vor Schlamm schossen die Orks wieder in die Höhe, bereit, sich dem Troll zum Kampf zu stellen – aber wie, ohne Waffen?

»Kopfgeldjäger!«, schrie Rammar über das wütende Gebrüll des Trolls hinweg, der sich zu einem neuerlichen Angriff herumwarf und dabei eine ganze Reihe Bäume entwurzelte. »Gib uns unsere Waffen zurück! Rasch!«

»Vergiss es, Ork!« Corwyn griff nach Pfeil und Bogen. »Mit diesem Ungetüm werde ich allein fertig!«

Schon ließ er zwei Pfeile in rascher Folge von der Sehne schnellen. Sie trafen die Brust des Trolls, vermochten die dicke Panzerhaut dort jedoch nicht zu durchdringen und prallten wirkungslos ab.

»Was du nicht sagst«, versetzte Rammar säuerlich.

Im nächsten Augenblick flog die Keule wieder heran, diesmal begleitet von der Faust des Trolls, und eine wahre Kanonade an Schlägen setzte ein. Nicht nur, dass die Gefährten den mörderischen Hieben ausweichen mussten, auch Bruchstücke von Bäumen und Wurzeln flogen durch die Luft, einige davon so spitz, dass sie einen Menschen oder Ork mühelos pfählen konnten.

Balbok bückte sich und entging so einem der tödlichen Geschosse, das über ihn hinwegsauste. Als er wieder hochkam, hatte er plötzlich einen Geistesblitz: Noch immer hielt er die Standarte Ruraks des Zauberers, und hatte die seinem Bruder und ihm nicht schon zweimal das Leben gerettet? Den Schaft mit beiden Klauen umklammernd, sprang Balbok kurz entschlossen auf den Troll zu, hielt ihm die schwarze Kugel am Ende des Stabs entgegen.

»Sieh her, du hässlicher *umbal*!«, brüllte der hagere Ork, insgeheim ganz glücklich darüber, dass ausnahmsweise einmal *er* jemanden einen Idioten schimpfen konnte. »Siehe die magische Kugel und verzweifle, Elender!«

Der Troll, der gerade auf den am Boden liegenden Corwyn hatte einschlagen wollen, fuhr herum. Dampfender Atem drang aus seinen Nüstern, und offenbar wusste die riesige Kreatur nicht, ob sie bei Balboks Anblick lachen oder einfach nur zuschlagen sollte. Sie entschied sich für Letzteres und hob die Keule, um Balbok mitsamt der Standarte zu zermalmen.

»Balbok!«, brüllte Rammar aus Leibeskräften. »Hau da ab!«

»Nein!«, widersprach Balbok tapfer. »Das Feldzeichen des Zauberers wird mich schützen!«

Doch die Kugel am Kopf der Standarte zeigten nicht den Hauch einer Reaktion, und schon ging die Keule des Unholds nieder.

»*Shnooorsh ...!*«, hörte man Balbok noch brüllen, dem in diesem Moment klar wurde, dass er einen der wichtigsten

Grundsätze eines Orkkriegers missachtet hatte – nämlich den, sich niemals, niemals, niemals auf Zauberkraft zu verlassen.

Die Keule fiel auf ihn herab, und Balbok sah bereits seine eigenen zermatschten Überreste daran kleben – als etwas, das aussah wie eine große Kugel, heranschoss, gegen ihn prallte und ihn von den Füßen riss.

Balbok wurde zur Seite geschleudert, schlug der Länge nach hin, und nur wenige Handbreit neben ihm krachte die Keule in den Waldboden, der unter dem entsetzlichen Hieb erbebte. Kein Zweifel: Es wäre Balboks Ende gewesen, hätte ihn die Keule getroffen. Aber zu seiner Verblüffung stellte der hagere Ork fest, dass er noch lebte – und neben ihm lag derjenige, der ihn im letzten Augenblick zur Seite gestoßen hatte.

»Rammar?«, entfuhr es Balbok. Er konnte es kaum fassen, dass sein Bruder die eigene Haut riskiert hatte, um ihn zu retten.

»Das Feldzeichen des Zauberers wird mich schützen!«, äffte Rammar seinen Bruder nach, während er sich auf den Armen hochstemmte. »Das Feldzeichen des Zauberers wird mich schützen!«

»Na ja …« Balbok zuckte mit den Schultern. »Ich dachte …«

»Pass auf, *umbal*!«

Wieder fiel die Keule herab. Die beiden Orks spritzten auseinander wie aufgescheuchtes Federvieh – und das keinen Augenblick zu früh. Wie einer von Kuruls vernichtenden Blitzen ging das Holz zwischen ihnen nieder und schlug einen weiteren Krater.

Ein Pfeil, von Corwyn abgeschossen, traf den Troll im Genick, doch erneut prallte das Geschoss an der harten Panzerhaut ab.

»Was bezweckst du damit, Kopfgeldjäger?«, rief Rammar, während er sich auf allen vieren in Sicherheit zu bringen suchte. »Soll sich das Monstrum totlachen?«

»Meine Pfeile treffen ihn«, keuchte Corwyn verblüfft, »doch sie sind wirkungslos!«

»Gib mir den Bogen!«, forderte Balbok. »Ich weiß, wohin ich zielen muss!«

»Kommt nicht infrage! Für wie dämlich …«

»Gib ihm schon den verdammten Bogen!«, kreischte Alannah, die halb hinter einem riesigen Baum kauerte. »Oder sollen wir alle wegen deines Starrsinns sterben?«

Corwyn starrte unschlüssig zu ihr hinüber, dann zu Balbok, und als sich der Troll mit der freien Faust auf die Brust trommelte und erneut in markerschütterndes Gebrüll verfiel, warf der Kopfgeldjäger dem hageren Ork den Bogen und den Köcher mit den Pfeilen zu, und Rammar erhielt nur ein paar Herzschläge später seinen *saparak* zurück.

»Das wurde auch Zeit«, grunzte der feiste Ork. »Bereit, Balbok?«

»Bereit, Rammar!«

Dann gingen die beiden zum Gegenangriff über. Balbok legte einen Pfeil auf die Sehne und schoss ihn auf den Troll ab.

»Ha!«, rief Corwyn. »Pfeile sind wirkungslos gegen dieses Biest, das siehst du doch!«

Doch der Ork hatte nicht vorgehabt, den Troll mit dem Pfeilschuss zu erlegen, sondern wollte ihn zu sich und seinen Bruder locken, und das gelang ihm. Wutentbrannt fuhr der Troll herum, schwang dabei die Keule und fällte damit einen weiteren Baum, der der mörderischen Waffe im Weg gestanden hatte. Dann stampfte er auf die Orks zu, schnaubend und mit blutunterlaufenem Auge.

»Balbok?«, fragte Rammar, der neben seinem Bruder stand und in dessen Hals sich ein dicker Kloß bildete.

»Keine Sorge!«, erwiderte der Hagere. Einen weiteren Pfeil auf der Sehne, wartete er ab, als hätte er alle Zeit der Welt und als gäbe es keinen wilden Waldtroll, der sie zerschmettern und fressen wollte. Der Wald erzitterte unter jedem Schritt des Ungetüms, und schließlich erhob sich der Troll riesenhaft und bedrohlich vor ihnen.

»Balbok!« Rammar, der bereits zurückwich, wollte sich gerade herumwerfen und Hals über Kopf die Flucht ergreifen – als Balbok den Pfeil endlich von der Sehne schnellen ließ.

Sirrend überwand das Geschoss die kurze Distanz – und bohrte sich geradewegs in das Auge des Trolls!

Es gab ein hässliches Geräusch, als der große Augapfel platzte wie eine überreife Frucht. Blut spritzte fontänenartig aus der Augenhöhle, und der geblendete Troll verfiel in wüstes Geheul. Die eine Pranke auf die Wunde gepresst, aus der das dunkle Blut schoss, und mit der Keule blindlings um sich schlagend, vollführte der Troll einen bizarren Tanz auf der Lichtung, die er zuvor gerodet hatte.

»Worauf warten wir noch?«, brüllte Rammar, dessen Mut schlagartig zurückgekehrt war. »Auf ihn mit Gebrüll!«

Den *saparak* beidhändig und mit der Spitze voraus erhoben, stürmte er mit wildem Geschrei auf den sich wie von Sinnen gebärdenden Troll zu. Der war zwar schwer verletzt, aber noch wilder und unberechenbarer als zuvor. Schon zischte die Keule wieder durch die Luft.

»Rammar!«, rief Balbok warnend.

Im nächsten Moment war ein lautes Klatschen zu hören, als die Keule den fetten Ork erwischte und ihn zur Seite fegte wie ein lästiges Insekt. Kreischend flog Rammar durch die Luft und schlug gegen den Stamm einer mächtigen Eiche. Benommen rutschte er daran nach unten. Der Troll, der registrierte, dass er mit der Keule etwas getroffen hatte, stieß trotz der Schmerzen, die ihn plagten, ein triumphierendes Gelächter aus – aber nicht für lange.

Auf flinken Beinen war Balbok zu Corwyn geflitzt und hatte sich seine Axt geholt. Ausnahmsweise verzichtete er auf einen Kriegsschrei, weil er den Troll nicht vorwarnen wollte.

Im nächsten Moment hatte er das rechte Bein des riesigen Unholds erreicht, und wie ein Holzfäller schwang er die Axt und grub das Blatt tief in das Fleisch des Trolls.

Der kreischte vor Wut und Schmerz. Pfeilspitzen konnten seine Hornhaut nicht durchdringen, doch dem scharfen Blatt einer kräftig geschwungenen Orkaxt vermochte sie nicht zu widerstehen; es durchschnitt nicht nur die Haut, sondern auch Muskeln und Sehnen. Als Balbok die Axt wieder herausriss, spritzte das Blut aus der tiefen Wunde, und sofort schlug der Ork ein zweites und ein drittes Mal zu.

Der Troll hieb um sich, sich wie wild gebärdend, konnte das verletzte Bein jedoch nicht mehr bewegen. Mit der Keule versuchte er, den Angreifer zu treffen, aber auch das gelang ihm nicht, da Balbok sich jedes Mal geschickt zwischen die Beine des Trolls flüchtete, wenn die Keule heranflog – dabei musste er sich hüten, nicht vom gewaltigen Gemächt des Trolls erschlagen zu werden.

Immer wieder hieb der Ork auf das verletzte Bein des Unholds ein, vergrößerte die Wunde mit jedem Hieb – und langte endlich beim Knochen an.

»Achtung, Troll fällt!«, stieß Balbok den traditionellen Warnruf aus, und weit holte er aus, um die Axt ein letztes Mal mit voller Wucht ins Ziel zu senken.

Es gab ein markiges Knacken, als das Axtblatt den Unterschenkelknochen zerschmetterte. Das Bein brach, und der Troll fiel tatsächlich wie ein gefällter Baum.

Mit dumpfem Aufschlag krachte die riesige Kreatur rücklings auf den Boden, noch immer brüllend und wie von Sinnen um sich schlagend. Aber die Reichweite ihre Hiebe war ungleich geringer geworden.

Unter wütendem Kampfgeschrei stürmten Rammar und Corwyn heran und fielen über den Troll her. Dabei mussten der Ork und der Kopfgeldjäger aufpassen, dass sie nicht auf dem glitschigen Boden ausrutschten, denn aus dem Beinstumpf der Kreatur stürzte literweise dunkles Trollblut, das den Waldboden tränkte und die Lichtung in eine Matschgrube verwandelte.

Während Corwyn ein gutes Dutzend Pfeile in den weit aufgerissenen Rachen des Trolls schoss, sprang Rammar mit einem Satz auf die Brust der am Boden liegenden Kreatur und rammte ihr den *saparak* mit aller Kraft dorthin, wo er ihr Herz vermutete. Wenn er jedoch glaubte, dem Troll damit den Rest zu geben, war er im Irrtum; der stieß ein noch wütenderes Gebrüll aus und bäumte sich mit verzweifelter Kraft auf. Rammar wurde von seiner Brust geschleudert und landete im blutigen Matsch.

»Dummkopf!«, rief Alannah ihm zu. »Weißt du nicht, wo sich bei einem Troll das Herz befindet?«

»Nein«, antwortete Rammar verblüfft und zog den Kopf

ein, um nicht von der ziellos um sich schlagenden Pranke des Trolls erwischt zu werden.

»Egal, wo sein Herz ist!«, brüllte Balbok, und nun sprang er auf den Troll. »Ohne Hirn kann nichts leben!«

Er holte weit aus, ließ die Axt mit aller Kraft niedergehen – und spaltete mit einem Schlag den Schädel des Trolls!

Blut spritzte, Hirnmasse quoll aus dem Spalt im Kopf des Trolls, und dieser bäumte sich noch ein letztes Mal auf, dann sank er zurück und blieb reglos liegen.

Der Kampf war vorbei.

Blutbesudelt und schwer atmend starrten die beiden Brüder auf den Kadaver der Kreatur, die ihrer Reise beinahe ein jähes Ende gesetzt hätte.

»Ohne Hirn kann nichts leben?«, fragte Corwyn listig in die Stille.

»So ist es, oder nicht?«, entgegnete Balbok.

Der Kopfgeldjäger schüttelte den Kopf. »Du selbst bist der beste Gegenbeweis.«

Wieder herrschte für einige Augenblicke Schweigen. Dann konnte Rammar nicht länger an sich halten und prustete los (obwohl es sich für einen Ork nicht schickt, über den Witz eines Menschen zu lachen). Auch Corwyn lachte, und sogar Alannah fiel mit heiserem Kichern ein. Und schließlich musste auch Balbok grinsen, obwohl der Scherz einmal mehr auf seine Kosten gegangen war.

Die Anspannung und die Todesangst, unter der die Gefährten gestanden hatten, brachen sich in erleichtertem Gelächter Bahn, und in der allgemeinen Heiterkeit klopfte der Kopfgeldjäger Rammar versöhnlich auf die Schulter, während der feiste Ork ihm mit der Faust auf die Brust hieb, was unter seinesgleichen als Zeichen der Anerkennung gilt – bis ihnen beiden klar wurde, was sie da taten. Corwyns Hand zuckte zurück, als ihm bewusst wurde, dass er dabei war, sich mit Marenas Mördern zu verbrüdern, und der Ork spuckte aus, als er erkannte, dass er drauf und dran gewesen war, mit einem Menschen Freundschaft zu schließen, noch dazu mit einem, der es auf seinen Skalp abgesehen hatte.

Als wäre ein Blitz zwischen sie gefahren, zuckten sie auseinander, und einen Herzschlag später hatten sie wieder die Waffen erhoben, an deren Klingen noch dunkles Trollblut klebte. Axt und *saparak* auf der einen und Corwyns Anderthalbhänder auf der anderen Seite standen sie sich gegenüber.

»Wusste ich's doch«, zischte der Kopfgeldjäger. »Mir war klar, dass euch hässlichen Mistkerlen nicht zu trauen ist.«

»Und mir war klar, dass es einem nichts einbringt, einem Menschen die Haut zu retten«, hielt Rammar dagegen. »Ohne meinen Bruder wärst du tot.«

»Drauf geschissen. Lieber soll mir ein Troll den Kopf abbeißen, als dass ich mich von einem fetten Ork hinterrücks ermeucheln lasse.«

»Der fette Ork wird dir gleich die Spitze seines *saparak* in die Eingeweide rammen und das gute Stück genüsslich umdrehen.«

»Versuch's nur, Fettsack – vorher hacke ich dir die Arme ab und hole mir deinen Skalp, noch während du krepierst.«

»Nur über meine Leiche!«, stieß Balbok zwischen gefletschten Zähnen hervor und stellte sich schützend vor seinen Bruder.

»Das ist dein Stichwort, Bohnenstange!«

»Milchnase!«

»Hackfresse!«

»Blauauge!«

Einander wie Raubtiere belauernd, traten der Ork und der Kopfgeldjäger aufeinander zu und wollten im nächsten Moment übereinander herfallen, noch immer aufgestachelt von dem Kampf, der hinter ihnen lag – als sich eine in strahlendes Weiß gewandete Gestalt zwischen sie stellte und beide mit tadelnden Blicken bedachte.

»Seid ihr fertig?«, erkundigte sich Alannah.

»Noch nicht«, erwiderte Corwyn, knurrend wie ein hungriger Wolf. »Erst wenn der Skalp dieses Großmauls an meinem Gürtel hängt.«

»Hör auf damit, Mensch!«, wies sie ihn streng zurecht. »Und steck dein Schwert wieder weg!«

»*Korr*«, stimmte Balbok zu. »Gegen mich kommst du ohnehin nicht an, also versuch's erst gar nicht.«

»Und du«, wandte sich Alannah mit nicht weniger strafendem Tonfall an den Ork, »senk deine Axt, und zwar sofort!«

»Was? Aber ...«

»Wofür haltet ihr euch eigentlich? Übersteht den Angriff eines Waldtrolls, um im nächsten Moment wie von Sinnen übereinander herzufallen? Habt ihr noch immer nicht begriffen, dass wir aufeinander angewiesen sind? Ob es euch gefällt oder nicht, das Schicksal hat euch zu Verbündeten gemacht. Entweder ihr akzeptiert das endlich, oder ihr werdet schon bald tot sein. Im Vergleich zu den Gefahren, die innerhalb der Mauern von Tirgas Lan lauern, ist der Kampf gegen einen Waldtroll nämlich reiner Zeitvertreib.«

Alannah hatte mit eindringlicher Stimme gesprochen, und weder die Orks noch Corwyn wagten es, ihr zu widersprechen. Noch einen Augenblick zögerten sie, dann ließen sie die Waffen sinken.

»So ist es gut«, sagte Alannah. »Niemand hat etwas davon, wenn ihr euch gegenseitig umbringt. Wir haben ein gemeinsames Ziel, also vergesst euren kleinlichen Streit und denkt daran, weshalb wir hier sind. Noch nie zuvor ist es jemandem gelungen, derart tief in den Wald von Trowna vorzustoßen. Es ist nicht mehr weit bis Tirgas Lan, das kann ich fühlen. Lasst nicht zu, dass euer Hass aufeinander unsere Mission gefährdet.«

»Also schön«, murrte Corwyn und rammte das Schwert in die Scheide zurück.

»Schön«, murrten auch Balbok und Rammar.

Dann setzten sie ihren Weg fort auf dem Pfad, den der Wald ihnen wies.

»Eins verstehe ich nicht, Elfin«, sagte Rammar, während sie an dem toten Troll vorbeischritten. »Wenn der Wald dir den Weg zur Verborgenen Stadt zeigt und angeblich nichts gegen dich hat, weshalb wurden wir dann angegriffen?«

Alannah sandte ihm einen vieldeutigen Blick. »Ich habe nur von *mir* gesprochen«, erwiderte sie. »Von zwei Orks und einem Kopfgeldjäger war nie die Rede.«

»Willst du damit sagen, der Troll hatte es nur auf uns, nicht aber auf dich abgesehen?«, fragte Rammar erstaunt.

Alannah lächelte. »Genau das.«

Den ganzen Tag lang dauerte der Marsch. Zwischen mächtigen Bäumen, von denen dichte Vorhänge aus feuchtem Moos hingen, und unter Wurzeln hindurch, vorbei an riesigen Pilzen und Farnen, die wie bizarre Torbögen über den Pfad rankten, führte der verschlungene Pfad immer tiefer hinein in den Wald.

Jedes Mal, wenn der Weg vor einer undurchdringlichen Wand aus Dickicht und Moos endete, legte Alannah eine Pause ein, setzte sich auf den weichen Waldboden, schloss die Augen und meditierte eine Weile. Und ohne dass Rammar, Balbok und Corwyn es bewusst wahrnehmen konnten, veränderte sich der Wald und öffnete ihnen einen Weg, auf dem sie ihre Reise fortsetzen konnten.

Das Ganze war den Orks äußerst suspekt.

Und nicht nur, dass sie längst die Orientierung verloren hatten, auch das beständige Knacken und Rauschen, das die modrige Luft erfüllte, beunruhigte sie. Außerdem hatten beide das unbestimmte Gefühl, beobachtet zu werden, doch weder waren Spuren im weichen Boden auszumachen, noch konnte Balbok verdächtige Gerüche aufschnappen.

Unbeirrt schritt Alannah ihnen voraus. Die Elfin schien weder Rast noch Ruhe zu brauchen, im Gegenteil, sie wirkte um so ausgeruhter und erholter, je weiter sie sich der Verborgenen Stadt näherten. Mit einem Troll bekamen die vier Wanderer es zu Rammars Erleichterung nicht mehr zu tun, dafür gab es im Wald allerlei Kleingetier – Schlangen, die sich auf dem feuchten Boden ringelten und die Gefährten anzischten, und Giftspinnen, die zwischen den Bäumen ihre Netze gewoben hatten (aber zu Rammars und Balboks Erleichterung nur die Größe von Kaninchen hatten).

Gegen Abend jedoch – die Dämmerung sorgte bereits dafür, dass der Wald in grauer Dunkelheit versank – kam es zu einem höchst unheimlichen Ereignis.

Müde und erschöpft vom langen Marsch trotteten die Orks und der Kopfgeldjäger hinter der Elfin her, als diese plötzlich stehen blieb, den Kopf in den Nacken legte, die Augen schloss und dann ein einziges Wort flüsterte: »Gefahr!«

In nächsten Moment hatte Balbok ihn in der Nase – den beißenden Geruch von Tod und Verwesung.

Auf einmal war es, als hätte ein riesiger Rachen die untergehende Sonne verschluckt, und ein dunkler Schatten fiel auf die Wanderer. Die Bruchstücke des blutroten Abendhimmels, die hier und dort durch das dichte Blätterdach blitzten, waren plötzlich weg, und ein dumpfes Rauschen erfüllte die Luft.

Das Geräusch verstärkte sich, und die Orks und ihre Gefährten spürten, wie etwas über sie hinwegzog – etwas, das mit riesigen Flügeln durch die Lüfte glitt.

Todesangst griff mit eisiger Klaue nach Rammar, senkte sich in seine Brust, wühlte darin herum und packte schließlich sein Herz. Der feiste Ork gab ein gequältes Ächzen von sich, während er panisch hinaufstarrte zum finsteren Himmel, wo das riesige, bedrohliche Etwas auf einmal zu kreischen begann.

Rammar riss das Maul auf, wollte sein Entsetzen hinausbrüllen – aber ehe auch nur ein Laut seiner Kehle entrinnen konnte, schoss Balboks Pranke heran und versiegelte seinem Bruder den Mund.

»Still!«, zischte Alannah. »Wenn es uns hört, sind wir verloren …«

Rammar merkte, wie ihm Schweiß auf die Stirn trat, aber er begriff, dass er Ruhe bewahren musste, auch wenn es ihm schwer fiel. Denn die Nähe des … *Dings* (was immer es auch sein mochte) bewirkte, dass er sich hilfloser fühlte und ängstlicher war denn jemals zuvor: Noch niemals in seinem Leben, weder beim Angriff der Gnomen noch beim Kampf gegen die Riesenspinne oder als er mit dem Berserker die Waffen kreuzte, und auch nicht, als der Eisfluss sie um ein Haar verschlungen hatte, hatte der Ork eine derartige heillose Angst verspürt. Wie ein glühendes Eisen fraß sie sich durch sein bisschen Verstand und schien dort alles auszumerzen, bis nur noch er selbst zurückblieb, allein und nackt und wehrlos.

Obwohl Balbok ihm noch immer die Klaue aufs Maul presste, gelang es Rammar, den Kopf zu drehen, sodass er im Halbdunkel die Gesichter seiner Kameraden sehen konnte – und wie er feststellte, erging es ihnen nicht besser als ihm. Balboks Visage war lang, seine Wangen hohl und eingefallen, und seine Augen drohten fast aus den Höhlen zu quellen. Corwyns Brauen waren sorgenvoll zusammengezogen, seine Stirn von tiefen Falten zerfurcht. Selbst die Elfin hatte – so schien es – einiges von ihrer Selbstsicherheit verloren; die Schrecken von Trowna hatten es zwar angeblich nicht auf sie abgesehen, sondern nur auf ihre Begleiter, aber wer vermochte zu sagen, ob dieses *Etwas*, was immer es auch war, diesen feinen Unterschied kannte?

Augenblicke verstrichen, die den vier Gefährten wie eine Ewigkeit vorkamen. Das bedrohliche Rauschen kreiste über ihnen, wurde mal leiser und dann wieder lauter – und plötzlich war der Schatten verschwunden und das düstere Rot über den Bäumen wieder zu sehen.

Atemlose Stille blieb zurück, selbst der Wald mit seinem Gesang vom unablässigen Werden und Vergehen schwieg: Das Knarren der Bäume war nicht mehr zu hören, die unheimlichen Kreaturen, die unsichtbar im dichten Unterholz hausten, waren verstummt, das Wispern und Flüstern des Windes schwieg. Erst nach einer Weile fand der Wald zu seiner alten Gewohnheit zurück und Rammar seine Sprache wieder.

»Was, in aller Welt, war das?«, fragte er leise.

»Ich weiß es nicht«, antwortete Alannah. »Der Wald von Trowna birgt viele Geheimnisse, einige davon so alt und schrecklich, dass nicht einmal mein Volk sich daran erinnern mag.«

»Verdammt!«, knurrte der dicke Ork. »Ich hätte mich beinahe ange*shnorsh*t.«

»Ich ebenfalls«, flüsterte Corwyn heiser.

Die beiden schauten sich an, und es dämmerte ihnen, dass sie sich voreinander eine Blöße gegeben hatten. Eine spöttische Bemerkung lag Rammar auf der Zunge, aber er schluckte sie hinunter, zusammen mit dem bitteren Nachgeschmack, den das unheimliche Ereignis hinterlassen hatte.

»Was tun wir jetzt?«, wandte er sich an Alannah.

»Wir werden hier bleiben und unser Nachtlager aufschlagen«, bestimmte die Elfin. Dieser Schatten, dieses seltsame Etwas, schien auch sie beunruhigt zu haben, und möglicherweise wusste sie mehr darüber, als sie zugeben wollte. »Diese Kreatur ist noch immer hier draußen«, sagte sie nur. »Wenn wir weitergehen, laufen wir Gefahr, von ihr entdeckt zu werden. Außerdem wird es bald völlig dunkel sein.«

Keiner ihrer drei Begleiter widersprach; wenn schon die Elfin nicht erpicht darauf war, bei Dunkelheit durch den Wald zu marschieren, so waren es die Orks und der Kopfgeldjäger erst recht nicht. Schon am Tage trieben grässliche Kreaturen im Wald von Trowna ihr Unwesen – wie mochte es dann erst nach Einbruch der Nacht sein?

Da abgemacht war, dass Corwyn die erste Wache übernahm, konnten sich Rammar und Balbok zunächst aufs Ohr legen, wenngleich es nicht einfach sein würde, Schlaf zu finden, nach allem, was sie erlebt hatten. Rammar war sicher, dass er von gefräßigen Trollen und riesigen Schatten träumen würde, es sei denn ...

»Was ist mit Feuer?«, fragte er.

»Nicht heute Nacht.« Alannah schüttelte den Kopf. »Es würde die Kreatur anlocken. Das hier« – sie nahm einen Stock, bückte sich und zog einen Kreis um ihr behelfsmäßiges Lager – »wird uns die Nacht über schützen und Unheil von uns fern halten.«

»Wenn du es sagst«, meinte Rammar skeptisch. Insgeheim sagte er sich, dass es besser war, von Elfenzauber beschützt zu werden als überhaupt nicht. Auch Balbok nahm es gleichmütig hin.

Die Elfin bettete sich auf weiches Moos, während sich die Orks ein Lager aus fauligem Laub bereiteten.

»Verdammt«, knurrte Corwyn. »Das stinkt. Müsst ihr elenden Kerle euch immerzu in Schlamm und Fäulnis wälzen?«

»Was hast du dagegen?«, fragte Balbok verwundert. »Schlamm und Fäulnis sind sehr gesund.«

»Für einen Ork vielleicht«, entgegnete der Kopfgeldjäger

übellaunig, »ich muss davon kotzen. Ich hätte dich erschlagen sollen, als ich die Gelegenheit dazu hatte. Oder noch besser wäre es gewesen, ich hätte euch im Lager der Zwerge zurückgelassen.«

»Es lag nicht an dir, das zu entscheiden«, brachte Alannah in Erinnerung.

»Stimmt, sonst wären die beiden Stinker gar nicht hier«, schimpfte Corwyn. »Dabei ist doch völlig klar, weshalb wir von dem Troll angegriffen wurden und warum es diese seltsame Schattenkreatur auf uns abgesehen hat – die Orks sind daran schuld!«

»*Wir* sollen daran schuld sein?«, fragte Rammar entrüstet. »Wieso das denn?«

»Weil ihr Ausgeburten des Bösen seid, deshalb. Die Wächter des Waldes können eure Anwesenheit spüren und versuchen, euch aufzuhalten. Wären die Elfin und ich allein, hätten wir Tirgas Lan vermutlich längst erreicht.«

»Irrtum«, sagte Alannah, noch ehe Rammar etwas erwidern konnte. »Die Orks können nichts dafür, Corwyn.«

»Was? Aber …?«

»Weißt du nicht mehr, was ich euch über Trowna sagte? Der Wald betrachtet *jeden* als Eindringling, egal, ob es sich um einen Menschen, einen Ork oder sonst jemanden handelt. Nur die Hüterin der Karte kann den Wald ungehindert passieren. So steht es in Farawyns Prophezeiung.«

»Das hat mir gerade noch gefehlt«, stöhnte Corwyn. »Tu mir einen Gefallen und verschone mich mit Prophezeiungen. Was als Nächstes kommt, will ich gar nicht wissen.«

Alannah lächelte, dann fragte sie ihn: »Weißt du, was ich denke?«

»Was?«

»Ich denke, dass du in Wirklichkeit ein sehr ängstliches Wesen bist, Corwyn. Und dass deine Furcht der Grund dafür ist, weshalb du dich so feindselig verhältst.«

»Unsinn!«

»Das ist kein Unsinn, und das weißt du. Auch wenn es dir nicht gefällt, Corwyn – du bist nur ein Mensch, und Menschen fürchten sich. Und wenn es dich beruhigt, auch ich hatte Angst, als dieses Ding über uns schwebte, Hüterin hin oder her.«

»Dein Pech.« Corwyn zuckte mit den Schultern. »Ich habe jedenfalls keine Angst. Weder vor diesem Ding noch vor irgendetwas sonst.«

»Sturer Kerl! Wieso willst du es nicht zugeben?«

»Weil es nichts zuzugeben gibt, deshalb.«

»Das ist nicht wahr! Ich kann deine Furcht spüren, und ich spüre auch, dass da noch mehr ist – Wehmut und Trauer ...«

»Elfin!«, knurrte der Kopfgeldjäger drohend. »Ich wäre dir dankbar, wenn du diese Dinge für dich behalten würdest ...«

»Du hast gelernt, deinen Schmerz sorgsam zu verbergen, aber er ist noch immer da. Solange du dich ihm nicht stellst, wirst du ihn nie überwinden.«

»Danke«, knurrte er. »Noch mehr kluge Ratschläge?«

»Wieso hörst du mir nicht zu? Ich will dir helfen.«

»Freundlich von dir, aber ich brauche keine Hilfe.«

»Hohlkopf!«

»Eingebildete Schnepfe.«

»Rohling!«

»Arrogantes Miststück!«

Rammar und Balbok staunten nicht schlecht – der Kopfgeldjäger und die Elfin warfen sich gegenseitig Schimpfworte an den Kopf wie zwei Orks. Dabei war für Rammar ganz klar, warum sich die beiden derart angingen, und aus irgendeinem Grund gefiel ihm der Gedanke nicht.

Damit die beiden Streithähne mit ihrem Gezeter nicht die unheimliche Schattenkreatur anlockten, fuhr er dazwischen. »Sagt mal, ihr beiden«, zischte er, »was soll dieses dämliche Gebalze?«

»Gebalze?«, fragte Corwyn und starrte ihn an.

»Natürlich«, knurrte der Ork. »Ist doch offensichtlich, dass du ein Auge auf die Elfin geworfen hast, und die Elfin findet dich sondererweise nicht so hässlich, wie du tatsächlich bist.«

»Das – das ist Unsinn!«, widersprach Corwyn unbeholfen, aber der Blick, den er und Alannah tauschten, bewies Rammar, dass er ins Schwarze getroffen hatte.

»Anstatt euch zu streiten«, fuhr der dicke Ork fort, »solltet

ihr es lieber gleich tun, hier und jetzt. Dann habt ihr's hinter euch.«
»Was meinst du?«, fragte Corwyn, peinlich berührt.
»Was sollen wir tun?«, fragte Alannah errötend.
»Was wohl?« Der Ork grinste schmutzig.
»Du – du meinst …?«
Rammar nickte. »Am besten tut ihr's in der Schlammgrube dort drüben. Sicher fallen euch da ein paar nette Dinge ein.«
»Was für Dinge?«, fragte Balbok.
»Schnauze!«, brummte Rammar.
»Hab ich dich richtig verstanden?«, fragte Alannah fassungslos. »Du – du drängst uns nicht nur dazu, den Liebesakt zu vollziehen, sondern wir sollen uns dabei auch noch in einer Schlammgrube wälzen?«
»So wie Orks es tun«, bestätigte Rammar, und sein Grinsen wurde noch dreister.
»Du widerwärtige Kreatur!«, rief sie. »Wie kannst du es wagen, einen solch hehren Akt derart in den Schmutz zu ziehen?«
»Nicht Schmutz«, korrigierte der Ork. »Von Schlamm war die Rede.«
»Hast du denn gar kein Feingefühl?«, empörte sich die Elfin.
»Natürlich nicht«, sagte Corwyn. »Er ist ein Ork, und Orks folgen nur ihren Trieben.«
»Was bei dieser Sache auch sinnvoll ist«, meinte Rammar, noch immer breit grinsend.
»Niedere, verabscheuungswürdige Triebe sind das.« Alannahs Züge verzerrten sich vor Verachtung.
»Allerdings«, pflichtete Corwyn ihr bei. »Sie sind primitive Wilde, und sie werden auch nie etwas anderes sein.«
Der Kopfgeldjäger und die Elfin waren sich plötzlich wieder einig. Ihr Streit von vorhin war vergessen – nichts anderes hatte Rammar erreichen wollen.
»*Korr*, ich bin also ein primitiver Wilder«, murmelte er. »Die beiden balzen, dass selbst ein Ork davon rote Ohren bekommt, aber der primitive Wilde bin ich. Verstehst du das, Balbok?«
»Nein«, entgegnete sein Bruder, der reglos auf dem Rücken lag. »Ich verstehe überhaupt nichts. Ich habe Hunger.«

»Ich auch. In diesem verdammten Wald gibt es nichts als zähe Wurzeln und winzige Pilze. Sie hängen mir zum Hals raus.«

»Mir ebenso. Wenn ich da an einen großen Kessel Magenverstimmer denke ...«

»Halts Maul!«, knurrte Rammar.

»Ich kann nichts dafür. Ich sehe ihn schon wieder vor mir, einen riesigen Kessel, mit Ghulaugen und Gnomendärmen drin und ...«

»Halts Maul!«, sagte Rammar, diesmal energischer, und Balbok verstummte tatsächlich. Seinen blitzenden Augen war allerdings anzusehen, dass er sich weiterhin ausmalte, welche Köstlichkeiten der Kessel noch enthalten mochte.

»Eins schwöre ich dir, Rammar«, ergriff er noch einmal das Wort. »Wenn wir hier jemals rauskommen, werde ich den größten Kessel anheizen, den du je gesehen hast, und uns den besten Magenverstimmer kochen, den du je gegessen hast. *Korr*?«

Rammar seufzte – was sollte er darauf erwidern?

»*Korr*«, sagte er leise.

4.
BOL UR'SUL'HAI-COUL

Schmal und scharf wie Schwertklingen durchschnitten die Schiffe der Elfen die Fluten des Ostflusses. Angetrieben von gleichmäßigen Ruderschlägen brauchten die vier Trieren nur wenige Tage, um jene Gegend am Fuß des Schwarzgebirges zu erreichen, wo sich Ostfluss und Westfluss zu jenem Gewässer vereinten, das von Alters her als Grenze zwischen der Modermark und dem Elfenreich galt und daher auch seinen Namen hatte – *glanduin* nannten es die Elfen in ihrer Sprache, *abhaimkroiash* die Orks, Grenzfluss die Menschen.

Zwischen den düstergrauen Hängen des Schwarzgebirges auf der einen und dem drohend grünen Band des Waldes von Trowna auf der anderen Seite wand sich der Grenzfluss nach Norden, durch totes Niemandsland, in das sich nur selten ein Sonnenstrahl verirrte. Graue Wolken, die Überreste eines Unwetters, das weiter im Osten gewütet hatte, verliehen dem Himmel eine Düsternis, die der in Loretos Herzen glich.

Schwermütig stand der Elfenfürst am Bug des Schiffes, das den Verband anführte. Die Galionsfigur, die Hals und Kopf eines Schwans darstellte, erhob sich majestätisch über die Fluten, die vom messerscharfen Bug fast geräuschlos geteilt wurden; zu hören war nur das schlagende Geräusch, mit dem die Ruder der Triere ins Wasser gesenkt und wieder angehoben wurden.

Drei mal dreißig Ruderer auf jeder Seite des Schiffes sorgten dafür, dass es sich mit erstaunlicher Geschwindigkeit gegen die Strömung bewegte – zu schnell für Loretos Geschmack.

Er selbst hatte keine Eile, die Ebene von Scaria zu erreichen, jenes leblose Land, das einst im Herzen des Elfenreichs gelegen hatte. Für ihn war es unverständlich, dass seine Vorfahren ihr Leben gelassen hatten, um diesen trostlosen Flecken Erde den Mächten des Bösen abzutrotzen; seiner Meinung nach hätte man das Land östlich der Modermark den Finsteren überlassen können. Mehr noch: Man hätte ihnen ganz Erdwelt als Dreingabe dazuschenken sollen.

Loreto hatte nie verstanden, was sein Volk an den Sterblichen fand. Ihre Dummheit und Gier – vor allem die der Menschen – waren enorm, und noch nie hatten sie sich dankbar gezeigt für eine der Wohltaten, die die Elfen ihnen angedeihen ließen. Hätte Loreto zu entscheiden gehabt, sein Volk hätte schon vor langer Zeit *amber* verlassen und Glück und Zufriedenheit an den Ufern der Fernen Gestade gesucht.

Immerhin war das Schicksal gnädig genug, ihn in einer Zeit leben zu lassen, in der auch unter den Idealisten seines Volkes allmählich Ernüchterung eintrat. Den Elfen war bewusst geworden, dass sie ihre Zeit verschwendet hatten, dass man Menschen und Zwerge, Orks und Gnomen besser sich selbst überließ, und endlich kehrten sie zu jenem Ort zurück, von dem sie einst gekommen waren.

Diese neue Nüchternheit unter den Elfen hatte freilich auch ihre Nachteile. Loreto blutete das Herz, wenn er daran dachte, dass das Schiff, mit dem er nach den Fernen Gestaden hatte aufbrechen wollen, ohne ihn auslief und dass der Vorsitzende des Hohen Rats der Elfen seinen Platz einnahm, während er selbst diese Mission zu erfüllen hatte.

Wo waren die alten Werte geblieben?

Loreto verwünschte Aylonwyr für seine Dreistigkeit, und er ertappte sich dabei, dass ihm Gedanken kamen, die eines Elfenfürsten nicht würdig waren. Nicht nur, dass der Ratsälteste ihn dazu nötigte, zurückzubleiben, während er sich selbst nach den Fernen Gestaden absetzte – er zwang ihn auch noch zu einem Wiedersehen mit Alannah, und das war fast noch schlimmer. Genau das hatte Loreto nämlich vermeiden wollen, aus diesem Grund hatte er seiner Geliebten ja den Brief geschickt, in dem er ihr erklärt hatte, dass es aus war zwischen ihnen und er sein Glück in einer neuen Welt suchen wollte.

Er wollte nicht in ihr entsetztes Gesicht blicken und die

Tränen der Enttäuschung und Verzweiflung sehen. Auf diese Weise war es um vieles einfacher, ein reines Gewissen zu behalten, das Voraussetzung war, wollte man den Fuß auf die Fernen Gestade setzen. Wer nämlich kein reines Gewissen hatte, der wurde von den Hütern des Eilands zurückgewiesen.

Aber es war alles anders gekommen: Alannah war aus Shakara entführt worden, und Loretos Auftrag lautete eigentlich nicht, sie aus der Gewalt der Unholde zu befreien. Nein, Aylonwyrs Anweisungen waren in dieser Hinsicht eindeutig gewesen: Die Hohepriesterin musste *um jeden Preis* daran gehindert werden, ihr Geheimnis zu verraten – auch wenn dies bedeutete, ihren Mund für immer zu versiegeln!

Der Gedanke ließ Loreto bis ins Mark erschaudern. Würde er es tun können? War sein Loyalität Aylonwyr und dem Rat gegenüber groß genug für einen Mord?

Entschieden schüttelte der Elfenfürst den Kopf.

Die Frage stellte sich nicht.

Er hatte einen Befehl des Hohen Rates auszuführen, und es kam ihm nicht zu, diesen infrage zu stellen. Wenn Alannah tatsächlich mit dem Feind kollaborierte und das Geheimnis verraten wollte, das sie ihr Leben lang gehütet hatte, so hatte sie den Tod verdient – er, Loreto, war dabei nicht mehr als der ausführende Arm der Gerechtigkeit. Wenn er den Wunsch des Rates zu dessen vollster Zufriedenheit ausführte, würde er sich zudem an Bord des nächsten Schiffes befinden, das den Hafen von Tirgas Dun verließ.

Nur darum ging es.

Das Ziel waren die Fernen Gestade.

Die Mauern von Tirgas Lan tauchten so unvermittelt aus dem Grün des Urwalds auf, dass die Wanderer wie versteinert verharrten.

Der unsichtbare Pfad schien sich in Dickicht und Schlinggewächsen zu verlieren, doch im nächsten Moment war es, als würde ein Vorhang aus Moos und grünen Blättern beiseite gezogen, um sodann den Blick auf etwas freizugeben, das größer und eindrucksvoller war als alles, was Rammar und Balbok je gesehen hatten.

Keine Orkfeste, und war sie noch so mächtig und finster, konnte es mit Tirgas Lan aufnehmen: Mauern, so riesenhaft und trutzig, dass es einem den Atem raubte, wuchsen vor ihnen in die Höhe, gekrönt von schlanken Zinnen. Dahinter ragten Türme auf, deren Kronen teils eingefallen waren; einst hatten bunte Banner auf ihnen im Wind geflattert und von der Macht der Elfen gekündet – geblieben waren nur leere Fahnenstangen, die sich wie knochige Finger in den dunklen Himmel reckten.

Das Gestein der Festungsmauer war schwarz und von Rissen durchzogen; es erinnerte mit seiner löchrigen Oberfläche an einen Schwamm. Ein Feuer, das heißer gewesen war als alles, was Orks oder Menschen entfachen konnten, musste diesen Schaden angerichtet haben.

Die gesamte Festung schien von teeriger Schwärze überzogen; durchbrochen wurde sie nur dort, wo der Urwald begonnen hatte, das Terrain zu erobern: Dort wucherten Moosflechten und Wurzeln an der Festungsmauer empor, und von den Türmen hingen Schlinggewächse herab. Fast hatte es den Anschein, als wollte der Wald die Anlage ersticken; von allen Seiten drängte die grüne Flut heran, schien die Festung ausmerzen und für alle Zeiten vergessen machen zu wollen.

»Bei den Würmern in Torgas Gedärmen!«, stieß Rammar atemlos hervor. »Das ist wirklich die größte Festung, die man je in *sochgal* errichtet hat.«

»Da bin ich zur Abwechslung mal deiner Meinung, Orkfresse«, stimmte Corwyn nicht weniger staunend zu.

»Dies ist Tirgas Lan«, sagte Alannah, »die alte Königsfestung, Stadt und Burg zugleich, die einst das Zentrum des Elfenreichs war.«

Selbst aus ihrer sonst so ruhigen Stimme war die Aufregung herauszuhören. Zum ersten Mal in ihrem Leben sah die Hohepriesterin von Shakara jene Feste, deren Schutz ihr ganzes bisheriges Leben gegolten hatte. Der Zahn der Zeit hatte an den Mauern und Türmen genagt, aber noch immer umwehte die Festung ein Hauch der alten Macht.

»Farawyn«, flüsterte Alannah ehrfürchtig. »Hier war es, wo die letzte Schlacht gegen Margok geschlagen wurde. Hier trafen die Streiter des Guten und die Diener des Chaos zum letzten Mal aufeinander. Ihr Blut tränkte diesen Boden, und dieser Saat entwuchs der Wald von Trowna.«

»Kein Wunder«, kommentierte Balbok, »wenn in diesem verdammten Wald so viel Ungeziefer unterwegs ist.«

»Warum ist der Stein so brüchig?«, wollte Balbok wissen.

»Lass dich von deinen Augen nicht täuschen, mein einfältiger Begleiter«, riet ihm die Elfin. »Die Mauern von Tirgas Lan haben Drachenfeuer und schwärzester Magie getrotzt, und sie stehen noch immer. Selbst die Zerstörungswut der Orks vermochte sie nicht einzureißen.«

»Das wollen wir mal sehen«, brummte Rammar trotzig. »So baufällig, wie das aussieht, brauche ich nur mal kräftig dagegenzuschlagen!«

»Wie ich schon sagte: Trau deinen Augen nicht«, mahnte ihn die Elfin. »In Farwyns Weissagung heißt es, dass derjenige, der Einlass in Tirgas Lan begehrt, ohne auserwählt zu sein, die Stadtfestung niemals betreten kann.«

»Was soll das Gerede?«, maulte Rammar. »Wo ist der Eingang, dann zeige ich dir ...«

»Nach einem Eingang brauchen wir nicht lange zu suchen«, unterbrach ihn Corwyn. »Wir werden uns ein Tau aus Lianen flechten und daran über die Mauer klettern.«

»Das wäre nicht ratsam«, meinte Alannah.

»Weshalb nicht?«

»Seit Jahrhunderten hat niemand mehr die Verborgene Stadt betreten. Ein Fluch liegt über ihr, der erst gebrochen wird, wenn das Große Tor von dem Auserwählten geöffnet wird. Dann erlischt auch der Fluch des Waldes. Das Tor ist der einzige Weg ins Innere der alten Königsstadt. Jeder andere Versuch, hineinzugelangen, endet tödlich.«

»Na schön«, brummte Corwyn. »Und wo finden wir dieses Tor?«

»Irgendwo entlang dieser Mauer«, vermutete die Elfin. »Ich schlage vor, dass wir uns trennen. Die Orks gehen links,

Corwyn und ich nehmen uns die rechte Seite vor. Wer das Tor zuerst findet, der wartet auf den jeweils anderen.«

»Von wegen«, widersprach Rammar. »Wir sind ja nicht dämlich. Als Priesterin von Shakara kennst du den Laden hier doch in- und auswendig. Sobald ihr das Tor findet, wirst du es öffnen und dich mit dem Milchgesicht verdrücken, und mein Bruder und ich haben dann das Nachsehen.«

»Nein, ich ...«

»Ich sage dir, wie wir es machen, Elfin – wir bleiben alle zusammen, ob es euch passt oder nicht.«

Alannah seufzte und warf Corwyn einen bedauernden Blick zu, der deutlich verriet, dass sie nichts dagegen gehabt hätte, eine Weile mit ihm allein zu sein. Schließlich jedoch willigte sie ein, und auch der Kopfgeldjäger hatte keine Einwände – wohl weil er die Orks auf diese Weise weiterhin unter seiner Aufsicht hatte.

Entlang der von üppigem Grün bewachsenen Mauer, die sich zu ihrer Linken erstreckte, begannen die vier ungleichen Gefährten ihre Suche nach einem Eingang ins Innere der Stadtfestung.

Unterwegs dämmerte Rammar, weshalb Tirgas Lan sowohl Festung als auch Stadt gewesen war. Die Anlage war befestigt wie eine Burg, mit hohen Mauern und Wehranlagen; ihre Abmessungen jedoch waren so riesig, dass eine ganze Stadt darin Platz fand. In regelmäßigen Abständen waren Türme in die Mauer eingelassen, nach außen gewölbte Bauwerke, deren Gestein ebenfalls schwarz und grobporig war. Auf den hohen Mauern ragten Zinnen auf, und Rammar befürchtete fast, von dort oben aus unter Beschuss genommen zu werden.

Alannah ging dem kleinen Trupp voraus. Gesprochen wurde nur wenig, und die Gefährten blickten sich wachsam um. Etwas hatte sich verändert: Kein Windhauch regte sich in unmittelbarer Nähe der Mauer, die allgegenwärtigen Geräusche des Urwalds waren verstummt.

»Bei Kuruls dunkler Flamme!«, maulte Rammar verdrießlich vor sich hin. »Jede andere Kreatur in diesem Wald scheint

klug genug zu sein, sich von diesen Mauern fern zu halten. Nur wir müssen unbedingt unsere Rüssel hineinstecken.«
»Niemand zwingt dich, Ork«, sagte Corwyn grinsend. »Du kannst auch draußen bleiben und den Schatz von Tirgas Lan mir überlassen.«
Rammar spuckte verächtlich aus. »Eher würde ich allein und unbewaffnet gegen einen Waldtroll kämpfen, als dir diesen Triumph zu gönnen, du elender ...«
Von der anderen Seite der Mauer drang plötzlich ein Laut, der den vier ungleichen Gefährten durch Mark und Bein ging – ein lang gezogenes unmenschliches Ächzen, gefolgt von einem heiseren Schnauben.
»Sei vorsichtig mit dem, was du sagst, Ork«, sagte Alannah leise. »Allzu leicht könnte es in Erfüllung gehen ...«
Rammar beschloss, den Mund zu halten und es seinem Bruder gleich zu tun, der mit unbewegter Miene hinter ihm herschritt. Einmal mehr schien Balbok nichts aus der Ruhe bringen zu können, und Rammar fragte sich, woher sein einfältiger Bruder diese Gelassenheit nahm. Schließlich waren sie nicht mehr weit von dem Schatz entfernt, dessentwegen sie den ganzen weiten Weg über die Ebene von Scaria und durch den Wald von Trowna gelatscht waren, und überall konnten hier tödliche Gefahren lauern.
Zunächst jedoch fanden die Gefährten genau das, wonach sie suchten: Zwischen zwei hohen, trutzigen Türmen, die in luftiger Höhe durch eine mit Zinnen bewehrte Brücke miteinander verbunden waren, befand sich das Tor – eine riesige Pforte, in deren steinerne Torflügel Symbole der alten Elfenschrift gemeißelt waren.
»Mein böser Ork«, brach Balbok nun doch sein Schweigen, während er staunend an der Pforte emporblickte. »Wenn das Tor schon so groß ist, wie mag es da erst auf der anderen Seite der Mauer aussehen?«
»Tirgas Lan wurde einst ›Perle des Elfenreichs‹ genannt«, erklärte Alannah. »Es war der prunkvollste Ort, den *amber* je gesehen hat, mit lichtdurchfluteten Hallen, blühenden Gärten und Säulenhallen, in denen man lustwandeln konnte, wenn einem der Sinn danach war ...«

»Bah!«, machte Balbok und verzog das Gesicht. »Licht und Farben überall. Eine entsetzliche Vorstellung.«

»Keine Sorge«, sagte Alannah, und Bitterkeit schwang in ihrer Stimme mit. »Es ist nichts mehr davon übrig. Hier an diesem Tor wurde einst schändlicher Verrat begangen, und es waren Kreaturen wie du und dein Bruder, die den Glanz und den Stolz von Tirgas Lan in Feuer und Blut versinken ließen.«

»*Korr*«, stimmte Balbok begeistert zu, »wo unsere Orkbrüder hintrampeln, da wächst so schnell nichts mehr. Ich finde, wir sollten ...«

Er verstummte, als Rammar ihm einen harten Rippenstoß versetzte. Selbst der dicke Ork hielt es für wenig taktvoll, ausgerechnet an diesem Ort die Bluttaten ihrer Vorfahren zu rühmen. Alannah war ihre Betroffenheit deutlich anzusehen, und aus unerfindlichem Grund wollte Rammar ihr nicht noch weiter zusetzen.

»Wie öffnet man das Tor?«, fragte er, um das Thema zu wechseln.

Gedankenverloren blickte Alannah an der verschlossenen Pforte empor, deren unteres Drittel mit Moos und Wurzeln bedeckt war. Die Elfin schien sich für einen kurzen Moment an einem ganz anderen Ort zu befinden, zu einer anderen Zeit. Es war Corwyn, der neben sie trat und sie ins Hier und Jetzt zurückholte, indem er ihr sanft die Hand auf die Schulter legte.

»Der Ork hat dich etwas gefragt«, brachte er in Erinnerung – nicht um Rammar einen Gefallen zu tun, sondern weil er selbst darauf brannte, die Verborgene Stadt zu betreten.

»Ich weiß«, erwiderte sie leise. »Die Antwort habe ich längst gegeben: Es gibt keine Möglichkeit, das Tor von außen zu öffnen. Ein Fluch liegt darauf, und dieser lässt nur denjenigen passieren, den das Schicksal dazu ausersehen hat.«

»Und dich«, mutmaßte Rammar. »Schließlich bist du die Hüterin des Geheimnisses. Der Wald hat dir den Weg hierher gezeigt, also wird man dir auch die Pforte öffnen.«

»Es wäre möglich.« Alannah nickte. »Aber es kann auch sein, dass der Weg der Hüterin hier endet.«

»Es gibt nur eine Möglichkeit, das herauszufinden«, meinte

Rammar grinsend, und wie ein Höfling, der seiner Herrin den Vortritt lässt, verbeugte er sich und fuchtelte einladend mit den kurzen Armen.

Alannah atmete tief durch. Es schien sie einige Überwindung zu kosten, sich der Pforte zu nähern – gerade so, als würden unsichtbare Hände sie zurückhalten wollen. In Wirklichkeit, dachte Rammar, war es wohl eher das schlechte Gewissen, das die Elfin plagte. Immerhin verriet sie gerade die letzten dreihundert Jahre ihres Lebens, und das war – so glaubte Rammar zumindest – selbst für einen Elfen eine lange Zeit.

Alannah trat vor die mächtige Pforte, vor der ihre leuchtende Gestalt fast winzig erschien. Der Odem der Vergangenheit schien die Elfin in den Bann zu schlagen. Sie verharrte, schloss die Augen und breitete die Arme aus.

»Was soll das denn jetzt wieder?«, flüsterte Rammar. »Können diese Elfen denn nicht einmal etwas tun, ohne vorher lange rumzumeditieren?«

»Klappe!«, zischte Corwyn. Der Kopfgeldjäger konnte seinen Blick nicht von Alannah lösen, und Rammar fragte sich, ob es die Gier nach dem Schatz oder die Begehrlichkeit nach der Elfin war, die den Menschen wie einen Ölgötzen starren ließ.

In der weichen, singenden Elfensprache, bei deren Klang sich einem Ork die Nackenborsten sträuben, sprach Alannah einige Worte, die jedoch wirkungslos verhallten. Die Elfin hob darauf ihre Stimme und sprach lauter, vollführte dabei effektheischende Gesten – das Ergebnis jedoch war dasselbe.

Das Große Tor von Tirgas Lan blieb verschlossen.

Über die Schulter warf Alannah ihren Gefährten einen verunsicherten Blick zu, der deutlich verriet, dass sie nicht mehr weiterwusste. Noch einmal versuchte sie es, legte dabei ihre rechte Hand auf das Tor – und diesmal gab es eine Reaktion, auch wenn diese anders ausfiel als erhofft.

Die Elfenrunen, die in die riesigen Torflügel eingearbeitet waren, leuchteten auf einmal in jenem blauen Licht, das Rammar und Balbok schon in Shakara gesehen hatten. Schon glaubten die Gefährten, wieder hoffen zu dürfen – als sich das Leuchten plötzlich zu einem Blitz konzentrierte, der aus dem Gestein stach und Alannah traf.

Die Elfin schrie auf und wurde zurückgeschleudert. Benommen blieb sie im Moos liegen. Sofort war Corwyn bei ihr.

»Alannah! Bist du in Ordnung?«, rief er sorgenvoll.

»I-ich glaube schon«, antwortete sie leise, verletzt nicht am Körper, sondern in ihrem Stolz. »Für einen Augenblick konnte ich etwas fühlen ...«

»Was meinst du?«

»Es war, als öffnete sich das Tor, nur einen Spalt weit, und als spähe jemand aus dem Inneren. Ich wurde gemustert und für unwürdig befunden, genau wie ich dachte.«

»Verdammt«, knurrte Corwyn. »Und was jetzt?«

Alannah schüttelte traurig den Kopf. »Ich weiß es nicht.«

»Einen Augenblick«, sagte Balbok trotzig, »so leicht lassen wir uns nicht abweisen. Ich bin doch nicht den ganzen weiten Weg durch Steppe und Wald gelatscht und habe gehungert, um jetzt vor einem albernen Tor zu kapitulieren.«

»Für einen Ork sprichst du erstaunlich vernünftig«, stellte Corwyn fest. »Aber was sollen wir tun?«

»Was wohl?«, erwiderte Balbok und brüllte zornig: »Dieses verdammte Ding öffnen natürlich!«

Die Axt in der Faust stampfte er wutschnaubend auf die Pforte zu, entschlossen, sie notfalls in tausend Stücke zu schlagen. Rammar hielt sich im Hintergrund. Der feiste Ork hütete sich, Balbok in seinem Anfall von *saobh* beschwichtigen zu wollen – ihm war es lieber, sein Bruder wurde vom Blitz getroffen als er von Balboks Axt.

Balbok beschleunigte seine Schritte, während er sich der Pforte näherte, senkte das Haupt und wollte sich, einen heiseren Schrei auf den Lippen, mit aller Kraft gegen die steinernen Torflügel werfen – ein aussichtsloses Unterfangen, das Alannah mit einem Stirnrunzeln und Corwyn mit einer unmissverständlichen Handbewegung kommentierten. Auch Rammar war der Ansicht, dass sich sein Bruder ein wenig zu lang von

Beeren und kleinen Pilzen ernährt und darüber wohl den Verstand verloren hatte.

»Bei Kuruls dunkler Flamme!«, brüllte Balbok aus Leibeskräften – und krachte im nächsten Moment mit voller Wucht gegen das Tor.

Es gab einen hohlen, dumpfen Laut, und natürlich rührte sich das Tor kein Stück. Balbok aber wurde zurückgeworfen und torkelte benommen – seine Wut jedoch war noch nicht verraucht.

»Na warte, du Mistding!«, rief er. »Wäre doch gelacht, würde ich dich nicht aufkriegen!« Und mit erhobener Axt stürmte er abermals vor und schlug auf das Tor ein.

Funken stoben, als das scharfe Blatt der Orkaxt auf das Gestein der Pforte traf, aber es hinterließ nicht einen Kratzer. Noch einmal schlug Balbok zu und noch einmal – was schließlich nachgab, war nicht das Tor, sondern der Schaft der Axt, der krachend brach.

Mit einer Verwünschung auf den Lippen warf Balbok den nutzlosen Rest der Waffe von sich. Seine Raserei aber war nur noch größer geworden. Wütend sprang er vor dem Tor auf und ab und trommelte mit bloßen Fäusten dagegen – ein erbärmliches Schauspiel, das Rammar beenden wollte. Die Meinung des Kopfgeldjägers und der Elfin über die beiden Orks war schon gering genug, auch ohne dass sich Balbok gebärdete wie von Sinnen.

»Was soll das, *umbal*?«, rief Rammar, während er zu seinem Bruder stapfte. »Musst du unbedingt aller Welt beweisen, dass wir Orks zu nichts anderem fähig sind als …?«

Er verstummte jäh, denn erneut leuchtete die Inschrift des Tors blau auf. In der Erwartung, dass wieder ein Blitz daraus hervorzuckte, der ihn treffen könnte, warf sich Rammar zu Boden.

Aber es kam anders.

Das Leuchten wurde noch intensiver, hüllte das ganze Tor ein und wurde so grell, dass die vier Wanderer ihre Augen dagegen schirmen mussten. Ein markiges Knacken erklang, und plötzlich entstand inmitten des blauen Leuchtens ein schwarzer Spalt. Der Spalt vergrößerte sich, und ähnlich wie in Shakara öffnete sich das Tor wie von Geisterhand. Seine schweren Flügel schwangen ächzend und knirschend nach innen, um den Weg freizugeben in die Verborgene Stadt.

»Endlich!«, rief Balbok, noch immer auf- und abspringend.

»Wurde auch höchste Zeit!« Rammar, der nicht glauben konnte, was er sah, raffte sich auf und starrte blinzelnd zum Tor hin. Auch Corwyn und Alannah kamen ungläubig heran und konnten nicht fassen, was geschah.

»D-das ist unmöglich«, hauchte die Elfin. »Ein Ork kann die Pforte von Tirgas Lan nicht öffnen.«

Alannahs Erstaunen half Rammar, die eigene Überraschung zu überwinden. »Warum nicht?«, rief er. »Das hättest du uns wohl nicht zugetraut, was?«

»Genau wie in Shakara«, flüsterte Alannah, während sie zusah, wie sich das Tor vollends öffnete. Das Leuchten war verblasst, man konnte die Türme und Gebäude sehen, die sich jenseits des Tors erhoben. »Auch Farawyns Pforte habt ihr geöffnet.«

»Nicht schlecht, was?«, feixte Rammar, obwohl ihm nicht ganz klar war, was genau die Elfin so in Erstaunen versetzte. Balbok hatte das Tor geöffnet – na und? Wenn er es geschafft hatte, konnte es solch ein Kunststück nicht sein ...

Zögernd, als trauten sie der Sache nicht, traten die Elfin und der Kopfgeldjäger näher. Corwyn hatte einen gierigen Glanz in den Augen, gemischt mit einer gehörigen Portion Neid. Dass es ausgerechnet seinen Erzfeinden gelungen war, den Zugang zur Verborgenen Stadt zu öffnen, passte ihm offenbar nicht – was Rammar nur noch mehr freute. Der feiste Ork ließ sich sogar dazu herab, seinem Bruder anerkennend gegen die Brust zu klopfen. »Nicht schlecht, Balbok, das muss ich sagen. Obwohl ich es natürlich auch gekonnt hätte.«

»Meinst du?« Balbok bedachte ihn mit einem zweifelnden Blick.

»Hundsfott!«, rief Rammar empört. »Glaubst du das etwa nicht?«

Balbok schüttelte den Kopf. »Ich frage mich nur, warum du es dann nicht getan hast.«

»Das ist wieder typisch für dich.« Rammar stampfte zornig mit dem Fuß auf. »Da lasse ich dir mal den Vortritt, und wieder beschwerst du dich. Wann bist du eigentlich mal zufrieden?«

»Wenn ich den Schatz von Tirgas Lan in meinen Besitz gebracht habe«, gab Corwyn ungefragt Antwort.

Der Kopfgeldjäger und die Elfin waren hinzugetreten, und alle vier standen sie im Tor zur Stadt, die seit Jahrhunderten niemand mehr betreten hatte. Unmittelbar hinter dem Tor befand sich eine große Halle, in der einst die Stadtwache ihren Dienst versehen hatte, jenseits davon begann eine breite Straße, wie man durch ein zweites, offenstehendes Tor sehen konnte. Zu beiden Seiten der Straße standen Gebäude mit hohen Bögen und Säulen, deren Gestein ebenso geschwärzt war wie das der Festungsmauer und der Türme. Dahinter erhob sich, trutzig und eindrucksvoll, die Königszitadelle.

»Worauf warten wir?«, drängte Corwyn, das Schwert in der Hand.

»Es – es kann nicht sein«, stammelte Alannah, noch immer völlig verwirrt. »Niemand außer dem Auserwählten vermag die Pforte von Tirgas Lan zu öffnen. So steht es in der Prophezeiung.«

»Nun ja«, meinte Rammar nicht ohne Stolz, »dann muss wohl einer von uns dieser Auserwählte sein.«

Die Elfin sandte dem Ork einen vernichtenden Blick, und mit einer Stimme, die diesen erschaudern ließ, stieß sie hervor: »Du primitiver Narr! Was weißt du schon? Mit derlei Dingen spaßt man nicht.«

»Mir ist auch nicht zum Spaßen zu Mute«, versicherte Rammar. »Holen wir uns endlich den verdammten Schatz und verschwinden wir wieder.«

»Ganz meine Meinung«, pflichtete Corwyn bei.

»Balbok?«

»Ich bin bereit«, versicherte der hagere Ork.

»Also los«, knurrte Corwyn und trat durchs Tor. »Für Marena.«

»Für die Wahrheit«, sagte Alannah und folgte ihm.
Rammar und Balbok tauschten einen Blick.
»Für uns«, sagten sie gleichzeitig.
Dann betraten auch sie die Verborgene Stadt.

Orthmar von Bruchstein, des Orthwins Sohn, war übler Laune. Die elenden Orks und der Kopfgeldjäger waren entkommen, und wie es aussah, hatte die Elfin ihnen auch noch bei der Flucht geholfen.

Was das zu bedeuten hatte, darauf konnte sich der Zwergenführer keinen Reim machen. Er wusste nur, dass er die Elfin zurückhaben wollte, weil sie die Einzige war, die den Weg zum Schatz kannte – und dass er die Orks und den Menschen bei lebendigem Leib rösten würde, wenn er ihrer habhaft wurde.

Dass sie sich nach Süden gewandt hatten, zum Wald von Trowna, stand für Orthmar fest, und so schlugen auch seine Mannen und er südliche Richtung ein. Sie fanden am Ufer des Flusses das gestohlene Zwergenboot, ließen daraufhin ihre eigenen Boote zurück und nahmen die Verfolgung zu Fuß auf, getrieben von Rachsucht und Gier; Orthmar wäre nicht des alten Bruchsteins Sohn gewesen, hätte ihn die Aussicht auf einen Schatz von unermesslichem Wert kalt gelassen.

Auf dem kargen Boden der Steppe waren Spuren kaum zu erkennen, doch in dem Wissen, dass der Wald von Trowna das Ziel der Flüchtlinge war, marschierten die Zwerge einfach immer weiter nach Süden, dem dunkelgrünen Band entgegen, das irgendwann am Horizont aufgetaucht war.

Bis sie Gesellschaft bekamen ...

»Orthmar«, sagte Thalin, der neben ihm an der Spitze des Zuges schritt. »Sieh dort!«

Der Blick des Zwergenführers folgte dem Fingerzeig seines Stellvertreters, der nach Westen deutete. Dort zeichneten sich jenseits der kargen Ebene die schroffen Zinnen des Schwarzgebirges ab. Was Thalins Aufmerksamkeit erregte, waren jedoch nicht die fernen Berge, sondern das Blitzen, das im fahlen Tageslicht davor auszumachen war, und die Staubwolke, die dem Blitzen folgte.

»Da kommt jemand«, stellte Thalin überflüssigerweise fest.
»Nicht nur einer«, brummte Orthmar. »Das ist ein ganzes verdammtes Heer, das sich da nähert!«
Der Zwergenführer ließ sich auf die Knie nieder und legte das Ohr auf den staubigen Boden. Was er hörte, ließ ihn erschaudern, denn es war der Tritt von Hunderten von Stiefeln. Und die absolute Gleichförmigkeit, mit der sich die Herannahenden bewegten, ließ nur einen Schluss zu:
»Elfen«, stellte Orthmar verächtlich fest, als er sich wieder erhob.
»Elfen?« Thalin schaute wieder gen Westen. Das Blitzen, das von Waffen und Rüstungen kündete, war heller geworden, und Konturen schälten sich bereits aus dem Staub. »Aber das ist unmöglich!«
»Zweifelst du an meinen Worten? Dann horche selbst!«, knurrte Orthmar. »Seit meiner Jugend habe ich solchen Gleichklang bei einer Armee nicht mehr vernommen. Nur Elfen bewegen sich in großer Zahl wie ein einziger Mann.«
Thalin wollte Orthmars Worte nicht anzweifeln. Zum einen war der Zwergenführer für seine ausgeprägten Sinne bekannt, zum anderen war es der Gesundheit nicht zuträglich, ihm zu widersprechen. Vor allem dann nicht, wenn des Orthwins Sohn so schlechter Laune war wie dieser Tage.
»Verdammt!«, maulte der Zwergenführer in seinen Bart, während das wenige, das von seinem Gesicht zu sehen war, puterrot anlief. »Das hat mir gerade noch gefehlt. Seit hundert Jahren wurde kein Elfenheer mehr in *durumin* gesichtet – ausgerechnet jetzt kehren sie zurück!«
»Glaubst du, das hat etwas mit der entführten Priesterin zu tun?«, fragte Thalin besorgt.
»Nicht doch.« Orthmar schnitt eine Grimasse. »Die machen nur einen Spaziergang, um sich die Beine zu vertreten.« Dann brauste er auf: »Natürlich hat es etwas mit der entführten Priesterin zu tun, Dummkopf! Sie wollen sie befreien, damit sich keiner den Schatz unter den Nagel reißt. Aber worauf des Orthwins Sohn einmal sein Auge geworfen hat, das nimmt ihm keiner mehr weg!«

»Was hast du vor? Bis zum Wald ist es noch weit, und die Elfen sind verdammt schnell. Sie werden uns eingeholt haben, noch ehe wir den Wald erreichen.«

»Du glaubst doch nicht, dass ich vor diesem Elfenpack davonlaufe, hm?«, brummte Orthmar, und er rammte den spitzen Sporn am Ende seiner Axt in den Boden. Auf seine Waffe gestützt, blickte der Zwergenführer dem herannahenden Zug der Elfen gefasst entgegen.

»Was willst du tun?«

»Was wohl?« Orthmar grinste breit. »Verhandeln und das Beste für uns herausschlagen, wie immer.«

Dagegen gab es nichts einzuwenden, und obwohl den übrigen Zwergen ihre Nervosität deutlich anzumerken war, warteten sie ab, gespannt darauf, was ihr Anführer für sie herausholen würde. In der Vergangenheit hatten sie keinen Grund gehabt, sich über Orthmars Verhandlungsgeschick zu beklagen (von dem missglückten Handel mit Muril Ganzwar einmal abgesehen).

Eine Vorhut zu Pferd ritt der nahenden Armee voraus, deren stampfender Gleichschritt bereits in der Ferne zu hören war, und erreichte den Trupp der Bärtigen. Die Elfenkrieger zügelten ihre großen, schlanken Tiere, die nicht weniger hochmütig und erhaben wirkten als sie selbst, und blickten mit unverhohlener Geringschätzung auf die Zwerge herab.

»Wer seid Ihr?«, fuhr einer der Elfenkrieger Orthmar an; sie alle trugen wehende weiße Umhänge und Brustpanzer aus blitzendem Silber, dazu Helme mit weißen Federbuschen – nur der Elf, der sprach, hatte einen blauen –, und an ihren Lanzen flatterte das Banner von Tirgas Dun. »Erklärt Euch, Zwerg, oder Ihr seid des Todes!«

»Warum droht Ihr mir, Herr Elf?«, fragte Orthmar pikiert. Er stand an der Spitze seines Trupps, und so hatte der Elf ihn als Anführer erkannt. Beide bedienten sie sich der Sprache der Menschen. »Gehört das Land nördlich von Trowna nicht allen Völkern? Und habt nicht Ihr selbst dieses Gesetz erlassen?«

»Das stimmt wohl«, entgegnete der Elf, »aber es herrschen dunkle Zeiten. Wir müssen vorsichtig sein in diesen Tagen.«

»Genau wie wir.« Der Zwerg deutete eine Verbeugung an. »Dennoch darf ich Euch versichern, dass Orthmar von Bruchstein, des Orthwins Sohn, keinen Groll hegt gegen das edle Volk von Tirgas Dun.«
»Es freut mich, dies zu hören«, erwiderte der Elf ungerührt. »Im Namen Fürst Loretos entbiete ich Euch meinen Gruß.«
»Seid Ihr Loreto?«
»Nein. Ich bin sein Heermeister und Stellvertreter. Ithel werde ich genannt.«
»So sagt mir, vortrefflicher Ithel, weshalb spricht Fürst Loreto nicht selbst zu mir? Ich bin ein Führer wie er und von edlem Geblüt. Gehört es sich da nicht, von Gleich zu Gleich zu sprechen?«
»Ich bin Loreto«, sagte jemand, noch ehe der Heermeister antworten konnte. Die Reihen der Berittenen (Orthmar hatte auf die Schnelle zwei Dutzend gezählt) teilten sich, und ein junger Elf lenkte sein Tier heran – wobei Orthmar klar war, dass dieser Eindruck täuschen konnte. Der Bursche konnte gut und gern fünfhundert Jahre alt sein. Der Federbuschen auf seinem Helm war ebenfalls blau.

»Ich entbiete Euch meinen Gruß, Fürst Loreto«, sagte Orthmar überschwänglich und verbeugte sich abermals. »Ist die Frage gestattet, was eine solch stolze Ansammlung von Kriegern so weit nördlich von Tirgas Dun zu suchen hat?«

»Die Frage sei gestattet, Herr Zwerg«, erwiderte der Elf gelassen, »aber erwartet von mir keine Antwort. Weder bin ich Euch Rechenschaft schuldig, noch ist unser Geschäft für Euch von Belang.«

»Natürlich nicht«, versicherte Orthmar beflissen, mit listigem Funkeln in den Augen. »Wahrscheinlich hat es ja auch nichts mit der entführten Elfenpriesterin zu tun, der wir begegnet sind ...«

Des Orthwins Sohn genoss es zu sehen, welche Wirkung seine Worte in den Zügen des Elfen hervorriefen. Zuerst machte Fürst Loreto nur ein langes Gesicht, dann weiteten sich seine schmalen Augen.

»Ihr ... Ihr wisst von der Entführung?«

»Das will ich meinen.« Orthmar nickte.

»Woher?«, fragte Loreto argwöhnisch, und es entging dem Zwerg nicht, dass die Begleiter des Elfenfürsten drohend die Lanzen senkten.

Orthmar blieb dennoch gelassen. »Woher ich davon weiß?«, fragte er gedehnt. »Ganz einfach: Noch vor kurzem befand sich die Priesterin in meiner Gesellschaft.«

»War sie allein?«

»Durchaus nicht. Zwei Orks und ein Mensch waren bei ihr, in deren Gewalt sie geraten war. Der Mensch ist ein übler, verbrecherischer Zeitgenosse, der sich seinen Lebensunterhalt als Kopfgeldjäger verdient.« Orthmar verzog demonstrativ das Gesicht – es war allgemein bekannt, dass Elfen nicht viel von diesem Berufsstand hielten. Nicht einmal dann, wenn es gegen so ehrlose Kreaturen wie die Orks ging …

»Ich verstehe«, sagte der Elfenfürst ruhig; er schien seine anfängliche Überraschung verwunden zu haben. »Und wo sind sie jetzt?«

»Das, hoher Herr, ist eine ziemlich traurige Geschichte«, entgegnete Orthmar, »und ich bin nicht sicher, ob ich sie Euch erzählen soll.«

»Zögert nicht und sprecht.«

»Nun gut«, erklärte sich Orthmar bereit, und nach einer kurzen Kunstpause legte er dem Elfen seine Version der Geschehnisse dar. »Da sich die Elfin in der Gewalt der Unholde befand, setzte ich alles daran, sie zu befreien. In heldenhaftem Kampf gelang es mir, die Orks und ihren menschlichen Herrn zu besiegen und alle drei gefangen zu nehmen. Mein Vorsatz war es, sie bei Anbruch des nächsten Tages hinzurichten, wie es von Alters her Brauch ist bei meinem Volk.«

»Und?«

»Dazu kam es nicht«, gestand Orthmar verdrießlich. »Noch in der Nacht gelang den Gefangenen die Flucht. Jemand muss ihnen geholfen haben – und ich fürchte, dass es die Priesterin selbst war.«

»Das ist unmöglich!«

»Es spricht alles dafür. Jemand schlug die Wachen hinterrücks nieder und durchschnitt die Fesseln der Gefangenen – aus eigener Kraft wären sie nicht in der Lage gewesen, sich zu befreien.«

»Dann wurde sie dazu gezwungen!«

»Wer hätte das tun sollen? Drei Gefangene, die ihrem sicheren Ende entgegenblickten?«

Der Elfenfürst widersprach nicht mehr, und obwohl Orthmar keine Übung darin hatte, das Minenspiel im blassen makellosen Gesicht eines Elfen zu deuten, erkannte er, dass Loreto an dieser Nachricht zu beißen hatte.

Von dem Elfenschatz und davon, dass er Kenntnis hatte von der Verborgenen Stadt, sagte Orthmar wohlweislich nichts, zumal auch der Elf offensichtlich nicht mit offenen Karten spielte.

»Diese Priesterin ...«, begann Loreto.

»Alannah«, half Orthmar aus.

»Du kennst sogar ihren Namen?«

»Sie hat ihn mir verraten.«

Wieder Grübeln und Sorge auf der Seite des Elfen.

»Wisst Ihr, wohin sich die Orks, der Mensch und Priesterin Alannah wandten?«

»Nach Süden, Fürst Loreto. Dies ist auch der Grund dafür, dass ich mit meinen Männern hier bin. Seit Tagen verfolgten wir die Spur der Entführer, um sie für ihre Untaten zur Rechenschaft zu ziehen, nur konnten wir sie bislang nicht stellen.«

»Das wird sich ändern«, war der Elfenfürst überzeugt. »Unter meinem Banner marschieren die besten Fährtenleser, die treffsichersten Bogenschützen und die geschicktesten Schwertkämpfer meines Volkes. Ihnen wird gelingen, was euch versagt blieb, nämlich die Entführer einzuholen und ihrer habhaft zu werden.«

»So gebt Ihr zu, dass Ihr der Priesterin wegen hier seid?«, fragte Orthmar, erneut ein listiges Funkeln in den Augen.

»Ich habe es nicht nötig, vor Euch etwas zuzugeben«, stellte Loreto klar. »Aber es könnte durchaus sein, dass wir dasselbe Ziel haben, wenn auch aus unterschiedlichen Gründen. Mir geht es einzig und allein um das Wohlergehen der Priesterin – Ihr hingegen scheint auf Rache aus zu sein.«

»So ist es. Der Kopfgeldjäger, von dem ich sprach, ist ein alter Feind, der mir in der Vergangenheit übel mitspielte. Und um einen Ork zu erschlagen, bedarf es keines besonderen Grunds. Aber wollt Ihr mir ernsthaft erzählen, Ihr wärt mit jener riesigen Streitmacht ausgerückt, um einem Frauenzimmer beizustehen?« Mit dem Kinn deutete Orthmar zum Elfenheer hin, das sie inzwischen fast erreicht hatte. Schnell überschlug er dessen Stärke und kam zu dem Ergebnis, dass es an die tausend Kämpfer waren.

»Wir haben unsere Gründe, Herr Zwerg«, erwiderte der Elfenfürst ausweichend. »Das zu wissen, sollte Euch genügen.«

Orthmar grinste. »Und Ihr solltet wissen, dass wir Euch auf Eurer Suche von Nutzen sein könnten.«

»Inwiefern?«

»Wie ich schon sagte: Ich kenne den Kopfgeldjäger und seine Schliche. Und ich kann diese verdammten Orks zehn Meilen gegen den Wind riechen. Außerdem bin ich der Letzte, der mit Eurer Priesterin sprach – vielleicht hat sie mir ja Dinge verraten, die von Interesse für Euch sind.«

»Wovon sprecht Ihr?«

»Alles zu seiner Zeit, Elfenfürst«, stellte Orthmar klar. »Des Orthwins Sohn lässt sich nicht übervorteilen.«

»Was fällt Euch ein?« Loretos Pferd spürte die Wut seines Herrn und tänzelte nervös. »Ist Euch nicht klar, dass es nur eines einzigen Fingerzeigs von mir bedarf, und Ihr und Eure Leute sinken mit Pfeilen gespickt zu Boden?«

»Wohl wahr – aber dann würdet Ihr nie erfahren, was die Priesterin sagte, ehe sie sich bei Nacht und Nebel davonstahl.«

In Loretos makellosen Zügen zuckte es, sein Mund war zu einem schmalen Strich geworden. Dass ihm ein Zwerg Bedingungen stellte, ärgerte ihn maßlos, aber die Mission, die er zu erfüllen hatte, war ihm wichtig.

»Wohlan denn«, meinte er schließlich. »Kommt mit uns, wenn Ihr wollt. Helft Ihr uns, die Priesterin zu finden, werdet Ihr eine fürstliche Belohnung erhalten.«

»Was ich bei einem Fürsten auch voraussetze«, erwiderte Orthmar grinsend. »Und der Kopfgeldjäger?«

»Ihr könnt ihn haben, wenn Euch so viel an ihm liegt – die Priesterin und die Unholde jedoch gehören uns.«

»Nichts dagegen einzuwenden«, log des Orthwins Sohn – und ganz nebenbei, dachte er, würde er nach der Verborgenen Stadt Ausschau halten. Welcher Zwerg von Welt gab sich schon mit einem Finderlohn zufrieden, wenn er einen ganzen Schatz in seinen Besitz bringen konnte?

Für Orthmar stand nämlich fest, dass es den Elfen in Wahrheit nicht um die Priesterin ging, sondern um eben diesen Schatz. Aus welchem Grund hätten sie sonst ein ganzes Heer schicken sollen? An der Geschichte, die der fette Ork ihm aufgetischt hatte, schien also einiges dran zu sein.

»Schließt Euch uns an!«, rief Heermeister Ithel den Zwergen zu. »Aber ich warne Euch, das Marschtempo wird kurzer Zwergenbeine wegen nicht verringert.«

»Keine Sorge, hoher Herr, wir sind schnell genug«, versicherte Orthmar und zwinkerte Thalin zu.

Wenn es um Gold und Geschmeide ging, hatten es Gruthians Erben noch nie an Eifer fehlen lassen.

5.
KORZOUL UR'BAS

Sie schritten über die alte Hauptstraße von Tirgas Lan. Einst hatte hier geschäftiges Treiben geherrscht, hatten Händler ihre Waren feilgeboten und waren Gelehrte in weiten Roben durch die Säulenhallen flaniert, um über das Wesen des Kosmos zu rätseln. Stimmengewirr und Gelächter waren aus den Gassen gedrungen, plätschernde Brunnen hatten frisches Wasser gespendet, das in der Sonne glitzerte.

Nichts war davon geblieben.

Die Straßen der Stadt waren verwaist, nicht einmal Tiere schienen sich hierher zu verirren. Die Brunnen waren versiegt, und die hohen Fenster der Häuser wirkten wie die leeren Augenhöhlen riesiger Totenschädel; Rammar schauderte, als ihm der Gedanke kam, dass jemand – oder etwas – dort in der Dunkelheit lauern könnte und sie vielleicht beobachtete.

Das Torhaus hatten sie hinter sich gelassen und strebten der Königszitadelle entgegen. Sie bildete das Zentrum der Anlage; von ihr aus verliefen die Straßen sternförmig nach allen Seiten, hin zu den Türmen, die die Stadtmauer in regelmäßigen Abständen durchbrachen. Die ausgeprägte geometrische Ordnung, die selbst unter all den wuchernden Schlingpflanzen noch zu erkennen war, war typisch für die Bauweise der Elfen – und Rammar und Balbok war sie geradezu verhasst, denn Orks ist das elfische Streben nach Ordnung zutiefst zuwider. Es steigerte noch das Unbehagen, das die beiden Brüder ohnehin verspürten, seit sie die Verborgene Stadt betreten hatten.

Ein seltsamer Geruch lag in der Luft, der von Tod und Untergang kündete, und am liebsten hätte Rammar die Flucht ergriffen. Nur zwei Dinge hielten ihn davon ab: Zum einen wollte er sich vor dem Menschen und der Elfin keine Blöße geben, zum anderen war da die Aussicht auf den Schatz, der sich hier angeblich irgendwo befinden sollte. Die Waffen halb erhoben – Balbok, der seine Axt kaputtgeschlagen hatte, hatte sich Corwyns Pfeile und Bogen geborgt –, schlich die kleine Gruppe vorbei an den geschwärzten Fassaden verlassener Bauten, und es bereitete Rammar ein wenig Genugtuung, dass sich auch der Kopfgeldjäger offensichtlich nicht sehr wohl fühlte. Sein Schwert in der Hand, sandte Corwyn nervöse Blicke nach allen Seiten, jederzeit damit rechnend, angegriffen zu werden.

Die Bedrohung, die in der Luft lag, war beinahe körperlich zu spüren – nur Alannah schien nichts davon zu merken.

Staunend schaute sich die Elfin um, und sie entdeckte immer wieder Dinge, die sie aus der Überlieferung Farawyns kannte: hier einen Brunnen, dort ein Tor oder eine Statue, von der allerdings kaum noch etwas zu erkennen war, da dicke Moosflechten sie bedeckten. Für die abtrünnige Priesterin wurde im Nachhinein all das bestätigt, woran sie zuletzt gezweifelt hatte, und die dreihundert Jahre, die sie im Tempel von Shakara zugebracht hatte, bekamen dadurch einen Sinn.

Sie erreichten die Zitadelle, die die Form eines großen Oktogons aufwies, mit einem zinnenbewehrten Turm an jeder der acht Ecken. In der Mitte wölbte sich eine große steinerne Kuppel, von acht weiteren schlanken Türmen umgeben, die sie wie eine gigantische Krone aussehen ließen. Das Tor der Zitadelle stand weit offen und starrte den Besuchern erwartungsvoll entgegen. Jenseits davon herrschte tiefe, unheilvolle Dunkelheit.

»Ist das nicht großartig?«, fragte Alannah zum ungezählten Mal. »Alles ist genau so, wie es in Farawyns Büchern beschrieben steht!«

»*Korr*, wirklich großartig«, murmelte Rammar säuerlich. »Ich frage mich, was in der Dunkelheit dort lauern mag. Die ganze Stadt stinkt nach Tod und Verwesung.«

»Ich dachte, Orks mögen den Geruch von Tod und Verwesung«, stichelte Corwyn gehässig.

»Schon«, räumte Rammar ein, »solange es nicht *mein* Tod und *meine* Verwesung ist!«

»Wirklich, es ist großartig!«, gab sich Alannah selbst die Antwort auf ihre Frage, die Einwürfe ihrer Begleiter überhörend. »Von dieser Zitadelle aus wurde in alter Zeit nicht nur die Stadt Tirgas Lan, sondern das gesamte Elfenreich regiert, von weisen und gütigen Herrschern, die die Elfenkrone auf ihren ehrwürdigen Häuptern trugen.«

»War diese Krone aus Gold?«, fragte Balbok, sofort neugierig.

»Allerdings«, bestätigte Alannah, »und dazu noch mit den wertvollsten Edelsteinen des Reiches verziert. Warum interessiert dich das?«

»Na ja, weil das Ding vielleicht noch da ist«, sagte der Ork schulterzuckend, »und weil die Krone vielleicht zu dem Schatz gehört, dessentwegen wir hier sind. Richtig?«

Alannah gab ihm keine Antwort – sie war so fasziniert von diesem Ort mit seiner glorreichen Vergangenheit, dass nicht einmal die plumpe Gier eines Orks ihr die Laune verderben konnte. »Hier ist es gewesen«, hauchte sie immer wieder. »Heller Gesang über glitzerndem Wasser, sanfter Schein vergessener goldener Zeiten. Könnt ihr es nicht fühlen? Seht ihr nicht, was dieser Ort einst war?«

Balbok schüttelte den Kopf. »Ich sehe nichts als schwarze Ruinen und eine Menge Unkraut.«

»Ja«, pflichtete Corwyn ihm voller Bitterkeit bei, »eure Vorfahren haben hier wirklich ganze Arbeit geleistet. Denn es waren Orks, die Tirgas Lan einst überfielen und zu dem hier machten, das ist allgemein bekannt.«

»Richtig!« Balbok nickte stolz.

»Nicht nur Orks sind es gewesen«, verbesserte Alannah, »auch Menschen, die sich mit den Unholden verbündeten. Sie ließen sich von Margoks Versprechungen verführen, wechselten auf seine Seite und marschierten unter seinem dunklen Banner nach Süden. Lange Zeit tobte der Kampf an den Mauern Tirgas Lans, bis durch Verrat das Große Tor geöffnet wurde. In einer beispiellosen Schlacht, wie sie niemals da gewesen war und wie es sie auch nie wieder geben wird, gelang es meinen Ahnen, die Schergen des Chaos zurückzuschlagen und ihren Anführer zu bezwingen. Gänzlich besiegt wurde Margok jedoch nicht; der Überlieferung zufolge ist sein böser Geist nach wie vor innerhalb dieser Mauern gefangen. Er ist es, dessen bedrohliche Gegenwart euch ängstigt und die euch das Gefühl gibt, auf Schritt und Tritt beobachtet zu werden.«

»Wer hat hier Angst?«, brauste Rammar auf. »Balbok, weißt du, wovon sie spricht?«

»Hab keinen Schimmer«, behauptete Balbok, und beide zwinkerten einander zu.

»Wie auch immer«, meinte Alannah, »wir müssen vorsichtig sein, wenn wir die Zitadelle betreten. In Farawyns Prophezeiung heißt es, dass Unheil und Gefahr in der Dunkelheit lauern.«

»Farawyns Prophezeiung?«, sagte Corwyn. »Ich dachte, du glaubst nicht mehr daran?«

Die Elfin sandte ihm einen traurigen Blick. »Das dachte ich auch ...«

Noch immer ging Alannah voraus, als die Gefährten das Tor der Zitadelle und das hochgezogene Fallgitter passierten, dessen eiserne Spitzen drohend über ihnen schwebten.

Das sanfte Leuchten ihres Kleides reichte bei weitem nicht aus, um die Dunkelheit, die hier herrschte, zu vertreiben. So griffen Corwyn und die Orks nach einigen Fackeln, die in den Wandhalterungen steckten, und entzündeten sie. Ihr flackernder Schein warf zuckende Schatten.

Vorsichtig arbeiteten sich die Gefährten weiter voran, durchquerten die Eingangshalle, deren Boden mit Unrat und Staub bedeckt war. Das Grün des Urwalds war nicht bis hierher vorgedrungen, und Rammar bezweifelte, dass dies eine natürliche Ursache hatte. Mehr noch als die Stadt selbst schien die Zitadelle von einer Aura drohenden Unheils erfüllt zu sein – eine unheimliche Macht, die alles Leben fern hielt.

Die Gefährten gelangten zu einer breiten Treppe, deren staubbedeckte Stufen nach oben führten. Die Orks, der Mensch und die Elfin tauschten mahnende Blicke, dann stiegen sie langsam hinauf, der Ungewissheit entgegen.

Rammar merkte, wie sich seine Nackenborsten sträubten und die Innenflächen seiner Klauen feucht wurden; auch wenn er es sich nicht gern eingestand – er hatte Angst.

Menschenmäßige Angst …

Der Treppe schloss sich ein breiter, von Säulen gesäumter Korridor an, der die Orks in seiner Bauweise an die Tempelfestung von Shakara erinnerte. In den Nischen zwischen den Säulen standen steinerne Monumente, die zwar mit einer klebrigen schwarzen Schicht überzogen waren, die einstige Gravität und Würde jedoch noch immer erahnen ließen. Ob es an Rammars Furcht lag oder daran, dass er tatsächlich ein dringendes Bedürfnis verspürte – jedenfalls übermannte den dicken Ork plötzlich der Drang, sich zu erleichtern, und in alter Gewohnheit trat er an eine der Statuen, um dem hehren elfischen Vermächtnis im wahrsten Sinne des Wortes ans Bein zu pinkeln.

Rammar stellte sich breitbeinig hin und wollte es ungehemmt plätschern lassen – als er plötzlich blanken Stahl zwischen seinen Beinen spürte.

»Wenn du das tust, Ork«, zischte eine Stimme in scharfem Ton, »werde ich dafür sorgen, dass du rinnst wie ein gesprungenes Gefäß.«

Rammar gab ein erschrecktes Keuchen von sich und wandte den Kopf – um in die funkelnden Augen Alannahs zu blicken. Die Elfin hatte Corwyns Dolch in der Hand, und die Klinge war gefährlich nah an Rammars besten Körperteilen.

»W-was denn?«, fragte er, und er brachte ein unschuldiges Grinsen zustande. »Versteht ihr Elfen denn überhaupt keinen Spaß?«

»Nicht, wenn es um Blasphemie geht«, wies sie ihn zurecht. »Jene, die hier verewigt sind, lebten, als deine Rasse noch nicht mal existierte, und als ihre Züge in Stein gemeißelt wurden, wälzte sich deinesgleichen noch in stinkendem Morast. Ein wenig Respekt würde dir also gut zu Gesicht stehen – selbst wenn es so hässlich ist wie deines.«

»Was immer du sagst, Elfin«, gab Rammar eingeschüchtert zurück. »Du hast das stichhaltigere Argument.«

»So ist es«, bestätigte Alannah. Noch einmal blitzte sie ihn wütend an, dann ließ sie die Klinge sinken und wandte sich ab.

»Was hat sie denn?«, fragte Balbok verwundert.

»Was weiß ich denn?«, fauchte Rammar, dem noch die Knie zitterten. »Diese Elfenweiber sind unberechenbar. Der Kopfgeldjäger ist nicht zu beneiden.«

»Sieht so aus.« Balbok nickte nachdenklich. »Wenn ich nur wüsste, was sie gegen das Wälzen in stinkendem Morast hat ...«

Die Orks beeilten sich, zu den beiden anderen aufzuschließen. Schon hatte Corwyn das Ende des Ganges erreicht, wo ein riesiges Tor den Weg versperrte. Wie die Statuen war es mit einer teerigen schwarzen Masse überzogen, die im Licht der Fackeln widerwärtig glänzte. Mit der Spitze seines Schwerts stocherte Corwyn darin herum.

»Das Zeug ist weich«, stellte er fest und wagte nicht, es mit der Hand zu berühren. »Was das nur sein mag?«

»Ich weiß es nicht«, erwiderte Alannah. »Möglicherweise befindet sich die Antwort hinter diesem Tor.«

»Dann sollten wir rasch mal nachschauen«, meinte Balbok. »Dort oben ist ein Riegel. Wenn ich hinaufklettere, müsste ich ihn öffnen können.«

»Die Frage ist nur«, flüsterte Alannah, »ob dies ratsam wäre.«

»*Karsok?*«, fragte Rammar.

»Weil der Riegel dort oben ganz sicher seine Berechtigung hat«, erklärte die Elfin, »und weil das Tor nicht von innen, sondern von außen verschlossen ist.«

»Du meinst ...?«, folgerte Corwyn.

Sie nickte. »Ich denke, dieses Tor dient nicht dazu, Eindringlingen den Weg hinein zu versperren, sondern um etwas daran zu hindern, herauszukommen. Etwas – oder jemanden.«

»Einen Augenblick mal!«, warf Rammar schaudernd ein. »Nur, damit wir Klarheit haben: Sprechen wir hier etwa von Margok?«

»Nur von seinem Geist«, antwortete Alannah. »Sein Körper wurde seinerzeit verbrannt, auf dass sein böser Wille keine Zuflucht mehr hat.«

»Dann muss sein Geist aber ziemlich riesig sein«, meinte

Balbok, an der Pforte emporblickend, die an die zehn Mannslängen hoch und an die fünf Mannslängen breit war.

»Ja«, sagte Alannah nur, und ihr Tonfall wollte keinem ihrer Begleiter recht gefallen.

»Gibt es einen anderen Weg hinein?«, fragte Corwyn.

»Dort drüben ist wieder eine Treppe«, stellte Rammar fest, der sich bereits umgeschaut hatte.

»Versuchen wir unser Glück«, schlug Alannah vor.

Sie bedachten die unheimliche Pforte noch mit einem letzten misstrauischen Blick, dann wandten sich die Gefährten um und gingen zu der Treppe, die sich nach oben schraubte. Je weiter es hinaufging, desto enger wurde die Treppe, sodass vor allem Rammar in Nöten kam. Leise vor sich hinmaulend, zwängte sich der dicke Ork immer weiter vor, wobei ihm die Vorstellung, in diesem düsteren Gemäuer zwischen den schwarzen Mauern stecken zu bleiben, ganz und gar nicht behagte.

Schließlich musste er die Zähne zusammenbeißen und sich so dünn machen, wie es nur irgend ging – und wie ein Korken, der aus einem Flaschenhals schießt, platzte er durch die Tür am Ende der Treppe, um dabei gegen Balbok zu stoßen, der einfach stehen geblieben war.

»*Darr malash!* Siehst du nicht, dass ich direkt hinter dir komme? Musst du mir immer im Weg …?«

Er unterbrach sein Lamento, als er sah, wo sie sich befanden. Es war eine weite Halle mit niedriger Decke, die von zahlreichen Säulen getragen wurde. An der Stirnseite des Raums befanden sich kleinere Torbögen, die von Metallplatten verschlossen waren. Diese waren weder rostig, noch zeigten sie sonstige Anzeichen ihres Alters, sondern schimmerten matt im Licht der Fackeln.

»Die Pforten zur Schatzkammer«, hauchte Alannah.

»Bist du sicher?«, fragte Corwyn beeindruckt.

»Jedenfalls werden sie so in den Büchern Farawyns beschrieben.«

»Großartig.« Der Kopfgeldjäger schnitt eine Grimasse. »Und wieder gibt es weder einen Riegel noch einen Hebel, um die Pforten zu öffnen. – Los, worauf wartet ihr?«, wandte er sich an die Orks. »Jetzt könnt ihr beweisen, ob ihr die Auserwählten seid oder nicht.«

»Was soll das heißen?«, zischte Alannah. »Du glaubst doch nicht im Ernst, dass ...?«

»Was ich glaube ist einerlei. Tatsache ist, dass es den Unholden gelungen ist, das Große Tor zu öffnen. Ob es die Vorsehung war, die sie dazu befähigt hat, oder ob sie einfach mehr Glück als Verstand haben, weiß ich nicht. Aber ich will sehen, was sich hinter diesen Toren befindet.«

Rammar und Balbok verständigten sich mit einem schnellen Blick, dann schritten sie gemeinsam auf die mittlere der Pforten zu. Rammar ließ sich dabei Zeit und genoss es, dass der Mensch und die Elfin auf sie angewiesen waren. Theatralisch breitete er die Arme aus und murmelte einige zusammenhanglose Worte in der Orksprache, die zwar keinen Sinn ergaben, der Sache jedoch mehr Gravität verliehen.

Balbok und er legten gleichzeitig ihre Klauen auf das Tor – und tatsächlich, blaues Licht flammte auf und hüllte sowohl das Metall als auch die beiden Orks ein!

Im nächsten Moment hob sich nicht nur jene Pforte, auf die Rammar und Balbok ihre Klauen gelegt hatten, sondern auch die anderen, die in die Wand eingelassen waren.

»Das kann nicht sein!«, rief Alannah in einer Mischung aus blankem Entsetzen und fassungslosem Staunen.

Aber es war so. Mit lautem Knirschen, das verriet, dass sie sich seit einem Zeitalter nicht mehr bewegt hatten, schoben sich die gepanzerten Platten in die Decke. Da Rammar der Kleinste der seltsamen Truppe war, konnte er als Erster sehen, was sich jenseits der Tore befand – und er stieß einen heiseren Schrei aus.

»*Oir!*«, rief er laut. »*Orchgoid! Smarachg'hai!*«

Und noch ehe Corwyn oder irgendjemand sonst etwas unternehmen konnte, war der dicke Ork schon unter dem sich öffnenden Tor hindurch und auf die andere Seite gehuscht, wo er noch lauter und aufgeregter schrie.

Balbok bückte sich und folgte ihm, und auch die Elfin und

der Kopfgeldjäger schlüpften unter dem Tor hindurch, sobald die Öffnung groß genug für sie war. Was sie auf der anderen Seite erwartete, überstieg ihre kühnsten Träume.

Sie gelangten auf eine steinerne Plattform mit einer Balustrade – und jenseits davon erstreckte sich eine riesige Halle, deren halbrunde Kuppel so gewaltig war, das die gegenüberliegende Seite vom Licht der Fackeln nicht erhellt wurde. Dazwischen häuften sich – die Gefährten trauten ihren Augen nicht – bergeweise Gold, Silber, Edelsteine und Geschmeide, dass es im Fackelschein glitzerte und gleißte. Die Schätze des Elfenreichs breiteten sich vor ihnen aus: goldene Truhen, die bis zum Rand gefüllt waren mit Juwelen, Smaragden und blitzenden Diamanten; Rüstungen und Helme aus purem Silber, das im gelben Schein der Fackeln glänzte; herrlich geschmiedete Äxte und Schwerter, deren Griffe mit Edelsteinen besetzt waren; ein Streitwagen aus purem Gold und mit Rädern aus Silber; goldene Standbilder und Büsten, dazu kunstvoll geformte Schmuckstücke, Vasen, Kelche, Teller ...

All dies schwamm auf einem unermesslich tiefen Meer aus Münzen verschiedenster Währungen und Epochen; auch Zwergenmünzen waren darunter – Tributzahlungen, die die Bewohner des Scharfgebirges einst an den Elfenkönig entrichtet hatten. Am meisten jedoch nahm Rammar der Anblick der juwelenbesetzten goldenen Krone gefangen, die über dem Gipfel des zentralen Schatzberges schwebte, von nichts in der Luft gehalten als einem Schaft blauen Lichts, der durch eine Öffnung im Zenit der Kuppel in die Halle fiel.

»Die Krone Sigwyns!«, flüsterte Alannah. »Sie wartet hier auf den Auserwählten. Also ist es wahr. Es ist alles wahr ...«

»Unglaublich ...«, kommentierte Corwyn mit heiserer Stimme. »Warum, in aller Welt, haben deine Leute diese Schätze nicht mitgenommen, als sie Tirgas Lan verließen?«

»Weil Blut an diesen Reichtümern klebt«, antwortete Alannah leise, die selbst für eine Elfin merklich blass geworden war. Allmählich begriff sie, dass sie nicht nur das Geheimnis verraten hatte, das zu hüten ihre Bestimmung gewesen war, sondern auch die letzten dreihundert Jahre ihres Lebens.

»Meine Ahnen waren zu der Überzeugung gelangt, dass der Besitz von Gold und Silber die Sterblichen nur verdirbt. Ihnen ging es nicht darum, sich zu bereichern.«

Corwyn warf ihr einen Blick von der Seite zu – und dann ging ein Ruck durch seine breitschultrige Gestalt. »Ihnen vielleicht nicht«, schnaubte er. »Aber mir auf jeden Fall!« Und noch ehe Alannah etwas erwidern konnte, setzte er über die Balustrade hinweg und sprang hinab in das mit unermesslichen Reichtümern gefüllte Rund.

»Nein, Corwyn!«, rief Alannah entsetzt. »Tu das nicht! Dieser Schatz ist verflucht, er wird dir kein Glück bringen!«

»Das hättest du dir überlegen sollen, bevor du uns hierher geführt hast«, entgegnete der Kopfgeldjäger kaltschnäuzig. Der gierige Glanz in seinen Augen war zu einem lodernden Feuer geworden.

»Was habe ich nur getan?«, flüsterte Alannah mit bebenden Lippen – um im nächsten Moment von Rammar und Balbok ausgelacht zu werden.

»Das sieht euch Elfen ähnlich«, tönte Rammar. »Zuerst eine große Klappe haben und dann die Reumütige spielen! Aber nun ist es zu spät, Elfenweib. Was du getan hast, hast du getan. Du hast jetzt deine Wahrheit, und wir haben den Schatz.«

Und damit setzten auch er und Balbok über die Balustrade, landeten auf glänzenden Münzen und funkelnden Edelsteinen und federten in den Knien ab. Dann sprang Rammar unter irrsinnigem Gelächter umher, riss mal ein juwelenbesetztes Schwert hervor, jonglierte mit faustgroßen Smaragden oder badete in Goldmünzen. Auch Balbok freute sich und grinste übers ganze Gesicht – schon allein deshalb, weil sich sein Bruder freute. Dass diejenige, die sie zum Schatz geführt hatte, dem Zusammenbruch nahe war, kümmerte weder die Orks noch den Kopfgeldjäger.

»Was habe ich nur getan?«, flüsterte Alannah immer wieder. »Was habe ich nur getan …?«

Corwyn war kaum wiederzuerkennen, Balbok stand breit grinsend und mit gierig funkelnden Augen da, und Rammar war völlig außer Rand und Band. Innerhalb von Augenblicken hatte der Schatz allen dreien den Verstand geraubt, ihr ganzes Streben richtete sich darauf, ihn zu besitzen.

»Sieh dir das an, Balbok!«, rief Rammar, während er einen Haufen Goldmünzen in die Luft warf und sie sich auf Kopf und Schultern prasseln ließ. »Wer braucht noch Girgas' Schädel, wenn er solche Schätze zurück ins *bolboug* bringen kann? Graishak wird vor uns am Boden kriechen und um Gnade winseln, wenn er ...«

Der feiste Ork unterbrach sich, als plötzlich etwas anderes seine Aufmerksamkeit erregte – es war die Elfenkrone, die umgeben von blauem Licht über dem Schatz schwebte. Mehr noch als alle anderen Reichtümer, die die Elfen zusammengetragen hatten, schlug ihn dieses Kleinod in den Bann, und eine Gier, wie selbst er sie noch nie verspürt hatte, erwachte in ihm. Dies und nichts anderes wollte er besitzen!

Ein irres Lodern in den Augen ging er daran, den mittleren Goldberg zu besteigen, über dem die Krone schwebte. Das war alles andere als einfach, weil er in den goldenen Münzen, Kelchen, Tellern und Schmuckstücken immer wieder nach unten rutschte. Auf allen vieren musste er nach oben krabbeln.

Weder Corwyn, der sich die Taschen mit Münzen voll stopfte, noch Balbok, der den Bogen geschultert hatte und seine Klauen mit goldenen Ringen verzierte, schenkten ihm Beachtung – einzig Alannah sah, was die Stunde geschlagen hatte.

»*Neeeiiin!*«, rief sie in einem Ausbruch blanken Entsetzens. »Das nicht! Nicht die Elfenkrone!«

»Warum nicht?«, rief Rammar zurück und lachte meckernd. »Eine Krone wollte ich schon immer mal tragen. Ich bin sicher, sie steht mir gut zu Fratze.«

»Nur der Auserwählte darf nach der Krone greifen!«, rief Alannah, und ihre Stimme überschlug sich fast. »Wer sie berührt, ohne dazu ausersehen zu sein, den trifft der Fluch von Tirgas Lan!«

»Ha!«, stieß Rammar hervor und schüttelte den Kopf. »Du machst mir keine Angst mehr, Elfenweib! Was faselst du da von Schicksal und Auserwählten? Hast du vergessen, dass es mir gelungen ist, die Tore zu öffnen? *Ich bin der Auserwählte!*«

Die Worte lauthals brüllend, erklomm Rammar den Gipfel des Schatzberges und streckte seine kurzen Finger nach der Krone aus. Er erreichte sie nicht und musste den *saparak* zur Hilfe nehmen, um sie sich zu angeln. Aber dann hielt er sie in seinen Klauen und schwenkte sie triumphierend über dem Kopf.

»Nein!«, ächzte Alannah verzweifelt.

»Ich hab sie!«, schrie Rammar laut und hohnlachend. »Seht alle her – ich bin der König des Elfenreichs. Von jetzt an müsst ihr alle vor mir zittern, denn Rammar der Rasende wird der Gefürchtetste aller Herrscher sein!«

Mit diesen denkwürdigen Worten setzte er sich die Elfenkrone aufs Haupt, die zuletzt die sorgenumwölkte Stirn Farawyns des Weisen geschmückt hatte.

»Frevel!«, schrie Alannah, und es war nichts Sanftes mehr in ihrer Elfenstimme. »Ein Unhold trägt die Zier des Elfenreichs!«

»Nicht schlecht, was?« Rammar lachte laut. »Und weißt du, was das Beste daran ist, Elfenweib? Du selbst hast Schuld, denn ohne deine Hilfe hätten wir diesen Ort niemals gefunden!«

Alannahs entsetzter Schrei ging in ein Ächzen über, denn sie wusste nur zu gut, dass der Ork Recht hatte.

Es wäre nie so weit gekommen, hätte sie nicht ihrer unermesslichen Selbstsucht nachgegeben, hätte sie nicht alles verraten, was in ihrem Leben bis dahin wichtig gewesen war, nur um ihre leichtfertige Abenteuerlust und ihre kindliche Neugier zu befriedigen. Was hatte sie nur geritten, den Tempel von Shakara zu verlassen? Warum, in aller Welt, hatte sie den Orks bei der Flucht geholfen? Was war es nur gewesen, das sie gedrängt hatte, der Legende von Tirgas Lan auf den Grund gehen zu wollen, statt einfach das zu tun, was sie dreihundert Jahre lang getan hatte, nämlich widerspruchslos dem Protokoll und der Tradition zu folgen?

Warum hatte sie gezweifelt? Sie hatte keinen Grund dazu gehabt. Alles hatte sich als wahr erwiesen, war genau so, wie es in den Büchern der Geschichte geschrieben stand. Farawyn hatte die Wahrheit verkündet, mit jedem einzelnen Wort. Aber in ihrer Selbstverliebtheit hatte Alannah dies alles verraten –

das wurde ihr in dem Augenblick klar, als sie den widerwärtigen fetten Ork mit der Elfenkrone sah.

Der schändliche Frevel blieb jedoch nicht ohne Folgen. Rammar sprang noch immer auf dem Gipfel des Goldbergs herum und gebärdete sich wie von Sinnen, als plötzlich ein Rumoren erklang, das aus den Tiefen der Welt zu kommen schien. Die Schatzkammer erbebte, und Rammar verlor das Gleichgewicht. Erschrocken schrie er auf und purzelte kreischend und sich überschlagend den Goldberg hinab, während es um ihn herum klimperte und klirrte. Zwischen Münzen und Geschmeide und zwei goldenen Götzenstatuen, die einst eine längst untergegangene Rasse als Tribut an das Elfenreich entrichtet hatte, bleib er liegen. Die Krone hatte er verloren.

»W-was war das?«, fragte er verblüfft.

»Der Fluch«, antwortete Alannah, und obwohl sie leise sprach, hallten ihre Worte von der Kuppeldecke wider, so still war es auf einmal geworden. Jeder hatte sie gehört; auch Corwyn und Balbok starrten sie verdutzt an.

»Welcher Fluch?«, keuchte Rammar.

»Frevlerhände haben nach der Krone Sigwyns gegriffen. Eine solche Untat kann nicht ungesühnt bleiben.«

Wie um die Worte der Elfin zu bestätigen, durchlief ein weiterer Erdstoß die Schatzkammer. Diesmal war er noch heftiger, und ein Fauchen und Schnauben erklang, das aus tiefsten Tiefen zu kommen schien und schlagartig alle Reichtümer vergessen ließ.

»Was ist da los?«, wollte Corwyn wissen.

»Etwas ist erwacht«, antwortete Alannah mit bebender Stimme. »Etwas Dunkles, Schreckliches, das besser weitergeschlafen hätte.« Dann schrie sie: »Wenn euch euer Leben lieb ist, dann flieht!«

»Was? Ich soll fliehen?«, rief der Kopfgeldjäger. »Aber ich habe mir noch nicht mal alle Taschen gefüllt und …«

»Bleib und stirb – oder flieh und lebe!«, schrie die Elfin. »Es ist deine Entscheidung, du Narr!«

Für einen Augenblick standen der Kopfgeldjäger und die beiden Orks unentschlossen da, tauschten verwirrte Blicke.

Dann aber zwinkerte Rammar seinem Bruder zu – und sie waren sich sofort einig darin, was zu tun war: Schon als der Kopfgeldjäger sie, Rücken an Rücken gefesselt, durch die Ausläufer des Scharfgebirges getrieben hatte, hatten die beiden Orks einen Plan gefasst, und die Zeit war gekommen, ihn in die Tat umzusetzen!

Rammar hob den *saparak*, Balbok, der sich ein Dutzend prächtiger Perlenketten um den langen Hals gewickelt hatte, griff mit goldberingten Fingern nach dem Bogen, und ehe Corwyn sich's versah, zeigten die Spitzen eines Orkspeers und eines Pfeils auf ihn.

»W-was soll das?«, stammelte er.

»Was wohl?«, entgegnete Rammar grinsend. »Glaubst du im Ernst, wir würden den Schatz mit dir teilen? Wir sind Orks – und Orks teilen nicht, wenn sie alles haben können!«

Corwyn starrte Rammar gehetzt an. »Habt ihr denn nicht gehört, was Alannah gesagt hat? Dort unten in den Tiefen ist irgendwas erwacht, und wir müssen fliehen, wenn es uns nicht vernichten soll.«

»Ha!«, stieß Rammar hervor, und seine blutunterlaufenen Augen leuchteten vor Gier. »Auf so einen Schwachsinn fallen wir nicht rein. Ich weiß doch, was die Elfin und du hinter unserem Rücken getuschelt habt!«

»Verdammt, Orkfresse!«, schrie Corwyn mit heiserer Stimme. »Was faselst du da?«

»Balbok und ich wussten die ganze Zeit über, dass ihr versuchen würdet, uns übers Ohr zu hauen. Aber ihr habt nicht mit der Schläue von uns Orks gerechnet, und das wird euch jetzt zum Verhängnis. – Los, Balbok, verpass dem Kerl einen seiner eigenen Pfeile!«

»Frevel! Frevel!«, schrie Alannah von der Plattform her, völlig außer sich. »Flieht, ihr Narren – oder der Fluch von Tirgas Lan wird euch treffen. Der Wächter ist erwacht!«

»Welcher Wächter?« Rammar in seiner Gier schnaubte verächtlich. »Glaubst du, so ein bisschen Gerumpel und Geächze würde Eindruck auf mich machen? Rammar der Rasende hat Ghulen und Berserkern getrotzt – von faulem Elfenzauber wird er sich ganz sicher nicht einschüchtern lassen. – Los jetzt, Balbok!«

»*Korr*«, bestätigte sein Bruder, zog die Sehne des Bogens zurück und zielte auf die Brust des Kopfgeldjägers.

»Ihr elenden Verräter!«, wetterte Corwyn. »Ihr erbärmlichen Dreckskerle! Alannah hätte euch bei den Zwergen zurücklassen sollen!«

»Das hätte sie«, bestätigte Rammar, »aber nun ist es zu spät für solche Überlegungen – wenn hier irgendjemand zurückgelassen wird, dann bist du das, du elender *umba*…«

Er brach mitten im Wort ab, als plötzlich etwas direkt vor seiner Schnauze vorbeiflog und nur zwei Schritte von ihm entfernt zwischen Goldmünzen und Geschmeide stecken blieb.

Es war ein Pfeil – und Rammar erkannte sofort, dass es sich um einen Gnomenpfeil handelte!

Mit einem verblüfften Grunzen fuhr der feiste Ork herum – und stellte fest, dass Alannah Gesellschaft bekommen hatte.

Von den Orks und dem Kopfgeldjäger unbemerkt war ein halbes Dutzend Gnomen auf der steinernen Plattform erschienen. Sie bedrohten die Elfin mit ihren Spießen und starrten feindselig zu den Orks und dem Kopfgeldjäger herüber. Hätte Rammar ihre Visagen zu unterscheiden gewusst, wäre ihm der eine oder andere vielleicht bekannt vorgekommen – so sah er nichts als gefletschte Zähne und eitrig gelbe Augen, und er hörte das hasserfüllte Grunzen der grünen Brut.

»Eine Falle!«, schrie Corwyn entsetzt, und auch Balbok war völlig aufgebracht.

»Gnomen!«, rief er angewidert und vergaß darüber ganz, dem Kopfgeldjäger einen Pfeil in die Brust zu jagen. »Wo kommen die plötzlich her?«

»Mir egal«, knurrte Rammar und hob den *saparak*. »Viel wichtiger ist, wo sie hingehen werden – nämlich in Kuruls dunkle Grube! Los, Balbok!«

Diesmal zögerte der hagere Ork nicht – sein Pfeil schnellte von der Sehne und bohrte sich in die Kehle eines Gnomen, der gurgelnd über die Balustrade fiel und auf Gold gebettet verendete.

Seine Artgenossen brüllten wütend auf und setzten über das steinerne Geländer, um sich auf ihre Erzfeinde zu stürzen. Rammar und Balbok erwarteten ihren Ansturm, und auch Corwyn zog sein Schwert.

»Verschwinde, Kopfgeldjäger!«, rief Rammar ihm zu. »Wir brauchen deine Hilfe nicht, um mit ein paar lächerlichen Gnomen fertig zu werden!«

In diesem Moment war aus dem Vorraum der Schatzkammer gellendes Geschrei zu vernehmen, und gut zwei Dutzend weitere Gnomen drängten auf die Plattform.

Rammar überlegte es sich anders. »Na schön, Mensch. Du kannst bleiben. Aber nur, weil ich heute gut gelaunt bin ...«

Dann waren auch schon die ersten Gnomen heran, und der Ork stieß mit seinem *saparak* zu, rammte dem ersten Angreifer die Spitze der Waffe in die Kehle. Eine Kaskade grünen Gnomenbluts spritzte aus der Wunde und besudelte das Elfengold. Ein zweiter Gnom büßte seine Vorderzähne ein, als Rammar mit dem Speerschaft zuschlug und dem Feind mitten ins Gesicht traf. Sogleich bohrte ihm Rammar den *saparak* in den Bauch, um sein hässliches Kreischen zu beenden.

Balbok ließ unterdessen weitere Pfeile von der Sehne schnellen und erwischte zwei Gnomen, noch bevor sie ihn erreichten. Corwyn hingegen benutzte seinen Anderthalbhänder; die wuchtige Klinge pfiff durch die Luft und durchtrennte einen Angreifer in der Leibesmitte. Die dünnen Beine des Gnomenkriegers stolperten noch ein paar Schritte weiter, als hätten sie nicht mitbekommen, welch unrühmliches Ende ihren Besitzer ereilt hatte, dann knickten sie ein.

»Wartet, ihr grüngesichtiges Pack!«, brüllte der Kopfgeldjäger. »Ihr habt es gewagt, die Elfenpriesterin anzufassen – das wird euch verdammt Leid tun!«

Um seinen Worten Nachdruck zu verleihen, enthauptete er sogleich einen weiteren Angreifer, dessen Schädel kreischend davonflog. Drei Schwerthiebe später hatte Corwyn die steinerne Plattform erreicht und zog sich an der Balustrade empor, ungeachtet der Klingen und Spieße, die von oben nach ihm stachen.

Balbok schickte ein halbes Dutzend Pfeile über das Geländer, und ebenso viele Gnomen sanken getroffen zu Boden. Da der Köcher auf seinem Rücken damit leer war, warf er den Bogen von sich und griff kurzerhand nach einer goldenen Axt, die auf einem Juwelenhaufen lag. Sie war kunstvoll verziert und mit Edelsteinen besetzt, doch Balbok schwang sie wie einen klobigen Kriegshammer und verfiel dabei in wildes, ungezügeltes Geschrei.

Die Elfenwaffe mochte weniger wuchtig sein, als seine Orkaxt es gewesen war, und ihr Blatt war auch nicht annähernd so scharf – aber wenn ein hünenhafter Ork im Kampf einem Gnom gegenübersteht, der gerade mal eine halbe Mannslänge misst, spielt die Schärfe der Waffe keine allzu große Rolle. Das vor Edelsteinen funkelnde Axtblatt ging nieder, und wer sich von den Gnomen nicht rasch genug in Sicherheit bringen konnte, sank mit zerschmettertem Haupt nieder.

»Los, Bruder!«, schrie Rammar. »Der Kopfgeldjäger und die Elfin dürfen uns nicht entkommen!«

»Warum?«, fragte Balbok in der Hitze des Gefechts.

»Blöde Frage – irgendjemand muss uns schließlich helfen, den Zaster zu tragen!« Rammar grinste dreist, und beide stürmten sie auf die Plattform zu. Zwei Gnomen, die ihnen im Weg standen, wurden einfach überrannt und fanden sich unter trampelnden Orkfüßen wieder, was bei Rammars Gewicht tödlich war.

Die Orks erreichten die Plattform. Balbok setzte mit einem gewaltigen Sprung hinauf, Rammar zog sich zappelnd und mit aller Kraft an der Balustrade hoch. Gnomenspieße wollten ihn willkommen heißen, als ein wuchtiger Axthieb ihre Träger allesamt beiseite wischte. Balbok räumte auf der Plattform mit der Gnomenbrut auf, und Corwyn stand ihm dabei zur Seite. Dass sich der Kopfgeldjäger und der Ork eben noch als Feinde gegenübergestanden hatten, war kaum mehr zu glauben.

Mit vereinten Kräften machten sie die Feinde nieder, noch ehe Rammar das Geländer ganz überwunden hatte (wobei er sich ein wenig mehr Zeit ließ, als es notwendig gewesen wäre). Grünes Blut besudelte die steinerne Plattform, die Körper erschlagener Feinde und abgehackte Gliedmaßen lagen überall herum. Und inmitten des ganzen Durcheinanders standen die letzten beiden Gnomen.

Hasserfüllt zischend, bedrohten sie Alannah mit ihren Spießen. Deren Spitzen waren in Gift getränkt; eine Kratzer genügte, um selbst bei einem Elfen augenblicklich zum Tod zu führen. Die Speerspitzen befanden sich gefährlich nah an Alannahs Hals.

»Vorsicht!«, rief Corwyn den Orks zu, als sich diese auf die verbliebenen Feinde stürzen wollten. »Wenn wir angreifen, werden sie Alannah töten!«

»Na und?«, stieß Rammar hervor, keuchend nicht vor Blutdurst, sondern vom Erklimmen der Balustrade. »Lieber die Elfin als mich!«

»Verdammte Made!«, wetterte Corwyn. »Sie hat dir das Leben gerettet, und du willst sie einfach opfern?«

»Auch ich habe ihr das Leben gerettet«, entgegnete Rammar. »Damit wären wir dann wohl quitt!«

»Das gibt dir nicht das Recht, ihr Leben zu gefährden!«

»Und du hast mir nichts vorzuschreiben, Milchgesicht!«

»Dafür wirst du büßen!«

»Und du erst, du …«

Die Gnomen, die verwirrt von einem zum anderen blickten, wurden sichtlich unruhig. Es war abzusehen, dass sie jeden Augenblick die Nerven verlieren und das tun würden, wozu ihre niederen Instinkte sie trieben – nämlich einfach zuzustechen und möglichst viel Blut zu vergießen, ehe sie selbst in Kuruls dunkle Grube stürzten.

»Sagt mal, ihr Streithähne!«, wandte sich Alannah an ihre vermeintlichen Retter und stürzte die Gnomen damit nur noch mehr in Verwirrung. »Denkt ihr nicht, dass ich bei dieser Sache auch ein Wörtchen mitzureden habe?«

Die Orks und der Kopfgeldjäger unterbrachen ihren Disput. »Was gibt es denn da mitzureden?«, fragte Corwyn verblüfft. Rammar und Balbok nickten beifällig.

»Nun, zum Beispiel stellt sich mir die Frage, ob zwei hergelaufene Gnomen überhaupt in der Lage sind, eine Elfenpriesterin zu bedrohen«, gab Alannah keck zur Antwort – und im nächsten Moment geschah etwas, womit niemand, am allerwenigsten die beiden Gnomenkrieger, gerechnet hatten.

Denn aus den Handflächen der Elfin flammte plötzlich blaues Licht, das so grell war, dass es alle Anwesenden für einen Augenblick blendete. Diesen Augenblick nutzte Alannah, um sich blitzschnell um ihre Achse zu drehen, und als das Licht wieder verblasste, lagen die beiden Gnomenkrieger zuckend am Boden und verendeten qualvoll.

»W-was war das?«, fragte Corwyn verblüfft.

Alannah sandte ihm ein Lächeln. »Unsere orkischen Freunde würden es wohl Elfenzauber nennen.«

»*Korr*«, stimmte Rammar begeistert zu, »das ist das erste Mal, das euer Zauber zu etwas nütze ist. Kannst du mir das bei Gelegenheit beibringen?«

»Dazu wird es nicht kommen, Orkfresse«, knurrte Corwyn und stellte sich neben Alannah. »Denn jetzt sind wir zu zweit, und es wird euch nicht gelingen, uns heimtückisch zu ermeucheln. So wie ich das sehe, gibt es noch eine offene Rechnung zu begleichen!«

»In der Tat, Kopfgeldjäger!«, rief in diesem Moment eine heisere, hässliche Stimme, die alle vier zusammenzucken ließ und die Rammar und Balbok ziemlich bekannt vorkam.

Zu aller Überraschung bekamen sie auf der Plattform noch mehr Gesellschaft. Aber diesmal waren es keine Gnomen, die aus dem Vorraum der Schatzkammer drängten. Es waren Orks – und nicht irgendwelche.

Rammar und Balbok erkannten einige der gelbäugigen, rüsselnasigen, zähnefletschenden und oftmals von feindlichen Waffen verunstalteten Visagen wieder. Es waren – so unglaublich es auch sein mochte – Orks aus ihrem Dorf, die mit blanken Schwertern und Äxten aufmarschierten.

Und das Kommando führte – Rammar und Balbok trauten ihren Augen nicht – kein anderer als Graishak, der Häuptling ihres *bolboug*. Die metallene Platte an seinem Schädel schimmerte im Licht der Fackeln …

»*Achgosh douk*«, entbot Graishak ihnen grinsend seinen Gruß.

»*A-achgosh douk kudashd*«, kam die gestammelte Erwiderung.

»Seid ihr überrascht?«, fragte Graishak und genoss offenbar die Wirkung seines Auftritts.

»E-ein wenig«, gab Rammar zu, obwohl das eine krasse Untertreibung war. Graishak an diesem Ort anzutreffen war ungefähr so, als würde man Kurul persönlich begegnen.

»Das wundert mich nicht. Ich dachte mir, dass ihr den Plan nicht durchschauen würdet, dämlich und einfältig, wie ihr nun mal seid.«

»Dämlich und …?« Rammars Verstand schlug Purzelbäume, während er versuchte, auch nur annähernd dahinterzukommen, was Graishak in Tirgas Lan zu suchen hatte und wie er und seine Krieger die Verborgene Stadt gefunden hatten. Was, bei allen Würmern in Torgas Eingeweiden, ging hier vor? Nur eins war Rammar klar: dass sein Bruder und er bis zum Hals in der *shnorsh* steckten …

»I-ich kann dir alles erklären, Graishak«, stammelte er. »Ei-eigentlich … nun, wir hatten Girgas' Haupt schon so gut wie sicher, aber da war dieser Zauberer, und wir hatten es mit Eisbarbaren und Elfen zu tun, und dann war Balbok auch noch so dämlich, den Zwergen alles zu verraten und … und … alles ist nur seine Schuld, ohne ihn wäre ich längst ins *bolboug* zurückgekehrt und hätte dir Girgas' Haupt …«

»Girgas' Haupt?« Graishak schnaubte verächtlich. »Glaubst du wirklich, dass ich deswegen gekommen bin? Dass ich die weite Reise auf mich genommen habe wegen des abgehackten Schädels eines *umbal*, der zu dämlich war, auf seinen eigenen Kopf aufzupassen?«

»Nun … ja«, erwiderte Rammar verunsichert, während Balbok nur noch dastand und ein unglückliches Gesicht machte. »Ich dachte, wenn wir nicht bis zum vollen Blutmond zurück wären, würdest du die *faihok'hai* auf uns hetzen, damit sie sich *unsere* Köpfe holen …«

»Die *faihok'hai* sind meine besten Krieger, Stinkmaul«, knurrte Graishak. »Sie haben Besseres zu tun, als zwei *umbal'hai* nachzujagen, die nicht einmal den Orkkalender kennen. Wenn ich euch töten wollte, hätte ich es längst getan. Aber das Schicksal hatte nun einmal etwas anderes mit euch vor. Bei dieser Sache geht es um mehr, als in eure hässlichen Schädel geht – nicht wahr, großer Meister?«

»So ist es!«, erklang die Antwort, mit einer Stimme, die Rammar und Balbok abermals auf hässliche Weise vertraut war.

Die Reihen der Orks teilten sich, und zu Rammars und Balboks maßlosem Erstaunen tauchte noch jemand auf, den die beiden an diesem Ort am allerwenigsten erwartet hätten.

Rurak der Schlächter.

Der Zauberer, der sie auf die gefahrvolle Mission zum Tempel von Shakara geschickt hatte und dem sie irgendwann unterwegs untreu geworden waren. Aus gutem Grund, wie Rammar fand, doch er bezweifelte, dass Rurak dafür Verständnis aufbringen würde.

Der Zauberer trug seine schwarze Robe und schien über den steinernen Boden zu schweben, während er die Reihen der Orks passierte, den Zauberstab in der klauenartigen Hand. Die bärtigen Gesichtszüge unter der Kapuze waren so hager und knochig wie die eines Toten, der Blick seiner Augen kalt und stechend.

Die Orks erschauderten bis ins Mark. Ein jäher Drang wollte Rammar einfach davonlaufen lassen. Sollte Balbok selbst sehen, wie er zurechtkam. Aber da Graishaks *faihok'hai* sie eingekreist hatten und daher jeder Fluchtversuch blutig enden würde, entfiel diese Möglichkeit. Rammar konnte nichts tun als abzuwarten, während er in den dunklen Windungen seines Orkgehirns verzweifelt nach Antworten suchte.

Wie war das alles möglich?

Wo kamen Graishak und Rurak plötzlich her?

Und wie, bei Torgas Eingeweiden, hatten sie die Verborgene Stadt gefunden?

So sehr er sich bemühte, Rammar begriff einfach nicht, wie das alles zusammenpasste. Nur eines war sicher: Nichts war so, wie sein Bruder und er geglaubt hatten …

6.  R'DRHUURZ TULL

»So sehen wir uns also wieder, meine einfältigen Freunde«, sagte der Zauberer mit jener abgrundtiefen Stimme, die selbst Orks erschaudern ließ, und strich sich mit einer Klauenhand durch den langen grauen Bart. »Später als erwartet und an ganz anderem Ort.«

»I-ich kann alles erklären«, versicherte Rammar schnell. »Wir haben alles genauso gemacht, wie Ihr es uns aufgetragen habt, großer Zauberer. Durch die Schluchten sind wir nach Norden gelangt, haben die Sümpfe durchquert und den Nordwall überwunden – oder vielmehr durchquert –, und das war alles andere als einfach, das könnt Ihr mir glauben.«

»Und?«, fragte Rurak ungerührt.

Ein dicker Kloß hatte sich in Rammars Kehle gebildet, und er musste sich räuspern. »Nun«, fuhr er dann fort, »nachdem wir den Nordwall hinter uns gelassen hatten, haben wir in mutigem Kampf einen Eissegler gekapert, mit dem wir nach Shakara gelangten. Und stellt Euch vor, mächtiger Zauberer – die Karte von Shakara existiert nicht wirklich, sondern nur im Kopf dieser Elfin da.« Rammar deutete auf Alannah, die bislang nur dagestanden hatte und kein Wort sagte; sie musterte Rurak nur mit kühlem Blick.

»Ich weiß«, sagte der Zauberer.

»I-ihr wisst es?«, stotterte Rammar. »S-soll das heißen, I-ihr habt es von Anfang an gewusst?«

»Natürlich, mein einfältiger Lakai.«

»Aber – warum habt Ihr nicht …? Ich meine, Ihr hättet uns doch … Oder führtet Ihr etwas anderes im Schilde? Ging es euch in Wahrheit gar nicht darum, die Karte zu bekommen?«

»Was das Schicksal dir an Verstand zugeteilt hat, ist wahrlich nicht viel«, spottete Rurak, »aber immerhin fängst du allmählich an, dies wenige zu gebrauchen. In der Tat wusste ich genau, was es mit der Karte von Shakara auf sich hat, und ich war mir auch bewusst, dass Ihr beiden versuchen würdet, mich zu hintergehen, sobald Ihr erfahrt, wohin die Karte führt.«

»A-aber nein, großer Zauberer!«, versicherte Rammar schnell. »Wir – wir ...«

»Leugne es erst gar!«, sagte Rurak mit eisigem Blick. »Oder wollt ihr wieder über der Grube baumeln? Diesmal jedoch werden die Kreaturen in der Tiefe keine Hirngespinste sein.«

»N-nicht nötig«, sagte Rammar, der mit Balbok einen schuldbewussten Blick tauschte. Für gewitzt und durchtrieben hatten sie sich gehalten, für Orks aus echtem Tod und Horn – und nun stellte sich heraus, dass ihr Handeln offenbar Teil eines größeren Plans gewesen war, von dem sie beide nichts geahnt hatten.

»Das alles ist deine Schuld, elender *umbal*!«, fiel Rammar in seiner Not über seinen Bruder her. »Ich habe von Anfang an gesagt, dass einem Zauberer nicht zu trauen ist!«

»Du hast doch damit angefangen, ihm um den Bart zu gehen«, widersprach Balbok, »nicht ich!«

»Das ist nicht wahr!«

»Ist es wohl!«, begehrte Balbok auf. »Und ich habe es endgültig satt, ständig von dir als *umbal* beschimpft zu werden!«

»Dann solltest du aufhören, dich wie einer zu benehmen!«

»Und du solltest aufhören, mich immer zu bevormunden. Der bessere Ork von uns beiden bin nämlich ich, jawohl!«

»Du schlammgesichtige Made! Du dreckfressender Wurm! Wenn du es noch einmal wagst, so mit mir ...«

»Nicht zu glauben!«, fiel Rurak dem älteren der Orkbrüder kopfschüttelnd ins Wort. »Selbst jetzt habt ihr nichts Besseres zu tun, als euch zu streiten – so wie ihr es auf der ganzen langen Reise getan habt. Sind alle Abkömmlinge deines Volkes so dämlich, Graishak?«

»Glücklicherweise nicht, Meister«, antwortete der Orkhäuptling.

»Auf der ganzen langen Reise?«, echote Balbok und starrte Rurak erstaunt an. »Soll das heißen, du hast uns beobachtet?«
»Natürlich.« Rurak grinste und nickte langsam. »Oder hältst du mich für so töricht, zwei Orks zu vertrauen?«
»Aber wie ...?«, stammelte Balbok. »Ich meine, woher ...?«
»Kannst du dir das nicht denken, Einfaltspinsel? Du selbst bist es doch gewesen, der es möglich machte, indem du die ganze Zeit über mein Auge trugst.«
»Dein Auge?« Verwirrt schaute sich Balbok um – und sein Blick fiel auf die Standarte, die er an die Balustrade gelehnt zurückgelassen hatte, und auf die mattschwarze Kugel am Kopf des Feldzeichens.
»Du vermutest richtig«, sagte Rurak, und sein Grinsen wurde noch breiter. »Durch das magische Auge konnte ich all das sehen, was ihr getrieben habt. Auf Schritt und Tritt habe ich euch beobachtet und war zu jeder Zeit über euer Tun informiert – und auch über euren Verrat.«
»*Tornoumuch!*«, stieß Balbok staunend hervor – darauf wäre er nie gekommen!
Für Rammar hingegen gab es kein Halten mehr, nun, da er wusste, was es mit der verhassten Standarte auf sich hatte. Er schnappte keuchend nach Luft, dann übergoss er seinen Bruder mit einem Schwall wüster Beschimpfungen.
»Schwammkopf! Blödgesicht! Unbegreiflicher *umbal*! Ich sollte dir den Schädel aufschlagen, dir das Hirn rauspulen und es an die Gnomen verfüttern – aber wahrscheinlich würde ich es nicht mal finden! Habe ich dir nicht gesagt, dass wir keine dämliche Standarte brauchen? Dass wir das Ding zurücklassen sollen? Aber nein, wir mussten es ja mit uns schleppen, den ganzen weiten Weg! Wenn ich daran denke, dass du bei den Zwergen sogar unser aller Leben dafür riskiert hast! Und dass ich dich zusammen mit dem be*shnorsh*ten Ding getragen habe! Ich – ich – ich könnte vor *saobh* platzen!«
Wie unter Peitschenhieben zuckte Balbok bei jedem von Rammars Worten ein wenig mehr zusammen. Immer tiefer rutschte sein Kopf zwischen die Schultern, immer zerknirsch-

ter wurde sein Gesichtsausdruck, bis er einen ziemlich elenden Anblick bot.

»Zürne deinem Bruder nicht zu sehr«, sagte Rurak großmütig. »Ohne das Auge hättet ihr die Begegnung mit der Spinne wohl kaum überlebt, oder?«

»Das wart Ihr, der uns geholfen hat?«, fragte Rammar.

»Natürlich. Ihr musstet doch euer Ziel erreichen.«

»Und warum hast du uns dann nicht geholfen, als wir gegen den Troll gekämpft haben?«, fragte Balbok.

»Warum wohl«, gab Rammar seinem Bruder die Antwort. »Weil wir zu diesem Zeitpunkt das Ziel längst erreicht und den Zweck unserer Reise erfüllt hatten.«

»Nicht ganz«, widersprach Rurak. »Sondern weil ich nichts dagegen gehabt hätte, wäre dieser da« – er deutete auf Corwyn – »auf der Strecke geblieben. Er ist ebenso überflüssig wie nutzlos.«

»Soll das heißen, ich kam nicht vor in deinem großen Plan?«, knirschte der Kopfgeldjäger bissig.

»So ist es«, gestand Rurak gleichmütig. »Eine Laune des Schicksals hat dich herbeigeweht wie ein Blatt welken Laubs.«

»Nichts in diesem Universum geschieht zufällig, Zauberer«, wandte Alannah ein, »alles ist sorgfältig geplant.«

Der Zauberer seufzte und setzte eine mitleidige Miene auf. »Die Elfen und ihr unerschütterlicher Glaube an die Ordnung. Selbst jetzt, da Euer Volk schwach geworden ist und sich aus dieser Welt zurückzieht, haltet Ihr daran fest – wie ein Schiffbrüchiger, der sich an eine Planke klammert, während die Sonne auf ihn niederbrennt und Bluthaie ihn umkreisen. Die Mächte des Chaos triumphieren, Elfin, nicht die der Ordnung. Diese beiden Orks hier sind der beste Beweis dafür. Jahrhundertelang haben die Elfen darauf gewartet, dass sich die Prophezeiung Farawyns erfüllt – wer hätte gedacht, dass es zwei Orks sein würden, die zu Ende bringen, was vor langer Zeit begonnen wurde?«

»Was wisst Ihr schon von diesen Dingen?«, versetzte Alannah.

»Seid versichert, meine Teure, dass ich *alles* weiß«, gab Rurak

mit einer Selbstsicherheit zurück, die weder der Elfin noch ihren Gefährten recht behagen wollte. »Rurak den Schlächter nannte man mich einst, und gefürchtet war ich nicht nur bei meinen Feinden, sondern auch bei meinen Verbündeten und Lakaien. Es enttäuscht mich, dass mein Name bei euch Elfen keinen Ruf mehr hat. Aber vielleicht kennt Ihr mich ja besser unter dem Namen, den euer Volk mir einst gab.«
»Wie lautet er?«, wollte Alannah wissen.
»Gwantegar.«
Alannah zuckte zusammen, als hätte man ihr einen Fausthieb versetzt. Schlagartig schwand all ihr Mut, und ihr Widerstand zerbarst.
Gwantegar.
In die Sprache der Menschen übersetzt lautete der Name »Todbringer«, und zu grässlich waren die Geschichten, die man mit ihm in Verbindung brachte.
»Das ist unmöglich ...«, hauchte sie. »Gwantegar ist tot, schon seit langer Zeit ...«
»Das haben auch meine einfältigen Helfer hier angenommen«, sagte der Zauberer mit Blick auf Rammar und Balbok. »Doch sicherlich seid Ihr klüger als sie, oder?«
»Wie konnte es Euch gelingen ...?«
»Es bedarf dazu eines Zaubers, der zurückgreift auf die Anfänge der Welt und auf die Geheimnisse des Seins. Indem ich anderen ihre Lebenskraft nahm, konnte ich selbst weiterexistieren. Ein Elixier aus der Quintessenz ihres Seins half mir, die Jahrhunderte zu überstehen, genau wie Margok es mich gelehrt hatte.«
»Margok?«
»Gewiss, meine Teure. Wer sonst, glaubt Ihr, hätte mir das Geheimnis des ewigen Lebens verraten? In wessen Auftrag, denkt Ihr, bin ich hier? Welchem Zweck, nehmt Ihr an, dient all dies hier? Ich weiß alles, Elfenpriesterin, denn kein anderer als der Dunkelelf selbst offenbarte es mir. Mich benannte er zu seinem Vertrauten, als alle anderen von ihm abfielen und die Flucht ergriffen. Deshalb kenne ich das Geheimnis, das dieser Ort birgt. Ich weiß um die Macht von Tirgas Lan und welchen

unheimlichen Gast die alte Königsstadt beherbergt. Nach all der Zeit, die seit den Tagen des Zweiten Krieges verging, ist Margoks Geist noch immer hier, gefangen in diesen dunklen Gemäuern. Die Stunde, ihn zu befreien, ist nun gekommen.«

»Nein!«, schrie Alannah entsetzt.

»Warum seid Ihr so erschüttert? Ihr selbst habt Euren Teil dazu beigetragen, Elfenpriesterin. Eurer Unzufriedenheit und Eurer Neugier ist es zu verdanken, dass es überhaupt so weit kommen konnte – so wie Margok es einst vorausgesehen hat!«

»Nein! Nein! Nein ...!«

»Der Dunkelelf wird zurückkehren und die Welt mit Finsternis überziehen!«, rief der Zauberer mit donnernder Stimme. »Doch um seinen Geist ins Leben zurückzuholen, brauche ich die Lebensenergie einer Elfin!« Er machte eine kurze Pause, starrte Alannah mit brennenden Augen an und fuhr dann leiser fort: »Nachdem Ihr schon so viel für mich getan habt, Priesterin, wird es Euch sicherlich nichts ausmachen, auch noch dieses Opfer für mich zu bringen.«

»Bitte nicht ...«

»Vergiss es, Zauberer!«, rief Corwyn und stellte sich schützen vor Alannah, das Schwert in der Faust. »Wer Hand an sie legen will, muss zuerst an mir vorbei!«

»Tatsächlich?« Rurak schnalzte mitleidig mit der Zunge. »Wie rührend. Es stimmt also – der einsame Kopfgeldjäger hat sich in die Elfenpriesterin verliebt. Und sie sich in ihn, wenn ich ihre Blicke richtig deute. Ihr seid so leicht zu durchschauen.«

»Und du bist verrückt, wenn du glaubst, dass ich mich kampflos ergebe!«, entgegnete Corwyn bissig.

»Was du nicht sagst ...« Mit einer beiläufigen Geste gab Rurak den *faihok'hai* ein Zeichen, woraufhin Graishaks Krieger den Kopfgeldjäger umstellten. Der machte sich zum Kampf bereit, hob das Schwert und erwartete ihren Angriff.

Doch die Orks erwiesen ihm nicht die Ehre, mit ihm die Klingen zu kreuzen. Einer der *faihok'hai*, der in Corwyns Rücken stand, schlug ihm den *saparak* in die Kniekehlen, sodass Corwyns Beine unter ihm einknickten. Der Kopfgeldjäger schrie auf und stürzte auf die Knie. Im nächsten Moment traf ein *saparak* seine Rechte und drosch ihm das Schwert aus der Hand.

Dann stürzten sich die Orks auf ihn und bearbeiteten ihn mit nietenbesetzten Fäusten. Von allen Seiten prasselte es auf den Wehrlosen ein. Seine Unterlippe platze auf, sein Nasenbein brach, mehrmals wurde er am Kopf getroffen, bevor er die Fäuste hochbekam, um sich zu verteidigen. Unter einer Lawine wütender Orks und in einem Hagel furchtbarer Schläge ging er nieder, und als die brutale Meute schließlich von ihm abließ, krümmte er sich als blutiges Bündel am Boden.

»Ihr scheußlichen Kreaturen!«, schrie Alannah und fiel neben Corwyn auf die Knie. Der Kopfgeldjäger lebte noch, aber er wand sich wie ein Wurm am Boden. Sein Gesicht war zerschlagen und kaum noch wiederzuerkennen.

Auch Rammar und Balbok schauten betroffen drein. Ihren Intimfeind am Boden zu sehen, hätte sie eigentlich mit Freude erfüllen müssen, aber aus irgendeinem Grund war dies nicht der Fall ...

»Wie Ihr seht«, wandte sich Rurak wieder an die Orkbrüder, »seid ihr beiden nicht die Einzigen, die von meinen Plänen überrumpelt werden. Es war ein Komplott, meine einfältigen Freunde, von Anfang an: der Überfall auf Girgas' Meute, der Kampf gegen die Gnomen ... Und ebenso gehörte dazu, dass euer Anführer den Kopf verlor und der Tapferste von euch beiden die Schlacht überlebte.«

»Der Tapferste?«, fragte Rammar staunend.

Rurak nickte. »Als ihr dann zu zweit in meiner Festung auftauchtet, wusste ich sofort, dass einer von euch beiden mich belog. Aber da ich nicht feststellen konnte, wer die Wahrheit sprach und wer nicht, beschloss ich, euch beide nach Shakara zu schicken. Kaum hattet ihr meine Festung verlassen, sandte ich einen Boten zu Graishak: Mit seiner Leibgarde verließ er euer Dorf und traf sich mit meinen Gnomen und mir, und gemeinsam warteten wir, bis ihr aus dem Norden zurückkehrtet, zusammen mit der Elfin. Dann folgten wir euch, den ganzen weiten Weg bis hierher.«

»Verräter!«, krächzte Corwyn, der sich noch immer am

Boden wand, und er funkelte Rammar und Balbok aus halb zugeschwollenen Augen an. »Ihr elenden Verräter ...!«

»Nicht doch, Kopfgeldjäger.« Rurak schüttelte den Kopf. »Die beiden wussten ebenso wenig von meinen Plänen wie du.« Graishak betrachtete die beiden Orkbrüder voller Hohn. »Was ist das für ein Gefühl, wenn man glaubt, der große *gosgosh* zu sein«, fragte er spöttisch, »und am Ende feststellen muss, dass man der letzte *asar* ist?«

»Kein schönes«, gab Balbok zu, in dessen Augen es plötzlich listig blitzte. »Aber ihr müsst uns erst mal davon überzeugen, dass wir wirklich mit beiden Klauen in die *shnorsh* gegriffen haben.«

Graishak runzelte verwirrt die Stirn. »Wie meinst du das?«

»Was, wenn du gar nicht echt bist?«, fragte Balbok. »Wenn du nur ein Trugbild bist, das dieser da« – er zeigte auf den Zauberer – »hervorgerufen hat?«

»Ist das dein Ernst?« Graishak starrte ihn verwundert an.

»Natürlich, er hat Recht!«, pflichtete Rammar, der plötzlich wieder Hoffnung witterte, seinem Bruder bei. »In der Festung des Zauberers haben wir gesehen, wozu er fähig ist. Er kann einen ganzen Pfuhl mit hässlichen *uchl-bhuurz'hai* erscheinen und wieder verschwinden lassen, einfach so. Warum dann nicht auch dich, Graishak?«

»Willst du damit sagen, ich wäre ein *uchl-bhuurz*?« Graishaks Stimme klang gefährlich ruhig.

»Nein«, widersprach Rammar, und ein überlegenes Grinsen ließ seine feisten Wangen anschwellen. »Ich will damit sagen: Du bist nicht echt. Andernfalls würde ich mich wohl kaum *das hier* trauen!« Und mit diesen Worten rammte er Graishak die Faust mitten in die hässliche Visage.

Graishak taumelte zwei, drei Schritt nach hinten, Blut sprudelte aus seinem Rüssel.

»Das ist der Beweis!«, rief Rammar triumphierend. »Der echte Graishak würde sich das niemals gefallen lassen.«

»So?«, näselte der Orkhäuptling – und im nächsten Moment hatte Rammar dessen Dolch an der Kehle. »Ich *lasse* mir

das nicht gefallen, dessen sei versichert, Fettsack! Wenn du jetzt nicht augenblicklich das Maul hältst, schlitze ich dich der Länge nach auf und lasse deinen Bruder deine stinkenden Eingeweide fressen. Was hältst du davon?«
»*Shnorsh*«, würgte Rammar hervor. »Schlechte Idee.«
»*Korr*«, knurrte Graishak und ließ von ihm ab. »Dann glaubt ihr jetzt, dass ich es wirklich bin?«
»D-das müssen wir wohl«, ächzte Rammar, sich die Stelle am Hals reibend, wo die scharfe Klinge seine Haut geritzt hatte. »Aber – aber wieso bist du hier? Woher kennst du den Zauberer?«
Rurak, den das Geplänkel der Orks zu amüsieren schien, lachte auf. »Könnt ihr euch das nicht denken, nach allem, was ich euch erzählt habe?« Er wandte sich dem Orkhäuptling zu. »Du hattest Recht, Graishak: Diese beiden sind wirklich die dämlichsten Vertreter deiner Art, die mir jemals untergekommen sind – und das will bei eurer Rasse schon was heißen.«
»Nicht wahr?« Graishak nickte beflissen. »Aber sie sollen nicht so dämlich sterben, wie sie in die Welt gespuckt wurden. Also werde ich ihnen erzählen, wie es zu unserem Bündnis kam. Erlaubt Ihr es?«
»Aber natürlich, mein treuer Diener.«
»Diener? Meister?« Rammars Schweinsäuglein zuckten verwirrt hin und her, während Balboks Gesicht so lang wurde, dass sein Unterkiefer auszuhängen drohte.
»Ihr unwissenden Kreaturen, ihr hirnlosen Maden!«, begann Graishak seine Erklärung. »Begreift ihr denn nicht? Meister Rurak war es, der mich einst fand und mir das Leben rettete, nachdem mich meine eigene Meute schmählich in Stich ließ.«
»Du ... du meinst ...?«
»Das und nichts anderes«, bestätigte Graishak, während er mit einer Kralle auf seine stählerne Glatze tippte. »Er hat meinen *koum* wieder zusammengeflickt und mir diese Platte eingesetzt. So überlebte ich, obwohl der Feind mir den Schädel gespalten hatte.«
»*Korr*«, murrte Balbok halblaut, »aber manches ist dabei kaputtgegangen ...«

»Was hast du gesagt?«, brauste Graishak auf.
»Nichts, gar nichts«, versicherte Rammar schnell. »Mein Bruder redet oft gedankenloses Zeug. Er ist ein *umbal*, gib nichts darauf.«
»Na schön ... Jedenfalls bin ich seither Gefolgsmann des Zauberers, denn ihm verdanke ich nicht nur mein Leben, sondern auch alles, was ich bin. Er hat mir beigebracht, was ich weiß, und als ich dann ins *bolboug* zurückkehrte, war ich der stärkste und schrecklichste Ork von allen.«
»Das stimmt«, bestätigte Rammar lakonisch – jemandem mit bloßen Klauen den Kopf von den Schultern zu reißen, wie Graishak es bei seinem Vorgänger getan hatte, war selbst für einem Ork ein starkes Stück.
»Rurak hat mich zu dem gemacht, was ich bin«, fuhr Graishak kriecherisch fort. »Er ist nicht nur *mein* Anführer, sondern der *aller* Orks.«
»Ein schöner Anführer ist das«, ereiferte sich Balbok. »Einer, der mit Gnomen gemeinsame Sache macht und unseren Meuteführern die Köpfe stehlen lässt.«
»Hast du denn noch immer nicht begriffen, du *umbal*?«, schrie Graishak ihn an. »Ein neues Zeitalter ist angebrochen. Es geht nicht mehr gegen die Gnomen und auch nicht gegen die Trolle, sondern einzig und allein gegen – *diese da!*« Graishak, mit mordlüsternem Glanz in den Augen, deutete auf Corwyn und Alannah, die neben dem blutenden Kopfgeldjäger kniete. »Menschen und Elfen sind es, gegen die unser Hass sich richtet, denn sie stehen für all das, was wir verabscheuen.«
»So ist es«, pflichtete ihm Rurak wohlwollend bei. »Einst hat Margok versucht, ein Bündnis aus Menschen und Orks zu schmieden, aber dieses Ansinnen war von Anfang an zum Scheitern verurteilt. Nun habe ich, sein treuester Diener, eine Streitmacht aus Orks und Gnomen geformt. Trolle, Kobolde und Ghuls werden sich uns anschließen und unserem Banner folgen, und eine Armee der Finsternis und des Chaos wird Erdwelt überrennen. Das Elfengeschlecht ist schwach geworden, die Menschen sind untereinander zerstritten; niemand wird uns Widerstand entgegensetzen – vor allem dann nicht,

wenn Margok wieder unter uns weilt und die Heerscharen des Chaos anführt.«

»Nein«, hauchte Alannah entsetzt. »Das dürft Ihr nicht!«

»Mit Verlaub, meine Teure – wer sollte mich daran hindern? Ihr bestimmt nicht.« Er kicherte boshaft. »Wer hätte gedacht, dass die Neugier einer gelangweilten Elfin das Schicksal der Welt besiegelt!« Schallend lachte Rurak auf, und seine Orks und Gnomen fielen in sein Gelächter ein; nur Graishak blieb stumm.

Alannah jedoch ertrug den Spott des Feindes nicht länger. Leichenblass brach sie zusammen und blieb ohnmächtig neben Corwyn liegen.

»Alannah! Nein!«, schrie dieser, das zerschlagene Gesicht blutverschmiert. »Du elender Bastard von einem Zauberer, was hast du ihr angetan?«

»Nichts«, antwortete Rurak ungerührt. »Was geschehen ist, hat sie sich ganz allein selbst zuzuschreiben. Jeder ist verantwortlich für das, was er tut – wusstest du das nicht, Kopfgeldjäger?«

»Alannah! Nein!«, brüllte Corwyn mit heiserer Stimme, als Graishaks Orkkrieger die Elfin mit groben Pranken emporrissen, um sie davonzuschleppen. »Alannah! Nicht noch einmal! Das ertrage ich nicht ...«

Auch er, Rammar und Balbok wurden ergriffen und fortgezerrt – und niemand merkte, wie es in den Tiefen der alten Zitadelle erneut rumorte.

7.
ANN KUNNART UR'KRO

Zu behaupten, dass Rammars Laune im Keller war, wäre eine krasse Untertreibung gewesen – und trotzdem traf es doch irgendwie die Situation ...

Der feiste Ork und sein Bruder hatten Torgas Eingeweide und die Sümpfe durchquert, hatten es mit einer Riesenspinne, Ghulen, Zwergen und Eisbarbaren aufgenommen, hatten gegen Elfen und Trolle gekämpft, hatten Naturgewalten getrotzt, waren der Gefangenschaft der Zwerge ebenso entwischt wie der des Kopfgeldjägers und hatten Hunderte von Meilen hinter sich gebracht – und das alles nur, um sich nun in der gleichen be*shnorsh*ten Lage wiederzufinden, in der sie sich schon zu Beginn ihres Abenteuers befunden hatten: Kopfüber baumelten sie von der Decke eines düsteren Gemäuers.

Irgendwo plätscherte Wasser, und wenn die Orks versuchten, sich zu bewegen, dann klirrten die Ketten, an denen sie hingen. Die Hände hatte man ihnen diesmal auf den Rücken gefesselt, sodass sie sich vorkamen wie zwei Brocken Fleisch, die man in die Speisekammer gehängt hatte.

»Ehrlich, Rammar«, raunte Balbok seinem Bruder zu. »Wenn wir gewusst hätten, dass die Sache so endet, hätten wir uns nicht so abgeplagt, oder? Da hätten wir auch gleich in der Festung des Zauberers bleiben können.«

»Klugscheißer!«, fauchte Rammar. »Von dir will ich nichts mehr hören. Das alles wäre nicht passiert, hättest du nicht darauf bestanden, die verdammte Standarte mitzunehmen!«

»Aber du wolltest sie doch auch mitnehmen!«

»Wenn es nach mir gegangen wäre, hätten wir sie unterwegs weggeworfen und nicht ...«

Ein gellender Schrei, der kaum etwas Menschliches an sich hatte, hallte plötzlich durch das unterirdische Gewölbe.

»Der Kopfgeldjäger«, sagte Rammar ungerührt. »Sie foltern ihn.«

»Aus welchem Grund?«, fragte Balbok.

»Seit wann braucht Graishak einen Grund, um jemanden zu quälen?« Rammar knurrte verdrießlich. »Allerdings – diesmal hat er durchaus einen: Dieser Corwyn ist schließlich ein Mensch, und dazu noch einer, der seinen Lebensunterhalt verdient, indem er Orks jagt.«

Erneut war ein durchdringender Schrei zu hören, lauter und verzweifelter noch als zuvor.

»Geschieht ihm recht«, meinte Rammar. »Was musste dieser *umbal* auch seine Milchnase in unsere Angelegenheiten stecken. Er hat den Tod mehr als verdient.«

»*Korr*«, bestätigte Balbok, und dann lauschten sie den furchtbaren Schreien des Kopfgeldjägers, die gar nicht mehr aufhören wollten. Graishak war ein wahrer Meister der Folter, sein diesbezüglicher Einfallsreichtum war weithin berüchtigt.

»Nicht!«, hörten sie Corwyn auf einmal brüllen. »Nicht mein Auge! Nicht mein Auge …!« Das hässliche Geräusch, das darauf folgte und sich anhörte, als würde eine überreife Tomate zerquetscht, verriet, dass sich Graishak nicht hatte erweichen lassen.

Die Orks tauschten einen Blick.

»Er hat's verdient, nicht wahr?«, fragte Balbok.

»Natürlich«, brummte Rammar. »Dieser elende Orkschlächter hat uns gequält und bis aufs Blut gereizt, und er hat uns bei jeder sich bietenden Gelegenheit gedemütigt. Allerdings …«

»… gefällt es dir nicht, dass er von Graishak gefoltert wird«, vervollständigte Balbok.

»Nein«, gab Rammar zu.

»Mir gefällt es auch nicht«, gestand Balbok. »Corwyn mag ein Orkschlächter sein und unser Feind, aber wenigstens hat er nie ein Geheimnis daraus gemacht. Graishak hingegen …«

»... hat so getan, als wäre er unser Anführer, dabei stand er in Wirklichkeit die ganze Zeit über in den Diensten des Zauberers.«

»Genau.« Balbok schnaubte wütend. »Gemeinsam haben sie die Sache ausgeknobelt und uns nach Strich und Faden belogen und maniküret.«

»Manipuliert«, verbesserte Rammar.

»Be*shnorsh*t«, drückte Balbok es treffender aus. »Weißt du, Rammar, ich hätte gute Lust, Graishak den Schädel einzuschlagen, Stahlplatte hin oder her.«

»Kann ich verstehen«, meinte Rammar, während weiterhin die Schreie des Kopfgeldjägers zu hören waren, die jedoch bald in ein Heulen übergingen – lange würde Corwyn es wohl nicht mehr machen. »Das Problem ist nur, dass wir wohl kaum die Gelegenheit dazu bekommen. Und außerdem ...«

Er verstummte, als plötzlich auf dem Gang vor der rostigen Gittertür ihres Kerkers Schritte aufklangen. Ein Schatten erschien an der Wand, die Gittertür wurde geöffnet, und im nächsten Moment betrat die hagere Gestalt Ruraks das Gewölbe, von dessen hoher Decke die Orks baumelten.

»*Achgosh douk*, meine einfältigen Freunde«, grüßte er hämisch. »So heißt es doch in eurer Sprache, oder nicht?«

»Und?«, fragte Rammar nur. Er dachte nicht daran, den Gruß zu erwidern; sein ehrfurchtsvoller Respekt vor dem Zauberer war blankem Zorn gewichen.

»Ich komme, um euch Grüße von eurem Freund dem Kopfgeldjäger zu bestellen. Es geht ihm nicht so besonders.«

»Was hast du mit ihm gemacht?«

»Ich?« Rurak lachte leise. »Du meinst wohl, was euer Häuptling Graishak mit ihm gemacht hat. Aber an eurer Stelle würde ich mich lieber fragen, was das Schicksal für euch bereithält.«

»Was immer es ist«, maulte Balbok verdrossen, »es kann nicht so schlimm sein, wie die Gesellschaft eines verräterischen Zauberers ertragen zu müssen. Richtig, Rammar?«

»Verdammt richtig, Balbok.«

»Ihr seid beleidigt«, stellte Rurak fest, »in eurem Stolz ge-

kränkt. Sieh an – ich wusste nicht, dass Orks so etwas haben. Aber vielleicht ist es in eurem Fall ja auch etwas anderes. Immerhin seid ihr nicht irgendwelche Orks.«
»Das stimmt«, bestätigte Rammar. »Mach mich los, Zauberer, und ich schwöre dir, dass ich dir deine hässliche Visage nach allen Regeln der Kunst zertrümmern werde. Dann wirst du wissen, zu welcher Sorte Ork ich gehöre.«
»Große Worte aus dem Maul eines Feiglings, der sich beim Kampf gegen die Gnomen verkrochen hat.«
»Waaas?« Balbok horchte auf.
»Wusstest du das etwa nicht?«, gab sich Rurak erstaunt. »Dein Bruder ist sehr darauf bedacht, am Leben zu bleiben ...«
»Ist das wahr?«, fragte Balbok und starrte Rammar streng an. »Du hast dich feige verkrochen?«
»Ja«, gestand Rammar zerknirscht, »es ist wahr. Ich bin tatsächlich ein verdammter Feigling gewesen ...« Er wandte den Blick von seinem Bruder und starrte Rurak an. »Aber ich habe mich geändert, Zauberer, und wenn ich auf dieser elenden Reise, auf die du uns geschickt hast, etwas gelernt habe, dann dass Kriechen und Speichellecken zu nichts führt. Ich bin ein Ork, genau wie mein Bruder!«
»Sieh an, eine bemerkenswerte Entwicklung.« Rurak wurde auf einmal ernst. »Anfangs wollte ich es nicht wahrhaben, aber nun scheint es sich zu bestätigen ...«
»Was?«, schnauzte Rammar, der so in Fahrt war, dass ihm sogar Balbok warnende Blicke zuwarf. »Was wolltest du nicht wahrhaben, du mieser, hinterhältiger, schlammfressender Hundsfott von einem Zauberer?«
Rurak grinste wieder und überging die Beleidigungen, die der feiste Ork ihm an den Kopf warf. »Habt ihr euch nie gefragt, wie es euch gelingen konnte, Farawyns Pforte im Tempel von Shakara zu öffnen? Weshalb das Große Tor von Tirgas Lan, das über tausend Jahre verschlossen war, sich bei eurer Ankunft öffnete? Warum es euch keine Mühe bereitete, euch Zugang zur Schatzkammer zu verschaffen?«
»Lenk gefälligst nicht vom Thema ab!«, maulte Rammar ungehemmt weiter. »Du hast uns hintergangen und verraten,

hast unsere Notlage ausgenutzt, nur um deine Pläne zu ...« Er stockte. »Was hast du gesagt?«

»Es gibt einen Grund dafür, dass ihr all diese Tore, die seit Jahrhunderten verschlossen waren, mühelos öffnen konntet«, erklärte Rurak. »Wollt ihr ihn nicht erfahren?«

»I-ist es, weil wir die Auserwählten sind?«, fragte Balbok hoffnungsvoll.

»Die Auserwählten?« Rurak lachte höhnisch. »Aber nein. So theatralisch ist es nicht.«

»Woran lag es dann?«, wollte Rammar wissen.

»Ich will es euch sagen«, antwortete der Zauberer rundheraus. »Es liegt daran, dass ihr Elfen seid.«

Eine Pause entstand, in der keiner der drei etwas sagte. Dann – prusteten Rammar und Balbok los.

»Wir und Elfen! Der Witz ist gut!«, amüsierte sich Balbok.

»An dir ist ein Hofnarr verloren gegangen, Zauberer!«, versetzte Rammar und schüttete sich aus vor Lachen.

»Ich scherze nicht!«, versicherte Rurak. »Alle Orks waren einst Elfen. Folter, Verstümmelung und dunkler Zauber haben sie zu dem gemacht, was sie heute sind – entstellte, verabscheuungswürdige Kreaturen, die das Licht scheuen und nur dem Chaos dienen.«

»Und darauf sind wir stolz!«, rief Balbok dazwischen, Tränen vor Lachen in den Augen.

»Der Dunkelelf selbst hat sie ins Leben gerufen«, fuhr Rurak unbeirrt fort, »vor langer Zeit, als seinesgleichen ihn verstieß, weil er sich dunklen Künsten und verbotenen Experimenten zugewandt hatte – Experimente, die zum Ziel hatten, eine neue Rasse zu erschaffen, Dunkelelfen, wie er selbst einer war. Er träumte davon, sein eigenes Heer aufzustellen, eine Armee aus Kriegern, die ihm bedingungslos folgten, und nach einigen Fehlversuchen gelang es ihm: Aus gefangenen Elfenkriegern, die er folterte und mit dunklem Zauber belegte, züchtete er die ersten Dunkelelfen. *Margoks Brut* nannte er sie – sie selbst jedoch, unfähig, diesen Namen auszusprechen, nannten sich *Orks*.«

»Siehst du, Rammar«, meinte Balbok wenig überrascht,

»also ist die Geschichte von der platzenden Eiterbeule, der wir alle entsprungen sind, gar nicht so falsch.«

»Blödsinn!«, rief Rammar. »Das alles ist Blödsinn!«

»Durchaus nicht«, versicherte der Zauberer. »Und was euch beide betrifft, so geht die Geschichte noch weiter. Denn im Laufe der Zeit hat Margok viele Elfen verstümmelt und zu Kreaturen der Finsternis gemacht – ihr beide jedoch geht auf den allerersten Dunkelelfen zurück, den Margok erschuf. Ein Königssohn namens Curran war es, den Margok gefangen nehmen und foltern ließ, um ihn mit dunkler, grausamer Magie zu seinem Diener zu machen. Und wie das Schicksal es will, hatte jener Curran einen Zwillingsbruder mit Namen Cullan, der nach dem Tod seines Vaters den Königsthron von Tirgas Lan bestieg. Und aus dem Stamm jenes Cullan ging in späteren Tagen kein anderer als Farawyn der Seher hervor.«

»Häh?«, rief Rammar, während es in seinem Orkhirn fieberhaft arbeitete. »Aber das würde ja bedeuten, dass ...«

»Ganz recht, meine einfältigen Freunde – in euren Adern fließt das Blut der Vorväter Farawyns, des Verteidigers von Tirgas Lan. Er war es, der dafür sorgte, dass diese Mauern für Margoks Geist zum Gefängnis wurden, und der den Fluch über die Stadt legte, auf dass kein anderer als der Auserwählte ihre Tore öffnen könne. Aber«, fügte der Zauberer mit mitleidigem Lächeln hinzu, »wie das bei Elfen so ist, war der gute Farawyn auch ein eingebildeter Schnösel. Der Fluch galt nicht für die Angehörigen seines eigenen Geschlechts, denn Farawyn war davon überzeugt, dass der Befreier von Tirgas Lan einst seiner Blutlinie entspringen würde – und in gewisser Weise hatte er ja sogar Recht damit. Denn ihr beiden seid die letzten Abkömmlinge seines Geschlechts.«

»Dann sind wir also doch die Auserwählten«, meinte Balbok.

»Das würde ich so nicht sagen. Ihr seid mehr das, was ich eine Laune des Schicksals nenne, ein Sandkorn im Getriebe der Zeit, denn vor allen Dingen seid ihr Orks. Deswegen nahm der verfluchte Wald euch zunächst als Eindringlinge wahr und schickte euch den Troll.«

»Was du nicht sagst«, entgegnete Rammar und gab sich alle Mühe, unbeeindruckt zu klingen. »Und woher willst du das alles wissen?«

»Nachdem der Dunkelelf Margok im Ersten Krieg vertrieben wurde, zog er sich in jene Festung zurück, die nun meine Zuflucht ist«, erklärte Rurak bereitwillig. »Dort führte er seine verbotenen Experimente fort, bis seine Versuche schließlich von Erfolg gekrönt waren und er zu dem rüsten konnte, was als der Zweite Krieg in die Geschichte von Erdwelt einging. Wie ihr wisst, kämpfte auch ich in jenem Krieg, aber als die Schlacht um Tirgas Lan verloren war, musste ich fliehen. Bis tief in die Modermark zog ich mich zurück, wo ich jene Festung bezog, die zuvor Margoks Domizil war. In den tiefen Kerkern des Gemäuers stieß ich eines Tages auf seine geheimen Aufzeichnungen. Ich erfuhr, dass es Orks gibt, in deren Adern das Blut Farawyns fließt, und nachdem ich einige Jahrhunderte gewartet hatte, beschloss ich, die Sicherheit meines Verstecks zu verlassen und wieder Kontakt zu den Orks aufzunehmen. Ich hatte Glück, denn ich fand einen von ihnen halb tot und mit zerschmettertem Schädel ...«

»Graishak«, knurrte Rammar.

»So ist es. Ich rettete ihm das Leben und nahm die eine oder andere Veränderung an seinem Verstand vor, sodass er mein treuer und verlässlicher Diener wurde. Bereitwillig half er mir, euch ausfindig zu machen und meinen Plan in die Tat umzusetzen.«

»So war das also«, murmelte Rammar mit finsterem Blick.

Der Zauberer nickte, wieder ein boshaftes Grinsen im Gesicht. »Ich war der Ansicht, ihr solltet das erfahren, ehe man euch den Wanst mit Zwiebeln und Knoblauch stopft und euch bei einem Gelage zu Margoks Ehren als Hauptgang serviert.«

Die Orks hatten keine Gelegenheit, darauf etwas zu erwidern, denn erneut waren Schritte zu hören. Zwei *faihok'hai* erschienen, die den halb toten Corwyn schleppten.

Der Kopfgeldjäger sah fürchterlich aus. Verbrennungen und blutige Striemen bedeckten seinen nackten Oberkörper. Sein

Gesicht war vorhin schon kaum wiederzuerkennen gewesen, nun klaffte dort, wo sein linkes Auge gewesen war, ein blutiges Loch, das mit einem schmutzigen Lappen notdürftig verbunden war. Corwyns Zustand war erbärmlich.

Graishak folgte ihm. Ein sadistisches Grinsen im Gesicht, schaute er zu, wie Corwyn an die Zellenwand gekettet wurde. »Nun?«, erkundigte er sich dann bei Rammar und Balbok. »Wie fühlt ihr euch?«

»Verraten und verkauft«, gab Rammar zu.

»Nicht doch. Ich bin sicher, Girgas wäre stolz auf euch«, höhnte Graishak. »Was habt ihr nicht alles getan, um sein Haupt wiederzubeschaffen. Keine Mühe habt ihr gescheut – und seid dennoch in der Speisekammer gelandet. So spielt das Leben.«

»Nein«, widersprach Balbok, »das warst du, der uns so übel mitgespielt hat. Und dafür werde ich dir den Schädel einschlagen, das schwöre ich dir.«

»Tatsächlich?« Graishak schnalzte mitleidig mit der tätowierten Zunge. »Da bin ich aber gespannt, wie du das anfangen willst. Aber vielleicht fragst du einfach euren Freund, den Kopfgeldjäger, um Rat.«

Damit brach der Orkhäuptling in grollendes Gelächter aus – ein Gelächter, das deutlich erkennen ließ, wie es um seinen Geist bestellt war. Von der Gewölbedecke hallte es wider, und Rurak und die *faihok'hai* fielen mit ein.

Auf einmal kam Leben in Corwyn, der eben noch matt und kraftlos in seinen Ketten gehangen hatte. »Dieses Gelächter!«, schrie er in einem Ausbruch von Wut und Kraft, den ihm niemand mehr zugetraut hätte. »Ich – ich kenne dieses Gelächter! Unter Tausenden würde ich es wiedererkennen. *Du* warst es! *Du* hast es getan ...!«

Graishak unterbrach sein Geschrei und wandte sich dem Menschen zu. »Was soll ich getan haben?«

»*Du* hast die Frau getötet, die ich liebte!«, schrie Corwyn mit kreischender Stimme. »*Du* bist der Ork, dessen Gelächter mich bis in meine Träume verfolgt!«

»Schon möglich.« Der Orkhäuptling zuckte mit den Schultern. »Ich habe zahllose Menschen getötet, darunter auch viele Weiber. Warum also nicht auch deins.«

»Bastard!«, brüllte Corwyn und zerrte an seinen Ketten, dass die Spangen in seine Handgelenke schnitten. »Elendes Schwein! Ich werde dich töten, hörst du?«

»Stell dich hinten an, Kopfgeldjäger«, versetzte der Orkhäuptling grinsend. Dann wandte er sich um, und im Gefolge des Zauberers und der *faihok'hai* verließ er die Zelle.

»Verfluchter Mörder!«, schrie Corwyn ihm in seiner Verzweiflung und seinem Schmerz hinterher – aber alles, was er zur Antwort erhielt, war höhnisches Gelächter.

»Halt!«

Fürst Loreto hob die Rechte, worauf das Heer der Elfen zum Stillstand kam. Lediglich die Zwerge, deren wirrer Haufen im Verband der Elfenkrieger marschierte, brauchten einen Moment, um das Signal mitzubekommen. Und selbst dann reagierte nicht jeder von ihnen darauf.

»Was gibt's, Herr Elf?«, erkundigte sich Orthmar von Bruchstein, des Orthwins Sohn. Seit vielen Stunden marschierte der Tross nun schon durch den Wald, ohne auf die geringste Spur der Elfin, des Kopfgeldjägers oder der beiden Orks gestoßen zu sein. Dabei verriet der Gestank, der allenthalben in der Luft lag, überdeutlich, dass Unholde in der Nähe waren.

Mit einer Handbewegung gebot ihm Loreto zu schweigen. Der Elfenfürst führte sein Reittier am Zügel, weil der von Wurzeln und Schlingpflanzen übersäte Boden ein Fortkommen zu Pferd unmöglich machte. Das Tier hob und senkte unentwegt den Kopf und schnaubte unruhig – offenbar behagte ihm dieser Ort ebenso wenig wie dem Anführer der Zwerge.

Orthmar dachte nicht daran, sich von einem Elfen den Mund verbieten zu lassen, und mochte der noch so vornehmes Blut in seinen Adern haben. Seine Leute und er hatten Loreto keinen Treueid geleistet; sie waren vielmehr gleichberechtigte Partner. »Was gibt es?«, fragte er deshalb noch einmal, nur etwas leiser diesmal.

»Gefahr«, erwiderte der Elf. »Heermeister Ithel und einige Späher sind uns vorausgeeilt, um das Gelände zu erkunden, und sie sind noch nicht zurückgekehrt.«

»Was Ihr nicht sagt«, meinte Orthmar und hob die Axt, um auf alle Eventualitäten vorbereitet zu sein. Seine Leute taten es ihm gleich, und die Elfenkrieger hatten ihre Schilde angehoben und die Schwerter gezogen. »Ihr seid sicher, dass die Priesterin und ihre Komplizen hier vorbeigekommen sind? Ich kann nämlich nicht die geringste Spur entdecken, und ich habe den Eindruck, dass ...«

»Schhh«, machte der Elfenfürst und gebot ihm erneut mit erhobener Hand zu schweigen.

In diesem Moment bewegten sich auf der anderen Seite der Lichtung plötzlich die riesigen Farnblätter.

Orthmar murmelte eine Verwünschung in seinen Bart und stellte sich kampfbereit hin – aber es waren nur Heermeister Ithel und die übrigen Späher, die von ihrer Erkundungsmission zurückkehrten. Fürst Loreto atmete auf, sichtlich erleichtert.

»Und?«, erkundigte er sich bei seinem Stellvertreter. »Was habt Ihr gefunden?«

»Dies«, erwiderte Ithel und zeigte einen kleinen Gegenstand, der in etwa die Größe einer geballten Faust hatte. Es war eine Gürtelschnalle aus rostigem Metall, verbeult und mit kleinen Stacheln besetzt. Weder Elfen noch Zwerge noch Menschen pflegten derlei Schmuckstücke zu tragen.

»Orks«, stellte Loreto angewidert fest. »Also sind sie in der Nähe.«

»Natürlich sind sie in der Nähe«, tönte Orthmar. »Das habe ich euch doch gesagt.«

»Dies stammt nicht von den Orks, die Ihr erwähnt habt, Herr Zwerg«, belehrte ihn Ithel. »Ein gutes Stück voraus haben wir Spuren im Morast gefunden. Viele verschiedene Fährten, die darauf hindeuten, dass wir es mit einer großen Anzahl Unholde zu tun haben. Mit einem ganzen Heer.«

»Was?«, rief Orthmar fassungslos. »Aber das ist doch Unfug! Wo sollen die denn plötzlich alle herkommen?«

»Aus der Modermark«, vermutete Loreto. »Oberhalb der Flussgabel gibt es eine seichte Stelle. Möglicherweise haben die Unholde sie als Furt benutzt und setzten mit einer Streitmacht über.«

»Einer Streitmacht?« Der Zwerg horchte auf. »Wie viele mögen das sein?«

»Schwer zu schätzen«, gab Ithel zur Antwort. »Zweitausend, vielleicht auch etwas mehr. Außerdem haben wir Spuren von Gnomenkriegern gefunden.«

»Gnomenkrieger? Aber Orks und Gnomen sind bis aufs Blut verfeindet. Die würden niemals …«

»Ich kann nur sagen, was ich gesehen habe«, verteidigte sich Ithel. »Zudem schulde ich Euch keine Rechenschaft, Herr Zwerg. Fürst Loreto ist mein Anführer, nicht Ihr.«

Orthmar blickte von einem zum anderen. Am liebsten hätte er den blasierten Spitzohren nach Zwergenart den Marsch geblasen. Andererseits – wenn Ithel Recht hatte und sich tatsächlich zweitausend Orks und Gnomen in diesem Wald herumtrieben, konnte es kein Fehler sein, eintausend Elfenkrieger auf seiner Seite zu haben.

»Natürlich«, sagte er deshalb und deutete beflissen eine Verbeugung an. »Dennoch – gestattet mir, dass ich mir Gedanken darüber mache, was eine solch große Streitmacht der Orks in diesem Wald zu suchen hat. Steht ihr Hiersein in Verbindung mit Eurer Mission?«

»Das befürchte ich, mein zu kurz geratener Freund«, sagte Loreto mit nach innen gekehrtem Blick. »Wir wurden von Tirgas Dun ausgesandt, um ein großes Unglück zu verhindern – um eine drohende Gefahr im Keim zu ersticken. Wie es nun aber den Anschein hat, kommen wir zu spät. Das Böse hat bereits einen Weg nach …«

Er unterbrach sich, als ihm bewusst wurde, dass er um ein Haar das Ziel der Expedition verraten hätte. Orthmar hingegen sah seine Annahme bestätigt: Die Elfen betrieben nicht nur einer verräterischen Priesterin wegen diesen Aufwand. Es ging dabei um die Verborgene Stadt und um den Schatz, dessen war sich der Zwergenführer ganz sicher, und sein Verlangen, sich dieses Schatzes zu bemächtigen, war größer denn je.

»Was wollt Ihr jetzt unternehmen?«, fragte er deshalb vorsichtig.

Loreto zögerte. »Was wohl?«, sagte er schließlich. »Wir werden die Suche fortsetzen und tun, was getan werden muss. Auch wenn es bedeutet, dass viele von uns die Fernen Gestade wohl niemals sehen werden.«

Ithel und einige Elfenkrieger zuckten bei diesen Worten merklich zusammen, sagten jedoch nichts. Die viel gepriesene Disziplin der Elfen war stärker als alle Zweifel und Ängste.

»Dann lasst Euch gesagt sein, Fürst Loreto«, erklärte Orthmar von Bruchstein feierlich, »dass meine Leute und ich auch in der Gefahr bei Euch stehen. Einst gab es ein Bündnis zwischen Zwergen und Elfen, und dieses Bündnis wird jetzt erneuert. Oder seid Ihr der Ansicht, dass Ihr ein paar scharfe Zwergenäxte gegen die Übermacht der Orks nicht gebrauchen könntet?«

Loreto bedachte ihn mit einem langen prüfenden Blick. Schließlich aber erschien ein Lächeln auf seinen blassen Zügen, und in einer spontanen Geste hielt er Orthmar die Hand hin.

»Dann lasst Euch willkommen heißen, Bruder«, sprach er. »Das Volk der Zwerge wird oft geschmäht, seiner Gier wegen und seines Strebens nach Gewinn. Der Name Orthmar von Bruchstein jedoch wird weithin gerühmt werden ob seiner Tapferkeit und seines selbstlosen Einsatzes für das Wohl dieser Welt. Wären Sterbliche Eures Schlages zahlreicher, mein Freund, so würden die Elfen *amber* nicht verlassen.«

»Ich danke Euch, Fürst Loreto«, erwiderte des Orthwins Sohn und verbeugte sich – und so sah Loreto nicht das listige Grinsen, das über sein bärtiges Gesicht huschte, während seine fleischige Rechte die weiße Hand des Elfen drückte.

Noch immer waren sie in der »Speisekammer« gefangen: Rammar und Balbok, die kopfüber von der Decke hingen, und Corwyn, der an die Kerkerwand gekettet war.

Verstümmelt und aus zahlreichen Wunden blutend bot der Kopfgeldjäger einen erbärmlichen Anblick, und nur noch der Hass schien ihn am Leben zu halten. Unermüdlich zerrte er an den Ketten, achtete nicht darauf, dass die Metallspangen um seine Handgelenke dadurch immer noch tiefer in sein Fleisch schnitten. Er maulte unentwegt vor sich hin und wünschte seinen Peinigern Tod und ewige Verdammnis.

»Das Weltengericht komme über diese verdammten Orks! Kuruls Grube verschlinge jeden Einzelnen von dieser elenden Brut! Ich schwöre, wenn ich es irgendwie hier rausschaffe, wird dieser Bastard Graishak von meiner Hand sterben ...«

Rammar und Balbok tauschten betretene Blicke. Da sie nun schon eine ganze Weile kopfüber hingen, hatten sich ihre Gesichter dunkel verfärbt, und dickes Orkblut sickerte aus ihren Nasen. Einen klaren Gedanken zu fassen, fiel ihnen in dieser Lage schwer, aber die Vorstellung, dass Graishak für seinen Verrat büßen musste, hatte etwas für sich.

Die Brüder hatten es immer noch nicht verwunden, dass vornehmes Elfenblut in ihren Adern fließen sollte. Für einen Ork war das ungeheuerlich – deshalb wohl wollte Graishak ihnen auch das schändlichste Ende zukommen lassen, das einem Ork widerfahren konnte, nämlich von seinesgleichen gefressen zu werden, trotz des widerlichen Geschmacks. Zu gern hätten Rammar und Balbok die Enthüllung des Zauberers als dummes Geschwätz abgetan, aber das konnten sie nicht, immerhin war es ihnen tatsächlich gelungen, jene Tore zu öffnen, die seit Jahrhunderten verschlossen gewesen waren ...

»Rammar?«, fragte Balbok, während Corwyn unentwegt weiterlamentierte.

»Was?«

»Sind wir nun eigentlich Orks – oder sind wir keine?«

»Was meinst du damit, Blödschädel?«

»Nun ja, wenn es stimmt, was der Zauberer sagt, dann sind wir keine Orks, sondern Elfen, oder nicht?«

»Sag mal, was hast du eigentlich in deinem Kopf? Einen stinkenden Haufen *shnorsh*? Natürlich sind wir Orks – und nichts anderes! Du hast doch gehört, was der Zauberer gesagt hat: Der Dunkelelf hat uns zu dem gemacht, was wir sind.«

»Ich verstehe«, murmelte Balbok, aber seinem langen Gesicht konnte man deutlich ansehen, dass das noch nicht alles war, was ihn beschäftigte.

»Was ist denn noch?«, fragte Rammar ungeduldig.

»Na ja, ich ...« Balbok verstummte; er traute sich nicht, es auszusprechen.

»Spuck's schon aus – wenn Graishaks Köche uns erst den Wanst mit Zwiebeln und Knoblauch füllen, ist es zu spät dafür.«

»Eigentlich ist es gar nicht wichtig«, meinte Balbok. »Es ist nur so, dass ich ...«

»Was denn?«

»... dass ich schon manches Mal das Gefühl hatte, dass wir beide irgendwie anders sind als der Rest des *bolboug*«, flüsterte Balbok, als hätte er Angst, belauscht zu werden.

»Wie meinst du das?«

»Weißt du noch, als wir klein waren? Als alle jungen Orks auf die Trolljagd gingen und nur wir im *bolboug* bleiben mussten? Oder als alle ihre erste Narbe erhielten, nur uns schnitt man gleich zwei? Oder als ...«

»Worauf willst du hinaus?«, fragte Rammar scharf.

»Vielleicht«, meinte Balbok, »haben die anderen schon immer geahnt, dass etwas mit uns nicht stimmt. Dass wir anders sind, meine ich.«

»So ein Schmarren! Wirklich, Bruder, du hast auf unserer Reise viel Blödsinn geredet, aber das setzt allem die Krone auf. Wir sind Orks – und damit fertig. Etwas anderes will ich nicht hören.«

»Und – wenn ich dir sage, dass ich *es* weiß?«

»Dass du was weißt?«

»Ich kenne dein Geheimnis«, verriet Balbok.

»Was denn für ein Geheimnis?« Rammar gab sich ahnungslos, schaukelte jedoch nervös an seiner Kette hin und her.

»Ich habe es schon immer gewusst«, gestand Balbok. »Eigentlich wollte ich es dir nicht sagen, aber da wir nicht mehr lange zu leben haben ...«

»Was für ein Geheimnis?«, verlangte Rammar mit lauter Stimme zu wissen – das verschwörerische Getue seines Bruders machte ihn wahnsinnig.

»Ich weiß, dass du anders bist als die übrigen Orks«, eröffnete Balbok leise. »Ich weiß, dass du ... dass du kein Menschenfleisch isst.«

»Wer sagt das?«, blaffte Rammar.

»Ich habe dich beobachtet. Immer wenn es Menschenfleisch gibt, hast du entweder keinen Hunger oder besorgst dir etwas anderes zu essen – so wie nach dem Kampf gegen die Eisbarbaren.«

»Du widerwärtiger, mieser, verlogener ...«, legte Rammar voller Entrüstung los, überlegte es sich dann aber anders. »Wie lange weißt du es schon?«, fragte er vorsichtig.

»Schon immer.«

»Und wem hast du davon erzählt? Wahrscheinlich weiß es das ganze *bolboug*, oder?«

»Niemandem.« Balbok schüttelte sein dröhnendes Haupt. »Du bist mein Bruder, Rammar, dein Geheimnis ist bei mir gut aufgehoben ...«

»Da bin ich froh.«

»... und abgesehen davon ist es mir peinlich, einen Bruder zu haben, der kein Menschenfleisch isst«, fuhr Balbok fort.

»Es ist dir peinlich?« Rammar glaubte, nicht recht zu hören. »Du elender *umbal*, was bildest du dir eigentlich ein? Glaubst du, du wärst etwas Besseres? Ich habe mich nie daran gestört, dass sich zwischen deinen Ohren nur leere Luft befindet, und wenn es hart auf hart kommt ...«

Schallendes Gelächter unterbrach ihn – es war Corwyn, der sich trotz seines kläglichen Zustands glänzend amüsierte.

»Was gibt es denn da so dämlich zu lachen?«, fragte Rammar pikiert.

»Ihr beiden solltet euch hören«, spottete Corwyn. »Zwei Orks, die sich darüber Sorgen machen, ob sie überhaupt zu ihrer Sippe gehören, und dazu noch einer, der kein Menschenfleisch mag. Was für Figuren seid ihr eigentlich?«

»Sei vorsichtig, was du sagst, Kopfgeldjäger«, knurrte Rammar, »sonst könnte es sein, dass ich meine Essgewohnheiten für dich ändere.«

»Ihr Orks seid so dämlich, wie ihr gierig seid. Euer Häuptling hat euch verraten, und eure verkommene Sippschaft hat vor, euch aufzufressen – und alles, was euch dazu einfällt, ist, darüber zu lamentieren, ob ihr echte Orks seid oder nicht.«

»Das würdest du an unserer Stelle auch tun.«

»Ganz sicher nicht. Ich an eurer Stelle würde mir überlegen, wie ich dem Bratspieß entgehen und aus diesem Dreckloch entkommen könnte.«

»Entkommen?« Rammar stieß eine orkische Verwünschung aus. »So dumm kann auch nur ein Mensch daherreden. Hast du gesehen, wie die *faihok'hai* uns verschnürt haben? Ist nicht so, dass wir nur einfach hinausspazieren müssten.«

»Und deswegen gebt ihr schon auf? Was für Einfaltspinsel ihr seid. Kein Wunder, dass wir den Krieg mit euch als Verbündete verloren haben.«

»Nicht die Orks haben den Krieg verloren, sondern die Menschen«, stellte Balbok klar. »Das ist allgemein bekannt.«

»Ach ja? Ich sag euch was – ehe man Verbündete wie euch hat, kämpft man lieber allein.«

»Ist das so?«, schnaubte Rammar. »Dann lass *dir* gesagt sein, Kopfgeldjäger, dass du ein Haderlump bist und wir lieber sterben würden, als noch einmal auf deiner Seite zu kämpfen.«

»Dann nur immer weiter so, Orkfresse. Ihr seid auf dem besten Weg dazu.« Corwyn stieß ein verbittertes Lachen aus, dann kehrte Schweigen ein in der Kerkerzelle, die von Ruraks Schergen kurzerhand zur Speisekammer umfunktioniert worden war.

Eine Weile lang sagte keiner der drei Gefangenen ein Wort.

»Kopfgeldjäger?«, fragte Rammar schließlich, und es klang ein wenig kleinlaut.

»Ja?«

»Hast du denn einen Plan?«

»Möglicherweise.«

»Dann lass hören«, verlangte Rammar und reckte seinen klobigen Schädel vor. »Ich bin ganz Ork.«

»Seid ihr sicher?«, fragte Corwyn spöttisch. »Ihr müsstet damit rechnen, noch schlechtere Orks zu sein als bisher. Und ihr könntet nie wieder in euer *bolboug* zurück.«
Rammar und Balbok brauchten nicht lange zu überlegen. Sie hatten nur die Wahl zwischen Flucht und der Aussicht, von ihren Artgenossen gefressen zu werden; den vertrauten Mief ihrer Höhle würden sie so oder so nie wieder schnuppern. Mit einem kurzen Blick verständigten sie sich und nickten einander grimmig zu (was beiden ziemlichen Kopfschmerz bereitete).
»Dann hört gut zu«, flüsterte Corwyn. »Ich habe nicht vor, in diesem verdammten Gemäuer zu verrecken, und ich bin auch nicht gewillt, Alannah diesem verrückten Zauberer zu überlassen.«
»Du willst sie befreien?«, fragte Rammar skeptisch.
»Genau das. Und ich will mir Graishaks Kopf holen. Das Schwein hat meine Geliebte auf dem Gewissen und den Tod mehr als verdient.«
»*Korr*«, pflichtete ihm Rammar bei. »Ganz meiner Meinung.«
»Wir müssen zusammenhalten, wenn uns die Flucht gelingen soll«, schärfte Corwyn den beiden Orks ein und offenbarte ihnen dann den Plan, den er sich in aller Eile ausgedacht hatte.

Flackernder Fackelschein tauchte den Thronsaal der alten Königszitadelle in unheimliches Schattenlicht.
In lange zurückliegenden Tagen hatten der Elfenkönig und sein Gefolge in dieser Halle Hof gehalten, hatten zu Gericht gesessen und die Geschicke des Reiches gelenkt, das sich einst von den südlichen Gestaden der See bis an die Hänge des Nordwalls erstreckte, von der Modermark im Westen bis weit ins östliche Hügelland.
All das lag lange zurück. Das Elfenreich war zerfallen; ein riesiger Wald wucherte dort, wo einst das Zentrum des Reiches war, und seine einstige Perle war eine Ruine, die einstmals stolzen Türme und Zinnen von teeriger Schwärze überzogen, die von der Gegenwart des Bösen zeugte. Wo einst der Elfenkönig gethront hatte, saß nun eine hagere Gestalt in einem

Umhang von tiefster Schwärze, und in den Augen, die unter der Kapuze hervorstarrten, glitzerte unverhohlene Bosheit. Ein langer Bart reichte der Gestalt bis auf den Bauch. An den Thron gelehnt stand der Zauberstab, aus dunklem Holz geschnitzt und mit einem Totenschädel am oberen Ende, in dessen Augenhöhlen Smaragde funkelten.

Alannah stöhnte leise, als sie zu sich kam. Das Erste, was sie sah, war der stechende Blick, mit dem Rurak der Zauberer auf sie hinabstarrte. Dann erst gewahrte sie, dass sie auf einem Altar aus glatt gehauenem Stein lag, dessen Oberfläche ihr so kalt erschien wie das Eis von Shakara. Ihr schneeweißes Kleid hatte man ihr ausgezogen und sie stattdessen in eine unansehnliche schwarze Kutte gesteckt. Man hatte ihr Hände und Füße gefesselt und sie mit einem schmutzigen Lappen geknebelt, der sie daran hinderte, vor Entsetzen aufzuschreien.

Rurak wartete, bis sie ganz zu sich gekommen war. Dann griff er nach seinem Zauberstab, erhob sich vom Alabasterthron des Elfenkönigs und schritt die Stufen hinab. Drohend baute er sich vor Alannah auf.

Sie starrte ihn aus weit aufgerissenen Augen an, während ihr all die schrecklichen Dinge, die in den letzten Stunden vor ihrer Ohnmacht geschehen waren, wieder zu Bewusstsein kamen. Sie erinnerte sich auch daran, was Rurak vorhatte. Sie wollte etwas sagen, aber wegen des Knebels brachte sie nicht mehr als einen erstickten Laut hervor.

»Ihr fragt Euch, was hier vor sich geht«, riet der Zauberer, und mit seiner knochigen Rechten machte er eine Handbewegung, die den gesamten Thronsaal einschloss; wie die Schatzkammer wurde der Saal von einer hohen Kuppel überspannt, an den Wänden standen geschwärzte Statuen, und die Dunkelheit jenseits der schmalen Fenster ließ erkennen, dass draußen die Nacht hereingebrochen war.

Von der gewölbten Decke tropfte jene teerige schwarze Masse, die Alannah und ihre Gefährten schon andernorts in der Zitadelle vorgefunden hatten, und in der Mitte der kreisrunden Halle klaffte eine ebenso kreisrunde Öffnung im Boden, von einer niedrigen Brüstung umgeben, und durch diese

Öffnung fiel ein blauer Lichtstrahl, der seinen Ursprung am höchsten Punkt der Deckenkuppel hatte.

Es war jener Lichtstrahl, in dessen Schein die Elfenkrone geschwebt hatte. Der Thronsaal, so folgerte Alannah, befand sich also genau über der Schatzkammer, so wie Farawyn es beschrieben hatte, und der Schacht im Boden führte geradewegs hinab zu dem Gold und zu den Edelsteinen ...

Alannah schaute sich um, bis Rurak spöttisch auflachte. »Ihr habt Recht, Elfenpriesterin. In den alten Tagen war dies ein Ort des Glücks und der Freude, des Friedens und der Gerechtigkeit. Ein Teil von mir kann sich gut daran erinnern. Was Glück und Freude betrifft, so bin ich mir nicht sicher – aber Frieden und Gerechtigkeit werden hier erneut einkehren, sobald Margok wieder unter den Lebenden weilt.«

Alannah konnte nicht länger an sich halten. Sich in ihren Fesseln windend, wollte sie aufs Heftigste protestieren, aber erneut brachte sie nicht mehr als ein paar dumpfe Laute zustande.

»Könnt Ihr seine Präsenz spüren?«, fragte Rurak. »Sein Geist ist hier. Alles, was er benötigt, um auszubrechen aus dem Exil, in das Farawyn ihn einst verbannte, ist die Lebensenergie eines Elfen von edlem Geblüt – oder einer Elfin. Als ich Euch sah, Alannah, wusste ich, dass Ihr für diese Aufgabe vorherbestimmt seid. In dem Augenblick, in dem Ihr auf diesem Altar Euer Leben lasst, wird der Dunkelelf zurückkehren, um die Mächte des Chaos zum Sieg zu führen.«

»Mhm«, machte Alannah wieder und schüttelte heftig den Kopf. Rurak kicherte und winkte einige Orks herbei, die sich bislang im Hintergrund gehalten hatten. Sie kamen heran, packten Alannah und lachten mit ihren dunklen Stimmen. Alannah wehrte sich, so gut sie konnte – gefesselt und geknebelt, wie sie war, hatte sie den Unholden freilich nichts entgegenzusetzen.

»Haltet sie gut fest, meine brutalen Freunde«, sagte Rurak zu den *faihok'hai* – und dann zog er unter seiner Kutte einen Dolch hervor, dessen Klinge nach Elfenart gebogen, jedoch absolut schwarz war. »Sobald der Mond am Himmel steht, ist die Zeit für Margoks Rückkehr gekommen, und wir alle werden von ihm tausendfach belohnt für unsere Treue.«

Die Orks schnaubten; wenn sie Gelegenheit erhielten, nach Herzenslust zu morden und zu brandschatzen, war das für sie Belohnung genug. Entsprechend angewidert waren die Blicke, mit denen Alannah ihre Häscher bedachte.

»Schaut nicht allzu sehr auf meine Helfer herab«, wurde sie von Rurak ermahnt, »denn sie sind Euch ähnlicher, als Ihr ahnt. Elfen und Orks haben denselben Ursprung – und wenn Margok erst zurückgekehrt ist, wird er fortführen, was er einst begonnen hat: Nicht länger wird es Elfen, Orks, Menschen, Zwerge und Gnomen geben, sondern alle werden verschmelzen zu einer einzigen Rasse, die über Erdwelts Angesicht wandeln und dem dunklen Herrscher gehorchen wird ...«

Mit der Kraft der Verzweiflung gelang es Alannah, den Knebel auszuspucken, den man ihr in den Mund gestopft hatte. »Nein!«, rief sie entsetzt. »Das dürft Ihr nicht! Das bedeutet den Untergang!«

»Ganz recht«, sagte Rurak und begann, eine Beschwörungsformel in einer Sprache zu murmeln, deren bloßer Klang der Elfin Schauer über den Rücken jagte ...

Plötzlich drang von außerhalb des Thronsaals lautes Geschrei herein, hektische Stiefeltritte waren zu hören, und die Nacht, die eben noch jenseits der hohen Fenster geherrscht hatte, wurde erhellt von flackerndem Feuer.

»Was geht hier vor?«, rief Rurak scharf und starrte die *faihok'hai* an. Antwort erhielt er von ihnen nicht, dafür wurde die Pforte des Thronsaals aufgerissen, und kein anderer als Graishak erschien. Der Ork mit der stählernen Schädelplatte eilte heran, die überhebliche Selbstsicherheit war aus seinen Zügen gewichen.

»Meister!«, rief er so laut, dass es von der hohen Decke widerhallte. »Großer Zauberer, hört mich an!«

»Was?«, fragte Rurak unwillig. »Wie kannst du es wagen, mich ausgerechnet jetzt zu stören, nichtswürdiger Wurm?«

»Ich bin ein Wurm, ich weiß«, versicherte Graishak und warf sich vor dem Zauberer auf die Knie. »Zürnt mir nicht, erhabener Meister, auch wenn ich schlechte Nachrichten bringe.«

»Schlechte Nachrichten? Wovon sprichst du?«

»Die Zitadelle wird angegriffen.«

»Angegriffen?« Der Zauberer streifte die Kapuze seiner Kutte zurück und enthüllte seinen kahlen, kantigen Schädel, dessen Haut hier und dort weggefault war; darunter kam der blanke Schädelknochen zum Vorschein.

»Es sind Elfen und Zwerge«, sagte Graishak mit jammervoller Stimme. »Im Schutz der Dunkelheit haben sie das Große Tor passiert und sind plötzlich vor der Zitadelle aufgetaucht.«

»Unsinn!«, rief Rurak aufgebracht. Seine Stimme ließ die von Moder und Verfall stinkende Luft zittern. »Du redest wirres Zeug!«

»Seht selbst, Meister«, forderte Graishak und deutete auf eine schwarze Kugel, die auf einem Dreibein ruhte und so aussah wie jene, die Balbok auf seiner weiten Reise getragen hatte.

Rurak trat an die Kugel, wischte mit knochigen Fingern darüber hinweg und murmelte eine magische Formel. Daraufhin begann die Kugel von innen her zu leuchten, und die Schwärze der Oberfläche verblasste. Bilder wurden in der Kugel sichtbar, zunächst noch undeutlich und verschwommen, dann immer deutlicher. Und diese Bilder zeigten einen Zug von Elfenkriegern, die mit Fackeln in den Händen die Hauptstraße von Tirgas Lan entlangzogen.

»Bei Margoks finsterem Geist!«, rief der Zauberer. »Wie konnte das geschehen? Wie kommt diese verdammte Elfenbrut hierher?«

»Ich weiß es nicht«, gestand Graishak zerknirscht.

»Wie viele sind es?«

»Viele«, antwortete Graishak hilflos.

Rurak seufzte, aber er wusste ja, dass Orks Probleme im Umgang mit Zahlen haben. »Sind es mehr als wir?«, formulierte er seine Frage deshalb anders.

»Nein, Meister.«

»Dann gibt es keinen Grund zur Sorge.« Rurak beruhigte sich ein wenig. »Steh auf, Dummkopf! Und verteidige die Zitadelle! Bis zum letzten Tropfen deines schwarzen Blutes, wenn es sein muss! Keines Elfen Fuß darf diesen Saal betreten, solange die Zeremonie nicht abgeschlossen ist. Hast du verstanden?«

»*Korr.*«

»Wenn Margok erst zurückgekehrt ist, wird er die Diener des Lichts mit seiner dunklen Zauberkraft auslöschen – aber bis dahin liegt es an dir, Graishak, die Zitadelle gegen unsere Feinde zu verteidigen!«

»Natürlich, Meister.«

»Dieser Angriff kommt unerwartet, das gebe ich zu. Aber wie auch immer die Elfen von meinen Plänen erfahren haben – sie kommen zu spät, um mich noch aufzuhalten. Alles ist vorbereitet, und wenn das bleiche Mondlicht durch die Wolken bricht, wird Margoks Dolch die Rückkehr des Meisters in diese Welt besiegeln. Der Herr der Orks wird zurückkehren – und Ihr, meine Teure« – sein vor Wahnsinn fiebernder Blick fiel auf Alannah – »werdet dabei sterben ...«

8.  OINSOCHG!

Fürst Loreto von Tirgas Dun kam sich vor, als befände er sich in einem Traum, und es war sowohl ein faszinierender als auch ein unsagbar böser Traum. Obwohl er die Geschichte des Zweiten Krieges kannte, obwohl er gewusst hatte, welches Geheimnis im Tempel von Shakara gehütet worden war und was der verwunschene Wald von Trowna verbarg, war der Elfenfürst tief bewegt und über alle Maßen beeindruckt, als er vor dem Großen Tor von Tirgas Lan stand.

Den ganzen Tag über war der Heereszug der Elfen der Spur der Orks gefolgt, die sich als breite Schneise durch den Urwald zog, und im letzten Licht des Tages waren sie auf jene riesige steinerne Pforte gestoßen, die Farawyn selbst einst versiegelt hatte.

Doch Loreto war nicht nur wie verzaubert von ihrem Anblick, er war auch entsetzt – denn das Große Tor stand weit offen, und dafür gab es nur eine Erklärung: Alannah hatte das Geheimnis von Shakara verraten, und das ausgerechnet an die Orks, den Abschaum von *amber*!

Der Fürst von Tirgas Dun und Oberster Schwertführer des Hohen Rates gestand sich ein, dass er niemals wirklich an die Weissagung geglaubt hatte. Farawyns Prophezeiung war etwas, das jedem Elfen von frühester Jugend an eingetrichtert wurde, doch jahrhundertelang hatte man so entschieden daran festgehalten, dass es nur natürlich war, dass irgendwann Zweifel aufgekommen waren. Und Loreto hatte diese Zweifel sogar hin und wieder geäußert, zwar hinter vorgehaltener Hand, doch war es nicht auszuschließen, dass er die Hohepriesterin von Shakara damit angesteckt hatte. Insofern war es eine Ironie des

Schicksals, dass ausgerechnet er Alannah daran hindern sollte, das Geheimnis Tirgas Lans an die Gegenseite zu verraten.

Allerdings sah alles danach aus, als wäre er zu spät gekommen, und zugleich wurde ihm auch klar, warum sie den Wald von Trowna ungehindert hatten durchqueren können: Die Pforte von Tirgas Lan war geöffnet worden, und damit war Farawyns Fluch aufgehoben. Aber wie, so fragte sich Loreto, hatte das Tor geöffnet werden können, wenn nur der Auserwählte dies vermochte?

Während der Elfenfürst darüber grübelte, fällten seine Krieger und die Zwerge schlanke Bäume, um behelfsmäßige Sturmleitern daraus zu fertigen. Heermeister Ithel hatte Loreto diesen Vorschlag unterbreitet. Er befürchtete nämlich, dass die Orks die alte Königszitadelle im Zentrum der Verborgenen Stadt besetzt hatten und dass sie sich darin verschanzen würden, sobald sie das Heer der Elfen gewahrten. Dann könnte es nötig werden, die Zitadelle zu erstürmen. Loreto fand das einen sehr vorausschauenden Gedanken; er selbst war wahrlich ein sehr kluger und weiser Oberster Schwertführer, dass er einen Elfen wie Ithel zu seinem Heermeister gemacht hatte.

Schließlich wurden Fackeln entzündet und neue Aufstellung genommen. Eine berittene Vorhut unter Ithels Führung passierte als Erstes das offen stehende Tor der Stadtfestung. Ihr folgte die Hauptstreitmacht von eintausend Elfenkriegern, je zur Hälfte Bogenschützen und Schwertkämpfer, in die sich auch Orthmar von Bruchstein und seine Zwerge reihten. Der flackernde Schein ihrer Fackeln vertrieben die Dunkelheit und beleuchteten die Straßen der Geisterstadt.

Fürst Loreto ritt an der Spitze des Hauptheeres. Nie zuvor war er in Tirgas Lan gewesen, und es hatte ihn auch – trotz seiner Alannah gegenüber geäußerten Zweifel an Farawyns Prophezeiung – nie wirklich interessiert, ob die alte Königsstadt überhaupt existierte. Sich mit der Vergangenheit zu beschäftigen, entsprach nicht seiner Philosophie, lieber richtete er sein Streben und seinen Verstand nach vorn, auf die Zukunft, die er stets fernab von allen sterblichen Belangen an den Fernen Gestaden vermutet hatte.

Doch die Fernen Gestade waren weit entfernt, und das Schiff, das ihn dorthin bringen sollte, war ohne ihn ausgelaufen. Statt an Bord dieses Schiffes zu sein, befand er sich in Tirgas Lan, in dunkler Nacht und an der Spitze eines Heeres, und der Geruch von Fäulnis und Verfall, der die Luft schwängerte, ließ nichts Gutes erahnen; das Böse wirkte an diesem Ort. Loreto zürnte Alannah, dass sie ihn in diese missliche Lage gebracht hatte, indem sie aus dem Tempel von Shakara geflohen war und hergelaufenen Unholden den Weg zur Verborgenen Stadt gewiesen hatte. Der Elfenfürst schwor sich, dass er seine einstige Geliebte dafür zur Rechenschaft ziehen würde ...

Loreto und sein Heer näherten sich immer mehr der Zitadelle. Auf deren Zinnen loderten plötzlich gelbe Flammen auf. Zuerst zählte der Elfenfürst ein Dutzend, aber in Windeseile verdoppelte und verdreifachte sich ihre Zahl – und dann stiegen sie steil in den dunklen Himmel, feurige Spuren in die Schwärze der Nacht ziehend.

Der Anblick war faszinierend – bis Loreto mit einem Mal begriff, was da geflogen kam:

Brandpfeile!

»In Deckung!«, schrie er mit schriller Stimme, woraufhin sich die Fußkämpfer hinter ihre Schilde kauerten – keinen Augenblick zu früh.

Schon prasselten die lodernden Geschosse nieder und überzogen die Straße mit einem tödlichen Feuerregen. Einige Elfenkrieger, die zu lange gezögert hatten, wurden von den Brandpfeilen getroffen, die meisten aber wehrten sie mit ihren Schilden ab. Nur wenige Augenblicke später war der Spuk vorbei, aber Loreto sah, dass auf den Wehrgängen der Zitadelle schon die nächste Attacke vorbereitet wurde.

»Orks!«, rief jemand mit krächzender Stimme – es war kein anderer als Heermeister Ithel, der an der Spitze der Vorhut zurück zur Hauptstreitmacht preschte. »Es sind Orks! Ein ganzes Heer von ihnen!« Er zügelte sein edles Pferd neben dem noch edleren von Fürst Loreto und stieß hervor: »Die Unholde sind bis an die Hauer bewaffnet, Herr, und sie halten wie vermutet die Zitadelle besetzt!«

»Wusst ich's doch!«, zischte Loreto, und im nächsten Moment drang von den Zinnen der Zitadelle das wütende Gebrüll der Orks herüber. Der Elfenfürst erschauderte. Er wollte es nicht, wollte nicht kämpfen, wollte nicht sein Leben riskieren für eine Sache, an die er nicht glaubte. Was scherte es ihn, was der Welt der Sterblichen widerfuhr? Sollte sich Alannah mit den Finsterlingen verbünden, ihn brauchte es nicht zu kümmern; er wollte ohnehin der Enge der sterblichen Welt entfliehen, um an den Fernen Gestaden eine neue Heimat zu finden.

»Was sollen wir tun, Fürst Loreto?«, verlangte Ithel zu wissen. »Soll ich den Angriff befehlen?«

»Den Angriff?« Loreto zögerte. Sicher, ein Teil von ihm, jener, der zu Pflichterfüllung und Gehorsam erzogen war, wollte dem Drängen des Heermeisters nachgeben – ein anderer hingegen sah den Kampf um *amber* längst als verloren an: Wozu sein Leben aufs Spiel setzen, um eine Welt zu retten, die nicht gerettet werden wollte?

»Nein«, sagte Loreto deshalb und schüttelte den Kopf. »Wir werden nicht angreifen.«

»Was?« Der Heermeister starrte ihn ungläubig an.

»Ordnet den Rückzug an, vortrefflicher Ithel.«

»Aber ...«

»Unser Auftrag lautete, die Priesterin von Shakara aus der Gewalt ihrer Entführer zu befreien, *bevor* sie ihnen den Weg nach Tirgas Lan weist. Offensichtlich ist es zu spät dafür, also gibt es hier nichts mehr für uns zu tun.«

»Aber Fürst Loreto! Wir dürfen nicht zulassen, das Unholde die alte Königsstadt besetzt halten. Ihr wisst, wessen Geist in den Mauern von Tirgas Lan nach alter Sage gefangen ist!«

»Und? Erwartet Ihr, dass ich das Leben meiner Männer opfere einer alten Geistergeschichte wegen?«

»Aber in den Schriften Farawyns ...«

»Ich weiß, was in den Schriften Farawyns geschrieben steht, Heermeister Ithel. Dennoch bin ich nicht gewillt, mein Leben und das meiner Krieger ...«

»Mit Verlaub, Fürst Loreto«, fiel Orthmar von Bruchstein ihm ins Wort; der Anführer der Zwerge hatte alles mitangehört, und so einfach wollte er nicht auf den Schatz verzichten.

»Macht Ihr es Euch nicht zu leicht? Ist es nicht Eure heilige Pflicht, die alte Königsstadt mit Eurem Leben zu schützen?«

»Wie könnt Ihr es wagen, mir Vorhaltungen zu machen, Herr Zwerg?«, entrüstete sich der Elfenfürst. »Mit welchem Recht nehmt Ihr Euch heraus, darüber zu befinden, was meine Pflicht ist und was nicht?«

»Mit dem Recht dessen, der bereit ist, sein eigen Blut und das seiner Leute zu opfern, um die Mächte der Finsternis in ihre Schranken zu weisen«, versetzte Orthmar mit fester Stimme. »Des Orthwins Sohn hat Euch sein Wort gegeben, dass er gemeinsam mit Euch gegen die Unholde kämpfen wird. Und auch Ihr gabt mir Euer Wort. Wollt Ihr nun behaupten, dass das Wort eines Elfen keinen Wert mehr hat in diesen Tagen?«

»Der Zwerg hat Recht, mein Fürst«, pflichtete Ithel des Orthwins Sohn bei. »Ihr müsst an Euren Ruf denken, an die Ehrhaftigkeit Eures Namens. Wenn Ihr jetzt den Rückzug befehlt, wird der Hohe Rat dies als Versagen und Feigheit deuten, und man wird Euch nicht erlauben, die Reise nach den Fernen Gestaden anzutreten.«

Loreto sog scharf die Luft ein, roch den Gestank von Brand und Tod. Orthmars hehre Worte hatten ihn nicht umstimmen können, Ithels Mahnung hingegen brachte ihn zum Grübeln. Sein Heermeister hatte Recht: Wenn er Tirgas Lan kampflos den Mächten des Chaos überließ, würde man ihm die Reise nach den Fernen Gestaden verweigern. Zumindest zum Schein musste Loreto so tun, als wollte er alles daran setzen, die von den Orks besetzte Zitadelle zurückzuerobern und …

»Brandpfeile!«, schrie jemand – und erneut prasselten Dutzende feuriger Geschosse hernieder, graue Rauchschwaden hinter sich herziehend.

In Loretos unmittelbarer Nähe wurde ein junger Elfenkrieger in die Brust getroffen. Er stürzte zu Boden, laut kreischend, den noch brennenden Pfeil im zuckenden Leib.

Loreto spürte einen Kloß in der Kehle.

»Also gut«, sagte er tonlos. »Wir greifen an!«

»Wache! Waaache! Sofort zu mir!«

Rammar brüllte so laut, dass sich seine Stimme fast überschlug, und dies, obwohl der Lärm des Kampfes, der vor den Toren der Zitadelle tobte, nicht bis in den Kerker drang.

»Was soll das?«, fragte Corwyn entsetzt. »Warum rufst du die Wache?«

»Schnauze!«, versetzte Rammar derb. »Wache! Verdammt noch mal, komm her! Ich habe dir etwas Wichtiges zu sagen! Hier ist ein Gefangener, der fliehen will!«

»Verräter!«, schrie Corwyn außer sich. »Elende Orkfresse! Ich wusste, dass dir nicht zu trauen ist!«

»Das hättest du dir früher überlegen sollen«, sagte Rammar, der noch immer kopfüber an der Kette hing, und dann schrie er wieder: »Wache! Waaaache!«

Endlich waren draußen vor der Gittertür Schritte zu vernehmen. Ein Gnomenkrieger erschien, den man zur Bewachung der Gefangenen abgestellt hatte – ein hässlicher, für seine Rasse ungewöhnlich großer Kerl, mit vorstehenden gelben Hauern im grünen Gesicht.

»Endlich«, murrte Rammar. »Das wurde auch Zeit. Komm her, ich muss dir etwas Wichtiges sagen!«

»Verräter!«, tobte Corwyn und zerrte an seinen Ketten. »Elendes Dreckschwein!«

Dem Gnom schien es zu gefallen, dass sich die Gefangenen untereinander stritten, und er kicherte schadenfroh. Er öffnete die Zellentür und trat ein, den Speer halb erhoben.

»Ich habe eine wichtige Mitteilung für Graishak«, plapperte Rammar drauflos. »Dieser Mensch dort plant, aus dem Kerker auszubrechen und sich blutig an unserem geliebten Häuptling zu rächen. Außerdem will er die Elfenpriesterin befreien, der einäugige Lump!«

Der Gnom hatte offenbar jedes Wort verstanden und schnaubte wütend. Er wandte sich dem Kopfgeldjäger zu, um ihn mit der Spitze des Speers zu malträtieren. Immer wieder stieß er zu, und Corwyn schrie auf.

»Dafür wirst du büßen, Ork!«, wetterte er. »Kurul selbst wird lodernde Blitze schicken, um dir deinen verdammten *asar*

abzufackeln, und es wird nichts von dir zurückbleiben als eine stinkende, schwelende ...«
Weiter kam er nicht – denn in diesem Moment handelte Balbok.
Der hagere Ork, der mit geschlossenen Augen von der Decke gehangen hatte, als hätte er das Bewusstsein verloren, bäumte sich so plötzlich an seiner Kette auf, dass er einen kräftigen Schwung bekam – und dann sauste er geradewegs auf den Gnom zu.
Der Grüne, der seine ganze Aufmerksamkeit Corwyn zugewandt hatte und diesen wieder mit dem Speer stechen wollte, sah Balbok nicht kommen. Der hatte sein Maul weit aufgerissen – und biss mit aller Kraft zu!
Die messerscharfen Zähne des Orks schnitten durch ledrige Haut und gruben sich in zähes Fleisch. Grünes Gnomenblut spritzte, als Balboks Hauer die Schlagader des Wärters zerfetzten. Der Gnom kreischte wie von Sinnen und zappelte wild, aber Balbok ließ nicht los.
An der Kette hin- und herbaumelnd, riss er den Gnomenkrieger mit sich und schüttelte ihn wie ein gefräßiges Raubtier seine Beute. Der Geschmack des warmen ungesalzenen Gnomenbluts drehte ihm fast den Magen um, aber er zwang sich, noch kräftiger zuzubeißen – bis das Genick des Gnomen mit hässlichem Knacken brach. Jäh verstummte das Gekreische, und schlaff und leblos hing der Gnom in Balboks Fängen.
»Endlich«, knurrte Rammar. »Ich dachte schon, du würdest dir bis morgen früh Zeit lassen, elender *umbal*!«
»Du bist gar kein schlechter Schauspieler, Fettwanst«, sagte Corwyn anerkennend. »Ich war mir für einen Moment nicht sicher, ob du es dir nicht anders überlegt hast.«
»Damit du es nur weißt, Mensch – wir Orks stecken voller Überraschungen.«
»Offensichtlich«, murmelte Corwyn mit Blick auf den leblosen Gnom in Balboks Fängen. »Jetzt wirf ihn rüber, Langer, damit ich mir die Schlüssel greifen kann.«
»Mhm«, machte Balbok zur Bestätigung und begann erneut, an der Kette hin- und herzupendeln, diesmal in Corwyns

Richtung. Er benutzte den Leichnam des Wärters, um noch mehr Schwung zu nehmen, dann schleuderte er Corwyn den kleinen grünen Wicht zu, so gut gezielt, dass der Mensch ihn mit seinen über dem Kopf gefesselten Händen zu packen bekam, und irgendwie gelang es Corwyn auch, sich den Schlüsselbund zu krallen, der am Gürtel des Gnomen befestigt war.

Es war alles andere als einfach, mit den sowohl vom eigenen als auch vom Gnomenblut glitschigen Händen den Schlüssel ins Schloss der Handschellen zu führen und sie zu öffnen – aber schließlich war Corwyn frei, und er konnte sein Glück kaum fassen.

»He!«, rief Rammar ihm zu, hilflos an der Decke baumelnd. »Vergiss uns nicht, *korr*?«

»*Korr*«, bestätigte Corwyn und betätigte die Winde, mit der die Ketten herabgelassen wurden. Rammar und Balbok schlugen mit den Köpfen auf den Boden und fluchten und schimpften, aber als Corwyn sie schließlich von ihren Fesseln befreit hatte und sie auf wackeligen Beinen standen, beruhigten sie sich wieder.

»Und jetzt?«, fragte Balbok und rieb sich den schmerzenden Schädel.

»Zu Alannah!«, sagte Corwyn, während er den herrenlosen Speer des Gnomen an sich nahm. »Dieser Zauberer hat irgendeine Schweinerei mit ihr vor, doch das werde ich nicht zulassen.«

»Geh nur«, redete Rammar ihm zu. »Balbok und ich werden uns inzwischen zur Schatzkammer durchschlagen.«

»Kommt nicht infrage«, widersprach Corwyn. »Wir bleiben zusammen, für den Fall, dass wir einer Horde Orks begegnen.«

»Gut, dann gehen wir alle zur Schatzkammer«, entschied Rammar. »Um die Elfin kümmern wir uns später.«

»Später wird es *zu* spät sein, geht das nicht in deinen hohlen Schädel?«, schrie Corwyn ihn an. »Alannah braucht unsere Hilfe, wir dürfen sie nicht im Stich lassen. Immerhin verdanken wir es *ihr*, dass wir überhaupt hier sind.«

»Das stimmt«, räumte Balbok ein.

»Außerdem wird auch dieser Graishak bei ihr sein«, fuhr

Corwyn mit ruhigerer Stimme fort, »und wenn ich richtig verstanden habe, bin ich nicht der Einzige, der eine Rechnung mit ihm offen hat.«

»Nein«, gab Rammar zu und schnaubte, dass Dampf aus seinen Nüstern quoll. »Allerdings nicht.«

»Also?«

»Kümmern wir uns um die Elfin«, erklärte sich Rammar grimmig einverstanden. »Und anschließend holen wir uns den Schatz ...«

Die Hauptstraße von Tirgas Lan erbebte unter dem Gleichschritt, mit dem die Elfen gegen das Haupttor der Zitadelle vorrückten. Die Orks hatten das Fallgitter herabgelassen, jedoch nicht die Torflügel geschlossen – eine knurrende, zähnefletschende Meute, die blutrünstig mit den Augen rollte, drängte sich jenseits des Gitters, begierig und wild darauf, sich auf die Angreifer zu stürzen.

Der Elfenfürst hatte Heermeister Ithel die Führung des Angriffs überlassen; Loreto selbst befehligte die Bogenschützen. So schätzte er seine Möglichkeiten, den bevorstehenden Kampf zu überleben, als ungleich höher ein.

»Pfeile – jetzt!«, befahl er, und die Elfenkrieger ließen die schlanken Geschosse von den Sehnen schnellen.

Anders als die Orks benutzten sie keine Brandpfeile, sodass die Unholde das Verderben in der nächtlichen Dunkelheit nicht kommen sahen. Nur das vielstimmige Sirren, das für einen Moment in der Luft lag, warnte sie vor, dann brach der gefiederte Tod hundertfach über sie herein.

Von seiner Position aus konnte Loreto nicht erkennen, wie viele der Orks im Pfeilhagel fielen – aber dem Geschrei der Unholde entnahm er, dass so manches Geschoss ein Ziel gefunden hatte. Vielleicht, so hoffte er, ließ sich die Schlacht ja aus der Distanz schlagen ...

Heermeister Ithel gab sich dieser Illusion nicht hin, ebenso wenig wie Orthmar von Bruchstein. Seite an Seite rückten der Heermeister der Elfen und der Anführer der Zwerge gegen die Zitadelle vor und führten ihre Leute an – wobei die Elfenkrieger diszipliniert in ihrer Phalanx marschierten, die Zwerge hingegen unter wildem Gebrüll vorwärts stürmten, um mit den langen Schritten ihrer Waffenbrüder mithalten zu können. Die Orks auf den Wehrgängen hießen sie mit Brandpfeilen willkommen, die zumeist an den Schilden der Elfenkrieger abprallten oder von den Äxten der Zwerge abgewehrt wurden. Aber immer wieder durchdrang auch eines der schlecht gezielten Geschosse die Deckung der Angreifer – hier und dort schrien Elfenkämpfer auf, von brennenden Geschossen in Brust oder Hals getroffen.

Sofort rückten ihre Kameraden nach, um die entstandene Lücke in den Angriffsreihen zu schließen. Im Gleichschritt näherten sie sich der Mauer, ungeachtet des schrecklichen Feindes, der sie dort erwartete – und endlich hatten Elfen und Zwerge das Tor der Zitadelle erreicht.

Ithel hob sein Schwert und gab einen gellenden Befehl – und die Phalanx seiner Krieger teilte sich. Sich gegen die Pfeile und Steinbrocken, die von der Mauer auf sie herabprasselten, mit ihren Schilden schirmend, richteten die Elfen die provisorischen Sturmleitern auf, und eine schlanke Säule, die vor Urzeiten aus weißem Marmor geschlagen worden war, wurde zum behelfsmäßigen Rammbock.

Geschützt von einem weiteren Schwarm Pfeile, den Loretos Bogenschützen über die Mauer der Zitadelle jagten, rannten die Elfenkrieger mit der Säule gegen das Fallgitter an, hinter dem die geifernde Orkmeute brüllte und tobte. Durch einen Vorhang aus Funken und Rauch stürmten die beherzten Kämpfer vor, und mit furchtbarer Wucht krachte der behelfsmäßige Rammbock gegen das Hindernis. Das Gitter erbebte, und einige der Orks, die daran emporgeklettert waren, verloren den Halt und stürzten in die *saparak'hai* ihrer Kumpane – aber das rostige Metall hielt dem Aufprall stand.

Sofort zogen sich die Elfen zurück und nahmen abermals Anlauf. Nicht wenige wurden dabei von den Steinen erschlagen, mit denen die Orks sie vom Wehrgang aus bewarfen. Wieder und wieder rannten die Elfenkrieger gegen das Fallgitter an, während ihre Kameraden versuchten, über die Leitern die Mauer der Zitadelle zu erstürmen. Ithel selbst war es, der den Angriff führte; wie ein Banner eilte sein blauer Helmbuschen den Kriegern voraus.

Zu den Orks auf der Mauer hatten sich auch einige Gnomen gesellt. In gebückter Haltung kauerten sie auf den Zinnen und schickten Schwärme von Giftpfeilen auf die Angreifer hinab. Dutzende tapferer Elfenkrieger wurden getroffen und stürzten schreiend zu Boden. Ithel jedoch trieb seine Krieger unbeirrt an, legte selbst Hand an, als es darum ging, die provisorischen Leitern aufzurichten, und war auch der Erste, der nach oben stieg, den geifernden Unholden entgegen.

Aus sicherer Distanz beobachtete Loreto die Schlacht, die an der Mauer der Zitadelle tobte. Und obwohl er Krieg und Kampf verabscheute, erfüllte auf einmal Stolz seine Brust – Stolz auf seine Krieger, die sich so wacker im Kampf gegen die Unholde schlugen. Mit Ithels Hilfe, da war er sicher, würde es ihm gelingen, die Zitadelle einzunehmen. Sollte der Heermeister sein Leben ruhig riskieren – er, Loreto, würde den Ruhm dafür ernten ...

Gefolgt von einigen Zwergen und Elfenkriegern erklomm Ithel die Leiter, ein strahlender Erbe Farawyns auf dem Weg zum Sieg. Schon hatte er die Mauerkrone erreicht, bereit zum Sprung über die Zinne, um den Mächten des Chaos mit blitzender Klinge Einhalt zu gebieten – als das rostige Blatt einer Orkaxt heranfegte und ihm mit einem einzigen Hieb den Kopf von den Schultern schlug.

Entsetzt sah Loreto, wie der Helm mit dem blauen Buschen davonflog, während Ithels kopfloser Torso nach hinten fiel und alle, die ihm gefolgt waren, von der Leiter fegte. Auf den Zinnen der Zitadelle aber erhob sich der Ork, der Ithel enthauptet hatte – ein hässlicher, grobschlächtiger Kerl, dessen Augen in nacktem Wahnsinn leuchteten und dessen linke Schädelhälfte aus einer schimmernden Stahlplatte bestand.

Der Unhold verfiel in wüstes, markerschütterndes Gebrüll und schwenkte die blutige Axt – und Loreto hatte das Gefühl, dass der Blick des Rasenden über das Kampfgetümmel hinweg geradewegs auf ihn gerichtet war.

»Bei den Fernen Gestaden«, murmelte er leise – und dann war es, als würde sich der Schlund der Finsternis öffnen und das Heer der Elfen verschlingen.

Auf den Wehrgängen der Zitadelle hatte man große Kessel herangeschafft – und noch ehe Loreto oder irgendjemand sonst eine Warnung rufen oder den Befehl zum Rückzug geben konnte, ergoss sich siedendes Pech auf die Elfen, die den Rammbock trugen.

Das Geschrei der Krieger war entsetzlich. Im nächsten Moment flackerte erneut Feuer auf den Zinnen auf, und Brandpfeile zuckten herab. Von einem Augenblick zum anderen verwandelte sich der Platz vor dem Tor in ein loderndes Flammenmeer, das zornig alles verschlang, dessen es habhaft wurde.

Loreto sah Elfenkrieger als lebende Fackeln umherrennen, sah einen Zwerg, dessen Bart Feuer gefangen hatte und der gellend schrie und kreischte, während die Flammen sein Gesicht zerstörten. Der Geruch von verbranntem Fleisch stieg dem Elfenfürsten in die Nase und verursachte ihm Übelkeit. Fassungslos schaute er zu, wie die Erben Farawyns in Feuer und Rauch untergingen.

Panik ergriff ihn und sorgte dafür, dass er keinen klaren Gedanken mehr fassen konnte. Reglos stand der Anführer des Elfenheers da. Längst erfolgte kein Angriff mehr, die Heeresordnung der Elfenkrieger hatte sich aufgelöst. Die einen waren tot oder lagen verwundet und sich windend am Boden, die anderen ergriffen schreiend die Flucht. Nur ein paar wenige hielten noch die Stellung, aber auch sie fanden im brennenden Pech oder im Pfeilhagel ihr Ende.

»Herr!«, drang eine Stimme wie aus weiter Ferne an Loretos Ohr. »Herr, was befehlt ihr …?«

Loreto brauchte einen Moment, um durch die Nebel des Entsetzens zu erkennen, dass ein Bogenschütze vor ihn getreten war, ein blutjunger Kerl von vielleicht siebzig oder achtzig Jahren, der ihn fragend und verunsichert anschaute.

»Was befehlt Ihr, Herr?«, wiederholte der Bogenschütze.

»Unsere Schwertkämpfer und unsere Verbündeten aus dem

Zwergenreich sind in Bedrängnis. Wir müssen angreifen, Herr, und unseren Waffenbrüdern Beistand leisten!«

»Beistand leisten ...« Das Echo aus Loretos Mund klang tonlos und sinnentleert. Nach all dem Grauen, das er gesehen hatte, stand dem Elfenfürsten nicht mehr der Sinn danach, anderen beizustehen oder gar das Geschick in diesem ungleichen Kampf noch wenden zu wollen. Er wollte nicht enden wie Ithel, wollte nicht das Opfer eines barbarischen Orks werden, dessen Axt keinen Respekt kannte vor der Überlegenheit und dem Alter der elfischen Kultur.

Alles, was Loreto wollte, war ein Schiff zu den Fernen Gestaden besteigen – und dazu musste er überleben ...

»Nein«, sagte er deshalb, und seine Stimme klang so fest und entschlossen, dass es ihn selbst überraschte.

»Nein?« Der junge Bogenschütze hob die Brauen. »Was bedeutet das, Herr?«

Loreto wandte den Blick zum Tor, wo weiterhin gekämpft und gestorben wurde. Das heisere Gebrüll der Orks erfüllte die Nacht, beantwortet vom Geschrei der Verwundeten und von den verzweifelten Rufen derer, die um ihr Leben kämpften.

»Das bedeutet, dass die Schlacht verloren ist«, erklärte der Elfenfürst mit ruhiger Stimme. »Wir ziehen uns zurück.«

9.
OUNCHON-AIRUN

Der flackernde Schein der Flammen, die vor der Zitadelle loderten, drang durch die hohen Fenster des Thronsaals und ebenso das Geschrei der Orks, das Klirren der Waffen und das Kreischen der Sterbenden. Rurak der Schlächter jedoch nahm nichts davon wahr.

Mit geschlossenen Augen stand der Zauberer da, in tiefe Meditation versunken, während er Worte in einer alten, verbotenen Sprache murmelte. Die schwarze Klinge des magischen Dolchs zeigte auf Alannah, die auf dem Opferstein lag, im harten, unerbittlichen Griff ihrer Bewacher.

Die *faihok'hai* hatten nichts als Hohn für sie übrig. Grollend lachten sie, während sich die Elfin verzweifelt in ihren Pranken wand. Mit vor Furcht geweiteten Augen starrte Alannah auf die Klinge, die drohend über ihr schwebte, und sie schalt sich selbst eine Närrin, Shakara den Rücken gekehrt und ihr altes Leben verlassen zu haben. Warum nur hatte sie sich nach Abwechslung gesehnt, nach Aufregung und Abenteuern? In ihrem Leichtsinn hatte sie alles verraten: Statt das Geheimnis von Tirgas Lan zu hüten, das ihr anvertraut worden war, würde ausgerechnet sie es sein, die durch ihr Opfer den Geist des Dunkelelfen erneut entfesselte. *Amber* würde in Finsternis versinken, so wie schon einmal – und eine Elfenpriesterin von vornehmem Geblüt trug Schuld daran …

Ihre Augen schwammen in Tränen der Verzweiflung und der Reue, und in Gedanken flehte sie ihre Ahnen und die kosmische Ordnung um Vergebung an für alles, was sie in ihrem Hochmut und ihrer Leichtfertigkeit getan hatte. Aber das hämische Gelächter der Orks und die schwarze Klinge über ihrer Brust schienen ihr sagen zu wollen, dass es keine Vergebung für sie gab …

Auf einmal erfüllte blasses Licht den Thronsaal. Der Mond war zwischen den Wolken hervorgekommen, schien fahl und kalt auf die Verborgene Stadt hinab – und einen Herzschlag später zuckte ein Blitz durch den Raum, der geradewegs aus dem Nichts entstanden war.

Jäh verstummte das Gelächter der Orks. »Kurul! Kurul!«, murmelten die Unholde, und Furcht war in ihren blutunterlaufenen Augen zu erkennen.

Ein eisig kalter Hauch durchwehte den alten Thronsaal, der Kleidung und Haut durchdrang und die Elfin bis auf die Knochen frösteln ließ. Er wurde zu einem unnatürlichen Wind, der sich zu einem Tosen steigerte – ein Sturm brach in dem alten Gemäuer los. Und im klagenden Jaulen des Windes glaubte Alannah schallendes, triumphierendes Gelächter zu vernehmen – oder irrte sie sich?

Jahrhunderte alter Staub, Trümmer von morschem Holz, Kerzen und kleine Gesteinsbrocken wurden emporgerissen, drehten sich in einem wilden Orkan, dessen Zentrum der Altar war. Rurak mit seinem schwarzen Dolch, der über Alannah gebeugt stand, schien im Auge des Wirbelsturms zu stehen; ihn berührte der Wind nicht einmal. Die Orks jedoch blickten sich panisch um, verfielen in wildes Geschrei – und schließlich, als erneut grelle Blitze aus dem Nirgendwo zuckten, ergriffen sie Hals über Kopf die Flucht. Die *faihok'hai* mochten die tapfersten und besten Krieger ihres Stammes sein, aber wenn Kurul selbst seine Macht zeigte und lodernde Blitze schleuderte, dann packte auch sie die nackte Furcht.

Rurak achtete nicht auf sie. Der Zauberer hatte noch immer die Augen geschlossen und murmelte frevlerische Worte. Alannah bezweifelte, dass er überhaupt mitbekam, was um ihn herum geschah, und in ihrer Angst und ihrer Verzweiflung sah sie eine Chance zu entkommen. Gefesselt, wie sie war, wollte sie sich vom Altar rollen, um der tödlichen Klinge, die jeden Augenblick auf sie herabstoßen konnte, zu entgehen.

Es gelang ihr, sich herumzudrehen, und sie wollte sich über die Kante des Steinblocks schieben – als etwas Unerwartetes geschah. Wieder zuckten Blitze durch den Saal, aber diesmal konzentrierten sie sich auf den Dolch, den Rurak mit einer Hand erhoben hielt, während die andere den Zauberstab umklammerte.

Von mehreren Seiten gleichzeitig schlugen die grellen Blitze in die schwarze Klinge und schienen mit ihr zu verschmelzen – und ein Blitz, der nicht hell und gleißend war, sondern im Gegenteil von furchtbarer Schwärze, stach aus der Spitze der Waffe und traf Alannah. Von einem Augenblick zum anderen war die Elfin nicht mehr in der Lage, sich zu rühren. Die verderbliche Energie des Blitzes hüllte sie ein, und Krämpfe schüttelten sie.

»Nein!«, brüllte sie, gepeinigt von Schmerz und gepackt vom Entsetzen, denn ihr war klar, dass es die Macht des Dunkelelfen war, die sie spürte.

Rurak riss die Augen auf und starrte wie ein Wahnsinniger auf Alannah hinab. »Margok!«, rief er, das Brausen und Tosen des Sturmwinds übertönend. »Herrscher der Dunkelheit – erscheine!«

»*Ich bin hier, mein treuer Diener!*«, scholl eine Stimme zurück, die keinen Körper hatte und auf den Schwingen des Orkans zu reiten schien. »*Tu, was getan werden muss! Nimm ein Leben, um mir die Rückkehr in die sterbliche Welt zu ermöglichen!*«

»So sei es!«, schrie Rurak – und er wollte den Dolch ins Herz der Elfin senken …

So schnell ihre gepeinigten Glieder es zuließen, eilten Rammar, Balbok und Corwyn durch die Gänge.

Die beiden Orks waren noch immer benommen und hatten weiche Knie, nachdem sie stundenlang kopfüber von der Decke gehangen hatten. Und auch der Kopfgeldjäger hatte Mühe, sich auf den Beinen zu halten nach der Folter, die Graishak ihm hatten angedeihen lassen; der Stofffetzen in seinem Gesicht war blutdurchtränkt.

Aber die drei ungleichen Gefährten eilten immer weiter, getrieben vom Willen, sich an ihren Peinigern zu rächen und deren Pläne zu vereiteln.

Bewaffnet waren sie nur mit dem Gnomenspeer des Wächters, den Corwyn bei sich trug – die beiden Orks mussten sich auf ihre Hauer, Klauen und Fäuste verlassen, wenn sie auf Gegner trafen. Dass sie dabei gegen ihresgleichen kämpfen würden, kümmerte Rammar und Balbok wenig. Rurak und Graishak hatten den Fehler begangen, sie zu verraten – in solchen Dingen versteht ein Ork keinen Spaß ...

Über eine steile Wendeltreppe gelangten sie in die Zitadelle. Herauszufinden, wohin sie sich zu wenden hatten, war nicht weiter schwer – Sturmbrausen und der flackernde Widerschein knisternder Blitze durchdrangen die Gänge der alten Königsburg, und selbst Balbok war klar, dass kein anderer als Rurak dafür verantwortlich sein konnte.

»Die Zeremonie hat bereits begonnen«, keuchte Corwyn atemlos. »Wir müssen uns beeilen!«

Sie liefen einen langen, von hohen Fenstern gesäumten Korridor entlang. Im Vorbeilaufen sah Rammar durch die Fenster das Feuer, das draußen loderte, und die bis an die Zähne bewaffneten Gestalten, die sich auf den Wehrgängen drängten.

»Da draußen wird gekämpft!«, rief er seinen Gefährten zu. »Irgendwer greift die Zitadelle an!«

»Umso besser«, knurrte Corwyn. »Gegen diese elenden Bastarde können wir jede Hilfe brauchen ...«

Sie näherten sich dem Ende des Korridors – und auch dem Ausgangspunkt des Orkans, der innerhalb der Burgmauern tobte. Solch ein Sturm konnte unmöglich natürlichen Ursprungs sein, und Rammar und Balbok sträubten sich alle Nackenborsten, weil ihnen bewusst wurde, dass sie es mit Zauberei zu tun bekamen.

Eisiger Wind fegte ihnen entgegen, der immer stärker wurde. Die Tür am Ende des Korridors war zerstört, die hölzernen Türflügel lagen in Trümmern, auseinander gerissen von der Kraft des Orkans. Holzsplitter und kleines Gestein hagelten den drei Gefährten entgegen, sodass sie die Gesichter mit den Armen schützen mussten, während sie sich Schritt für Schritt vorarbeiteten.

Auf einmal stellte sich ihnen eine mächtige Gestalt entgegen, mit Hauern, von denen der Geifer tropfte, und blutunterlaufenen gelben Augen – und mit einer stählernen Schädelplatte.

Unerwartet war Graishak aus einem Nebenkorridor getreten, zähnefletschend und eine blutige Axt in den Klauen. Ein flackernder Blitz riss seine hässliche Visage aus der Dunkelheit.

»Wohin des Weges?«, fragte er grinsend.

»Zu Rurak«, antwortete Corwyn grimmig, der als Erster seinen Schreck überwunden hatte.

»Dann haben wir denselben Weg«, erklärte Graishak. »Gerade wollte ich dem Zauberer die Nachricht von unserem Sieg überbringen …«

»Noch hast du nicht gewonnen, Eisenhirn!«, versetzte Corwyn – und er griff mit dem Gnomenspeer an, dessen Spitze in Gift getränkt war; auch ein Ork musste sich davor in Acht nehmen.

Graishak wich instinktiv zurück und gab damit den Korridor frei.

»Jetzt!«, rief Corwyn seinen orkischen Gefährten zu. »Lauft, so schnell ihr könnt! Befreit die Elfin, ehe es zu spät ist!«

Rammar stürzte Hals über Kopf an Graishak vorbei den Gang hinab, während Balbok noch zögerte.

»Willst du wohl laufen?«, herrschte Rammar ihn an. »Hast du nicht gehört, was der Mensch gesagt hat?«

»Seit wann tun wir, was ein Mensch uns sagt?«, rief Balbok, der sich nun doch in Bewegung setzte und zu seinem Bruder lief.

»Seit wir dadurch am Leben bleiben«, antwortete ihm Rammar. In seinem eigentümlichen Schweinsgalopp rannte er weiter, und Balbok war ihm dicht auf den Fersen.

Graishak und der Kopfgeldjäger blieben zurück und gingen mit ihren Waffen aufeinander los. Ein Gnomenspeer gegen eine schwere Orkaxt – Rammar befürchtete zu wissen, wie dieser Kampf ausgehen würde.

»Befreit Alannah!«, rief ihnen der Kopfgeldjäger noch nach, dann hatten sie den Durchgang passiert, dessen Türflügel in Trümmern lagen.

Wind schlug ihnen entgegen, noch um vieles heftiger als auf dem Gang. Sie gelangten in einen weiten Saal, in dem fauchend ein Wirbelsturm tobte. Holztrümmer, metallene Kerzenständer und noch vieles mehr flogen durch die Gegend, sodass die Orks die Köpfe zwischen die Schultern ziehen und sich ducken mussten, um nicht getroffen zu werden. Der tosende Orkan wirbelte um die Mitte des kreisrunden Saals, wo ein Schacht im Boden klaffte und es einen steinernen Thron gab. Dazwischen befand sich ein Altar, auf dem Rammar und Balbok Alannah entdeckten.

Und die Elfin war nicht allein.

Rurak stand über sie gebeugt, einen Dolch in der einen, den Zauberstab in der anderen Hand. Aus der Spitze der Dolchklinge stach eine Entladung tiefster Schwärze, die die Priesterin von Shakara einhüllte. Alannah schien unfähig, sich zu bewegen – und gerade, als die Orks in den Thronsaal stürmten, wollte Rurak die Klinge in ihr Herz stoßen!

»*Douk!*«, brüllte Balbok aus Leibeskräften, während er sich auf seinen langen Beinen quer durch den Saal katapultierte, ungeachtet des scharfen Windes, der nach ihm griff.

Schon fiel der Dolch herab, scharf und tödlich, um dem Leben der Elfin ein Ende zu setzen und ein anderes beginnen zu lassen.

Doch die schwarze Klinge erreichte Alannah nicht.

Getrieben von seiner Wut und dem festen Willen, dem Zauberer, der sie so schmählich hintergangen hatte, in seinen *bru-mill* zu spucken, legte der hagere Ork die Entfernung zwischen sich und dem Magier in einem tollkühnen Hechtsprung zurück, und im buchstäblich letzten Moment, ehe sich die Klinge Margoks in die Brust der Elfin bohren konnte, stieß er den Zauberer beiseite.

Rurak, die Augen geschlossen und in dunkle Beschwörungen versunken, traf der Angriff völlig überraschend. Mit einem Aufschrei taumelte er zurück, auf den Elfenthron zu, den er widerrechtlich in Besitz genommen hatte. Sein Zauberstab, den er vor Schreck losgelassen hatte, klapperte zu Boden.

Da die Dolchspitze nicht mehr auf Alannah gerichtet war, gab der schwarze Blitz die Elfin frei, zuckte suchend umher – und fand ein neues Ziel!

Es war Rurak selbst, der im nächsten Moment von dunkler Energie eingehüllt wurde. Von Krämpfen geschüttelt, fiel der Zauberer vor den Stufen des Elfenthrons nieder, kreischend wie jemand, der bei lebendigem Leib verbrennt. Er versuchte, seinen Zauberstab zu erreichen – vergeblich. Schreiend wand sich der Zauberer am Boden.

»Du Unglücksork«, rief Rammar, der nun den Opferstein erreichte. »Was hast du nun wieder angerichtet?«

»I-ich weiß nicht ...«, stammelte Balbok.

Rammar zwinkerte ihm zu. »Gut gemacht, Bruder. Und jetzt lass uns die Elfin nehmen und verschwinden!«

Wenn Rammar so sprach, bedeutete das freilich, dass Balbok die Priesterin tragen musste. Deren Züge waren aschfahl, und sie war kaum noch bei Bewusstsein. Noch immer knisterten vereinzelt schwarze Entladungen um ihre anmutige Gestalt, die erst erloschen, als Balbok sie hochhob und sie sich über die Schulter lud – so wie er es getan hatte, als sein Bruder und er sie aus dem Tempel von Shakara entführten. Ewigkeiten schien das her zu sein ...

»Nichts wie weg!«, rief Rammar, und durch den Sturm, der noch wütender und zerstörerischer tobte als zuvor, kämpften sich die Orks mit der Elfin zum Ausgang. Rammar bekam dabei ein morsches Brett vor den Kopf und stieß wüste Flüche aus, Balbok fing einen Kandelaber auf, der ihm andernfalls den Schädel zerschmettert hätte. Das Ding war gut vier *knum'hai* lang, hatte einen breiten tellerförmigen Sockel und ließ sich notfalls auch als Waffe verwenden, also behielt es Balbok vorerst.

Als sie den Durchgang erreichten, wandten sich die Orks noch einmal um und blickten zurück zu dem Zauberer, der wie von Sinnen kreischte und aus dessen weit aufgerissenen Augen schwarze Blitze stachen.

»*Shnorsh*«, knurrte Rammar. »Nur schnell weg ...«

»Nun, Kopfgeldjäger? Hast du schon genug?« Das Grinsen in Graishaks grässlichem Gesicht war so breit, dass es seine vernarbte Visage in zwei Hälften teilte.

»Noch lange nicht!«, entgegnete Corwyn – und das, obwohl

zu den Wunden, die die Folter hinterlassen hatte, noch einige mehr hinzugekommen waren.

Mehrmals war der Kopfgeldjäger den wütenden Attacken des Orkhäuptlings nur mit knapper Not entgangen, und ein paarmal hatte er nicht vermeiden können, dass ihn das messerscharfe Blatt der Axt noch gestreift hatte. Auch hatte er ein paar gebrochene Rippen, dort, wo ihn Graishak mit dem Stiel der Axt erwischt hatte. Zudem klaffte ein Schnitt in seinem rechten Oberschenkel, sodass sich Corwyn kaum noch auf den Beinen halten konnte.

All das versuchte der Kopfgeldjäger zu ignorieren, indem er die Zähne zusammenbiss, sich ganz auf seinen Gegner konzentrierte und sich von seiner Rachsucht treiben ließ.

Mit dem Handrücken wischte er sich zum ungezählten Mal das Blut aus dem verbliebenen Auge, das den Ork hasserfüllt taxierte. Dann umklammerte er wieder den Gnomenspeer mit beiden Händen, dass die Knöchel weiß hervortraten.

»Angst?«, fragte Graishak genüsslich. Der Ork schwang die Axt, dass es nur so pfiff, und ließ keinen Zweifel daran, wer seiner Überzeugung nach als Sieger aus diesem Duell hervorgehen würde.

»Vor dir ganz sicher nicht«, erwiderte Corwyn trotzig. »Du hast die Frau, die ich liebte, hinterrücks ermordet, und du hast mich gefoltert, nur zu deinem Vergnügen. Du bist ein verkommener, widerwärtiger Bastard, Ork – und dafür wirst du sterben!«

»Was du nicht sagst«, höhnte Graishak. »Ich glaube vielmehr, dass dein blutiger Skalp in wenigen Augenblicken an meinem Gürtel hängen wird.«

»Du bist ein *asar-tul*«, erwiderte Corwyn – und unternahm erneut einen Ausfall, die Speerspitze auf die Brust des Orks gerichtet. Natürlich hätte er den Speer auch werfen können, aber wenn er sein Ziel dann verfehlte, wäre er waffenlos, und das hätte seinen sicheren Tod bedeutet.

Corwyns Überraschungsangriff, der schwerfällig und auf wankenden Beinen erfolgte, beeindruckte Graishak nicht. Der Orkhäuptling schnaubte spöttisch, während er der zustoßenden Speerspitze auswich, sich dabei um die eigene Achse drehte und dem Kopfgeldjäger mit dem Schaft der Axt einen Hieb versetzte.

Der Stoß traf Corwyn in den Rücken und war so hart, dass er weiter vorwärtstaumelte und gegen die schwarze Wand des Korridors prallte. Der Gnomenspeer zerbarst dabei, und die in tödlichem Gift getränkte Spitze verfehlte nur knapp Corwyns Gesicht.

»Sachte, Kopfgeldjäger!«, höhnte Graishak. »Willst du auch noch dein anderes Auge verlieren? Das wäre schade. Ich würde es gern schmoren und fressen. Wusstest du, dass geschmorte Menschenaugen nach Honig schmecken?«

»Nein«, erwiderte Corwyn grimmig, »aber ich wollte schon immer wissen, wie geschmorte Orkaugen schmecken ...«

Mit diesen Worten wollte er sich wieder aufraffen, um erneut anzugreifen. Aber Graishak schien zu dem Schluss gelangt zu sein, dass das ungleiche Duell lange genug gedauert hatte. Des unterlegenen Gegners überdrüssig, warf sich der Ork nach vorn, und mit einem wilden Fauchen, das sich wie das eines tollwütigen Wargs anhörte, holte er mit der Axt aus, um seinen Gegner in zwei Hälften zu teilen.

Schon fiel das Axtblatt herab, und Corwyn, zu erschöpft und kraftlos, um ihm noch auszuweichen, fügte sich in sein Schicksal, tröstete sich damit, dass er Marena wiederbegegnen würde in der Ewigkeit, die jenseits des Lebensflusses lag.

Er erwartete, dass ihm die Axt mit brachialer Gewalt den Schädel spalten würde – aber es gab einen hässlichen metallenen Klang, und der tödliche Hieb der Axt wurde knapp über Corwyns Kopf abgefangen.

Corwyn riss irritiert das verbliebene Auge auf und sah, dass es ein eiserner Kandelaber war, der ihm das Leben gerettet hatte. Kein anderer als Balbok hielt das klobige Ding und hatte Graishaks Axt damit abgeblockt, kurz bevor sie den Schädel des Kopfgeldjägers erreicht hätte.

»Du!«, stieß Graishak hervor und verfiel in wütendes Gebrüll. »Warum bist du noch am Leben? Ist der Zauberer nicht mit euch beiden hirnlosen *umbal'hai* fertig geworden?«

»Der Zauberer hat zu tun«, entgegnete Balbok. »Ihr beide habt verloren, Stinkmaul!«

»Bei allen Würmern in Torgas fauligen Eingeweiden!«, schrie Graishak, während seine ohnehin schon abgrundtief hässlichen Züge zu einer wutverzerrten Fratze wurden. »Dafür wirst du büßen – niemand nennt mich ungestraft ein Stink...« Der Orkführer brach mitten im Wort ab. Ein stechender Schmerz wollte seine Leibesmitte schier zerreißen. Für einen Augenblick hatte er seinen am Boden kauernden menschlichen Gegner nicht beachtet – und Corwyn hatte diese Unaufmerksamkeit genutzt, um Graishak die Spitze des geborstenen Gnomenspeers mit aller Kraft in den Bauch zu rammen.

»Stinkmaul!«, knurrte der Kopfgeldjäger trotzig.

Mit Augen, die aus ihren Höhlen zu fallen drohten, schaute Graishak an sich herab und sah den abgebrochenen Schaft aus seinem Wanst ragen.

»G-Gnomengift«, stammelte er, während die hässliche Erkenntnis in sein Bewusstsein sickerte, dass diese Wunde seinen Tod bedeutete. Ungläubig starrte er zuerst Corwyn und dann Balbok an – und in einem plötzlichen Ausbruch blanker Wut holte er mit der Axt aus, um wenigstens den Kopfgeldjäger mit in Kuruls dunkle Grube zu reißen.

Aber Balbok hatte damit gerechnet.

Kaum hatte Graishak seine Deckung oben, rammte der hagere Ork das untere Ende des Kerzenleuchters gegen die Brust seines verräterischen Häuptlings. Graishak verlor das Gleichgewicht und geriet ins Taumeln – und Balbok holte weit aus und schlug zu!

Der tellerförmige Fuß des Kandelabers traf Graishak mit voller Wucht am Schädel. Es gab ein widerliches knackendes Geräusch, und dort, wo die Stahlplatte in Haut und Knochen überging, spritzte graue Hirnmasse hervor, in größerer Menge, als irgendjemand bei Graishak vermutet hätte.

Wie vom Donner gerührt blieb dieser stehen, den stieren Blick auf seine Gegner geheftet. Für einen Augenblick sah es so aus, als wolle er, wie schon einmal, allen Gesetzen der Natur zum Trotz weiterleben – dann entwand sich die Axt seinem

Griff und fiel klirrend zu Boden, gefolgt von ihrem Besitzer, der zertrümmerten Hauptes niedersank und reglos liegen blieb.

»Komisch«, meinte Balbok, während sich eine Lache aus schwarzem Orkblut um den Kopf Graishaks bildete, »ich dachte immer, so ein Stahlschädel würde mehr aushalten ...«

»Kommt her, ihr beiden! *Luark!*«

Es war Rammar, der gerufen hatte. In einiger Entfernung kauerte der dicke Ork am Boden, neben der bewusstlosen Alannah, die Balbok zuvor dort abgelegt hatte.

»*Rushoum'dok kro'dok!*«, rief Rammar. »Ich glaube, sie stirbt!«

»Nein!« Trotz seiner Erschöpfung und seiner zahlreichen Verwundungen gelang es Corwyn, sich aufzuraffen. Er wankte auf die Elfin zu, die wie leblos dalag, das blonde Haar versengt und in den schwarzen Sack gehüllt, den Ruraks Schergen ihr übergezogen hatten. »Nicht noch einmal!«, stieß Corwyn hervor, während er neben ihr auf die Knie niedersank. »Du darfst nicht sterben, hörst du?«

Alannah regte sich nicht. Ihre aschfahle Miene wirkte, als wäre alles Leben bereits aus ihr gewichen.

»Du musst leben!«, flehte Corwyn, der ihren Kopf in seinen Schoß bettete und ihr mit blutigen Händen durchs Haar strich. »Du musst leben! Ich will dich nicht verlieren, wie ich Marena verloren habe! Nicht noch einmal, hörst du? Das ertrage ich nicht!«

Tränen schossen ihm aus dem verbliebenen Auge und rannen über seine Wange. Balbok und Rammar tauschten einen bekümmerten Blick.

»Lebe, hörst du? Du musst leben!«, sprach Corwyn auf Alannah ein, die er in seinen Armen hielt – aber die Elfin rührte sich nicht, und ihre Züge schienen mit jedem Augenblick noch blasser zu werden. »Nein, nein! Das darf nicht sein! Du darfst nicht sterben!« Corwyn redete unentwegt weiter, am ganzen Körper zitternd und bebend vor Schmerz und Verzweiflung, die Reglose in seinen Armen wiegend.

Schließlich berührte Rammar ihn an der Schulter. »Es ist vorbei, Kopfgeldjäger«, sagte der Ork leise. »*Kriok'dok.* Sie ist tot.«

»*Neeeiiin!*«, schrie Corwyn so laut, dass sich seine Stimme überschlug, und er stieß die Hand des Orks zurück. »Sie ist nicht tot! Sie muss leben, verstehst du, du hässlicher Kerl? Sie muss leben – denn ich liebe sie!«

Als wäre dies die Zauberformel, um die Macht des Bösen zu brechen und Leben zu retten, holte Alannah plötzlich keuchend Atem. Die Brust der Elfin hob sich, sie schlug die Augen auf und starrte Corwyn fragend an. »Was ...? Wie ...?«

Corwyn atmete auf, unendlich erleichtert, und wischte sich rasch die Tränen aus dem blutigen Gesicht. »Ich ... ich dachte, wir hätten dich verloren ...«

Alannah, noch von Benommenheit umfangen, betrachtete ihn mit einem seltsamen Blick. »Und der Auserwählte wird Leben spenden, wo sich bereits der Schatten des Todes geneigt hat«, zitierte sie aus dem Text, den zu bewahren dreihundert Jahre lang ihre Aufgabe gewesen war – Farawyns Prophezeiung. »Du hast mir das Leben gerettet, Corwyn«, flüsterte sie. »Du bist der Auserwählte!«

Corwyn schüttelte den Kopf und half ihr aufzustehen, obwohl er sich selbst kaum auf den Beinen halten konnte. »Sicher nicht«, sagte er milde. »Nur könnte ich ... ich ... ich könnte es nicht ertragen, dich zu verlieren.«

»Was redest du? Ich bin eine Verräterin«, sagte Alannah mit trauriger Stimme. »Ich bin es nicht wert, weiterzuleben!«

»Das sehe ich anders«, erklärte Corwyn, »denn ich liebe dich!« Und er presste kurzerhand seine Lippen auf die ihren, die ihm in einem leidenschaftlichen, innigen Kuss begegneten.

»Schön, ihr Turteltauben«, ließ sich Rammar vernehmen. »Fein, dass ihr euch endlich gefunden habt. Aber wenn ihr mich fragt, ist das nicht der richtige Zeitpunkt, um kleine Elfenmenschbabys zu machen. Wir sollten zusehen, dass wir von hier fortkommen, ehe ...«

»Zu spät!«, sagte eine Stimme, die wie grollender Donner klang.

Rammar fuhr herum – und zu seinem Entsetzen sah er Rurak vor sich stehen.

Das Gewand des Zauberers hing in Fetzen, seine Haut war an vielen Stellen schwarz verkohlt, sein langer Bart war weggebrannt und sein blutverschmiertes Gesicht eine unbewegte Maske, aus der ein loderndes Augenpaar starrte.

Und im nächsten Moment ging mit ihm eine grässliche Verwandlung vor ...

10.
UR'KURUL LASHAR'HAI

Es war kein geordneter Rückzug.

Hals über Kopf rannten die Bogenschützen der Elfen die Hauptstraße von Tirgas Lan hinab, um nur möglichst rasch eine möglichst große Distanz zwischen sich und den furchtbaren Gegner zu bringen, der die Zitadelle besetzt hielt. Als die Elfenkrieger, die noch an den Mauern kämpften, sahen, wie ihre Waffenbrüder davonliefen, verließ auch sie der Mut, und sie wandten sich zur Flucht – und nicht wenige von ihnen wurden dabei von vergifteten Gnomenpfeilen in den Rücken getroffen.

»Wo wollt ihr hin?«, rief Orthmar von Bruchstein mit donnernder Stimme. Breitbeinig und die Axt in den Händen stand des Orthwins Sohn wie ein Fels, der tosenden Wassermassen trotzt. »Wollt ihr wohl bleiben und kämpfen?«, schrie er zornig und weigerte sich zu glauben, dass sein Traum vom großen Schatz ausgeträumt sein sollte. Zwei seiner Leute kamen ihm entgegen, mit verbeulten Helmen und angesengten Bärten und aus einem Dutzend Wunden blutend.

»Warum lauft ihr davon?«, herrschte er sie an. »Bleibt gefälligst hier und kämpft! Sonst werde ich Thalin anweisen, dass man euch allen die Bärte stutzt!«

»Thalin ist tot!«, berichtete ihm einer der Zwerge. »Ein Ork hat ihn enthauptet und seinen Kopf auf einen Spieß gesteckt.«

»Und Marwin? Ragnar? Edwin?«

»Tot, tot, tot!«, erhielt er Antwort, und während seine Leute panisch an ihm vorbeistürzten, um das nackte Leben zu retten, dämmerte auch Orthmar, dass die Schlacht um Tirgas Lan geschlagen war. Er sandte der Mauer, vor der loderndes Feuer brannte, einen letzten sehnsüchtigen Blick und sah die Köpfe, die die Orks entlang der Zinnen aufgespießt hatten. Und nachdem sich sein Magen umgedreht und sich der Inhalt über seinen langen Bart ergossen hatte, wandte sich auch des Orthwins Sohn zur Flucht.

In diesem Moment öffnete sich ratternd das Fallgitter der Zitadelle, und eine Meute keifender, schreiender und bis an die Hauer bewaffneter Orks stürzte daraus hervor. Im Laufschritt nahmen die Unholde die Verfolgung auf – ihr Blutdurst war noch nicht gestillt ...

Die von Falten zerfurchte und an altes Leder erinnernde Gesichtshaut des Zauberers platzte an verschiedenen Stellen auf, das Fleisch darunter verfaulte und gab den Knochen frei, und Ruraks Augen zerschmolzen zu einer breiigen Masse, die zähflüssig aus den Höhlen tropfte – genau wie in jenem Traum, den Rammar in der ersten Nacht im Wald von Trowna gehabt hatte.

Auch die Hände des Zauberers, die dieser ausgestreckt hatte, um Beschwörungsformeln in die Luft zu zeichnen, während er finstere Flüche murmelte, zerfielen vor den Augen der Gefährten; die pergamentartige Haut brach auf, und unter faulendem Fleisch kamen die blanke Knochen zum Vorschein.

Schließlich stand Rurak vor ihnen als lebendes Skelett, an dem hier und dort noch verrottende Fleischfetzen hingen und in dessen leeren Augenhöhlen orangerot flackerndes Feuer glomm.

»*Ihr Einfältigen!*«, höhnte er mit Donnerstimme, und sein knochiger Kiefer klappte dabei auf und zu – aber die Worte drangen nicht wirklich aus seinem Mund. Die Gefährten hörten jene Stimme, die Alannah schon im Thronsaal vernommen hatte und die vom Sturmwind getragen worden war. »*Habt Ihr wirklich geglaubt, ihr könntet mir entkommen?*«

»Es ist Margok!«, rief Alannah, während Corwyn ihr auf die Beine half. »Sein Geist hat von dem Zauberer Besitz ergriffen!«

»*So ist es*«, bestätigte die grässliche Gestalt, »*aber Ruraks Körper ist alt, und der Zauber, der ihn bisher am Leben hielt, wirkt nicht mehr. Was ich brauche, ist die Lebensenergie eines Elfen* – *deine Energie, Priesterin.*«

»Vergiss es, Knochenmann!«, entgegnete Corwyn entschieden. »Alannah gehört zu mir!«

»*Wie rührend, Kopfgeldjäger*«, höhnte die grässliche Gestalt. »*Und du glaubst, das hielte mich auf?*«

Margok lachte grollend, und sein Gelächter schien die Zitadelle in ihren Grundfesten zu erschüttern. Dann hob er seine Knochenhände, und verderbliche schwarze Blitze zuckten daraus hervor.

Corwyn riss Alannah reaktionsschnell zu Boden, konnte aber nicht verhindern, dass ihn selbst einer der Blitze erwischte. Der Kopfgeldjäger schrie auf wie unter einem Schwertstreich. Auch Rammar, der auf Grund seiner Fettleibigkeit nicht schnell genug war, wurde getroffen und brüllte wie von Sinnen; ein Gewitter aus schwarzer Energie umzuckte ihn.

Balbok jedoch, der sich rasch aus der Gefahrenzone gebracht hatte, griff nach Graishaks Axt, die herrenlos am Boden lag, um dem Zauberer damit den Kopf von den Schultern zu schlagen.

»*Dummkopf!*«, dröhnte dieser – und ehe Balbok seinen Gegner erreichte, zuckte ihm ein schwarzer Blitz entgegen, der ihn zurückschleuderte: Als hätte die Keule eines Trolls ihn getroffen, flog Balbok durch die Luft, landete hart auf dem Boden und überschlug sich.

»*Shnorsh!*«, schrie Rammar. »Wir müssen weg, nur weg ...!«

Nicht einmal Corwyn widersprach ihm, und so rannten, humpelten und schleppten sie sich den Gang entlang – auf den Thronsaal zu.

Der Zauberer folgte ihnen, hohnlachend und auf klappernden Knochenbeinen. Immer wieder schleuderte er dunkle Blitze und trieb die vier Gefährten damit vor sich her, um sie in die Falle zu treiben. Sie dachten nicht daran, dass es aus dem Thronsaal kein Entrinnen mehr gab, sie wollten nur einfach dieser grausigen Erscheinung entkommen.

Im Thronsaal wütete nicht mehr der Sturm. Trümmer lagen überall verstreut. Verzweifelt blickten sich Rammar und Corwyn nach einem Fluchtweg um, als Margok die alte Königshalle betrat. Mit einer herrischen Geste seiner Knochenhände hob der Dunkelelf die Naturgesetze auf, und alle Trümmer, die umherlagen, schwirrten hoch und sausten auf den Ausgang zu, durch den Margok gerade geschritten war, um ihn zu verbarrikadieren.

Es gab kein Entkommen mehr.

Die Gefährten, die einst Feinde gewesen waren, flüchteten sich zum Elfenthron.

»*Ihr müsstet euch sehen*«, höhnte Margok. »*Da kauerte ihr nun, zitternd vor Angst. Lasst euch gesagt sein, ihr Einfältigen, dass das Elfenreich nicht länger Bestand hat. Ich jedoch, Margok der Finstere, bin zurückgekehrt, um mir zu nehmen, was mir zusteht. Erdwelt wird mir gehören – und niemandem wird es diesmal gelingen, mich aufzuhalten!*«

Damit vollführte er erneut eine effektheischende Geste – und Rammar verlor den Boden unter den Füßen. Eine unwiderstehliche Kraft riss ihn nach oben, der Kuppeldecke entgegen. Er schrie vor Angst und Entsetzen, überschlug sich in der Luft – und verteilte den kargen Inhalt seines Magens nach allen Seiten.

»Schluss damit, Zauberer! Lass ihn in Ruhe!«, forderte Corwyn.

Balbok holte mit finsterem Blick und gefletschten Zähnen aus und schleuderte Graishaks Axt. So gut hatte er gezielt, dass das Axtblatt Margok in zwei Hälften geteilt hätte – aber eine Handbreit vor dem Zauberer stoppte die Axt ihren Flug und blieb einfach in der Luft hängen.

»*Ist das alles?*«, fragte der Zauberer und lachte auf. »*Ist das alles, was ihr aufbieten könnt, um euch dem großen Margok zu widersetzen? Ihr dummen Kreaturen! Ihr werdet alle sterben, und die Welt wird sich nicht an euch erinnern. Sinnlos war eure weite Reise, sinnlos all euer Streben – denn ich, Margok, werde triumphieren. Und nun komm, Elfin – lass uns zu Ende bringen, was mein treuer Diener Rurak begonnen hat.*«

Mit diesen Worten ließ der Zauberer von Rammar ab, der wie ein Stein in die Tiefe fiel, geräuschvoll vor den Füßen einer mächtigen Statue aufschlug und bewusstlos liegen blieb – und im nächsten Moment wurde Alannah von derselben unheimlichen Macht gepackt, die Rammar eben noch durch die Luft gewirbelt hatte, und aus Corwyns Armen gerissen.

»Nein!«, rief der Kopfgeldjäger und versuchte, sie festzuhalten. Aber er war zu geschwächt und die Kräfte des Zauberers zu groß. Die Elfin wurde von einer unsichtbaren Titanenfaust ergriffen und flog Margok entgegen, der sie mit grinsender Schädelfratze erwartete.

Plötzlich erbebte der Boden des Thronsaals. Wie zuvor in der Schatzkammer rumorte es in den Tiefen der Zitadelle, und der Erdstoß, der im nächsten Moment die alte Königshalle erschütterte, war so heftig, dass er Corwyn und Balbok von den Beinen riss. Nur Rammar, der reglos am Boden lag, zu Füßen der mächtigen Statue, bekam nichts davon mit.

»*Was war das?*«, entfuhr es Margok.

»Das war der Wächter, frevlerische Kreatur!«, antwortete ihm Alannah, die noch immer in der Luft schwebte, eine Armeslänge von Margok entfernt. »Über Hunderte von Jahren hat er geschlafen. Die Gier eines Orks hat ihn erweckt, und er wird kommen, um die Pflicht zu erfüllen, die ihm einst auferlegt wurde.«

»*Der Wächter?*«, fragte der Zauberer, und obwohl es in seinem Gesicht kein Fleisch und keine Haut mehr gab, wirkte er für einen Moment verunsichert. »*Welcher Wächter? Ich erinnere mich an keinen Wächter …*«

Erneut ließ eine schwere Erschütterung den Thronsaal erbeben, Putz und Gesteinsbrocken prasselten von der vom Sturm beschädigten Decke.

»Du magst dich nicht an ihn erinnern, aber er kennt dich gut«, rief Alannah. »Einst, bevor die Elfen kamen, gehörte ihm dieses Land. Als Hüter des Schatzes diente er den Königen der alten Zeit – du jedoch hast ihn verraten.«

»*Aber das ist unmöglich!*«, schrie Margok, dem aufging, wovon die Elfin sprach. »*Es kann nicht sein. Er ist nicht mehr am Leben. Ich selbst habe ihn getötet …*«

»Du hast es versucht«, entgegnete Alannah, während sich das Rumoren und Beben steigerte, sodass ihre Worte kaum noch zu verstehen waren. »Dabei hättest du wissen müssen, dass man nicht töten kann, was schon seit Anbeginn der Zeit existiert. Der Drache, der den Schatz von Tirgas Lan einst hütete, mag nicht mehr am Leben sein – trotzdem kehrt der Dragnadh zurück!«

Aus dem Schacht zur Schatzkammer drang plötzlich lautes Lärmen, ein Klimpern, Klirren und metallisches Rauschen, als sich etwas Ungeheures, das tief unter den Schatzbergen verborgen gewesen war, emporarbeitete zur Oberfläche, von roher Kraft getrieben, und dabei alles Gold und Geschmeide achtlos zur Seite wühlte.

»*Nein!*«, brüllte Margok entsetzt.

Der Schaft aus blauem Licht, der vom Zenit der Kuppeldecke in den Schacht fiel, erlosch, ein Schnauben war zu hören, das das Rumoren aus der Tiefe noch übertönte, und Dampf quoll aus der Öffnung. Balbok und Corwyn tauschten einen entsetzten Blick und wussten nicht, was sie davon halten sollten.

Im nächsten Moment rammte etwas mit ungeheurer Wucht gegen den Boden des Thronsaals. Wieder war die Erschütterung so stark, dass die Statuen an den Wänden der Halle ins Wanken gerieten. Mit Entsetzten sah Balbok, dass das Standbild, zu dessen Füßen sein bewusstloser Bruder lag, umzukippen drohte – es würde Rammar zerquetschen!

Als ein neuerlicher Stoß den Thronsaal erschütterte, rannte Balbok los. Putz und Gestein prasselten auf ihn herab, und er warf einen gehetzten Blick zurück zum Schacht, dessen Balustrade bereits halb eingerissen war – und er sah eine riesige knochige Klaue aus der Schatzkammer auftauchen, die sich am Rand der Öffnung festklammerte.

»*Shnorsh!*«, stieß er hervor und beschleunigte seine Schritte, denn der Klaue folgte eine zweite, und was sich gleich darauf aus dem Schacht erhob, war ohne Frage das riesigste und grässlichste Antlitz, das Balbok je erblickt hatte: zwei leere Augenhöhlen, umrahmt von bläulich leuchtendem Gebein, darunter ein riesiger Kiefer, mit Zähnen bestückt, von denen jeder so groß war wie ein ausgewachsener Gnom.

Margok stieß einen entsetzten Schrei aus – und im nächsten Moment brach die riesige Kreatur mit Urgewalt durch den Boden des Thronsaals!

Da sie größer war als der Schacht, sprengte sie dessen Rand. Gesteinsbrocken flogen nach allen Seiten, und Margok musste seine Zauberkraft einsetzen, um sie abzuwehren. Von der Elfin ließ er ab, sodass sie schreiend zu Boden stürzte. Sogleich war Corwyn bei ihr.

In einem Regen aus Gold und glitzernden Edelsteinen schoss der Dragnadh aus der Tiefe und erhob sich bis zur Kuppeldecke – eine riesige, Furcht einflößende Kreatur, die mit den Flügeln schlug und deren langer Schweif mit mörderischer Wucht hin- und herpeitschte. Es war ein Drache – nur hatte der Dragnadh keine geschuppte Reptilienhaut mehr; nicht einmal Fleisch und Sehnen spannten sich über seine Knochen. Was Corwyn und Alannah sahen, war das riesige Skelett eines Drachen, das von blauem Leuchten umgeben war und von magischer Kraft am Leben gehalten wurde. In gewisser Hinsicht stellte es das Gegenstück zu dem untoten Zauberer dar.

Margok verfiel in hasserfülltes Geschrei, als er den Dragnadh erblickte. Schon einmal, vor vielen Jahrhunderten, waren sie einander begegnet: Sie hatten sich in der Schlacht um Tirgas Lan einen dramatischen Kampf über den Türmen und Kuppeln der Stadt geliefert. Damals war Margok aus diesem Kampf als Sieger hervorgegangen, aber offensichtlich hatte er seinen Gegner nicht endgültig bezwungen ...

Unter kraftvollem Flügelschlag stieg der Dragnadh zum Zenit der Kuppel auf. Dort verharrte er für einen Moment und starrte aus leeren Augenhöhlen hinab in den Thronsaal, als wollte er sich einen Überblick verschaffen. Er gewahrte den Zauberer in seiner zerfetzten Kutte, und aus unsichtbaren Lungen drang ohrenbetäubendes wütendes Gebrüll.

Corwyn und Alannah pressten die Hände auf die Ohren, um nicht taub zu werden. Balbok, dessen Orkgehör weit weniger empfindlich war, langte in diesem Moment bei Rammar an. Das Gebrüll des Dragnadh brachte den dicken Ork zwar halbwegs zu Bewusstsein, jedoch schien er nicht zu wissen, wo er sich befand und was geschehen war. Balbok packte ihn und riss ihn hoch, schleppte ihn trotz des beträchtlichen Gewichts, das sein Bruder aufwies, beiseite – und das keinen Augenblick zu früh, denn das durchdringende Gebrüll des Dragnadh ließ die Statue vollends umkippen, und das riesige Standbild zerschellte genau dort, wo Rammar eben noch gelegen hatte.

Inzwischen hatte sich Margok von seinem Schrecken erholt, und er stieß ein hohles, spöttisches Lachen aus. »*Du bist also noch am Leben, Drache!*«, rief er zur Kuppeldecke hinauf. »*Dann lass es uns zu Ende bringen. Ich kann es kaum erwarten!*«

Damit hob er die Knochenhände und schleuderte schwarze Blitze, die den Dragnadh trafen. Augenblicke lang war das untote Monstrum von einer dunklen Korona umgeben, gegen die das Elfenfeuer, das den Dragnadh am Leben hielt, anzukämpfen schien. Grässliches Gebrüll drang aus dem Schlund der Kreatur, während sie wild mit den knochigen Flügeln schlug.

Schließlich schaffte sie es, sich von der verderblichen Macht der schwarzen Blitze zu befreien. Noch einen Augenblick verharrte der Drache unter der Kuppeldecke – dann legte er die Flügel an wie ein Raubvogel, der eine Beute erspäht hat, und stieß senkrecht hinab. Margok, der das Ziel seines Angriffs war, schrie kreischend auf. Noch einmal hob er die Hände und schleuderte einen nachtschwarzen Blitz, der jedoch ungenau gezielt war und den Dragnadh verfehlte.

»Neeein!«, brüllte der Zauberer aus Leibeskräften – ehe ihn ein lodernder Flammenspeer aus kaltem blauen Feuer traf.

Mit einem Fauchen, das lauter war als das Brausen aller Stürme, hüllte das Elfenfeuer Margok ein. Der Zauberer schrie und schlug wild mit den Armen um sich – aber es half nichts. Sein Knochenkörper fing Feuer, und einer blau lodernden Fackel gleich sprang Margok umher, brüllte und gebärdete sich wie von Sinnen und kam dabei der Abbruchkante des Schachts gefährlich nahe.

Als der Dragnadh, der mit mächtigem Flügelschlag über ihm schwebte, eine weitere Feuerlohe nach dem Zauberer spie, trat Margok ins Leere. Einen gellenden Schrei ausstoßend, verlor er das Gleichgewicht und stürzte in die Tiefe, dem Gold der Schatzkammer entgegen.

Balbok und Rammar, den das Fauchen und Tosen vollends aus der Bewusstlosigkeit gerissen hatte, wechselten einen verblüfften Blick. Dann konnten sie nicht anders, als in lauten Jubel auszubrechen, ungeachtet des Dragnadh, der noch über der Schachtöffnung schwebte. Falls der untote Drache die Orks gewahrte, so zeigte er es nicht; andere, wichtigere Dinge nahmen seine Aufmerksamkeit in Anspruch. Er stieg erneut hinauf zur

Kuppeldecke. Diesmal jedoch verharrte er nicht darunter, sondern spie wieder zerstörerisches Feuer.

Die Flamme jagte zur Kuppel hinauf und sprengte sie. Gesteinsbrocken regneten hinab, um auf dem Boden des Thronsaals zu zerschellen, und der bleiche Mond wurde zwischen den gezackten Rändern der Öffnung sichtbar. Unter Furcht erregendem Gebrüll schlüpfte der Dragnadh hinaus und entschwand – wohin, das war den Orks reichlich egal.

»*Shnorsh*«, sagte Balbok leise. »Was war denn das?«

»Was weiß ich?« Rammar zuckte mit den Schultern. »Wenigstens wissen wir jetzt, was sich hinter jenem Tor befand, von dem die Priesterin nicht wollte, dass wir es öffnen.«

»Und was jetzt?«, fragte Balbok mit Blick auf die beschädigte Kuppeldecke.

»Da fragst du noch?« Rammar grinste verwegen, sich seinen schmerzenden Schädel reibend. »Auf zur Schatzkammer ...«

Beleuchtet vom flackernden Schein der Flammen tauchte das Große Tor am Ende der Hauptstraße auf. Loreto atmete auf, denn jenseits des Tores lag der nächtliche Wald, der nun, da Farawyns Fluch erloschen war, nicht mehr Tod und Verderben bedeutete, sondern rettende Zuflucht.

Die Straßen von Tirgas Lan hallten wider vom Geschrei der Orks, die die Zitadelle verlassen und die Verfolgung aufgenommen hatten. Immer wieder prasselten Pfeile auf die flüchtenden Elfen und Zwerge nieder, und nicht wenige von ihnen endeten mit einem der gefiederten Schäfte im Rücken. Jene, die verletzt waren und daher nicht schnell genug fliehen konnten, metzelten die Orks gnadenlos nieder. Die Unholde waren unersättlich in ihrer Gier nach Blut und Gewalt.

Loreto schlug das Herz bis in den Hals, und er fragte sich, ob er die Fernen Gestade jemals sehen würde. Furcht schnürte ihm die Kehle zu, und er gab seinem Pferd die Sporen, was allerdings wenig nutzte, denn vor dem Elfenfürsten drängte sich die Masse des fliehenden Heeres, sodass es kein Durchkommen gab, während sich die Krieger in wilder Panik durch das Nadelöhr des Tors zwängten.

Immer wieder blickte sich Loreto um, sah die Horde der Orks näher und näher kommen. Schon hatten die Unholde die nächsten Flüchtenden eingeholt und hackten sie kurzerhand nieder. Kopflose Körper blieben zurück; die Häupter der Ermordeten aber warfen die Orks den Elfen und Zwergen hinterher, als wollten sie ihnen damit zu verstehen geben, was sie erwartete.

Der Blutdurst dieser Bestien kannte keine Grenzen, und Loreto kam die schreckliche Erkenntnis, dass er es trotz aller Versuche, am Leben zu bleiben, nicht nach den Fernen Gestaden schaffen würde …

»Fürst Loreto! Seht!«

Es war Eilan, der diese Worte rief, der junge Bogenschütze, der treu an der Seite seines treulosen Herrn geblieben war. Mit zitternder Hand deutete er die Straße hinab zur Zitadelle.

Etwas brach mit Urgewalt aus der von Türmen gekrönten Kuppel. Etwas, das hoch in die mondbeschienenen Wolken stieg und dort für einen Moment verharrte. Etwas, das aussah wie …

»Der Dragnadh«, flüsterte Loreto und konnte nicht glauben, dass er diese Kreatur, die er sein Leben lang für einen Mythos gehalten hatte, tatsächlich mit eigenen Augen sah. Dann wiederholte er, diesmal rufend: »Der Dragnadh!«

Einige der Soldaten blieben stehen und wandten sich um, und alle erblickten sie die riesige Kreatur, die nur aus blanken Knochen bestand und sich nichtsdestotrotz mit beängstigender Kraft bewegte. Ein durchdringender Schrei drang aus der hohlen Brust des untoten Drachen, und er stieß hinab auf die Wehrgänge der Zitadelle, wo sich johlende und kreischende Orks zu Hunderten drängten – und mit gleißend blauem Feuer, das er aus seinem Rachen spie, fiel der Dragnadh über sie her.

»Der Dragnadh! Der Dragnadh …!«

Immer mehr Elfenkrieger hielten in ihrer Flucht inne und beobachteten fassungslos, was auf den Festungsmauern vor sich ging. Schreiende Orks und Gnomen sprangen auf den Zinnen umher, eingehüllt von kaltem Feuer, das sie bei lebendigem Leib verzehrte. Ihr Zetern und Kreischen war fürchterlich, noch schrecklicher aber war das Gebrüll, das der Dragnadh jeder seiner Attacken folgen ließ. Immer wieder stieg der untote Drache auf, um erneut wie ein Raubvogel hinabzustoßen und den Unholden auf den Wehrgängen Tod und Verderben zu bringen.

Loreto war stumm vor Staunen.

Der Sage nach war der Dragnadh einst ein mächtiger Drache gewesen, der in uralter Zeit vom Elfenkönig Sigwyn bezwungen worden war. Auf seinem Hort hatte man die Stadt Tirgas Lan errichtet, und im Gegenzug dafür, dass Sigwyn ihn am Leben ließ, hatte der Drache den Königsschatz bewacht. Einen feierlichen Eid hatte er darauf geleistet, der ihn der Überlieferung nach selbst über den Tod hinaus an seine Pflichten band.

Wie es hieß, hatte der Drache in der letzten Schlacht um Tirgas Lan den Tod gefunden ...

Als die Elfenkrieger und Zwerge begriffen, dass sie unerwartete Hilfe erhalten hatten, und als sie sahen, wie ihre unbarmherzigen Feinde auf den Mauern der Zitadelle ebenso unbarmherzig dahingerafft wurden, verfielen sie in lauten Jubel. Fäuste wurden triumphierend emporgereckt und Waffen zum nachtgrauen Himmel gehoben.

Inzwischen stand die Zitadelle in blauen Flammen, von den Orks auf den Wehrgängen war nichts mehr zu sehen. Mit seinen weiten knochigen Flügeln schlagend, setzte der Dragnadh über die Mauer und flog fauchend die Hauptstraße hinab, den Orks hinterdrein, die die flüchtenden Elfenkrieger und Zwerge verfolgt hatten. Längst hatten die Unholde begriffen, dass ihnen ein neuer, mächtiger Feind erwachsen war, aber ihr Verstand war zu tumb und zu sehr im Blutrausch gefangen, als dass sie die Flucht ergriffen. Zähnefletschend stellten sie sich dem Dragnadh entgegen – um im nächsten Moment von einem blauen Feuerball verzehrt zu werden, der durch die Straße rollte.

Reihenweise fielen die Unholde dem kalten Drachenfeuer zum Opfer. Es gab kein Entrinnen. Einige, die doch noch die Flucht ergreifen wollten, packte der Dragnadh mit knochigen Klauen und zerfetzte sie. Es war ein entsetzliches Massaker, das auf der Hauptstraße von Tirgas Lan tobte, und es dauerte nur wenige Augenblicke – dann war kein Ork und kein Gnom mehr am Leben. Wo sich eben noch Hunderte blutrünstiger Unholde gedrängt hatten, schwelten schwarze Haufen, von denen bestialischer Gestank ausging.

Der Dragnadh betrachtete sein Werk und knurrte vor grimmiger Genugtuung. Dann wandte er sich den Elfen und Zwergen zu.

Loreto erschrak.

Seine Freude darüber, die Orks untergehen zu sehen, war so groß gewesen, dass er nicht auf den Gedanken gekommen war, der Dragnadh könnte auch ihn und seine Leute angreifen – schließlich waren sie Elfen und damit Nachkommen der rechtmäßigen Herren dieser Stadt. Andererseits, so dämmerte Loreto, waren sie ebenso widerrechtlich in Tirgas Lan eingedrungen wie die Unholde, und es war fraglich, ob der Dragnadh einen Unterschied zwischen ihnen machte.

Die Elfenkrieger schrien entsetzt, als der untote Drache auf seinen Knochenschwingen heranflog. Dicht über ihre Köpfe zog er hinweg, geradewegs auf Loreto zu.

Der Elfenfürst bedauerte, sein Pferd bestiegen zu haben, sodass er weithin sichtbar aus der Masse ragte, und ihm war klar, dass es für eine Flucht zu spät war. Entsetzt starrte er dem Dragnadh entgegen, der sich fauchend näherte – um nur eine Lanzenlänge von ihm entfernt zu verharren. Mit den Flügeln schlagend, hielt sich der Dragnadh in der Luft, und der Blick seiner leeren Augenhöhlen, in denen blaues Feuer glomm, richtete sich auf Loreto.

Der Elfenfürst hatte das Gefühl, als würde die untote Kreatur bis auf den Grund seiner Seele blicken und ihn genaustens durchschauen. Einen endlos scheinenden Augenblick lang starrten der Dragnadh und der Elf einander an. Dann erhob sich der Dragnadh wieder, um unter wütendem Fauchen zur Zitadelle zurückzukehren – und Loreto wusste, was er zu tun hatte.

»Zum Angriff!«, befahl er mit lauter Stimme und zog sein Schwert.

»Was?«, fragte Eilan verwirrt. »Aber, Herr …«

»Zum Angriff!«, wiederholte Loreto und riss sein Pferd herum. »Die Unholde sind vernichtet, Tirgas Lan ist unser!«

Damit gab er seinem Tier die Sporen, und eine Gasse bildete sich in den Reihen der Krieger. Auf klappernden Hufen jagte Loreto an ihnen vorbei, die Elfenklinge hoch erhoben, der Zitadelle entgegen.

Nur einen kurzen Augenblick zögerten seine Leute, dann gaben die Unterführer den Befehl, ihm zu folgen, und unter markerschütterndem Gebrüll stürmten die Elfen – und unter ihnen auch die Zwerge – die Straße entlang, diesmal nicht in wilder Flucht, sondern siegesgewiss, vorbei an den schwelenden Überresten der Orks.

Der Dragnadh jedoch war zur Zitadelle zurückgekehrt ...

In der Schatzkammer war das Unterste zuoberst gekehrt.

Die Goldberge, die sich in der weiten Halle getürmt hatten, waren eingeebnet, Standbilder und Schatztruhen unter Lawinen aus Münzen und Edelsteinen begraben, und in der Mitte der Schatzkammer klaffte ein riesiger Krater, wo sich der Dragnadh aus der Tiefe seines Hortes emporgewühlt hatte.

Dass es in der Schatzkammer nach Tod und Schwefel stank, kümmerte Rammar und Balbok nicht. Vom eingerissenen Rand des Schachts im Thronsaal waren sie hinabgesprungen, um in den Knien federnd auf Münzen aus Gold und Silber zu landen.

Balbok raffte alles an sich, was in greifbarer Nähe war, und prüfte nicht erst nach, ob es sich um wertvolle oder weniger wertvolle Stücke handelte. Rammar hingegen schaute sich alles genau an, ehe er es in der Tasche seines Lederrocks verschwinden ließ, Münzen und Diamanten, Ringe und Ketten. Die Elfenkrone, die er für einen kurzen Moment getragen und die ihm so sehr gefallen hatte, konnte er nirgends entdecken. Der blaue Lichtstrahl, in dem sie geschwebt hatte, war erloschen, und Rammar nahm an, dass das gute Stück irgendwo unter dem Silber und Gold begraben war. Danach zu suchen lohnte sich nicht in Anbetracht all der anderen schönen Stücke, die nur darauf warteten, von ihm eingesteckt zu werden.

Um Corwyn und Alannah kümmerten sich die Orks nicht mehr. Nach Rammars Ansicht hatten sie den beiden genug geholfen; sollten sie sehen, wo sie blieben.

Lodernde Gier in den Augen und geblendet vom Glanz des Goldes und der Edelsteine, merkten die Orks nicht, wie sich eine schaurige Gestalt aus dem Krater erhob – bis auf einmal eine Stimme donnerte, so finster und unheimlich, als käme sie direkt aus Kuruls rauer Kehle:

»*Ihr einfältigen Narren! Am Elfengold vergreift ihr euch?*«

Rammar ließ vor Schreck die goldene Kugel fallen, die einfach nicht in seine Rocktasche hatte passen wollen, und auch Balbok fuhr herum. Vor ihnen stand – Margok. Oder besser das, was das Drachenfeuer von ihm übrig gelassen hatte.

Der Zauberer hatte keine Füße mehr, auf denen er stehen konnte, und so schwebte er zwei *kum'hai* über dem Boden. Und er war grässlich anzusehen: Sein knöcherner Körper war schwarz verbrannt, sein Schädelgesicht eine verkohlte Fratze, doch noch immer leuchtete in den Augenhöhlen ein verderbliches Feuer. Die Beine des Zauberers endeten in Stümpfen, doch Hände hatte er noch – geschwärzte Knochenfinger, die sich auf bizarre Weise bewegten. Margoks böser Geist hielt ihn am Leben, allen Gesetzen der Natur zum Trotz.

»Ehrlich, Zauberer«, knurrte Rammar mit einer Kaltschnäuzigkeit, die ihn selbst überraschte. »Du hast schon besser ausgesehen.«

»*Langweile mich nicht mit Nebensächlichkeiten, Ork*«, antwortete ihm Margok höhnisch. »*Oder glaubst du, es interessiert mich, was ein fetter Unhold von meinem Aussehen hält? Ich, Margok, habe die Macht, euch zu vernichten!*«

Damit hob er eine seiner Knochenhände, und erneut zuckte ein dunkler Blitz daraus hervor.

Er hätte Rammar getroffen, hätte sich Balbok nicht dazwischengeworfen. Der hagere Ork hatte wieder nach Graishaks Axt gegriffen, und er brachte deren großes Blatt wie einen Schild zwischen seinen Bruder und die tödlichen Entladungen.

Knisternd schlug der Blitz auf das Schneideblatt der Orkwaffe. Der Griff in Balboks Händen stand plötzlich in Flammen, sodass er ihn loslassen musste, und die Axt landete klirrend in den Münzen.

Die Orks standen der Macht des Zauberers schutzlos gegenüber. Sie erstarrten, standen wie Statuen da und wagten nicht, sich zu bewegen, aus Furcht, von den dunklen Blitzen vernichtet zu werden.

»*Nun*«, tönte Margok genüsslich, »*da seid ihr also. Habt all die Mühen nur aus einem einzigen Grund auf euch genommen – um hier und jetzt zu sterben. Aber tröstet euch, denn einer von euch wird zumindest körperlich weiterexistieren.*«

»Warum nur einer?«, fragte Rammar, bemüht, das ängstliche Zittern seiner Stimme zu unterdrücken.

»*Weil ich nur einen von euch brauche, Dummkopf, um meinen Geist auf seinen Körper zu übertragen. Und wenn ich mir euch beide so anschaue, weiß ich auch, wen von euch ich wähle.*«

»M-mich?«, fragte Rammar hoffnungsvoll.

»*Natürlich deinen Bruder!*«, donnerte die entmutigende Antwort. »*Er ist groß und stark* und …«

»Und ebenso dämlich«, entgegnete Rammar verdrießlich.

»*Verstand braucht er nicht zu haben, denn mein Geist wird seinen Körper übernehmen. Margok wird zurückkehren – in der Gestalt Balboks des Orks.*«

»Und wenn ich nicht will?«, fragte Balbok hilflos.

»*Törichter Unhold! Du hast keine Wahl.*«

Und mit diesen Worten hob der Zauberer beide Skeletthände. Aus den gespreizten Fingern würden die Blitze zucken, die Rammar töten und Margoks Geist auf Balbok übertragen würden …

Gepackt von Furcht und Entsetzen gewahrten die Orks nicht den riesigen Schatten, der sich durch den Schacht vom Thronsaal in die Schatzkammer senkte. Lautlos schwebte er auf Margok hinab und breitete seine Schwingen aus.

In dem Moment, als es in Margoks Augenhöhlen glühend aufloderte und er die verderblichen Blitze schleudern wollte, stürzte ein riesiger Rachen auf den Zauberer zu, stülpte sich über ihn – und verschlang ihn!

Es war der Dragnadh, der gekommen war, um das Böse von Tirgas Lan endgültig zu vernichten.

Unter wüstem Gebrüll warf der untote Drache sein Haupt zurück, und im halb offenen Maul des Dragnadh konnten die beiden Orks den Zauberer sehen, der sich verzweifelt zu wehren versuchte, schwarze Blitze schleuderte und dabei Worte in einer fremden Sprache schrie – Zaubersprüche, die den Dragnadh verderben sollten!

Aber der untote Drache ließ sich nicht mehr so einfach bezwingen. Ein Grollen drang aus seiner Brust, und blaues Feuer schoss aus seinem Rachen, um auch die Überreste des Zauberers zu verbrennen. Noch einen kurzen Blick erheischten die Orks auf den Schurken – dann klappten die Kiefer des Dragnadh wieder krachend aufeinander, und Margok verschwand zwischen den mörderischen Zähnen.

Für einen Augenblick lag noch ein durchdringender Schrei in der Luft, der jedoch jäh erstarb – und was der Dragnadh schließlich ausspuckte, erinnerte in keiner Weise mehr an den Dunkelelfen, der Erdwelt ein weiteres Mal mit Furcht und Schrecken hatte überziehen wollen.

Rammar und Balbok starrten auf die zerbrochenen und verkohlten Gebeine, die von Margok geblieben waren. Wenn sie jedoch glaubten, aufatmen zu dürfen, so wurden sie abermals enttäuscht – denn der Dragnadh wandte seine Aufmerksamkeit ihnen zu. Der riesige Schädel senkte sich herab, und der Rachen, der eben erst den Zauberer verbrannt und vermalmt hatte, öffnete sich erneut.

Balbok und Rammar begannen wie Espenlaub zu zittern, in ihrer Furcht klammerten sie sich hilflos aneinander. Wenn es dem mächtigen Margok nicht möglich gewesen war, den Dragnadh zu besiegen, würde ihnen das erst recht nicht gelingen.

»R-Rammar?«, fragte Balbok.

»Ja, Balbok?«

»Da ist etwas, das ich dich schon die ganze Zeit über fragen wollte.«

»Ja?« Rammar bebte am ganzen Körper, als ein drohendes Grollen aus dem Schlund des Dragnadh erklang, genau wie vorhin.

»Was für Dinge?«, stellte Balbok die Frage, die er noch geklärt haben wollte, ehe er in Kuruls dunkle Grube stürzte.

»Wovon sprichst du?«, fragte Rammar verwirrt. »*Dinge?*«

»Du hast mir im Wald weismachen wollen, ich wäre nicht einer geplatzten Eiterbeule Kuruls entsprungen«, erinnerte ihn Balbok, »und dass es da noch mehr Dinge gäbe, die du mir beizeiten erklären willst. Ich denke, die Zeit ist jetzt gekommen, sonst schaffst du es nicht mehr. Also – was für Dinge?«

Eine Antwort erhielt Balbok auch diesmal nicht, denn Rammar verfiel in heiseres Geschrei, als der untote Drache scharf die Luft einsog. Rammar schloss die Augen, und zitternd erwartete er das grässliche Fauchen und das kalte blaue Feuer, das ihn verzehren würde.

Aber beides blieb aus ...

»*Ol'dok*«, rief stattdessen eine silberhelle Stimme – und als Rammar die Augen wieder öffnete, war von dem untoten Drachen nichts mehr zu sehen.

Der Dragnadh war spurlos verschwunden, und hätten nicht hier und dort die kläglichen Überreste des Zauberers gelegen, hätte man meinen können, er hätte nie existiert.

Statt seiner standen plötzlich Alannah und Corwyn da, die beide ziemlich mitgenommen und lädiert aussahen – aber auch überglücklich.

»Keine Sorge, meine hässlichen Freunde«, rief die Elfin den Orks lächelnd zu. »Es ist vorbei!«

»Es ist vorbei?«, fragte Rammar verwirrt. »Es ist vorbei? Man braucht nur *verschwinde* auf Orkisch zu rufen, und der ganze Spuk ist vorbei? So einfach ist das?«

»Als ehemalige Priesterin von Shakara kenne ich natürlich das Zauberwort, das in der Lage ist, den Bann zu brechen und den Dragnadh unschädlich zu machen«, erklärte ihm Alannah mit unschuldigem Lächeln.

»Aha«, sagte Rammar, dem noch immer die Knie zitterten. »Und warum ist dieses Zauberwort orkisch?«

»Wie ihr nun wisst«, antwortete die Priesterin mit sanfter Stimme, »haben Elfen und Orks dieselben Wurzeln, und ebenso verhält es sich mit ihren Sprachen. Und Farawyn und die Seinen waren davon überzeugt, dass niemand je auf die Idee kommen würde, der Bannspruch des Dragnadh könnte der Sprache des Feindes entliehen sein.«

»Das stimmt«, stimmte Balbok dem zu und deutete auf die Überreste des Zauberers. »Margok jedenfalls ist nicht darauf gekommen.«

»Ist das der Grund, weshalb du unsere Sprache sprichst, Elfin?«, fragte Rammar.

»So ist es«, bestätigte sie, und dann fügte sie noch hinzu: »Jede Sache auf dieser Welt hat zwei Seiten, eine helle und eine dunkle. Man tut gut daran, dies nie zu vergessen.«

Rammar und Balbok schauen sich an. »Verrückt«, sagten sie dann wie aus einem Munde.

»Wir sollten zusehen, dass wir von hier verschwinden«, drängte Corwyn, der noch immer geschwächt und mitgenommen wirkte. Allerdings hatten seine Wunden aufgehört zu bluten – Rammar nahm an, dass die Elfin dies mit einem Zauber bewirkt hatte.

»Warum?«, fragte Alannah gelassen.

»Weil wir nicht sicher sein können, dass der Zauberer nicht zurückkehrt.« Corwyn blickte sich misstrauisch um. »Dieser Mistkerl hat das Drachenfeuer schon einmal überlebt, warum also nicht auch ein zweites Mal?«

»Weil sein Körper vernichtet wurde«, gab die Elfin zur Antwort. »Er kann nicht zurückkehren.«

Corwyn schüttelte den Kopf. »Das verstehe ich nicht. Wurde nicht auch nach der Schlacht von Tirgas Lan im Zweiten Krieg sein Körper vernichtet? Sagtest du nicht, er sei verbrannt worden? Dennoch überdauerte Margoks Geist die Jahrhunderte ...«

»Weil Margoks eigener Körper der eines Elfen war«, erklärte Alannah schulterzuckend. »Und wäre sein Geist wieder in den Körper eines Elfen übertragen worden, hätte Margoks Geist auch diesmal überlebt. Rammar und Balbok aber störten die Zeremonie, die bereits begonnen hatte, und Margoks Geist blieb nichts anderes übrig, als in den einzigen Körper zu schlüpfen, der für ihn auf die Schnelle greifbar war.«

»Den von Rurak«, sagte Rammar.

»Richtig«, bestätigte Alannah. »Der Zauberer aus der Modermark hat viele Jahrhunderte lang gelebt, trotzdem war er nur ein Mensch. Und als sein sterblicher Körper vernichtet wurde, starb auch Margok, und zwar endgültig, denn sein Geist befand sich ja in Ruraks Körper und war damit den Gesetzen der Sterblichkeit unterworfen.«

Wieder wechselten Rammar und Balbok einen langen Blick. Dann kam ihnen beiden jenes Wort über die Lippen, das solchen Wahnsinn erklären konnte.

»Elfenzauber.«

Sie wollten gerade die Schatzkammer verlassen, als sie Gesellschaft erhielten. Instinktiv wichen die Gefährten zurück, weil sie glaubten, es wieder mit Orks und Gnomen zu tun zu bekommen, die den Feuersturm des Dragnadh überlebt hatten. Aber es waren keine Orks, die die Vorkammer der Schatzhalle stürmten, sondern Elfen.

Und auch ein paar Zwerge waren darunter …

»Der Schatz!«, rief einer von ihnen, dessen Gesicht Corwyn trotz des angesengten Barts sofort erkannte. »Wir haben ihn gefunden …!« Orthmar von Bruchstein, des Orthwins Sohn, wollte sogleich die Brüstung erklimmen und sich in die glitzernde Pracht stürzen. Die Elfen jedoch hielten den Zwergenführer in der rußgeschwärzten Rüstung zurück.

Stattdessen trat ein Elf vor, dessen Rüstung keinerlei Spuren eines Kampfes aufwies und dessen edle und auch ein wenig arrogante Erscheinung auf vornehme Herkunft schließen ließ. Rammar und Balbok bemerkten, dass Alannah zusammenzuckte, als sie ihn sah.

»Loreto …«

»Ja, Loreto«, erwiderte der Elf mit fester Stimme, »Fürst von Tirgas Dun und aus Brychans Geschlecht, Oberster Schwertführer des Hohen Rates – der Tirgas Lan von den Mächten des Chaos befreite!« Um seine Worte zu unterstreichen, hob er das Elfenschwert in seiner Hand. Es klebte kein einziger Spritzer schwarzen Ork- oder grünen Gnomenbluts an der gebogenen Klinge.

»Was machst du hier?«, fragte Alannah verblüfft; ihren einstigen Geliebten hatte sie an diesem Ort am allerwenigsten erwartet.

»Ha!«, rief Loreto triumphierend aus. »Dasselbe könnte ich dich fragen, Verräterin!«

»Ich kann alles erklären«, versicherte Alannah.

»Das bezweifle ich«, versetzte der Elfenfürst streng. »Ich bin über deine Untaten im Bilde, Alannah. Du hast die Lage der Verborgenen Stadt dem Feind verraten und Tirgas Lan den Unholden preisgegeben. Wäre ich nicht gewesen, hätte das Böse gesiegt, und alles, wofür unsere Vorfahren so tapfer kämpften, wäre verloren gewesen.«

»Du?«, mischte sich Corwyn ungefragt ein. »Was redest du da? Es war der untote Drache, der Margok und seine Orkbrut bezwang.«

Loreto bedachte Corwyn mit einem abfälligen Blick. »Willst du frech werden, Mensch?«, fragte er. »Wer bist du überhaupt? Und wer hat dir erlaubt, mich auf so vertrauliche Weise anzusprechen?«

»Corwyn ist mein Name«, knurrte der einäugige Kopfgeldjäger. »Und ich rede so, wie es mir passt – und ich kann es auf den Tod nicht ausstehen, wenn Tatsachen verdreht werden.«

»Willst du mich der Lüge bezichtigen?«, fragte Loreto spitz. »Das wird dich teuer zu stehen kommen, Mensch. Genau wie die Priesterin und die beiden Unholde dort bist auch du ein Verräter, und ich werde dafür sorgen, dass ihr eure gerechte Strafe erhaltet. – Hauptmann, nehmt sie fest!«

»Jawohl, mein Fürst«, bestätigte der Offizier und bedeutete einigen seiner Elfenkrieger, ihm zu folgen. Geschickt überwanden sie die die Balustrade und traten auf die vier Gefährten zu.

»Ergreift sie!«, befahl Loreto und erklärte mit lauter Stimme: »Hochverrat wird ihnen zur Last gelegt, und wir wissen alle, welche Strafe darauf steht!«

»Nein, Loreto!«, widersprach Alannah entschieden. »Auf mich mag der Vorwurf des Verrats zutreffen, aber nicht auf meine Begleiter. Dieser Mensch und die beiden Orks sind tapfere Kämpfer, die sich dem Bösen entgegenstellten und …«

»… und sich anschließend am Elfenschatz bereichern wollten«, fuhr Loreto ihr ins Wort. »Ich weiß, was ich gesehen habe,

Alannah. Versuche erst gar nicht, mich umzustimmen. Der Befreier von Tirgas Lan kennt keine Gnade mit dem Feind!«

»So ist es«, stimmte Orthmar von Bruchstein gehässig zu. »Nun ereilt dich deine gerechte Strafe, Corwyn! Du hast die längste Zeit rechtschaffener Leute Besitz geraubt und ihre Töchter verführt!«

Entschlossen rückten die Elfen gegen die Gefährten vor. Alannah, die nur zu gut wusste, dass die Krieger ihres Volkes die Kunst des Schwertkampfs vortrefflich beherrschen, wich furchtsam zurück und zog Corwyn am Arm mit sich. Rammar und Balbok jedoch blieben stehen, stellten sich sogar schützend vor die Elfin und den Menschen.

»Was ist?«, tönte Loreto spöttisch. »Habt ihr einfältigen Unholde es so eilig mit dem Sterben?«

»Durchaus nicht, Spitzohr«, entgegnete Balbok trotzig. »Aber die Priesterin hat uns gerettet und der Kopfgeldjäger an unserer Seite gekämpft. Wenn du sie haben willst, müssen deine Stiefellecker erst mal an uns vorbei. Richtig, Rammar?«

»Verdammt richtig, Balbok«, stimmte Rammar zu – und konnte selbst nicht glauben, dass er dies sagte. Was trieb ihn dazu, sich ausgerechnet für eine Elfin und einen Menschen einzusetzen, wo er doch stets klug genug gewesen war, sich zu verziehen, wenn es gefährlich wurde?

»Meinetwegen«, erwiderte Loreto gelangweilt und rief seinen Kriegern zu: »Massakriert die beiden Narren, wenn sie es unbedingt so wollen, und nehmt dann die Priesterin und den Menschen gefangen!«

»Nein!«, rief Alannah beschwörend. »Glaube mir, Loreto, diese beiden sind keine gewöhnlichen Orks. Es ist ihnen gelungen, Farawyns Pforte zu öffnen!«

»Natürlich«, erwiderte Loreto. »Mit deiner Hilfe!«

»Wie hätte ich ihnen denn dabei helfen sollen? Solchen Zauber vermag die Priesterin von Shakara nicht zu wirken. Und die Orks waren es auch, die das Große Tor von Tirgas Lan geöffnet haben – denn das Schicksal hat sie zu Höherem erwählt!«

»Zu Höherem erwählt? Zwei Orks?« Loreto lachte mitleidig. »Ich fürchte, teure Alannah, die Zeit, die du in der Gesellschaft dieser Unholde verbracht hast, hat deinen Verstand getrübt. Aber ich bin kein Unelf, wie du weißt. Der Befreier von Tirgas Lan gewährt dir die Möglichkeit, dein Handeln zu bereuen. Ich verspreche dir, dich zurück nach Tirgas Dun zu bringen und dafür zu sorgen, dass dir vor dem Hohen Rat ein fairer Prozess gemacht wird. Vorausgesetzt, du sagst dich hier und jetzt von deinen unwürdigen Begleitern los.«

Alannah schüttelte den Kopf. »Das kann ich nicht.«

»Sei keine Närrin, Alannah, ich beschwöre dich …«

Die Gesichtszüge der Elfin wurden auf einmal hart. »Eine Närrin?«, sagte sie leise. »Ja, eine Närrin war ich, als ich dich liebte und glaubte, dass du meiner Liebe wert wärst, Loreto. Aber ich habe mich in dir getäuscht. Nicht vornehme Herkunft, sondern allein unsere Taten sind es, die uns zu höheren Geschöpfen machen. In deinen Augen mögen diese Orks und dieser Mensch nichts wert sein – ich hingegen betrachte sie als meine Freunde.«

»Diese Barbaren?«, rief Loreto entnervt. »Diese Schmach kannst du mir unmöglich antun wollen …«

»Mehr noch, Loreto«, widersprach Alannah und schmiegte sich eng an Corwyn, der seinen Arm schützend um sie legte. »Ich liebe diesen Sterblichen.«

»Du … liebst ihn?«

»Mehr als ich dich je geliebt habe«, versicherte Alannah. »Denn Corwyn hat mir ein neues Leben gezeigt und mir beigebracht, was Liebe und Loyalität wirklich bedeuten – im Gegensatz zu einem gewissen Elfenfürsten, der sich mit großen Worten, aber feige nach den Fernen Gestaden verabschieden wollte.«

Rammar schnaubte laut durch die Nüstern, und Balbok konnte sich ein leises Kichern nicht verkneifen, so sehr amüsierte es die Orks, wie Alannah den hochnäsigen Elfenführer abfertigte. Für Rammar bestätigte sich damit endgültig, was er schon von Anfang an vermutet hatte – dass die Hohepriesterin von Shakara mehr von einem Ork an sich hatte, als sie sich eingestehen wollte.

Loreto jedoch konnte darüber ganz und gar nicht lachen. Seine vornehm blassen Gesichtszüge verfärbten sich dunkel, und Zorn funkelte in seinen schmalen Augen. »Das genügt!«, brüllte er wütend. »So etwas braucht sich der Befreier von Tirgas Lan nicht bieten zu lassen! Vorwärts, meine Krieger! Ergreift sie, und wenn sie Widerstand leisten, so lasst keinen von ihnen am Leben!«

Die Elfenkrieger nickten entschlossen und schritten mit blanken Klingen auf die unbewaffneten Gefährten zu. Ein geflüstertes »Oje-oje« kam Rammar über die Lippen, dann waren die Elfen heran – und …

Ein gleißender Blitz flackerte grell durch die Schatzkammer, blendete sie alle für einen kurzen Augenblick, dann leuchtete auf einmal wieder der Strahl aus blauem Elfenlicht, der durch den Schacht zum Thronsaal fiel – und in diesem Strahl und aus dem Krater, den der untote Drache hinterlassen hatte, stieg die Elfenkrone empor!

Alle Anwesenden – die Elfen, die Zwerge und auch die vier Gefährten – waren wie gebannt von ihrem Anblick. Doch diesmal verharrte die Krone Sigwyns nicht in der Mitte der Kammer, sondern schwebte weiter, auf die Versammelten zu, geradeso als würde sie einen neuen Besitzer suchen, auf dessen Haupt sie sich niederlassen konnte.

Unwillkürlich streckte Rammar seine kurzen Finger nach ihr aus, aber die Krone glitt über ihn und seinen Bruder hinweg. Auch Orthmar von Bruchstein, der mit gierigem Blick nach den Juwelen schielte, mit denen die Krone besetzt war, wurde von ihr übergangen. Zielstrebig näherte sich die Elfenkrone keinem anderen als Loreto, in dessen Augen es zu funkeln begann.

»Ja!«, rief er laut. »Komm zu mir, Schmuckstück des Elfenreichs. Komm zu Fürst Loreto, dem Befreier von Tirgas Lan und Bezwinger Margoks, und lasse dich nieder auf sein Haupt! Denn ich bin der Auserwählte, von dem die Prophezeiung kündet, und damit der rechtmäßige Erbe von Sigwyns Thron!«

Und in stiller Erwartung schloss Loreto die Augen …

Doch die Krone änderte ihren Kurs, entfernte sich wieder von ihm – und schwebte geradewegs auf Corwyn und Alannah zu.

Und zu aller Überraschung senkte sie sich auf das Haupt des Kopfgeldjägers!

»W-was hat das zu bedeuten?«, fragte Corwyn verblüfft.

»Das bedeutet, dass du der Auserwählte bist«, antwortete Alannah und löste sich aus seiner Umarmung, um respektvoll vor ihm zurückzuweichen.

»Aber – das kann nicht sein. Das ist ein Irrtum!«

»Verrat!«, schrie Loreto, außer sich vor Zorn. »Das ist ein Trick, ein übler Trick! Welchen faulen Zaubers hast du dich nun wieder bedient, Verräterin?«

»Desselben Zaubers, mit dessen Hilfe du dich eben noch zum König von Tirgas Lan ausrufen wolltest«, versetzte Alannah. »Würdest du das Urteil der Krone auch anzweifeln, hätte sie dich erwählt?«

Die meisten der Elfenkrieger waren offenbar der Meinung, dass dies ein berechtigter Einwand sei, denn Loreto sah ihre missmutigen Blicke auf sich gerichtet. Und selbst Orthmar von Bruchstein schaute den Elfenfürsten zweifelnd an.

»A-aber dieser da kann nicht der neue König von Tirgas Lan sein!«, widersprach Loreto. »Er ist nur ein unwürdiger Mensch – und noch dazu ein Kopfgeldjäger.«

»Wo in Farawyns Prophezeiung steht geschrieben, dass der Auserwählte ein Elf sein muss?«, fragte Alannah. »Wir alle haben das immer angenommen, und auch Farawyn selbst war wohl dieser Meinung. Doch ich kenne nicht eine Zeile seiner Weissagung, die ausschließt, dass ein Mensch die Krone von Tirgas Lan erlangen kann – und du kannst mir glauben, dass ich den Wortlaut der Prophezeiung sehr genau kenne, schließlich habe ich dreihundert Jahre damit zugebracht, sie wieder und wieder zu studieren. Dies also ist das Geheimnis von Farawyns Prophezeiung: Nicht ein Elf ist es, der den Alabasterthron besteigen und *amber* vereinen wird, sondern ein Mensch – denn den Menschen gehört die Zukunft!«

»B-bist du sicher?«, fragte Corwyn, und er wirkte noch immer völlig verwirrt.

»Farawyns Prophezeiung entspricht der Wahrheit, das weiß ich jetzt«, antwortete ihm die Priesterin lächelnd – und dann senkte sie vor ihm das Haupt und kniete vor ihm nieder.

»Alannah, was …?«, rief Loreto verzweifelt – aber niemand wollte seine Einwände hören.

Die Elfenkrieger, die sich eben noch mit blanken Waffen auf Corwyn und seine Gefährten hatten stürzen wollen, waren die Ersten, die das Knie vor dem neuen König beugten. Ihre Kameraden an der Balustrade folgten ihrem Beispiel; einer nach dem anderen ließ sich nieder, um dem neuen Herrscher von *amber* Respekt zu erweisen. Sogar Orthmar, dessen flinker Zwergenverstand ihm sagte, dass es vernünftiger war, mit den Wargen zu heulen, sank aufs Knie.

»Wir etwa auch?« Balbok warf Rammar einen unsicherten Blick zu.

»Warum nicht?« Der feiste Ork seufzte und zuckte mit den Schultern. »Ich schätze, nach allem, was geschehen ist, kommt's darauf auch nicht mehr an.«

Und damit beugten sogar die beiden Orks die Häupter und erwiesen dem neuen Herrscher von Erdwelt ihre Achtung.

Nur einer stand noch aufrecht, als hätten Stolz und Trotz ihm die Gelenke versteift.

Fürst Loreto ...

»Was ist, Loreto?«, fragte ihn Alannah spöttisch. »Willst du deinem König nicht huldigen?«

»Mei-mei-meinem König?«, stammelte der Elfenfürst verdutzt. »Einem Menschen?«

»Er trägt die Krone Sigwyns, oder nicht?«, fragte Alannah. »Und dieser Krone hast du Treue geschworen, wie du dich erinnern wirst.«

Beifälliges Gemurmel war unter den Elfenkriegern zu vernehmen. Loretos Gesicht wurde noch um ein paar Nuancen dunkler, selbst der Gedanke an die Fernen Gestade konnte ihn nicht mehr trösten. Als König von *amber* hätte er es sich durchaus vorstellen können, noch eine Weile in der Welt der Sterblichen zu verweilen. Daraus würde wohl nichts mehr werden.

Geschlagen und unter den grimmigen Blicken der Elfenkrieger beugte auch Loreto das Knie.

Corwyn stand wie vom Donner gerührt.

Den Blick seines verbliebenen Auges auf die Menge der Knienden gerichtet, konnte der Kopfgeldjäger noch immer nicht fassen, was vor sich ging. Er war stets ein Heimatloser gewesen, ein Vagabund, der seine Dienste dort angeboten hatte, wo man am besten dafür bezahlte. Warum, in aller Welt, war ausgerechnet er dazu auserwählt, den Königsthron zu besteigen?

Dennoch spürte er, seit sich die Elfenkrone auf seinem Haupt niedergelassen hatte, eine innere Stärke und Zuversicht, wie er sie noch nie zuvor empfunden hatte – nicht einmal, als Marena noch gelebt hatte.

Corwyn hatte das Gefühl, nach langer Irrfahrt nach Hause zurückzukehren, und in seinem Innersten verspürte er etwas, das ihm bislang fremd gewesen war: Dankbarkeit.

Er war Alannah dankbar dafür, dass sie in sein Leben getreten war, und er ertappte sich dabei, dass er auch Dankbarkeit für die beiden Orks empfand, mit denen er sich gestritten und gezankt hatte, während sie in Wahrheit die ganze Zeit über seine wertvollsten Verbündeten gewesen waren. Und er dankte Marena dafür, dass sie ihm den Weg gewiesen hatte.

Der Fluch war gebrochen, und eine neue Zeit begann.

11.

UR'MOROR TULL

Der neue Tag fand alles verändert vor.

Noch unter dem Mantel der Nacht war eine Verwandlung mit der alten Königsstadt vor sich gegangen; die allgegenwärtige Schwärze, die noch am Tag zuvor jeden Turm, jedes Haus und jede Mauer von Tirgas Lan überzogen hatte, war verschwunden, und Alabaster, Granit und Marmor erstrahlten wieder in alter Pracht. Auch die teerige Masse in den Innenräumen der Zitadelle, die eine Hinterlassenschaft des Dragnadh gewesen war, war am nächsten Morgen nicht mehr da. Der Glanz vergangener Tage war zurückgekehrt, und die Straßen und Gassen der Königsstadt schienen nur darauf zu warten, sich mit neuem Leben zu füllen.

Und das war nicht die einzige Veränderung, die über Nacht eingetreten war: Auch der Wald von Trowna, dessen undurchdringliches Dickicht Tirgas Lan jahrhundertelang verborgen und vor jedem Eindringling geschützt hatte, war ein anderer, als die Sonne ihre ersten Strahlen über den Horizont schickte. Nicht länger dominierten Schlinggewächse und abgestorbene Wurzeln den Wald; befreit von seinem uralten Fluch, erblühte er in neuer Pracht. Das dichte Blätterdach ließ wärmenden Sonnenschein bis auf den Boden strahlen, und Moose und Flechten, die noch am Vortag alles Leben zu ersticken drohten, wichen bunten Blüten, die sich beim ersten Tageslicht öffneten und süßlichen Duft verströmten. Und auch die Straßen des alten Elfenreichs, zuvor unter dichtem Gestrüpp verborgen, traten wieder zu Tage, nicht alt und brüchig, sondern so, als hätten ihre Baumeister sie eben erst fertiggestellt.

Es war keine Ruine mehr, die aus dem Dunkel der Nacht ins Licht eines neuen Zeitalters trat, sondern eine stolze Stadt, die einst das Zentrum und die Zier von ganz Erdwelt gewesen war – und dies auch wieder sein würde.

Geblieben waren jedoch die Spuren, die der Kampf um Tirgas Lan hinterlassen hatte und die auch Elfenzauber nicht entfernen konnte. Die verkohlten Körper unzähliger Orks übersäten die Hauptstraße und lagen in den angrenzenden Gassen, und der bittere Geruch des Todes zog noch ein letztes Mal über die Zitadelle hinweg, als die Elfenkrieger Feuer entzündeten, um die Überreste ihrer Feinde gänzlich zu Asche zu verbrennen.

Ebenso erinnerten die Zerstörungen, die der Dragnadh in seiner Raserei angerichtet hatte, vor allem das große gezackte Loch in der Kuppeldecke, an den erbitterten Kampf, der noch vor wenigen Stunden um die Zitadelle und auch in ihr getobt hatte. Nun jedoch war dieser Kampf zu Ende, und auf dem Alabasterthron, auf dem Herrscher von Sigwyn bis Farawyn regiert hatten, saß ein neuer König, der zum ersten Mal Hof hielt in seinem neuen Reich.

Corwyn trug ein Gewand, das die Elfen ihm gegeben hatten – eine weiße Tunika mit reichlich verzierten Borten. Seine Wunden hatte man gewaschen und mit heilenden Salben versorgt, sodass er sie kaum noch spürte. Dort, wo sich einst sein linkes Auge befunden hatte, trug der ehemalige Kopfgeldjäger eine Klappe aus Leder; der Verlust seines Auges würde ihn stets daran erinnern, wie er zur Macht gekommen war und worin seine Pflicht als König von Tirgas Lan bestand.

Eine Krönungszeremonie gab es nicht; die Krone selbst hatte entschieden, auf wessen Haupt sie ruhen wollte. Noch immer konnte Corwyn kaum begreifen, was in der vergangenen Nacht geschehen war, aber als Mann der Tat stellte er sich der neuen Herausforderung.

Der Hofstaat, der sich aus den besten und eldelsten Kämpen des Elfenheers zusammensetzte, säumte das weite Rund und blickte erwartungsvoll zu Corwyn auf. Dass er ein Mensch war und kein Elf, schien zumindest sie nicht sehr zu stören; ihr Verlangen nach einem gerechten und loyalen Anführer war weit größer als ihr Hochmut.

Corwyn fühlte aller Blicke auf sich lasten und begriff, dass er etwas sagen musste. Er war kein großer Redner und hatte zudem nicht viel Zeit gehabt, sich seine Worte zurechtzulegen. Dennoch sprach er laut und mit Entschlossenheit, als er sagte: »Krieger des Elfenreichs, hört mich an! Wundersames ist geschehen, das keiner von uns begreifen kann. Ein Mensch, noch dazu einer, der sich schwerlich als würdig erachtet hat, wurde zum neuen Herrscher von Tirgas Lan erwählt, und alles, was er euch versichern kann, ist, dass er sich dieser Aufgabe mit ganzer Kraft widmen wird.

Nicht länger soll Erdwelt regiert werden von Krieg und Hass. Ein neues Bündnis wird geschmiedet, dem nicht nur Elfen und Menschen angehören, sondern auch alle anderen, die friedlichen Willens sind. Ich werde Boten aussenden in jeden noch so entlegenen Winkel dieser Welt – zu den Elfen, den Menschen, den Zwergen und sogar zu den Orks. Die Nachricht, dass die Macht von Tirgas Lan neu erstrahlt, soll überall verkündet werden, und ich lade Anführer, Fürsten und Häuptlinge ein, hierher zu kommen und sich mir anzuschließen, damit nach Jahren des Krieges und des Chaos wieder Frieden und Ordnung in Erdwelt einkehren, so wie es einst gewesen ist.«

Corwyn blickte in die Runde, gespannt, ob seine Rede eine Reaktion hervorrufen würde. Aber die Elfenkrieger schwiegen, was unter ihresgleichen ein Zeichen einmütiger Zustimmung ist.

»Und um dieses neue Bündnis zu besiegeln«, fuhr Corwyn fort und erhob sich vom Alabasterthron, »erwähle ich Alannah, die Hohepriesterin von Shakara, zur Königin von Tirgas Lan.« Er schaute Alannah, die seitlich vor dem Thron stand und wieder ein strahlend weißes Gewand trug, fragend an und fügte hinzu: »Vorausgesetzt natürlich, sie will mich.«

Die Elfin, der die Schrecken der vergangenen Nacht noch immer anzusehen waren, antwortete mit einem zaghaften Lächeln. »Sie will dich«, versicherte sie. »Aber sie ist deiner nicht würdig. Sie hat Schuld auf sich geladen.«

»Und alles hundertfach wieder gutgemacht«, erwiderte

Corwyn. »Ich liebe dich, Alannah. Und ich brauche dich – mehr noch als die Luft zum Atmen.«

Er beugte sich vor und reichte ihr die Hände, und sie stieg zu ihm auf das Thronpodest. Elfisches Zeremoniell mochte in Augenblicken wie diesen vornehme Zurückhaltung vorschreiben – dem neuen König von Tirgas Lan war das egal. Er erhob sich, schloss Alannah kurzerhand in die Arme und küsste sie lang und innig.

Es war ein junger Elfenkrieger namens Eilan, der entgegen der sonstigen Gewohnheiten seines Volkes in lauten Jubel ausbrach. Viele seiner Kameraden stimmten ein, und die Elfen ließen das Königspaar hochleben, bis Corwyn ihnen schließlich Einhalt gebot.

»Mit einer Hochzeit, wie sie noch nie gefeiert wurde in Erdwelt, soll unser Bündnis besiegelt werden«, kündigte er an. »Vorher jedoch heißt es zu Gericht zu sitzen über jene, die versucht haben, sich auf Kosten anderer einen Vorteil zu verschaffen. Margok mag besiegt sein, dennoch gibt es Urteile zu fällen.« Er ließ sich wieder auf den Thron nieder und befahl: »Bringt die Gefangenen!«

Die Reihen der Elfenkrieger teilten sich, und zwei Gestalten wurden hereingeführt, die eine groß und hager, die andere klein und untersetzt.

Man hatte den beiden die Schmach erspart, Fesseln zu tragen, aber die grimmigen Blicke der Krieger, die sie begleiteten, machten Loreto von Tirgas Dun und Orthmar von Bruchstein auch so klar, dass jeder Fluchtversuch sinnlos war.

»Orthmar von Bruchstein, des Orthwins Sohn«, begann Corwyn die Anklage. »Dir wird zur Last gelegt, ein Schmuggler und Räuber zu sein und aus schnöder Gewinnsucht gestohlen und betrogen zu haben. Im Wissen, dass ein Schatz von unermesslichem Wert in Tirgas Lan verborgen war, hast du dir das Vertrauen des Elfenführers erschlichen und ihn getäuscht. Hast du etwas zu deiner Verteidigung vorzubringen?«

Um Orthmars kleine Augen zuckten die Muskeln. Des Orthwins Sohn war eigentlich nicht auf den Mund gefallen, und es gab noch manches, das er dem Kopfgeldjäger sagen wollte. Das Problem war nur: Corwyn war kein Kopfgeldjäger mehr. Und wenn es eine Tugend gab, die Orthmar von Bruchstein mehr als jede andere beherrschte, so war es die, im richtigen Augenblick zu schweigen. Also tat er dies und schüttelte nur grimmig den Kopf.

»Das dachte ich mir«, versetzte Corwyn. »Aber wie ich hörte, Orthmar, haben du und deine Leute in der Schlacht um Tirgas Lan tapfer gekämpft. In dunkler Stunde, als andere kopflos die Flucht ergriffen, habt ihr Mut und Herz bewiesen und euch trotz eurer Gier als würdige Vertreter eures Volkes erwiesen. Ich werde euch deshalb gestatten, Tirgas Lan als freie Zwerge zu verlassen und nach Hause zurückzukehren.«

»W-wir dürfen gehen?«, fragte der Zwergenführer ungläubig.

»So ist es. Kehrt ins Scharfgebirge zurück und berichtet euren Leuten, was sich hier zugetragen hat. Ich erwarte, dass der König des Zwergenreichs mir einen Boten schickt. Das Schweigen zwischen unseren Völkern hat viel zu lange gedauert.«

»I-ich werde es ihm bestellen«, erwiderte Orthmar und verbeugte sich tief – und man hatte nicht einmal den Eindruck, dass er sich dazu besonders überwinden musste. Der Mensch, der dort auf dem Alabasterthron saß, hatte mit dem Kopfgeldjäger, dem sein Hass gegolten hatte, kaum noch etwas gemein. »Darf ich noch eine Bitte äußern, Majestät?«

»Was willst du?«, sagte Corwyn. »Sprich.«

»Nun ja ...« Der Zwerg zupfte nervös an seinem Bart. »Die Schatzkammer von Tirgas Lan ist bis zum Rand gefüllt, und nachdem wir so tapfer gekämpft haben, wie Ihr sagtet, könnte doch vielleicht eine kleine Belohnung für meine Leute und mich ...«

»Übertreib es nicht, Orthmar«, warnte Corwyn. »Und jetzt sieh zu, dass du verschwindest.«

»Sehr wohl, Majestät«, erwiderte der Zwerg und zog sich eilig zurück, während er sich sagte, dass der neue König von Tirgas Lan wohl doch noch ein paar Gemeinsamkeiten mit einem gewissen Kopfgeldjäger hatte.

»Orthmar?«, rief Corwyn ihn noch einmal an, als er schon fast die Pforte des Thronsaals erreicht hatte.

»Ja, mein König?« Der Zwerg wandte sich zu ihm um.

»Ich habe deine Tochter nicht angerührt.«

Ein breites Grinsen huschte über die bärtigen Züge des Zwergs. »Ich weiß«, sagte er leise.

Dann verließ er den Thronsaal von Tirgas Lan, begleitet von den Getreuen, die ihm geblieben waren.

Daraufhin war nur noch Loreto übrig. Der hatte die Nacht in einer wenig komfortablen Kerkerzelle verbracht und sah entsprechend zerknittert aus. Dass er es als tiefe Schmach empfand, hier zu stehen, war seinen geröteten Zügen deutlich anzusehen.

»Fürst Loreto von Tirgas Dun«, begann Corwyn. »Würde es nach mir gehen, ich würde Euch nach allem, was Ihr Alannah und Euren Leuten angetan habt, zum Duell fordern, Mann gegen Mann. Ihr habt stets nur Euer eigenes Wohl im Sinn – das ist eines Fürsten unwürdig, sei er nun Mensch oder Elf.«

Loretos schmale Lippen öffneten sich und murmelten einige Worte, keines davon laut genug, als dass man es verstanden hätte.

»Dennoch«, fuhr Corwyn fort, »ich maße mir nicht an, über einen Fürsten von vornehmem elfischen Geblüt zu urteilen. Der Hohe Rat der Elfen soll erfahren, was sich hier in Tirgas Lan zugetragen hat, und er wird es auch sein, der über Eure Strafe zu befinden hat. In Begleitung einer Eskorte sende ich Euch deswegen zurück nach Tirgas Dun.«

»Und du tust gut daran, Kopfgeldjäger!«, konterte Loreto hochmütig. »Denn bald schon wird sich dieser aberwitzige Irrtum aufklären, und man wird dir die Elfenkrone wieder nehmen, die du dir so schändlich und widerrechtlich angeeignet hast.«

»Oh, Loreto.« Alannah schüttelte traurig den Kopf. »Selbst jetzt, da du verloren hast, weigerst du dich, die Wahrheit anzuerkennen. König Corwyn hat nicht widerrechtlich nach der Krone gegriffen. Er und kein anderer ist der Auserwählte, von dem in Farawyns Prophezeiung die Rede ist. Er wird ein weiser und gütiger Herrscher sein, denn anders als du, Loreto, hat er das Leben kennen gelernt, und das Blut, das in seinen Adern fließt, ist vornehmer, als deines jemals sein wird.«

»Was?« Loreto schnaubte entrüstet. »Was erlaubst du dir ...?«

»Dein Leben lang hast du dich selbst betrogen, Loreto, hast auf ein Erbe geschielt, das andere mit ihrem Fleiß und ihrem Blut errungen haben. Auch mich hast du geblendet mit guten Manieren und schönen Worten. In der Schlacht um Tirgas Lan jedoch hast du dein wahres Gesicht gezeigt. Nicht nur mich hast du im Stich gelassen, sondern auch jene, die deinem Befehl unterstanden, um dich selbst zu retten. So wirst du nie nach den Fernen Gestaden gelangen, Loreto – niemals.«

Sie bedachte den Fürsten mit einem Blick, der weder Hass noch Genugtuung, sondern nur Trauer und Mitleid enthielt. Loreto holte tief Luft und schien etwas erwidern zu wollen, überlegte es sich dann aber anders. Seiner Überzeugung nach hatte er es nicht nötig, sich vor Alannah und erst recht nicht vor Corwyn zu verteidigen; was er zu sagen hatte, würde er vor dem Hohen Rat der Elfen erklären.

Auf einen Wink Corwyns hin traten die Wachen heran und führten Loreto ab, und die Elfenkrieger, die die Halle säumten, drehten sich um und wandten ihrem ehemaligen Anführer den Rücken zu – ein Zeichen höchster Verachtung.

»Alles in Ordnung?«, erkundigte sich Corwyn bei Alannah, die ihrem einstigen Geliebten nachschaute, Tränen in den Augen.

Die Elfenpriesterin nickte. »Alles in Ordnung«, versicherte sie und versuchte ein Lächeln. »Wer hätte das gedacht? Die Prophezeiung, an der wir alle schon gezweifelt haben, hat sich schließlich doch noch erfüllt, allerdings ganz anders, als wir es erwarteten. Kein Elf, sondern ein Mensch hat den Thron von Tirgas Lan bestiegen – mithilfe zweier Orks, die dazu ausersehen waren, das Tor zur Verborgenen Stadt zu öffnen.«

»Verrückt, nicht wahr?« Corwyn lächelte. »Elfenzauber, würden Rammar und Balbok jetzt wohl sagen.«

»Da wir gerade von ihnen sprechen – wo sind die beiden? Sollten sie nicht dabei sein, wenn du das erste Mal als König auftrittst?«

»Sie haben die Stadt schon im Morgengrauen verlassen«, erklärte Corwyn schulterzuckend. »Orks schätzen es wohl nicht, sich zu verabschieden.«

»Sie sind gegangen?« Alannah schaute Corwyn erschrocken an. »Einfach so? Ohne eine Belohnung zu verlangen?«

»So ist es.« Corwyn nickte. »Allerdings haben sie dabei einen kleinen Umweg gemacht.«

»Einen Umweg?«

Corwyn grinste so breit, dass für einen kurzen Moment wieder der Kopfgeldjäger durchblitzte. »Einen Umweg über die königliche Schatzkammer …«

EPILOG

Die Straße, die sich quer durch den Wald von Trowna erstreckte, führte geradewegs nach Westen. Als die Sonne sich erhob und ihre Strahlen das grüne Blätterdach durchdrangen, fand sie den Wald völlig verändert vor: Leben wimmelte überall dort, wo tags zuvor noch Leblosigkeit geherrscht hatte, der modrige Geruch der Fäulnis war dem süßen Duft bunter Blüten gewichen, und die Vögel, die über Nacht zurückgekehrt waren, zwitscherten fröhlich im Geäst der Bäume.

Normalerweise wäre ein solches Idyll Rammar zutiefst zuwider gewesen. Doch der untersetzte Ork war so mit grimmiger Freude erfüllt, dass er das bunte Leben um sich herum nicht einmal bemerkte.

Gemeinsam mit Balbok stemmte er sich in das Geschirr, das sie sich umgelegt hatten und mit dem sie einen goldenen Streitwagen über das holprige Pflaster zogen – einen Streitwagen, der voll beladen war mit goldenen Krügen und Tellern, silbernen Bechern und Statuen und mit Kisten, die überquollen von Diamanten, Saphiren und Smaragden, in denen sich das Sonnenlicht glitzernd brach.

»Weißt du, Rammar«, sagte Balbok gedehnt. »Ich denke immer noch, wir hätten uns von Corwyn und Alannah verabschieden sollen. Immerhin sind sie unsere Fr...«

»Sprich es nicht aus!«, fiel sein Bruder ihm ins Wort. »Denk es nicht mal! Orks haben keine Freunde, erst recht keine unter Elfen und Menschen. Willst du unseren schlechten Ruf vollständig ruinieren? Es ist schon schlimm genug, dass wir ihnen überhaupt geholfen haben – und das, obwohl sie wie immer die Dinge verdrehen und alles anders darstellen werden, als es in Wirklichkeit gewesen ist. Ich versichere dir, niemand wird je erfahren, dass es in Wahrheit zwei Orks gewesen sind, die diese be*shnorsh*te Welt gerettet haben.«

»Kann schon sein«, sagte Balbok nachdenklich.

»Aber das braucht uns nicht zu kümmern, denn wir haben selbst für unsere Belohnung gesorgt. Dieser dämliche Kopfgeldjäger und seine Elfenfreunde haben es gar nicht gemerkt, als wir den Wagen direkt unter ihren Nasen aus der Schatzkammer gezogen haben.«

»Weil du gerade vom Ziehen sprichst«, keuchte Balbok. »Vielleicht hätte ich Graishak doch nicht erschlagen sollen.«

»Wieso nicht?«

»Weil wir dann den Wagen nicht selber ziehen müssten. Wir hätten Graishak in das Geschirr spannen und gemütlich auf dem Gold sitzen können.«

»*Douk*«, widersprach Rammar und winkte ab, »da schleppe ich das Gold schon lieber selber nach Hause. Stell dir doch nur mal vor, was die im *bolboug* sagen, wenn wir mit Elfenschätzen beladen zurückkehren.«

»Sie werden uns huldigen«, war Balbok überzeugt. »Und wahrscheinlich werden sie mich zum neuen Häuptling machen.«

»Dich?« Rammar starrte seinen Bruder von der Seite her an. »Warum ausgerechnet dich?«

»Weil ich es war, der Graishak erschlagen hat«, antwortete Balbok ohne lange zu überlegen. »Unserer Tradition nach werde ich der neue Häuptling des *bolboug*.«

»Hm«, machte Rammar – dagegen ließ sich nicht einmal etwas einwenden.

»Aber weißt du was?«, fragte Balbok.

»Was denn noch?«

»Ich werde sagen, dass wir es gemeinsam getan haben. Dann werden wir beide Häuptlinge. *Korr?*«

»*Korr.*«

Schweigend zogen sie den mit Gold beladenen Streitwagen weiter über die Straße, die sich durch den Wald von Trowna zog. Schließlich ergriff Balbok wieder zaghaft das Wort.

»Rammar?«

»Ja, Balbok?«
»Da ist etwas, das ich noch immer nicht verstehe.«
Rammar seufzte, aber da sein Bruder ihn zum Mithäuptling machen wollte, verzichtete er dieses eine Mal darauf, ihn einen *umbal* zu schelten. »Was willst du wissen?«, fragte er deshalb, sich zur Ruhe zwingend.
Balbok zögerte einen unmerklichen Augenblick.
»Was für Dinge?«, fragte er dann.

APPENDIX A

DIE SPRACHE DER ORKS

Die Sprache der Orks ist denkbar einfach strukturiert: Ihre grammatikalischen Prinzipien können von jedem Interessierten mühelos erlernt werden. Schwierigkeiten bereitet allenfalls die Aussprache. So werden Menschen auch dann, wenn sie sich zur Unkenntlichkeit verkleiden, unter Orks in der Regel an ihrem Akzent erkannt und müssen mit dramatischen Folgen für Leib und Leben rechnen.

Die kriegerische Ork-Kultur kennt weder den Beruf des Schreibers noch den des Schriftgelehrten und hat folglich weder geschichtliche Dokumente noch literarische Werke hervorgebracht. Selbst die wenigen Ork-Gelehrten haben ihre Erkenntnisse niemals schriftlich fixiert. Daher wurde die ursprünglich aus dem Elfischen abstammende Sprache der Orks nur mündlich tradiert und hat sich auf diese Weise im Lauf der Jahrhunderte beständig vereinfacht. So kennt das Idiom der Orks weder Deklinationen noch Konjugationen, und unterschiedliche Casus und Tempora werden lediglich durch den Zusammenhang erschlossen bzw. durch die orkische Eigenheit des *tougasg* (siehe unten). Einzige Ausnahme ist der Genitiv, der durch Voranstellung der Silbe *ur'*- ausgedrückt wird. Häufig werden Wörtern Anhängsel beigefügt, die ihre Bedeutung sinnstiftend verändern, so z. B. das Suffix -*'hai*, das den Plural ausdrückt (*umbal* – der Idiot; *umbal'hai* – die Idioten).

Da Orks Wert auf die genaue Bestimmung ihrer Besitzstände legen, werden auch derlei Zugehörigkeit durch angehängte Silben ausgedrückt, z. B. bedeutet -*'mo* »mein«, -*'nur* hingegen heißt »dein«. Eine Unterscheidung zwischen Adjektiv und Adverb, wie sie in höher entwickelten Menschensprachen gebräuchlich ist, kennt die Ork-Sprache (zur hellen Freude der jungen Orks) grundsätzlich nicht.

Zum Formen eines Satzes werden die entsprechenden Worte lediglich aneinander gereiht, wobei sich die Reihenfolge Subjekt – Prädikat – Objekt eingebürgert hat, aber nicht zwingend eingehalten werden muss; dies variiert sogar von Stamm zu Stamm. Verben werden – bis auf wenige Ausnahmen – durch die Verbindung eines Substantivs mit der Endung -*'dok* (tun, machen) gebildet, z. B. *koum'dok*, was übersetzt »jemanden enthaupten« bedeutet. Die Bedeutung der so entstehenden Verben ist von unterschiedlicher Klarheit – mal ist sie auf den ersten Blick ersichtlich wie bei *gore'dok* (lachen), dann wieder bedarf sie einiger Interpretation wie bei *lus'dok*, was man wörtlich etwa mit »sich wie Gemüse benehmen« übersetzen kann, aufgrund der allgemeinen Abneigung der Orks gegen vegetarische Ernährung jedoch als »feige sein« verstanden werden muss.

Zahlen entstehen, indem die Zahlwörter von null bis neun aneinander gereiht werden:

Null	*oulla*
eins	*an*
zwei	*da*
drei	*ri*
vier	*kur*
fünf	*kichg*
sechs	*sai*
sieben	*souk*
acht	*okd*
neun	*nou*

Auch hier ist die Reihenfolge beliebig, sodass etwa bei *okd-an* grundsätzlich Unklarheit darüber besteht, ob nun die Zahl 18 oder die Zahl 81 gemeint ist. Da jedoch die wenigsten Orks zählen geschweige denn rechnen können, fiel dieser Faktor in der Geschichte der Orks weniger ins Gewicht, als man annehmen möchte. Im Sprachgebrauch der Orks werden Mengen meist lediglich als *iomash* (viele) oder *bougum* (wenige) angegeben.

Die Etymologie einzelner Wörter und Begriffe ist bei den Orks mehr als bei anderen Völkern in Abhängigkeit von der (nur ansatzweise vorhandenen) kulturellen Entwicklung zu sehen. So ist es sicher kein Zufall, dass das Allerweltswort *dok*, das Wort für trinken *deok* und das eine starke Abneigung oder Verneinung ausdrückende *douk* ganz offensichtlich dem selben Wortstamm entwachsen sind. Einige Wörter des Orkischen wurden – auch wenn die Orks selbst das niemals zugeben würden – den Menschensprachen entlehnt, so z. B. *mochgstir* (Meister), *smok* (Rauch), *birr* (Bier) oder *tounga* (Zunge), was vor allem auf das Bündnis der Orks mit den Menschen während des Zweiten Krieges zurückzuführen ist. Zu denken sollte uns geben, dass das orkische Wort für »Mord« ebenfalls von den Menschen übernommen wurde: *murt*.

Eine letzte Anmerkung sei zum nur im Orkischen anzutreffenden Ritual des *tougasg* gestattet, was übersetzt »Lehre« bedeutet: Im Gespräch pflegen Orks ihren Worten oft gestenreich und nicht zuletzt auch mit gezielten Fausthieben Nachdruck zu verleihen, was das Verstehen noch einmal erheblich erleichtert. Menschen, die sich dem Erlernen des Orkischen verschrieben haben, muss im Hinblick auf die unterschiedliche Physis von Menschen und Orks allerdings dringend abgeraten werden, *tougasg* im Gespräch mit einem Ork anzuwenden. Erhebliche Schädigungen der Gesundheit können die Folge sein. Für etwaige Nichtbeachtung dieser Regel lehnen sowohl der Autor als auch der Verlag jede Verantwortung ab.

Nachfolgend eine alphabetische Auflistung einiger wichtiger Ork-Wörter und -Begriffe:

abhaim	Fluss
achgal	Angst
achgor	behaupten
achgosh	Gesicht, Visage

Achgosh douk!	Hallo! (wörtl. »Ich mag deine Visage nicht«)
achgosh'hai-bonn	Menschen (eigtl. »Milchgesichter«)
airun	Eisen
akras	Hunger
akras'dok	hungrig sein
alhark	Horn
an	eins
anmosh	spät
ann	in, an, bei
anois	aufwärts
aochg	Gast, Mitreisender
aog	Tod (Altersschwäche)
artum	Stein
asar	Hintern, A****
baish	Proviant
balbok	dumm
barkos	Stirn
barrantas	Macht
barrashd	mehr
bas	Tod (im Kampf)
bhull	Ball
birr	Bier
blar	Schlacht(feld)
blark	warm
blos	Akzent
bloshmu	Jahr
bochga	Bogen
bodash	Greis
bog	weich
bogash	Sumpf
bogash-chgul	Sumpfgeist
bog-uchg	Weichling
bokum	Geist
bol	Stadt
bolboug	Dorf (Heimat eines Orks)
bonn	Milch
borb	roh, grausam

boub	Weib
bougum	wenig(e)
bourtas	Geld, Schatz, Reichtum
bourtas-koum	Kopfgeld, Prämie
boutash	Bestie
brarkor	Bruder
bratash	Fahne
bru	Magen
bru-mill	Magenverstimmer (orkisches Nationalgericht)
brunirk	Gnom
bruurk	Urteil, Gericht
buchg	Hieb, Stoß
bunta	Kartoffel
buol	Schlag
buon	Ernte
buunn	Berg
carrog	Klippe, Kluft
chgul	Ghul
cour'dok	Handeln
courd	Handel
cudach	Spinne
da	zwei
daorash	Vergiftung
darash	Eiche
Darnachg!	Verdammt!
darr	blind
deok	Trank, trinken
dhruurz	Zauberer
diaomoun	Diamant
diloub	Erbe, Vermächtnis
diloub'dok	etw. vermachen
dirk	Niederlage
dlurk	nahe
dok	tun
doll	Wiese
dorash	dunkel
douk	Ich mag nicht …, allg. Verneinung

dourg	rot
duliash	Teil
dunn	Mann
durkash	Land
duuchg	Eis
eh	er, es
eugash	ohne
eukior	Unrecht
fachg	Blatt
faihok	wild
faklor	Wortschatz
famhor	Riese
faramh	leer
fasash	Wüste
feusachg	Bart
feusachg'hai-shrouk	Zwerge (eigtl. »Hutzelbärte«)
fhada	lang
fhuun	selbst
foisrashash	Information
fouk	sehen
fouksinnash	sichtbar
fouksinnash-douk	unsichtbar
ful	Blut
ful-birr	Blutbier
gaork	Wind
garg	bitter
gargoun	Knoblauch
gloikas	Weisheit
gobcha	Schmied
gore	Gelächter
gore'dok	lachen
gosgosh	Held
goshda	Falle
goshda'dok	jdm. eine Falle stellen
gou	bis
goulash	Mond
goull	Versprechen

granda	hässlich
gron	Hass
gruagash	Jungfrau
gubhirk	fast
gurk	Stimme
gurk'dok	schreien
huam	Höhle
ih	sie
iodashu	Nacht
iomash	viel(e)
irk	fressen
isoun	Huhn
kagar	Flüstern
kalash	Hafen
kamhanochg	Dämmerung
kaol	eng, schmal
karsok?	Warum?
kas	Bein
kaslar	Landkarte
keol	Musik
khumne	Gedächtnis
khumne'dok	nachdenken
kichg	fünf
kiod	Diebstahl, Raub
kiodok	stehlen, rauben
kionnoul	Kerze
kionoum	Treffen
kluas	Ohr (eines Ork)
knam	kauen, verdauen
knum	Wurm
ko, k'	wer
kointash	schuldig
kointash douk	unschuldig
koll	Wald
komanash	Jäger, Jagd
Korr!	Einverstanden!, allg. Bejahung
korr	allg. Zustimmung

korrachg	Finger
korzoul	Burg
koum	Kopf
kourt	gerecht
kourtas	Gerechtigkeit
kriok	Ende
Kriok!	Genug damit!
kro	Tod (gewaltsam)
kro-buchg	Todesstoß
kroiash	Grenze
kroum	Zwiebel
kudashd	auch
kum	behalten
kungash	Medizin, Heilmittel
kunnart	Gefahr
kur	vier
kuroush	Einladung
kuun	Fremder, fremd
laochg	Krieger
larka	Tag
lashar	Flamme
liosg	Feuer
lish	schlecht
Lish-knam!	Guten Appetit! (eigtl. »schlechtes Verdauen«)
lorchg	Fährte
lorg	Fund
luark	schnell
luchga	klein
lum	Sprung
lus	Gemüse
lus'dok	feige sein, sich (vor Feinden) fürchten
lus-irk	Vegetarier (wortl. »Gemüsefresser«)
lut	Wunde
luusg	Faulheit
madash-arralsh	Wolf
madon	Morgen
mainn	Absicht

malash	Hund
mathum	Bär
mill	verderben
miot	Stolz
mochgstir	Meister
moi	ich
moror	Herrscher
mu	wenn
mu … ra	wenn … nicht
muk	Schwein
muk'dok	kleckern
mur	Meer
murt	Mord, Mörder
nabosh	Nachbar
namhal	Feind
nokd	erscheinen
nou	neun
noud	Nest
nuarranash	Heulen
'nur	dein
ochdral	Geschichte, Historie
ochgan	Zweig
oinsochg	Angriff
oir	Gold
oirkir	Küste
oisal	niedrig
okd	acht
ol	Luft
ol'dok	verschwinden
olk	böse
ombruut	Zwietracht
orchgoid	Silber
ord	Hammer
ordur-sochgash	Kriegshammer (Waffe)
orgoid	Geld, Bezahlung
ouash	Pferd
oulla	nichts, Null

ounchon	Gehirn
pol	Schlamm
rabhash	Warnung
rammash	dick
rark	Festung
ri	drei
rochgon	Wahl
roub	reißen
ruchg	Tal, Schlucht
rushoum	Glaube
's	und
sabal	Kampf
sai	sechs
saobh	Raserei, rasend (vor Wut)
saparak	Speer (Waffe der Orks)
sgark	Schild
sgarkan	Spiegel
sgimilour	Eindringling
sgorn	Kehle
sgudar'hai	Eingeweide
shnorsh	Sch****
shron	Nase
shron'dok	Atmen
shrouk'dok	schrumpfen
shrouk-koum	Schrumpfkopf
sioll	Blitz
slaish	Schwert
slichge	Weg
slok	Grube
slug	Schluck
smok	Rauch
snagor	Schlange, Reptil
snoushda	Schnee
sochgal	Welt
sochgash	Krieg
sochgoud	Pfeil
sochgoud's bochga	Pfeil und Bogen

soubhag	Falke
souk	sieben
soukod	Jacke, Rock
soulbh	Glück
spoikash	gemein
sturk	Stoff, Material
sul	Auge
sul'hai-coul	Elfen (eigtl. »Schmalaugen«)
sul'hai-coul-boun	Elfenweib (abwertend)
tog	Graben
togol	Gebäude, Haus
tornoumuch	Donner
tougasg	Lehrer, Lehre
toumpol	Tempel
tounga	Zunge
tuachg	Axt
tul	Loch
tull	Rückkehr
tur	Turm
tur'dok	flüchten, türmen
turus	Reise
tutoum	Sturz
uchg	Ei
uchl-bhuurz	Ungeheuer
umbal	Idiot
unnog	Fenster
Unur	Ehre
ur'kurul lashar	Kuruls Flamme
ur'kurul slok	Kuruls Grube
urku	du
ush	Interesse
uule	anders, andere

APPENDIX B

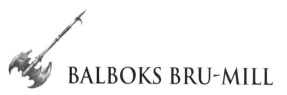

BALBOKS BRU-MILL

Hier ist es nun also – das Rezept für den legendären Orkischen Magenverstimmer. Die Zusammensetzung dieses unter Orks ungeheuer beliebten Eintopfs variiert von *bolboug* zu *bolboug*. Nachfolgend findet der geneigte Leser Balboks Lieblingsrezeptur:

ZUTATEN:

- *Fleisch von einem Gnom (frisch)*
- *1 Kralle voll fetter Maden (lebend)*
- *4* knum'hai *gestopfter Gnomendarm*
- *4 Zwiebeln, 2 Knoblauchzehen und 1 Chilischote*
- *5 Paar Ghulaugen*
- *gemahlenes Warg-Knochenmehl*
- *1 Kelle ranziges Trollfett*
- *1 Krug braune Schlammbrühe*
- *Salz und Pfeffer*

ZUBEREITUNG:

Man gebe das Trollfett in eine Eisenpfanne und erhitze es, anschließend brate man das mit Pfeffer und Salz gewürzte Gnomenfleisch darin gründlich an. Sodann nehme man das Fleisch wieder aus der Pfanne und rühre das Warg-Knochenmehl sorgfältig in den Bratensatz, bis er braun geworden ist. Vorsicht, dass die Pfanne dabei nicht zu heiß wird – nur *umbal'hai* lassen ihren *bru-mill* anbrennen. Die geschnittenen Zwiebeln, den Knoblauch und die gehackte Chilischote hinzufügen. Dann den Inhalt der Pfanne in einen großen Kessel umgießen, die Schlammbrühe hinzufügen und beides sorgfältig verrühren. Nach und nach das angebratene Fleisch sowie die Maden

und den klein geschnittenen Gnomendarm dazugeben und auf kleiner Flamme köcheln lassen, bis das Fleisch gar und die Soße eingedickt ist. Mit Pfeffer abschmecken, bis der *bru-mill* ordentlich im Rachen brennt. Kurz vor dem Verzehr die Ghulaugen hinzufügen und ziehen lassen, jedoch nicht mehr kochen. *Bru-mill* schmeckt am besten, wenn er heiß verzehrt wird. Dazu reicht man herzhaftes Brot.
Lish-knam!

HINWEIS:
Menschen mit weniger robustem Magen und solche, die nicht Orks genug sind, sich die Originalzutaten zu beschaffen, können diese auch wie folgt ersetzen:

– *400 Gramm Hähnchenfleisch*
– *200 Gramm Shrimps*
– *2 Paar Wiener Würstchen*
– *2 Zwiebeln, 2 Knoblauchzehen und 1 Chilischote (mild)*
– *10 Kirschtomaten*
– *1 Tasse Mehl*
– *250 ml Pflanzenöl*
– *1,5 Liter Gemüse- oder Hühnerbrühe*

PIPER

Stan Nicholls
Die Orks

Roman. Aus dem Englischen von Christian Jentzsch.
800 Seiten. Broschur

Die Orks führen einen erbitterten Krieg gegen die Menschen. Stryke, Anführer der erfolgreichsten Ork-Söldner, erhält einen gefährlichen Auftrag: Er soll ein magisches Instrument wiederbeschaffen, mit dessen Hilfe der Feind zurückgeschlagen werden könnte. Doch der Trupp der Vielfraße hat nicht damit gerechnet, dass auch Menschen und Kobolde es auf das Artefakt abgesehen haben. Eine dramatische Jagd beginnt ...
Dieser aufsehenerregende Bestseller ist der Auftakt zu den großen Romanen um die faszinierendsten aller magischen Geschöpfe. Inspiriert vom »Herrn der Ringe«, machen »Die Orks« und »Die Zwerge« süchtig – ein Muss nicht nur für Tolkien-Fans!

»Furios und verrückt... Der größte Spaß, den Sie je mit einem Haufen Orks haben werden!«
Tad Williams

PIPER

Markus Heitz
Die Rache der Zwerge

Roman. 640 Seiten. Broschur

Markus Heitz hat den Zwergen ein unverwechselbares Gesicht gegeben. Nach mehr als einer Viertelmillion verkaufter Romane um Tungdil und seine Gefährten zieht der tapfere kleine Held erneut aus, um gegen die Feinde des Geborgenen Lands anzutreten. Diesmal machen ihm die gefährlichsten Wesen des Heitzschen Universums zu schaffen: üble Halbkreaturen, teils Albae, teils Orks, die sich mit todbringenden Maschinen umgeben und mordend durch das Zwergenreich streifen. Als dann noch der versteinerte Magus Lot-Ionan gestohlen wird, weiß Tungdil, daß sich ein furchtbares Unheil nähert. Erneut muß er zur Doppelaxt greifen, um sein Land zu retten ...

Mit diesem rasanten Zwergen-Thriller hält Markus Heitz seine Leser ein weiteres Mal in Atem.

01/1525/01/R